[III]

福楼拜小说全集
Gustave Flaubert

［法］福楼拜 著
刘益庾 刘方 译

人民文学出版社

目　次

三故事 ························· 刘益庾 译 1
　　淳朴的心 ································· 3
　　圣朱利安传奇 ··························· 38
　　希罗迪娅 ································· 67
布瓦尔和佩库歇 ············· 刘　方 译 109

附录
　　福楼拜文学书简 ·········· 刘　方 选译 441
　　福楼拜生平创作年表 ······· 阿尔贝·蒂博代 编 580
　　　　　　　　　　　　　　　 杨国政 译

三　故　事

刘益庚 译

淳 朴 的 心

一

提起欧班夫人的女仆费莉西泰，主教桥的太太们眼红了整整半个世纪。

她每年工钱一百法郎，既管下厨做饭、收拾房间，又管缝补和洗熨衣服，还会套马、饲养家禽、炼制奶油，对女主人更是一贯的忠心耿耿；而这位夫人却不是一个脾气随和的人。

夫人早年嫁给一位没有产业的美男子，可惜早在一八〇九年初，他就丢下两个幼小的孩子和一身债务，与世长辞了。她只好卖掉她的不动产，仅留下杜克和杰福斯的两处田庄。这两处田庄一年的收入最多不过五千法郎，所以她离开圣梅兰的住宅，搬到一所开支较小的房子里居住，这所房子是她祖上传下来的，坐落在菜市场后面。

房顶上盖着青石瓦片，一边是一条小巷，另一边是一条通向河边的小路。房子内部，地面高低不平，走路时一不小心，就会摔倒。一间狭窄的过厅将厨房和"正房"隔开。欧班夫人整天待在这正房里，坐在窗前一张麦秸面的靠椅上。八把红木椅子，沿着白漆的护壁板，摆成一排。晴雨表下方的一架旧钢琴上，匣子、纸盒，堆得像一座金字塔。壁炉是路易十五式的，用黄色的大理石砌成，两旁各有一把缎子面的安乐椅。一只座钟放在炉顶中央，像一座维斯塔①

---

① 维斯塔，古罗马的灶神，女性，其神庙的形状像一座圆亭。

的神庙。房间里有一点霉味,因为地板比花园低。

二楼的第一间屋子是夫人的卧室,这房间颇为高大,墙上裱着印有素色花朵的糊壁纸,挂着"麝香公子"①装束的老爷的遗像。卧室通向另一间较小的房间,那里放着两张不铺垫子的小人床。靠里的一间是客厅。这客厅常年关着不用,里面堆满了蒙着布罩的家具。再往里,一条过道通向书房;书橱里摆着一些书籍和废纸,从三面围着一张黑色的大书桌。两边的护壁板上,挂着好些钢笔画、水粉风景画和奥德朗②的版画,使人想起往年的好光景和消逝了奢华。三楼,一扇天窗照亮了费莉西泰的卧室。从那里,可以看到一片牧场。

费莉西泰天蒙蒙亮就起床,怕误了弥撒。接着,她手脚不停地忙到天黑。吃过晚饭,她收好碗碟,关紧大门,往炉灰里添过木柴,就在炉膛前面打瞌睡,手里还拿着一串念珠。买东西时,她那股讨价还价的犟劲,没人能比。要说干净,那些亮锃锃的锅子,能把别人家的女仆活活气死。她生活节俭,吃饭时细嚼慢咽,还用手指把桌上的面包屑沾食干净。那面包是专为她烤的,每个重十二磅,够她吃二十天。

一年四季,她总是披着一块印花布方巾,用一个别针扣在背后;她戴一顶遮没头发的软帽,穿一双灰色的袜子,系一条红色的裙子,再在上衣外面加上一条长围裙,像医院里的女护士那样。

她的脸庞瘦削,嗓音很尖。她二十五岁时,看上去足有四十。她一到五十,旁人就根本无法猜测她的年龄了。她沉默寡言,身子挺得笔直,一举一动有板有眼,就像一个木雕的女人,由某种机械支配着她的行动。

---

① 麝香公子,法国一七九四年"热月政变"前后的年轻保王派,他们大都身穿灰色的燕尾服和紧腿裤,系绿领带,身上还带着麝香,故名麝香公子。
② 奥德朗,法国著名的版画世家,最有名的是钱拉·奥德朗(1640—1703),他擅长刻制法国名画家普桑、勒布伦等人的作品。

二

她像别的女人一样,她有过一段恋爱史。

她父亲是泥水匠,从脚手架上跌下来摔死了。母亲也相继去世,几个姐姐各自谋生去了。一个佃农收留了她,虽然她年纪还小,也要叫她到田野里去放牛。她披着破衣烂衫,冻得直哆嗦;她趴在地上喝水潭里的水,平白无故就挨打,最后被冤枉偷了三十个苏①,给赶了出去。她跑到另一个田庄,在那里饲养家禽。东家挺喜欢她,所以伙伴们忌妒她。

八月里,有一天晚上(她那时已经十八岁了),他们拉她到考勒镇去参加晚会。那刺耳的提琴声,树丛里的彩灯,花花绿绿的衣衫,金色的十字架,各式各样的花边,还有那跳跳蹦蹦的人群,马上弄得她晕头转向、手足无措。她怯生生地闪在一旁观看。一个模样很有钱的年轻人两肘靠在一辆小车的车辕上抽着烟斗。他过来邀她跳舞,请她喝苹果酒,喝咖啡,吃点心,还送给她一条丝绸头巾。他以为对方领会了自己的意思,献殷勤送她回家。走到一块荞麦地边,他粗鲁地把她按倒在地上。费莉西泰一害怕,叫了起来。他只好走开。

另一天晚上,她在去博蒙镇的路上遇到一辆大车。大车装满了干草,慢悠悠地在前面走着。她想赶到头里去;在挨着车轮走过时,她认出,赶车的就是戴奥多。

他若无其事地和她攀谈,说那天的事一定得请她原谅,"毛病就出在多喝了几杯"。

她不知道怎样回答,直想逃开。

戴奥多马上换了话题,谈起了年成和镇上的头面人物。他还

---

① 苏,法国辅币,二十个苏合一个法郎。

说,他们成了邻居了,因为他父亲已经离开了考勒镇,搬到艾考的田庄里来了。她脱口"啊!"了一声。他说,家里人希望他早点成亲。可是,他并不着急,一定要娶一个称心如意的妻子。费莉西泰低下了头。于是,他问她想不想嫁人。她微笑着回答说,取笑别人是不应该的。"不,我对你起誓!"说着,他伸出左手,搂住了她的腰;她就让他紧紧地搂着往前走去;他们的脚步也放慢了。风软绵绵的,星星亮闪闪的。满满的一车干草在他们前面悠来晃去;四匹辕马拖着慢步,带起一片尘土。走了一会儿,他们径自朝右面拐了弯。戴奥多吻了她一下。费莉西泰在夜色中跑开了。

　　下一个星期里,戴奥多和她约会了几次。

　　他们躲在院子尽头靠墙的一株树下相会。她并不像小姐们那样天真。牲口早就教会她了,可是,理智和保持节操的本能使她免于失身。她这样推推阻阻,越发煽起了戴奥多的爱火。他为了满足自己的欲望,也可能是出于天真的想法,表示要娶她做妻子。她将信将疑,他则赌咒发誓。

　　过后不久,他谈起一件不如意的事来:去年,他父亲给他买了一个壮丁,但是,说不定哪一天,他可能还要被征召去的;他想起当兵就害怕。可是费莉西泰认为,这种怯懦的心理恰恰证明了他对她的爱情,所以也就加倍地爱他。她经常在夜里溜出来,和他幽会,戴奥多一会儿发愁,一会儿央求,把她折磨个够。

　　后来,他说他要亲自去省长官邸打听消息,并约她在下个星期日半夜十一点到十二点之间,听他的回音。

　　约会的时间到了,她跑着去会她的情人。

　　她见到的是戴奥多的一个朋友。

　　那人告诉她,戴奥多不能再和她见面了。他为了逃避征召,已经和杜克的一位有钱的老寡妇勒胡赛太太结了婚。

　　这简直是晴天霹雳。她扑倒在地上,呼天抢地,号啕大哭,然后,独自一个人在田野里抽泣到天明。她返回田庄,表示不打算再做下去了；到了月底，她领了工钱，把自己的东西包在一块头巾里，来到主教桥。

她走到客店前，向一位戴寡妇帽子的太太打听。这位太太正要雇一个女厨子。姑娘虽然没有什么本领，但看起来态度诚恳，而且要求也不高，所以欧班夫人最后说：

"好吧，我用你啦！"

过了片刻，费莉西泰就在她家安置下了。

女主人很讲究"家风"，而且嘴里老是叨念着"老爷"，使人感到他无处不在。所以，费莉西泰初来时老是提心吊胆地过日子。七岁的保尔，刚满四岁的维尔吉妮，在她眼里都是用珍贵的材料捏成的；她常常像马一样把他们驮在背上。可是，欧班夫人不许她过多地吻两个孩子。她觉得很受委屈。不过这里的环境安适，她也就渐渐地消除了忧闷。

每逢星期四，几位常客照例要来玩几局波士顿牌。费莉西泰事先给客人们准备纸牌和脚炉。客人们八点整上门，快敲十一点的时候告辞。

每星期一的早晨，住在林荫小道旁的旧货商就地摆开他的破铜烂铁。不一会儿，镇上充满了嘈杂的人声，其中还夹杂着马嘶、羊咩、猪哼和吱吱嘎嘎刺耳的车轮声。临近正午，赶集进入高潮。这时，总有一位老农跨进门槛。这老农身材高大，脑后歪戴着一顶鸭舌帽。他是杰福斯的佃户罗勃兰。不一会儿，杜克的佃户里埃巴也来了。他是个红头发的小矮子，胖得圆滚滚的，穿着一件灰上衣，皮裹腿上绑着马刺。

他俩是给东家送母鸡或奶酪来的。这时，不管他们要什么花招，每次都要被费莉西泰戳穿。他们临走时，总是对她佩服得五体投地。

有时候，欧班夫人要接待一位叔叔德·格莱芒维尔侯爵。他因为吃喝嫖赌，毁了家业，如今住在法莱士的最后一小块土地上。

他总是在用午饭的时候到,身边还带着一条吓人的鬈毛狗。这畜生的爪子常常要把所有的家具弄脏。侯爵大人呢,尽管他竭力装出一副上等人的样子,甚至每次说到"先父"两字,总要脱下帽子,可是他恶习难改,一见到酒就自斟自饮,喝个没完,嘴里还说一些不三不四的话。末了,费莉西泰总是和颜悦色地把他推到门外,嘴里说着:"差不多了,德·格莱芒维尔老爷!下回再喝吧!"说完,她顺手关上了大门。

她很乐意为当过诉讼代理人的布雷先生开门。可是,她一看到他的白领带、秃脑门、衬衫前襟上的花边、宽大的棕色礼服,还有他那弯起胳膊捏鼻烟的姿态(总之,他的整个模样),她就会感到心慌意乱,就像我们见到大人物时一样。

他替夫人管理产业,所以经常一连好几小时和她待在"老爷"的书房里。他总是担心受牵连,对官府毕恭毕敬。他自称懂拉丁文。

为了用一种有趣的方法教育孩子,他送给他们一套地理知识图片。那些图片上印着世界各地的风光,有头插羽毛的吃人生番,有抢走一位姑娘的一只猴子,有沙漠里的贝都印人[①],还有一条中了鱼叉的鲸鱼,等等。

保尔把这些图片讲解给费莉西泰听,这也就是她学到的全部文化知识。

孩子们是在基约那里受的教育。他是一个在区公所当差的可怜虫,出名的写得一手好字,喜欢在靴子上磨他的小刀。

遇到晴朗的好天气,全家人大清早就去杰福斯的田庄。

田庄在一个斜坡上,房舍造在院子中央。远处,大海像一个灰色的斑点。

费莉西泰从篮子里取出冷肉片,一家人就在紧靠炼奶棚的一

---

① 贝都印人,生活在北非和中东的沙漠中的游牧民族。

套房间里吃午饭。这里原来是一座别墅,如今就剩下这么几间了。墙上的糊壁纸已经破烂不堪,穿堂风一过,就瑟瑟地抖动起来。欧班夫人触景生情,难过得低下头来;这样,孩子们也不敢吱声了。她于是说:"去玩吧!"孩子们拔腿就溜了。

保尔爬进仓房里捉小鸟,往池塘里打水漂,或者拿木棒敲大桶,敲得像鼓一样咚咚直响。

维尔吉妮喜欢喂兔,或奔来奔去采摘矢车菊,她跑得飞快,露出了绣花的衬裤。

秋天的一个黄昏,他们穿越一个牧场,准备回家。

上弦月照亮了天边一角,夜雾像一片轻纱,飘浮在杜克河弯弯曲曲的河面上。几头牛躺在草地中央,静静地看着这四个人走过。到了第三块草地里,有几头牛站了起来,在他们面前围成一圈。费莉西泰说:"别害怕!"她哼起一种悲歌似的曲调,轻轻抚摩着身边那头牛的背脊;它转过身去,其他几头也跟着它转了过去。可是,就在他们穿越下一块草地的时候,平地响起一声惊人的牛哞,一头公牛从雾里钻出,朝着两位妇女走来。欧班夫人想跑。"别跑!别跑!走慢一点儿!"不过他们还是加快了步子。他们听到低沉的鼻息声在背后越来越近。牛蹄像铁锤敲打着草地;它已经奔过来了!费莉西泰回身抓起两把土块,朝它的眼睛里扔去。那畜生低下了头,摇晃着犄角,浑身颤抖,连声狂哞。这时,欧班夫人已经领着两个孩子跑到了牧场的尽头。她又急又怕,不知怎样越过那道围子。费莉西泰面对着公牛,不停地朝牛眼里扔土块,使它睁不开眼睛。她边扔边退,嘴里喊着:"快跑!快跑!"

夫人下到沟底里,一会儿推保尔,一会儿拽维尔吉妮,她爬上去又摔下来,最后鼓足勇气,总算爬到坡上。

这时,公牛已把费莉西泰逼到一道栅栏跟前,它喷出的口沫溅了她一脸。再迟一秒钟,牛角就会顶穿她的肚皮。幸好,她及时地从两根木桩中间钻了出去。那庞然大物吃了一惊,站住了。

好几年里，这件事成了主教桥居民的谈话资料。费莉西泰可并不因此感到骄傲，她甚至根本没拿它当一回事。

近来，维尔吉妮占去了她的全部精力，因为女孩子自从受了那场惊吓，精神受到了刺激。她的医生布巴建议，带她到土镇洗洗海水浴。

那时候，到土镇洗海水浴的人不太多。欧班夫人四处打听情况，还请教了布雷，像出远门似的准备起来。

动身的前一天，行李就由里埃巴用小车送走了，第二天，他牵来两匹马，其中一匹套着女用的配有天鹅绒靠背的马鞍；另一匹的胯背上，放着一个斗篷卷成的坐垫。夫人上了马，走在里埃巴后面；费莉西泰负责照料维尔吉妮；保尔骑的是勒夏杜瓦先生的驴子。借驴子有个条件，那就是要保证小心照料它。

这条路难走极了。他们整整花了两个小时才走完这八公里。马踩在泥地里，一直陷到踝骨，要猛摇几下屁股，才能把脚拔出来；有时候，马被车辙绊住了腿，有时候非得跳着走。里埃巴的母马还常常突然止步不前，他总要耐心地等它；这时，他就讲起路旁地主们的事，其中还穿插几句他对道德问题的感想。就这样，在经过杜克镇里旱金莲围绕的一排窗户时，他耸了耸肩膀说："就说这儿的一位勒胡赛太太吧，她不挑年轻的男人，反倒……"费莉西泰没听清下面的话，因为马正在小跑，驴子在奔；他们进了一条小路，路旁的一扇栅栏门打开了，出来两个孩子，大家就在离门槛不远的粪池前下了马。

里埃巴的老伴儿一见到女东家，显出欢天喜地的样子。她开出午饭款待她。饭桌上摆着牛里脊、大肠、灌肠、烩鸡块，还有起沫的苹果酒、蜜饯馅饼和酒醉李子。她满嘴的客套话，说夫人的身体显得更加健康啦，小姐出落得越发"俊俏"啦，保尔少爷也特别"结实"啦，还不忘提一提他们早已过世了的祖父母，因为里埃巴家为主人当了几代的差，老一辈的主人他们全认识。这田庄也和居住的人一样,像是传了好几代了。房顶上,椽子已经蛀了。墙壁也被炊烟熏黑。玻璃窗灰乎乎的,蒙着尘土。一只橡木餐具架上,摆满了坛坛罐罐和各种器皿:水壶、锡盘、捕狼的夹子、剪羊毛的大剪子,还有一个挺大的灌肠器,孩子们一看到它都乐了。三个院子里,苹果树的根部长满了蘑菇,有的在枝丫间长着一簇簇槲寄生。好几棵树被大风刮倒,可是又在半腰里抽枝发芽;每棵树上都果实累累,把树枝也压弯了。茅草铺的房顶像覆盖着棕色的天鹅绒,虽然有点厚薄不匀,倒也经得起最猛烈的狂风吹刮。可是,车棚眼看就要倒塌了。欧班夫人说,她会放在心上的。接着,她吩咐重新套好牲口。

又走了半小时,他们才到达土镇。一行人下了驴马,准备徒步绕过"艾高尔"悬崖,这悬崖高高地突出在一群船只的上空。两分钟以后,他们到了码头,随即走进大卫婶子的"金羊"客店的院子。

换换空气,洗洗海水浴,果然见效。维尔吉妮从头几天起,就觉得不那么虚弱了。她没有游泳衣,就穿着衬衫下水;女用人在海关上一间供浴客使用的小屋里给她换上干净的衣服。

每天下午,他们骑驴子翻过黑石崖,到海格镇那边游玩。一条羊肠小道向高处伸展,道旁的地形错落有致,犹如公园里的大草坪;高地上,一片片牧场隔着一块块农田。路边的荆棘丛里,长着一簇簇冬青;几株干枯的大树伸出枝杈,疏疏落落,在蔚蓝色的天空里画出一些之字形的曲线。

他们几乎总是在同一块草地上休息。这地方面向大海,左边是豆镇,右边是勒阿弗尔。太阳把大海照得银光闪闪,海面像镜子一样平滑,风平浪静得几乎听不到一点儿水声。几只麻雀躲在一旁不停地啁啾。上面覆盖着万里苍穹。欧班夫人坐着做针线活;维尔吉妮在她身旁编灯芯草玩;费莉西泰忙着采摘薰衣草的花朵;保尔觉得没劲,老想跑开。

有时候,他们乘船穿过杜克河去捡贝壳;退潮时,海滩上留下一些海胆,石决明和水母;两个孩子奔来奔去追逐被风吹来的海水的泡沫。阵阵碧波,缓缓地推向沿岸的沙滩,碎落在沙地上。海滩伸向远方,一望无际,只是在陆地一边,几道沙丘把它和跑马场似的马雷大草场分隔开来。他们从那里往回走。海岸斜坡尽头的土镇,随着他们的步子逐渐扩大;那参差不齐的房舍,仿佛大大小小的花朵,欢快地开成一片。

有时天气太热,他们就待在屋里。耀眼的阳光透过百叶窗的缝隙,射进一道道光带。村子里静悄悄的,坡下的人行道上空无一人。这一片静谧使这里的生活越发显得恬静。远处,传来了修船工人敲打船底的叮咚声,沉甸甸的海风送来了柏油的气味。

观看渔船返港算是他们主要的消遣。船队过了浮标,张着半帆,迂回着行驶。浪花拍打着船底;前帆被风吹得胀鼓鼓的,像一个个气球;它们破浪而行,徐徐地进了港湾。突然间,船锚纷纷下落。渔船靠上码头停住了。水手们隔着船舷,抛出活蹦乱跳的鱼鲜;一溜手推车等着装运,头戴软布帽的妇女一拥而上,有的抬鱼筐,有的拥抱她们的男人。

有一天,其中的一个走过来和费莉西泰攀谈。不一会儿,她兴高采烈地回到屋里说,她找到了一个姐姐;接着,勒胡的老婆娜丝塔齐·巴莱特在屋里出现了。那女人抱着一个吃奶的婴孩,右手搀着另一个孩子,左边还跟着一个小水手。那小男孩一顶帽子扣到了耳朵上,两个拳头叉在腰里。

过了一会儿,欧班夫人把他们打发走了。

从此以后,他们老是在厨房附近转悠,散步时也常常会碰到这母子四人。但是那男的却一直没有露面。

费莉西泰对他们产生了感情。她买了一床被子、几件衬衫和一只炉子送给他们;他们显然是来占她的便宜的。欧班夫人讨厌这种软心肠,而且,她更看不惯那小外甥,因为他不懂规矩,老是"你"呀"你"呀地和保尔说话。维尔吉妮开始咳嗽起来,天时也不正了,于是他们回到主教桥。

布雷先生指点她为孩子挑选一所中学。康城的那一所,据说是最好的。保尔就要到那里上学去了;临走时,他勇气十足地向家人告别,想到要和同学们一起生活了,他倒是蛮乐意的。

欧班夫人无可奈何地让儿子离开自己,因为这迟早是不可避免的。维尔吉妮也渐渐减少了对哥哥的思念。费莉西泰听不到他的闹腾声了,反倒觉得有点寂寞。不过另一件事逐渐转移了她的注意力,从圣诞节起,她每天要带小姑娘上教堂学习教理问答。

三

她先在教堂门口屈膝半跪,然后走进高大的殿堂。她穿过两排椅子,翻下欧班夫人的座位坐定,两眼向四周环顾。

两边唱诗班的位子坐得满满的,男孩子在右面,女孩子在左面;堂长站在诵经台旁边;后殿的一块花玻璃窗上,圣灵俯视着圣母;另一块玻璃上画的是,圣母跪在圣婴耶稣的面前;圣体龛后面,有一组圣米迦勒①降龙的木雕。

神甫先讲了一遍圣史的梗概。她听着听着,恍惚看到了乐园、洪水、巴别塔②、焚烧的城邑、灭亡的民族、推倒的偶像;从此,在这光怪陆离的故事中,她产生了对至高无上的天父的尊敬,对他的震怒的畏惧。听到耶稣殉难时,她哭了。他是多么疼爱孩子们哪,他给众人饭吃,他使盲人重见光明,并且仁慈地自愿降临到穷人中间,生在一个马棚的粪堆上。他们为什么要把他钉在十字架上呢?

---

① 圣米迦勒,圣经传说中的天使长,生有双翅。
② 乐园,即伊甸园,上帝给亚当和夏娃居住的地方;洪水,上帝见世人作恶,尘世间充满了强暴,即发洪水毁灭地上的生灵,洪水七日后退去;巴别塔,挪亚的子孙想建造一座通到天上的高塔,上帝为警戒他们,乱其语言,使之失败,这座塔名为巴别塔,意即"变乱"。典出《旧约·创世记》第二、第六、第十一章。

福音书中讲到的那些家常事,什么播种啦,收获啦,榨汁机①啦,在她的生活中是多么熟悉啊;可是它们受到上帝的恩泽,都变成神圣的东西了;她因为爱圣羔,看到小羔羊就充满了温情;她出于对圣灵的热爱,也就越发喜欢鸽子②了。

她很难想象圣灵的模样;因为它不仅像鸟,也像火,有时又像一阵风。夜晚,在沼泽边飞舞的,也许就是它的光吧,那吹动云彩的,也许是它的呼吸,使教堂的钟声变得悠扬和谐的,也许就是它的声音;她坐在那里,满怀着崇敬的心情,享受着四壁的阴凉和殿堂里的宁静。

至于教义,她可一点儿也不懂,她也不想试着学会它。堂长在台上宣讲,孩子们在台下齐声朗读,她听听就睡着了;直到功课结束,大家站起来要走了,木鞋敲响了地板,才把她惊醒。

她小时候,没有受过宗教方面的教育。就靠这样不断地听讲,她竟学会了教理。从此,维尔吉妮怎样做,她也怎样做;她跟着她斋戒,和她一起忏悔。到了圣体瞻礼节,她俩合献了一张迎圣的祭坛。

第一次圣体还没有领,她先就担足了心事。为了准备鞋子、念珠、经书、手套,她忙得不可开交。她在帮助夫人给维尔吉妮穿衣服的时候,紧张得双手直哆嗦。

做弥撒时,她觉得心里发慌。布雷先生挡住了经台的一角;但是,那一群圣洁的小女孩就在她的正前方。她们戴着洁白的花冠,面纱挂得低低的,看上去就像一片白雪;她老远就从一个最秀气的颈脖,以及那毕恭毕敬的神态中,认出了她最心爱的小姑娘。钟响了,所有的人都低下了头;这时,殿堂里一片肃穆。大风琴开始奏

---

① 榨汁机,用来压榨葡萄和柑橘,取其汁酿酒。
② 宗教画中,圣灵常被画成小鸟。

乐,唱诗班和信徒们齐声唱起"上帝的羔羊"①;接着,男童列队上前,女孩子们跟着站起来。她们双手合十,一步一步,走向灯火辉煌的圣坛。孩子们在第一级台阶上跪下,一个接着一个,领了圣餐,然后,又按原来的次序,回到他们的经凳上。轮到维尔吉妮的时候,费莉西泰探出身子去看她,在她真诚的爱产生的想象中,她觉得,她和小姑娘融为一体了;孩子的脸变成了她的脸,她穿的是孩子的衣裙,她胸中跳动的就是姑娘的心;临到张嘴和闭眼的时候,费莉西泰几乎晕了过去。

第二天清早,她来到教堂的圣器室②,要求堂长允许她领圣体。她虔诚地领了圣饼,但已经体验不到前一天的那种幸福心情了。

欧班夫人希望把女儿培养成十全十美的人;而基约既不能教英语,也不懂得音乐,所以她决定把孩子送到洪弗勒③的于徐林修道院去寄读。

小姑娘并不反对。费莉西泰却唉声叹气。她觉得夫人的心肠太硬。过后,她想也许主人是对的。这种事已经超出她该考虑的范围了。

终于有一天,一辆旧马车在大门外停住,车上走下一位修女。她是专程来接小姐的。费莉西泰把行李装到车顶上,对车夫叮咛了一番,还往车座下的杂物箱里塞进六罐蜜饯,十二个梨和一束紫罗兰。

临走的时候,维尔吉妮抱住妈妈大哭起来,夫人吻她的前额,反复地说:"别哭啦!勇敢些!勇敢些!"踏脚板往车上一翻,马车

---

① 《约翰福音》第一章称耶稣为"上帝的羔羊"。
② 圣器室,教堂里存放祭器和法衣的屋子,教士们常在这里接待教徒或举行某种宗教仪式,实际上等于他们的办公室。
③ 洪弗勒,法国卡尔瓦多斯省的港口,在塞纳河入口处。该地渔业发达,还有许多十五世纪至十七世纪的教堂和建筑物。

15

出发了。

这时,欧班夫人也支持不住了;当天晚上,劳尔默夫妇、勒夏杜瓦夫人、"那几位"洛许弗叶小姐、乌普维尔先生和布雷先生等朋友都过来安慰她。

女儿刚走的时候,她觉得十分痛苦。她在一个星期里有三天,她都能收到女儿的信。其余的日子,她用来写回信,看书,或者到花园里散散步,用这种办法来填补时间的空白。

每天早晨,费莉西泰照例要进维尔吉妮的卧室,对四壁看上一眼。她不能再给她梳头、系小靴子的鞋带、替她塞被窝,也不能再搀着她的小手一块儿外出了,尤其是因为见不到那张可爱的脸蛋儿,她觉得实在闷得慌。她在无事可做的时候,试着织花边。可是她的手指太笨拙了,一上来就把线头弄断;她心绪不宁,睡觉不香,用她自己的话来说:"这下可毁啦!"

为了"解闷"起见,她请求主人允许她接待外甥维克托。

每星期日,做完弥撒以后,维克托就来了。他袒着胸膛,脸颊红扑扑的,身上发出一股乡野的气息。她立刻摆好刀叉,两个人就面对面坐着吃起午饭来;她一方面为了节省开支,自己尽量少吃,另一方面,又拼命把维克托的肚子塞得满满的,以至于他吃到后来,往往就睡着了。晚课的钟声一响,她把他叫醒,替他刷净裤子上的尘土,给他打好领带,然后,靠在他的胳膊上往教堂走去。这时,她感受到一种母性的骄傲。孩子的父母每次都要他从她那儿拿点东西回去,有时候是一包土糖,几块肥皂,一点烧酒,有时候还要拿钱。他带来破烂衣服让她缝补;她乐意干这种苦差事,因为这是一种机会,可以促使他再来。

到了八月里,他父亲带着他跑码头去了。

这时候正放暑假。孩子们也回家了,这使她得到一些安慰。可是保尔变得任性起来,而维尔吉妮也已经长大,再也不能用"你"来称呼她了。这使她们俩都觉得不自在,相互间仿佛隔了一道障碍。

维克托先后到过莫尔列,敦刻尔克,布赖顿①;每次返航,他总要送她一件礼物。第一次是一罐子贝壳;第二次是一只咖啡杯;第三次是一大块做成人形的蜜糖香料面包。这个小人儿做得真漂亮,它的身材匀称,有一撮小胡子和一双坦率的眼睛,一顶小皮帽歪在脑后,真像一个领港员。维克托还讲一些夹着水手行话的故事给她听。

一八一九年七月十四日,那天是星期一(她永远也忘不了这个日子),维克托说,他受雇跑外洋了。后天夜里,他要搭洪弗勒的邮船,到勒阿弗尔②赶他的快帆。这条船将从那里的启航。他这一去,也许要两年才能回家。

费莉西泰听说要这么长时间,心里难受极了;到了星期三黄昏,等夫人用过晚饭,她换上皮面木底鞋,一口气从主教桥跑到洪弗勒,足足跑了四法里③。

可是到了喀尔韦岗④的时候,她没有向左拐,反而朝右走,一直走到了造船厂的工地里,只得又从那里返回来;她向路人打听,人们劝她快点走。她绕过停满船只的船坞,一路上跌跌撞撞,老是绊在缆索上。地势渐渐低了,几道灯光交叉在一起。她望见天边有许多马,以为自己是急疯了。

码头边有一群马嘶叫着,因为它们害怕海。一架滑车把它们

---

① 莫尔列,法国西北部英吉利海峡上的港口;敦刻尔克,法国东北部加莱海峡上的港口;布赖顿,英国南部英吉利海峡上的港口。以上各处均在法国沿海或近海的航线上。
② 勒阿弗尔,法国西北部的重要港口和工商业重镇,位于塞纳河入口处的英吉利海峡上,与洪弗勒隔海相望,从法国驶往美洲的船只,大都由此启程。现为法国第二大海港。
③ 法国古里,一里约合四公里。
④ 喀尔韦岗,喀尔韦一词源自希伯来文"各各他"的拉丁译名,指耶路撒冷附近的一座山岗,耶稣在此被钉在十字架上,这个词后来也泛指立有十字架的山岗,故借用此名。

吊起来,放进船里。甲板上堆满一桶桶苹果酒,一筐筐干酪,一袋袋粮食,旅客们在货物堆里挤来挤去;船长在骂人,母鸡在啼叫;一个小水手胳臂肘子撑在船首的吊杆架上出神,对周围的一切全不在意。费莉西泰没有认出是谁。她叫着维克托的名字,那小水手抬起头来;她向船边冲去。正在这时,舷梯突然被抽掉了。

好些妇女为邮船拉纤,她们边拉边唱。邮船出了港湾。它的骨架发出嘎嘎的响声。沉重的波浪拍打着船头。船帆转了方向,船上的人都看不见了。一轮皓月照得海面银光闪闪。邮船像个黑色的斑点,在海上越去越远,愈来愈淡,终于消失了。

费莉西泰在经过喀尔韦岗的时候,想把她最亲爱的人托付给上帝。她泪流满面,站在那里仰望着天上的云朵,祈祷了好久。这时,全城的人都已进入梦乡,只有几个海关职员还在来回踱步;闸孔里不停地流出水来,哗哗地,声音像瀑布。两点钟敲过了。

天亮以前,会客室①是不会开的。回去迟了,夫人肯定会生气;所以,她尽管很想亲亲那个女孩子,还是往归途上走去。当她回到主教桥的时候,客店里的年轻侍女们刚刚睡醒。

那么,可怜的孩子要在海上颠簸好几个月了。他早先几次出海时,她并不担心。去英吉利和布列塔尼,转眼间就回来了;而这一次要到美洲,到殖民地,到西印度群岛,真是天涯海角,万里迢迢啊!

从此,费莉西泰一心想她的外甥。每当红日高照,她担心他渴了。起了暴风雨,她怕雷劈了他。听见风在烟囱里吼,或刮下屋上的瓦片,她就恍惚看到这阵狂风刮断船桅,她外甥往后一仰,从桅杆顶上掉下来,被水沫翻飞的大海吞没。有时候,她想起地理图片上的故事,就会想象出维克托被野人吃掉,在树林里被一群猴子捉住,或者在荒凉的海滩上奄奄一息的情景。不过,她是从不把这种

---

① 会客室,指于徐林修道院的会客室,维尔吉妮在此寄读。

忧虑挂在嘴上的。

欧班夫人也在牵肠挂肚地想着女儿。

善良的修女们觉得这孩子很重感情,但过于脆弱。她稍一激动,就会神情不安。她不能再学钢琴了。

夫人要求修道院按时来信。一天早晨,她久等邮差不来,开始焦急了。她一会儿走到窗口,一会儿又回到她的扶手椅,在屋子里走来走去。真奇怪,已经四天了,怎么还没有消息!

费莉西泰用自己的例子安慰她:

"夫人,我已经半年没有得到消息啦!……"

"谁的消息呀?……"

女仆轻声回答:

"当然……我外甥的消息啊!"

"噢!你的外甥!"欧班夫人耸了耸肩膀,又踱起步来,意思是:"我连想也不想!……再说,他算得了什么!一个小水手,一个要饭的,真新鲜!……可是我的女儿……你想想!……"

费莉西泰虽然受惯了气,这一次可是真动了火,但过后也就忘了。

想女儿想急了,这也是人之常情嘛。

在她的心目中,这两个孩子同样重要;她的心已经把他们连在一起了,他们的命运也应当是一样的。

药剂师告诉她,维克托的船已经驶抵哈瓦那了。他是在一份报纸上看到这条消息的。

她听人说过,那里出产雪茄,所以在她的脑海里,那边的人除了抽烟,不干别的事,维克托准是裹在烟雾里,在黑人中间穿来穿去。那么"万一有急事",能走陆路回来吗?那地方离主教桥有多远呢?为了弄个明白,她就向布雷先生求教。

布雷走到地图前,开始解释什么叫经度。他看到费莉西泰听着发愣,嘴边就露出一种学究式的得意的微笑。然后,他拿起铅笔套子,用它找到了一个椭圆形的缺口。他指着缺口里的一个小黑点说:"就在这儿。"她俯下身去看地图,看着那些五颜六色的网和线,眼睛看花了,还是什么也看不明白。布雷问她有什么为难的事,她就要求他指出维克托住的屋子。布雷举起双手,打了个喷嚏,哈哈大笑起来;他笑她这样的天真;可是费莉西泰不明白他为什么要笑,她或许还想在地图上看到外甥的画像呢,真是无知得可怜!

半个月过去了。里埃巴像往常一样,在赶集的时候走进厨房。他交给她一封信,那是她姐夫托他捎来的。他们俩谁也不识字,她只好拿去请教女主人。

夫人正在计算一件毛衣的针数。她放下手中的活计,拆信一看,不禁打了一个冷战。她随即用深沉的目光看了她一眼,低声说:

"是坏消息……他们告诉你……你的外甥……"

他死了,具体情况信上没有说。

费莉西泰瘫倒在一把椅子上。她把头往护壁板上一靠,紧闭双目,眼圈立刻就红了。接着,她低下头来,垂下双手,直勾勾地瞪着两眼,隔一会就说一次:

"可怜的孩子!可怜的孩子!"

里埃巴望着她直叹气。欧班夫人在微微地颤抖。

她叫她到土镇去看看姐姐。

费莉西泰打了个手势,表示去也没有用。

三个人沉默了一会。里埃巴老头觉得该走了。

这时,她才迸出一句话:

"他们才不当一回事呐,他们!"

她又低下头来,机械地把桌上的毛衣针拿起来又放下去。

几个妇女抬着搁板从院子里经过,搁板上放着湿漉漉的衣服。她从玻璃窗里看到了,想起了自己还未洗好的衣服。衣服是昨天泡的,今天该洗出来了;她往外走去。

她的洗衣板和木桶一直是放在杜克河边的。她把一堆衬衫扔到河岸上,挽起袖管,拿起棒槌,使劲地捶了起来,那捣衣的声音连附近花园里的人也听到了。牧场上空荡荡的,风吹皱了河面;水底下,高大的水草弯弯地摇晃着,像浮在水里的死人头发。她强忍着悲痛,直到傍晚,表现得很坚强;可是一到房里,她实在忍不住了,一下子扑倒在床上,把脸埋在枕头里,两个拳头抵住了太阳穴。

过了很久,她才从维克托的船长那里,打听到他临死的情况。他得了黄热病①,在医院里放血放多了。四个医生一起给他治疗,可是他马上就死了。为首的一位说:

"唉!又是一个!"

他父母一直虐待他。费莉西泰不想再和他们见面;他们也没有采取主动,也许是把她忘了,要不然,就是穷人的心肠太硬吧。

维尔吉妮的身体愈来愈差了。

她胸闷、咳嗽、连续发烧,两颊露出了血管的青纹。这一切都说明,她已经病得不轻了。布巴医生建议送她到普罗旺斯②去疗养。夫人也下了决心,要不是主教桥的气候太坏,她真想立刻把她接回去。

她和一个出租马车主商定,每星期二送她去修道院。花园里有一座阳台,站在阳台上看得见塞纳河。维尔吉妮经常挽着妈妈的手臂,踩着葡萄的落叶,在这里散步。她眺望远处的片片帆影,以及从唐卡维尔③的城堡到勒阿弗尔的灯塔之间的海岸线;有时

---

① 黄热病,由蚊子传染的一种传染病,病人发高烧,出现黄疸,然后昏迷,死亡率达百分之九十九,当时,在墨西哥湾很流行,至今,世界上某些地区仍被列为黄热病疫区,是卫生检疫工作的重点之一。
② 普罗旺斯,法国南部濒临地中海的地区,那里气候温暖,沿海地带风景优美,为疗养胜地。
③ 唐卡维尔,塞纳河入口处的小城镇,隶属勒阿弗尔。

候,阳光透过云层,照得她直眨眼睛。散步以后,母女俩就在葡萄棚下休息。母亲给女儿弄来一小坛马拉加①的好酒;她想象着喝醉后的神态就笑了,所以,她只喝两个手指高那么一点儿,从不多喝。

维尔吉妮的身体慢慢好起来了。一个秋天平安无事。费莉西泰还时常劝夫人放心。不料有一天黄昏,她从附近办事回来时,看到布巴医生的马车停在大门外面;医生站在过厅里,欧班夫人正在系帽上的带子。

"快把我的脚炉、钱包和手套拿来,要快!"

维尔吉妮得了肺炎,情况很不好。

医生说:"还有救!"于是两人冒着飞旋的雪片,上了马车。这时,天已经擦黑了。气候冷得很。

费莉西泰奔到教堂里,点了一支蜡烛,又返身追着马车跑,跑了一小时,才追上它。她跳到马车后面的踏板上,抓住车厢两边的穗子。她忽然想起来:"院子的门没有关上!万一有贼溜进去呢?"于是她又跳下马车。

第二天,天蒙蒙亮,她就去找布巴医生。医生是当晚就回来的,可这时又下乡去了。她只好回到客店里等候消息,心想也许会有个陌生人给她捎封信来的。等到清晨,她才上了从黎薛来的驿车。

修道院在一条陡峭的小巷的尽头。她刚走到一半,忽然听到几下异样的声音。那是一阵丧钟。她想:"准是为别人敲的";不过她还是使劲地拉响了门铃。

过了几分钟,里面响起了木鞋的橐橐声,大门开了一条缝,露出一张修女的脸。

那善心的修女沉痛地说:"她刚刚故世。"就在这时,圣莱奥纳

---

① 马拉加,西班牙南部的港口,盛产葡萄酒和葡萄干。

教堂的丧钟越敲越响了。

费莉西泰上了三楼。

她一踏上门槛,就望见维尔吉妮直挺挺地躺在屋子里;她张着嘴,两手合在一起,头朝后仰着。在她头上,斜挂着一个黑色的十字架。两边一动不动的白色幔帐,看上去并不比死者的脸色白多少。欧班夫人正跪在床前,抱着床腿哭得死去活来。院长在她右面站着。五斗橱上,三个蜡台射出一片红光;屋外的雾映白了窗子。几位修女硬是把她架走了。

一连两夜,费莉西泰守着姑娘的遗体。她反复地为她祈祷,往床单上洒圣水,又坐下来目不转睛地端详她。第一个晚上,守到快天亮时,她发现死者的脸变黄了,嘴唇也发青了,鼻子已经收缩,两眼也下陷了。她一再吻这双眼睛;要是维尔吉妮的眼睛突然睁开来,她也不会惊慌;她这种人是见怪不怪的。她替她梳好了头,裹好包尸布,把她抱进棺材,给她戴上花冠,然后把她的头发理齐,摊开。头发是金黄色的,在像她这样年龄的姑娘中,很少有这样的长发。费莉西泰剪下一绺,分出一半,藏到胸前,决心和它永不分离。

遵照夫人的意愿,遗体要运回主教桥。夫人坐在一辆关得严严的马车里,护送柩车。

做完弥撒,要走三刻钟,才能到公墓。保尔走在前面呜咽啜泣。布雷先生跟着柩车,后面是镇上有身份的居民、披黑纱的妇女,还有费莉西泰。女仆想起她的外甥,由于未能为他送葬,她是加倍的悲伤,所以送这个孩子入土,也如同把另一个一起下葬。

欧班夫人悲痛到了极点。

起初她埋怨上帝,觉得他太不公平,不该夺去了她的女儿。她一生从未做过坏事,心灵又是那样的纯洁!可不能这样想呀!她早该带她到南方去了。那里的医生本可以救活她的。她责备自己,真想跟着女儿一道去,还经常在睡梦里哭醒。有一个梦老是浮现在她的眼前:她梦见丈夫身穿水手服远航归来。他哭着对她说,他奉命要把维尔吉妮带走。于是他俩商定,设法找一个地方躲起来。

有一次,她失魂落魄地从花园里奔回来。刚才,她在那里看到他们父女俩(她还能指出那个地方);不过他们没有说话,只是盯着她看。

她有好几个月待在房里发愣。费莉西泰好言好语地劝慰她;看在儿子分上,再说,为了另外那一个人,也为了纪念她,夫人也应当保重身体。

"她?"欧班夫人如梦初醒。她说:"啊!对呀!……对呀!……你总是记着她!"她指的是公墓里的女儿。人们一直小心翼翼地不让她到那里去。

费莉西泰是没有一天不去的。

每天四点整,她绕过几户人家,上了坡,打开栅栏门,走到维尔吉妮的坟前。坟坐落在一个围着铁链子的小花圃里,上面竖着一根玫瑰色大理石的小石柱,底下是一块青石板,墓基隐没在百花丛中。她每天来这里浇水,添沙,跪在地上精心松土。后来,夫人自己也常来看看。她觉得这样心头倒略为松快了一点,就像得到了某种慰藉。

一转眼,好几年过去了。这些年,日子总是千篇一律地度过,没有发生什么意外,无非是复活节啦,圣母升天节啦,万圣节啦,这个节过了,那个节又来了。家里有些事,过后想起来,也成了大事件。例如,一八二五年,请了两个镶玻璃工人粉刷过厅;一八二七年,屋顶的一角塌了下来,险些砸死人。一八一八年夏天,祭饼是欧班夫人献的;在这段时间里,布雷先生忽然不知去向;旧日的亲友,如基约、里埃巴、勒夏杜瓦夫人、罗勃兰,以及早已瘫痪了的叔父格莱芒维尔,也都相继去世。

有一天晚上,邮车的驭手在主教桥说:发生了七月革命①。几天以后,一位新县长上任了。他就是拉索尼埃男爵,曾经担任过驻美洲的领事。和他同来的有他的妻子、他的大姨,以及大姨的三位相当大了的小姐。有人看到她们穿着宽大的轻飘飘的罩袍,在花园的草坪上散步;他们带来了一个黑奴和一只鹦鹉。她们来拜会欧班夫人,夫人也少不得回拜她们。每当费莉西泰远远地看到她们过来,她马上就跑去通报。可是只有一件事能使夫人高兴,那就是儿子的来信。

他整天泡在咖啡馆里消磨时间,至今一事无成。母亲为他还债,旧债刚清,他又欠了新债。欧班夫人坐在窗前,一面织毛线,一面长吁短叹,那叹息声一直传到厨房里,在那里摇纺车的费莉西泰也听见了。

主仆俩空闲时,就沿着墙边的那一排果树散步;这时,她们总要谈起维尔吉妮,每谈到某件事,总要想想女孩子是否喜欢,在什么样的场合,她会说些什么话。

她用过的小物件依旧保存在她生前卧室的壁橱里。欧班夫人平时尽量不去翻动它们。夏季有一天,她决定去看看。橱门一开,里面飞出许多蛾子。

一块搁板底下,挂着一排连衣裙。搁板上放着三个玩具娃娃、三个铁环、一套小孩玩的小家具,还有她用过的洗脸盆。主仆俩取出她的小裙子、小袜子、小手帕,一件一件堆在两张小床上,又一件一件重新折叠整齐。阳光照在这些可怜的东西上,照出了上面的污渍和肢体活动磨成的皱痕。空气暖洋洋的,日光蓝湛湛的,一只喜鹊喳喳地叫着;似乎一切都沉浸在恬静的气氛中。她们找到了一顶栗色的长毛小绒帽;那帽子已被虫子蛀得不像样了。费莉西

---

① 七月革命,一八三〇年七月的法国资产阶级革命,在这次革命中,巴黎的起义市民推翻了波旁王朝的查理十世,代表金融贵族利益的路易-菲力浦上台,建立了七月王朝。

泰请求主人把它赏给她。主仆俩含着热泪,相对无言。突然,主妇张开双臂,女仆一下子扑了过去;两人紧紧地抱成一团,用一个打破主仆界限的吻来宣泄她们心中的悲痛。

对她们来说,这还是生平第一次,因为欧班夫人平素不是一个感情外露的人。费莉西泰受宠若惊,就像得到了某种恩赐。自此以后,她更加爱戴她,对她报以教徒般的虔诚和牲口般的忠心。

她的心肠也愈来愈仁慈了。

当她听到军队敲着鼓在街上经过时,她就捧起一大罐苹果酒,来到大门口,给士兵们解渴。她照料霍乱病人,保护波兰的流亡者①;其中有一个波兰人甚至声称愿意娶她做妻子。但是,有一天早上,他们俩闹翻了。原因是,当她在外面做三钟经礼拜的时候,他偷偷溜进厨房,拌好一盘酸辣菜,定定心心地吃了起来。这件事被她回来时撞见了。

继波兰人之后,她又照顾起考尔米许老头来了。据说这老头曾在一七九三年②干过坏事,现在他住在河边的一个破猪圈里。顽童们经常从墙上的裂缝中偷看他,朝他的破床上扔石子。他患着重感冒,整天躺在床上打寒战。他的头发长极了,眼皮又红又肿,手臂上长着一个比脑袋还大的肿瘤。她给他买了衬衣,试着清扫他这个猪窝,甚至设法把他安置在面包房里住下,同时还做到不给夫人增添麻烦。后来他的肿瘤溃烂了,她又每天来给他包扎,有时候还带点烘饼给他吃,还把他放在一个草堆上晒太阳;这可怜的老头子流着口涎,哆哆嗦嗦地用微弱的声音感谢她。他看到她离去的时候,总要伸出两手,担心她把他扔下不管。他死了;费莉西泰为他献了一台弥撒,使他的灵魂得到安息。

---

① 一八三〇年波兰爱国者为反抗沙俄的统治举行了起义,起义于次年失败,许多起义者逃亡法国。

② 一七九三年,史称恐怖时期,当时以罗伯斯庇尔为首的雅各宾党人采取极端政策,杀死了许多反对派。

就在这一天,她交了一个好运:午饭时,德·拉索尼埃男爵夫人的黑奴来了。他送来一只鹦鹉,连同它的笼子、横架和锁链。男爵夫人还有一张便条给欧班夫人,条上说,她丈夫已经升任省长,他们当晚就要启程。她请她留下这只鹦鹉作为纪念,并借以表示她的敬意。

很久以来,费莉西泰一直念念不忘这只鹦鹉,因为它来自美洲!而美洲这个词会使她想起维克托,所以她经常向黑奴问这问那。有一次,她甚至还说:"要是夫人得到它,她一定会非常高兴的!"

黑奴曾把这话告诉了女主人。现在,反正带来带去很不方便,乐得做个顺水人情,把它送人算了。

四

它叫鹭鹭。它的身体是绿色的,翅膀尖是玫瑰色的,碧蓝的前额,配着一个金色的颈脖。

可是,它有一种令人讨厌的怪癖。它老是咬木架,拔羽毛,满地撒粪,泼小杯子里的水;欧班夫人讨厌它了,把它给了费莉西泰。

她开始教它说话;不久,它学会说:"乖孩子!——先生,为您效劳!——玛丽,敬礼!"笼子是挂在大门旁边的,有的人感到奇怪,因为,叫它雅各,它不理不睬,而所有的鹦鹉都是取名雅各的。有人说它像只火鸡,另一些人把它比作一段木头;这些比喻像刀子一样扎着费莉西泰的心!但鹭鹭固执得出奇,只要有人盯着它看,它就一声不响了。

它喜欢热闹;每逢星期天,"那几位"洛许弗叶小姐和德·乌普维尔先生等老朋友,以及药剂师翁弗阿·瓦兰先生、马提安上尉等几位新客来家里打牌的时候,它就乱飞乱跳,用翅膀扑打玻璃窗,弄得谁也听不清谁的说话。

一定是布雷先生的长相使它觉得可笑,所以它一看见他就放声大笑起来。这笑声传到院里,发出回声,引得左邻右舍都到窗前看热闹,并且也跟着大笑。布雷先生为了躲开它的视线,每次都要用帽遮住脸,贴着墙根溜到河边,再从花园的门走进来;而他投向鹦鹉的目光,自然也就缺乏感情了。

鹭鹭因为胆敢把脑袋伸进肉铺伙计法比的篮子里,脑门上被他用手指弹了一下;从此以后,它就寻找机会,想隔着他的衬衫咬他一口。法比吓唬它,示意要扭断它的脖子。可是,别看他臂上刺着青色的花纹,腮上长着浓密的颊髯,他生性并不残忍。相反,他对鹦鹉倒是蛮有感情的。他甚至出于乐天的性格,教它说过骂人的话呢。费莉西泰怕他胡来,就把它藏到厨房里去了。她解掉它的链子,那鸟儿就绕着圈,满屋子地飞个不停。

它喜欢把它的喙搁在楼梯踏级上,先举右爪,再提左爪,往楼下走;她担心,这种动作会使它头昏。它果然病了,不能进食,也不能学人话。它舌头底下长出一层厚膜,母鸡有时候也得这种病。她用指甲剥掉这层膜,鹭鹭的病也就好了。有一天,保尔少爷真不应该,往它的鼻孔里喷了一口雪茄的烟;另一回,劳尔默夫人用阳伞尖挑逗它,它一口嚼下伞尖上的小铁箍;后来,它终于飞走了。

有一天,她把鹭鹭放到草地上呼吸新鲜空气。她因为有事离开了一会儿;等她回来一看,鹦鹉已经不见了!她先到灌木丛里寻,又到河边和屋顶上找。女主人朝着她喊:"留神啊!你疯了!"她也不顾。她查遍了主教桥所有的花园,拦住过往的行人打听:"您有没有看到过我的鹦鹉?"有的人从来没有见过它,她就绘声绘色地描述一番。忽然,她恍惚看到磨坊后面的小山坡下,有一团绿色的东西飞舞着。可是她上了山坡一看,却什么也没有看到!一个小贩对她说,方才他在圣梅兰的西蒙大妈的杂货铺里看到过它。她跑去一问,人家弄得莫名其妙。她没有办法,精疲力竭地走了回来。她悲伤欲绝,鞋底也磨破了。她在夫人身边的一条凳子上坐下,向她诉说寻找的经过。忽然,她觉得有件东西轻轻地落到她的肩头:鹭鹭!它干什么去啦?也许是到近郊散心去了吧!

她没能从这次事件中恢复过来,或者还不如说,从此她就一蹶不振了。

有一回,她着了凉,患了喉炎;不久她的耳朵也出了毛病。又过了三年,她聋了;她说话的声音越来越响,甚至在教堂里也大声嚷嚷。虽说她忏悔的罪过即便传到教区的每个角落,也不会有损于她的名誉,对旁人也没有什么妨碍,可是堂长先生还是认为,到圣器室里听她的忏悔更加合适。

她老是觉得耳朵里嗡嗡作响,这使她整天心神不定。为此,女主人经常责备她:"上帝呀!看你多蠢!"她回答说:"是啊,夫人,"同时,还在身旁不知找些什么。

她的思想范围本来就很狭隘,现在就愈来愈窄了。那悦耳的钟声和牛的哞叫也听不见了。所有的生灵全都静悄悄地、像幽灵似的活动着。如今,只有一种声音能传进她的耳朵,那就是鹦鹉的叫声。

也许是为她解闷吧,它常常学烤叉转动的滴答声、卖鱼人的尖叫声、对门木匠的拉锯声;一听见门铃响,它就学着欧班夫人的腔调说:"费莉西泰,开门哪!开门!"

她和鹦鹉倒是有话可谈的。鹭鹭不厌其烦地卖弄它那三句陈词滥调,而她总是回答一些无头无尾的、但感情丰富的句子。鹭鹭在她孤苦伶仃的生活中,差不多成了她的儿子,她的情人。它攀着她的手指头爬,它轻轻地咬她的嘴唇,它把身体吊在她的披肩上;有时候,她额头朝前,摇着头,像奶妈逗婴儿一样逗它。这时,她的大帽檐和鸟的翅膀就一齐扇动起来。

每当乌云密布,雷声隆隆时,鹭鹭就尖声高叫,也许是想起了故乡的雷阵雨吧。雨水流淌,也能激发起它的狂热;于是它疯魔般地飞上天花板,撞翻屋子里的东西,又从窗户飞出去,到花园里去淋雨；不过它很快就飞回来，停到壁炉的柴架上。它停在那里，一会儿展展尾巴，一会儿伸伸脖子，扑腾扑腾地抖掉身上的雨水。

一八三七年，冬天酷寒。由于天冷，她把鹦鹉放在壁炉前面。一天早晨，她发现鹭鹭耷拉着脑袋，爪子攀在铁丝上，已经死在笼子里了。它可能是死于充血。可是她相信，它是中了香芹菜的毒；她虽然拿不出任何证据，还是疑心法比把它害了。

女主人看她哭得那样伤心，就说："好啦！把它做成标本吧！"

药剂师一向待鹭鹭好，她就跑去请教他。

他向勒阿弗尔发了一封信，那里有一个叫费拉歇的人专做这种标本。但由于驿车有时会丢失邮包，所以她决定亲自走一趟。

大路两旁的苹果树叶子都掉光了。沟渠里结了冰。农庄周围，狗汪汪地吠叫着。她的脚上穿着黑色的木鞋，臂上挎一只篮子，两手藏在短斗篷里面，在石子路中央快步走着。

她穿过森林，绕过上歇纳，到了圣加蒂安。

突然，她的身后扬起一阵尘土，一辆邮车像一团飓风，从坡道上直冲下来。驭手看到这女人还不让路，慌忙从车篷里探出身子，同时他的助手也大声吆喝起来。但是那四匹辕马越跑越快，已经无法控制了；前面的两匹把她蹭了一下；车夫猛地一拉缰绳，把它们拉到大路边上。可是他气极了，挥起大鞭子，兜肚子一鞭，一直抽到她的后颈。她仰面朝天倒了下去。

她苏醒以后，第一个动作是打开她的篮子。幸好，鹭鹭没被打着。她觉得右颊上火辣辣的。她用手一摸，一片殷红。脸上还在流血。

她坐在一堆碎石上，用手帕掩住伤口，然后从篮子里拿出备着点饥的面包干吃，她边吃边看着鹦鹉，倒也忘了伤痛。

她上了艾格莫镇的高坡，望见洪弗勒的灯火像繁星点点，在夜空中闪烁；远处，大海隐隐约约地伸向前方。这时，她感到一阵伤心；悲惨的童年，初恋的失意，外甥的离别，维尔吉妮的夭折，像潮水似的,一齐涌上心头,堵住了她的喉咙,使她无法呼吸。

她要向船长亲自交代;她向他叮咛了一番,也没有说清托他带去的是什么东西。

费拉歇把这事拖了很久。他总是答应过一个星期寄回鹦鹉;拖了半年,他才通知说,木箱已经寄出,后来再也没有下文。她以为鹭鹭永远也回不来了,心想:"准是他们把它侵吞了!"

它终于回来了。可真神气!红木座子上装着一根树枝。鹭鹭安然屹立,它一爪悬空,侧着脑袋,嘴里叼着一个核桃。做标本的讲究装潢,还给那核桃镀了金。

她把它藏在自己的房里。

那个地方她难得让人进去。房间里塞满了宗教用品和古里古怪的东西,既像一座小礼拜堂,又像一个杂货铺。

一个大橱靠墙立着,妨碍开门。突出在花园上空的窗户,对着一扇面朝院子的牛眼窗;帆布床旁边,有一张桌子,桌子上放着水罐和两把梳子;在一个缺口的碟子里,有一小块蓝色的肥皂。墙上挂着念珠,徽章,几尊圣母像,还有一个椰子壳做的圣水盂。五斗橱蒙着布单,像一座神坛,上面放着维克托送给她的那罐贝壳;此外,还有一把洒水壶,一个皮球,几本练习簿,一套地理图片和一双小女靴;在挂镜子的钉上,挂着维尔吉妮的小绒帽;她出于一片至诚,甚至还收藏着"老爷"的一件礼服。欧班夫人不要的许多破烂,她全收罗来了。所以,五斗橱边沿上放着纸花,天窗凹进去的地方还挂着阿图瓦伯爵①的画像。

她用一块小木板,把鹭鹭架在穿过房间的壁炉烟囱的砖墙上。她每天早上醒来,就在熹微的晨光中凝望它。这时,她又想起过去的岁月和许多无足轻重的小事,直至它们的细枝末节。她不觉得痛苦,心里充满着宁静。

---

① 阿图瓦伯爵,即查理十世即位前的封号。

她不和任何人来往,日子过得懵懵懂懂的,活像一个梦游人。圣体瞻礼节的游行仪式使她振奋起来,她向四邻的妇女们募集了一些蜡烛和草垫,用来装扮搭在街心的圣坛。

每一次到教堂里,她总要细细端详圣灵的形象。她发现,它和鹦鹉有几分相似。有一幅埃比纳①的版画,画着主耶稣受洗。她觉得那画上的圣灵特别像鹦鹉。它那绯红色的翅膀,绿玉般的身体,简直就是鹦鹉的写照。

她买下这幅画,放在原先挂阿图瓦伯爵画像的地方。这样,她可以同时看到它们了。在她的脑海里,鹦鹉和画像渐渐融为一体。那鹦鹉,由于和圣灵相像,所以带上了神圣的色彩,变得更加生气勃勃,更加易于被人理解了。天父不可能选择鸽子来显示自己的,因为这种鸟不会说话,他倒是应该选中鹦鹉的某个祖先。于是费莉西泰望着画像祈祷,身子却不由自主地转向鹦鹉。

她想加入圣母侍女的行列,欧班夫人劝住了她。

后来,发生了一件大事:保尔结婚了。

他先是给公证人当文书,后来经商,当过海关职员,还进过税务局。可是,在他三十六岁上(那时他甚至已经在活动水利森林局的差事),也许是老天爷给他启示,他忽然找到了出路:登记处!他在这个行当中大显身手,以致一位检察官居然愿意把女儿许给他,还答应对他好生栽培。

保尔变得一本正经了,他带着妻子回家省亲。

少奶奶架子十足,像个公主。她对主教桥的风俗习惯横加指摘,动不动对费莉西泰要态度。她动身回去的时候,欧班夫人着实松了一口气。

就在这以后一个星期,有消息传来,布雷先生死在布列塔尼的一家客店里了。自杀的说法后来得到证实;人们对他的为人也产

---

① 埃比纳,法国东北部孚日省的首府,那里的圣像画很有名。

生了怀疑。欧班夫人检查了他的账目,很快就发现了一连串的舞弊:挪用利息,私卖木料,伪造票据,不一而足。此外他还有一个私生子,并且"和道需雷的一个女人有往来"。

这些劣迹使她十分痛心。一八五三年三月间,她觉得胸口疼痛;她的舌头上长了一层烟状的舌苔,几次放血也没能减轻她的胸闷;到第九天黄昏,她咽了气,享年七十二岁。

人们以为她还不到这样的年纪,因为她的头发还是棕色的。它们一绺绺挂下来,衬托着一张苍白的、有几点小麻子的脸。没有几位朋友惋惜她,因为她平素为人高傲,早已使人敬而远之了。

费莉西泰大哭一场,没见过别的仆人像她那样为主人掉泪的。夫人竟比她早走一步,这件事,她怎么也想不通。她觉得,这样的事违反了事物的秩序,所以她不能接受。简直岂有此理!

过了十天(从贝藏松赶回来所需要的时间),继承人突然回来了。少奶奶翻抽屉,挑走好的家具,卖掉其余。他们折腾了一阵,又返回登记处去了。

夫人的靠椅、小圆桌、脚炉、八把椅子,全给运走了!板壁上的版画也拿跑了,只留下四四方方的黄色痕迹。他们还带走了那两张小床和床垫;壁橱里面,维尔吉妮的东西统统不见了!费莉西泰回到楼上,满怀悲痛,神思恍惚。

第二天,大门上出现了一张招贴;药剂师附在她的耳朵上大声告诉她:出卖房子。

她一个趔趄,一屁股坐了下来。

她最难过的是要放弃她的房间,那地方对可怜的鹭鹭来说,是最合适不过的。她以焦灼的目光看着它,求告圣灵庇佑。她跪在鹦鹉跟前念她的祷告,从此,又养成了膜拜偶像的习惯。有时候,阳光从天窗里射进来,照在鹭鹭的玻璃眼珠上,反射出两道明晃晃的光彩。她看得出了神。

她每年有三百八十法郎的收入,那是女主人给她留下的。花园可以供给她蔬菜;至于穿的,她的衣裳足够她穿到生命的最后一天,而且她节省灯火,天刚擦黑就上床了。

她很少出门,免得在旧货铺里看到那些被卖掉的家具。自从她摔晕过去以后,老是拖着一条腿走路,而且,她的体力也一天不如一天了,所以每天早晨,开杂货店破了产的西蒙大妈过来帮她劈柴汲水。

她的眼睛也不中用了。百叶窗也不再打开。这样又过了几年。房子一直租不出去,也没有人来买它。

屋顶下的板条烂了。她因为担心被撑走,所以从不要求主人修理房子;整整一个冬天,她的长枕头一直是潮湿的。复活节过后,她吐了血。

西蒙大妈给她请了一位医生。费莉西泰想知道得了什么病。可是她实在聋得不行,只听清两个字:"肺炎"。她知道这个词。于是,她安详地回答说:"噢!和夫人一样。"她认为,和夫人生一样的病,是很自然的。

献圣坛的日子临近了。

第一座照例搭在山坡脚下,第二座搭在邮局前面,第三座搭在大街中央。另一座应该搭在什么地方,人们发生了争执;女教徒们最后决定:搭在欧班夫人的院子里。

可惜,费莉西泰胸闷、热度有增无减。因为没能为圣坛出点力,她心里十分难过。至少,她该献上点什么呀!于是她想到她的鹦鹉。邻居们说,这可不合适。但是堂长答应了;她为此感到非常幸福,还要求堂长,在她死后,接受她唯一的财产鹭鹭。

从星期二到星期六,也就是圣体瞻礼的前夕,她咳得更厉害了。临到傍晚,她的脸绷紧了,嘴唇和牙床粘在一起,并且开始呕吐;次日清晨,她自觉不行了,托人把神甫请来。

涂圣油的时候,三个好心的妇女留在她的身边。最后她表示,有话要对法比说。

法比穿着节日的衣裳来了,在这悲切切的气氛中,他感到很不自在。

她费力地伸出手臂说:"原谅我吧,我原先以为是你把它弄死的!"

她在说些什么?简直是胡说八道!怀疑他是谋杀犯!像他这样的人可能吗?他生气了,想发作。

"她神志不清了,你看得出来的。"

费莉西泰每隔一会儿就同看不见的阴灵说话。好心的妇女们也走了。留下西蒙大妈一个人在这里吃午饭。

过了一会,她拿起鹦鹉,送到费莉西泰面前:

"好啦!和它告别吧!"

它虽然不是一具鸟尸,也被虫蛀坏了;它的一只翅膀断了,麻絮从肚子里露了出来。但是她已经瞎了,看不见了。她吻了它的头,把它贴在面颊上。西蒙大妈又把它拿回去,准备供到圣坛上。

五

草原送来夏天的气息;苍蝇嗡嗡地飞来飞去;太阳晒暖了房顶上的瓦片,把河水照得发亮。西蒙大妈回到屋里,昏昏沉沉地睡着了。

一阵钟声把她惊醒;人们做完晚祷散了。费莉西泰这时稍微清醒了些。她思念着祭圣的行列,恍惚看到了它,觉得自己就在这队伍中间。

全城的小学生、唱诗班和消防队员,都在人行道上行进;街心里,依次走着手握斧钺的教堂卫士、捧着大十字架的教堂执事、监管男孩子的小学教师、照料小女孩的修女;三个最可爱的小姑娘,头发鬈鬈的,像小天使一般,往半空中抛撒玫瑰花瓣;教堂助祭张着胳膊,给乐队打拍子;两个拿香炉的,走一步,朝圣体一回身。四

35

个财务管理委员托着一顶红色的丝绒华盖,堂长先生披着华丽的法衣,在华盖下捧着圣体。人群像一阵潮水,在挂着白布的房墙之间,熙熙攘攘地跟在祭圣行列的后面;不一会儿,他们到了山坡脚下。

费莉西泰的鬓角直冒冷汗。西蒙大妈拿一块布替她擦汗,心想有朝一日,自己也会走上这条路的。

嘈杂的人声由远而近,有时很响亮,然后又渐渐远去了。

一阵枪声震撼着玻璃窗,那是邮车的助手们在向圣体鸣枪致敬。费莉西泰转了转眼珠子,费力地说:

"它没有什么吧?"她是在为鹦鹉担忧。

她进入弥留了,气越喘越急,两肋上下起伏,嘴角流着白沫。她浑身颤抖起来。

没有多久,外面传来了呜呜的喇叭声、清脆的童音和低沉的男声。有时候,这一切都沉寂了。脚步踩在花瓣上,声音低微,听起来,仿佛一群牲口在草地上行走。

教士们在院子里出现了。西蒙大妈爬上一把椅子,凑到牛眼窗跟前,观看下面的祭坛。

祭坛上挂着绿色的花环,周围镶着英吉利的针织花边,中央一个小框子里,放着圣徒的遗物,两边两棵橘子树,四周一溜银蜡台和瓷花瓶;花瓶里插着向日葵、百合、牡丹、洋地黄、绣球花。这一大堆五光十色的东西,由高而低,从第一级斜伸到盖住石子路的地毯上面;有几样罕见的东西特别引人注目:一个套着紫罗兰花圈的银制镀金糖罐、一枚在青苔底子上闪闪发光的阿朗松宝石坠饰、两扇画着当地风景的中国屏风,还有就是那只鹦鹉鹭鹭;它隐没在一丛玫瑰花中,只露出它那蓝色的小脑袋,看上去像一块青玉。

财务管理委员、唱诗班和孩子们分三面列好了队。神甫慢条斯理地走上台阶,把光芒四射的金圣体架放在花边上,所有的人全都跪在地上。院子里一片肃静。香炉随着链子的晃动,摆过来又摆过去。

　　一缕青烟从香炉中袅袅升起,飘进费莉西泰的房间。她张大了鼻孔吸它,觉得有一种神秘的快感;随后她合上眼皮,嘴边露出一丝微笑。她的心脏一下比一下跳得更慢了,更微弱了,更模糊了,就像水泉干涸,回声消逝;当她吐出最后一口气的时候,她恍惚在敞开的天幕里,看到一只巨大的鹦鹉,在她的头顶上翱翔。

圣朱利安*传奇

一

小山坡上的树林里,有一座城堡,朱利安的父母就居住在这座城堡里。

城堡四角的望楼是尖顶的,上面覆盖着鳞状的铅皮;墙基筑在岩石上,这岩石陡峭地伸到护城河底。

大院里的石子路干干净净,像教堂里的石板地一样。一条条龙形承霤,龙口朝下,将雨水吐进水槽;每一层楼的窗台上,都摆着彩绘的陶土花盆,盆里的罗勒或天芥菜①开满了一丛丛小花。

第二道墙用木桩圈成。墙内有一片果树林,后面是一溜花坛,各色鲜花组成好些花体字;再往里,有纳凉用的穹顶葡萄棚,还有一个供青年侍从们娱乐的槌球②场。围墙的另一边有犬舍、马厩、

---

* 全名"行善者圣朱利安",传说中的圣徒。关于他的生平,文字记载不多,较为重要的有十三世纪的《圣徒列传》。该书所记述的内容,与本文稍有差异:故事说,朱利安在误杀父母后,他妻子和他一同出走,他们一面渡送过往旅客,一面在自盖的医院中接待过路的朝圣者。他们行了许多善事,最后一起升天。作者故乡鲁昂大教堂的花玻璃窗上,有许多描绘朱利安事迹的镶嵌画,福楼拜从中也汲取了创作的素材。

① 罗勒,唇形科芳香性植物,味如薄荷,开白色或紫色小花,茎叶有清凉健胃作用;天芥菜开紫色小花,也有香味。

② 槌球,一种游戏,其场地狭长,在一端置一铁圈,玩者站在另一端,用一把装有弹性木柄的木槌将木球击进圈内,即可得分,这种游戏也叫铁圈球。

面包房、榨汁机和粮仓。木墙周围有一片绿油油的牧草地,它的外沿栽着一圈茂密的荆棘篱笆。

多年来一直过着太平日子,所以,狼牙大闸门一直高高悬吊着;城壕里积满了水;燕子在雉堞的裂缝中营巢;弓手整天在城头的步道上踱步,每当阳光炽烈,就回到哨楼里,像僧人一样安然入梦。

城堡里,金属配件到处闪闪发光;室内的壁衣挡住了寒气;橱柜里衣物充实;酒窖里酒桶高垒;橡木银箱被钱袋压得咯吱咯吱地响。

演武厅里挂满了旗帜和兽头标本,还有古今内外各式各样的兵器:从亚马力人①的投石器、嘎拉芒特人②的标枪,直到撒拉逊人③的短剑和诺曼人④的锁子甲。

厨房里,头号烤叉可以烤整只公牛;小教堂金碧辉煌,像国王的小礼拜堂一样。在城堡的一个僻静角落,甚至还有一间罗马式的蒸汽浴室;可是,心地古朴的堡主并不使用它,认为那种东西只符合偶像崇拜者的习俗。

他总是披一件狐皮长袍,在家里走来走去。他为家臣裁决是非,替邻里排解纠纷。冬天,他观赏纷纷扬扬的雪花,或让人给他朗读故事。春回大地,他骑上骡子,沿着返青的麦田边的小道走去,一路上和农夫们交谈,给他们出点主意。

他有过不少艳遇,最后娶了一位名门闺秀为妻。

---

① 亚马力人,古代阿拉伯的一个民族,居住在犹太国南部和佩特拉阿拉伯北部的部分地区,在以色列王扫罗和大卫时代,常与之为敌,最后被大卫所灭。
② 嘎拉芒特人,古代利比亚的一个游牧民族,公元前二十一年被罗马人征服。
③ 撒拉逊人,中世纪欧洲基督徒对入侵欧、非两洲的穆斯林阿拉伯人的称呼。有些历史学家称之为"穆斯林海盗"。
④ 诺曼人,指丹麦、挪威、瑞典等国的斯堪的纳维亚人。公元九世纪时,他们常驾着狭长而坚固的快艇入侵英、法、冰岛诸国,曾以"北欧海盗"闻名。

她皮肤白皙,严肃中稍带高傲。她戴一顶圆锥形的高筒帽①,那帽子的尖顶几乎碰到门楣;她的衣裙拖在身后足有三步长。她管理家事,像寺院里那样井井有条;每天早晨,她给仆妇们分派好工作,然后监制果酱和膏药,用纺锤纺线,或刺绣神坛上的桌布。靠着祈祷上帝,她生了一个儿子。

于是举行了盛大的庆典。城堡里灯火辉煌,琴声悠扬,铺着绿叶的地上摆开盛宴,持续了三天四夜。客人们品尝着奇珍异味,还有像绵羊一般大的母鸡;为了助兴,大馅饼里居然还藏进一个小矮人!客人越来越多,杯盏不够用了,连号角和头盔也拿来盛酒喝。

产妇没有参加庆祝活动。她一直在卧床静养。一天晚上,她一觉醒来,发现有个人影在投进窗户的月光下移动着。那是一个身穿粗布道袍的老头儿。他肩上挎一个褡裢,腰带上挂一串念珠,一身隐士的穿戴。他走近床头,不见他张嘴,就听见他说话:

"该多高兴啊,孩子他妈!你的儿子将会成为圣徒!"

她刚要呼喊,老人就踏着月光,徐徐地升上天空,一转眼就无影无踪了。这时,宴会上的歌声愈来愈响。她听到天使们也在歌唱;她把头重新靠到枕头上。枕头上方挂着一块殉道者的遗骨,骨头周围镶有一圈红宝石。

天亮后,盘问了所有的仆役,他们都说没有看到过隐士。梦幻也罢,现实也罢,这总是上天的一种启示;然而,她审慎地保持着缄默,生怕别人说她不知天高地厚。

拂晓时,宾客们纷纷离去;朱利安的父亲在城堡的便门外送走了最后一位客人。一个乞丐突然从晨雾中走出来,站到他的面前。

---

① 中世纪法国贵族妇女戴的一种帽子,呈圆锥形,高尺余,帽筒上披着轻纱,或在帽尖上饰有飘带。

这是一个波希米亚人①，他的胡须编着小辫，手上戴着银镯，一双眼睛炯炯有神。仿佛有神灵附体，他说了些无头无尾的话：

"啊！啊！你的儿子！……鲜血遍地……光荣显赫……极乐长存！真是帝王之家！"

他弯下腰去拾取布施，一下子就隐没在草丛里，转眼间踪影全无。

善良的堡主左顾右盼，喊了他好一会。周围空无一人，只有风在呼啸，雾在浮动。

他认为，这一幻觉产生于头脑的疲惫，他确实睡得太少了。他心想："要是我谈起这件事，人家一定会笑话我的。"然而，一想到他儿子可能真有贵人之命，他不禁目眩神迷起来，尽管这种许诺并不真切，甚至连是否确实听到过，他还在满腹狐疑。

夫妇俩互相保守着自己的秘密。但是，他俩都以同样的深情钟爱这个孩子；他们对他关怀备至，好像他身上带着上帝的印记。孩子的小床里垫满了最柔软的羽绒；一盏长明不熄的鸽子形吊灯挂在小床上面；三个保姆轮流摇他入睡。这娃娃粉红的脸蛋，碧蓝的眼睛，披着锦缎小斗篷，戴着串满珍珠的小软帽，裹在襁褓里舒舒坦坦，活像一个小耶稣。他长牙的时候，一次也没有哭过。

七岁那年，妈妈开始教他唱歌。爸爸把他抱上高头大马，锻炼他的勇气。孩子在马背上总是笑容满面，神态自若，不久就通晓了有关战马的知识。

一位博学的老僧人教他读《圣经》，认阿拉伯数字，写拉丁字母，还教他在小牛皮上画图画。为了避开嘈杂声音的干扰，他们到一座小塔楼顶上去上课。

---

① 亦称"吉卜赛人"，"茨冈人"，是漂泊在世界各地的一个流浪民族。据说，他们起源于印度，从十四世纪末起，在欧洲的波希米亚地区（现属捷克）聚居最多，故得名。

课后,师徒俩走下塔楼,来到花园里。两个人一面散步,一面对各种花卉进行研究。

有时候,望得见一队牲口驮着货物在山谷里经过,领队是一个身穿东方服装的外国人。城堡主人看出那是个商人,就打发仆人去邀请他。那外国人毫不疑惑,也就改道相随;到了会客室,他从箱子里取出成匹的天鹅绒,整幅的丝绸,还有金银首饰,各种香料,以及用途不明的稀奇古怪的物品,末了,商人非但不会吃亏,而且总能赚走一大笔钱。有时,一群朝圣者前来叩门。他们把湿衣挂在灶前烘干,吃饱喝足,就叙述起旅途见闻:在浪花飞溅的大海上迷航,在滚烫的沙漠里步行,异教徒的残暴,叙利亚的洞穴,还有耶稣的马槽①和墓冢。然后,他们从罩袍里掏出贝壳,送给小少爷。

城堡的主人经常宴请他的军中老友。他们一面喝酒,一面回忆参加过的战斗、令人咂舌的负伤,以及在攻城机的配合下夺取城堡的情景。朱利安在一旁听着,常常失声叫好;由此,他父亲认为这孩子将来一定是位常胜将军。但是每到黄昏,他做完晚祷,在伛偻着腰的穷人面前走过时,总要倾囊施舍;他的神态是那样的谦逊和高尚,以致他母亲深信,她的儿子将来准是一位主教大人。

他在小教堂里的座位,就在父母身边;祈祷仪式无论多长,他总是将帽子放在地上,双手合十,跪在经凳上一动不动。

有一天望弥撒时,他偶一抬头,恰巧看到一只小白鼠从一个壁洞里钻出来。它一溜儿小跑,跑上了神坛的第一级;然后,它忽儿左,忽儿右,绕了两、三个圈子,又从原路溜了回去。下一个礼拜天,一想到又可能看见它,他的精神就不集中了。小白鼠果然来了;于是,每个礼拜天,他总要等它出来。他终于感到了厌烦,对它产生了仇恨。他决心摆脱这个小东西。

---

① 耶稣诞生在伯利恒一家旅店的马棚里。耶稣刚生下时,他母亲马利亚把他放在马棚的食槽里,这马槽就成了基督教的圣物。

他先把门关紧,又在神坛的台阶上撒了糕饼的碎屑,然后他手拿一根小木棒,守候在壁洞旁边。

等了好久,他看到一个粉红色的小鼻子伸了出来,接着是老鼠的整个身躯。他轻轻打了一棒,在这不再动弹的小躯体前面惊呆了。一滴鲜血玷污了石板地。他急忙用衣袖擦掉血迹,把死鼠扔到屋外。事后,他对任何人都只字不提。

各种各样的小鸟常飞到花园里啄食籽粒。他想出一个办法:把豌豆装进一根芦苇里引诱它们。一棵树上响起了叽叽喳喳的鸟叫声。于是,他轻手轻脚地走上前去。他举起芦苇,鼓起腮帮子吹它;只见那些小东西像雨点似的纷纷落到他的肩上,多得使他忍不住笑了,对自己的巧计颇为得意。

一天早晨,小朱利安从城头的步道往回走。忽然,他看到一只肥大的鸽子神气十足地停在垛尖上晒太阳。他停下来看它;这段城墙有一个裂口,一块碎石正好就在他的手边。只见他手臂一抡,石子击中了鸽子,那鸟儿缩成一团往壕沟里落去。

他奔下城墙,不顾刺痛,拨开荆棘四处寻找,比一只小狗还要敏捷。

鸽子被打断了翅膀,正挂在一株水蜡树的枝杈上扑腾着。

它那顽强的生命力把孩子激怒了。他动手捏死了它;鸟儿的抽搐使他的心怦怦乱跳。他浑身感到一种野性的、异样的快感。到鸽子终于僵硬时,他觉得自己也支持不住了。

那天吃晚饭时,他父亲宣称,到他这样的年龄,也该学习狩猎了;他并且找出一本以问答的形式教授狩猎的旧抄本。在那本子里,一位教练教学生驯狗、练鹰、设置陷阱的技术;教人怎样顺着鹿粪找到鹿,沿着狐狸的足迹找到狐狸,根据泥土中埋粪的爪印找到狼;要发现野兽的行踪有哪些好方法,用什么办法把它们从隐藏的地方赶出来,通常在哪些地方藏有野兽,哪些风向对狩猎最为相宜。抄本中还列举了各种动物的叫声,记载着向猎犬分配脏腑的

43

规则。

等到朱利安熟记了所有这些知识,父亲就给他配备了一群猎犬。

猎犬队里有二十四头巴尔巴里①的猎兔犬,它们跑起来比羚羊还要快,但性情暴躁;还有十七对布列塔尼②的红毛白斑狗,这种狗意志坚强,胸阔体壮,吠声洪亮。另外,特意配备了四十头欧洲粗毛狗格里风,用来袭击野猪或对付回身钻窝的野兽,这些狗的皮毛有点像狗熊。好些鞑靼③巨獒几乎和驴子一样高大,它们的毛色火红,背宽体直,专门用来对付欧洲野牛。西班牙犬的皮毛油光锃亮,像黑色的缎子;英国人培育的"泰尔波"吠声清脆,比得上他们的短腿猎兔犬。在另一个院子里,八头亚兰看守犬④吠叫着转动它们的眼珠子,摇撼着颈上的铁链;这种猛犬敢于扑向骑手的肚子,见了狮子也毫不畏惧。

所有的狗都喂小麦面包,在专用的石槽里饮水,并且都有一个响亮的名字。

鹰也许比犬更胜一筹;这位老爷不惜重金,买来了高加索的雄鹰,巴比伦⑤的兔虎,德意志的大鹏,还有从天涯海角的高山陡壁上捕来的隼。它们栖息在一间草棚里,按身量的大小被拴在横架上。在它们前面有一块草地,养鹰的仆人按时放它们下来活动筋骨。

---

① 巴尔巴里,指北非摩洛哥、突尼斯、阿尔及利亚和利比亚的黎波里地区。
② 布列塔尼,原为法国西部的一个独立公国,公元一五三二年被法王弗朗索瓦一世并入法国,成为布列塔尼省。
③ 鞑靼,即我国的新疆维吾尔自治区和苏联的土耳其斯坦。
④ 亚兰看守犬,指亚兰人驯养的看守犬。亚兰人是公元四〇六年入侵高卢的一个民族,后来在入侵西班牙时被已经侵占了该地的西哥特人消灭。
⑤ 巴比伦,巴比伦王国的都城,古代两河流域(幼发拉底河,底格里斯河)最大的都会,其遗址在现今的巴格达东南约一百六十公里处。巴比伦建于公元前三千年,公元前二千年到前一千年,它是西亚著名的商业和文化中心,公元二世纪后衰落。

兔网、鱼钩、狐狸夹子和各种器械也一应俱全。

他们经常带着奥赛尔到野外去。这种狗能很快就发现猎物的藏身地。于是,驯狗的仆人就蹑手蹑脚地走过去,小心翼翼地把一张巨网罩在它们一动不动的身上。一声口令,狗吠叫起来;好些鹌鹑就飞出来,撞进了网里;从四邻邀来的夫人们,连同她们的丈夫、孩子和侍女,一齐扑上前去,轻而易举地把它们捉住。

有时候,他们击起鼓,把野兔赶出树林;狐狸也常常落入陷阱;有时候,一个弹簧夹子松开机关,咬住狼的脚脖子。

可是,朱利安瞧不起这类不费力气的小玩意儿;他喜欢架鹰纵马,到偏远的地方去打猎。他几乎总要带上那只雪白的斯基提亚①大角鹰。那鹰的脑门上有一个肉瘤,上面长着一撮羽毛;在它蓝色的爪骨上晃荡着一对金铃。马奔驰着,大地向前伸展。鹰停在主人的手臂上纹丝不动。朱利安突然松掉拴着它的细绳,把它抛向天空;这猛禽箭一般直插蓝天;只见一大一小两个黑点在空中盘旋了几圈,又合到一块,接着就消失在蔚蓝的苍穹之中。不一会,它撕咬着什么鸟儿飞了下来,落到主人的护臂上,两只翅膀还在微微地颤动。

朱利安用这种方法猎获了鹭鸶、鹞鹰、小嘴鸦和秃鹫。

他也喜欢吹着喇叭,跟着他的狗群奔下山坡、越过溪流,又往上跑向树林;当公鹿被咬伤,开始呻吟的时候,他利索地把它砍倒,然后兴致勃勃地看着一群巨獒扒开热气腾腾的鹿皮,凶狠地把它撕碎、吞食。

雾天,他隐藏在一片沼泽地里窥伺野鹅、水獭和小野鸭。

每天清晨,三个马夫在石阶下等他;那老僧人从天窗里探出身子,徒劳地打着手势,叫他回去。朱利安头也不回。他顶着骄阳,

---

① 斯基提亚,古代斯基泰人居住的地区,位于黑海北岸的欧洲东北部,约为今苏联的第聂伯河和顿河下游的中间地带。

迎着狂风，冒着大雨，出去打猎。他用掌心掬泉水解渴，边跑边啃野菜果充饥，累了就在橡树下休息一会；就这样，他折腾到深更半夜方才回家，浑身血迹斑斑，泥浆点点，头发里挂满了芒刺，身上发出野兽的气味。他自己简直也成了一头野兽。妈妈吻他的时候，他心不在焉，仿佛遐想着深奥莫测的事情。

他用刀子杀死狗熊，用大斧砍死公牛，用矛枪刺死野猪；有一次，他遇到一群在绞刑架下争食死尸的饿狼，他就用手中仅有的一根棍棒和它们搏斗。

* * *

冬天的一个早晨，天还没有亮，他就出发了。他肩上挎着弓，马鞍上挂着箭壶，装备齐全。

他的丹麦小马踏着均匀的步子，把地面踩得咯咯直响。两只矮脚狗在后面跟着。地上的薄冰溅到他的斗篷上。晨风颇为猛烈。东方开始发白；这时，在熹微的晨光中，他望见一群兔子在洞口跳来跳去。两头矮脚狗呼地扑了过去，一阵子东追西咬，立时咬断了它们的脊梁骨。

不久，他走进一座树林。一只冻僵了的山鸡停在树枝上睡觉，把头藏在翅膀底下。朱利安用剑一撩，削去它的双爪。他也不去捡拾，继续往前走去。

三小时以后，他登上一座高山。那座山是那么高，从山顶上看去，天空几乎像是黑洞洞的。在他的前面有一块岩石，像一道长墙突出在悬崖峭壁上；就在这岩石的尽头，有两只野山羊朝着下面的深谷张望。他身边没有箭（因为他把马留在山下了），只好设法靠近它们；他弯着腰，光着脚，摸到第一只羊身边，将一把匕首插进它的肋骨中间。另一只受了惊，纵身往崖下跳去。朱利安扑上去想把它砍死，可是，他右脚一滑，张着双臂摔倒在死羊身上，他的脸正对着万丈深渊。

他下了山，回到平地，随即沿着河边的一排柳树走去。白鹤接二连三地掠过他的头顶。朱利安挥动鞭子抽打它们，没有一只幸免。

这时，气温已经升高，霜也融化了，大片大片的水汽飘浮在半空中，太阳也出来了。他发现，远处有一个结了冰的湖塘发着铅灰色的光。湖心有一头他没有见过的野兽，那是一头黑脸海狸。距离虽远，只一箭，朱利安就把它射倒；他无法取走它的皮，未免怏怏不乐。

随后，他走上一条林间大道。那道路两旁的大树顶梢相连，形成一座通向密林的凯旋门。一只麈从草丛中蹦了出来，一只麂出现在十字路口，一只獾从洞穴里钻出来，一只孔雀在草地上展开彩屏；朱利安把它们全杀了，可是又来了许多麈、麂、獾、孔雀，还有山乌、樫鸟、鼬、狐狸、刺猬、山猫，越来越多，简直是数不尽的飞禽走兽。它们战战兢兢地围着他打转，并用驯良和哀求的目光注视着他。可是朱利安正杀得性起。他一个劲儿地挽弓，挥剑，捅刀，什么也不想，也记不清做了些什么。他恍惚觉得在某处打猎，可是记不清进行了多久。只因为他人在场，一切莫不应手而倒，就像在梦中一样轻而易举。一幕奇特的景象使他停住了手。许多鹿聚集在一个类似竞技场的小山谷里；它们前拥后挤，用呼出的热气互相取暖；那热气升到雾里，像一团团轻烟。

看到又能痛痛快快地大杀一场，他兴奋得好一会儿喘不过气来。他随即翻身下马，挽起衣袖，开始射箭。

鹿一听到箭响，纷纷回头张望。鹿群中渐渐出现了许多空当，阵阵哀鸣随之而起；霎时间，鹿群骚动起来，乱成一团。

小山谷的边沿太高，它们无法越过。它们在这围墙里狂蹦乱跳，企图逃跑。朱利安不停地瞄准、放箭；弩箭犹如暴雨中的一条条雨丝，纷纷下落。鹿急疯了，互相撕咬着，踩踏着，从彼此的身体上爬过去；它们的犄角交叉在一起，身体堆成一座小山，又在移动中倒塌。

它们的鼻孔冒着白沫,肠子拖了一地,肚子的起伏愈来愈微弱。最后,终于不动弹了,全都在沙地上死去。

夜幕将临;透过树枝的空隙望去,林子后面的天空红得像一块血布。

朱利安靠到一株树上,瞪大了眼睛,凝视着这遍地的死鹿,自己也不明白怎样完成这场大屠杀的。

忽然,他瞥见小山谷对面的林子边上有一只公鹿、一只母鹿和一只幼鹿。

那公鹿身躯高大,全身乌黑,长着一撮白胡须和一对八节犄角。那母鹿全身像落叶一样金黄,正嚼着地上的青草;小梅花鹿吮吸着妈妈的奶汁,但并不妨碍它的行动。

弓弦又响了。小梅花鹿应声倒地。母鹿见了,仰起脖子,眼望长天,发出一声深沉的哀鸣。那鸣声撕心裂肺,像是人的哀号。朱利安更加愤怒,朝着它当胸一箭,把它射翻在地。

大公鹿发现了他,向他跳过来。朱利安射出最后一支弩箭。箭正中它的前额,牢牢地插在上面。

大公鹿仿佛并无知觉;它越过死鹿直冲过来,眼看就要扑到他的身上,顶破他的肚皮。朱利安惊慌失措,连连倒退。那不可思议的畜生却站住了。这时,远处响起了一阵钟声。那公鹿两眼通红,像一位教长,又像一位大法官,庄严地连说三遍:

"可恨!可恨!可恨!总有一天,你这残忍的人会杀掉你的父母的!"

说完,它屈腿跪倒,缓缓地合上了眼皮。

朱利安先是惊呆了,突然又感到十分疲惫。他觉得一阵恶心,茫茫然若有所失。他将前额埋在手里,哭了很久。

他的马走失了,狗也丢下他跑了;他觉得,在周围的荒山野地里,有许多难以捉摸的危险威胁着他。他心惊胆战,狂奔着穿过田野,然后,又慌不择路,一口气跑回城堡。

那天晚上,他怎么也睡不着。在挂灯的摇曳不定的灯影中,他总是看到那黑色的大公鹿。它的预言老是纠缠着他;他反复地与之斗争:"不!不!不!我决不可能杀死他们的!"可是,他反过来一想:"要是我真会那样做呢?……"他确实担心,魔鬼会诱使他产生那样的邪念。

整整三个月里,妈妈忧伤地守在他床头祈祷,爸爸长吁短叹,不停地在走廊里徘徊。他招聘来最有名的医生为他治疗。医生们给了他许多药。他们说,朱利安的病是中了风邪引起的。有的说,他害了相思病。可是,这年轻人只是一个劲儿地摇头,不回答任何问题。

他的体力渐渐恢复起来;于是,他的父亲和他的老师每人扶着他一只胳膊,陪他到院子里散步。

病体痊愈后,他执意不再打猎。

父亲想使他高兴,送给他一柄撒拉逊大宝剑。

剑挂在一根柱子高处的兵器架上,要搭上梯子才能取下来。朱利安顺着梯子爬到上面。不料,剑过于沉重,滑脱了他的手指。它紧贴着他父亲的身体落下,削破了他的外套;朱利安以为杀死了自己的爸爸,顿时晕了过去。

从此以后,他见了兵器就害怕。一看到白刃,他的脸就变色。这种怯弱的表现,使他的全家人大为失望。

后来,老僧以上帝和祖先的名义吩咐他继续世家子弟的操练。

马夫们每天投标枪消遣,朱利安很快就练得十分出色。他能够将标枪投进瓶口,能击碎风标上的齿盘,或站在百步以外,打中门上的铜钉。

夏天的一个黄昏，天起了雾，各种物体都变得模糊不清。朱利安在花园的葡萄棚下，看到两只白色的翅膀在一排果树的尽头连连扇动。

他相信，那是一只鹤；于是，他投出标枪。

传来一声惨叫。

原来那是他的母亲，她那顶飘着长带的帽子被标枪钉在墙上。

朱利安逃出城堡，再也没有回家。

二

他加入了过路的一支军队。

他饱尝了饥渴病热、虫虱叮咬的滋味。他听惯了混战中的刀剑声，看惯了奄奄一息的伤兵。风吹黑了他的皮肤；甲胄磨硬了他的四肢。由于他身强力壮，作战勇敢，平日不近酒色，办事精明强干，他很快就得到了一支队伍的指挥权。

一上战场，他高举宝剑，身先士卒。夜晚，他抛出套索，攀登砦堡的围墙。狂风吹得他悠悠晃晃；火箭星子溅上他的铠甲。煮沸的松脂和滚烫的铅液从雉堞中往下倾泻。城头上砖石横飞，经常砸碎他的盾牌。桥梁上人挤马拥，负载过重，曾倒塌在他的脚下。他舞起狼牙锤，能打败十四个骑手。决斗场上，他从不把挑战的对手放在眼里。有二十多次，人们以为他必死无疑。

可是他得天独厚，总能化险为夷；因为他保护教士和孤儿寡妇，对老年人更是倍加关怀。只要有老人在他前面行走，他总要喊住他，认认他的脸，好像他生怕出了疏忽，会误伤人命似的。

逃亡的奴隶、造反的农民、没有财产的私生子，以及形形色色的亡命之徒,从四面八方投到他的麾下。于是他自立旗号。

队伍扩大了,他也出了名。人们争相罗致他。

他先后援助了法兰西王太子、英吉利国王、耶路撒冷的圣殿骑士①、帕提亚人的须乃纳②、阿比西尼亚的内固斯③和加利库④的皇帝。他和身披鱼鳞皮的斯堪的纳维亚人作过战,和骑着红驴子、手持河马皮圆盾的黑人打过仗,和肤色金黄、头顶上挥舞着雪亮弯刀的印第安人交过锋。他打败了穴居人和吃人生番。他穿越过赤日炎炎的地区,在那个地方,头发会像火把一样自行燃烧;另一些地方冷得出奇,连胳膊也会冻掉;有的地方则大雾弥漫,人行雾中,仿佛有许多幽灵围在身边。

处境艰难的共和国向他求教。他会见使节,总能得到意外的优惠条件。要是某个国君为政无道,他会出其不意地前去直言申斥。他解放了若干民族。他救出了幽禁在塔堡中的皇后。不是别人,正是他,打死了米兰的吞婴大蟒⑤和上比尔巴赫的恶龙。

---

① 耶路撒冷的圣殿骑士,耶路撒冷是犹太教、基督教、伊斯兰教三大教的发源地,中世纪时被穆斯林土耳其人所占领。十字军在第一次"东征"中,攻占了这座古城。公元一一一八年,西欧基督教封建主在巴勒斯坦成立了好几个教性的军事组织,由罗马教皇直接领导,经常对外作战,"圣殿骑士团"就是其中之一。十字军丧失东方的土地后,该教团转向欧洲活动。由于它的经济和政治势力日益扩大,公元一三一二年,在法王菲力浦四世的压力下,教皇被迫将它取缔。所说的"圣殿",据传原是大卫王兴建的一座祭坛,后来由他的儿子所罗门王改建成一座神庙。由于耶路撒冷是三大宗教的圣地,所以经常引起国际争端。

② 帕提亚原是波斯帝国的一个行省,我国古时称之为"安息"。帕提亚于公元前二五〇年独立,公元前二世纪后半叶领有全部伊朗高原和两河流域,为西亚大国。帕提亚于公元二世纪末转衰,公元二二六年为萨桑波斯所取代。"须乃纳"是帕提亚人对元帅的称呼。

③ 阿比西尼亚即埃塞俄比亚的旧称;"内固斯"即皇帝。

④ 加利库,古代印度西海岸的一个小国,即现在的印度喀拉拉邦的科泽科德。

⑤ 意大利和日耳曼的民间传说。"吞婴大蟒"的形象是一条口衔婴孩的怪蟒,据说曾作为米兰城的城徽。

话说奥克西达尼亚①的皇帝在战胜了西班牙的回教徒以后,娶了科尔多瓦哈里发②的妹妹为妃;她生了一个女儿,皇帝按基督教的规矩把她教养成人。后来,那个哈里发佯称甘愿皈依上帝,带了大批护卫来访。他杀尽了皇帝的守城士兵,将他投进地牢。他到牢里虐待他,勒索他的金银财宝。

朱利安赶来救援。他击溃异教徒的军队,包围城池,杀了哈里发,并砍下他的头颅,像抛球一样把它扔下城墙。接着,他把皇帝放出地牢,当着他的全班文武,扶他重登宝座。

皇帝为报救命之恩,送他许多筐金银,朱利安不肯收受,皇帝以为他嫌少,要将四分之三的财产相赠,又遭朱利安拒绝;他提议和他平分国土,朱利安婉言推谢;他十分为难,急得哭了,不知怎样表达他的感激心情。忽然,他拍了拍前额,对一位侍臣耳语了几句;于是,彩绣的门帘徐徐卷起,一个年轻的姑娘露了面。

她那乌黑的大眼像两盏明灯射出柔和的光芒。她双唇轻启,露出动人的笑容。在半敞的罩袍上,一圈圈鬈发和一颗颗宝石缠结在一起。隔着轻纱似的衣衫,可以想见她那娇嫩的肉体。这姑娘体态轻盈,肌肤丰腴,腰肢纤细。

朱利安看得眼花缭乱,顿生爱慕之心,尤其是因为他至今还过着贞洁的生活。

他欣然同意和公主成亲,还接受了她母亲赠她的一座城堡;婚

---

① 奥克西达尼亚,中世纪法国南部图卢兹一带地区的俗称。本文故事所描写的时代,法国分成许多公国和伯国(国君是有公爵和伯爵封号的大封建领主)。历史上,奥克西达尼亚由图卢兹伯爵统治,势力相当强大。直到十四世纪初,由于图卢兹伯爵的势力衰落,法国才逐渐形成统一的民族国家。

② 科尔多瓦是西班牙南部安达卢西亚的首府,原是罗马的属地,公元七五六至一〇三一年间,来自大马士革的阿拉伯人在此建立了回教国,其国君称为"哈里发"(意即穆罕默德的继承人)。

礼完毕,翁婿分手,自然是依依惜别,又是一番礼仪。

那是一座用白色大理石建成的摩尔式①宫殿,坐落在小山冈上一片橘树林中,层层花坛由高及低,延伸到海湾边;沙滩上,粉红色的介壳在脚底下嚓嚓作响,一座森林在城堡后面呈扇形展开。天空总是蓝湛湛的。群山在远处迤逦起伏。海风徐徐,山风习习,轮番吹动枝叶。

宫院里暮霭沉沉,壁上的彩石镶嵌微光幽幽。细长的柱子像一根根芦苇,支撑着穹顶,穹顶下的浮雕像山洞里的钟乳石。

殿堂里装着喷泉,庭院的地面上有石子镶嵌的图案,画屏、彩饰玲珑剔透,随处可见。宫院里一片宁静,听得见衣带的窸窣和叹息的回声。

从此,朱利安不再打仗,他和心性平和的人们一起,过着恬静的生活;每天,一大群人在他面前走过,向他屈膝请安,行东方式的吻手礼。

他身穿紫袍,斜倚窗栏,经常回忆往日的狩猎情景;他未尝不想到荒漠里追逐羚羊和鸵鸟,隐身在竹林中守候虎豹,穿越犀牛成群的森林,登上最难攀缘的险峰瞄射苍鹰,或脚踏浮冰,在海上袭击白熊。

有时候,他梦见自己在伊甸园里,置身于各种禽兽之中,就像我们的祖先亚当②一样;他只需略一伸手,它们就纷纷倒毙;他又看到,一头头野兽,大至象、狮,小到狐、貂,按身量的大小,成双成

---

① 摩尔式,摩尔式建筑属穆斯林文化,是摩尔人创造和使用的艺术形式。"摩尔人"原是古代迦太基人对北部非洲穆斯林土著居民的称呼,到中世纪时则泛指北非和西班牙的阿拉伯人。后来,这一称呼还扩大到塞内加尔河右岸的部族。

② 《圣经》记载,亚当是上帝创造的第一个男人;伊甸园是上帝给亚当居住的乐园,园内果木葱茏,有各种飞禽走兽。见《旧约·创世记》第二章。

对地列队行进,仿佛又要走进挪亚方舟①。他隐蔽在一个山洞里,向它们投出百发百中的标枪;可是,又来了许多动物,简直没完没了;于是他转动着惊恐的眼珠吓醒了。

王公们邀请他同去打猎。他一再拒绝,以为用这样的方式表示忏悔,可以消灾避难;因为他认为他父母的命运与他是否杀生有关。然而,他因为见不到双亲,心中十分痛苦,而狩猎的欲望也愈益难以忍受。

公主招来行吟诗人和跳舞的女伶为他排解忧愁。

她陪他坐着敞篷的轿舆到乡间散心;他们斜躺在游艇边上,观看鱼儿在清如蓝天的水中嬉戏。她向丈夫的脸上抛撒花瓣,或盘腿坐在他的脚边弹奏三弦琴;一曲终了,她将两个手掌拢在一起,按着他的肩头,怯生生地问他:

"你怎么啦,亲爱的驸马?"

他沉默不语,有时突然呜咽抽泣起来;有一天,他终于吐露了他那骇人听闻的心事。

她否定这种想法,倒也言之成理:他的父母多半已经去世;即使再能见到他们,出于什么样的巧合,又为了什么目的,他会干出那种大逆不道的事情来呢?所以这种担心毫无根据,他也应当继续行猎。

听她这样一说,朱利安的脸上露出了笑容,但还是下不了决心去满足自己的欲望。

八月的一个夜晚,夫妇俩都已进房,她刚刚上床,他还在跪着祈祷。忽然一阵狐狸的尖叫传进他的耳朵。接着,窗外响起了轻

---

① 《圣经》记载,上帝见世人暴虐作恶,后悔创造了人类,便发洪水毁灭地上的生灵。但上帝见挪亚是好人,所以事先命他造一方舟,携三子三媳和各种飞禽、走兽、昆虫各一对进舟避水。七日后,洪水退去,挪亚一家和上述动物返回地面,重新繁衍,这一方舟就被称为"挪亚方舟"。见《旧约·创世记》第七、八章。

微的脚步声;他看到,黑暗中影影绰绰,似有野兽走动。这诱惑实在太强烈了。他取下箭壶。

公主十分惊讶。他说:

"这是听从你的劝告呀!到太阳出来时,我一定回家。"

可是她仍然担心会发生什么意外。

他宽慰她一阵后就走了,对她的没有定见深感诧异。

过了一会儿,一个侍从进来禀报,有两个陌生人来访,他们听说驸马不在,要立即求见公主。

不久,一男一女两个老人走进卧室。他们身穿粗布衣服,弯腰曲背,风尘仆仆,每人拄着一根拐杖。

两位来访者鼓足勇气,声称给朱利安带来了他父母的消息。

她倾身细听。

两位老人交换一下眼色以后问她,朱利安还爱不爱他的父母,他有没有提起过他们。

她回答:"噢!当然啦!"

他们高兴得叫了起来:

"太好啦!他就是我们的儿子!"他俩困倦交加,坐了下来。

这还不能使少妇相信,她的丈夫竟是这两个老人的儿子。

于是,他们绘声绘色地说出儿子身上的痣斑,作为证据。

她跳下床来,呼唤侍从。不一会儿,仆人们端来了饭菜。

两位老人尽管饥肠辘辘,仍然吃不下多少东西;公主在一旁发现,他们在端起酒杯的时候,那瘦骨嶙峋的手在不停地颤抖。

他们一再问起朱利安的情况。她一一作了回答,但矢口不提那涉及他俩的不祥想法。

原来,老人们久等儿子不回,就离开了自己的城堡;他们按照模糊不清的指点,在外漂泊多年,但依然满怀着希望。可是,过河、住店、王公的税收、盗贼的勒索,需要那么多的花费,他们的钱袋早已空了;如今,老两口只好乞讨过日子。这都没有什么,他们不是

55

马上就能抱吻自己的儿子了吗？他俩赞美儿子的好福气,娶了这样一位好心肠的妻子。他们也少不得一再地端详她,亲吻她。

卧室的豪华使他们十分惊奇;老人查看了四壁问她,这里怎么会有奥克西达尼亚皇帝的纹章。

她说:"那是父王!"

于是,他想起了波希米亚人的预言,不禁一阵战栗,老太太则想起了隐士的话。无疑,她儿子的荣耀将光照万代,眼前只不过开了个头;两位老人面对着餐桌上的蜡烛,一时说不出话来。

他们在年轻时一定很漂亮。老母亲的头发一根未脱,那向两边分梳的发辫像银白色的雪片,披在耳边;父亲身材高大,留着浓密的胡子,活像教堂里的一尊雕像。

朱利安的妻子劝他们不必久等。她亲自服侍他们睡在自己的床上,随后关上了十字窗;两位老人很快就进入了梦乡。天将破晓,花玻璃窗外响起了小鸟的歌声。

*　　　*　　　*

朱利安穿过花园,踏着有力的步子走进了森林。他踩着柔软的青草,吸着温润的空气,感到十分舒适。

青苔上树影扶疏。有时候,月亮把林中空地照成一块块白斑。他迟疑起来,不敢向前,以为遇到了一片水潭;偶尔,平静的水塘又和青草的颜色混成了一片。森林里万籁俱寂;十分钟前,在他的城堡周围穿来晃去的野兽,现在一头也没有出现。

树木越来越密,黑暗愈加幽深。一阵阵热风吹过,带来了令人陶醉的气息。他常常踏进一堆堆枯叶。他靠到一株橡树上,想缓一口气。

突然,在他背后跳过一团漆黑的东西,原来是一头野猪。朱利安想取弓箭,却已经迟了,他像遭了灾似的懊丧不已。

随后,他走出森林,又望见一只狼在灌木丛边一晃而过。

朱利安朝它射了一箭。那狼站住了回头看他,接着又跑了起来。它不紧不慢地跑着,始终和他保持一定的距离,还时时回头张望;可是,他刚一瞄准,它就一溜烟儿地逃开了。

就这样追着,朱利安穿过一片无边无际的原野,越过许多沙丘,最后走上一个高岗。那岗子下面是一片开阔的平地;岗子上,墓穴破败,石板零乱。死人的骸骨绊着脚;到处是东倒西歪、蛀孔累累的十字架,真是一派凄惨的景象。忽然,在黑乎乎的墓间阴影中,有一些东西活动起来;紧接着,钻出来几只鬣狗。它们喘着粗气,惊慌地向他走来,把地上的石板抓得哧哧地响。这几头野兽龇着牙,咧着嘴,在他的身上嗅了起来。他拔出钢刀,它们一下四散逃开,卷起一股烟尘,连蹿带跳地消失在远处。

一小时后,他在一个洼地里遇到一头凶猛的公牛,那公牛的犄角直冲着前方,蹄子刨着沙地。朱利安对准它的颈项下部投出了标枪。标枪断了,那畜生仿佛是铜铸铁打的;他闭起眼睛等死。当他重新睁眼一看,公牛早已不知去向。

他羞愧万分,精神沮丧。某种更大的威力摧垮了他的力量;他走向森林,准备返回橘林中的宫殿。

森林里,藤蔓绊缠;他正在挥刀砍削,一只貂猛地从他胯下穿过,一头豹纵身从他肩头越过,桦树上,一条蛇正在盘旋而上。

一只奇大无比的寒鸦在树丛中盯着他;枝丫间到处闪现出大点大点的亮光,仿佛天幕上所有的星星都落到了森林里。这全是飞禽走兽的眼睛,其中有野猫、松鼠、猴子、鹦鹉和猫头鹰。

朱利安向它们连连射箭;弩箭带着箭羽,像一只只白色的蝴蝶落到树叶上。他向它们投石子,石子没有碰到任何东西就掉落在地。他痛骂自己,真想狠狠地捶打自己;他咆哮着发出诅咒,怒火窒住了他的呼吸。

他追逐过的野兽现在都出现了。它们在他身边围成一圈,有的蹲坐着,有的直挺挺站着。朱利安被困在野兽群中,吓得手足冰凉，丝毫动弹不得。他鼓起最后一点儿勇气，向前迈了一步；栖在树上的飞禽就展开翅膀，停在地上的走兽就移动一下脚掌；所有的飞禽走兽全都和他寸步不离。

貂在他前面走，狼和野猪在他后面跟。公牛在他右边摇晃着脑袋；蛇在他左面的草丛中游窜；豹子弓着背，踏着无声无息的大步向前行进。他尽量把步子放慢，以免把它们激怒；他看到，从灌木丛深处钻出来许多豪猪、狐狸、蝮蛇、犲和熊。

朱利安开始奔跑；它们也跟着跑了起来。蛇发出咝咝声，腥臭的野兽流着口涎。野猪用长牙蹭着他的脚跟，狼用唇须擦着他的手心。猴子做着鬼脸掐他，黄鼠狼在他的脚背上打滚。一头熊扬起前掌，打掉了他的帽子；那只豹将衔在口中的一支箭轻蔑地吐在地上。

在它们狡黠的神态中，充满着嘲弄的表情。它们斜睨着眼观察他，似乎正在酝酿着报复的计划；他的耳朵已被昆虫的嗡嗡声震聋，全身被飞鸟的尾巴打痛；野兽的鼻息抑住了他的呼吸。他伸出双臂，闭起眼睛，像盲人一样摸索着，连呼喊"饶命"的力气都丧失殆尽了！

一声鸡啼在空中回荡着。别处的雄鸡纷纷应和。天亮了。这时，朱利安也认出了橘林后面他的宫殿的屋顶。

忽然，他看到好些红色的鹧鸪在三步以外的麦秆地里飞飞停停。他脱下罩袍当作网，朝它们的身上扣去。他揭开一看，只罩住了一只，可是那鸟儿已经死了好久，而且开始腐烂了。

这一次的失望比前几次更使他怒不可遏。他又产生了大砍大杀的欲望；眼前没有野兽，他简直想杀人。

他走上三层台阶，一拳打开了宫殿的大门；但是，当他走到楼梯脚下时，他想起了他那可爱的妻子，一片柔情便油然而生。她一定还在睡觉，他想惊她个出其不意。

他脱掉鞋子，轻轻地旋开门锁，走进房里。

花玻璃窗上镶的铅框使朦胧的晨光变得越发昏暗。朱利安一脚踩在地上的一堆衣裳里；再走几步，他撞着一张尚未撤去碗碟的小饭桌。他心想，妻子一定吃过东西了；他径直向床边走去，那床还隐没在房间尽头的阴影里。他靠近床沿，身体俯向枕头去吻他的妻子。枕上，两个人头紧挨在一起。他感到嘴唇触到一把胡须。

他缩回身子，以为自己疯了；他重新走向床边，伸手摸索。他觉得手指碰到一绺长长的头发。为了证实自己的错觉，他再一次伸过手去，慢慢地摸向枕头。这一次，确确实实摸到了一部胡须：一个男人！一个男人和他的妻子睡在一起！

他勃然大怒，向他们猛扑过去，拔出匕首就刺；他跺着脚，喷着口沫，像野兽一样嗥叫着。后来，他停住了手。两个垂死的人被刺穿了心脏，连动也没能动弹一下。他俯耳细听，听到两声几乎是平静的喘息。正当这声音越来越微弱的时候，远处响起了另一阵喘声。那悠长的声音如泣如诉，起初还听不真切；它由远而近，变得洪亮起来，最后竟是恶狠狠的；他听出，那是黑色大公鹿的叫声，不由得心惊胆战。

他一转身，以为看到了他妻子的幽灵。她站在门框那边，手里还拿着一个烛台。

杀人的响动把她招引过来。她向房里扫了一眼，立刻全明白了。她吓得丢下烛台逃了出去。

朱利安捡起烛台。

他的父母仰躺在他的面前，胸部各有一个刀口；他的脸上呈现出一种庄严的温柔，仿佛包含着某种永恒的秘密。一滴滴、一摊摊的鲜血染在他们的白皮肤上，染在床单上，流在地板上，还从挂在床凹里的象牙基督像上往下淌。太阳照在花玻璃窗上，映射出朱红色的光芒，照亮了殷红的血斑，又向全屋反射出更多的红色斑点。朱利安向两个死人走去，希望并力图相信，那不会是他的父母，一定是自己看错了；因为，有时候人的面貌还真有难以解释的

59

相似之处。后来，他慢慢地俯下身去，仔细地查看那老人的脸；他看到，在那半开半阖的眼皮中间，露出两颗暗下去的瞳仁，那瞳仁又像是火，将他烧着。他又走向床的另一边，那里躺着另一具尸首。白发遮住了那躯体的小半个脸。朱利安把手指插到发辫底下，把头托起来，托在自己僵直的手臂上，再用另一只手举着烛台。仔细察看。血从床垫下渗出来，一滴一滴落在地板上。

傍晚，他来到妻子面前，他的声音全变了；他命令她：首先，在他说话时，不要回答；不要靠近他，甚至也不要看他一眼；其次，必须执行他不容改变的所有命令，否则她必将被罚坠入地狱。

他在死者房里的经凳上留下了一张字条，丧仪将按条上的指示办理。他给她留下了宫殿、臣仆和全部家财，连身上所穿的衣服和鞋子都脱在楼梯顶端，没有带走。

她在为他造成犯罪的机会的时候，只不过顺从了上帝的意志。她应该为他的灵魂祈祷，因为从今以后，他再也不存在了。

在离城堡三天路程的一座寺院的教堂里，人们为两位死者举行了豪华的葬礼。一个僧人披着蒙头的罩袍，远远地离开众人，跟在送葬的行列后面。没有人敢和他说话。

做弥撒的时候，他把双臂摊开，与身体组成十字，匍匐在大门中央，前额埋在尘土里。

下葬完毕，他走上通向山中的道路。他几番回头观望，最后消失了身影。

三

朱利安浪迹天涯，乞讨为生。

他向大道上的骑士伸手，向刈麦的农人屈膝施礼，或站在院子的栅栏门前等候施舍；他的面容是那样的凄苦，所以从未遭到过拒绝。

后来,他怀着自卑的心情叙述自己的经历;听讲的人划着十字纷纷避开。在他到过的村子里,村民们一认出他,就关门闭户,或对他高声恫吓,或向他扔石子。善心的人在窗台上留一碟食物,然后放下护窗板,免得和他照面。

他到处遭人摈弃,只好躲开别人;他以草根、野菜、坠落的果实和海滩上捡到的贝类充饥。

有时候,他转过一座山坡,山脚下鳞次栉比的屋顶呈现在他的眼前;屋宇丛中,散布着教堂的石头尖塔、桥梁、塔楼,以及纵横交错的黑沉沉的街道。从那里发出一阵阵喧哗,传到他的耳边。

群体生活的需要促使他走下山岗,来到城里。可是,一张张凶相毕露的面孔,商贩们吵吵嚷嚷的叫卖声,人们说话时的冷漠无情,全都使他寒心。逢年过节,教堂的晨钟唤起了喜气洋洋的居民;他眼看着别人走出家门,又目睹广场上的欢舞、十字路口的酒泉、王公府第的锦缎门帘;日落黄昏,他隔着路旁的窗子,看到的尽是合家团聚的餐桌,祖父母的膝上还坐着他们的小孙孙;他泣不成声,扭头朝乡间走去。

他时常怀着爱的激情,凝视着牧场上的马驹、巢里的雏鸟、花蕊里的小虫;可是,未等他走近,它们就仓皇躲避,不是逃得远远的,就是振翅高飞。

他重新寻求孤独。不料,风声好像将垂死者的喘息送到他的耳边;露珠滴在地上,使他想起另一些分量更重的血滴。每天黄昏,夕阳把晚霞染得血红;夜里,他在梦中又重演那出弑亲的惨剧。

他用尖头的铁丝做了一条束身的腰带。遇到山岗上有教堂,他就膝行上山参拜。然而那无情的记忆竟使神龛的光辉黯然失色,使他在赎罪的苦行中备受精神上的折磨。

上帝用弑亲罪来惩罚他,他没有怨言;可是,他因为终于犯下了这桩大罪,所以对自己深恶痛绝。

他自身的形骸引起他一阵阵厌恶,他决定以身历险,但愿了此残生。他冲进大火搭救风瘫;他跳进深潭救出幼孩。可是,深渊拒不收受他,火焰也没有将他烧成灰烬。

时光易逝,但并不能减轻他的痛苦,反而使这种痛苦愈益难以忍受。他决定一死了事。

有一天,他走到一个水池边,俯身查看池水的深浅。忽然,在他面前出现了一个骨瘦如柴的白胡须老头。这老人神情凄怆,他看了止不住潸然落泪。对面的老人也哭了。朱利安没有认出自己的倒影,脑海里却浮现出另一张相似的脸。他惊叫起来:那分明是他的父亲!于是,他不再考虑自杀。

就这样,他负荷着记忆的重担,走过了许多地方;后来,他到了一条大河边上。那河里急浪滔滔,河滩上泥浆淤积,渡河十分危险,很久以来,一直无人敢过。

芦苇丛中有一条破旧的小船,它的船尾陷没在淤泥里,船首翘出在水面上。朱利安检查了一番,发现了一双木桨;他转念一想,何不用自己的余生为人们做点好事。

他着手在河滩上构筑一道通向河心的旱堤;他抱起巨大的石块,顶在肚子上搬运。他来回往返,弄断了指甲;他滑进淤泥里,深陷下去,好几次险遭灭顶。

接着,他用破船的碎片把小船修好,还用陶土和树干盖了一间简陋的小屋。

有人摆渡的消息传开后,就有旅客到来,他们在对岸摇着旗子召唤他;他急忙跳上小船,划向对岸。小船的分量很重;旅客们还一个劲儿地装上行李物品,再加牲口惊惶地直尥后蹄,那小船更显得拥挤不堪。他从不索取渡资;有的旅客从褡裢里取出剩饭,有的人拿出不愿再穿的旧衣服给他。粗野的人满嘴秽言,朱利安和和气气地规劝他们;他们用辱骂回敬他。他反而为他们祝福。

一张小桌、一个小凳、一张枯叶垫成的床铺和三只陶杯,就是他的全部家财。墙上开了两个洞,算是窗户。屋子这边是一望无际的不毛之地,地面上零零落落地散布着灰白色的池塘;屋前,大河里翻腾着浅绿色的波浪。春天,潮湿的土地上散发出腐烂的气息。紧接着,狂风呼啸,飞沙走石。那沙子把水搅浑,钻进人的牙缝,简直无孔不入。不久,蚊群像一片片黑云,日夜不停地蜇人吮血。严寒随之而来,它将一切东西冻得像石头一样坚硬,还使人产生强烈的吃肉的欲望。

又是几个月过去了,朱利安没有见到过一个人影。这时,他经常闭目沉思,竭力追忆青年时代的情景:一所城堡的大院出现了,石阶上站着许多猎兔犬,演武厅里仆役成群;葡萄架下坐着一个金发少年,他的左边是穿着皮袍的老人,右边是戴着尖筒高帽的贵妇;突然,出现了两具死尸。他扑倒在床上,边哭边说:

"啊!可怜的爸爸!可怜的妈妈!可怜的妈妈!"不久,他昏昏沉沉地睡着了,蒙眬中又看到了一幕幕悲惨的幻景。

*　　*　　*

一天夜里,他在睡梦中恍惚听到有人叫他的名字。他侧耳细听,可是只听到浪涛轰鸣。

那喊声又出现了:

"朱利安!"

声音来自对岸。他觉得这事来得蹊跷,因为河面十分宽阔。

喊声又起:

"朱——利——安——!"

这一次,那声音格外洪亮,犹如教堂里的钟声抑扬顿挫。

他点亮了风灯,走出小屋。半空中狂风怒号。夜幕深沉,间或被汹涌的浪花泛起的白光撕破。

朱利安犹豫了片刻,然后解开了缆绳。霎时间风平浪静。小船在水面上顺利地滑到了对岸。一个男人在岸边等着他。

他身上裹着一块破破烂烂的布片。他的脸像一副石膏面具,两只眼睛却比炭火还红。朱利安举起风灯照他,发现他长着一身大麻风;然而,在他的神态中,却有一种帝王的尊严。

他跳上小船。船身猛然往下一沉,几乎被他的重量压碎;小船振荡了一阵,又被托了起来;朱利安开始划桨。

他每划一桨,回波就把船头掀起。河水乌黑乌黑的,在船的两舷汹涌地奔流不息。它冲成深渊,推起浪山。小船时而被抛出水面,时而陷进深潭,在漩涡中被狂风吹得团团打转。

朱利安不停地俯下身子、伸直胳膊、用两腿抵住船底,然后又扭着腰将身体往后仰,以便得到更大的助力。冰雹扫打着他的手背,雨水在他的脊背上流淌,强烈的气压使他难以呼吸,他不得不停止划桨。小船立刻就失去了控制。然而,他意识到,这件事关系重大,这是一种不能违抗的命令。他重又把住了双桨;桨环的响声打断了暴风雨的呼啸。

小风灯在他前面点燃着。一群鸟在灯上来回飞舞,不时地将灯光遮住。但是他始终能看见麻风病人那双眼睛。他站在船尾纹丝不动,就像一根石柱。

渡河花了很长时间。

两个人进了小屋,朱利安关上了屋门;他见那人坐在小凳上,那块裹尸布模样的破布滑到了他的臀部。他的双肩、前胸、瘦削的胳膊,全都湮没在大片大片鳞状的脓疱下面。他的额上刻着几道深深的皱纹。在他生长鼻子的部位,只有一个窟窿,看起来活像一具骷髅;他从青灰色的嘴唇里,吐出一股股雾状的臭气。

他说:"我饿!"

朱利安尽其所有,端出一小块陈肥肉,一些黑面包皮。

他狼吞虎咽,吃得一点儿不剩,只是在桌子上、碟子里的刀柄上留下了他身上的脓斑。

他吃完了又说:"我渴!"

朱利安马上去拿水罐。他刚把水罐端起,罐子里就飘出一股沁人心肺的香味。是酒；真是奇迹①！那麻风病人一伸胳膊，一口气把酒喝了个干净。

他又说："我冷！"

朱利安用蜡烛点燃了一束羊齿草，把它放在小屋中央。

麻风病人凑上去烤火；他刚一蹲下，手脚就颤抖起来，不一会就浑身瘫软；他的眼睛也不亮了，身上淌着脓水。他喃喃地说："上你的床！"声音低得几乎听不见。

朱利安扶着他慢慢地上了床，又取来船上的篷布，盖到他的身上。

麻风病人不停地呻吟着，嘴角露着白牙。他气喘吁吁，胸部不住地起伏。随着每一次呼吸，他的肚皮一直贴到了脊椎骨上。

后来，他连眼皮也合拢了。

"我的骨头里像结了冰哪！快过来躺在我的身边！"

朱利安揭开篷布，躺到枯叶上，紧紧地偎依着他。

他转过头来说：

"脱掉衣服，让我用你的体温暖暖身体！"

朱利安脱光衣服，就像投生的那天，一丝不挂。然后，他重新躺下；他感到，病人的皮肤贴到他的大腿上，那皮肤比蛇皮还冷，和锉刀一样粗糙。

他竭力使病人振作起来，可是，他喘着粗气说：

"我要死了！……再靠近点，暖暖我的身体！不要用手！不！用你整个身体！"

朱利安扑到他的身上，和他嘴对着嘴，胸贴着胸。

这时，麻风病人紧紧地把他搂住；突然，他的眼睛像两颗星星，光芒四射；他的头发像一轮日晕，向四处舒展；他呼出的鼻

---

① 取材于耶稣将水变成酒的故事。耶稣在迦拿参加婚宴，席间，酒喝完了，耶稣叫人在六口石缸里盛满了水，然后，将水变成美酒宴客。见《约翰福音》第二章。

息芬芳馥郁，味如玫瑰；同时，土灶上升起片片香云，河里的波涛乐声阵阵。朱利安在昏昏沉沉中体验到一阵莫大的快慰，那是一种人间未有的愉悦，它像一泓秋水，滋润着他的心灵；那紧紧地抱着他的人逐渐变大，愈来愈大；他的头和脚伸抵到小屋的两壁。屋顶飞去，露出万里长空；朱利安和救世主耶稣面对面升向广漠的蓝天。耶稣把他带进了天国。

* * *

在我们家乡大教堂的花玻璃窗上可以看到的行善者圣朱利安的故事，大致就是如此。

希罗迪娅

一

马盖罗斯①的砦堡耸立在死海东边一个圆锥形的玄武岩山峰上。四道深谷，两道靠近它的两侧，一道在前，一道在后，把它围在中间。顺着地势的起伏，一道围墙波浪般地向前伸展；墙内，紧靠着砦堡的基石，聚集了许多房屋。一条曲折的道路切开山石，将城池和堡垒连接在一起。这堡垒的围墙高达一百二十尺，墙上角隅众多，雉堞遍布；城头上，一座座望楼远近相间，宛如王冠上的花饰，装点着这顶悬挂在深渊之上的石冕。

墙内是一座建有回廊的宫殿，宫殿顶上有一座围着旃檀木栏杆的阳台，阳台上竖立着张挂天幔用的桅杆。

这一天，天将破晓，藩王希罗特·安提帕②来到这里，凭栏眺望。

---

① 马盖罗斯，古巴勒斯坦比利亚地区的山城，位于死海东岸，哈萨河以北，靠近当时的阿拉伯国的边界，犹太人在此建有重要堡垒。马盖罗斯砦堡的位置现处约旦境内的马兹腊附近。

② 藩王，古代罗马帝国派驻巴勒斯坦属地的分封王，一般均由当地的土著王室成员担任。他们享有某种自治权，通常与一名大祭司共同治理其辖地，相当于我国古代的藩属国。"圣经"中称为"分封王"。希罗特·安提帕（公元前4—公元39）是犹太王希罗特大帝的第七子，是加利利、比利亚两地的藩王。他在位期间，曾审判耶稣，处死施洗者圣约翰。后来，他在与阿拉伯人的战争中战败，被罗马皇帝凯尤斯撤职流放。希罗特在《圣经》中译本中译为"希律"，他的妻子希罗迪娅译为"希罗底"。

群山就在他的脚下，刚开始显露出它们的峰峦，而山身到谷底仍隐没在黑暗之中。云雾飘来荡去，然后散开，死海的轮廓也随之显现。曙色从马盖罗斯城后升起，洒下一抹红霞，不久就照亮了海边的沙砾、陆上的丘陵和沙漠，及至远处那些怪石嶙峋的灰色的犹太群山。隐基底①在中央划出一道黑杠；希伯伦②在远处形成一个圆顶；以实谷③石榴满坡，索烈克④葡萄遍地，迦密尔⑤芝麻成行；安东塔⑥的巨大立方体高高地矗立在耶路撒冷城上。藩王的目光从这边移开，转向右面的耶利哥⑦的棕榈树林；他想起了加利利⑧的其他城邑，迦百农⑨、隐多尔⑩、拿撒勒⑪、提比利亚⑫；这些地方他也许去不成了。然而，约旦河依旧在光秃的原野上流逝。这原野白茫茫一片，像一床耀眼的雪毯，而这时的提比利亚湖却似一片青石。安提帕朝它南端的也门方向望

---

① 隐基底，古犹太的城邑，位于死海西岸，希伯伦以东，大体上与马盖罗斯隔海相望。
② 希伯伦，巴勒斯坦最古老的城邑，位于耶路撒冷以南，现名哈利勒。
③ 以实谷，约在希伯伦和耶路撒冷之间，据《旧约》记载，该地是个山谷，种葡萄和石榴。
④ 索烈克，在希伯伦以西。
⑤ 迦密尔，在希伯伦东南。
⑥ 安东塔，耶路撒冷城内的一座高塔。希罗特大帝为取悦罗马，纪念罗马大将安东尼，将一古塔改建而成。
⑦ 耶利哥，巴勒斯坦古城，在犹太境内，位于死海以北，约旦河以西，现名埃里哈。
⑧ 加利利，巴勒斯坦的北部地区，在约旦河上游，当时为罗马帝国的一个行省，属希罗特·安提帕管辖。耶稣的布道活动主要在此地区。
⑨ 迦百农，加利利的城邑，位于提比利亚湖北端，现名凯法。纳胡姆，在以色列境内。耶稣在此开始收徒布道。
⑩ 隐多尔，加利利南部地名。
⑪ 拿撒勒，巴勒斯坦古城，在加利利境内。耶稣逃亡埃及回来后，在此度过了青年时代，并在此长期居住和布道。
⑫ 提比利亚，加利利的城邑，位于提比利亚湖（"圣经"中称"加利利海"或"提比利亚海"）西岸，为希罗特大帝所建，以罗马皇帝提比略的姓氏命名。我国出版的地图上译为太巴列，提比利亚湖亦译太巴列湖。

去，看见了他不愿看到的东西。许多棕色的帐篷散布在那里；拿着长矛的人在马群间来回走动。即将熄灭的篝火像一颗颗火花，在地面上闪烁。

那是阿拉伯王的军队。希罗特休掉了阿拉伯王的女儿，娶了自己的弟妇希罗迪娅①。他这个兄弟无意争权夺位，一直住在意大利。

安提帕正等待着罗马的援兵；可是，叙利亚总督维特里乌斯却迟迟不来，所以他忧心如焚。

一定是阿格里巴②在皇帝面前进了谗言！他的三弟腓力乃是巴珊③的君主，如今在私下里装备自己的军队。犹太人已经不能忍受他那膜拜偶像的习惯，其他民族则不愿继续受他的统治；因而，他正在两个方案之间犹豫不决：与阿拉伯人和解，要不就和帕提亚人结盟；为此，他以庆寿为名，邀请军队的将校、乡村的总管，以及加利利的要人，来参加今天盛大的宴会。

他用锐利的目光向各条道路上搜索。路上空荡荡的，只有几只苍鹰在他头顶上盘旋；沿着城垒，士兵们靠在墙上打盹；城堡里毫无动静。

忽然，仿佛从地底下传出一阵隐隐约约的说话声；藩王听到了，脸色顿时变白。他俯身细听；语声已经消失。不一会儿，这声音又出现了；他拍了几下手掌呼唤："马乃伊！马乃伊！"

一个男人走上阳台。这人赤裸着上身，像是澡堂里擦背的。他身材高大，又老又瘦，屁股上挂一把带铜鞘的宽背大刀。一把

---

① 希罗迪娅，原是安提帕的弟妇，她见安提帕有权有势，遂遗弃前夫，改嫁安提帕，为此，遭施洗者圣约翰的谴责。希罗迪娅于是千方百计害死约翰。
② 阿格里巴，希罗迪娅的哥哥，久不得志，在罗马皇储凯尤斯门下当食客。因希望凯尤斯早日即位，被罗马皇帝提比略下狱。
③ 巴珊，亦称巴塔乃，位于加利利和比利亚之间的罗马行省，与安提帕的疆土相连。

梳子把他的头发卡得高高的，使他的前额显得格外地长。他的眼睛毫无神采，牙齿却白里透亮。他步履轻捷地走在石板地上，全身显出猿猴的轻柔，脸上却毫无表情，像个木乃伊。

藩王问："他在什么地方？"

马乃伊用大拇指朝他身后的一个地方指了指：

"在那儿，一直在那儿！"

"我好像听到他的声音了！"

接着，安提帕长长地舒了一口气，问起约喀南——拉丁人称之为施洗者圣约翰①——的情况。上个月，他出于宽大，曾经允许两个人进牢房探望。以后有没有人再看到过他们，他们来干了些什么？

马乃伊回答说：

"他们用神秘难懂的话和他交谈了一会儿，就像窃贼们黄昏时在十字路口相会时说的话一样。然后，他们到上加利利去了，说是要带回来一个重要的消息②。"

安提帕低下了头，随即神色张皇地说：

"把他看管好！把他看管好！别让任何人进去！把门关紧！把地窖盖严！根本别让人想到他还活着！"

---

① 施洗者圣约翰，生于希伯伦附近，父亲是犹太的大祭司，他本人属艾赛尼教派。《新约·马可福音》记载，约翰身穿骆驼皮的衣服，吃蝗虫和野蜜，常在约旦河畔为人施洗（故得名）。耶稣也受洗于约翰。约翰因谴责安提帕和希罗底娅的婚姻，遭秘密逮捕。由于他宣传平等和睦，反对横征暴敛，得到人民的拥护，影响越来越大，触动了罗马和藩王的利益，终至被杀。

② "重要的消息"，《新约·马太福音》和《路加福音》记载："约翰在监里听见基督所做的事，就打发两个门徒去问他说：'那将要来的是你吗？还是我们等候别人呢？'耶稣回答说：'你去把所听见、所看见的事告诉约翰，就是盲人看见，瘸子行走，长大麻风的洁净，聋人听见，死人复活，穷人有福音传给他。凡不因我跌倒的，就有福了。'"这一情节在故事中没有点明，但在下文通过一位犹太队长的叙述，有所反映。后来，约翰被杀，那两个门徒从加利利回来，把这个"消息"告诉了他的教友法努埃尔。所以，虽然约翰已死，法努埃尔听到耶稣的事业有了发展，仍喜出望外。

不必下这些命令,马乃伊一直是这样做的;因为约喀南是犹太人,他也像所有的撒马利亚人一样憎恶犹太人。

摩西①给他们定为以色列中心的基利心神庙②,从希尔康王③以来就不复存在了;而耶路撒冷的那一座,则常使他们怒火中烧。那是一种凌辱,一种恒久的不公道。马乃伊曾潜入那座庙里,想用死人骨头玷污它的神坛。他的伙伴们跑慢了一步,全被砍了脑袋。

他从两座丘陵间的空隙望见了耶路撒冷的那座神庙。阳光把它的白色大理石墙垣和屋顶上的金箔照得光华灿灿。它像一座辉煌的山岳,又像一件超凡脱俗的圣物,以它的富裕和傲慢压倒了一切。

于是,他朝锡安④方向伸出双拳,仰面挺腰,对着它一阵诅咒,以为咒语真的具有实际的效应。

安提帕听了,并不介意⑤。

那撒马利亚人又说:

"他经常焦躁不安,想逃跑,想等人搭救。有时候,他像一

---

① 摩西,希伯来人的先知和立法者。《旧约·出埃及记》记载,流亡在埃及的希伯来人遭埃及法老王的迫害,上帝命摩西带领希伯来人去迦南(即巴勒斯坦),以摆脱奴隶的处境。但因摩西一度对上帝的话产生了怀疑,被罚至死不得进入迦南。他为希伯来人留下了著名的《十诫》,最后死于能看到迦南的尼波山上。
② 基利心神庙,基里心是撒马利亚的一座山峰,在纳布卢斯以南。摩西在遗训中嘱咐人民,待进入迦南之后,将祝福之词写在基里心山上。后来,山上建了神庙,被视以色列的中心。典出《旧约·申命记》第十一章。
③ 希尔康王,公元前一三四年至前一〇四年的犹太王,曾征讨撒马利亚人,毁了基利心山上的神庙,所以撒马利亚人和犹太人结怨甚深。
④ 锡安,耶路撒冷城内的山峰,上有坚固的砦堡,大卫王死后葬在此地,所以被视为耶路撒冷的象征。
⑤ 安提帕是犹太人,别人咒骂耶路撒冷及其神庙,按理他应该生气,但安提帕的母亲是撒马利亚人,马乃伊又是他的亲信,而且,当前最使他担心的是和阿拉伯国的战争和施洗者约翰,所以他听了马乃伊的咒骂并不介意。

头病了的野兽，非常安静。我还看见他在黑暗中走来走去，嘴里反复念叨这样一句话：'这没有什么！他必兴旺，我应衰微！'"

安提帕和马乃伊互相注视了一会儿。但藩王已经懒得思索了。

他周围那波浪般的层峦叠嶂、悬崖峭壁上黑乎乎的洞穴、一望无际的蓝天、强烈的日光、幽暗的深谷，全都使他心烦意乱；面对着茫茫沙海中倒塌的剧场和宫殿，他的心头无限惆怅。阵阵热风吹来，混合着硫黄的气味，像是深埋在死水底下的受诅咒的城邑散发出来的臭气。这些都是上苍的怒火留下的标记，他一想下去就感到恐怖；于是他肘靠栏杆，手托鬓角，双目直视，在那里发愣。有人碰了他一下。他转身一看，希罗迪娅站在他的面前。

她裹在一件薄薄的紫色长袍里，长袍一直拖到脚背上。因为匆匆忙忙离房，所以她未挂项链，也没有戴耳环；一绺黑发从肩头披下，垂入两乳之间。她非常兴奋，鼻翼急剧地颤动着；一种胜利的喜悦使她容光焕发；她摇撼着藩王的肩膀，大声地说：

"恺撒[①]是爱我们的！阿格里巴已下了狱！"

"谁告诉你的？"

"我自然知道嘛！"

她又说："因为他希望凯尤斯[②]当皇帝！"

尽管全靠他们的施舍过日子，他还是想方设法钻营国王的名位。这也是他们夫妇一直热切追求的。可不是？现在就不用提心

[①] 恺撒，古罗马著名统帅，政治家、作家，生于公元前一〇〇年，公元前四十四年被政敌刺死。他原是罗马共和国三执政之一，后挫败了元老院和政敌庞培，独揽大权，对外，他多次征战得胜，声名远扬，著有《高卢战记》《内战记》等作品。恺撒的名字后来成了一种称号，泛指自奥古斯特起的十一个罗马皇帝。文中的"恺撒"指的是提比略。

[②] 凯尤斯，提比略的皇位继承人，公元三七年至四一年的罗马皇帝，初时甚得人心，后暴虐无道，被人暗杀。

吊胆啦！

"提比略①的牢门是从不轻易打开的，在里面也是死多活少！"

安提帕懂得她的意思；尽管她是阿格里巴的胞妹，她的残忍心肠也是合乎情理的。这类谋杀事件本是事物发展的必然结果，在王室乃是天数命定，在希罗特家族更是不胜枚举。

接着，她一桩桩历数了自己的巧妙安排：收买、拆信、在每扇门边安插耳目；还有，她是怎样诱使欧杜凯斯②去告密的。

"我不惜付出任何代价！为了你，我做得还少吗？……我连女儿也丢下了！"

她离婚后，把这女孩子留在罗马，原是打算另外给藩王生儿育女的。她过去从来不提女儿的事，藩王寻思，为什么她今天变得如此动感情。

奴隶们已把天幔支起，又迅速地将靠垫搬到他们的身边。希罗迪娅颓然跌坐在上面，扭过身去哭了起来。不一会儿，她擦了擦眼睛说，她不愿再想这些事了，她觉得很幸福；接着，她追忆他俩在罗马寝宫里谈话，浴室里会面，圣街③上游逛等往事。还有每天黄昏，他们在宽敞的别墅里，耳听着喷泉的潺潺水声，置身于弯弯的花门之下，面对着罗马的田野，双双漫步的情景。她像从前那样注视他，偎依在他的胸前，做出种种媚态。

---

① 提比略（公元前42—公元37），公元一四至三七年间继奥古斯特之后的罗马第二位皇帝，以多疑和残暴闻名。
② 欧杜凯斯是阿格里巴的车夫，曾听阿格里巴对凯尤斯说，他希望提比略早日让位给凯尤斯。后来，欧杜凯斯因偷窃遭责。他为了报复，就将主人的话向皇帝告密，致使阿格里巴下狱。此事似与希罗迪娅无关，而是作者的艺术虚构。
③ 圣街，古罗马城里的主要街道，由城中心的巴拉丁山（罗马七大山丘之一）经大议场通向朱庇特神庙。出征胜利归来的将军穿过圣街庆祝胜利。

藩王把她推开。她试图重温的旧情已是如此遥远！况且，他的千灾百难都是由此而生。战火连绵，转眼就是十二载了。它使藩王变得苍老。在镶着紫边的深色宽袍底下，他的肩背已经隆起；他的胡须和白发搅和在一起。阳光透过天幔，照出了他的满脸愁容。希罗迪娅的额上也有了皱纹。他们就这样脸对着脸，恶狠狠地互相打量着。

山道上开始有了行人。牧人赶着牛群，儿童拉着驴子，马夫牵着马匹。从马盖罗斯后面山坡上下来的人消失在城堡背后；另一些人从正面的谷底往上走。他们到了城堡里，就将行李物品卸在各个庭院中。来人中有的是给藩王送食物的，有的是走在宾客前面的奴仆。

这时，从阳台左侧上来了一个艾赛尼派教士①，他身穿白袍，光着双脚，神态坚毅。马乃伊手里举着宽背大刀，从右首直冲过来。

希罗迪娅对马乃伊喊道："杀了他！"

"住手！"藩王命令。

马乃伊霍地站住不动；那教士也站住了。

然后，他们的眼睛紧盯着对方，倒退着从两侧的阶梯下了阳台。

"我认识他，"希罗迪娅说，"他叫法努埃尔，他是来设法见约喀南的，都是你办事轻率，还留着他的性命！"

安提帕反驳说，也许有朝一日还用得着他呢。他对耶路撒冷的攻击，正好替他们把其余的犹太人争取过来。

"不对，"她回答说，"这种人有奶就是娘，唯独没有能耐安家立国！"

---

① 艾赛尼派，古代犹太教派之一，其成员大都隐居山野，过清苦的生活，并以严肃正直著称。约喀南属于这一教派。

谁要是用尼希米①时代的妄想来蛊惑人心，那消灭他才是上策。

在安提帕看来，这又何必着急呢。说约喀南是个危险人物！没有的事！他装出嘲笑的神情。

"你还笑呢！"接着，他又诉说起她所受到的羞辱。那天她是到加莱去采集香料的。"许多人在河边穿衣服，近旁的一座山丘上，有个人在讲话。那人腰里围着骆驼皮，长着一颗狮子脑袋。他一看到我，就向我发出一连串先知的诅咒。他两眼通红，说话就像狮吼；他举起双手，好像要把天雷招来。我逃也不能逃，我的车轮齐车轴陷进了沙土里；我只好用披风遮脸，慢慢地离开，被这劈头盖脸的咒骂气得浑身冰凉。"

约喀南简直不让她活下去。当初，在逮捕他并用绳索捆绑他的时候，只要他稍一反抗，士兵们就可以把他刺死；可是他非常驯服。把蛇放进他的牢房，蛇也都死了个干净。

希罗迪娅黔驴技穷，越发气恼。再说，他为什么和她作对呢？有什么利害关系促使他这样做呢？他对民众大喊大嚷的演说已经张扬开去，而且还在广为流传；她随处都可以听到，那些话声简直就弥漫在空气里。她有足够的勇气对付千军万马。可是，这种比刀剑更凶险、抓不住又摸不着的力量，却使她惊慌失措；所以她气得脸色惨白，在阳台上踱来踱去，找不到恰当的话语来发泄郁积在心头的这口闷气。

她也曾经想过，藩王迫于舆论，说不定会将她休弃。那就全完了！从童年时代起，她就梦想得到一个幅员辽阔的帝国。也就是为了达到这个目的，她才抛弃了前夫，和眼前的这个人结合，

---

① 尼希米，公元前五世纪被波斯俘去的犹太人，后来波斯王阿达息克斯准许他回犹太，协助伊斯特拉重建耶路撒冷。《旧约》记载，尼希米在重建耶路撒冷前，有位先知预言，上帝将派以利亚下凡拯救人民。希罗迪娅认为，约喀南假先知之名蛊惑人心，反对希罗特的统治，故主张斩草除根。

现在，她觉得自己受骗了。

"我嫁到你家来，找到了你这样一个好靠山！"

"我家配得上你家嘛！"藩王不愿多言。

希罗迪娅感到热血在她的血管中沸腾起来，那是她的当祭司和帝王的祖先们的血液！

"可你的祖父是阿什克伦①神庙里扫地的！其他的人有的放羊，有的当强盗，有的替商队带路；从大卫王②起就向犹太国纳贡的一伙游民！我的历代祖先都打败过他们。马卡比家族③的先祖把你们赶出了希伯伦，希尔康王强使你们行了割礼④！"她像贵族蔑视贫民，像雅各鄙夷以东⑤，责怪他受了侮辱无动于衷，对出卖他的法利赛人⑥过于软弱，对嫌恶他的民众过于懦怯。"别否认，你和你的民众一个样！而且你还在惋惜那个围着石堆跳舞的阿拉伯女人。再把她找来好了！到她的帐篷里和她一道过日子好啦！去啃她火堆里烤的面包！吞她的山羊奶酪！亲她的蓝色的面颊！把我忘掉算了！"

---

① 阿什克伦，古巴勒斯坦西南部濒临地中海的商埠，现在以色列境内。

② 大卫王，《圣经·旧约》中的人物，古希伯来人统一王国的开国者，盛年时南征北战，建都耶路撒冷，文治武功均享盛名，相传《旧约·诗篇》中许多篇章是他的作品。

③ 马卡比家族，古犹太人的一支，反抗外族入侵最为坚决。马卡比家族的第一代是马达息亚斯，代表犹太的正统派，掌握大权，对异党统治甚严。他的后裔希尔康王曾将希罗特一姓（属于以扫一支）征服，并迫使其行了割礼。希罗特一姓被视为非正统派，所以希罗迪娅自命门第高贵，鄙视希罗特的出身。

④ 割礼，犹太教和伊斯兰教规定的切割男生殖器包皮的手术。

⑤ 雅各和以东，双生兄弟，以东也叫以扫，为长兄。雅各乘兄之危，用一碗红豆汤向以扫换取了他的长子权。雅各生有十二个儿子，成为以色列的十二个支族。后来，以扫与雅各不和，带领家族迁居西珥山中。

⑥ 法利赛人，犹太教派之一。法利赛人外表严肃正经，内心贪婪丑恶。耶稣责备他们言行不一，作风浮夸，爱好虚荣。法利赛人一向被视为伪君子的典型。后文约喀南骂他们是"胀鼓鼓的酒囊，铮铮响的铙钹"，就是形容其贪婪和虚伪。法利赛教士痛恨耶稣，坚持将他钉死在十字架上。

藩王早就不听她的了。他的两眼正盯着一所屋子的平台，那里有一个年轻姑娘和一个撑阳伞的老妇人。那阳伞的柄是用芦苇做的，长长的像渔人的钓竿。一只敞开的旅行提篮摆在地毯中央，篮子里杂乱地装满了腰带、面纱和金银首饰。那年轻姑娘不时弯下身去，把那些东西拿起来悬空摆弄。她身穿打裥的内衣，外罩饰有碧玉流苏的坎肩，一身罗马女子的打扮；她的头发上束着蓝色的皮带；看来，发髻一定很重，因为她不时用手去拢它。阳伞的影子在她头上来回移动，遮住她半个身体。有两三回，安提帕望见她细嫩的颈脖、她的眼梢和小嘴的一角。不过，他清楚地看到了她从臀部到颈项的整个身躯，以及那弯下腰又直起来的富有弹性的动作。他窥伺着这一动作的反复，呼吸愈来愈急促；他的眼睛里射出了欲火。希罗迪娅在一旁审视着他。

他问："那是谁？"

她说，她不知道，立即心平气和地走了。

几个加利利人，一位经书教授，一位牧场场长，还有盐田的管事，指挥骑兵队的一个巴比伦犹太人，一起在拱门下等着安提帕。他们齐声向他欢呼致敬。他没有停步，径直向寝宫走去。

法努埃尔突然出现在一条回廊的拐角处。

"啊！还有什么事！不用说，又是为约喀南来的？"

"也是为你来的！有一件大事要禀报。"

说着，他紧随安提帕走进一间阴暗的大殿。

阳光从铁栏长窗射进来，在檐下一溜地散开。墙壁涂成了石榴色，有点儿发黑。大殿尽头摆着一张乌木床，床架上绑着牛皮带子。床顶有一面金盾，光灿灿像个太阳。

安提帕穿过大殿，躺到床上。

法努埃尔站着举起双臂，以神灵附体的姿态说：

"上帝不时派遣他的一个儿子下凡。约喀南便是其中之一。

你若是虐待他，你就会受到惩罚。"

"是他迫害我嘛！"安提帕叫了起来，"他要我做办不到的事。从那时起，他就一直在诽谤我。我本来并不严厉，可是，他竟敢从马盖罗斯派人去骚扰我的州县。他这是咎由自取！既然他攻击我，我就得自卫！"

"他发起脾气来也太激烈了些。不过，总得把他放了。"法努埃尔回答。

"纵虎归山，后患无穷哪！"藩王说。

"你不必担心！他会到阿拉伯人中间去，到高卢①人中间去，到斯基泰人中间去。他的事业应该扩展到天涯海角！"艾赛尼教士安慰他。

安提帕听着，眼前出现了许多幻景。

"他的力量也真大……我也不由自主地喜欢他哩！"

"那么，就把他放了吧！"

藩王摇了摇头。他害怕希罗迪娅、马乃伊，更担心事态的发展。

法努埃尔力图说服他。他保证艾赛尼教派臣服王室，并帮助他实现他的计划。人们很尊敬这些穷苦人，他们身披麻衣，不畏肉刑，又能观察星象，预知未来。

安提帕想起，他刚才说有事要向他禀报。

"你方才说的那件大事是什么？"

这当口，突然来了一个黑奴，他满身尘土，上上下下全白了。他喘着粗气，只说出：

"维特里乌斯！"

"什么？他来啦？"

---

① 高卢人，古代阿尔卑斯山两侧的游牧民族，地处今法国和意大利北部地区，公元前五九年被罗马人征服。大部分法国人将高卢人视为他们的祖先。

"我看见他了,三点以前,他准能到达!"

回廊的门乒乒作响,像是被风吹刮的。城堡里一片喧嚣:人们的奔跑声,家具的移动声,银器的倾倒声,杂乱地响成一片;同时,望楼上吹响了长号,召集分散在外面的奴隶们。

二

维特里乌斯走进宫院的时候,城头上挤满了人。他身披罗马元老的宽袍,佩戴着紫色的绶带,脚穿执政官的长靴,靠在通译的胳膊上走来。仪仗官捐着权标①簇拥着他。一乘插着羽翎、镶着镜子的红色大轿跟在后面。

仪仗官们将十二个权标倚在门上。那是一束束用皮带捆住,中间插着一把斧子的小木棒。这时,面对着罗马民族的威武气派,在场的人都不寒而栗。

八人大轿停住了。从轿中走出一个挺胸凸肚的少年。他长着一脸粉刺,手指上戴满珍珠,有人献上满满一杯香料酒,他喝完后又要了一杯。

藩王向执政官双膝跪下,说是未能早知大驾光临,不胜惶恐。否则,他理应吩咐下去,沿途倍加伺候。他还说,维特里乌斯一姓是女神维特里娅的后裔。有一条从贾尼库②通向海边的大路至今仍以这个姓氏命名。财政官,执政官,在这一族就无从数计,至于路西乌斯③,他眼前的贵宾,人们应当感谢他,因为,

---

① 权标,罗马帝国和罗马共和国使用的一种仪仗。斧子象征权力,木棒象征城墙(也有人认为木棒作笞杖用),捐标仪仗官共十二名。这种仪仗只有执政官和总督以上的大员才能使用。权标的拉丁音译为"法西斯",后来被墨索里尼用作法西斯党的党徽。

② 贾尼库,罗马城内七大山丘之一,在台伯河右岸。

③ 路西乌斯,叙利亚总督维特里乌斯的名字。

他是克里特人①的征服者和年轻的欧路斯②的父亲。如今，他是荣归故里，因为，东方本是神的故乡。这一套铺张扬厉的辞藻是用拉丁文述说的。维特里乌斯冷冰冰地领受了这番恭维。

他回答说，一个民族出一个希罗特大帝③即足以流芳百世。雅典人曾委以奥林匹克竞技总管之重任。他为奥古斯特④建造了许多神庙；他耐心、聪颖、令人生畏，而且一向对皇室忠心耿耿。

希罗迪娅从铜头大柱之间走来，一副女王气派。宫娥、太监手托香烟缭绕的镀金银盘簇拥着她。

总督跨前三步，迎上前去低头致礼。

"太好啦！"她欢呼，"提比略的仇敌阿格里巴再也不能害人啦！"

他不知道事情的始末，只觉得这个女人靠不住；所以，当安提帕信誓旦旦、表示愿为皇帝赴汤蹈火时，维特里乌斯插言问他：

"甚至不惜损害别人？"

他曾经向帕提亚王索得许多质礼⑤，当时，皇帝对此事并不

---

① 克里特人，克里特即后来的土耳其的西里西亚地区，位于小亚细亚半岛的东南部，居民称为克里特人，公元前一世纪中叶被罗马吞并。
② 欧路斯（15—69），维特里乌斯的儿子，罗马皇帝提比略的养子，继奥松之后的罗马皇帝。欧路斯以贪食和残暴著称，在位八个月即被推翻。
③ 希罗特大帝，公元前三九年至前四年的犹太暴君，安提帕的父亲。耶稣降生时，他为搜杀耶稣，下令杀尽男婴，致使耶稣流亡埃及。《圣经》中译为"希律大帝"。
④ 奥古斯特（公元前63—公元14），即屋大维，恺撒的侄儿、养子和继承人。罗马共和国的三执政之一。公元前三一年，他战胜了政敌安东尼，成为实际上的皇帝。他的统治时期被视为罗马历史上鼎盛时期之一。奥古斯特死后，希罗特大帝为他建造了许多神庙，成为藩属国的宗教膜拜对象。
⑤ 质礼，交战或敌对双方议和时，一方给另一方的人质或城市、领土等的抵押物。

经心；安提帕也出席过那次和会，他为了显示自己，立即向皇帝上了奏本。维特里乌斯深记此仇，所以这回故意按兵不动。

藩王语塞，欧路斯却笑着对他说：

"你放心，我保护你！"

总督佯装没有听见，父亲的前程取决于儿子的卑污。这朵卡玻里岛的沼地之花①为他带来如此巨大的利益。他自然要对他倍加青睐，尽管这朵花儿有毒，必须加以提防。

大门外传来一阵哄乱的声音。有人引进来一队白色的骡子，骑在骡背上的人都穿着祭司的法衣。他们是撒都该教士②和法利赛教士。法利赛人和罗马、和藩王都有宿怨。他们的法衣下摆在杂乱的人群中常被人踩住，显得十分累赘；他们的额上扎着写有文字的羊皮细带，头顶上的法冠悠悠颤动。

差不多同时，前卫部队开到了。士兵们已把盾牌装在套子里，以防沾上尘土；他们的后面是总督的副将马赛罗斯，还有腋下夹着小木板的税吏③。

安提帕将身边的主要人物一一作了介绍：陶马伊、康台拉、赛洪、为他采购沥青的亚历山大④人阿莫尼乌斯、他的轻步兵队长纳阿曼和巴比伦人雅辛。

维特里乌斯注意到马乃伊：

"这一位是谁？"

---

① 卡玻里岛，意大利那不勒斯湾中的一个小岛，该岛风景优美，提比略晚年常在此地休养，并将欧路斯带大，所以称欧路斯为"卡玻里岛的沼地之花"。该岛原是意大利的旅游胜地，可惜那不勒斯湾近来已受严重污染。

② 撒都该教士，犹太教派之一，与法利赛教派相对立。他们崇尚希腊文化，不信灵魂永生，不信死人复活等理论。该教派的成员大都是富家子弟，他们的政治影响逐渐超过了法利赛教派。

③ 税吏，古罗马的包税官，负责在各地卡征税，对罗马的属地尤为苛刻。

④ 亚历山大，埃及的重要港口，位于地中海南岸，尼罗河三角洲以西，公元前三三一年为马其顿王亚历山大所建。

藩王比了个手势，表明那是刽子手。

随后，他引见撒都该教士。

动作敏捷、操希腊语的小个子约纳塔斯恳求主子赏脸，驾临耶路撒冷。维特里乌斯说，他也许会去的。

鹰爪鼻、长胡须的艾莱阿扎代表法利赛人，请求发还大祭司的法衣，它至今还被世俗当局扣压在安东塔内。

接着，加利利人控告彼拉多①，说他借口捉拿一个到撒马利亚附近的山洞中寻找大卫王的金瓶的疯子，杀了不少当地居民；众人齐声嚷嚷，马乃伊的声音比谁都高。维特里乌斯保证惩办杀人凶手。

拱门外响起一阵叫骂声。原来，士兵们卸去了盾牌的套子，把它们挂在拱门上，犹太人看到盾心的恺撒头像②，认为这是偶像崇拜，安提帕对他们训导了一番。高坐在台座中央的维特里乌斯则对他们的狂怒深表惊讶。提比略把四百名犹太人放逐到撒丁岛③，确实做得对。可是，强龙难压地头蛇；他命令取下盾牌。

他们当即围住总督，恳求改变他们不公平的待遇，要求得到特权和施舍。他们撕破了衣服，互相踩着脚背；奴隶们用棍子左推右挡，要他们离远一点。门边的人沿着小路退下，另一些人还在往上涌来，霎时间像潮水倒灌；两股人流在这人海的漩涡中来回搅动，在围墙里面挤成一团。

维特里乌斯问，为什么来这多人。安提帕解释说，今天他要摆设庆寿的盛宴；他指了指俯身在雉堞上的手下人。他们正忙

---

① 本丢·彼拉多，公元一世纪罗马帝国派驻犹太、撒马利亚等地的总督，他在任期间下令处死了耶稣。
② 犹太人信奉犹太教，犹太教是一神教，信奉耶和华神，他们不愿意膜拜罗马的偶像，这里也反映了民族矛盾。
③ 撒丁岛，意大利在地中海的大岛，岛上多山地和火山熔岩，古时为流放囚犯的地方。

着吊起成筐成筐的肉、水果、蔬菜、羚羊和鹤，还有天蓝色的大鱼、葡萄、西瓜和堆成小山一般的石榴。欧路斯馋涎欲滴，急急忙忙向厨房奔去。他的饕餮之癖日后将震惊寰宇。

他在经过一个地窖的时候，看到一些胸甲形的铁锅。维特里乌斯也过来观看，还要人把堡垒地下室的门打开。

地下室开凿在山石中间。它们穹顶高大，按一定的距离用柱子支撑着。第一间收藏着旧铠甲；第二间放着长矛，矛头从一束束璎珞中伸出，排列得整整齐齐；第三间的墙上，密密层层地挂满了细长的箭。它们按纵横两个方向排列，一批紧挨着一批，就像一张张芦席；第四间的内壁全被弯刀遮住；第五间中央摆着一排排头盔，那盔顶上的红缨宛如满地的红蛇；第六间里只有一些箭壶；第七间里是护腿；第八间存放着护臂；其他几间里，有叉棍、挠钩、梯子、绳索、投石机上的投竿，及至骆驼胸前的挂铃！山身愈往下愈大，里面挖得像蜂窝一样，所以房下有房，而且更多更深。

维特里乌斯，通译斐乃斯和税吏长西士纳，在三个太监的火把照引下，一间一间巡视过去。

他们在黑暗中看到了野蛮民族发明的许多可怕的东西：狼牙棒、毒药矛，还有形状像鳄鱼牙床的钳子；总之，藩王在马盖罗斯拥有足够武装四万人的军备。

他为预防敌人搞军事联盟，贮藏了这些东西。但总督可能怀疑，甚至可以这样说：那是准备和罗马人打仗用的。所以他一再解释。

这些东西不是他的；大部分是用来防备强盗的；再者，对付阿拉伯人也少不了；要不然就说这是他父亲留下的。他本来走在总督身后，此时忽然加快脚步，超越过去，走到一堵墙边站定。他两手叉腰，用他的宽袍遮掩。可是，一扇门的顶部还是从他的头上露了出来。那门被维特里乌斯发现了，他要看看里面藏着什

83

么东西。

只有巴比伦人才能把它打开。

"叫巴比伦人到这里来!"

众人等了他一会儿。

当年,雅辛的父亲带着五百骑兵,从幼发拉底河畔前来朝见希罗特大帝。他自告奋勇,愿意保卫东方的边界。自从国土分割以来,雅辛就留在腓力身边,现在则为安提帕当差。

雅辛来了。他肩上挎着弓,手里拿着鞭。他的罗圈腿上紧紧地绑着色彩斑斓的带子,粗壮的胳膊裸露在坎肩下面。一顶兽皮帽子遮住他大半个脸;他的胡须拳曲,长成无数个圆环。

起初,他装作听不懂通译的话。维特里乌斯向安提帕递了眼色,后者立即重复他的命令。雅辛这才双手扶门,把它推进夹墙里面。

黑暗中冒出一股热气。一条夹道蜿蜒而下;他们顺着夹道走到一个洞口,这个地洞比其他的地窖都要宽敞。

一个弧形的洞门开凿在悬崖峭壁的底部,这无底深渊成了砦堡的一道屏障。一株忍冬攀附在穹顶上,把它的花朵倒挂在阳光底下。地面上,一道涓涓细流发出潺潺水声。

山洞里有许多白马,共约一百匹左右;马鬃全染成蓝色,马蹄上包着北非茅草织成的护蹄套,额上的细毛蓬松鼓起,仿佛都戴着假发。它们在嘴边的一块木板上嚼着大麦,并不时用长尾巴缓缓地拂打着小腿。总督看着,惊叹得说不出话来。

这里全是令人叫绝的好牲口。它们柔韧如蛇,身轻如燕,跑起来追得上骑士射出的箭,打仗时,专咬敌人的肚子,并把他们撞下马来;它们能走悬崖,能越深谷,在原野上奔驰终日,也毫无倦意,而只需一声口令,就能霍然止步。雅辛一进地洞,它们就像绵羊见了牧人,纷纷围拢上来,它们伸长了颈脖,用孩子般稚气的眼神不安地望着他。雅辛照例从喉头发出一声沙哑的口令，马群一听到这声口令，立即活跃起来。它们纷纷屈起前腿，渴望到广阔的空间里尽情驰骋。

安提帕原是担心维特里乌斯把它们掳走，特意把它们藏在这个洞里的。万一砦堡被围，这个地方是专门用来隐藏牲口的。

"马厩糟得很哪，"总督说，"你简直要把它们毁了！西士纳，点数上册！"

税吏从腰带上抽出一块木板，将马匹逐一点数登记。

财政人员总要贿赂总督，才能掳掠州县。这一位早就伸出他的黄鼠狼鼻子，忽闪着一双贼眼，到处嗅着气味。

最后，他们又回到了王宫的大院里。

石板地中央散布着许多蓄水池，上面都盖着圆形的铜盖。税吏发现，有一个盖子特别大，脚踩上去也不像其他的盖子那样响亮。他逐个敲了一遍，最后跺着脚大叫：

"我找到啦！我找到啦！希罗特的宝贝就藏在这里！"

寻找这批宝物已成了罗马人的一种狂热。

藩王发誓说，根本就没有什么宝贝。

那么，下面究竟是什么东西呢？他说：

"没有别的！只有一个男人，是个囚犯。"

"让我看看！"维特里乌斯说。

藩王没有执行他的命令。否则，犹太人会发现他的秘密的。维特里乌斯见他拒不揭开铜盖，不耐烦了。

"砸开！"他向仪仗官们高声命令。

这时，马乃伊正揣度着他们想干什么。他看到一柄斧子，以为他们要砍约喀南的脑袋；一名仪仗官刚在盖子上砍了一斧，他马上把他拦住，用一个钩子般的东西慢慢地插进盖子和石板之间；他那瘦长的双臂一使劲，缓缓地将盖子提了起来。盖子倒在地上；旁观的人都称赞这老头子的力气。那铜盖的反面镶着一层木板，洞口也露出一块同样大小的活络盖板。只一拳，盖板就分

85

成两半；于是人们看到一个窟窿。原来这是一个巨大的地洞。一座不装扶手的阶梯盘旋而下；俯身在洞沿上的人看到，那里面有一团模糊不清的可怕的东西。

　　洞底躺着一个人。那人身上披盖着长长的头发，头发又和他背上的野兽皮毛混在一起。他站起身来，前额碰上一根横钉的铁栏；他的身影不时消失在地洞深处。

　　太阳把法冠和剑柄照得光芒四射，将石板地烤得发烫；一群鸽子从柱头的中楣飞出，盘旋在院子的上空。马乃伊通常给它们喂食的时间到了。可是，他现在正蹲在藩王面前，而藩王则站在维特里乌斯身旁。加利利人，教士们，士兵们，在后面围成一圈；大家都默不作声，惶惑地等待着即将发生的事情。

　　一个粗哑的嗓子发出一声长叹。

　　希罗迪娅在宫殿另一头也听到了这声叹息。她仿佛被摄去了魂魄，不由自主地穿过人群，走到洞口；她扶着马乃伊的肩膀，俯身细听。

　　声音提高了。

　　"法利赛人和撒都该教士们，你们这些蛇蝎的子孙，胀鼓鼓的酒囊，铮铮响的铙钹①，愿你们遭灾！"

　　人们听出，那是约喀南的声音。他的名字一下子传开了，于是又有许多人跑来观看。

　　"百姓们，犹大的不肖子孙②，以法莲③的酒鬼，住在肥沃

---

① 见本卷第76页注⑥。
② 犹大是雅各的第四子。雅各临死时曾预言："犹大啊，你的弟兄们必赞美你，你手必掐住仇敌的颈项，你父亲的儿子们必向你下拜。"后来犹大的子孙分得死海以西犹太的一块土地。约喀南认为当时民风不淳，人们罪孽深重，所以责备他们违背了祖先的遗愿，称之为"不肖子孙"。雅各，见本卷第76页注⑤。
③ 以法莲，雅各的孙子，分得撒马利亚地区。他的后裔就是以色列的以法莲部族。雅各曾预言，以法莲的后裔比他哥哥的后代还要昌盛。

的山谷里、让酒气熏得东倒西歪的人们，愿你们遭灾！

"愿你们像淌走的水，像爬着化掉的蛐蜒，像不见阳光的女人生下的早产儿，流离四散！

"魔押①，你要像麻雀一样躲进柏树林，像跳鼠一样钻进洞穴。堡垒的大门将比核桃壳更易敲碎，城墙会倒塌，城池将焚毁；上帝将降下无尽的灾难。他要把你们的肢体放在血泊中翻转，如同把羊毛浸入染缸染色。他会像一把崭新的犁，将你们碎尸万段，再把你们的肉全都撒在山上！"

那样的征服者能是谁呢？是维特里乌斯吗？只有罗马人才能这样斩尽杀绝。有些人开始抱怨起来："够了！够了！叫他别说了！"

可是他说得更响了。

"灰烬里，孩子们在妈妈的尸体旁爬行。你们要冒着刀剑加身的危险，黑夜里到瓦砾堆中寻找面包。老人们晚上聊天的地方，豺狼将来争食死人骨头。你们的黄花闺女将饮泣吞声，为外国人的筵席弹竖琴助兴；你们最勇敢的儿子将被沉重的担子压得筋断骨折，皮破血流。"

这时，人们恍惚又看到了过去那种颠沛流离的日子，以及历史上的种种灾难。这些话本是古代先知们说过的，如今约喀南又一字一句地把它们说了出来，这无异于一阵当头棒喝。

然而，他的声音却变得温柔、和谐、动听起来。他宣告解脱的来临：天空里祥云冉冉，婴儿把手臂伸进龙潭②，泥土变成金

---

① 魔押，罗得和他大女儿所生的儿子（参阅第90页注⑤），后来，成为魔押人的始祖，居住在死海以东佩特拉阿拉伯（亦称中央阿拉伯）地区。
② 典出《旧约·以赛亚书》第十一章："豺狼必与绵羊羔同居，豹子与山羊羔同卧……吃奶的孩子必玩耍在虺蛇的洞口，断奶的婴儿必放手在毒蛇的穴上。"

子,沙漠像一朵盛开的玫瑰。"现值六十个基喀①的东西,到那时将不值一个小钱。岩石中会流出一股股牛奶;人们在酒足饭饱之后,再在酒坊里睡上一会儿!我所盼望的人哪,你什么时候来呀?各族人民跪着在等待你,你的统治是永恒的,大卫的儿子!"

藩王连连倒退,世上竟有大卫的儿子存在,这既是一种凌辱,又是一种威胁②。

"只有神王,没有人王!"约喀南对他的王权、花园、雕像和象牙陈设大加痛斥,说他和不敬神的亚哈③一模一样。

安提帕一把扯下挂在胸前的玉玺,把它扔进地洞,命令他住嘴。

下面那人回答说:

"我要像熊罴那样吼叫,像野驴那样嘶鸣,像临产的女人那样呼号!

"你的乱伦行为注定要受到处罚。上帝罚你像骡子一样断子绝孙!"

人群中发出一阵窃窃暗笑,很像浪花溅起的声音。

维特里乌斯固执地待着不走。他的通译用无动于衷的声调,把约喀南的咒骂译成罗马人的语言。藩王和希罗迪娅不得不再听

---

① 基喀,古犹太货币名。
② 由于大卫王的威望,后人把犹太民族的希望寄托在大卫后裔的身上。但到了希罗特时代,大卫的后裔早已灭绝。所以,各统治者就放胆地争权夺利。耶稣利用人民的这种心理,自称是大卫的后裔。约喀南希望大卫的儿子早日到来,也是反对现存统治者的一种方式,所以,安提帕认为,这既是对他的凌辱,又是一种威胁。但在基督教的四部福音书中,耶稣被列为大卫的第二十八代后裔。
③ 亚哈,公元前八七五至八五三年的以色列王,信异教,作恶多端,他夺了拿伯的葡萄园,占了他的妻子耶洗别,并把他处死。后来亚哈被人推翻。见《旧约·列王记》(上)第二十一至二十二章。

它一遍。他喘着粗气；她张口结舌，朝地牢里呆望。

这时，那可怕的人抬起头来，双手抓住栅栏，把脸贴在上面。这张脸就像一丛乱蓬蓬的茅草，中间闪烁着两颗炭火。他说：

"啊！是你呀！耶洗别①！

"你用你的鞋底声攫取了他的心。你像母马叫春。你在群山中到处支起床铺，来献出你的身体！

"上帝将扯掉你的耳环、你的紫色长袍、你的亚麻面纱、你的手镯、你的脚环、你额上颤巍巍的月牙金片、你的白银镜子、你的鸵鸟羽扇、你那双使你挺直腰杆的螺钿高鞋、你的豪华的宝石、你的头发的香味、你染在指甲上的色彩，扯掉你这个荡妇用来打扮自己的所有东西；要砸死你这淫妇，连石子都不够用哪！"

她向四周环顾，想寻找保护。法利赛教士们伪善地垂下了眼帘。撒都该教士们扭过头去，以免冲撞了总督。安提帕简直像死了一样。

下面的话声愈来愈响，越传越远，犹如阵阵焦雷，滚滚轰鸣。接着，山中响起了回声，它挟着一道道闪电，向马盖罗斯轰来。

"到尘埃里躺下吧，巴比伦的女儿②，磨面粉去！解去你的腰带，脱掉你的鞋子，撩起你的衣裙，跳到河里去！你的私处要

---

① 耶洗别，亚哈的王妃，原是拿伯的妻子，后与亚哈串通占其前夫的葡萄园，不久和亚哈同时被杀，尸体被群狗分食。见《旧约·列王记》（上）第二十一至二十二章。

② 巴比伦的女儿，典出《旧约·以赛亚书》第四十七章。先知在预言巴比伦的灭亡时说："巴比伦的女儿呵，下来，坐在尘埃；迦勒底的闺女呵，你要坐在没有宝座的地上；从此，你不再被人称为柔弱娇嫩。你要用磨去磨面；你要揭去帕子，脱去长衣，露腿过河。你的下体必被露出，你的丑陋必被看见；我要报仇，谁也不宽容。"迦勒底即巴比伦。

叫人看见，你的丑行要叫人发现！呜咽将毁掉你的牙齿！上帝憎恶你的罪孽发出的臭气！可恶啊，可恶！你会像一条母狗，不得好死！"

活络盖板重新覆上，铜盖又被扣严。马乃伊想扼死约喀南。

希罗迪娅不知什么时候走了。法利赛教士们感到气愤。安提帕在他们中间为自己辩解。

"当然啰，"艾莱阿扎接口说，"娶弟媳妇是应该的①，不过，希罗迪娅不是寡妇，何况，她还有一个孩子，这就成了可憎的行为。"

"不！不！"撒都该教士约纳塔斯反驳说，"教律谴责这类婚姻，但并未加以禁止。"

"这都无关紧要！要紧的是，人们待我太不公平！"安提帕接过话头，"总而言之，押沙龙和他父亲的女人们睡过觉②，犹大也曾和他的儿媳同寝③，暗嫩和他的妹妹睡觉④，罗得还和他的两个女儿生了孩子⑤。"

---

① 犹太教规定，哥哥死了，弟弟应娶嫂子；弟弟死了，哥哥应娶弟媳。
② 押沙龙，大卫的儿子，反父作乱，手下人出主意，叫他和父亲的嫔妃亲近，因为人们知道大卫恨他，所以，凡归顺他的人，一定十分坚强。后来押沙龙战败，被大卫的侄子约押所杀。见《旧约·撒母耳记》（下）第十六至十八章。
③ 典出《旧约·创世记》第三十八章。犹大的大儿子死后，他就将儿媳给了二儿子；不久，二儿子也死了，第三子年幼，犹大叫她回娘家等候。但第三子长大后却不去娶她，她就扮作妓女，和犹大同寝。
④ 暗嫩是大卫的儿子，爱上他的异母妹妹他玛。暗嫩装病把他玛奸污，又把她赶走，后来被他玛的胞兄押沙龙所杀。见《旧约·撒母耳记》（下）第十三章。
⑤ 罗得，希伯来人始祖亚伯拉罕的侄子。《旧约·创世记》第十九章记载：所多玛被毁时，罗得得天使之助带全家出逃，其妻因向后看变成盐柱，仅罗得带着两个女儿逃到山上，住在一个山洞里。两个女儿见父亲无子，便用酒将他灌醉，轮流和他同寝，各生一子。罗得和大女儿所生的儿子就是魔押（参阅第87页注①）。与次女所生之子即便亚米（亚扪人之始祖）。

欧路斯刚刚睡醒，正好在这时露面。他问明原委，表示赞同藩王的意见。对这类无聊的事儿，旁人根本用不着操心；听了教士们的责难和约喀南的愤慨，他还大笑了一通。

希罗迪娅在台座中央转过身来对他说：

"你错了，我的主人！他叫百姓们不要纳税。"

"真有此事？"税吏赶忙发问。

众人都说确有其事，藩王也加以证实。

维特里乌斯想到，囚犯可能逃跑；同时，他觉得安提帕的态度暧昧，于是他在每道门上，还在墙脚下和院子里，都加了岗哨。

然后他向自己住的大殿走去。在他身后，跟着两个教派的代表。

他们先不提大祭司的职位问题，而各自向他诉苦。

教士们缠住他不走，他下了逐客令。

约纳塔斯在离开大殿时，望见藩王在雉堞后面和一个披着长发、身穿白袍的艾赛尼教士谈话；他很后悔，刚才不该支持了安提帕。

藩王经过一番考虑，反倒觉得安心了。约喀南的事他可以不管了；罗马人已经出头负责。这下可是卸了个包袱啦！法努埃尔无奈，只得在城头上徘徊。

他把他叫到身边，指着士兵们说：

"他们才是最有势力的！我无法释放他！这可怨不得我！"

院子里的人都走了，奴隶们也休息去了。

晚霞映红了地平线；天边那些垂直的物体显得格外黑。安提帕认出，那是死海尽头的盐田，而阿拉伯人的帐篷已经不见了。一定是他们都撤走啦！月亮徐徐升起，一种宁静的感觉降临到他的心头。

法努埃尔灰心丧气，把下颌抵在胸前发愣。他终于向安提帕

91

透露了一直想说的那件大事。

打从月初起,他一直在破晓前观察星象。仙英星座正悬天心,大熊星时隐时现,水母星光泽黯淡,鲸鱼星座已经消失;他看出,这是将有一位要人死亡的预兆,而且就在今天晚上,就在马盖罗斯应验。

那么,这要应在谁的头上呢?维特里乌斯警备森严。约喀南也不至于马上被杀。"那么,该是我!"藩王寻思。

要不,阿拉伯人就要返回来?也许,总督会发现他和帕提亚人的关系!教士们是由耶路撒冷的剑客护送的,他们在衣服底下藏着匕首;然而藩王对法努埃尔的学问一向是深信不疑的。

他想向希罗迪娅求援。可是他心里恨她。然而,她会鼓起他的勇气;况且他对她以往的恋情,仍不免有点儿藕断丝连。

当他走进希罗迪娅的寝宫时,一个五彩的石盘里正燃着肉桂;花粉、香膏、轻云般的衣料、蝉翼般的刺绣,散了一地。

他先不提法努埃尔的预言,也不表露对犹太百姓和阿拉伯人的畏惧;那样,她会骂他胆小鬼的。他只谈起罗马人的态度;维特里乌斯对军事计划守口如瓶。他准是把他当作凯尤斯的朋友了,因为阿格里巴和凯尤斯关系密切;所以他可能被放逐,或者被人掐死。

希罗迪娅以一种轻蔑而宽大的神情竭力安慰他。她还从一只小箱子里取出一枚形状别致的勋章,那勋章上铸有提比略的头像。这件东西可以使仪仗官们大惊失色,也足以使种种非难云散烟消。

安提帕感激万分,问她是怎么得来的。

"人家给我的。"她回答。

一只光溜溜的手臂从对面一幅门帘底下伸过来,这手臂细嫩可爱,像是波里克莱特[①]用象牙雕成的。它以稍微笨拙、然而又

[①] 波里克莱特,公元前五世纪的希腊雕塑家、建筑师,他的作品十分讲究人体比例的匀称。

很优美的动作悬空抓了一阵，想抓起墙边方凳上的一件内衣。

一个老妇人撩起门帘，把衣服悄悄递了过去。

藩王觉得这女人面熟，但又记不真切。

"这个女奴是你的吗？"

"这和你有什么相干？"希罗迪娅回答。

三

客人们挤满了宴会大厅。

宴会厅由三间厅堂组成，中间隔着檀木柱子，像一所罗马的大会堂。青铜的柱头上装饰着雕像，上面支撑着两座带排窗的看台；另一座看台镶着金钱，突出在大厅尽头，正对着入口处的巨大拱门。

两排餐桌把大厅摆得满满的。枝形大烛台在彩绘的瓦杯、铜制的菜盘、雪白的冰块和堆成小山一样的葡萄之间，形成一丛丛火树。不过，它们的红色火焰正在逐渐减弱，因为房顶很高；透过屋外的树枝，也望得见夜幕中像星星一样闪烁着的亮光。从高大的窗洞远眺，可以看到有些人家的阳台上点着火把；这是因为安提帕正在宴请他的朋友和臣民，以及所有应邀赴宴的客人。

奴隶们穿着毡鞋，手托菜盘，穿梭似的忙个不停，动作像狗一样敏捷。

镶金看台下面的一座旃檀木高坛上，设着总督的席位。这高坛围着巴比伦的挂毯，形状像座亭子。

三张象牙餐榻①，一张居中，两侧各一。餐榻上分别坐着维特里乌斯、他的儿子欧路斯和藩王安提帕；总督坐在左侧靠门的

---

① 餐榻，古罗马宴会时用的长榻，三张长榻分三面围着一张餐桌，进餐时在榻上坐卧均可，所以富贵人家的餐厅叫作"三榻餐厅"。安提帕是罗马的藩属，一切习俗均仿效罗马。

地方，欧路斯坐在右首，安提帕居中。

藩王披着沉甸甸的黑色斗篷，那斗篷上的贴片掩住了衣料的本色。他脸上涂上胭脂，胡须理成扇子的形状，头发扑着天蓝色的香粉，束在宝石王冠里。维特里乌斯还是穿着亚麻宽袍，斜挂着紫色的绶带。欧路斯叫人把他的绣银紫色丝袍的长袖挽在背后。他长着一头重重叠叠的鬈发。他的胸脯又白又肥，像个女人；一条光彩夺目的蓝宝石项链挂在胸前。在他身边的一条席子上，盘腿坐着一个漂亮的小男孩。这笑容满面的孩子，是他在厨房里发现的。他十分喜欢他，可又记不住他那巴比伦人的姓名，所以就叫他"亚细亚人"。欧路斯不时横躺在餐榻上，于是他的一双光脚就高悬在全厅宾客的头上。

大厅这边，坐着安提帕的教士和官员，耶路撒冷的居民，希腊城邦的名流；在总督下首有：马赛路斯和税吏，藩王的朋友，迦拿①、托勒密②和耶利哥的要人；再往下杂乱地坐着黎巴嫩的山民和希罗特的老兵：十二个色雷斯人③、一个高卢人、两个日耳曼人。还有打羚羊的猎人，埃多姆④的牧民，帕尔米⑤的苏丹和以旬迦别⑥的水手。他们面前各有一块柔软的生面饼，用来擦手指头；一条条胳膊像兀鹰的颈脖，伸出来抓取橄榄、花生和杏仁。花冠下是一张张喜滋滋的脸。

法利赛人拒绝戴花冠，他们把这种东西看作是罗马的不洁之

---

① 迦拿，加利利的城邑，《圣经》记载，耶稣在此第一次显示奇迹，在一次婚宴上将水变成酒。
② 托勒密，古代地中海东岸的滨海大城。
③ 色雷斯人，古代黑海以西、马其顿以东的地区称为色雷斯，相当于现在的希腊，土耳其和保加利亚的一部分。当地居民称为色雷斯人。
④ 埃多姆，犹太国南部和佩特拉阿拉伯北部的一部分地区的旧称。
⑤ 帕尔米，即塔德木尔，叙利亚的古城，一度相当强大，公元二七二年被罗马人攻毁，相传为大卫的儿子所罗门所建，现名霍姆斯。
⑥ 以旬迦别，红海阿喀巴湾顶端的一个地区，相传所罗门王曾在此建造船只。

物。往他们身上洒香水时，他们浑身起鸡皮疙瘩，因为，只有在神庙里，才能使用这种古蓬香脂和乳香合成的液体。

欧路斯用它擦抹腋下；安提帕答应送他三大筐这种纯正的清凉香水；这足够一头牲口驮运的。为了这种香水，克莱奥帕特[①]曾对巴勒斯坦眼红不已。

一个刚从提比利亚回来的驻军队长走进大厅。他坐到安提帕的身后，准备报告重要情况。但是藩王的注意力不是放在总督身上，就是被邻桌上的谈话所吸引。

他们正在议论约喀南以及他那伙人的情况；杰多依的西门[②]用火焚来赎罪。还有一个叫耶稣的……

"这个人坏透了，"艾莱阿扎大叫，"这个下贱的江湖骗子！"

有人从藩王背后站了起来。这个人脸色苍白得像他披风上的白色镶边。他走下高坛，大声地驳斥法利赛教士们："扯谎！耶稣创造了奇迹！"

安提帕很想亲眼看看：

"你应当把他带来嘛！现在就给我们说说他的事吧！"

于是，他告诉众人，他雅各有个女儿病了，他就到迦百农请求耶稣为她治病。主回答说："你回去吧，她已经好啦！"他回到家里时，看到女儿站在门槛上；宫里的日晷指着三点的时候，她就能起床了，那正是他和耶稣说话的时刻[③]。

[①] 克莱奥帕特，古埃及托勒密王朝的末代女王（前51—前30），先与恺撒相昵，后又以美色迷惑了罗马大将安东尼，乃使安东尼遗弃了他的妻子（奥古斯特的妹妹）。后来，安东尼在与奥古斯特的决战中战败自杀。克莱奥巴特迷惑奥古斯特未成，染蛇毒自尽。

[②] 西门，亦称术士西门，犹太诺斯替教派的创始人之一。他受洗于圣徒腓力，又想从圣彼得处购买显灵之术。被视为买卖圣物的卑劣行径。

[③] 关于耶稣治病这一情节，取自基督教的四部福音书，这里描写的与《约翰福音》中的情节比较接近。

法利赛教士反驳说,当然,法术和灵药有的是!就在这马盖罗斯,有时也能找到巴拉草,吃了可以祛病延年。然而,既没有看到病人,也不碰不摸,就把人治好,这决不可能,除非耶稣役使了魔鬼。

希罗特的朋友和加利利的要人们听了,全都晃着脑袋,随声附和:

"显然是役使了魔鬼。"

雅各站在那伙人和教士们之间沉默不语,他的神态高傲而又温和。

他们催促他开口说话:"你倒是来证明他的法力呀!"

他垂下双肩,仿佛不由自主地害怕起来,然后,他缓慢而低声地问:

"莫非你们不知道他就是弥赛亚①?"

教士们面面相觑;维特里乌斯问,这个词是什么意思。通译考虑了一会儿才回答。

他们这样称呼一位解放者,他能使他们享有一切财富,统治各族人民。有些人还认为,这样的解放者有两位。前者将被北方的魔鬼歌革和玛各革②打败;但另一位将把魔王消灭;几个世纪以来,他们就这样时刻等待着,盼望他降临人间。

教士们商议了一番,决定由艾莱阿扎发言。

他说,首先,弥赛亚应当是大卫的后裔,而绝非木匠的儿子;其次,他必须承认教律;这个拿撒勒人却攻击教律。而最有

---

① 弥赛亚,原意为"受膏者",古代犹太人立君和封祭司时,受封者额上被敷膏油而称"受膏者",犹太亡国后,传说上帝将重派"受膏者"复兴犹太国,弥赛亚遂成为复国救主的专称,基督徒则认为耶稣基督就是弥赛亚。
② 歌革和玛各革,据《圣经》记载,玛各革是小亚细亚东北部的一个国家(包括斯基提亚地区),其国王叫歌革,通常被视为上帝的敌人。作者将歌革和玛各革作为两个"北方的魔鬼"。

力的证据是：以利亚①必须比弥赛亚先来人间。

雅各反驳说：

"以利亚！他早就来了！"

"以利亚！以利亚！"人们互相传告这个名字，一直传到大厅的尽头。

这时，人们的脑海中浮现出一个老人。一群乌鸦在他的头顶上飞舞；一阵轰雷烧着了祭坛；膜拜偶像的大祭司被洪水卷去。而在看台上的妇女们又联想起撒勒法的寡妇②来。

雅各费尽口舌，反复地说，他认识以利亚！他亲眼见到过他！而且民众也看到过他！

"他是谁？"

雅各使出全身的气力高喊：

"约——喀——南！"

安提帕像当胸挨了一刀，往后倒去。撒都该教士们纷纷扑向雅各。艾莱阿扎装腔作势，要别人听他说话。

大厅里重新安静下来。于是，他披上斗篷，像法官一样提出质问：

"先知既已死去……"

一阵窃窃私语打断了他的话头。人们一向认为，以利亚只是隐遁而已。

他冲着听众们大发脾气，一面继续他的查询：

---

① 以利亚，公元前九世纪的犹太先知。《旧约·列王记》（上）记载，有一次，大地荒旱，上帝派乌鸦衔食喂他。其后，他和异教徒一起在迦密山上祈雨，上帝降火，烧尽神坛，异教徒被民众推入水中，后来，以利亚正和弟子说话，忽有火车火马将两人隔开，以利亚乘旋风升天。所以，民众认为他没有死，只是隐遁而已。

② 撒勒法的寡妇，撒勒法是古代腓尼基靠地中海的大城，以利亚遭旱时，受这里一个寡妇供养。后来，她的儿子病死，以利亚求上帝使他死而复生。典出《旧约·列王记》（上）第十七章。

"你以为他死而复生?"

"为什么不?"雅各回答。

撒都该教士们耸耸肩膀;约纳塔斯瞪着他的小眼珠强笑起来,那模样儿活像一个小丑。想使血肉之躯永生不死,没有比这更蠢的了;他还专为总督朗读了当代一位诗人的一句诗:

既不长生,死后也不永存。

这时,欧路斯两个拳头抵住了肚子,趴在餐榻边上。他满头冷汗,脸色铁青。

撒都该教士们装作大惊失色(一到明天,大祭司的职位就是他们的了);安提帕做出绝望的表情;维特里乌斯始终不动声色。其实,他的忧虑倒是格外强烈;失去这个儿子,也就是丧失了飞黄腾达的机会。

欧路斯还没有呕吐干净,又想吃东西了。

"给我拿点大理石粉和纳克索斯①的片麻岩来,拿点海水来,什么都行!要不让我洗个澡?"

他嚼了点雪块,又在高马杰②的鹅油钵和玫瑰色的乌鸫之间犹豫了一会儿,最后,他选中了蜜汁西葫芦。"亚细亚人"看着他出了神。他这种狼吞虎咽的本领,正显示出他是优秀民族的一位杰出人物。

端来了牛肾,睡鼠,夜莺,葡萄叶包的肉丸子;教士们讨论着复活的事。柏拉图③学派费龙④的弟子阿莫尼乌斯认为他们愚

---

① 纳克索斯,希腊在爱琴海中的基克拉迪群岛的最大岛屿,古时盛产白大理石和片麻岩。
② 高马杰,古时叙利亚东北部的一个小国,后被并入罗马帝国。
③ 柏拉图(前428—前347),古希腊唯心主义的哲学家,苏格拉底的弟子,亚里士多德的老师。
④ 费龙,希腊籍的犹太哲学家,公元前二十年生于亚历山大城,他的哲学理论是柏拉图学说和《圣经》教理的混合体,曾在罗马宫廷讲学。

蠢。他把这种想法告诉了嘲笑神灵启示的希腊人。马赛路斯和雅各倒谈得投机。前者叙述他向米塔①领洗时的幸福心情，雅各则劝他皈依耶稣。棕榈酒、柽柳酒、萨非酒、比布罗司酒，从酒坛倾入酒盂，从酒盂倒进酒杯，又从酒杯灌进咽喉；他们谈天说地，倾吐着心头的隐秘。雅辛虽说是犹太人，但并不隐瞒他对星象的崇拜。一个亚法卡的商人详细描述了叶拉波利斯②神庙里的奇珍异宝，使在场的游牧民目瞪口呆，纷纷打听前往朝圣的费用。另一些人坚信自己家乡的宗教。一个半瞎的日耳曼人唱起了斯堪的纳维亚海峡的颂歌，那里常有头显灵光的天神出没；在座的示剑③人不吃斑鸠，以表示对阿齐玛仙鸽④的尊敬。

有的人站在大厅中央交谈；呼出的热气和蜡烛的青烟在空气中凝成一片雾霭。法努埃尔侧着身子，沿着墙根走了进来。他刚才又观察了天象。但他并不径直走到藩王身边，以免身上沾染油渍，因为艾赛尼教士们一向视油渍为秽物。

正在这时，宫门被敲得通通作响。

人们已经知道，约喀南被囚禁在这里。好些人打着火把，从小路往上走来；还有许多黑色的人影，像蚂蚁一样在谷底攒动；他们不时地大声呼唤：

"约喀南！约喀南！"

"什么事都被他搅得乱七八糟！"约纳塔斯说。

"长此以往，我们就没钱可拿了！"法利赛人补充。

---

① 米塔，波斯的太阳神，袄教（即拜火教）的善神，司光明。马其顿王亚历山大战胜波斯后，此教渐传至小亚细亚等地。
② 叶拉波利斯，叙利亚古代的城邑，该处建有女神笛赛多的神庙，庙内多宝藏，后被罗马执政格拉苏洗劫。
③ 示剑，古巴勒斯坦城邑，位于撒马利亚中部，基利心山以北。现名纳布卢斯。
④ 阿齐玛仙鸽，犹太人所说撒马利亚人到基利心山上敬奉的一只鸽子，但撒马利亚人矢口否认。

此时怨声四起。

"替我们做主啊!"

"把他收拾了!"

"你叛教!"

"希罗特家个个都无法无天!"

"比你们总要好些!"安提帕反唇相讥,"你们的神庙还是我父亲盖的!"

接着,法利赛人、被放逐者的后裔、马达西亚斯①的信徒,纷纷指控希罗特家族的罪行。

他们中间,有的人脑袋尖尖,胡须粗硬,荏弱的双手十分难看;还有些人塌鼻子,圆眼睛,长得像哈巴狗。另有十来个人一直冲到高坛脚下,拔刀威吓安提帕。这些都是教士们的随从或书记,他们是靠残剩的祭品把自己养肥的。藩王郑重其事地向他们解释;撒都该教士们有气无力地为他辩护。他看到马乃伊,示意叫他走开。维特里乌斯以他的神态表明,这些事都与他无关。

正在这时,法利赛教士们在餐榻上勃然大怒,他们摔碎了面前的菜盘。居然拿梅西尼②心爱的红焖野驴肉给他们吃,这种不干不净的肉类怎能入口!

欧路斯拿驴头取笑他们,——因为据说他们尊敬驴头——并对他们厌恶猪肉的习惯大加奚落。不用说,就是这头肥大的畜生害死了他们的酒神巴克科斯③;可是他们也过分喜爱这杯中之

---

① 有一犹太的经籍教授,名叫马达西亚斯·本·马格洛,因企图摘掉耶路撒冷神庙的旗杆上的罗马鹰旗,被希罗特大帝烧死,此处可能就指此人。

② 梅西尼,即麦克那斯,奥古斯特的宠臣。梅西尼保护和扶植文艺甚力,著名诗人维吉尔,贺拉斯等均受其惠。相传他爱吃驴肉。

③ 巴克科斯,罗马神话中的酒神,即希腊神话中的狄奥尼索斯。其神像手举一串葡萄,作为酒的象征。

物,有人还在神庙里发现过一株金葡萄呢。

教士们不懂他的话。出身加利利的通译斐乃斯拒绝翻译。这下子可气得他七窍生烟,尤其是因为"亚细亚人"刚才给吓跑了。这酒席也不中他的意,菜肴过于平淡,连一点必要的修饰也没有!不过,他一看到叙利亚的绵羊尾巴,又安静下来了。这些尾巴肥得全是脂肪。

维特里乌斯认为犹太人禀性卑劣。他们的神准是摩洛①,他一路上还看到过好些祭祀他的神坛;想到这里,他眼前就浮现出被当作牺牲的儿童的形象,他甚至想起他们神秘地喂胖一个男人的故事。他们那种心地的褊狭、破坏神像的病狂和兽性的执拗,在他拉丁民族的心中激起了一阵阵厌恶。总督想退席,可是欧路斯意犹未尽。

他躺在一大堆食物后面,宽袍滑到了臀部,饱得再也吃不下了,但还是舍不得离开。

这时候,人们的激情更加高涨。他们竟议论起独立的计划来了。他们追忆以色列的光荣历史,所有的征服者全都受到了惩罚:安提哥②、格拉苏③、法鲁斯④。

"混账东西!"总督大骂,因为他听得懂叙利亚语。他的通译只是给他留出准备答话的时间而已。

安提帕迅即取出皇帝的勋章。他一面颤巍巍地端详着它,一

---

① 摩洛,叙利亚亚人的圣神,其形象为牛首人身,祭祀时将婴儿活活烧死,作为牺牲。
② 安提哥,公元前四〇年至前三七年马卡比一姓的最后一个犹太王。马卡比一姓曾打败过希罗特一姓(见本卷第76页注③)。
③ 格拉苏,罗马共和国第一届三执政之一。他通过贩卖奴隶,经营银矿等买卖获得了巨大的财富。公元前五三年,他在侵略帕提亚的战争中被俘。帕提亚王听说他爱金如命,就用金汁灌进他的喉咙,并说:"你一生那样爱金子,现在请你尝个够!"
④ 法鲁斯,奥古斯特的大将。公元九年,他率领三个军团征讨日耳曼人时陷入埋伏,全军覆没。

面将勋章上的皇帝头像向众人展示。

镶金看台的护板突然打开了;只见看台上烛光辉煌,希罗迪娅在银莲花编的彩带丛中,在女奴的簇拥下,走进看台。她头戴一顶亚述①高冠,冠带扣在额前。一绺绺鬈发披在朱红色的坎肩上面,坎肩下长袖低垂。两头石兽倚门而立,像看守亚特里德②宝库的一对怪物,希罗迪娅则酷似倚着双狮的西拜女神③。她走到安提帕头上的栏杆边,举起酒樽高呼:

"恺撒万岁!"

维特里乌斯、安提帕和教士们纷纷重复这一颂词。

就在同时,从大厅尽头传来一阵惊叹和赞美声。一个年轻姑娘走进了宴会厅。

一块浅蓝色的面纱遮住了她的头和胸,但眼睛的弧线、青色的玛瑙耳坠、白皙的皮肤,仍依稀可辨。她身披一块光闪闪的缎子方巾,下端用一条金银丝线交织的带子束在腰间。一条黑色的短裤上绣着曼陀罗花。她懒洋洋地往里走着,脚下一双蜂鸟毛小拖鞋发出噼噼啪啪的响声。

她走上高坛,摘去面纱:俨然一个希罗迪娅回到了青年时代。她开始跳舞。

她踏着笛子和响板的节拍,双脚前后交替。她轻舒双臂,仿佛召唤一个只顾奔逃的人回来。她追赶他,身体比蝴蝶还轻盈;

---

① 亚述,亚洲古国,位于巴比伦和叙利亚之间。亚述于公元前十九世纪立国,公元前九至前八世纪时为近东最大的军事帝国,势力曾扩展到埃及,公元前六〇五年被巴比伦人和米地亚人的联军所灭。

② 亚特里德,指古希腊米赛王亚特里的两个儿子:斯巴达王墨涅拉俄斯和迈锡尼王阿伽门农(特洛伊战争中的主要人物)。阿伽门农的陵墓曾被后人发掘,据说墓门入口处有两头狮子浮雕。此处"亚特里德的宝库"似指此而言。

③ 西拜女神,希腊神话中天的女儿、天神朱庇特的母亲,大地和动物之神。西拜女神象征大自然的力量,她的雕像两侧通常配有一对狮子。

她像一位好奇的普赛克①,又像一个飘忽的幽灵,随时将凌空飞去。

胡笳奏出凄凉的哀乐,代替了响板的节拍。希望变成了幻灭。她的体态犹如一阵阵无声的悲叹。她浑身娇慵,分不清她是在哀悼哪尊天神,还是在他的爱抚中死去。她微睁星眼,轻扭腰肢,波浪般摆动腹部,颤悠悠抖动乳房;她面容宁静,舞步不歇。

维特里乌斯把她比作舞剧名优内斯泰尔。欧路斯还在呕吐。藩王则恍恍惚惚,如入梦境,把希罗迪娅撇在一边。他似乎看到她和撒都该教士们在一起。

幻觉渐渐消失。

这并不是幻觉。原来,她把女儿莎乐美②留在远离马盖罗斯的地方,延师传艺,希望安提帕将来会爱上她;这确实是个好主意。如今,她可有了把握!

紧接着,姑娘迸发出一阵爱的激情,企求得到爱的满足。她翩翩起舞,像印度洋岛国里的女祭司,像瀑布边的努比亚③女郎,又像吕底亚④酒神节上的女巫⑤。她向四侧倾欹,似一朵遭

---

① 普赛克,又译普绪喀,希腊神话中的美女,为爱神厄洛斯所恋。他每晚与之幽会,天明即遁,维纳斯出来阻挠,后几经周折,终成佳侣。这里描写的莎乐美的舞姿显然取材于这个故事。
② 莎乐美,希罗迪娅与前夫所生的女儿,她受她母亲的指使,从安提帕处索得圣徒约翰的头颅。十六世纪德国画家克拉纳克曾将此题材作成名画《莎乐美》。莎乐美的故事也被编成许多同名古典剧。
③ 努比亚,东非古国,其位置相当于现在的苏丹和埃塞俄比亚境内的尼罗河地带。公元前三千年,努比亚常遭埃及法老王入侵,公元前二十世纪上半叶沦为埃及的属地。公元前八世纪,努比亚王一度占领埃及,建立了古埃及的努比亚王朝。
④ 吕底亚,古代小亚细亚西部濒临爱琴海的奴隶制国家,公元前六七〇年立国,前五四六年亡于波斯。吕底亚以商业发达著称,是最早铸造货币的国家。
⑤ 酒神节上的女巫叫巴康特,她们头戴藤萝,狂呼欢舞,醉态毕露,庆祝葡萄丰收。

狂风暴雨摧残的鲜花。她的宝石耳珰跳荡着,背上的披巾光芒闪烁;从她的臂下、她的脚下、她的衣裳底下,迸射出一连串无形的火花,把男人们的心撩拨得火热。一架竖琴奏起了动人的乐曲;大厅里彩声阵阵。她劈开双腿,俯下身去,直到下颌轻轻地掠过地板;惯于节欲的游牧民、精于风月的罗马兵、一毛不拔的税吏、擅使唇枪舌剑的老教士,全都大张着鼻孔,强烈的欲念使他们的心脏突突乱跳。

然后,她围着安提帕的餐桌疯狂地旋转起来,像女巫摇动的菱形法器;藩王对她说:"过来呀!过来!"他的话声含糊,夹杂着淫荡的呜咽。她不停地旋转着;敲琴声震耳欲聋。人们狂嚎乱叫,藩王叫得最响:"来呀!来呀!给你迦百农!提比利亚平原!我的砦堡!我的半壁河山!"

忽然,她双手支地,两脚举起,像一只巨大的甲虫,在高坛上爬行起来;突然,她又停住不走了。

她的颈项与背脊形成一个直角。彩色的腿披倒挂着垂过双肩,在离地一尺处,像一道彩虹烘托着她的脸蛋。她涂着唇膏,乌黑的眉毛衬着一双大得惊人的眼睛;她的额上渗出了汗珠,好似在雪白的大理石上凝结了水汽。

她还是不说话。两个人互相注视着。

看台上发出一声暗号。她走上看台,又从那里下来,随即带着满脸的稚气,咬字不清地说:

"我要你用一个盘子把约……"她一时忘了这个名字,但马上又微笑着说:"把约——喀南的头给我!"

藩王一下子浑身瘫软,缩成一团。

他刚刚许下了诺言①,人们又等待着他的决定。不过,将有

---

① 《马可福音》第六章记载:"……王就对女子说,你随意向我求什么,我必给你。又对她起誓说,随你向我求什么,就是我国的一半,我也必给你……"

要人死亡的预言如在别人身上应验,他自己岂不是得以幸免?况且,如果约喀南真是以利亚,他一定会摆脱死神的;万一不是,那么杀了他也就无关紧要。

这时,马乃伊正好在他身边。他领会了藩王的意思。

维特里乌斯把他叫回来,告诉他怎样和看守地窖的哨兵对口令。

众人感到一阵轻松。不须片刻,一切都可了结。

可是,马乃伊这一次很不顺利。

他失魂落魄地回来了。

刽子手这一行当,他已经干了四十年了。他亲手淹死了阿里斯托布①,掐死了亚历山大②,活活烧死了马达西亚斯③,还将骚西穆④、帕布斯⑤、约瑟⑥和安提帕特⑦砍了脑袋;如今却不敢杀约喀南!他的牙齿还在捉对儿厮打,浑身在不停地哆嗦。

他在地牢前面看到了撒马利亚人的大天使。那天使全身长满了眼睛,手里举着一把巨大的锯齿形宝剑;那剑通红通红的像一道火焰。两个带来作证的兵丁可以证明。

可是那两个兵丁说,当时只有一名犹太队长向他们冲来,此外,他们什么也没有看到,而且,那个队长现在也不知去向。

---

① 阿里斯托布,希罗特大帝的内弟,任大祭司,因势力不断扩大,希罗特怕政权不稳,将他淹死。
② 亚历山大,希罗特大帝的儿子,因受异母兄安提帕特的诬陷而被其父处死。
③ 马达西亚斯,见本卷第100页注①。
④ 骚西穆,希罗特大帝的王妃玛利亚娜的监护人,因被诬与她私通而遭斩首。
⑤ 帕布斯,马卡比一姓的犹太王安提哥的大将,曾俘杀希罗特大帝的兄弟约瑟,后被希罗特俘获,遭斩首。
⑥ 约瑟,希罗特大帝的叔父,又是姐夫,玛丽亚娜的监护人,因被诬与她私通,被希罗特处死。
⑦ 安提帕特,希罗特大帝的儿子,曾诬陷异母弟亚历山大,后乘其父患病之机,图谋篡位,事发,被处死。

希罗迪娅勃然大怒；她像泼妇骂街，用最刻毒的语言给他一顿臭骂。她在看台的栏杆上敲断了她的手指甲。那两头石狮看起来像在咬她的肩膀，并和她一样吼声不绝。

安提帕也跟着她辱骂起来。教士们、士兵们、法利赛人，全都要求报复，其他的人因为自己的享乐被耽误，也怒气冲冲。

马乃伊掩面而去。

宾客们觉得时间比第一次还要过得慢，他们腻烦极了。

忽然，回廊里响起一阵脚步声，这时候，尴尬的局面越发难以忍耐。

头颅拿来了；马乃伊揪着它的头发提在手里，在一片喝彩声中扬扬自得。

他把头颅放在一个盘子里，献给莎乐美。

她轻盈地走上看台；过了片刻，这头颅由一个老妇人捧了下来。她就是当天早晨藩王在一个阳台上、刚才又在希罗迪娅寝宫里看到的。

藩王缩回身子，不敢看它。维特里乌斯漫不经心地瞥了它一眼。

马乃伊走下高坛，拿着它向罗马队长们展示，随后又给靠这边的客人们观看。

他们把头颅检视了一番。

锐利的刀锋自上而下，一直砍到了牙床骨；嘴角痉挛着，胡须上沾满了血，血已经凝结。垂下的眼皮像贝壳一样苍白。这时，周围的烛台射过来一道道烛光。

头颅传到了教士们的餐桌上。一个法利赛教士好奇地把它翻了过去，马乃伊重新将它摆正，放到欧路斯面前；欧路斯就此惊醒。死人的眼珠和他呆滞的眼球透过睫毛对视着，似乎在相互示意。

最后，马乃伊把它献给了安提帕。藩王的两颊挂着泪珠。

烛光愈来愈暗。客人们都走了，大厅里只留下安提帕自己。他两手捧着脑袋，目不转睛地注视着砍下的头颅。法努埃尔站在大厅中央，伸着双臂，喃喃地祈祷着。

*　　*　　*

旭日东升的时候，约喀南先前派出去的那两个门徒突然回来了。他们带来了盼望已久的消息。

他们把这消息告诉了法努埃尔。法努埃尔听了喜出望外。

然后，他指着杯盘狼藉的餐桌，叫他们看那盘子里凄惨的东西。其中一个对他说：

"别伤心了！他已经下到死者中间，宣告耶稣降临去了！"

艾赛尼教士现在也理解了这句话的意思："他必兴旺，我应衰微①！"

于是，三个人拿起约喀南的头颅，向加利利方向走去。

头重极了，他们就替换着捧在手中。

---

① "他必兴旺，我应衰微"，典出《约翰福音》第四章。约翰的门徒对他说，耶稣现在犹太地方为人施洗，众人都到他那里去了。约翰说："我不是基督，我是奉差遣在他面前的……娶新妇的，就是新郎，新郎的朋友听见新郎的声音就甚喜乐，故此我的喜乐满足了。他必兴旺，我必衰微。"约翰下监后，自知难以幸免，认为自己的殉道，可使耶稣的事业更加兴旺。所以，法努埃尔听到耶稣的事业有了发展（参阅本卷第70页注①②），也就理解了约喀南这句话的意思。

107

布瓦尔和佩库歇

刘　方译

一

天气热到三十三摄氏度,所以布尔东路像荒漠般冷清。

往下走,由两个水闸控制的圣马丹河墨黑的河水笔直地流淌着。河的中央有一条满载木材的船,岸上停放着两行大桶。

河那边,房舍夹在一个个工地之间,万里无云的天空便剪裁成一个个天青石色的板块。太阳的反光使房屋白色的门面、石板屋顶和花岗石码头熠熠生辉。在热烘烘的空气里,远处响起嘈杂的吵嚷声。星期日的百无聊赖和夏日的愁闷似乎让一切都变得麻木了。

出现了两个男人。

一位从巴士底监狱那边走来,另一位从植物园过来。个子高些的穿一件布衣,走路时礼帽挂在脑后,背心大敞开,手上拿着领带。个子矮些的埋着头,戴一顶尖帽檐的鸭舌帽,身子严严实实地裹在一件栗色礼服里。

两人来到大街的中央,同时坐到长凳上。

为了擦额头的汗,他们各自摘下帽子,放到身边。矮个子瞥见邻座的帽子里写着:布瓦尔;这位布瓦尔则毫不费力地认出了穿礼服的老兄鸭舌帽里写着的名字:佩库歇。

"瞧!我们的想法不谋而合,都想到在帽子里写上自己的名字。"

"天哪,正是,其实到我办公室也能打听到我的名字。"

"跟我一样,我是职员。"

于是,两人互相端详起来。

布瓦尔和蔼可亲的面容即刻使佩库歇着迷。

在他红润的脸上，那双近乎蓝色的眼睛老半闭着，笑眯眯的。一条带门襟的长裤，紧裹着他的肚子，使衬衫在腰部鼓了起来；裤脚因缝制不当，在海狸皮鞋上端显得皱皱巴巴。他那自来卷的金色头发形成松散的环形发卷，使他显得有点孩子气。

他噘着嘴不停地吹着口哨。

佩库歇一本正经的神情打动了布瓦尔。

他高高的前额顶上长满又平又黑的头发，仿佛戴了一顶假发。他的长鼻子掉得很低，使他整个脸部都像处在侧面状态。他那裹在厚实的纯毛斜纹呢裤管里的腿与他颀长的上身不成比例。他的嗓音洪亮而深沉。

他不自觉地叹道：

"在乡村该多么惬意！"

布瓦尔则认为，近郊那些供人跳舞的小咖啡馆的喧嚣让人受不了。佩库歇也有同感，不过他已开始对首都感到厌倦。布瓦尔也如此。

他俩的眼光在一堆堆建筑石材和漂浮着一捆稻草的令人厌恶的河水上游移，随即停在耸立于天边的一座工厂的烟囱上。下水道发出腐臭味，他们便把身子转到另一边去。于是，眼前出现了丰盛仓库的围墙。

显然（佩库歇为此感到惊异），在街上比在家里更热。

布瓦尔劝佩库歇脱下礼服。他自己对别人的说三道四向来嗤之以鼻！

一个醉汉忽然歪歪倒倒地穿过人行道，于是，就工人的话题，他们开始谈论政治。他们的意见一致，尽管布瓦尔也许更倾向于自由主义。

大街上忽然尘土滚滚，从那里传来铁器碰撞的哐当声：三辆包租的高级敞篷四轮马车往贝尔西那边驶去，车上坐着一位手捧花束的新娘、几位戴白色领带的有钱人、几位裙子直拢到腋窝的女士、两三个小姑娘和一个中学生。看见这场婚礼，布瓦尔和佩库歇又谈到妇女。他们宣称，女人既轻浮又爱吵架，还很固执。尽管如此，她们却往往比男人更优秀；但有时又比男人更坏。总而言之，生活中最好没有女人；所以佩库歇才当了单身汉。

"我呢，我是鳏夫，而且没有孩子。"

"这于您或许是种幸福？不过，时间长了，孤独也让人发愁。"

在滨河马路上出现了一个妓女，还有一个士兵同她在一起。她脸色苍白，黑头发，脸上有细碎的麻子。她靠在军人的胳膊上，趿拉着一双旧鞋，扭着屁股。

她一走远，布瓦尔便斗胆说出一些有淫秽之嫌的思考。佩库歇的脸变得通红，他用眼神指指正在走路的一位教士，显然是为了避免对他的话作出回答。

教士慢悠悠地在大道上走着，人行道上种着稀疏的小榆树。布瓦尔一看不见教士的三角帽便宣称自己松了一口气，因为他太讨厌耶稣会士了。佩库歇并不想宽恕耶稣会士，但他对宗教表现出几分尊重。

这时天色渐暗，对面的百叶窗一个接一个地关上了。街上的行人多了起来。此刻正是晚上七点。

他们的谈话像流不尽的河水，点评紧接着逸闻趣事，哲学概要紧跟个人的述评。他们贬低桥梁公路工程局、烟草专卖局；贬低商业、戏剧；贬低海运管理局和整个人类，仿佛他俩都是历尽艰辛的人。一位在听另一位说话时总能重新找到被自己遗忘了的一些事情。尽管他俩已经超过了动辄激动的年龄，他们仍旧感受到一种全新的快乐，一种欢欣鼓舞，感受到初尝温情的魅力。

他们站起身来足有二十次，但每次都重新坐了下来；他们沿着大道走，从上游的水闸走到下游的水闸，每次想各自走开，都因敌不住相互慑服的感情而无力迈步。

不过他们仍然准备分手,在他们握手时,布瓦尔忽然说:

"对了!我们一起吃晚饭如何?"

"我原有这个想法,"佩库歇说,"但我没敢向您提出来!"

于是,他听任布瓦尔把他带到市政大厦对面一家小餐馆,在那里用餐会感到很舒服。

布瓦尔点菜。

佩库歇害怕辛辣作料,认为它们会烧灼身体。这倒成了他们医学讨论的一个话题。他们随即对科学的优越性大加赞扬:有多少东西需要学习,有多少研究需……要是有时间该多好!唉!谋生的事消耗了他们的全部精力;他们吃惊地抬起手,在发现他们俩都是抄写员时,他们差点越过饭桌拥抱起来:布瓦尔在一家商社,佩库歇在海军部,不过干抄写工作并不妨碍佩库歇每晚花一些时间学习。他曾在梯也尔①的作品里标出一些错误,他还以最尊敬的口吻谈到一位名叫迪姆舍尔的教授。

布瓦尔以另外一些方面取胜。他挂表链和调制芥末醋汁的方式使他显得像一个经验丰富而又年轻的可笑老头;他吃饭时把餐巾的一角掖在腋窝里,滔滔不绝地说一些让佩库歇发笑的事。佩库歇的笑很特别,只有一个很低的音,永远是这个低音,每个音间隔的时间还很长。布瓦尔的笑声朴实、响亮,笑时露出牙齿,肩膀一耸一耸的,惹得门边的顾客都回过头来。

吃过晚饭,他们到另一家店里喝咖啡。佩库歇注视着煤气灯,为过分的奢靡而叹息,随后又不屑地一推,把报纸推开了。对此,布瓦尔更宽容些。一般说来他喜欢所有的作家,而且,他年轻时还颇有当作家的才能呢。

---

① 阿道尔夫·梯也尔(1797—1877),法国历史学家、国务活动家。七月王朝时期历任大臣和总理。

他拿起一根台球棒和两枚台球，想做平衡旋转游戏，像他的朋友巴尔勃鲁那种玩法。弹子却一个劲落到地板上，在人们的腿间滚来滚去，滚到远处便再也看不见了。弹子一掉下来，咖啡店侍者就站起来找，他爬在软垫长凳下找来找去，最后便抱怨开了。佩库歇和他发生了争吵，店老板连忙跑过来，佩库歇却不听他道歉，甚至找饮料的碴儿。

　　他随即建议去他的住处平静地度过这个晚上，他家离这里很近，在圣马丹街。

　　刚一进门，他便披上一件印度产印花棉布做的一种短上衣，并殷勤待客以尽主人之谊。

　　一张杉木写字台放在屋子正中央，四个桌角十分碍事，周围一些小搁板、三把椅子、一把旧安乐椅上，连同屋角都杂乱地放着许多卷《罗雷百科全书》《动物磁气疗法施行者教程》，一本费讷隆①的书和别的书，以及一大堆废纸，两个椰子，各式各样的纪念章，一顶土耳其式的便帽，还有迪姆舍尔从勒阿弗尔带给他的几个贝壳。四周的黄色墙壁上覆盖着一层厚厚的尘土。鞋刷躺在床边，被子垂到床下。天花板上有一个很大的黑迹，是灯的黑烟造成的。

　　布瓦尔无疑闻到了房里的气味，他请求允许他打开窗户。

　　"纸张会飞出去！"佩库歇大声说道，再说他也害怕气流。

　　但在这间小屋里他也热得气喘吁吁，因为小屋从一大早就被屋顶的石板瓦烤上了。

　　布瓦尔对他说：

　　"我要是您，就把法兰绒背心脱掉！"

　　"怎么！"

----

① 费讷隆（1651—1715），法国主教和作家。因其论文《论少女教育》而声名大振，曾任太子太傅。

佩库歇垂下头,一想到不穿保健背心便不寒而栗。

"您送我出去吧,"布瓦尔说,"外面的空气会使您感到凉爽些。"

佩库歇终于咕咕哝哝地重新穿上靴子:

"以我的名誉保证,您算是让我着魔了!"

尽管距他家不近,他还是把布瓦尔一直送到家,布瓦尔住在白求恩街拐角处,图奈尔桥对面。

布瓦尔的房间漆得很漂亮,配有高级密织薄纱窗帘和桃花心木家具,从阳台望去,可以看见塞纳河。两件主要的装饰品,一件是放在五斗橱中央的小酒具柜,另一件是沿镜子摆放的由达格雷相机照的照片,照片上都是些朋友;放床的凹室里挂了一幅油画。

"这是我伯父。"布瓦尔说。

他举起蜡烛,照出了一位先生的肖像。

红色的颊髯加宽了他的脸部,额顶一绺头发的尖端鬈曲。他那系得高高的领带,配上衬衫的三重领、法兰绒背心和黑色上衣,使他显出耸肩缩颈的模样。肖像还画出了他胸襟上的几颗钻石。他的眼睛在接近颧骨的地方有蒙古皱褶,他的微笑带着嘲讽的意味。

佩库歇不禁说道:

"他倒像您的父亲!"

"他是我的教父。"布瓦尔漫不经心地回答,又补充说,他的教名是:弗朗索瓦-德尼-巴尔托罗梅。佩库歇的名字是于斯特-罗曼-西里勒。而且他俩同庚:都是四十七岁。这种巧合使他们高兴,也让他们吃惊,他俩都以为对方年纪更大些。接着便对天意大加赞赏,上天对命运的组合有时真是奇妙。

"因为,说到底,如果刚才我们没有出去散步,我们可能会老死也不相识。"

在交换了各自老板的地址之后,他们便互道晚安。

"可别去看望那些女士!"布瓦尔在楼梯上叫道。

佩库歇下楼,没有理睬他这粗俗的玩笑。

翌日,在沃特菲依街92号德康博兄弟阿尔萨斯布店的院子里,有个声音在叫:

"布瓦尔,布瓦尔先生!"

布瓦尔把头伸到窗外,认出了佩库歇。这一位叫得更来劲了:

"我没有生病!我把它脱了!"

"脱什么啦?"

"这个!"佩库歇说着指指自己的胸部。

他们白天所说的全部的话,单元房里的温度以及胃部的艰苦消化劳作妨碍了他的睡眠,他受不了,便脱下他那法兰绒背心扔得远远的。今天早上他才回想起晚上的行为,幸亏没有产生什么后果。于是,他前来将此事告知布瓦尔,这说明布瓦尔在他敬重的人群里已占据了神奇的高位。

他是一个小商人的儿子,从未见过母亲,因为她英年早逝。在他十五岁那年,他从寄宿学校退学,被送到一个法院执达员家里。后来那里突然出现了警察,老板被判了苦役;那情景之残暴至今仍令他生畏。这之后他试过很多职业:药店学徒、学监、塞纳河上游一艘大型客轮上的会计。末了,一位海军分舰队长被他的一手好字吸引,雇他作了制副本的职员。然而,他意识到自己不完善的学识,并因而产生了对知识的渴求,这加剧了他易怒的性格,于是,他完全离群索居,既无亲戚,也无情妇。他唯一的消遣就是礼拜天出去仔细观察公共工程。

布瓦尔最久远的回忆把他带回卢瓦尔河畔一座农庄的院子里。一个男人——他的伯父——把他带到巴黎让他学做买卖。他成年后,有人给了他几千法郎。于是他娶了妻子,开了一家糖果店。半年以后，他老婆卷款潜逃。朋友、美餐尤其是懒惰，使他迅速而彻底地破产了。他灵机一动，想到利用他一手漂亮的字；于是，十二年来，他一直在沃特菲侬街92号德康博兄弟布店做同样的工作。至于他的伯父，尽管曾寄给他那幅出色的肖像以资留念，布瓦尔竟然不知道他的住处，也就不想再得到他什么了。一千五百利勿尔①的收入和他抄写员的工资使他有可能每晚去一家小咖啡馆打打盹儿。

因此，他们的邂逅具有奇遇的重要意义。他们迅即被一种神秘的感情纽带牢牢连在一起。再说，又怎能说清这种相互感应的心境呢？为什么某个特点，某种缺陷在此人身上无足轻重或令人不快，而在另一人身上就能使人着迷令人狂喜？所谓的一见钟情对所有的感情都是真实的。不到这周的周末，他俩已经互相称你了。

他们经常去对方的柜台找人。这位一出现，那位便关上自己的斜面书写桌，两人就一起去到街上。布瓦尔迈大步，佩库歇则加快步伐，礼服拍着屁股，仿佛在小轮上滑行。他们各自的癖好也同样在互相协调。布瓦尔吸烟斗，喜欢吃奶酪，有规律地喝他的小杯咖啡。佩库歇吸鼻烟，餐后点心只吃果酱，咖啡里要放一块糖。一位易轻信，冒失，慷慨；另一位谨慎，多思，节约。

为了讨佩库歇喜欢，布瓦尔想介绍他认识巴尔勃鲁。此人原是旅行推销员，如今做交易所买卖；他天真、善良、爱国，是女性的支持者，而且偏爱说近郊区人说的话。佩库歇觉得他挺讨厌，便把布瓦尔带到迪姆舍尔家里。这位作者（因为他曾经发表过一篇谈记忆术的短文）在一个青年女子寄宿学校教授文学课，他观念正统，穿着庄重。他让布瓦尔感到厌倦。

他俩谁也不向对方隐瞒自己的观点，却都承认对方正确。他

---

① 利勿尔系法国古代的记账货币，一利勿尔价值相当于一法郎。

们的习惯在改变,都放弃了实惠的寄膳,结果便天天一道吃饭。

他们对人们议论的戏剧、政府的管理、生活必需品的昂贵和商业的欺诈行为进行思考。"项链"的故事,菲亚尔代斯案件也不时出现在他们的交谈里①;后来,他们又寻找引起革命的原因。

他们沿着一间间旧货店闲逛;他们参观国立工艺博物馆、圣德尼②、戈伯兰织毯厂、荣军院以及所有的公共收藏品。

有人要求看他们的护照时,他们便装出丢失了护照的样子,故意让人错把他们当成两个外国人,两个英国人。

在博物馆的各陈列室里,他们带着极大的惊讶在填了草的四足动物面前走过,在经过蝴蝶标本时感到格外高兴,在金属面前却显得很冷淡;化石让他们浮想联翩,贝类学则使他们倍感厌恶。他们仔细观察玻璃暖房,一想到那里面的树叶分泌毒素就微微发抖。他们之所以欣赏雪松,是因为雪松是在防晒防雨的钟形罩保护下运来的。

在卢浮宫,他们竭力使自己迷恋拉斐尔③。在大图书馆,他们真想了解藏书的准确数字。

一次,他们进法兰西学院去听阿拉伯语课,讲课的教授看见两个陌生人正努力写着笔记而颇感吃惊。他们借巴尔勃鲁的光进入一家小剧院的后台。迪姆舍尔还为他俩搞到两张法兰西科学院一次会议的门票。他们询问有什么新的发现,阅读即将出版的书籍的内容简介,而且,这种好奇心大大开发了他们的智力。他们

---

① "项链"故事,指法王路易十六的王后安托瓦奈特购买一条价值昂贵的项链过程中发生的种种故事。安东尼·菲亚尔代斯(1761—1817),法国法官,因其被谋杀,引起一场轰动全国的官司。
② 圣德尼系巴黎北部一个区的首府。那里有雄伟的教堂和王室墓地。圣德尼门是十七世纪为纪念法王路易十四的军事胜利而修建的纪念碑。
③ 拉斐尔(1483—1520),意大利文艺复兴时期著名的罗马学派画家、建筑师和考古学家。

在日益扩展的视野顶端瞥见了一些既模糊又奇妙的东西。

在欣赏某一件古旧家具时，他们为没能生活在古人使用这件家具的时代而深感遗憾，尽管他们对那个时代一无所知。他们根据某些名字想象一些国家，他们之所以认为那些国家美丽，正是由于他们无法准确地加以描绘。他们觉得那些连书名都无法理解的作品似乎包含着什么奥秘。

他们的空想越多，便越感痛苦。在大街上，每当他们同载旅客的邮车交错而过时，一种想随之而去的需求就从心底油然产生。花市码头常使他们产生对乡村的渴望。

一个星期天，他们一大早就开始走路，经过默东、贝尔维尔、苏莱纳、欧特依，一整天他们都在葡萄园里漫无目的地游逛。他们在田埂边上连根拔除丽春花，在草地上睡觉，在农舍的刺槐树下吃饭，喝牛奶，直到很晚才回到城里，尽管满身尘土，筋疲力尽，却欣喜若狂。他们经常重复进行这样的散步。可是，回家的第二天显得太凄惨了，他们终于放弃了这种出游。

他们感到办公室工作的单调已变得十分可憎。永远是刮字刀、给纸上光的山达脂，同样的墨水瓶、同样的羽毛笔，老是那些同事！他们认为同事们都很愚蠢，因此和那些人说话越来越少。他们为此而遭到调侃。他们每天都迟到，因而受到警告。

昔日，他们过得还算快活，然而随着他们互相越来越敬重，他们感到自己的职业使他们丢脸，而且他们还相互加深相互激发这种厌恶之情，同时又互相姑息。佩库歇染上了布瓦尔的粗暴；布瓦尔学会像佩库歇那样闷闷不乐。

"我真想变成广场上的江湖骗子！"一个说。

"变成拾破烂的也一样！"另一个大声说。

情况糟透了！绝无摆脱的途径！甚至毫无希望！

一天下午（那是一八三九年一月二十日），布瓦尔在布店收到一封来信，是邮差交给他的。

他抬起双臂,头逐渐往后仰,摔在方砖地上晕了过去。

店里的伙计们朝他扑了过来,有人摘掉他的领带,有人派人去找医生。他睁开眼睛,随即回答别人的问话:

"噢!……是因为……是因为……有点空气我就会舒服些。不!别管我!对不起!"

他不顾身体肥胖,一口气跑到海军部。他摸摸额头,相信自己要发疯了,却竭力使自己冷静下来。

他让人请佩库歇出来。

佩库歇出现了。

"我伯父去世了!我要继承遗产!"

"不可能!"

布瓦尔把下面这几行字指给他看:

  塔尔第维尔公证人事务所
    塞坦的萨维尼,一八三九年一月十四日
先生,

  我请您前来我的事务所了解您的生父,南特市前批发商弗朗索瓦-德尼-巴尔托罗梅·布瓦尔先生的遗嘱,布瓦尔先生于本月十日在本镇去世。本遗嘱包含属于您的一大笔财产支配权。

  请接受我的敬意。

       公证人
        塔尔第维尔

佩库歇不得不在院子里的界石上坐下。他随即把信纸还给朋友,慢吞吞地说:"但愿这不是什么把戏!"

"你认为这是把戏!"布瓦尔说,声音发哽,活像临终的人嘶哑的喘气声。

然而,邮票、事务所印刷体字的名称以及公证人的签字,这一切都证实了消息的可靠性。于是,他俩互相注视着,嘴角微微发颤,眼泪在发呆的眼睛里转动。

他们感到空间太狭窄了,便一直走到凯旋门,再沿着河边往回走,超过了巴黎圣母院。布瓦尔满脸通红,在佩库歇背上捶了几拳头,足足五分钟说的都是一派胡言乱语。

他们情不自禁地傻笑着。这笔遗产,当然,可能高达……

"哦!这该多棒呀!咱们别再谈了。"

他们依然谈了又谈。一切都不妨碍他们立即要求作进一步的说明。布瓦尔便写信给公证人,想得到这种说明。

公证人寄来了遗嘱的抄件,抄件的结尾这样写道:

依此,我赠与我的毋庸置疑的非婚生子弗朗索瓦-德尼-巴尔托罗梅·布瓦尔我的财产中由法律规定可赠与的那部分财产。

这个老好人是在青年时代得到这个儿子的,但他小心谨慎地与孩子保持着距离,让别人把他看作自己的侄子;侄儿也一直管他叫伯伯,尽管都心中有数。布瓦尔先生在不惑之年结了婚,后来又成了鳏夫。在他的两个合法儿子都与他的意图背道而驰时,他为自己抛弃另一个儿子多年而深感悔恨。倘若他的厨娘不从中作梗,他可能已经召回这个儿子了。厨娘利用家庭内部的阴谋诡计离开了他,他过着孤苦伶仃的生活,在临死时,便想把他能够遗赠的财产全部赠给这个初恋的果实,以弥补他的过错。他的财产高达五十万法郎,因此抄写员可以得到二十五万法郎。大哥艾蒂安已经宣布他尊重遗嘱。

布瓦尔忽然变得有几分呆滞。带着醉汉那种平静的微笑,他一个劲反复低声说:

"一万五利勿尔的年金!"

佩库歇本来比布瓦尔坚强,此刻连他也无法保持镇定了。

塔尔第维尔的另一封来信遽然使他俩大为震惊。死者的另一个儿子亚历山大先生宣称他有意去法庭解决一切问题,如有可能,他甚至准备攻击遗赠条款;他还事先要求封存遗产,造财产清单,任命有争议财产的保管人等,不一而足!布瓦尔为此肝阳上亢,得了一场病。刚一康复,他就乘船去萨维尼,从那里回来却未得到任何结论,只好惋惜花去的路费。

接着是一个个不眠的夜晚,交替而至的愤怒和希望,兴奋和沮丧。过了半年,那位亚历山大先生总算平静下来,布瓦尔终于得到了遗产。

他喊出的第一句话是:

"我们到乡下去隐居!"

佩库歇认为他这句将朋友和自己的幸福连在一起的话天经地义,再简单不过。因为这两个人的结合是全面的,发自内心的……

然而,佩库歇不愿靠布瓦尔养活,所以他在退休之前不准备去乡下。还有两年,不算什么!他毫无商量的余地,事情就这样决定下来。

为了解可以在何处安家,他们一一审视了所有的省份。北方富庶,但天气太冷;南方气候宜人,但蚊虫多,不舒服;中部呢,坦率地说,那里毫无奇特之处。倘若布列塔尼的居民不那样虚伪,那里倒适合他们居住。至于东部各地区,那里的居民讲日耳曼方言,想也别想去那里。不过总还有别的地方。比如,佛雷、布热、鲁姆瓦,如何?地图上没有说一句有关的话。再说,不管他们的家安在此地或彼地,重要的是他们必须有一个家。

他们已经看见自己脱去外衣,穿着衬衫在花圃边上修剪玫瑰的枝丫;用锹翻地,中耕,捏搓泥土;从花盆里移出郁金香。云雀一叫,他们便起床去田间扶犁耕地;他们挎着篮子去摘苹果;观看别人制黄油,打麦子,挤羊奶,拾掇蜂箱;听着母牛哞哞

123

叫，闻着收割的牧草香，这一切让他们感到何等惬意。再也不写字了！再也没有上司了！甚至不必付到期的租金！因为他们拥有了自己的住宅！他们吃的会是自己家禽饲养场的母鸡，自己园子里的蔬菜；他们晚餐时可以照样穿着农人的木鞋！

"我们要干我们喜欢干的一切！想留胡子就留胡子！"

他们买了些园艺工具，还有一大堆"可能有用的"东西，如工具箱（居家总需要这些东西），几个磅秤，还有丈量土地的链子、一个浴缸——万一生病就用得着，一只温度计，甚至一只"盖-卢萨克制式"的气压表，以备他们心血来潮时作物理实验用。来几本优秀的文学作品也不错（因为人总不能老在野外工作），于是，他们去找书，有时很为难，不知道某本书是否真属于"图书馆藏书"。布瓦尔就这个问题作出了干脆的决定：

"哎！我们不需要图书馆。"

"再说，我有我自己的图书馆！"佩库歇说。

他们事先做了安排。布瓦尔得搬去他的家具，佩库歇则必须搬去他的黑色大桌子；他们得把各种帘子利用起来，再加上一套金属厨具，那就十分圆满了。

他们曾起誓对这一切严守秘密，但他们却容光焕发，所以他们的同事感到他们有点古怪。布瓦尔靠在他的斜面小桌上抄写，肘弯朝外，使他的圆体字写得更圆。他吹着自己特有的口哨，还带着狡黠的神气眨巴着他那厚重的眼皮。佩库歇坐在高高的草凳上，精心雕琢每个长形字下垂的笔画，但他鼓起鼻孔，抿紧嘴唇，仿佛害怕泄露自己的秘密。

经过十八个月的探索寻找，他们仍旧一无所获。他们去邻近巴黎的所有地区旅行，从亚眠直到埃夫勒；从枫丹白露直到勒阿弗尔。他们想找一处真正是乡村的乡村，并不严格坚持要如画的风景，但狭窄的视野会使他们心境抑郁。

他们既想逃避邻近的住家户，又害怕寂寞。

有时他们已作出了决定，但紧接着又担心将来要后悔，于是又改变主意，认为那地方于他们似乎太不卫生，或受海风侵扰，或离某间作坊太近，或交通不便。

是巴尔勃鲁救了他们。

他了解他俩的梦想，一天，他来告诉他们说，有人向他谈到一处地产，在康城和悬崖之间的沙维尼奥尔镇。那里有一座拥有三十八公顷土地的农庄，还有一幢类似城堡的住宅和一个出产甚丰的园子。

他们于是前往卡尔瓦多斯省，而且在那里感到欣喜万分。不过农庄加上城堡式房舍（不买农庄就不卖房舍）要卖十四万三千法郎，布瓦尔只给十二万。

佩库歇同布瓦尔的顽固作斗争，请求他让步，末了，他宣布余额由他本人来补齐。那是他的全部财产，来自他母亲留给他的遗产和他的节约。他从未向人谈起过这件事，因为他准备把这笔资金留作大的用场。

他在一八四〇年末，即他退休以前的半年，交齐了全部款项。

布瓦尔不再是誊写员了。起初他对前途还不大放心，所以继续干他的工作，一旦有把握得到遗产，他就辞职了。不过，他经常欣然回到德康博兄弟布店，而且他启程的前一天，还请全店的人喝了潘趣酒①。

与他相反，佩库歇对他的同事却阴沉着脸，最后一天走出海军部时，他还粗暴地把门拉得砰然作响。

他需要守着别人打包，还要办一大堆杂事，买一大堆东西，还得同迪姆舍尔道别！

教授建议与他保持书信来往，他会在信中通报文学方面的情

---

① 潘趣酒是由酒加糖、红茶、柠檬等调制的饮料。

况。再一次向他道贺之后，教授祝他身体健康。

巴尔勃鲁接受布瓦尔道别时表现得更动感情。他为此还放弃了一局多米诺骨牌，并许诺以后去那边看望他，他还叫了两杯茴香酒，并拥抱了朋友。

布瓦尔回到家里，在阳台上深深地吸了一口气，自言自语说："这天终于到了！"码头上的灯光在河水上跳动，远处，公共马车车轮的滚动声逐渐平息下来。他忆起往日在这个大城市生活的幸福日子，餐馆里的聚餐，进戏院的夜晚，女门房的说长道短，以及他所有的生活习惯；他感到自己的心支持不住了，他不敢承认自己的悲伤。

佩库歇直到清晨两点一直在自己房间里漫无目的地走来走去。他再也不会回到这里了，那更好！不过，为了留下一点儿自己的什么东西，他把自己的名字刻在壁炉的石膏涂层上。

大件的行李已在昨天运走了。园艺工具、小床、床垫、桌子、椅子、一只暖炉、浴缸和三根勃艮第柱子将沿塞纳河一直运到勒阿弗尔，再从勒阿弗尔运到康城，在康城等候的布瓦尔会命人把它们送往沙维尼奥尔。

但他父亲的肖像、几把安乐椅、窖藏酒、书籍、挂钟还有其他一切珍贵物品已经装到一辆搬家车上，车子运行经过的地方是诺南古尔、韦尔纳伊和悬崖。佩库歇愿意跟车走。

他坐在车夫身边的板凳上，穿一身最旧的礼服，戴着围巾，独指手套和在办公室用的皮里暖脚套。三月二十日，星期天，他在黎明时分离开了首都。

头几个小时，旅途中变动的景色和新奇的事物还能吸引住他，后来那几匹马放慢了步伐，这就引得他和车夫以及赶大车的人争吵起来。车夫们选住的旅店糟糕透顶，尽管他们答应对一切负责，佩库歇出于过分的小心，仍旧和他们住一个店。

第二天天刚亮就上路了。道路，永远是那条道路，往远处伸展,直到天边。碎石子一方接着一方,道旁的路沟汪着水,大片大片单调而寒冷的绿色展现在四野,云朵在天上匆匆飘过,还不时下着雨。第三天狂风大作。大车的篷布系得不牢,像船帆似的迎风咔咔作响。佩库歇戴上大盖帽,低下头,每次打开鼻烟壶,他都得完全转过身去以保护自己的眼睛。车子每一颠簸,他都听见背后的行李摇摇晃晃,便不厌其烦地叮咛开了。见自己的叮嘱无济于事,他改变了策略。他装老好人,给他们献殷勤;在爬坡时,同他们一道推车轮;他甚至在饭后替他们付掺烧酒的咖啡钱。自那以后,车跑得快多了,以致在戈布尔日附近弄断了车轴,大车歪斜下来。佩库歇立即检查车内的东西:瓷茶杯碰成碎片躺在那里。他抬起两只胳膊,咬牙切齿地咒骂两个笨蛋;第二天因赶大车的喝醉了酒又白白浪费掉了。但他已没有力气叫苦,因为他已经饱尝辛酸。

布瓦尔为了再一次同巴尔勃鲁共进晚餐,直到第三天才离开巴黎。他在最后一分钟才赶到运输公司的院子里,后来在鲁昂城的大教堂前面从睡梦中惊醒:原来他乘错了公共马车!

当晚,去康城的座位全满了。他不知道如何是好,便索性去艺术剧院看戏。他向邻座微笑,说他已从批发交易事务里隐退,在附近新购置了一片地产。直到星期五他才在康城下车,但那些包裹竟还没有运到。总算在星期天取到了东西,便命人装上大车,他早已通知赶车的佃农,让他跟几个钟头的车。

佩库歇在路上折腾到第九天才抵达悬崖,他在那里雇了一匹增援马,直到日落西山,一路平安无事。过了布雷特镇,他们离开大路,走上一条贫道,自以为每分钟都看到了沙维尼奥尔房屋的山墙。然而,车辙越变越模糊,最后竟消失了,而他们却仍在耕过的田地里赶路。天渐渐黑下来。会怎么样呢?末了,佩库歇抛开大车,自个儿在泥地里艰难前行,探索道路。他一走近某个农庄,狗便狂叫起来。他使尽浑身的力气喊着问路,却没有人回答。他害怕了，又回到宽敞些的地方。忽然，有两盏灯笼在前面亮了起来。他瞥见一辆敞篷双轮轻便马车，便迎着车飞跑过去。原来是布瓦尔坐在车上。

可是搬家车去哪里了？他俩用双手作成喇叭在黑暗中喊了一个钟头才算找到，于是驱车来到沙维尼奥尔。

在大厅里，壁炉里燃烧着荆棘和松果，火势很旺。桌上摆了两副刀叉。大车运来的家具拥塞着前厅。什么都不缺。他们便坐上饭桌。

给他们准备的是葱头浓汤、母鸡肉、肥肉和清煮蛋。干厨房活儿的老妇人不时前来了解他们的口味。他们回答说："噢！味道好极了！好极了！"那难切的大面包，还有奶油和胡桃，一切都使他们开怀。方瓷砖有窟窿，墙壁渗水，而他们却一边用满意的眼光东瞧瞧西看看，一边在点了一支蜡烛的小桌上用餐。野外的空气使他们的脸发红，他们挺着肚子，靠在椅背上，椅子发出咔咔的响声。他们反复说着：

"我们总算到了！多么幸运！我觉得这好像是个梦！"

尽管已是午夜，佩库歇却想去园子里转一圈。布瓦尔也不拒绝。他们拿上蜡烛，用旧报纸挡着风，沿着一个个花圃溜达，兴致勃勃地大声说出蔬菜的名字：

"瞧，胡萝卜！哦！白菜！"

随后又去视察墙边种植的果树行列，佩库歇极力想发现蓓蕾。有时，一只蜘蛛突然在墙上逃窜，他俩的身影在墙上显得很长，举手投足的动作也在墙上不断重现。草梢滴着露水。黑漆漆的夜，万籁俱寂，在悠然恬适中一切都静止了。远处传来了鸡鸣声。

他们俩的卧房之间有一道小门，小门被墙纸糊住了。他们在安放五斗橱时撞飞了钉子，这才发现开着一道门。真是意想不到的惊喜。

脱了衣服上床之后，他们还聊了一会，随后便进入梦乡。布瓦尔仰睡，张着口，光着头；佩库歇朝右边侧睡，双膝贴着肚子，戴一顶棉便帽。在透过窗棂流进来的月光里，他俩在熟睡中发出鼾声。

二

第二天醒来时何等喜悦呀！布瓦尔抽一袋烟，佩库歇吸一撮鼻烟，他俩都宣布这烟是他们有生以来最香的。随即来到窗户前观看风景。

对面是田野，右边有一个粮仓、一座教堂的钟楼；左边是绿帘一般密密的杨树。

两条主要的小径，十字交叉，把园子分成四块。几个花圃都种着蔬菜；矮矮的柏树和修剪成纺锤形的果树东一处西一处点缀其间。园子的一边有一架紫藤，从那里可以直达诺曼底地区特有的那种葡萄棚；另一边是支撑一排排果树的山墙；园子深处，一道栅栏面朝乡野。墙外是菜园，走过千金榆树林荫小径可以看到一丛小树；栅栏后面是一条小路。

他们正凝神观赏着这整体的布局，忽见一个头发灰白身穿黑色外套的男人沿着小路往前走，同时用拐杖乱刮篱笆的每一根柱子。老女仆告诉他们，那是本地区远近闻名的医生沃考贝依先生。

当地的士绅还有：德·法威日伯爵，昔日的议员，因凶横而口碑不佳；镇长福罗先生，从事木材、石膏以及各种杂品的买卖；公证人马雷斯科先生；热弗罗依神甫；还有寡妇波尔丹太太，靠自己的收益生活。说到她自己，大伙儿都管她叫日耳曼女人，因为她已故的丈夫名叫日耳曼。她打零工，不过倒愿意过来服侍这两位先生。他们接纳了她，随即动身去离这里一公里的农庄。

他们走进院子时，佃农古依师傅正冲着一个小伙子大喊大叫，坐在凳子上的农妇紧抓住夹在她两腿间的一只雌土绶鸡，一个劲往鸡嘴里填饲料丸子。男人的额头很窄，小鼻子，眼神显得鬼鬼祟祟，肩膀很壮实。女人有一头深色的金栗色头发，双颧有雀斑，她那单纯的神气，在教堂花玻璃上画的村妇脸庞上屡见不鲜。

厨房的天花板下悬挂着几双麻靴。三只长枪在高高的壁炉上排成梯形。放着彩釉陶器的餐具柜立在山墙的中央；平板窗玻璃灰白色的光射在白铁和紫铜器皿上。

两位巴黎人希望作一番视察，因为他们只粗略地看过一次自己的产业。古依师傅和他的配偶陪同巡视，这一来，一连串的叫苦声便开始不绝于耳。

所有的建筑，从大车库到烧酒酿造间，都需要修缮。最好为制造奶酪修建一个附属场地，再把所有的栅栏都换上新铁皮，加高多层板，深挖水塘，在三个庭院里大种苹果树。

随后又看了庄稼：古依师傅对庄稼的估价颇低。作物吃掉的肥料太多，大车运输耗费巨大；没有可能清除石子儿，杂草毒害着牧场；农夫对布瓦尔领地的诋毁减弱了他作为主人踏在这片土地上的欢愉之情。

他们走一条洼路返回，俯瞰洼路的是一条山毛榉林荫道。从这个方向可以看见他们住宅的正面和接待贵宾的庭院。

房屋正面漆成白色，由黄色的装饰加以衬托。库房和食物储藏室，面包作坊和柴房从两端折回，形成两排较低的厢房。厨房和一个小厅相连。往里走便是前厅，一个较大的厅堂和客厅。二楼的四个房间面朝走廊，走廊与庭院相望。佩库歇占一间房作他的收藏室；最靠边那一间是图书室。他们打开五斗橱，发现还有别的书，不过他们并没有心血来潮，去阅读那些书的标题。最紧迫的事，是拾掇园子。

布瓦尔在经过千金榆绿篱时，发现树枝下面有一尊女人的石膏雕像。她用两个指头拉开衣裙，两膝微弯，头偏向肩膀，仿佛害怕被人突然捉住。

"噢！对不起！别不好意思！"

这句玩笑话让他们感到那么有趣，他们一说再说，竟达三个多礼拜。

在此期间，沙维尼奥尔的乡绅们有意结识他们；还有人来到篱笆外面往里观察他们，他们索性用木板把空隙堵住。乡亲们为此十分不快。

为了防止太阳照射，布瓦尔像亚洲人一样用一方布巾把头包起来；佩库歇则戴上他那顶大盖帽，他还围上了围裙，只见他的整枝剪刀、薄绸围巾和鼻烟壶在围裙口袋里晃荡。他俩光着胳膊在园子里并排翻土、除草、剪枝；他们还硬性规定任务，连吃饭都匆匆忙忙；不过喝咖啡却在葡萄棚，那里是欣赏景物的最佳位置。

如果二位碰上一只蜗牛，他们会先走近它，再噘嘴皱眉把它踩死，活像砸碎一只核桃。他们不带铁锹不出门，他们腰斩金龟子幼虫用力之猛，使铁锹也入地三寸。

为了摆脱毛毛虫，他们用长竿狠狠抽打树木。

布瓦尔在草坪中央种了一株牡丹和几株西红柿，西红柿果子在棚架顶上垂下来会像悬挂的分枝吊灯一般美观。

佩库歇命人在厨房门口挖了一个大坑，并把大坑分成三格。他要在格子里制造堆肥，堆肥可以促进大量作物的生长，作物提供的垃圾可以制造别种肥料，带来其他作物的好收成，如此这般循环下去，无边无际。他在大坑边上浮想联翩，已经瞥见未来堆积如山的水果，琳琅满目的鲜花，一应俱全的蔬菜。然而，施底肥不可或缺的马粪却少而又少。种田人不卖马粪，因为客栈老板拒绝卖马粪的人住店。四处寻求无门，佩库歇终于下了决心：无论布瓦尔如何反对，他也发誓抛弃脸面，"亲自去拾粪！"

一天，他正在大路上拾粪的当儿，波尔丹太太上前和他攀谈。她先恭维他一番，随即打听他的朋友。这个女人的黑眼睛虽小，却很明亮；她红润的脸色和她的放肆（她竟然长了些许胡子！）吓坏了佩库歇。他简短对付两句之后便转过身去。他的不礼貌后来受到布瓦尔的责备。

坏天气接踵而至，下雪，严寒。他们便在厨房里安营扎寨，或用木条安栅栏，或浏览所有的房间，或围火闲聊，或静观雨景。

一到四旬斋第三周的周四即狂欢日，他们就开始守候春天，而且每个清晨都要反复说："一切都在成为过去！"然而春季却姗姗来迟，于是，为缓和自己的急迫心情，他们改口说："一切都将成为过去！"

他们终于瞧见青豌豆长出来了。芦笋产量颇佳，葡萄丰收在望。

他俩既然熟稔园艺之道，在农业领域或许能有所建树；于是野心勃勃，想经营自己的农庄。凭他们的常识和研修，获得成功是毫无疑问的。

首先需要看看别的农庄如何行事，为此他们给德·法威日先生写了一封信，请求给予他们参观农庄的殊荣。伯爵立即约请他们会面。

步行一小时之后，他们来到一座小山的山坡上，山坡俯临花白蜡树沟。河水在沟底蜿蜒流淌着。大块大块的红砂岩竖立在有一定间隔的地方，远处，一些更大的岩石仿佛组成了一片突兀的悬崖悬垂在原野之上，原野覆盖着熟透的麦子。对面，另一片丘陵葱葱郁郁，一座座房舍隐约其间。成行的树木将绿色划分成大小不等的方块，树木深绿色的线条在一片草绿中十分突出。

伯爵领地的全貌倏忽出现。一个个瓦房顶标出了庄园的所在地。白色门面的城堡坐落在右边，城堡的那边有一片树林，城堡前的草坪往下伸展，直到河边，河水映出了成行的法国梧桐的倒影。

两个朋友走进一片苜蓿地，人们正在翻晒苜蓿草。女人们有的戴草帽，有的用印度印花棉布包头，有的戴着遮光帽檐，她们都用搂草耙将铺在地上的干草扬起来。在田野的另一端，人们围着草垛把一捆捆干草使劲往一架套了三匹马的很长的大车上扔。伯爵先生朝他们走过来，身后跟着他的管事。

伯爵穿一身凸纹条格细平布套服，上身直挺挺的，颊髯整齐，看上去既像法官，也像花花公子。即使在说话时，他脸上的线条也僵直不动。

寒暄过后，他开始介绍有关草料的管理方法：翻晒干草要防止到处乱撒干草；草刈下之后必须立即就地捆成草捆，按十个一堆码放，草垛应堆成圆锥形。至于英国搂草机，由于牧场土地凸凹不平，用不上这样的农具。

一个小女孩赤脚穿一双旧拖鞋，衣衫褴褛，连衫裙破口处露出了身上的肉；她用挎在腰上的水罐倒苹果酒给女人们喝。伯爵问这女孩是从哪儿来的，都说不知道。翻晒牧草的女人们把她捡来，让她在收割期间伺候她们。伯爵耸耸肩，离开晒场时，他大声抱怨当今乡村里伤风败俗。

布瓦尔盛赞他的苜蓿。尽管屡遭菟丝子的蹂躏，他的苜蓿长得委实不错；一听见菟丝子三个字，两个未来的农学家瞪大了眼睛。伯爵考虑到他的牲畜存栏数量大，所以他正致力于人造牧场的开发；再说这也为别的好收成开了道，让牲口连根吃掉牧草可没有这样的好事。

133

"至少我自己认为这无可争议。"

布瓦尔和佩库歇同声说道：

"噢！无可争议。"

他们来到一片精心松过土的田坝的田坎上：有人牵着一匹马，马拖着一个有三个轮子的宽大箱子。下面的七根犁骨并排开出一道道很细的犁沟，种子便从一些管子里漏出来直接落到土里。

"这里，"伯爵说，"我种芜菁。芜菁是我四年耕作制的基础。"

他开始作播种机耕作示范表演。这时一个仆人前来找他：城堡里有人要他回去。

他的管事便代他作介绍，此人面目奸诈，言语姿态透出阿谀奉承的味道。

他领"这两位先生"去另一片田地，那里有十四个赤膊的汉子正叉开双腿收割黑麦。镰刀在麦草间沙沙作响，麦秆一律向右倒。每个人的镰刀都在同一条线上冲前面划出一个宽大的半圆形，收麦人也同时往前行进。这两个巴黎人十分赞赏他们的胳膊，他俩感到一种对肥沃土地的近乎虔诚的敬意在心中油然而生。

他们随即顺着正在耕作的一块块土地往前走。天已黄昏，小嘴鸦成群地猛扑到田垄间。

后来他们遇上一群绵羊，羊在这里那里吃着青草，可以听见它们连续不断啃草的声音。牧童坐在一根树干上织毛袜，他的狗待在他身边。

管事帮助布瓦尔和佩库歇跨过一道篱笆，他们这才穿过两间破房，看见一些母牛正在那里的苹果树下反刍草料。

农庄的所有建筑物都互相毗连，而且沿着院子的左中右三边修建。那里的活计都靠机械操作，一台涡轮机靠一道由人工改道的溪流转动。一些皮带从一个房顶连到另一个房顶,一台铁泵在肥料堆中间转动。

管事提醒他们注意观看羊舍里齐地面开凿的小小的进出口,还有隔成一小间一小间的猪舍,每一道精巧的舍门都可以自动开关。

堆放麦捆干草的谷仓是教堂一般的拱形建筑,拱顶跨在两边的石墙上。

为了让两位先生开心,一个女仆一把一把将燕麦扔给母鸡吃。在他们眼里,压榨机的轴简直是一个庞然大物。后来,他们又登上鸽房。乳品厂尤其使他们叹为观止。房屋的四角都有水龙头提供足够的流水以淹没石板地面,人一走进去就感到一阵凉意扑面而来。褐色的双耳坛整齐地排列在一个个柳条箱上,坛里的奶一直满到坛边。奶油盛在浅些的瓦钵里。黄油块一个接一个,有如截成许多段的铜柱;掼奶油从刚放在地上的白铁桶里冒出来。不过,农庄里最精美的杰作首推牛棚。一根根木棍垂直固定起来,从牛棚这头到那头,把牛棚一分为二:第一部分为牛栏,第二部分为管理室。几乎看不到尽里,因为所有的空隙都是堵住的。牛拴在链子上吃草,它们身上散发出热气,低矮的天花板又把热气反压下来。这时有谁放进来一点光线,一条细细的水流突然漫进喂草架的槽沟。牛哞哞地叫起来,牛角发出棍子互相撞击一般清脆的嘣嘣声。所有的牛都把嘴伸到牛栏木棍之间慢慢饮水。

套车的牲畜进院子了,母马嘶叫起来。地下室点起了两三盏灯笼,灯笼随即熄灭。干活儿的人们趿拉着木鞋走在石子路上,响起了晚饭的钟声。

两位观光的人遂离开了农庄。

他们看到的一切都使他们着迷,于是两人作出了决定。黄昏伊始,他俩便从自己的图书馆取出四卷本的《农家》,又让城里寄来加斯帕兰①的讲义,还订了一份农业报。

为了赶集方便,他们购置了一辆带篷的小推车,由布瓦尔赶车。

他们身穿蓝色长工作服,头戴宽边帽,护腿套过膝,手握马贩子棍在牲口周围转悠。他们还请教种地的农夫,当地农业促进会举行的会议也每会必到。

他们一个主意接着一个主意,不久便让古依师傅感到厌烦,因为他们对这个佃农实行的休耕制深表遗憾。古依却墨守成规。他还借口雹灾要求减免已经到期的租金。至于应交的租金,他一个子儿也没有掏。他老婆听见佃主提出的最合理不过的要求也一个劲儿大叫大嚷。最后,布瓦尔宣布他不准备续租约了。

从此以后,古依师傅再不肯多施粪肥,而且听任野草丛生,毁坏土地。他离开农庄时一脸凶相,说明他存心报复。

布瓦尔以为两万法郎,即地租的四倍多,可以应付开始阶段所需的资金,他在巴黎的公证人给他汇来了这笔钱。

他们的开发包括十五公顷的河流和牧场,二十三公顷的可耕地以及五公顷的可开垦地,这片可开垦地位于一座名叫小岗的遍布石子的山丘上。

他们购置了一切所需的工具,还有四匹马、十二头母牛、六只猪、一百六十只羊;人员方面,雇了两个大车车夫,两个女人,一个牧童;外加一条大狗。

为了即刻得到现金,他们卖掉了草料。钱是在他们家付的,他们感到在燕麦柜上点数的拿破仑金币比其他金币更金光灿烂,更不寻常,更好。

他们在十一月份酿造苹果酒。布瓦尔赶马,佩库歇爬上磨盘

---

① 亚德里安·德·加斯帕兰伯爵(1783—1862),法国农学家和政治家。主张将物理化学应用于农业。

槽用铁锨翻榨渣。

他们拧紧螺丝钉时气喘吁吁,随后又用铜勺在酿酒桶里舀来舀去,同时监视着水槽排水口的情况;他们穿着农人穿的木鞋,其乐无穷。

从"人不嫌麦子多"这条原则出发,他们取消了一半左右的人工牧场;肥料缺乏,他们便利用油料作物的渣滓,他们并不砸碎那些渣滓就埋到土里,结果产肥率小得可怜。

次年,他们撒种时实行密植,但暴风雨突然袭来,结穗的麦子便倒伏了。

他们却仍然热衷于培植优质小麦,而且着手清除小岗上的石头。石子儿由一架两轮车搬运。整整一年,永远是那辆两轮马车,那同一个赶车人,同一匹马,从早到晚,风雨无阻,在那座小丘上上下下。有时,布瓦尔跟在车后走,走到半山腰就停下来擦额上的汗水。

他们对任何人都不予信任,便亲自给牲口治病,给它们吃泻药、灌肠。

发生了严重的混乱。管鸡舍的姑娘怀孕了。他们便雇一些结过婚的人,结果是孩子大量繁殖起来。表兄弟、表姐妹、叔叔伯伯、嫂子弟媳,一大帮人靠他们养活,于是,他俩决定轮流去农庄睡觉。

然而,一到晚上他们便倍感凄凉。房间的肮脏也使他们颇感不快,而且日耳曼女人每次给他们送饭都要咕咕哝哝,不停地抱怨。人人都在千方百计欺骗他们。在谷仓里打麦的人把麦子塞进他们的饮水罐里。佩库歇逮住过一个,他抓住那人的双肩,把他推到外面,嚷道:

"无赖!你是曾瞧见你出生的村庄的耻辱!"

佩库歇本人引不起别人尊敬,再说,他为园子的事一直感到内疚。要保持园子的良好状态,他即使花去自己的全部时间也不算多。布瓦尔最好一个人照料农庄。他们为此进行了辩论，最后作出了这样的安排。

首先必须有一些优质苗床，佩库歇先让人用砖修了一个这样的苗床。他亲自油漆窗框，害怕遭太阳曝晒，他又把所有的秧苗培育罩都涂上白粉。

他小心翼翼，把插条的顶端和树叶都掐掉，接着便进行压条。他尝试了多种嫁接方法：细长形嫁接、根茎嫁接、盾形嫁接、草式嫁接、英国式嫁接。他对准两个树枝的韧皮部时何等细心呀！他捆扎插条何等结实！他在接扎处堆了多少香胶！

他一天两次拿起喷水壶在植物上摇来摇去，仿佛在对它们进行顶礼膜拜。在他下细雨一般的精心浇灌下，植物渐渐转青，他感到自己仿佛也同树苗一起解渴，一起恢复了活力。后来，他兴之所至，干脆拔掉喷头，任喷壶尽兴猛灌。

在千金榆林荫小道尽头的石膏雕塑旁边有一间圆木构造的简陋小屋，佩库歇的园艺工具就放在里面。他本人也在那里度过一个个兴味盎然的钟点：挑拣种子，书写标签，摆顺小花盆。他坐在门前一只木箱上休息时，心里便盘算着如何美化园子。

他在台阶下面造了两个椭圆形天竺葵花坛；在柏树和纺锤形果树之间种了些向日葵。各个花圃都长着黄花毛茛，各条小径都覆盖着新的沙子，整个园子都充满丰度耀眼的黄颜色。

然而，苗床里却只见幼虫乱挤乱爬；尽管用的是干树叶沤熟的厩肥，在油漆的窗框和涂白粉的秧苗培育罩下长出的尽是生长不良的植物。插条不生根，树枝从嫁接处剥离开来，压下的枝条停止出液，树木从根部得了白粉病，整个木苗看上去令人心酸。大风乐滋滋地掀倒四季豆棚架，粪肥过多危害了草莓的生长，修剪不当又影响了西红柿的产量。

花椰菜、茄子、萝卜长势堪忧，原想在小木桶里培育的水田芥也归失败。解冻之后，朝鲜蓟全军覆没。白菜还可聊以自慰，尤其是其中的一株，竟使他满怀热望。这棵白菜后来果然开花，长高，但最后高得出奇，根本无法食用。那又何妨？佩库歇为拥有这么一个庞大怪物而心满意足。

于是，他准备为栽种甜瓜——他所谓的技术顶峰——而一试身手。

他在几个装满富含腐殖质的松软沃土的盘子里撒上多个品种的甜瓜种子，然后把盘子放进苗床。他另外支起一张苗床，等前一个苗床暴芽成苗以后，便把长得最漂亮的秧苗移栽到另一个苗床上去，再盖上秧苗培育罩。他遵照优秀果农的告诫，让瓜秧长得高矮不齐，重视每一朵花，听任所有的花都结果，然后在每一个枝干上选留一个果实，摘除别的果实。当甜瓜长到核桃那么大时，他在瓜皮下垫一块板以防止甜瓜接触粪肥而腐烂。他润湿每一个瓜，让它们通风，用手绢抹掉罩子里的雾气；他一见天上出现云彩，就连忙搬来草席加以覆盖。

夜里，他为瓜地而失眠。甚至多次半夜起床，赤脚穿上靴子，穿一件衬衫就抖抖索索穿过整个园子去把自己床上的被子盖到防雨篷布上。

罗马甜瓜成熟了。布瓦尔吃第一个便噘嘴皱眉，第二个也不比第一个高明，第三个亦复如是。佩库歇为每一个瓜找出一个借口，到最后一个，他干脆将瓜扔到窗外，宣称不明白是怎么回事。

原来，他把不同品种的瓜果蔬菜一株紧挨另一株种在一起，甜瓜同蔬菜混种，肥硕的"葡萄牙瓜"紧邻大个头"蒙古瓜"，而西红柿混杂其间便使这种混乱状态达到了顶峰。结果是可怕的非驴非马，甜瓜带西葫芦味。

于是，佩库歇移情于花卉。他写信给迪姆舍尔，想得到一批小灌木和种子，他还买了大量的灌木叶腐殖土，这之后便坚定不移地着手干起来。

然而，他背阴种西番莲，向阳种蝴蝶花，给风信子上粪肥，在百合花的开花期之后浇水；过分的修剪毁了杜鹃花，过浓的胶水刺激了倒挂金钟；还烧坏了一株石榴，因为他把石榴搬到厨房里用火烤。

在寒冷季节即将来临之际，他用涂了厚厚一层蜡的纸质圆盖保护犬蔷薇，这一来，犬蔷薇看上去就像用一个个棍子支撑在空中的糖饼。

大丽花的苗木支柱奇大无比，从笔直的支柱行列之间可以望见一株日本槐树弯弯曲曲的枝丫，槐树待在那里一成不变，不死也不往上长。

不过，既然最稀罕的树木都能在首都的花园里茁壮成长、枝繁叶茂，它们也必定能在沙维尼奥尔获得成功。于是，佩库歇买来印度丁香、中国玫瑰和初具盛名的桉树。他的一切实验都归于失败，每次失败都使他惊得目瞪口呆。

布瓦尔同他一样困难重重。他俩互相咨询，一位翻开书本递给另一位，在意见分歧时却不知该如何解决。

比如泥灰石问题，普维推荐，罗雷教程却反对。

至于生石膏，尽管富兰克林[①]有例在先，瑞耶费尔和瑞果先生却似乎并不积极响应。

依布瓦尔之见，休耕乃是哥特人的偏见。然而勒克莱尔却记录了休耕不可或缺的实例。加斯帕兰又举出一位里昂人的例子，说他半个世纪以来一直在同一块土地上耕种粮食：这就推翻了轮作制的理论。图尔鼓励耕翻土地而贬低肥料；贝特松则主张既不用肥料也不用犁地！

为了熟悉天气的预兆，他们根据卢克-豪瓦尔德的分类研究云朵。他们出神地注视着像马鬃一般伸展开去的云、像岛屿的

[①] 约翰·富兰克林（1786—1847），英国航海家。曾开发加拿大北部海岸。

云、像雪山的云；他们还竭力区分雨云和卷云，层云和积云；但在他们还没有找出合适的名字时，云朵已经变换了形状。

晴雨表欺骗他们，温度计什么情况也提供不了，于是，他们求助于路易十五统治时期都兰一位教士想象出来的办法。把一只水蛭放在一个短颈大口瓶里，一下雨水蛭就往上爬，持续的晴天则待在瓶底，有暴风雨威胁时，它就焦躁不安。然而天气的变化几乎总和水蛭的行动唱反调。他们便把另外三只水蛭放进瓶里同原来那只待在一起，结果四只小动物的行动都截然不同。

思考再三，布瓦尔认识到自己原来搞错了。他的领地要求的是大型耕作，密集耕作，于是，他决定用手头剩下的可支配资金三万法郎作一次冒险。

他受到佩库歇的鼓动，对肥料产生了狂热的兴趣。他在堆肥坑里堆上了树枝、动物血、肠子、羽毛以及他能找到的一切东西。他使用比利时溶液、瑞士浸液、碱水、大西洋熏鲱鱼、被海浪冲到岸上可作肥料的海藻、破布片；还弄来鸟粪层，并设法人工制造鸟粪。为把他的耕作原则贯彻到底，他竟不容许别人白白丢失自己的小便，从而取消了小便处。人们把动物死尸搬到他的院子里，他使用来熏自己的土地。田地里到处摆放着切成碎块的腐臭的动物尸体，布瓦尔在一片恶臭中却满心欢喜。他用安放在一辆有活动拦板的两轮载重车上的水泵对准待收割的庄稼喷洒粪尿。见有人显出厌恶的神情，他说：

"这可是金子呢！这可是金子！"

他还为没有更多的厩肥而深感遗憾。有些地区拥有储满鸟粪的天然岩洞，那才走运呢！

油菜籽又瘪又小，燕麦实难恭维，小麦有气味，销售情况不妙。还有一件奇事：清除了石子的小岗产量比过去还低。

他认为还是更新设备为好。于是买了一台"纪尧姆"牌松土耕耘机，一台"瓦尔库尔"牌除草机，一台英国的播种机，一台马蒂厄·德·东巴斯勒发明的摆杆步犁,但赶大车的人对这种步犁竭尽诋毁之能事。

"你还是学着使用这种犁吧!"

"那好!您用给我看!"

布瓦尔尝试着使用给他看,可是自己也给弄糊涂了,农夫们一个劲冷笑。

他向来无法强制农人听从钟声的指挥。他不停地在他们背后喊叫,从这个地方跑到那个地方,把观察到的事记在小本子上,约一些人谈话,但随即把谈过的事忘得一干二净,脑子里又为工业方面的主意翻腾开了。他决心栽种罂粟并用来制造鸦片,尤其要栽种黄芪,他可以在销售时美其名曰"家用咖啡"。

为了更快催肥公牛,他半个月给它们放一次血。

他从不杀猪,而且让猪饱餐咸燕麦,弄得猪舍很快便猪满为患。猪们阻塞院子,撞破围墙,而且咬人。

大热天,二十五只羊开始转圈子,不久就送了命。

就在那同一个礼拜,三头公牛也命归黄泉,那是布瓦尔实施静脉切开放血术引来的后果。

为消灭金龟子幼虫,他凭想象把几只母鸡关进一个带小轮的鸡笼里,由两个人用犁推着走,鸡爪子少不了被弄断。

他用小橡树叶酿制啤酒,让割麦的人当苹果酒喝。肠胃疾病随即爆发。小孩哭叫,女人们哼哼唧唧,男人则怒不可遏。他们威胁说要全体走人,布瓦尔让步了。

不过,为了说服别人相信他的饮料无害,他自己当众喝了好几瓶,已经感到不舒服时,他还装出一副诙谐的模样,以掩盖他的疼痛。他甚至让人把他那化学混合液运到自己家里。晚上,他和佩库歇一道享用时,两人都竭力去感受饮料的美味。再说,也不能把它白白扔掉呀。

布瓦尔的肠绞痛越来越凶猛了,日耳曼女人去找来医生。

此人举止庄重，额头凸出，治病伊始就吓唬病人。先生得的是氯中毒，罪魁祸首乃是本乡人议论纷纷的自制啤酒。他要求了解啤酒的各种成分，随即以科学的措辞对之进行严厉鞭挞，并再三耸肩。贡献制酒秘方的佩库歇感到备受凌辱。

尽管对优质小麦进行过有害的石灰水处理，又省去了中耕，而且清除蓟草也并不适时，下一年，布瓦尔的优质小麦仍旧获得了好收成。他凭想象采用荷兰式的克拉普-迈叶制发酵烘干法给麦粒脱水，即是说，一鼓作气砍倒所有的麦子，堆成麦垛，等气体从麦垛散发出来，麦垛就会自动毁坏并置于野外空气的作用之下。到此为止，布瓦尔便无忧无虑地抽身走了。

第二天，他俩正在用晚餐时，忽听得山毛榉林那边传来咚咚的鼓声。日耳曼女人出去看看发生了什么事，但擂鼓的人已经走远了。教堂钟楼的钟几乎立刻猛敲起来。

布瓦尔和佩库歇突然感到忧虑万分。他们迫切希望了解情况，便站起身来，裸着头朝沙维尼奥尔的方向走去。

一位老太太从他们身旁走过去，她也一无所知。他们叫住一个小男孩，小孩回答说：

"我想是火灾！"

还在擂鼓，钟敲得更响了。他们总算来到村头的房屋前面。食品杂货铺老板在老远就冲他们叫道：

"是你们那里起火了！"

佩库歇改成体操步伐跑，他对身旁跑得同样风快的布瓦尔说：

"一，二！一，二！踏着拍子跑，就像万塞纳森林的猎人那样。"

他们走的路一直是上坡，坡地挡住了他们的视野。待他们来到邻近小岗的坡顶时，放眼一看，灾祸便进入眼帘。

在夜晚的寂静中，所有的麦垛在光秃秃的原野上到处燃烧，

143

有如一座座火山。

大约有三百人围在最大的麦垛旁边。在戴着三色绸巾的镇长福罗先生的指挥下，一些青壮年汉子用杆子和钉耙将垛顶的麦草拨下来，想保存其余的麦子。

在匆忙中布瓦尔差点撞倒在场的波尔丹太太。后来瞧见他的一个仆役也在那里，便对他骂个不停，指责他没有向他报警。与他的指责恰恰相反，这个仆人因过分积极，先跑到镇公所，随后跑到教堂，最后才跑到先生家，返回时又走了另外一条路。

布瓦尔急得不知所措。他的仆役们围在他周围抢着说话，而他又禁止大家掀倒麦垛，又恳求大家帮助他，又命人拿水，又要喊消防队来救火。

"难道我们有消防队！"镇长叫道。

"那是您的错！"布瓦尔说。

他发火了，嚷嚷着说了一些很不得体的话；在场的人却赞赏福罗先生的耐心，而福罗先生原本是很粗暴的，他那厚厚的嘴唇和他那像一触即怒的獒犬下巴一般的下颌就说明了这一点。

燃烧的麦垛热得那么灼人，谁也不能再接近它们了。在毁灭性火苗的吞噬之下，麦草噼噼啪啪地蜷曲着，扭动着，麦粒像铅弹一般抽打着人们的脸。那最大的麦垛随即坍塌到地上，成了一个炽热的大火盆，火星飞溅；一片片闪光的波纹在这个火红的庞然大物上空起伏着，色彩不断变换，时而粉红，时而朱红，有时竟呈凝血一般的红褐色。夜已深沉，刮着风；滚滚的浓烟包围着在场的人。火花不时升腾到漆黑的天际。

布瓦尔凝视着大火，轻轻地哭泣着。他的眼睛仿佛在他红肿的眼皮底下消失了，痛苦使他的脸也显得更宽。波尔丹太太一边把玩着她那绿色披肩的穗子，一边叫他："可怜的先生"，并竭力劝慰着他。既然谁都无能为力，就应当迁就既成事实。

佩库歇没有哭。他脸色苍白，或者不如说惨白，张着嘴，被冷汗濡湿的头发贴在头上。他站在一边，沉浸在深深的思索里。这时，本堂神甫突然出现，他用温存的语气喃喃说道：

"哦！多么不幸呀，真的！这真使人伤心！请相信我同你们……"

别的人没有装出任何悲哀的样子。他们微笑着，聊着天，还把手伸到火焰前面。一个老头捡起几根正在燃烧的麦秸点燃自己的烟斗。孩子们跳起舞来。一个淘气的娃娃甚至大声说：这真好玩儿。

"不错，好极了，是好玩儿！"佩库歇接着他的话茬儿说，他刚听见顽童的话。

火势渐弱，一堆堆麦秸越来越矮。一个钟头之后就只剩下些灰烬了，原野上呈现出黑色的圆形印迹。到这时大家才开始退场。

波尔丹太太和热弗罗依教士把布瓦尔和佩库歇一直陪送到他们的住处。

一路上，波尔丹太太亲切地责备她的邻居太孤僻，教士则对他至今未能结识他的教区之内一位如此高贵的天主教徒而表示惊讶。

等布瓦尔和佩库歇单独在一起时，他们开始寻找火灾的原因。他们对大家所谓的湿麦草天然着火的论调不予苟同，他们怀疑那是一次报复行动。报复无疑来自古依师傅，也可能是那个捕鼹鼠的人所为。半年前，布瓦尔曾经拒绝他帮忙，甚至在大庭广众面前确认他干的行当极其有害，政府应当明令禁止。自那以后，此人便在周围不怀好意地转来转去。他蓄着长胡子，看上去好吓人，尤其在晚上，当他摇着挂满鼹鼠的长杆出现在河边时。

火灾损失巨大，为了判断他们如今的处境，佩库歇花了整整一个星期查阅布瓦尔的簿册，他认为那些账目简直是一座"真正的迷宫"。在核对了日记、书信以及涂满铅笔记号和参照符号的总账之后，他意识到的实际情况如下：没有可供出售的商品，没有可得钱的票据，钱柜里不名一文。资本的赤字高达三万三千法郎。

布瓦尔绝不愿相信这一切，于是他们算了又算，竟多达二十次。结论始终如一。再如此这般搞农艺，两年之后，他们的财产就将全部付之东流！唯一的补救办法是出卖农庄。

起码应当咨询一位公证人。但作这样的奔走太艰难了；佩库歇知难而上。

依马雷斯科先生之见，最好不要登广告。他可以同一些严肃认真的顾客谈谈农庄的事，并且把他们的建议转过来。

"很好，"布瓦尔说，"我们还来得及。"

他得马上去找一个佃农，这之后再视情况而定。

"我们不会比过去更倒霉；只不过被迫节约而已。"

搞园艺要节约却使佩库歇十分气恼，几天之后，他说：

"我们应当专门搞果树栽培，不是为找乐趣，而是出于金钱上的考虑。一只梨值三个苏，有时在首都可以卖到五到六个法郎！有些园丁卖杏子就得到两万五千利勿尔的年金收入！在圣彼得堡，冬天一串葡萄卖一个拿破仑金币！这是个了不起的行当，你一定会承认的！而且那能花费什么？无非是精心照料，搞点厩肥，磨磨小剪枝刀！"

他的一番话使布瓦尔也想入非非，两人立即从书本里找来需要采购的秧苗品名表。在选出他们感觉品质优良的树名之后，他们立即写信给住在悬崖的一位苗木培育人，此人连忙供给他们三百株他无处栽种的树苗。

他们叫来一位钳工制造苗木支柱，又请来一位五金制品商为支柱加固，木匠还为他们做好了支架。树木的形状是事先画好的。钉在墙上的几根木板条象征金属灯杆；每个花圃的两端都插上木桩，木桩横拉着一根根铁丝；果园里，一些木环显示泥沙的结构；几根圆锥形木棍象征角锥形堆积物。这一来，到他们家的人都以为看见了什么陌生机器的各种零件或什么烟花的骨架。

树洞挖好之后，他们把所有的树苗根的根尖无论好坏全部砍掉，然后将树苗放进堆肥里。半年之后，树苗无一存活。于是又向苗木培育人重新订货，树苗重新栽到更深的树洞里。然而，雨水将泥土泡松以后，嫁接处自动埋进土里，树木也就互相分开了。

春天到了，佩库歇开始修剪梨树，他既不砍掉直立枝，又很珍惜短果枝，而且坚持将本应成单干形的"公爵夫人"压下去，使其成直角倾斜，结果弄断了果树。他干脆不分青红皂白把它们一律砍掉或拔除。至于桃树，他搞混了上部、下部和次下部。空处和实处都在不应出现的地方出现，根本不可能将贴墙的果树修剪成完美的长方形：其中六个树枝在左边，六个树枝在右边，两个主枝突出在中间，构成漂亮的鱼脊模样。

布瓦尔千方百计引导杏树的成长，杏树们却不听他指挥。他便齐根把它们砍掉：没有一株再长出新芽。他在樱桃树上留下了刀伤，伤处竟流出了树胶。

他们一开始剪枝剪得很长，这就灭绝了基干的芽眼；后来又剪得很短，这又造成了徒长枝。他们往往犹豫不决，不知如何区分枝蕾和花蕾。见果树开了花他们很高兴，但意识到错误之后又四成摘去三成，以补养剩下的花朵。

他们无时无刻不在谈论树液、形成层、绑缚树枝、中断生长、摘除赘芽。他们造了一个苗木花名册放在镜框里，镜框摆在饭厅的中央，一株苗一个号，每一个号都另写在一小块木头上，木牌放在园子里那同一棵树的树脚下。

他们黎明即起，腰上挂着工具，一直工作到夜里。在春寒料峭的清晨，布瓦尔在长工作服下面仍然穿着毛衣，佩库歇则在旧礼服上加一件粗麻布衣，人们顺着他们家的篱笆走过时，常听见他们在晨雾中咳嗽。

佩库歇有时从衣兜里取出他的教科书，站在那里学习一段，铁锹放在身边，那姿势令人想起书本卷首插画中园丁的模样。这种相似竟使他得意非凡。他为此对作者格外敬重。

布瓦尔一直站在高高的梯子上工作，梯子放在角锥形堆积物旁边。一天，他突然感到一阵晕眩，不敢下梯子，便大叫着让佩库歇前来救他。

梨树终于挂了果，果园里的李树也长出了李子。为了赶走雀鸟，他们不惜采用别人推荐的一切手段。然而，一个个镜片照得人目眩，风车的响板又老在夜里吵醒他们，麻雀竟栖息在稻草人头上。他们制作了第二个假人，甚至第三个，连变换稻草人的服装也白费心机。

不过他们仍然可望得到一些水果。佩库歇刚把记录交给布瓦尔，突然电闪雷鸣，大雨滂沱。飓风一阵阵刮得贴墙果树行列的树梢东摇西晃，苗木支架一个接一个被掀倒，倒霉的纺锤形梨树摆来摆去，互相撞击着它们的梨儿。

佩库歇忽遭暴雨，连忙躲进园子里的小茅屋。布瓦尔则待在厨房里。他们眼看着碎木片，树枝和石板瓦片在空中乱飞；与此同时，在离当地十法里远的海边，水手们的妻子凝望着大海，眼神之温柔，内心之焦虑，难以名状。不久，支架和贴墙果树的护栏木棍连同栅栏突然一股脑儿坍塌在花圃上。

他俩前去查看时，那是怎样一幅图景呀！樱桃和李子覆盖着草地，夹杂其中的雹子正在融化。"帕斯科尔玛"已经掉光，"贝西维特兰"也不例外，"若尔多尼凯旋果"亦复如是。苹果树上勉强留下了"好爸爸"和十二个"维纳斯乳头"；所有成熟的桃子都滚进了连根拔起的黄杨树林边的一个个水洼。

晚餐，他们吃得很少，饭后，佩库歇语气柔和地说：

"我们最好去看看农庄有没有出事，好吗？"

"唔！去再发现一些悲伤的话题！"

"也许吧！因为我们从来就不是幸运儿！"

他俩一下子抱怨开了，怨上帝，怨大自然。

布瓦尔一只胳膊肘放在桌上，嘴里咕咕哝哝。因为痛楚还没有消散，他不禁忆起了昔日的农业宏图，尤其是淀粉制造业和新型奶酪制造业。

佩库歇喘着粗气，他一撮一撮往鼻孔里送鼻烟，心里却在盘算，倘若命运有意，他现时现刻就可以成为某个农业团体的会员，他会在农业展览会上出尽风头，还会在报纸上扬名。

布瓦尔用透着伤感的眼神左顾右盼。

"的确！我真想摆脱这一切，咱们到别处去安家！"

"随你的便。"佩库歇说。

不一会儿，他又说：

"写书的人叮嘱我们取消直接灌溉，这一来，植物的汁液就受到阻碍，树木就必然受罪。树为了自身健康成长就必然不挂果。相反，从没有修剪过也没有熏过的果树倒结了果，果比较小，不错，但味道更好。我倒愿意谁对此作出解释！不仅每个品种要求特殊的料理，每一棵树也应根据气候、温度和一大堆条件，受到不同的照顾！规则在哪里？我们怎样希望得到些成功或收益？"

布瓦尔回答他：

"你在加斯帕兰的书里会看到，收益不可能超过投资的百分之十。所以，最好把资金存到银行里。十五年后，利滚利，可以得到双倍的钱，还不必糟蹋身体。"

佩库歇埋下头。

"果树栽培学可能在吹牛！"

"农艺学也不例外！"布瓦尔说。

他们接着又责备自己野心太大，并决心从今以后既要省力也

149

要省钱。果园里时不时剪剪枝就够了。干脆废除贴墙果树的护栏，死去的树或倒了的树也不用补上；但很快会出现极难看的空隙，除非把还站立在那里的树都砍掉。该怎么办？

佩库歇利用他一箱子数学书画了好几幅详图。布瓦尔也在旁边出主意，但没有得到任何令人满意的结果。幸亏在图书馆找到了一本布瓦塔尔撰写的名叫《花园建筑师》的书。

作者把花园划分成各种各样的类型。首先是感伤型和浪漫型，此类花园最引人注目之处是不凋花植物、断壁残垣、坟墓和一个"向圣母还愿的牌子，标志出一位贵人被谋杀的地点"。恐怖型花园由悬空的岩石、撞碎的树木、焚毁的小屋组成；异域型花园里种着秘鲁仙影掌，"使人回想起某位移民或某位旅行者"。庄严型花园应当像埃尔莫依镇①那样有一座歌颂哲学的庙宇。方尖碑和凯旋门显示雄伟型花园的特征；青苔和岩洞是神秘型花园的标志；遐想型花园则对湖水情有独钟。甚至有荒诞型花园，此类花园最漂亮的典型就是昔日符腾堡的一座花园，因为在那里可以接连遇到一只野猪、一位隐士、几座坟墓，还有一只自动离岸的小船，把你送到一间闺房里，当你在长沙发上小憩时，喷水池的水会洒到你身上。

这美不胜收的天地使布瓦尔和佩库歇眼花缭乱了。他们认为荒诞型花园似乎专为王公们所设。哲学庙宇占地过多；还愿牌毫无意义，因为没有谋杀犯；移殖民和旅行家只好作罢，因为美洲植物太昂贵。不过，岩石有可能弄到，还有撞碎的树、不凋花植物和青苔。他俩的积极性越来越高，经过多次摸索，他们在一个仆役的帮助下，终于用微不足道的钱构筑了一座在全省独一无二的宅院。

---

① 埃尔莫依镇，法国卢阿兹地区的一个市镇，同名的荒原景观奇特。冉－雅克·卢梭在此逝世。

千金榆绿篱在好几处对外敞开,使小树林见到了阳光,树林中间穿插着一条条迷宫式的曲径。他们想在贴近果树的山墙上开一道拱门,在拱门下可以看到远景。但山墙的盖顶悬空,支撑不住,结果造成一个大缺口,地上摆着坍塌下来的砖瓦。

他们牺牲了芦笋地,用来建造一座伊特鲁立亚①式的纪念性坟墓,即是说一座四边形的黑石膏坟墓,六尺高,看上去像一座狗舍。四株雪松围着这座纪念碑式的建筑,上面还将放一个骨灰盒并刻上铭文。

在菜园的另一部分,一座里亚尔托式小桥②横跨水池,水池周边镶嵌着珠蚌的蚌壳。土地吸水,那又何妨!总有一天会形成黏土的底,将水留住。

他们利用彩色玻璃将小茅屋改造成了乡间小舍。

在诺曼底式葡萄棚顶端,六株剪得方方正正的大树支撑起一个白铁大罩,罩的四角翘起,这一切标志着一座中国宝塔。

他们曾去奥恩河河岸挑选一些花岗石,随即将花岗石捣碎,编上号,亲自装上大车运回来。他们用水泥把小块的石头重叠粘在一起,不一会在草坪中央就竖起一座悬崖,活像一个巨大的土豆。

这一切之外,要达到完美的和谐似乎还缺少点什么。他们便把千金榆绿篱道上最大的一棵椴树砍倒(再说,那里的树四分之三都已死亡),让椴树横躺在园子里:得让别人一看就以为树是激流冲过来的,或是雷电击倒的。

活儿干完后,站在远处台阶上的布瓦尔叫道:

"到这里来!这里看得更清楚!"

---

① 伊特鲁立亚,今日意大利的一个区。伊特鲁立亚人的祖先可能是中亚的雅里安人。由于他们的文化高于意大利其他地区,在公元前十五世纪建立了一个由十二个共和国组成的联邦,以他们为霸主。从公元前十世纪到前七世纪几乎称雄于整个意大利半岛。他们的文明影响了后来罗马的多位圣贤。
② 里亚尔托桥系威尼斯运河上一座著名的桥梁。

"更清楚……"有声音在空中应道。

佩库歇回答：

"我就去！"

"就去！"

"嘿，有回声！"

"回声！"

在这之前，椴树妨碍园子里产生回音，现在，谷仓对面的宝塔和高过绿篱的谷仓山墙都有利于形成回声。

为了试验回声，他们叫一些玩笑话消遣；布瓦尔甚至吼出一些放荡的下流话。

布瓦尔还借口出门收钱，好几次去了悬崖，他回家时总带着几个小包，并直接放进自己的五斗橱。佩库歇有一天清晨出门去了布雷特镇，很晚才回到家里，还直接把手上的篮子藏在床下。

第二天，布瓦尔醒来时大吃一惊。在花园的大甬道上，前面两株紫杉昨晚还是球形的，今天却变成了孔雀形。一个角状物和两个瓷纽扣表示鸟嘴和眼睛。佩库歇黎明即起，因为他生怕被人发现，他是按照迪姆舍尔寄来的教科书附录修剪这两棵紫杉树的。

这半年来，在两株孔雀形紫杉后面的那些树木都已修剪成了多少有点像金字塔、立方体、圆柱体、鹿或太师椅的模样，但没有一株可以同这两株孔雀形树媲美。布瓦尔对此赞不绝口。

他借口忘记了他的铁锹，把佩库歇拽到迷宫般的曲径间，因为他利用同伴不在的时刻也做了一件堪称壮丽的事。

面对田野的大门涂了一层石膏，上面整齐地排列着五百只烟斗，代表阿卜德-埃尔-卡代尔①、黑人、裸体女人、马脚和

---

① 阿卜德-埃尔-卡代尔（1808—1883），阿拉伯酋长，曾支持反对法国的战争并取得过胜利，还曾企图建立阿拉伯帝国。后由于摩洛哥盟友的军事失利，于一八四七年投降法国，被监禁在土伦和波城等地。一八五三年获释后成了法国的忠实朋友。

骷髅。

"你明白我的急迫心情了吧?"

"我料到了!"

激动中,他俩拥抱在一起。

和别的艺术家一样,他们也需要掌声。于是,布瓦尔考虑举行一次晚宴。

"当心!"佩库歇说,"你马上就要在招待会上露头角了。那可是个无底洞!"

事情却仍然决定下来。

他俩在此地安家以后,一直坚持离群索居。出于结识他们的愿望,所有的人都接受了邀请,只有法威日伯爵因商务被召请到首都,不能参加。主人不得已而接受了伯爵的管事于雷尔先生。

客栈老板贝尔冉勃昔日在里西厄地方当过厨房领班师傅,他准备为晚宴烹调几样菜肴。他还举荐了一个跑堂的。日耳曼女人则征用了管鸡舍的姑娘。波尔丹太太的丫鬟玛丽亚娜也要来帮忙。钟敲四点,栅栏门就大开了,两位主人焦急地等待着客人。

于雷尔在山毛榉树下停下来整理自己的礼服。随后走过来的是本堂神甫,穿一身崭新的教士长袍;不一会,身穿法兰绒背心的福罗先生到达。医生挽着他的妻子,他的太太撑着阳伞,走路十分困难。一束玫瑰色丝带在这二位身后摇晃;原来是波尔丹太太的便帽在晃来晃去,她穿了一身亮丽的闪色丝绸长裙。她的金表链轻拍着她的胸脯,好几个戒指在她那戴黑色独指手套的手上闪闪发光。最后出现的是公证人,他头戴巴拿马草帽,眼挂夹鼻眼镜,因为司法助理人员的身份并不能遏制他身上社交人士的风采。

客厅地板打了蜡,滑得站不住人。顺墙摆放着八把乌德勒支安乐椅①;一张圆桌放在屋子中央,上面摆着饮料箱。壁炉上方

---

① 乌德勒支,荷兰市镇,生产一种仿丝绒面料,乌德勒支安乐椅即用此种面料做的椅子。

挂着布瓦尔老爹的肖像。背光的黯淡色调使肖像嘴歪眼斜,少许霉点更加强了他有颓唐的错觉。客人们觉得父子俩很相像,波尔丹太太凝视着布瓦尔补充说,老爷子准是个漂亮男人。

等了一个钟头,佩库歇宣布大家可以进餐厅了。

白布红边的窗帘跟客厅的窗帘一样全部被拉上了,阳光透过白布射在护壁镶板上呈金黄色,镶板上唯一的装饰是一只晴雨表。

布瓦尔将两位女士安置在自己身边;佩库歇的左边坐的是镇长,右边是本堂神甫。大家开始吃牡蛎,但个个都有淤泥味。布瓦尔感到抱歉,一再说对不起;佩库歇则起身去厨房对贝尔冉勃发了一通脾气。

菜肴的头一部分由菱鲆鱼、香菇馅酥饼和鸽肉泥组成,这段时间,桌上谈论的是制作苹果酒的方法。

这之后大家谈起菜肴好消化和不好消化的问题。医生自然而然受到咨询。他总抱着怀疑态度判断事物,俨如一个看透了科学而又容不得别人反驳分毫的人。

上牛腰肉的同时又上了勃艮第葡萄酒。酒却是混浊的。布瓦尔将这个事故归罪于涮瓶不到家,于是请大家品尝另外三种酒,但仍然不比头一种成功。他又给大家斟圣朱里安酒,酒的存放时间显然过短,客人们都默不作声了。于雷尔不停地微笑;跑堂小伙子沉重的脚步声在石板地上发出回响。

沃考贝依大夫的太太长得矮胖结实,看上去惯于咕咕哝哝(架不住她正接近临产期呢),在饭桌上却始终一声不吭。布瓦尔不知如何同她攀谈,便对她说起康城的戏剧。

"我妻子从不看戏。"医生搭腔道。

公证人马雷斯科家住巴黎时只去意大利人剧院看戏。

"我呢,"布瓦尔说,"我有时倒去滑稽剧院的正厅看闹剧。"

福罗问波尔丹太太是否喜欢闹剧。

"那得看是哪一类闹剧。"她说。

镇长调侃她,她便对玩笑话进行反击。她随后又谈了谈醋渍黄瓜的制作方法。再说,她操持家务的才能也蜚声全镇,她家的小农庄被她管理得井井有条。

福罗招呼布瓦尔问道:

"您真有意卖掉您的农庄?"

"上帝,到目前为止我还不知道……"

"怎么!连厄卡尔那片土地都要卖?"公证人接上话茬说,"波尔丹太太,这可是您中意的地方。"

寡妇撒娇似的说:

"布瓦尔先生可能希望过高。"

"也许可以动之以情呢。"

"我可不作这种尝试!"

"嗨!要是您拥抱他呢?"

"那咱们就试试看!"布瓦尔说。

在大家的掌声中,他竟吻了波尔丹太太的双颊。

有人几乎立即打开了香槟酒瓶,"砰"的一声使欢快的气氛更加浓郁。在佩库歇的示意下,窗帘忽地拉开,园子出现在眼前。

暮色中,园子看上去有几分吓人。悬崖像山一般占据了草坪;坟墓在菠菜地的中央形成偌大的一个立方体;威尼斯桥在四季豆上方画了一道弧线;桥的那边,小破屋呈现出黑黢黢的一团,因为他们焚毁了小屋的草顶使它更具诗意。修剪成鹿或太师椅形状的紫杉一棵接一棵,直到被雷劈过的大树,那株椴树横躺在千金榆绿篱和紫藤架之间,就在那个地段,西红柿有如垂吊的钟乳石。向日葵的黄色圆盘随处可见。漆成红色的中国宝塔俯临葡萄棚,有如一座灯塔。阳光照射在孔雀嘴喙上,嘴喙发出火红的反光;篱笆的木板已被拆除,篱笆外平淡无奇的原野一直伸展

155

到天边。

见客人们那么吃惊,布瓦尔和佩库歇感到欢欣鼓舞。

波尔丹太太对孔雀树倍加赞赏,然而,坟墓却令人费解,焚烧了屋顶的小屋和毁坏的墙垣亦复如是。随后,大家轮流走过小桥。为了填满水池,布瓦尔和佩库歇花了一个上午运水。但水从砌得并不严实的石头缝间流走了,石头又被淤泥盖住。

大家一边散步,一边冒昧提出些批评:

"我要是您,我会这么干。""青豌豆长得迟了些。""坦白说,这个角落不干净。""果树长成这样的个头,您永远得不到水果。"

布瓦尔不得不回答说他根本不在乎水果。

见大家正顺着千金榆绿篱走过去,布瓦尔露出狡黠的神气,说:

"噢!我们打扰了一位女士,请千万恕罪!"

没有人给这个玩笑凑趣,因为谁都知道那里有一座女人石膏雕像。

在迷宫里绕了许多弯子,终于来到粘贴烟斗的大门前。大家用惊呆了的眼色你看着我,我看着你。布瓦尔留心观察着客人们的面部表情,迫切希望知道他们的意见:

"你们认为怎么样?"

波尔丹太太大笑起来。所有的人都步其后尘。本堂神甫先生低声咯咯笑;于雷尔笑得咳嗽不止;大夫笑得流出了眼泪;他的妻子因大笑而出现了神经性痉挛。福罗是个毫无顾忌的人,他叭的一声摘下阿卜德-埃尔-卡代尔烟斗,并装进自己的衣兜聊作纪念。

客人们走出绿篱时,布瓦尔想用回声惊倒他们,便扯开嗓子大叫:

"仆役!女士们!"

什么也没有！听不见回声。那是修葺谷仓造成的后果：山墙和仓顶都推倒了。

咖啡摆在葡萄棚上，先生们正准备玩一场滚球戏，却突然看见对面篱笆外站着一个男人往里瞧着他们。

人很瘦，也晒得很黑，穿一条褴褛不堪的红色裤子，一件蓝上衣，没有衬衫，黑胡子剪得像毛刷；他说话发音清晰，声音却有些嘶哑：

"给我一杯酒！"

镇长和热弗罗依教士立即认出了他。那是沙维尼奥尔昔日的一位细木工。

"喂，高尔居，走开，"福罗先生说，"可不能求人施舍。"

"我！求人施舍！"这人嚷道，他被惹恼了。"我在非洲打了七年仗。我刚恢复健康从医院出来。没有活干！难道要让我杀人不成？他妈的！"

他的怒气随即自动消解。于是双手叉腰，注视着这些有产者，神情忧郁而又透着嘲弄。夜间站岗的疲劳、苦艾酒、热病，整个苦难而放荡的生存状态都在他那混浊的眼睛里显露出来。他那苍白的嘴唇不停地颤抖着，使他露出了牙龈。晚霞染红了广阔的天空，他全身沐浴在血色的微光里；他赖着不走的执拗劲引起了某种恐慌。

为了有个了结，布瓦尔去找来瓶底的酒。流浪汉贪婪地喝完之后，指手画脚地消失在燕麦地里。

后来大家责备布瓦尔。这样的好意只能对混乱推波助澜。为花园的不成功而恼怒的布瓦尔开始为人民辩护；于是，所有的人都争先恐后地嚷嚷起来。

福罗颂扬政府，于雷尔观察世界只看地产。热弗罗依教士抱怨人们不保护宗教，佩库歇攻击税收。

波尔丹太太时不时叫上两声：

"我吗，首先，我恨共和国！"

而医生却宣称拥护进步：

"因为，先生们，说到底，我们还是需要改革。"

"这倒可能！"福罗回答他说，"但一切改革思想都对商业活动有害。"

"我根本瞧不起商业活动！"佩库歇嚷道。

沃考贝依接着说：

"起码该给我们增加一些合法权利！"

布瓦尔可并不满足于此。

"这就是您的意见？"医生又说，"人家可在打量您！晚安！愿您的池塘一片汪洋供您航行！"

过一会儿，福罗先生说：

"我也该走了。"

他指着他衣兜里的阿卜德-埃尔-卡代尔：

"如果我需要另一个，我再回来。"

本堂神甫在离开前畏畏缩缩地告诉佩库歇，说他认为模拟坟墓放在菜圃中央不合适。于雷尔告辞时向在座的人深深鞠了一躬，马雷斯科先生用了餐后点心才离开。

波尔丹太太又详谈了醋渍小黄瓜的制作方法，还答应提供另一个烧酒渍李子的配方，随后又去花园的大甬道上走了三个来回。在经过横躺着的椴树时，她的长裙下摆被挂住了，他们听见她喃喃说：

"上帝！这样放树该多蠢！"

直到午夜，晚宴的两位东道主才在葡萄架下抒发他们不满的感受。

当然，在晚宴当中，有时还可以再给他们上一些小东西，不过，客人们已经狼吞虎咽酒足饭饱了，这说明饭菜不算太糟。然而园子却引来那么多带贬义的话，那都出于他们最卑劣的嫉妒心；两人越说越来气：

"噢！池塘缺水！耐心等着吧，总有一天，你们在那里连天鹅和鱼也能见到！"

"他们差点没注意到宝塔！"

"硬说废墟不清洁，这看法再愚蠢不过！"

"还说坟墓不合适！凭什么说不合适？难道人们无权在自己的领地造一个坟墓？我还想让人把我埋在里头呢！"

"别讲这种话！"佩库歇说。

他们接着对参加晚宴的客人作一番回顾。

"我觉得大夫看上去像个装腔作势的怪人！"

"你注意到马雷斯科在肖像前冷笑吗？"

"镇长是怎样一个不懂人情世故的人呀！见鬼！到别人家吃晚饭总该尊重别人的古玩吧。"

"波尔丹太太怎样？"布瓦尔问。

"嘿！那是个耍小阴谋的女人！别烦我了。"

他俩对全世界都失去了兴趣，于是，决定今后只在家里过日子，只为他们自己而生活。

有好多天他们都待在地窖里清除瓶子的水垢，而且把所有的家具都重新漆了一遍，还给每间房子的地板打了蜡。每天晚上，他们望着燃烧的木头谈论最优良的取暖系统。

为了节约，他俩亲自熏火腿，亲自把肥皂水浇在待洗的衣服上。日耳曼女人被他们烦扰得直耸肩膀。在制作果酱的季节，她发火了，他俩便去面包作坊安营扎寨。

那里原来是一个洗濯间，在柴捆下边有一个凿得很漂亮的石槽，石槽对他们的计划十分有用，原来他们正野心勃勃想制作罐头呢。

十四个短颈大口瓶里盛满西红柿和青豌豆；他们用生石灰和奶酪把瓶口封起来，在瓶边贴上布条，然后把所有的瓶子放进开

159

水里。开水蒸发了,他们倒进去一些冷水;温差立即使玻璃瓶爆炸。只有三只瓶幸免于难。

他们随即买了一些沙丁鱼旧罐头盒,放进一些小牛犊排骨,然后放到锅里隔水炖。取出来时罐头胀圆了,活像皮球,不过冷却后全都会再瘪下去。为了继续作实验,他们用别的罐头盒盛满鸡蛋、菊苣、螯虾、一份水手鱼,甚至盛了一碗菜汤!他们竟庆幸自己像阿佩尔先生那样"留住了季节":据佩库歇说,像这样的发明让征服者的丰功伟绩也大为逊色。

他们改进了波尔丹太太提供的印度洋岛国糖醋泡菜的配方,用胡椒调醋;他们制作的烧酒李也青出于蓝而胜于蓝!他们还通过浸泡工艺获得了覆盆子果酒和苦艾酒。他们把蜂蜜和当归放进巴廖尔木桶,想制作西班牙马拉加麝香葡萄酒;他们甚至着手调制香槟酒!夏布里白葡萄酒掺上酿酒果汁竟自动炸开了,他们再也不怀疑自己会成功。

他们的研究领域不断扩展,终于怀疑所有的食品制造商都有欺诈行为。

他们在面包的颜色上找面包商的碴儿。他们确认食品杂货商的巧克力是假冒伪劣产品,遂成了这个老板的敌人。他们又前往悬崖,声称要买枣糊止咳剂,并在药店老板的眼皮底下让枣糊接受水的检验。枣糊呈猪肥肉样的黄色,这充分证明里面有明胶。

这一次胜利使他们踌躇满志,随即从一个破产的烧酒酿制商手里买下他的设备,又忙不迭地去光顾商行,买了漏斗、桶、筛滤器、撇沫子用的漏勺、漏斗状滤袋、天平,还不算一个装煤球的木钵、一台荷兰球形干酪蒸馏器,而这台蒸馏器又要求一台反射炉和烟囱通风罩。

他们学习如何净化白糖和各种各样的浓缩糖浆,如熬到表面起大泡和起小泡的糖,整个鼓起来的糖,膨胀起来的糖,鼻涕色糖、酱色焦糖,但在制作过程中蒸馏器用晚了;他们便着手精制利口酒，从茴香酒开始，然而出来的液体老带着固体的物质，那些物质要不然就粘在锅底；还有几次他们竟弄错了剂量。在他们周围，一个个大铜盆闪闪发光，长颈甑伸出它们的尖嘴，有柄砂锅挂在墙上。他们往往一个在桌上挑拣草本植物，另一个用挂起来的木钵摇煤球；他俩有时搅动大勺，有时品尝混合液。

布瓦尔汗流浃背，只穿一件衬衫，背带太短，常把裤子提到心窝。他像雀鸟一般丢三落四，不是忘了给蒸馏釜加膜片，就是把火烧得太旺。

佩库歇穿一件带袖子的儿童罩衫式的长工作服，一动不动站在那里，口中念念有词，作着计算。他俩相互把对方看作正在从事有益事业的极认真的人。

最后他们竟梦想制作一种技压群芳的稀奶油。他们要像制作德国茴香酒那样，给这种奶油加一些芫荽汁，像制作马拉斯加酸樱桃酒那样加进一些德国樱桃酒，还要模仿沙尔特勒酒①，加进一些香料，模仿健胃酒，加进一些黄葵汁，模仿克朗邦布利酒，放一些香芦苇汁；还要用檀香木把奶油染成红色。投放市场时该给这种奶油取个什么名字呢？必须有一个好记而又稀奇的名字。琢磨了好久，他们最后决定给它命名为"布瓦丽娜"。

临近秋末时，短颈大口罐头瓶里出现了一些黑点。西红柿和青豌豆发霉了。问题出在密封的质量上。这一来，他俩又为密封问题伤透了脑筋。想试验新方法又缺钱。农庄像蛀虫一般在蛀他们。

有些佃农曾多次毛遂自荐，但布瓦尔却不愿意出租农庄。如今是他的首席小伙计按照他的指令种地，此人省钱省到了危险的程度；结果收成渐渐减少，一切都濒于破产。他们俩正在谈论他们的狼狈处境时，古依师傅走进了实验室，他的女人陪着他，畏

---

① 沙尔特勒酒是由沙尔特勒修会修士酿制的酒。

161

畏缩缩地站在他身后。

这片土地接受了各种方式的耕作,所以地力有所改善,他此次前来是为了重新租种农庄的耕地。但接着又把农庄贬低一番:尽管他们累死累活地干,收益也得碰运气;总而言之,如果说他还想租种这片土地,那是出于他对故乡的热爱,出于对如此善良的主人们的眷恋。主人异常冷淡地把他打发走了。当天晚上他又回来纠缠。

佩库歇训斥了布瓦尔;他们眼看要让步了,古依却又要求减少地租。见主人们提高嗓门,古依便牛一般地叫着说话;他请仁慈的上帝做证,还列举他的困难,吹嘘他的功劳。他们责令他说出他的出价时,他不回答,却低下了头。于是,膝盖上放一个大篮子坐在门边的古依大娘又老调重弹,抗议开了,像只受伤的母鸡似的尖声尖气瞎嚷嚷。

地租最后决定为一年三千法郎,比原来的租金少三分之一。

谈判过程中,古依师傅又建议买他们的设备,于是又开始了对话。

给所有物件估价延续了半个月,弄得布瓦尔筋疲力尽。他最后竟以低得可笑的价格放弃了一切,价格之微不足道,连古依乍一听都睁大了眼睛,他连忙拍拍主人的手嚷道:"一言为定。"

事情敲定之后,两位主人入乡随俗,在家里请佃农随便撮一顿。佩库歇开了一瓶他们制作的马拉加麝香葡萄酒,这样做与其说出于慷慨,不如说想得到恭维。

种地人却露出厌恶的神气,说:

"这酒倒像甘草糖浆。"

他的女人则"为了不想再喝"而要求来一杯烧酒。

一件更为严重的事又让两位朋友操上心了!"布瓦丽娜"的各种成分终于聚在了一起。

此前他们把一切作料都装进蒸馏釜里,加上酒精后,点燃火便开始等待。在这期间，佩库歇一直因马拉加麝香葡萄酒没有得到好评而痛苦万分，他从五斗橱里取出所有的白铁罐头，打开第一个的盖子，又开第二个，第三个。他怒不可遏地扔掉所有的罐子，招呼布瓦尔过来。

布瓦尔关上蛇形管的龙头便奔食品罐头间而来。彻头彻尾的幻灭！小牛肉片像发酵起泡的鞋底；泥浆一般的液体代替了鳌虾；水手鱼已经认不出来；菜汤上长了蘑菇！一种令人难以忍受的臭味熏着实验室。

忽然响起了炮弹爆炸声，蒸馏器炸成二十片直飞天花板，炸裂了铁锅，炸瘪了漏勺，炸碎了玻璃杯；煤块撒满一地，煤炉也散了架。翌日，日耳曼女人在院子里发现了一把刮刀。

原来是蒸汽的冲力毁坏了蒸馏器，关键的毛病是他们用螺栓把蒸馏釜和罩子死死地连在了一起。

佩库歇闻声连忙蹲到酿酒槽后边，布瓦尔晕倒似的跌坐在凳子上。整整十分钟，他俩吓得面色苍白，在玻璃陶瓷碎片之间一直保持着这个姿势，丝毫不敢妄动。待他们恢复说话能力时，他们不禁寻思，究竟是什么原因造成如此多的不幸，尤其是最后这次不幸？结果却不得要领，只明白他俩险些丧命。佩库歇用这句话作了结论说：

"或许因为我们不懂化学！"

三

为求得化学知识，他们买来瑞尼奥教授的教程，首先学会的是"单质物可能是化合物"。

可以通过非金属和金属区分单质物和化合物，但作者说，这种区别并"不是绝对的"。同样的道理也适用于酸和碱，"一个物体可以表现为酸性,也可以表现为碱性,视情况而定"。

他们感到化学符号十分怪异。倍比定律使佩库歇越学越糊涂。

"我想,一个甲分子既然能和乙分子的许多部分化合,这个甲分子似乎就应该分裂成同样多的部分;然而,如果它分裂了,它就不再是一个统一体,也不再是原始分子了。总之,我不明白。"

"我也不明白!"布瓦尔说。

他们便求助于另一本不那么难懂的书,是吉拉尔丹的著作。这本书使他们确认十升空气重一百克,铅笔里没有铅,钻石不过是碳。

最使他们吃惊的是,泥土作为元素并不存在。

他们明白了如何操纵吹管焊枪,明白了何谓金、银,如何洗衣被,如何给有柄平底锅镀锡。这之后,布瓦尔和佩库歇便毫无顾忌地投身于有机化学。

在生物身上发现构成矿物的同样物质,那是怎样的奇迹呀!但是一想到他们个人体内像火柴一样含磷,像鸡蛋白一样含蛋白质,像路灯一样含氢气,他们便有一种类似委屈的感觉。

书中论述了颜色和脂肪之后,就轮到发酵了。

发酵引导他们了解酸性物质,而等同规律却再一次使他们感到困惑。他们竭力用原子理论加以解释,务求明确,但结果使他们完全迷失了方向。

依布瓦尔之见,要想弄懂这一切,必须拥有仪器。

开支巨大,而他们为此已花费太多。

沃考贝依大夫无疑能指点他们。

他们便在医生门诊的时刻去到他那里。

"先生们,我在听你们说话!你们有什么病?"

佩库歇回答说他们没有病,在说明他们的来意之后,他说:

"首先,我们希望了解分子中占优势的原子数。"

医生羞得面红耳赤,随即责备他俩想学化学。

"我并不否认化学的重要性,请相信这点!然而,如今人们把化学到处乱塞!它在医疗领域影响极坏。"

他周围摆放着各种物件的情景更加强了他说话的权威性。

油酸和绷带散乱地摆在壁炉上。手术箱放在书桌中央,屋角的盆子里满是探针,贴墙摆了一个去皮人体模型。

佩库歇为此而恭维医生。

"研究解剖学想必很了不起,是吗?"

沃考贝依先生顺着他的话发挥开了,他长篇大论地谈他昔日解剖人体时如何着迷;布瓦尔便问他,女人的体内和男人的体内有什么互相关联的东西。

为了使他满意,医生从书架上抽出一本解剖学插图集。

"把这些书带回去!你们在家里阅读更自在些。"

人体骨骼中颌骨突出,双眼深陷,手长得吓人,他们为此感到十分惊讶。他们还缺一本解释性的著作,便又回到沃考贝依先生那里。他们靠亚历山大·洛特的教材学会了骨骼的分类。据说,人的脊柱比造物主原想创造的直脊柱强十六倍,这使他们惊异万分。

"为什么恰恰十六倍?"

掌骨使布瓦尔愁眉苦脸;佩库歇虽热衷于颅骨,在蝶骨面前却失去了勇气,尽管蝶骨像"土耳其鞍或蝶鞍"。

至于关节,韧带太多,把它们全遮住了;于是两人开始向肌肉冲刺。

然而肌肉都附着在骨骼上,找起来很不方便;他们一进入椎骨沟便彻底放弃了解剖学。

于是,佩库歇说:

"要不我们重操化学,哪怕就为利用实验室呢?"

布瓦尔表示反对，他说他想起了有人在制作假尸，供热带国家使用。

他写信给巴尔勃鲁，巴尔勃鲁立即给他提供了有关的资料。一个月付十法郎就可以得到一套欧祖先生制作的假尸。到下一周，悬崖的邮差果然把一个椭圆形的箱子放在他们的篱笆前面。

他们满心激动，把箱子搬进了面包房。一敲开木箱上的钉子，干草便垮了下来，丝质包装纸也滑开了，露出了人体模型。

模型呈砖灰色，没有头发，也没有皮肤，数不清的蓝、红、白色线条把它弄得花花绿绿。丝毫不像尸体，倒像一个玩具娃娃，模样很丑，但很干净，带着清漆味。他们揭开胸廓便看到了两叶肺，活像两块海绵，心脏倒像一只大鸡蛋；稍向后侧，便看见横膈膜、双肾和一整套内脏。

"干吧！"佩库歇说。

白天晚上都泡在那里了。

他们模仿梯形解剖实验室的医科学生，穿上白大褂；他们正在三支蜡烛的照明下制作一块块硬纸板时，忽然听见有人捶门："开门！"

是福罗先生，他身后跟着乡村警察。

原来他们曾乐滋滋地请日耳曼女人看他们的假人，女仆跑到杂货店老板家讲述了她见到的事，全村的人立即相信这两位先生在家里窝藏了一个死人。福罗见大伙儿议论纷纷，只好让步，前来看个究竟；还有一些好奇的人待在院子里呢。

他进门时，模型正好侧卧在桌上，因为脸上的肌肉取下来了，突出的眼睛便显得奇形怪状，的确有些吓人。

"谁让您进来的？"佩库歇问。

福罗嗫嚅着说：

"没事儿，一点没事儿。"

他在桌上拿起一片零件：

"这是什么？"

"颊肌。"布瓦尔说。

福罗不言语了，但嘲讽地笑笑，心里嫉妒他俩竟有这种他个人力所不及的消遣。

两位解剖学家装作继续进行他们的研究。在门口感到厌烦的人们已经挤进了面包房，大家推来搡去，震动了桌子。

"哦！这太过分了！"佩库歇嚷道，"让大家从这里走开！"

警察把好奇的人赶走了。

"很好！我们这里不需要谁。"

福罗明白他的暗示，便问他俩是否有权弄来这样的东西，因为他们并不是医生。他还准备写信将此事报告省长。

什么样的地区呀！再没有谁比此地的人更愚蠢，更野蛮，更落后了！他们将自己对比别人，感到格外欣慰；于是野心勃勃，准备为科学忍受痛苦。

大夫也前来看望他们。他否定模型，认为离天然太远，却借机给他们上了一课。

见布瓦尔和佩库歇十分着迷，沃考贝依先生便根据他俩的愿望借给他们好几部图书馆藏书，同时肯定说他们不会坚持到底。

他们从《医学词典》里摘录分娩、寿命、肥胖症和便秘的特殊病例。他们什么不知道！如博蒙那位名声在外的加拿大人，那患贪食症的塔拉尔和比儒，厄尔省那位患水肿病的女人，那二十天上一次厕所的皮埃蒙特人，那因骨化而死的密尔勃瓦人西蒙，还有那位鼻子重三斤的前昂古莱姆市长。

大脑启发他们进行哲学思考。

他们清晰地辨认出大脑内部雪白发光的双层脑隔，和像一颗红豆似的松果体；但还有大脑脚、脑室、弓、柱、层、结、五花八门的纤维、帕克西奥尼孔和帕克西尼体；总之，一大堆像乱麻一般而又为他们的生命所利用的东西。

有时他们晕头转向，在把假尸全部拆卸之后，想使每个零件重新各就各位却难而又难。

这些活儿相当辛苦，尤其在午餐之后，他们不一会儿便睡着了。布瓦尔下巴埋下去，肚子挺出来；佩库歇双手捧头，双肘放在桌上。

沃考贝依先生往往在这当儿结束上午的门诊，微微推开他们的房门。

"喂，两位同行，解剖工作进行得如何？"

"非常顺利。"他们答道。

于是，为了找乐子，他提出一些问题难他们，弄得他们哑口无言。

他们对某个器官感到厌烦时，就转而鼓捣另一个器官。就这样对心脏、胃、耳和肠鼓捣了又放，放了又鼓捣；因为，尽管他们努力使自己对纸板假人发生兴趣，那家伙仍旧让他们倒胃口。当他们正在重新钉上假人箱时，终于被大夫当场抓住。

"好哇！我早料到了。"

像他们这样的年纪本来就不可能从事这类研究；医生说这番话时嘴边的微笑深深刺痛了他们。

有什么权利判定他们无能？难道科学归这位先生所独有？仿佛他本人是什么高级人士似的！

这一来，为接受挑战，他俩竟步行到巴耶去买书。

他们缺的是生理学，一个旧书商给他们提供了当年小有名气的里什朗和阿德隆的论文。

所有关于年龄、性别和气质的陈词滥调于他们都似乎再重要不过；他们很高兴知道牙垢里存在三种微小动物，味觉位于舌头，饥饿感来自胃部。

他们想更准确地把握各个器官的功能,因而为没有像蒙泰格尔、戈斯先生和贝拉尔的兄弟那样具有反刍能力而深感遗憾。于是,他们咀嚼食物慢而又慢,尽量嚼碎,混进口涎,在思想上伴随那碗饭直到内脏,甚至跟随到结尾,一丝不苟,几乎带着宗教活动一般的专注。

为了人工制造消化力,他们把肉放进装有鸭胃液的瓶里压紧,然后把瓶子放在腋下半个月。除了熏臭了他们俩的身子,没有别的结果。

有人看见他俩顺着大路奔跑,冲着火烧火燎的太阳,穿着湿透的衣服。原来他们是在检验表皮受水是否能缓解口渴。他们回家时气喘吁吁,而且都得了感冒。

作听觉、发音及视觉实验,他们游刃有余;但布瓦尔却要展开生殖实验。

佩库歇在这方面的保留态度永远使布瓦尔吃惊。他觉得朋友的无知是那样彻底,所以逼他作出解释。佩库歇羞得满脸通红,最后总算作了交代。

从前,一些爱开玩笑的人曾把他拽进一家妓院,他却从妓院逃了出来,坚持为他可能在以后爱上的女人洁身自好。然而爱情机遇从未光顾过他,加之他格外害羞,经济拮据,又害怕染病,人也固执,而且习性难改,所以,尽管身居首都,到五十二岁还是童身。

布瓦尔很难相信他的陈述,随即哈哈大笑,但一瞥见佩库歇眼里的眼泪便停了下来。原来是因为他自己从未缺少过情欲,他曾先后钟情于一位走钢丝的女演员、一位建筑师的弟媳、一位女售货员。最后是一个给别人洗衣服的姑娘,他当时甚至准备和她定亲,但忽然发现她怀了另一个男人的孩子。

他对佩库歇说:

"总有办法弥补失去的时间。别难过,瞧你!包在我身上了……如果你愿意……"

佩库歇叹着气反驳他说，用不着再考虑这类事情了，于是，他俩继续研究生理学。

我们的身体果真在持续散发一种难以觉察的蒸汽吗？是的，有事实为证：人的重量每分钟都在减轻。倘若每天身体缺乏的东西都在得到补充，而多余的东西都在消失，一加一减，身体就能得到完美的平衡。桑克托里尤斯是这个规律的发现者，他花了半个世纪，每天称他的饮食和他的排泄物，同时称他自己，只是在他记录数字的时候才停下来。

他俩试着学桑克托里尤斯的样。因他们的天平承受不了两个人，便先由佩库歇开始。

为了不妨碍出汗，他脱掉所有的衣服，赤着身子站到天平上去。尽管他很害臊，却仍然亮出了圆柱体一般的长上身，短腿，扁平的脚和棕色的皮肤。他的朋友坐在他身边的一张椅子上为他念书。

学者们硬说动物的肌肉紧张可以使动物增加热度；还说摇晃胸部和臀部有可能提高洗澡水的温度。

布瓦尔去找来浴缸，在万事俱备之后，他带上温度计钻进洗澡水。

蒸馏器爆炸之后，残片曾扫到套房最靠里的地方，在背阴处形成黑乎乎的一堆。不时从那里传来老鼠啃咬东西的声音；房里还有芳香植物散发的陈腐臭味，但他俩待在那里却心安理得，而且泰然自若地聊着天。

这时布瓦尔感到有点凉。

"摇晃你的手脚！"佩库歇说。

布瓦尔摇了，但温度计毫无变化。

"很冷，没错。"

"我也不暖和，"佩库歇又说，说话时的确打了一个冷战，

"快摇你的下身！摇呀！"

布瓦尔张开双腿，扭着双胁，摇晃着肚子，喘得像条抹香鲸。再看看温度计：一直在往下降。

"真莫名其妙！我可一直在动！"

"动得还不够！"

布瓦尔又继续做体操。

他再抓起温度计时，体操已做了三个钟头：

"怎么！十二度！噢！晚安！我可要抽身了！"

进来了一条狗，半是守门狗，半是短毛垂耳的猎狗，黄毛，患着螨病，伸着舌头。

如何是好？没有铃！他们的女仆又耳聋。他俩抖抖索索，但不敢妄动，生怕被咬。佩库歇认为最聪明的办法是瞪瞪眼吓唬它。

狗汪汪叫起来；它开始在天平周围蹦蹦跳跳，佩库歇在那上面使劲抓住绳子，弯着膝，尽量往上提腿。

"你那办法不行！"布瓦尔说。

他开始强颜欢笑，一再向狗讨好。

狗显然理解他在讨好。它竭力去亲近他，把爪子贴在他的肩上，还用指甲轻轻挠他。

"啊呀！现在可好！它竟把我的内裤给叼走了！"

狗躺到裤衩上，安静下来了。

末了，他俩战战兢兢，壮着胆子，一个从天平上走下来，另一个从浴缸里钻出来。佩库歇刚穿好衣服，不觉顺口叫出声来：

"喂，你这家伙，你得供我们做实验。"

什么实验？

可以给它注射一点磷，然后把它关进地窖里，看它是否从鼻孔里喷出火来。可是怎么注射？再说，也没有人卖磷给他们呀。

于是，他们考虑把狗关进一个充了气的钟形罩里，让它吸煤

171

气，给它喝有毒的饮料。但这样做也许不那么有趣。他们最后选择了脊髓接触磁化钢的实验。

布瓦尔强忍住激动，把几根针放在盘子里递给佩库歇，佩库歇把针贴着狗的脊椎骨想一根根插进去。针全都断了，滑下去，落在地上。他再取几根，麻利地随便往里插。狗挣断了套绳，像射出的炮弹一般撞碎窗玻璃跳了出去，再穿过院子，前厅，进了厨房。

日耳曼女人一瞧见这条浑身是血、爪上绕着绳子的狗便大叫起来。

她的两位主人在她大喊大叫的当儿随着狗冲了进来。狗跳起来，一溜烟儿逃得无影无踪了。

老女仆责骂他们：

"这准是你们俩干的又一桩蠢事，我可以肯定！……我的厨房可是干干净净的！……这么整它，它可能发疯！监狱里疯狗多的是，对你们有啥用！"

他们回到实验室去检验那几根针。

没有一根针能吸引锉屑。

接着，他们想起日耳曼女人所作的假设，变得忧心忡忡。那条狗真可能发疯，也可能突然跑回来并往他们身上冲。次日，他们外出到处打听消息。事后许多年，他们一看见野地里出现那样一只狗便赶紧绕道而行。

别的实验也都以失败告终。与那些论文作者说的相反，他们放过血的鸽子，无论空腹抑或满腹，全都在同一时段死去。沉到水下的小猫，过五分钟都丧命了。他们给一只鹅填了茜草，结果那只鹅的骨膜全变成了白色。

营养问题使他们苦恼万分。

同样的液体怎么会既产生骨头、血液、淋巴液，又产生排泄物？可惜不能追踪观察某种食物的变化情况。吃一种食物的人和吃多种食物的人在化学反应上是一样的。沃克兰①计算了一只母鸡所吃的燕麦的钙含量后，发现它下的蛋里蛋壳的钙含量更多。

因此，存在创造物质的情况。以什么方式创造？人们一无所知。

甚至没有人明白心脏具有什么样的力量。波莱利认为心脏的力量可以举起十八万斤的重量；基也尔却认为大约只能举八盎司，他们由此得出结论说，生理学是（用一句古老的话说）医学的缺乏真实感的叙述。他俩因为理解不了，便干脆不相信。

一个月在无聊当中过去。他们随即想起了自己的花园。

那棵横躺在园子中央的死树太碍事，他们便把它锯成方形。这个活动使他们感到疲劳。布瓦尔往往需要去铁匠那里修理工具。

一天，他又去了铁匠铺，在那里一个背布袋的男人同他搭讪上了。那人向他推销历书、宗教书籍、开过光的圣牌以及弗朗索瓦·拉斯帕依②撰写的《健康手册》。

他喜欢那本小册子到了爱不释手的程度，于是写信给巴尔勃鲁，让他寄大部头的原著。巴尔勃鲁把书寄来了，在信中还指名提到一家可以买那些药品的药房。

书中那些意见的明确性十分吸引他们。所有的疾病都来自虫子。虫子弄坏牙齿，把肺挖出窟窿，使肝肿大，祸害肠子并引起肠鸣。摆脱这些疾病的最佳药物是樟脑。布瓦尔和佩库歇便采用了樟脑。他们把樟脑当鼻烟吸，还嘎吱嘎吱嚼樟脑；他们又给大家散发香烟、镇静剂药水、芦荟树脂片。他们甚至着手治疗一个驼背的人。

---

① 沃克兰（1763—1829），出身于法国诺曼底的化学家。曾分离出铬和氧化铍。
② 弗朗索瓦·拉斯帕依（1794—1878），法国化学家及政治家。曾参加过一八三〇年及一八四八年法国革命。

那是有一天他们在赶集时遇到的一个小男孩。男孩的母亲是个乞丐，每天上午都把儿子领到他们家。他们用樟脑油脂涂搽并按摩孩子的驼背，再用芥末糊涂二十分钟，这之后便贴上油酸铅硬膏。为了保证他再来，他们还请他吃午饭。

由于脑子里经常考虑寄生蠕虫问题，佩库歇在波尔丹太太的面颊上观察到一个奇怪的色点。长期以来，大夫一直在用胆汁为她治疗。这个圆点一开始只有二十苏的钱币那么大，后来逐渐长成一个粉红色的圆圈。他们有意给她治疗，她答应了，但要求由布瓦尔给她脸上抹油。她在窗前摆定姿势，解开胸衣上部的搭扣，伸出脸颊，用异样的眼神凝视着布瓦尔，如果没有佩库歇在场，那种眼神会很危险。尽管汞有点吓人，他们还是在许可剂量的范围之内用了氯化亚汞。过了一个月，波尔丹太太得救了。

她于是替他们广为宣传，征税官、镇政府秘书、镇长自己以及沙维尼奥尔所有的人也都口口相传。

然而驼背男孩却没有直起腰来。税务官扔掉了他们给他的香烟，因为他越吸越气闷。福罗抱怨芦荟树脂片引起了痔疮。布瓦尔得了胃病，佩库歇也得了严重的偏头疼。他们对拉斯帕依失去了信心，但噤若寒蝉，生怕影响了对他的尊重。

他们对种牛痘表现了极大的热情，又在白菜叶上学习放血，甚至弄来一对柳叶刀。

他们陪医生去穷人家出诊，然后再请教书本。

作者记录的症状和他们刚看到的症状大相径庭。至于疾病的名称，有拉丁语、希腊语、法语等五花八门的语言。

有成千上万种病，用林耐[①]分类法并采用他规定的种类名称倒很方便，但如何确定类别？于是他们在医疗原理方面迷失了方向。

---

① 林耐（1707—1778），瑞典博物学家。

万·海尔蒙①关于生命本源的地心之火学说、生机学说、布朗②学说、脏器学说③勾起他们思绪万千。他们问大夫,淋巴结核的病菌从哪里来,引起疾病的传染疫气到哪里去;面对各种病例,有什么办法区分病因和后果。

"因和果是混在一起的。"沃考贝依说。

这位医生说话之缺乏逻辑让他们倒胃口,他们便独自去看望病人,并且借口慈善活动深入病人的家庭。

在一些房间的尽里,人们躺在肮脏的床铺上:有的人脸垂在一边,有的人浮肿的脸呈朱红色,或蜡黄色,或青紫色;一些人鼻孔紧皱,另一些人嘴唇发颤,或发出嘶哑的喘气声,还有人打嗝,或浑身流汗;房间里到处是皮革和陈干酪味。

他们翻阅医生给这些病人开的处方,万分惊讶地发现镇静剂有时竟是兴奋剂;催吐药竟是催泻药;同样的药物竟适合各种不同的病症;一种病竟可以由完全对立的治疗方法治愈!

不过,他们仍然对病人提出劝告,鼓励他们振作精神,而且胆敢为病人听诊。

他们浮想联翩,竟陈书国王,希望在卡尔瓦多斯省设立护理学院,他们两人可以执教。

他们前去巴耶找药店老板(悬崖那家药店的老板为枣糊的事始终记恨他们),请他像古人那样制作泻药丸,即用药粉搓成小球,揉搓之后的药物更易被病人吸收。

根据这样的推论:降低温度可以阻止炎症,他们用绳子把坐在安乐椅里的一位患脑膜炎的女人挂在天花板的几根小梁上,然

---

① 万·海尔蒙(1577—1644),生于布鲁塞尔的比利时医生。他曾研究胃肠道气体并发现胃液。
② 布朗(1773—1858),苏格兰植物学家。他发现在液体表面悬浮的极小粒子不规则的运动,此后命名为布朗运动。
③ 脏器学说认为任何疾病都与某脏器病变有关。

后换着胳膊摇来摇去。女人的丈夫回家撞见这个场面,立即把他们赶出门去。

最后,他们附庸时尚,将温度计塞进病人的屁股,使本堂神甫义愤填膺。

附近一带流行伤寒,布瓦尔宣称他再也不管闲事了。但他们的佃农古依的女人来到他们家诉苦,说她男人已病了半个月,沃考贝依先生却很不关心。

佩库歇决定尽力而为。

胸前有透镜状斑点,腹部鼓胀,舌头鲜红,全是斑疹伤寒的症状。他想起拉斯帕依的话:停止禁食就可以消除热度。他命病人吃稀饭和少许肉食。大夫却突然出现了。

病人正靠在两个枕头上用膳,他妻子和佩库歇在两边扶着他。

医生走到床边,把菜盘往窗外一扔,嚷道:

"这是地道的杀人行径!"

"为什么?"

"既然肠热症意味着肠的小囊状器官膜受到破坏,您就是在给肠钻孔。"

"未必总是如此!"

于是进入关于发烧性质的争论。佩库歇只认发烧的实质;沃考贝依则认为发烧取决于器官:

"因此我摒弃一切可能过分刺激人体的东西!"

"但禁食会削弱生命力!"

"您瞎扯什么生命力呀!生命力什么样?谁见过生命力?"

佩库歇自己也弄糊涂了。

"再说,"医生继续道,"古依并不想吃东西。"

戴着无边棉软帽的病人表示同意。

"那又何妨!反正他需要饮食!"

"根本不需要！他的脉搏一分钟跳九十八下。"

"这跟脉搏有什么关系？"

佩库歇遂援引他那些权威人士的话。

"还是把您那些体系放一边去吧！"医生说。

佩库歇把双臂交叉在胸前。

"这么说，您是一位光凭经验的江湖郎中喽？"

"绝对不是！但只要观察……"

"要是观察错了呢？"

沃考贝依把这句话当作对波尔丹太太疱疹事件的暗示，那件讨厌的事正是寡妇自己嚷嚷出去的，他一想起来就感到恼火。

"首先需要实践。"

"革新科学的人们并不实践！万·海尔蒙·波尔哈夫①还有布鲁塞②自己。"

沃考贝依不回答他，只向古依俯下身去，提高嗓门说：

"我们两人中您选谁做您的医生？"

病人昏昏沉沉，只瞥见两张怒气冲冲的脸，便哭了起来。

他老婆也不知道如何回答，因为其中一人很能干，另一人也许有什么秘方？

"很好！"沃考贝依说，"既然您决定不了选择有文凭的人还是选……"

佩库歇冷笑。

"您笑什么？"

"因为一张文凭未必永远是论据！"

大夫在谋生手段以及他的特权和社会重要地位方面受到了攻

---

① 海尔曼·波尔哈夫（1668—1738），荷兰医生和植物学家。作为医生，他的名气已跨越欧洲。
② 弗朗索瓦·布鲁塞（1772—1838），法国医生。他的生理学体系建立在细胞组织的应激性理论上。

击,他震怒了:

"等你们因非法行医进了法庭,我们再瞧谁对谁错!"

他随即转身对农妇说:

"您要喜欢,就让这位先生把您丈夫杀了吧,我宁愿别人吊死我,也不再跨进您家的门槛!"

他提着拐杖指手画脚地消失在山毛榉树林里。

佩库歇回到家里时,布瓦尔也正心神不定,一筹莫展。

他方才接待了因犯痔疮而倍感恼火的福罗。他坚持说痔疮可以抵御其他一切疾病,但白费了唇舌。福罗什么也听不进去,还威胁说要索取损害赔偿。他急得不知所措了。

佩库歇给他讲述了自己遇到的麻烦,他认为自己的麻烦更严重,并对布瓦尔的无动于衷有些反感。

次日,古依感到腹痛,这可能由未消化的食物引起。沃考贝依或许判断正确?一位医生无论如何应当是内行!悔恨突然攫住佩库歇,他害怕自己真成了杀人凶手。

出于谨慎,他们把小驼背打发走了。然而,他的母亲因失去了那顿午饭而大呼小叫:压根儿就不该每天麻烦他们从巴纳瓦尔来到沙维尼奥尔!

福罗平静下来,古依也在逐渐恢复体力。现在,痊愈是铁板钉钉的了:这次成功使佩库歇勇气倍增。

"假如我们练习助产,用一种模型……"

"别提模型了!"

"那是皮制的半身人体模型,是为助产士学员创制的。我觉得使用起来就像在鼓捣胎儿!"

然而布瓦尔已经厌倦医疗工作了。

"对我们来说,生命的原动力还是一个谜,疾病多种多样,治病手段却成问题;而且在医书里找不到一条关于健康、疾病、疾病素甚至脓的合乎情理的定义!"

178

而他们阅读的那些医书却震撼了他们自己的头脑。

布瓦尔一得感冒便想象自己患了胸部炎症。医用水蛭没有减轻他的胸痛，他便求助于发疱药，此药的副作用波及肾脏，于是，他又认为自己得了肾结石。

佩库歇修剪林荫道上的千金榆时感到四肢酸疼，晚饭以后又呕吐了，他为此吓得半死；后来又注意到自己的脸发黄，于是怀疑得了肝病。他寻思：

"我感觉疼痛吗？"

结果真痛了。

他俩同病相怜，互相观察舌头，摸脉；又换矿泉水，又服泻药；他们还怕冷，怕热，怕风，怕雨，怕苍蝇，尤其怕穿堂风。

佩库歇凭想象认为吸鼻烟危害无穷，再说，打一个喷嚏有时会引起动脉瘤破裂，他因而放弃了鼻烟壶。但有时出于习惯而把手指头伸进去，随即猛然想到自己多么冒失。

黑咖啡损害神经，布瓦尔便想免掉他的"半杯"；他吃罢饭就进入梦乡，睡醒时又害怕了，因为睡眠时间太长有中风的危险。

他俩的理想人物是考尔纳罗。那是一位威尼斯绅士，他坚持特定的饮食制度，因而高寿。当然不必一概仿效，但可以采取同样的预防措施。于是，佩库歇从他的书架上抽出一本莫兰大夫撰写的卫生小册子。

他们在此之前是怎样安排生活的？他们过去喜爱的菜肴都在被禁止饮食之列！日耳曼女人十分为难，不知今后该给二位上些什么菜。

所有的肉类都有弊病。猪血香肠、猪肉制品、烟熏鲱鱼、螯虾和野味全都"煮不烂"。鱼越肥大，胶质越多，因而越难消化。蔬菜使胃反酸，吃了意大利通心粉容易做梦，干酪"一般被认为难于消化"。晨起一杯水有"危险"。每一种饮料，每一样食品都伴随一条类似的警告或这些话："很糟！——小心过度！——并非对所有的人都适合！"为什么很糟？哪些地方过度？如何知道某一样东西适合于你？

午餐成了怎样的问题呀！他们考虑牛奶咖啡的坏名声而弃绝牛奶咖啡，随后是巧克力；——因为那是"一堆难于消化的物质"。剩下的就是茶了，然而，"神经质的人应当完全禁止喝茶"。而在十七世纪，德克尔却嘱咐病人每日饮二百升茶水以清扫胰腺沼泽。

这份资料动摇了他们对莫兰的敬重，尤其因为莫兰禁止使用各类头饰、礼帽、便帽和大盖帽，这个要求让佩库歇极为反感。

他们随即买回贝克雷尔的论文，在其中看到猪肉本身就是"一种优质食品"，烟草完全无害，咖啡于"军人不可或缺"。

在此之前，他们一直相信潮湿地方有害健康。根本不对！卡斯佩宣称湿地不像其他地方那样具有致命的危害性。人在洗海水浴之前必先以凉水湿身；贝京却要求人们汗流浃背时直接入海。喝浓汤之后喝酒向来被认为对胃有益；列维却指责此种方式危害牙齿。最后是法兰绒背心，这健康的救生圈，这身体的保护神，布瓦尔视为珍贵的保障，佩库歇视作不可或缺的圣物，一些作者却无视舆论，直言不讳地奉劝患多血症和血色好的人不用或慎用。

卫生究竟是什么？

"在比利牛斯山这边是真理，在山那边是谬误。"列维先生断言；贝克雷尔补充说：卫生并非科学。

于是，他俩为晚餐点了牡蛎、鸭肉、白菜炖猪肉、奶油、主教桥奶油和一瓶勃艮第葡萄酒。这是一次解放，也几乎是一种报复，他们已不把考尔纳罗放在眼里！何必像他那样愚蠢，竟去折磨自己！老想延长寿命该多么卑劣！只有享受生命，生命才会美好。

"再来一块？"

"我很想再来一块。"

"我也想。"

"祝你健康！"

"祝你健康！"

"甭管别的！"

他们兴奋了。

布瓦尔宣称要喝三杯咖啡，尽管他不是军人。佩库歇头戴大盖帽，一次接一次吸鼻烟，毫无顾忌地打喷嚏。他们感到需要少许香槟酒，便命日耳曼女人即刻去酒店买一瓶。村子离得太远，女仆拒绝去买酒。佩库歇大怒。

"我勒令您，听见吗，我勒令您去跑一趟！"

女仆服从了，但仍咕咕哝哝，她下决心尽快离开这两位主人，他们实在太难以理解，太古怪。

随后，他们像往常一样，去花园里的葡萄棚上喝掺烧酒的咖啡。

刚收过麦子，一个个麦垛耸立在田野当中，夜晚柔和的蓝青色衬托出麦垛硕大的黑影。四处的农庄都很安静，甚至听不见蟋蟀的叫声。整个乡村都在沉睡。微风吹凉了他们发热的双颧，他们吸吮着凉风，消化着肚里的食物。

高高的天空布满星星，有的星成群地放着光，有的星一个接一个闪耀着，有的却孤零零的，相隔甚远。星星像一片明亮的尘埃从北方洒到南方，在他们头顶上分道扬镳。各个光点之间有很大的空间，苍穹犹如湛蓝的海洋，群岛和一个个小岛点缀其间。

"多大的数量呀！"布瓦尔惊呼。

"我们并没有看全！"佩库歇接过他的话茬说，"在银河的后边是星云，星云的那边还有星。离我们最近的星也距我们三十万亿公里。"

他从前经常去旺多姆广场用天文望远镜观天,现在还记得一些数字。

"太阳比地球大一百万倍;天狼星比太阳大十二倍;有些彗星长三千四百万法里!"

"这简直让人发疯!"布瓦尔说。

他哀叹自己太无知,甚至为年轻时没有进综合理工学院读书而遗憾不已。

佩库歇又让他转过头观看大熊星座,给他指出北极星的位置,接着要他看Y字形的仙后星座,和天琴星座里闪亮的织女星;天际的下方是红色的金牛座A。

布瓦尔向后仰着头,艰难地在想象中画着星座的三角形,四边形,五边形,以辨认自己在天空所处的位置。

佩库歇继续说:

"光速每秒钟八万法里。银河的光需要六个世纪才能到达我们这里,所以,人们观看一颗星星时,那颗星可能已经消失了。好多星是断断续续出现的,还有许多星永远也不再回来;星星老变换位置;一切都在躁动,一切都在过去。"

"太阳可是一动不动的!"

"过去都以为是这样,然而在今天,学者们却宣布太阳在朝武仙星座加速移动!"

这一点搅乱了布瓦尔的思想,他寻思片刻后说:

"科学是根据无限空间的一角提供的数据建立起来的,它也许并不适合人们尚不知道的其他地方,而那些地方远比地球大,人们也不可能发现它们。"

星光下,他们站在葡萄棚上这样谈论着,言语间不时停下来静默好一阵。

最后,他们琢磨星球里是否有人存在。为什么不可能?天地万物都是协调一致的,所以天狼星的居民个头一定特大,火星的居民是中等身材,金星的居民准是小个子。除非到处都一样。天上也有商人,有宪兵;那里也有人弄虚作假,有人打仗,有人废掉国王。

几颗流星突然陨落,像巨大的烟火在天上画出一条抛物线。

"瞧,"布瓦尔说,"有几个世界正在消失。"

佩库歇接着说:

"如果轮着我们地球翻筋斗,其他星球的公民也不会比我们现在看见他们消失更激动。这样的想法可以消减大家的傲气。"

"这一切会有什么样的终结?"

"也许没有终结。"

"可是……"

佩库歇也重复了两三次"可是",再没有找出要说的话。

"没关系,我倒很想知道宇宙是怎样创造的。"

"布丰①的书里可能谈到这个,"布瓦尔闭着眼睛回答说,"我受不了了,我这就去睡觉。"

《大自然的各时期》告诉他们,一颗彗星撞击太阳时,撞掉了一小块太阳变成了地球。南北极先凉下来,那时整个地球一片汪洋,后来水流进洞穴,陆地分成了若干板块,动物和人也就出现了。

天地万物之雄伟使他们感到与天地万物一般无边无际的惊异。

他们的思想开阔了。他们为能思考如此重大的课题而感到自豪。

不久,他们对矿物产生了厌倦之情,便阅读贝尔那丹·德·

---

① 布丰(1707—1788),法国博物学家及作家。著有《自然史》《大自然的各时期》等。

圣皮埃尔①的《和谐》作为消遣。

植物的和谐;陆地、空间、水中的和谐;人类、兄弟、甚至夫妻之间的和谐;一切都谈到了,而且没有忽略向维纳斯,向微风和爱情祈求灵感。鱼有鳍,鸟有翅,种子有皮,他俩对这一切都感到惊异;并时刻思索着其中的哲理,用这种哲理可以在大自然里发现善意,把自然看作圣樊尚·德·保尔②一类的圣人,因为这类圣人永远播撒着有益的甘霖!

后来,他们又欣赏大自然的奇迹,龙卷风、火山、原始森林。他们购买了德潘先生的著作《法国自然界的奇迹和美丽景观》。康塔尔有三处,埃罗有五处,勃艮第只有两处,不会再多;而多菲内本地就拥有十五处。不过,无须多久奇妙景观就该绝迹了。钟乳石洞正在堵塞,活火山正在熄灭,冰川正在变热,可以容纳讲经人的古树在水准测量员的刀斧下正在死去。

他们的好奇心随即转向牲畜。

他们重新翻开布丰的作品,读到某些牲畜的奇特爱好时竟着迷得如痴如醉。

然而什么书本都比不上亲身观察,他们便进课堂听课,去田间询问种地人是否见过公牛接近母马,公猪寻求母牛,公山鹑之间是否干过丑事。

"一辈子也没见过。"

有人甚至认为那么大年纪的先生提这种问题有些滑稽。

他们想试试非正常配种。

最不困难的是公山羊配母绵羊。他们的佃户没有公山羊,一

---

① 贝尔那丹·德·圣皮埃尔(1737—1814),法国作家,科学院院士,著有中篇小说《保尔和维吉妮》《自然探讨》等。
② 圣樊尚·德·保尔(1581—1660),以慈善闻名遐迩的教士。曾创建女子慈善圣会、传教士圣会以及救助弃儿的慈善机构。

位女邻居便把自己那头借给他们。发情期一到，他们就把那两头羊关进榨酒工房，自己却躲在木桶后边，以便它俩平平安安完事。

一开始，两头羊各吃各的干草，后来都开始刍草料。母羊躺下来，叫个不停；与此同时，弯腿的公山羊却稳稳当当站在那里，翘着大胡子，垂着耳朵，定定地瞧着他们，眼睛在暗处显得很明亮。

末了，在第三天的晚上，他们认为该促成这天赐的良缘了，然而那头公山羊却转身朝佩库歇的肚子攻了一羊角。母绵羊吓得在榨酒房里兜圈子，有如在驯马场上受驯。布瓦尔跟在母羊后边跑，猛扑上去抓它，却摔倒在地，双手抓了两把羊毛。

他们重新试图以几只母鸡配一只公鸭，以一只公狗配一头母猪，总希望它们能产出一些怪物，压根儿不懂得种与种之间存在的问题。

"种"这个字表明可能繁衍后代的一组个体；但不同种的动物有的可能繁殖，有的配在一起就可能失去繁殖能力。

他们研究胚芽的发育，自以为从中获得了明确的概念；佩库歇便致函迪姆舍尔要一台显微镜。

他们把头发、烟草、指甲、苍蝇爪子轮流放上玻璃片；但他们忘记了不可或缺的水滴。还有几次他们又忘了小薄片；两人挤来挤去又弄乱了仪器。到后来，竟只看到一团雾气，他们便责骂光学仪器商。最后竟对显微镜也产生了怀疑。人们标榜它的许多发现也许并不实在？

迪姆舍尔给他们寄发票时请他俩为他采集菊石[①]和海胆，这是他喜欢收藏的珍品，他们那一带十分常见。为了激起他俩对地

---

① 菊石，中生代化石。

质学的兴趣，他还给他们寄来了贝尔特朗①的《书简》和居维埃②关于地球公转的《演说》。

除了阅读这两本书，他们还对下述事物进行思考和想象：

首先，一些具有斑驳地衣的岬角从浩瀚的海水里冒出来，没有生物，没有叫声。那是一个静谧的，固定的，一无所有的世界。后来，长长的植物在蒸气一般的雾气中荡来荡去。一轮红日使潮湿的大气温暖起来，于是火山爆发，从大山喷发出火成岩，流动的斑岩团和玄武岩团凝固了。第三个画面：一些石珊瑚岛突然从浅海中冒出来，相隔一定距离的一棵棵棕榈树高出那些珊瑚岛。那里的贝壳宛如大车的轮子，海龟身长三米，还有六十法尺长的蜥蜴；两栖动物在芦苇间伸出鳄鱼般的下巴和鸵鸟般的脖子；带翼的蛇飞起来。最后，哺乳动物在各大陆出现，那些动物畸形的肢体活像锯得不方不正的木块，兽皮比青铜片还厚，或毛茸茸，或长着厚嘴唇，都长着鬃毛和歪歪扭扭的獠牙。一群群猛犸啃着原野，从此那里变成了大西洋；半貘半马的貘马用它的丑陋嘴脸惊扰了蒙玛特的蚂蚁穴，栗树下的"巨鹿"一听见岩洞里的熊叫就发抖，熊的吼叫还使狗窝里高三倍的像狼一般的博让西狗汪汪乱叫。

这些时期的分野无一例外都由地壳的激变运动形成，最后那次激变就是《圣经》谈到的挪亚时代的洪水。那就像一出多幕的幻梦剧，剧中的主人公就是被尊为神的人。

他们得知有些石头上印有蜻蜓、鸟爪的痕迹时大吃一惊，在翻阅了罗雷撰写的几本手册之后，他们着手寻找化石。

一天下午，他俩从大路中段附近的燧石堆回来，本堂神甫正

---

① 约瑟夫·贝尔特朗（1822—1900），法国数学家，他的儿子马赛尔·贝尔特朗才是地质学家，而且是构造地质学的创始人，但他生于一八四七年。
② 乔治·居维埃（1769—1832），比较解剖学和古生物学的创始人。

好经过那里，他用曲意奉承的语调和他们攀谈：

"这两位先生是在研究地质学吧？好极了。"

因为他尊重这门科学。地质学证明了洪水时期的存在，这就进一步肯定了《圣经》的权威。

布瓦尔谈到粪化石，那都是些石化了的动物大粪。

热弗罗依教士对此事实显出吃惊的神情；果真如此，这无论如何也使人们更有理由赞美上帝。

佩库歇承认，他们的调研至今还没有取得丰硕的成果；不过，悬崖周围的土地跟别的所有侏罗纪地层一样，应该藏有丰富的动物残骸化石。

"我听说，"热弗罗依教士接过他的话茬儿说，"过去在维叶找到过一头象的下颌。"

此外，他有一位朋友名叫拉尔索内尔，是位律师，也是里西厄地方律师协会会员和考古学家，他或许能为他们提供有关资料。他曾经写过一本伯散港的历史，书里提到过发现鳄鱼化石的事。

布瓦尔和佩库歇互相看了一眼：同样的愿望在他俩心里油然而生。他们不怕酷暑，一直站在那里向教士问这问那，撑着蓝布雨伞的神甫下巴稍嫌短胖，鼻子尖尖的，不是一个劲微笑，就是闭着眼睛偏着头。

教堂响起了钟声，念三钟经的时刻到了。

"该道晚安了，先生们！我可以走了，对吗？"

教士推荐了他俩，三个星期里他们一直等着拉尔索内尔的回信。回信总算到了。

维叶地方那个挖出乳齿象象牙化石的人名叫路易·布罗什；缺少有关他的细节。至于他本人写的历史书，那是莱克索维安科学院多卷本当中的一本，他从不外借自己那一本，因为害怕丢失之后书成不了套。有关钝吻鳄的情况：那是有人在一八二五年十

187

一月发现的,地点在巴耶行政区伯散港附近圣奥诺琳娜的阿歇特峭壁之下。

接下去是一番恭维。

围绕乳齿象的不明白之处更加剧了佩库歇的渴求,他恨不得立即赶赴维叶。

布瓦尔反对说,为了省掉一次也许是毫无意义的,而且肯定是费用浩大的奔波,写信打听消息较为合适;于是他们给当地的行政首长写了一封信,询问某位名叫路易·布罗什的人目前的景况。设若他已去世,他的子孙或旁系亲属能否提供有关他那可贵发现的情况?他在何年何月何地发现了那远古时代的证据?是否还能有幸找到类似的化石?雇一位赶车人并租一辆大车每天的花费是多少?

他们又给首席市参议员助理,后来又给参议员本人写信,但都白费了工夫,寄到维叶的信函有如石沉大海。也许当地的居民唯恐失去他们的化石?除非他们把化石卖给英国人!于是决定去阿歇特走一趟。

布瓦尔和佩库歇搭乘的是悬崖至康城的公共马车。下车后,一辆乡间的有篷小推车又从康城把他们送到巴耶;他们再从巴耶步行到伯散港。

他们没有受骗。沿阿歇特海岸果然有奇形怪状的石头,他们在旅店老板的指点下来到沙滩。

海水正处于低潮,大海露出了它全部的卵石,密密麻麻的海鸥像一片草地一直铺到海浪的边缘。

绿草茂密的起伏岗峦清晰勾画出海上悬崖的轮廓,悬崖上的褐色软土愈往下愈坚硬,在下边的沉积地层形成了一道灰色石墙。一道道涓涓细流蜿蜒而下,昼夜不停,大海却在远处轰鸣。有时,大海仿佛暂时终止了拍浪声,于是,只听得潺潺的飞泉在汩汩流淌。

他们在黏糊糊的草上蹒跚而行，有时还得跳过一些洞穴。布瓦尔坐在岸边，出神地凝望着波涛，心旷神怡，浑身无力。佩库歇将他的注意力引回海岸，让他看一块嵌在岩石上的菊石，那菊石俨如一颗躺在脉石中的外表粗糙的钻石。在抠菊石时，他们的指甲都弄断了；看来工具必不可少，再说，夜幕也正在降临。晚霞染红了西边的天空，暮色逐渐笼罩了整个海滩。在几乎已变成黑色的海上漂流物之间，水洼越变越大。大海正朝他们的方向涨潮，该回去了。

　　翌日黎明，他俩用铁锹和十字镐对他们发现的化石发起冲锋，化石的外壳随即裂开。那是一块"多节疤菊石"，石的两端都已损蚀，却仍然足重十六斤。佩库歇在兴奋中嚷道：

　　"我们起码应该把它送给迪姆舍尔！"

　　他们后来又发现了海绵、酸浆贝、逆戟鲸化石，就是没有看见鳄鱼！既然没有鳄鱼，他们便希望得到河马或鱼龙的脊椎骨，无论何种骨头，只求其与"洪水"同一时期存在。正在如此这般想望时，他们忽然在紧贴峭壁，离地一人高处辨认出一条巨大的鱼化石轮廓。

　　于是他们开始对获取这块化石的方法进行辩论。

　　布瓦尔准备从上部挖取；佩库歇则宁愿先在下面挖松岩石，使巨鱼慢慢滑下，如此可以避免损坏。

　　他们正在喘气，忽地看见一个身穿大衣的海关关员在他们头顶的田野间指手画脚，看上去似乎在发号施令。

　　"怎么！他想干吗？让我们安静一会儿吧！"

　　他们继续干活。布瓦尔踮着脚用铁锹敲打岩石；佩库歇则躬着背用十字镐挖土。

　　那海关关员却在下面的一个小山谷再次出现，手势也打得更欢了。他俩根本不管他那一套！这时，一个椭圆形的物体在越来越薄的泥土下面鼓了出来，它往下倾斜，眼看要滑下来。

另一个带大刀的家伙也突然冒了出来。

"有护照吗?"

原来是巡逻的乡村警察,与此同时,那海关关员也从一条小山沟跑了过来。

"抓住他们,莫兰大爷!要不,悬崖马上就得垮!"

"我们是为科学来的!"佩库歇回答他们。

说话间,一个庞然大物陡然掉将下来。那东西紧挨着他们四人往下落,险些碰着他们的身子,再近一点儿,他们就没命了。

尘埃一散,他们辨认出一根船桅,桅杆已在海关关员的靴子旁边砸得粉碎。

布瓦尔叹口气说:

"还算没伤着人!"

"在守护神的管区,谁也别想干什么!"乡村警察说,"先讲讲,你们是谁?我好对你们提起诉讼。"

佩库歇起而反抗,大叫冤枉。

"不必解释!跟我走!"

他们一进港区,就有一群顽童过来簇拥着他们走。布瓦尔脸涨得通红,还装出神气十足的样子;佩库歇脸色苍白,怒目环顾四周。这两个陌生人手巾里都包着石头,看上去也谈不上和蔼可亲。暂时带他们去旅店较为妥当,但站在大门前的店主却将他们拒之门外。接着是石匠前来索要他的工具。他们只好付钱,又是一笔开支!而乡村警察竟一去不返!这是为什么?最后总算来了一位戴十字勋章的先生,他们因而获释,但在离开时还得留下姓名和家庭住址,并具结保证今后谨言慎行。

除了护照,他们还缺少许多东西,所以在进行新的探险之前,他们查阅了博内撰写的《地质旅行指南》。首先需要一个优质的军用大背包,还得有一只测链、一把锉刀、几把钳子、一个指南针和三把斧头;斧头必须捆在腰带上,藏在礼服的上衣里,这样才"不会使你看上去模样与众不同,因为旅行中应避免与众不同的模样"。挑选手杖时,佩库歇毫不犹豫地采用旅游手杖,高六尺,长长的铁尖顶。布瓦尔更喜欢雨伞手杖,或曰多枝雨伞,伞柄头上的圆饰可以伸缩,扣住伞绸,装进一个小口袋挂在一边。他们没有忘记耐穿的皮鞋和鞋罩,每人还有"两副负重背带,因为要出汗"。尽管不能"去哪里都戴鸭舌帽",他们在"一种带有发明人兼帽商吉布之名的可折叠礼帽"的花费面前仍望而却步。

这本指南还提出一些行为座右铭:"通晓被访问国的语言";他们通晓。"穿着朴素";这正是他们的习惯。"身上带钱不能过多";再简单不过。最后,为避免各种各样的麻烦,宜于用"工程师身份"!

"好吧!我们就用工程师身份!"

如此这般作好准备之后,他们开始旅行。有时整个礼拜谁都见不到他们,因为他们在露天过日子。

他们一会儿在奥恩河边某个裂口处瞧见几大块岩石,高耸的岩石石片仿佛斜挂在杨树和欧石南树丛之间;一会儿又为一路上只看到一些黏土层而感到伤心。在一道风景面前,他们既不去欣赏一个接一个的画面,不远眺深邃的天际,也不观赏起伏的青葱翠绿,却只注意人们看不见的、地下的、土里的东西;对他们来说,所有的山峦都是洪水的又一个明证。后来,洪水癖让位给冰川癖。只有在田野里见到的巨石应当来自已经消失的冰川,他们于是着手寻找冰碛和上新世砂质泥灰岩。

有好多次,人们把他俩错当成了货郎,因为他们的穿着打扮滑稽可笑;当他们回答说他们是"工程师"时,忽地产生了恐惧感:窃取这样的头衔可能会招来不痛快。

一天结束,他们背着自己的标本气喘吁吁,但仍然勇气十足,硬背回去。台阶上、楼梯上、卧室里、大厅里、厨房里,碎石撒满一地；日耳曼女人为铺天盖地的灰尘叫苦不迭。

贴标签之前必须掌握岩石的名称，这可不是一件轻松的活儿；石头的五颜六色和种类繁多的表面小疙瘩使他们分不清黏土、泥灰岩、花岗岩、片麻岩、石英岩和石灰岩。

术语也使他们恼火万分。为什么分泥盆纪、寒武纪、侏罗纪？仿佛用这些词一标明，那里的土地就只能在剑桥附近的德文郡和汝拉山脉而不能在别处似的！根本分不清楚；对此而言是系，对彼而言是纪，对第三者而言就成了纯粹的地层。地层的薄层纹混在一起，乱作一团，而奥玛里尤斯·达罗依却告诉大家不必相信地质的分期。

这位学者作如此声明倒使他们松了一口气。他们在康城的郊野看见了珊瑚骨石灰岩，在巴勒罗依见到了千枚岩，在圣布莱斯看到了高岭土，在各处都看见了鱼卵石；他们又去卡尔提尼寻找煤层，去圣洛附近的沙佩尔-昂-儒热寻找水银，这之后他们便决定去更远的地方旅行，去勒阿弗尔研究耐高温石英和金默瑞吉黏土。

他们刚从大型客轮下来便询问去灯塔下面的路，但塌方已将道路阻断，去碰运气很危险。

一个出租车辆的人上前和他们搭讪，自告奋勇带他们去周围逛逛：安古镇、奥克特镇、费康、里尔波纳，"如有必要可去罗马"。

他的要价很不合理，但费康这个名字使他们动心：在路上稍一绕弯就可以看见埃特勒塔，他们便搭乘去费康的威尼斯式轻舟，以便去更远的地方。

在船上他俩和三位农人，两位家庭妇女和一位神学院学生攀谈，攀谈中竟毫不犹豫地自许为工程师。

船在船坞停泊。他们到达那里的悬崖峭壁，仅走了五分钟便为了躲开岸边一汪像小海湾一般涌来的海水而险些撞到峭壁上。

接着,他们看见一个很深的岩洞,洞口有一个拱廊;岩洞里音响效果极佳,声音清晰,酷似教堂;一根根石柱从上至下直立其间,沿石板地还铺了一层海藻。

大自然的鬼斧神工使他们惊叹不已,他们边走边拾贝壳,不觉超凡脱俗,对世界的来源进行思考。

布瓦尔偏向水成论;佩库歇相反,拥护火成论。

地心之火冲破了地壳,拱起了地层,造成了裂缝。那里就像一片内海,有它的涨潮落潮,还有海上风暴;是一片薄膜将我们同地心隔开。倘若人们想到我们脚跟底下都是些什么,他们一定难以入睡。然而,地心之火正在缩小,太阳的热力也在减弱,所以地球有一天会因冷却而死亡。地球将变成不毛之地;所有的树林,所有的煤层都会转化为碳酸,任何生物都不可能幸存。

"我们还没到那地步!"布瓦尔说。

"但愿如此。"佩库歇接着说。

话虽这么说,但世界的末日无论多么遥远,仍然令他们黯然神伤。他们默默地并排走在卵石滩上。

垂直的峭壁一片白色,一道道黑色的燧石线这里那里穿插其间,峭壁伸展到天的尽头,宛如一道长五法里的弯弯的城堡围墙。刺骨的寒风从东边刮来。天空灰蒙蒙的,暗绿色的大海仿佛膨胀起来了。鸟儿们从岩石的最高处展翅飞翔,盘旋一阵又迅速飞回它们的洞里。有时,一块石子剥离岩石,蹦跳着掉在他们身边。

佩库歇边沉思,边大声说:

"除非一次地壳激变将地球毁灭!谁也不知道我们这个地质周期能有多长的寿命。地心之火只要蔓延出来就得出事。"

"可是地心之火正在减弱。"

"减弱可并没有妨碍它突然发作,造成朱利亚岛,诺沃山和别的好多地方。"

布瓦尔忆起他曾在贝尔特朗的著作里读到过这方面的细节。

"但欧洲并没有发生过那类爆炸。"

"非常抱歉，情况并非如此，里斯本就是明证。至于我们这一带，为数不少的煤矿和黄铁矿一旦分解变质，极有可能形成火山口。此外，火山总在海洋附近爆发。"布瓦尔朝波涛的方向望过去，他相信自己分明看见远处有一缕烟正升向天空。

"朱利亚岛既然消失了，"佩库歇接着说，"由同一原因生成的地层也可能遭到同样的命运。群岛中有一个岛屿就同诺曼底一样大，甚至同欧洲一般大。"

布瓦尔想象欧洲被深渊吞没的情景。

"我们假定一次地震在拉芒什海峡下面发生，"佩库歇继续说，"海水会涌进大西洋；法国和英国的海岸会摇摇晃晃，向外倾斜，互相靠拢，嘭！两岸之间的一切都会砸得粉碎。"

布瓦尔并不回答，他开始大步向前走去，速度之快，刹那间就离佩库歇一百步远了。孤零零一人时，地壳激变的想法使他心烦意乱。从清晨到现在他一直没有吃饭；他的太阳穴嗡嗡直响。突然，他感到地在抖动，峭壁从顶峰往他头顶上倾斜。此刻，沙砾已像下雨一般倾泻下来。

佩库歇远远瞧见他没命地逃跑，明白他很恐惧，便叫道：

"停下！停下！我们的地质周期还没有完成呢！"

为了追上朋友，他大步往前跳着跑，手上提着旅游杖，嘴上大喊大叫：

"周期还没有完成！周期还没有完成！"

布瓦尔在狂乱中一直往前跑。他的多枝雨伞落到地上，衣襟迎风飘荡，军用背包拍打着他的背部；看上去有如一只带翼的乌龟在岩石之间迅跑。这时一块更大的岩石将他遮住了。

佩库歇赶到时已经喘不过气，但那里寥无一人，他于是回转身，想经过"悬谷"回到田野，布瓦尔一定会走"悬谷"那条路。

斜坡上这条狭窄的小路是由凿在峭壁上的阶梯形成的,可以走两人,石路白得闪亮,有如雪花石雕。

上到高五十尺的地方,佩库歇想折回来往下走,但大海已达到满潮,他只好继续攀登。

来到第二个转弯处,他一看下面的空间便吓得浑身冰凉。越走近第三个转弯处,他的腿变得越软。大气层在他周围震响,他的上腹部抽筋一般绞疼;他坐到地上,闭上眼,唯一能意识到的,是心脏跳动之快使他窒息。他随后扔掉旅游杖,仅靠双手和双膝重新往上攀登。腰带上那三只斧头却不断戳他的肚子;塞满他几个衣兜的石头又撞击着他的两胁;大盖帽的帽檐遮住了他的视线;风刮得更猛了。他总算爬到了高台,在那里找到了布瓦尔,原来这一位已经通过另一个不那么难爬的悬谷先到了那里。

一辆大车收留了他们,他们已把埃特勒塔抛到了脑后。

翌日晚间,在勒阿弗尔等待大型客轮时,他们看见一张日报下端连载的一篇文章,名叫:《论地质教学》。

文章列举大量事实阐述了当代应有尽有的相关问题。

地球上从未发生过全面的地壳激变,然而同类性质的地壳激变延续的时间却不一定相同,而且在此地消失得快,在彼地消失得慢。同样年代的地层拥有的化石有所不同,而相隔极远的地方储藏的化石却可能相同。往昔的蕨等同于今日的蕨。当代大量的植形动物可以在最古老的地层找到。简言之,今天的变化可以说明往日的变动。同样的原因一直在起作用,大自然没有突变;总之,地质周期无非是些空想,布隆尼亚尔①作如

---

① 亚历山大·泰奥多尔·布隆尼亚尔(1739—1813),法国建筑家。他是巴黎证券交易所和拉雪兹公墓的设计师。

是断言。

时至今日，居维叶在他俩的心目中一直声望卓著，如日中天，业已达到毋庸置疑的科学顶峰。如今这门科学却从根基上被动摇了。天地万物再也没有一定之规了，这就削弱了他们对这位伟人的崇敬之情。

通过传记和作品选，他们学习了拉马克①和若夫华·圣伊莱尔②学说中的一些东西。

但那一切都与他们固有的思想发生冲突，也与教会的权威背道而驰。

布瓦尔有一种酷似打碎枷锁一般的轻松感。

"我现在倒想看看，热弗罗依公民怎样回答有关洪水的问题！"

他们去教士的小花园里找到了他，当时他正在等候教堂财产管理委员会的各成员前来集合并领取无袖长袍祭衣。

"这两位先生希望？……"

"劳驾您澄清一个问题。"

布瓦尔先说：

"《创世记》③ 里提到'断裂的深渊'和'天上的瀑布'，那是什么意思？因为深渊不能断裂，天上也绝没有瀑布！"

教士闭上眼睛，然后说：必须随时分清意思和字面。有些事情一开始会使你反感，但深入理解后，你就会认为它们合理合法。

---

① 拉马克（1744—1829），法国博物学家。曾出版多部学术著作，如《法国花卉》《植物百科全书》等。
② 若夫华·圣伊莱尔（1772—1844），法国博物学家，动物学教授。曾在巴黎植物园创建动物园。他的全部工作都建立在同一个理论基础上，即生物有机构成的统一性。
③ 《创世记》系《圣经·旧约》中的第一卷。

"好极了！那么如何解释雨水淹过最高的山脉？而山脉有两法里高！您想过吗？两法里！深两法里的水！"

镇长突然来到，补充说：

"见鬼，那是怎样的洗澡水呀！"

"您该承认，"布瓦尔说，"摩西①夸张得要命。"

教士看过波纳尔②的文章，他反驳说：

"我不清楚他有什么动机，他也许为了让他领导的人民产生一种有益的恐惧心理。"

"说到底，那么多的水究竟来自哪里？"

"我哪儿知道？空气变成了雨水，天天如此。"

他们看见税务官吉尔巴尔经过花园的门进来了，走在他旁边的是业主额尔托上尉；旅店老板贝尔冉勃挽着食品杂货商朗格洛瓦的手臂，这位杂货商因患重伤风而行走困难。

佩库歇对这几个人的到来毫不在乎，他开口说话：

"对不起，热弗罗依先生，科学证明，大气的重量与能覆盖地球十米厚的水的重量相同。因此，即使全部大气浓缩之后以液体的状态落在地球上，它使原有的水也增幅甚微。"

全体教堂财产管理委员会委员都睁大眼睛听他讲话。

本堂神甫不耐烦了。

"您难道想否认有人在高山上拾到了贝壳？若不是洪水，谁会把贝壳放在那里？我认为，贝壳并不习惯像胡萝卜一样自动在土里生长！"

这句话逗得在场的人笑起来，他又抿紧嘴唇补充道：

"除非这又是科学的某个发现？"

---

① 摩西，见本卷第71页注①。
② 路易·德·波纳尔（1754—1840），法国政论作家，天主教和王权原则的捍卫者。

布瓦尔根据埃里·德·博蒙①的学说回答他说，那是地壳隆起形成高山的结果。"不认识这个博蒙。"教士说。

福罗忙不迭地插话：

"他是康城人！我在省会见过他一次。"

"如果您说的洪水顺流冲走了贝壳，"布瓦尔立即反驳，"贝壳应该在地面上已经碎了，不可能在深三百米的地方偶尔发现。"

教士再次强调《圣经》的真实性、人类的传统、和西伯利亚冰层里发现的动物。这并不能证明人类曾和那些动物同时生存！依佩库歇之见，地球古老得多。

"密西西比三角洲已有许多万年的历史，当代也起码有十万年的历史。马乃童②列的表……"

德·法威日伯爵走过来。

他一走近，大家都默不作声了。

"请继续谈下去！你们都谈些什么呀？"

"这几位先生正跟我争吵呢！"教士回答说。

"关于什么？"

"关于《圣经》，伯爵先生！"

布瓦尔连忙引证说，作为地质工作者，他们有权讨论宗教。

"当心，"伯爵说，"您知道这句话，亲爱的先生：少许科学使人远离宗教，大量科学使人重返宗教。"

他接着以高傲而又慈祥的口吻说：

"相信我吧！你们会回到宗教的！会回来的！"

"也许吧！但有一本书硬说光在太阳之前存在，就好像太阳

---

① 埃里·德·博蒙（1798—1874），法国地质学家。曾与迪弗雷诺依共同制定法国地质地图。
② 马乃童，公元前三世纪埃及的一位教士和历史学家。曾撰写埃及史，已失传。

不是光的唯一来源似的,这一点该怎么想?"

"您忘了人们称之为北极光的光。"那位神职人员说。

布瓦尔不回答他的反对意见,却激烈否定光可能在这一面存在,而黑暗在另一面存在;否定在星球尚未出现时会有夜晚和清晨;否定动物突然出现而不是逐渐凝结形成的观点。

花园里的小径很窄,大家一边指手画脚一边踩进花圃。朗格洛瓦一阵呛咳,上尉嚷道:

"你们是革命派!"

吉尔巴尔:

"安静!安静!"

教士:

"怎样的唯物主义呀!"

福罗:

"还是办祭披的事吧!"

"不行!让我说话!"

布瓦尔头脑发热,竟然宣称人是猴变的!

全体管委会委员目瞪口呆,你看我,我看你,仿佛想证实自己不是猴变的。

布瓦尔又说:

"在比较女人、母狗、鸟和青蛙的胎儿时……"

"够了!"

"我,我看得更远!"佩库歇嚷道。"人是鱼的子孙!"

大家哈哈大笑。但佩库歇毫不发慌:

"《Le Telliamed》!一本阿拉伯书……"

"好了,先生们,开会吧!"

大家这才进了圣器室。

这两个伙伴并没有像他们原来相信的那样把热弗罗依教士打翻在地,所以佩库歇在他身上找到了"虚伪诡谲的印记"。

不过，教士谈到的北极光倒让他们有点担心，他们便去奥尔比尼①的小册子里寻找这北极光。

那是一种假设，目的是想说明巴芬湾的植物化石怎么会酷似赤道地区的植物。人们假定以一个如今业已消失的巨大而明亮的光辐射源代替太阳，这个辐射源的北极光也许只是残存的痕迹。

后来他们对人类的来源也产生了怀疑；在一筹莫展时，他们想到了沃考贝依。

大夫此前对他们的威胁并没有继续下去。同往常一样，他每天清晨经过他们的栅栏时都要用他的拐杖一个一个刮栅栏木条。

布瓦尔先偷偷等候他，在把他堵住之后，就说想向他陈述一个人类学方面的极古怪的具体问题。

"您是否认为人类是鱼的子孙？"

"什么蠢话！"

"不如说是猴的子孙，对吧？"

"直接变，这不可能！"

该相信谁呢？因为说到底，大夫并不是天主教徒！

他们继续研究，但已失去了热情，因为他们对始新世、中新世、朱利奥山、朱利亚岛、西伯利亚猛犸以及被所有的作者一成不变地比作"勋章——可靠的证据"的化石已感到腻烦，所以有一天布瓦尔竟把军用背包扔到地上，声称他不准备走得更远了。

地质学太不完善！我们仅仅了解欧洲的几个地方，其他地方，包括大洋深处，永远也认识不了。

听到佩库歇终于说出了矿物界这个词，他接着说：

"我就不相信有矿物界！因为有机物也参与燧石、白垩、也

---

① 阿尔西德·德·奥尔比尼（1802—1857），法国博物学家。查理·德·奥尔比尼（1806—1876），前者的兄弟，博物学家。曾著《自然通史》。

许还有金的形成！难道钻石过去不是碳？难道煤不是植物的结合体？将煤烧到不知多少度就可以得到木屑；这么着，一切都在过去，一切都在坍塌，一切都在变化。天地万物是由变幻无常的，转瞬即逝的物质构成的；咱们最好干点别的事！"

他平躺下去，开始打瞌睡；与此同时，佩库歇埋下头，双手抱着膝盖沉思起来。

一片狭长的青苔长在凹陷的小路边，葱郁的白蜡树掩蔽着路面，轻柔的树梢飒飒抖动着；当归、薄荷、薰衣草散发出温热而辛辣的香味。天气闷热，有些发晕的佩库歇不觉沉入幻想，他想象自己周围分散存在着无数的生命，有嗡嗡叫着的昆虫，有隐蔽在草坪下面的水泉，有植物的汁液，有鸟窝里的鸟儿，有风、云、整个大自然；他无意去发现自然的奥秘，却被它的力量所吸引，深深沉浸在它的庄严雄伟之中。

"我渴！"布瓦尔醒来时说。

"我也渴！我想喝点什么！"

"这很容易。"一个身穿衬衫肩挑扁担的男人接过话茬说。

他们认出来了，是那次布瓦尔给过他一杯酒的流浪汉。他显得年轻了十岁，留着鬈曲的鬈发，小胡子油得贼亮，走路像巴黎人一般左右摇摆。

走到约摸一百步远的地方，他打开一个院子的栅栏门，把扁担扔到墙根，然后请他们进入一间高高的厨房。

"梅丽！你在吗，梅丽？"

出来一个年轻姑娘，听他一吩咐，便去"拿些饮料"，回来后，她站在桌边侍候这两位先生饮用。

她那从中间分开的麦黄色长发贴在头上，头发从一顶灰布儿童帽下露出来。她身上所有的蹩脚衣衫都顺着身体直垂下来，没有一个褶皱；直直的鼻梁，蓝蓝的眼睛，有几分娇柔、几分村味儿、几分天真。

"她挺可爱，是吗！"细木工趁她去拿酒杯的时候说，"简直可以说她是穿农家衣服的小姐！可是又很耐劳！可怜的小心肝，好好干！我发了财就娶你！"

"您老说蠢话，高尔居先生！"她用甜甜的声音慢吞吞地说。

一个马厩小厮进屋来取燕麦，燕麦装在一个旧柜子里，他关柜门时用力太猛，竟磕掉了一块木头。

高尔居冲着所有"这些乡下佬"的笨拙发火了，随即跪在这件家具前面寻找磕掉的那片木头。佩库歇正想帮他的忙，却在盖满灰尘的柜子上看出了几个人物形象。

那是一个文艺复兴时期的大衣柜，下面有卷缆花饰，四角是葡萄饰；一些小圆柱将柜的正面分成五格。柜子中央的人物画首先是站在贝壳上的维纳斯-阿娜狄俄墨涅①，随后是赫拉克勒斯和翁法勒②，参孙和大利拉③，喀耳刻④和她的猪，把父亲灌醉的罗得的女儿们⑤。柜子破损严重，而且已被虫蛀，连右边的镶板都掉了。高尔居取来蜡烛好让佩库歇看左边的镶板，镶板上画的是天堂里那棵大树，亚当和夏娃在树下的姿势不堪入目。

布瓦尔也很欣赏这个衣柜。

"你们如想要，可以廉价让给你们。"

考虑到修复的费用，他们在犹豫。

---

① 维纳斯-阿娜狄俄墨涅，希腊神话中象征美、爱情、肉欲的女神。
② 赫拉克勒斯，希腊神话中的英雄，以非凡的力气、勇武，和伟大的功绩著称。翁法勒，希腊神话中吕狄亚的女王，特摩罗斯的孀妻。赫拉克勒斯为赎罪曾卖身给她为奴三年。
③ 参孙，力大无穷的勇士，以色列的第七十五代士师，非利士人收买其情妇大利拉，探知他力大无穷的秘密在于头发，于是趁他熟睡时剃去他的头发，使之被缚。——见《旧约·士师记》第十六章。
④ 喀耳刻，希腊神话中埃埃厄岛上的女巫师。她曾把奥德修斯的伙伴们变成猪，而把奥德修斯本人留在她的岛上一年，并为他生下一子，名忒勒戈诺斯。文学中经常以她比喻为迷人的美女。
⑤ 罗得的女儿们，见本卷第90页注⑤。

高尔居既然是职业高级细木工,他就可以修理。

"来吧!请过来!"

高尔居把佩库歇带往破房子那边,女主人卡斯提庸太太正在那里晾晒衣服。

梅丽洗好手,从窗台上取过织花边的绷架,坐在阳光下织起来。

周围的门梁框着她。纺锤在她手指下面穿梭往返,发出响板一样的咔咔声。她的侧影向前倾斜着。

布瓦尔问起她父母的情况,她的家乡在哪里,主人给她多少工钱。

她是威斯特勒汉人,无家可归,一月挣一个皮斯托尔①。总之,他十分喜欢这个姑娘,很想雇她为他们干活,帮日耳曼女人的忙。

佩库歇同农庄女主人一道走回来,趁他们讨价还价之际,布瓦尔悄悄问高尔居,那小保姆是否同意当他的丫鬟。

"那当然!"

"不过,"布瓦尔说,"我得征求我朋友的意见。"

"好吧,我也征求她的意见;但别说出去,还有那女庄主呢!"

生意刚谈妥,卖价三十五法郎。修复的价钱好商量。

一来到院子里,布瓦尔就把他关于梅丽的打算告诉了朋友。

佩库歇停下来(为了更好地思考),打开他的鼻烟壶,吸了一撮,在擤完鼻涕的当儿,他说:

"总之,这倒是个主意!我的上帝,可以呀!干吗不?再说,你是主人!"

过了十分钟,高尔居来到一条排水沟的高沿上招呼他们:

---

① 皮斯托尔,法国古币名,一皮斯托尔相当于十个利勿尔。

"什么时候给你们送家具？"

"明天。"

"另外那件事，决定了吗？"

"谈妥了！"佩库歇答道。

四

半年之后，他们成了考古学家；他们的房舍俨如一座博物馆。

一根旧木房梁竖在前厅，地质标本堵塞了楼梯，一根粗大的铁链顺着走廊躺在地上。

他们拆除了隔断那两间不住人的房间的门扇，封死了第二间房通外边的门，以便这两间房连成一个套间。

一跨过门槛，你就会撞在一个饲料石槽（一副高卢-罗马人的石棺）上，一些五金制品随即闯入你的眼帘。

一把长柄暖床炉挂在对面的墙壁上，下面是两个壁炉柴架和一个炉膛板，炉膛板上画的是一位修道士抚爱一个牧羊女。在周围的一些小金属板上可以看到蜡烛、锁、螺栓、螺帽。红色破瓦片遮住了地面。房中央一张桌子上展览的是最稀罕的古玩：一顶科地女人戴的无边软帽的骨架、两个黏土制成的骨灰钵、一些勋章、一只乳白色玻璃瓶。一把绒绣安乐椅的椅背上放了一块三角形的镂空花边。一片锁子甲装饰着右边的隔墙板；下面由一些钉子支撑着一只横放的独一无二的戟。

两个阶梯将人们引到第二个房间，房间里陈列着从巴黎带来的古书，和他们刚到此地时在一只大橱里发现的书。门扉业已拆除，他们管这间房叫图书馆。

原房主库瓦玛尔家的系谱树是门背后唯一的展览品。对面护壁镶板上一幅穿路易十五式礼服的夫人的彩粉肖像画同布瓦尔父亲的肖像相对称。大镜子的镜框上有一顶黑色阔边毡帽作装饰，还有一只大得出奇的木底皮面套鞋，套鞋里填满了树叶，那是某个鸟窝的残骸。

两只椰子（自佩库歇青年时代便属于他）放在壁炉上一只珐琅质桶的两边，一个农人的小雕塑跨坐在桶上。旁边的一只草篮里放了一个从鸭嘴吐出的十生丁钱币。

一个有贝壳镶嵌并饰以长毛绒的五斗橱安安稳稳立在图书馆前边，橱柜顶上放了一只猫，猫嘴里含了一只小鼠，那是圣阿里尔的化石；还放了一个也有贝壳镶嵌的针线匣，匣上有一个长颈大肚玻璃烧酒瓶，里面放了一个麝香味的大黄梨。

然而最为成功的是窗洞里那尊圣彼得雕像！他那戴手套的右手紧握着苹果绿的天堂钥匙。他身穿一件有百合花图案的天蓝色祭披，头上戴的纯黄色三重冕尖得像宝塔。他的两颊涂了脂粉，眼睛又大又圆，嘴大张着，歪鼻子往上翘。雕像上面悬吊了一个旧地毯做的华盖，华盖上看得出两个爱神待在一圈玫瑰花里；雕像脚下立着一个圆柱般的奶油罐，在罐子的巧克力底色上写着这些白色的字：" 一八一七年十月三日诺荣，当 S. A. R. 德·昂古莱姆①大人之面制作。"

佩库歇从床上就可以纵览展览品的全貌，他有时甚至去布瓦尔的寝室：那里可以看得更远。

在那片锁子甲对面留了一个空处，那是文艺复兴时期的大立柜的陈列处。

大立柜还没有完工，高尔居正在面包房做修复工作，刨镶板，调整部位，拆卸。

---

① 路易·昂古莱姆公爵（1775—1844），法王查理十世的长子，生于凡尔赛宫，于一八二四年立为王储。作为军人，曾指挥赴西班牙远征军。

他在上午十一点吃午饭，随即与梅丽聊天，往往一整天再也见不到他的踪影。

为了得到旧家具一类的残片，布瓦尔和佩库歇走乡串户。他们带回的东西并不尽如人意，但他们见到了一大批稀奇古怪的物件。他们因此对小摆设产生了兴趣，后来又爱上了中世纪。

他们首先参观一批教堂，随后欣赏倒映在圣水缸里圣水中的高高的殿堂、光彩夺目有如宝石墙饰一般的玻璃制品、小教堂深处的坟墓以及地下小教堂或埋尸处朦胧的日光；一切，直至墙垣的鲜艳色彩，都使他们快乐得哆嗦，引起他们教徒一般虔诚的激情。

他们不久便能够区分年代，因而对圣器管理室人员不屑一顾，说：

"噢！这是罗曼风格的半圆形后殿！……那是十二世纪的东西！我们眼下见到的是焰式建筑！"

他们想方设法弄明白柱头上雕刻的图案象征着什么，如马里尼区有两个狮身鹰头鹰翼的怪兽正在啄一棵开花的树。佩库歇在费日罗尔环城路尽头那些大下颌唱诗班成员身上看出了嘲讽的意味。至于埃鲁镇一座房舍窗楣上画的一个淫秽人物热情洋溢的神态，在布瓦尔看来足以证明我们的祖先爱好粗俗下流的东西。

他们竟到了不能容忍丝毫衰败迹象的地步。一切皆归因于衰败！于是他们为破坏文物的现象而哀叹，并愤怒斥责一切粉刷。

然而一座纪念性建筑的风格并不一定同人们为其设想的年代相吻合。十三世纪的半圆拱到如今还在普罗旺斯占统治地位；尖拱也许已相当古老，而且有些作者对罗曼风格先于哥特风格的观点提出了异议。这种缺少可靠性的现象使他们气恼。

教堂之后，他们开始研究城寨，如东佛尔和悬崖两地的城寨。他们在城堡门廊下欣赏狼牙闸门；到达最高处之后，他们首先看到的是整个原野，接着是城里的屋顶、纵横交错的街道、广场上的大车、公共洗衣处的妇女们。城堡的围墙从上到下走势陡直，墙根直达护城河的荆棘丛；他们一想到过去有人爬墙时身子悬在梯子上便吓得脸色发白。他们兴许会去地道里冒冒险，但布瓦尔的障碍是他的肚子，佩库歇则害怕毒蛇。

他们希望了解古老的庄园，库尔西、比利、封特奈、勒玛米雍、阿尔古日。有时，一座加洛林式的炮楼矗立在建筑拐角堆废料之处的后面。厨房配有石质长凳，令人想到封建时代的珍馐美味。另外一些庄园看上去一副凶相，它们的三重围墙至今依稀可见，楼梯下是一个个枪眼，长长的一溜炮塔，塔墙的构架十分陡峭。接着来到一间套房，房内有瓦卢瓦朝代的窗户，雕镂精美，犹如象牙，阳光透窗而进，照暖了撒在镶木地板上的油菜籽。修道院已作了谷仓。墓碑上的铭文已模糊难认。一道人字墙还耸立在田野当中，自上而下遍布墙面的常春藤在风中瑟瑟抖动。

大量的东西使他们馋涎欲滴，一只锡罐、一个假宝石的带扣、大花枝图案的印度花布。他们缺钱，因而只得忍住。

天赐良机，他们在巴勒罗瓦一家镀锡店里找到了一扇哥特式彩画玻璃窗，玻璃窗相当长大，可以覆盖安乐椅旁边那扇窗户的右面部分，直至第二块玻璃。沙维尼奥尔的钟楼在远处隐约可见，看上去效果极佳。

高尔居利用立柜的底层制作了一只祈祷用的跪凳，把它放在彩画玻璃窗下边，他这是在迎合那两位的癖好。这癖好实在太强烈了，他们竟因人们对有些纪念性建筑物知之极少而深感遗憾，如塞兹一些主教的别墅。

德·科蒙先生说，在巴耶也许曾经有过一家戏院，他们便去找这家戏院的地点，但毫无收获。

蒙特雷西村有一片牧场，牧场以曾发现不少勋章而闻名遐迩。他们准备去那里获取好收成。门卫却把他们拒之门外。

他们探索悬崖的一个蓄水池和冈城近郊之间的联系，此举也不比牧场之行更幸运。从那里引进的鸭群重新出现在沃赛尔，鸭们"呷呷"直叫，该城因而得名①。

他们不惜奔走，不怕牺牲。

加勒隆先生于一八一六年在梅斯尼尔-维尔芒的旅店里吃一顿午饭花了四个苏。他们便去那里吃同样一顿饭，却惊讶地确认已时过境迁了。

圣安娜修道院的创办人情况如何？马兰·翁弗鲁瓦在十二世纪从国外引进了土豆的新品种，他和征服时期的黑斯廷斯总督翁弗鲁瓦之间是否存在亲戚关系？如何搞到某个叫迪特左尔写的诗剧《诡谲的女占卜者》？此剧曾在巴耶上演，如今已是最珍稀的剧本之一了。路易十四统治时期，厄朗柏尔·迪巴提，或迪巴斯提·厄朗柏尔曾写了一个从未发表的作品，作品充满关于赛银锌白铜的趣事，问题在于如何重新找到那些小故事。迪布瓦·德·拉·彼埃尔夫人回忆录的手迹如今在何处？圣马丁教堂的住持教士路易·达斯普雷曾为撰写没有出版的莱格勒地方志查阅过这本回忆录。同样多的问题，同样多的稀奇之点需要澄清。

然而，一个微小的迹象往往可以为人们作重大发现铺平道路。

因此，为了不引人注意，他俩又穿上了长工作服，并装成流动商贩的模样进入百姓家庭，要求购买他们的废旧纸品。人们成堆地卖给他们。都是些学校课本、发票、旧报纸，没有任何足以派用场的东西。

末了，布瓦尔和佩库歇去找拉尔索内尔。

他正陷在克尔特②问题的研究之中，所以只简单扼要地回答

---

① "呷"与"康"谐音。
② 克尔特人的祖先系印地-日耳曼人。他们最大规模的迁徙始于史前时期。首先迁至中欧，后被赶到高卢、西班牙、不列颠岛，最后被罗马人融合。保留克尔特人特点最多的是不列颠、爱尔兰和高卢人居住的地区。

了他们的问题，同时又向他们提出一些别的问题。

他们是否曾在他们周围观察到像有人在蒙塔尔吉见到过的犬类宗教的痕迹？是否注意过圣约翰节烟火、婚姻和民间谚语等的特殊细节？他甚至请求他们为他收集几把燧石斧头，当时人们管这种斧头叫克尔塔，古克尔特人及高卢人的德落伊教祭司在"他们罪恶的燔祭活动"中曾使用过这种斧头。

他们通过高尔居得到了十二把燧石斧头，给拉尔索内尔寄去一小部分，大部分留下充实他们的博物馆。

他们带着爱恋的心情在博物馆里踱来踱去，亲自打扫卫生，并向所有的熟人介绍他们的博物馆。

一天下午，波尔丹太太和马雷斯科先生前来参观。

布瓦尔接待了他们，讲解从前厅开始。

木头大梁的确是旧时悬崖地区的绞刑架，这是卖给他们大梁的细木工说的，细木工又是从他祖父那里得知的。

走廊上那根粗大的铁链来自道特瓦尔城堡主塔的地牢。据公证人马雷斯科说，这条铁链很像王宫里主要院落防止建筑被撞的墙脚石链。布瓦尔确信，此链昔日用于捆绑犯人，他接着打开第一间房门。

"为什么放这么些瓦片？"波尔丹太太嚷道。

"为了烧热古代的浴室；请稍注意秩序。这个坟墓是在一家旅店发现的，旅店的人将其用作牲畜饮水槽。"

布瓦尔随即拿起那两个骨灰盒，盒里盛满了死人的骨灰；他又把那只小瓶放到自己的眼睛前面，以便演示古罗马人如何往瓶里洒眼泪。

"在你们家只看见一些令人伤心的东西！"

的确，这对女士说来严肃了些，布瓦尔便从一只纸盒里取出好几个铜币，连同一个古罗马银币。

波尔丹太太问公证人，这些钱币在今天能值多少钱。

公证人放在手上端详的锁子甲从他的指间滑到了地上，上面的几个环扣被摔碎了。布瓦尔连忙掩饰自己的不满。

他甚至殷勤到摘下那唯一的一副戟，而且躬着腰，抬起双臂，踏着脚跟，假装砍马的腿弯，又装出用刺刀刺中并击毙了敌人的模样。寡妇内心认为他的确是一个了不起的男子汉。

她一看到那台贝壳镶嵌的五斗橱便兴奋起来。圣阿里尔的猫使她大为吃惊，她对长颈大肚玻璃瓶里的黄梨稍欠兴趣；随后来到壁炉边：

"噢！这里有一顶帽子该修补了。"

帽檐有三个窟窿，还有些弹痕。

那是督政府时期一个名叫大卫·德·拉·巴左克的盗首的帽子，他因被控叛国，逮捕后立即杀头。

"这样更好，做得对。"波尔丹太太说。

马雷斯科在展品面前不屑地微笑着。他不明白那只木底皮面套鞋怎么成了鞋商的招牌，也不理解为什么那珐琅质桶竟成了盛苹果酒的俗气的小口酒壶；圣彼得的雕像有一副酒鬼面孔，显得——坦白说——可怜。

波尔丹太太提出这样的意见：

"虽说如此，这雕像恐怕仍然花了您不少钱。"

"噢！不算太多，不算太多。"

一个盖屋顶的工人卖给他，只要了十五法郎。

她接着责备那头发扑粉的女士袒胸露背，有失体统。

"一个人有了美丽的东西，"布瓦尔接过她的话说，"坏处在哪儿？"

他又压低声音补充道：

"正如您，我敢肯定。"

公证人转身背朝着他们，去研究库瓦玛尔家族的支脉。波尔丹太太并不作答，却绕着她的长表链玩。她的乳房使她身上的黑

色塔夫绸胸衣鼓了起来,她的眼睛上下睫毛微微合拢,下颏低垂,俨如一只趾高气扬的斑鸠。她随即带着天真无邪的神气说:

"这位女士姓什么?"

"没人知道;她是摄政王的情妇,您知道,就是演了那么多闹剧的那位王子。"

"我也这么想!当时的回忆录……"

公证人没有说完这句话,转而惋惜被情欲左右的摄政王留下的这个先例。

"你们都一个样!"

两个男人嚷嚷起来,接下去是关于女人和爱情的对话。马雷斯科断言,世上存在许多幸福的伉俪;有时,甚至在人们不知不觉中,幸福所需要的一切已经来到他们身边。暗示直截了当。寡妇的双颊变得绯红,但几乎立即恢复了常态:

"我们已经不是狂热恋爱的年纪了,对吧,布瓦尔先生?"

"哎!哎!我吗,我可不能肯定。"

他向她献出手臂,领她去另一个房间。

"小心阶梯!很好。现在,请观看彩画玻璃窗。"

他们在彩画玻璃窗上辨认出一件鲜红的大氅和小天使的两个翅膀。其余的一切都在抹平玻璃上众多裂缝的铅下面模糊不清了。天色渐渐暗下来,阴影正在拉长,波尔丹太太变得严肃了。布瓦尔离开一会儿,回来时身上胡乱披了一条毛毯。他随即跪在祈祷凳前面,伸出胳膊,双手捧住脸,微弱的阳光正照在他的秃顶上。他意识到了这个效果,因为他说:"我看上去岂不像中世纪的僧侣?"

他接着斜抬起头,两眼发呆,让人在他的脸上看出一种神秘的表情。这时,大家听见走廊里佩库歇低沉的声音:

"别怕,是我。"

他走进屋,头上戴了一顶头盔:原来是一只尖耳铁钵。

布瓦尔没有离开祈祷凳。其余两位仍站在原处。在惊愕中过了一分钟。

波尔丹太太对佩库歇显得有些冷淡,而佩库歇却想知道布瓦尔是否给她展示了一切。

"好像都看过了。"她说。

他指着墙壁说:

"噢!对不起,我们还有一件正在修理的东西要安放在这里。"

寡妇和马雷斯科告辞了。

两个朋友曾想到假装搞竞争。他们各自出外采购东西,第二个的贡献往往超过第一个。那个铁盔就是佩库歇方才搞到的。

布瓦尔为他的收获道喜,他自己也因毛毯而受到赞扬。

梅丽用一些细绳把毛毯做成道袍一类的东西,他俩轮流穿上接待来访的客人。

他们接待的客人有吉尔巴尔、福罗、额尔托上尉,然后是下层的人:朗格洛瓦、贝尔冉勃,还有他们的佃农们,甚至有邻居的女仆。每次他们都重新开始讲解,并指出大立柜即将放置的地方,还假装谦虚,恳请大家慈悲为怀,原谅博物馆的拥挤。

这些日子,佩库歇老戴着他过去在巴黎常戴的那顶朱阿夫[①]军便帽,认为这样做与场地的艺术氛围更为协调。有些时候他又把戴在头上的铁盔斜挂在后颈上,以便露出面孔。布瓦尔忘不了要弄他的戟;总之,他们看一眼来访者便会寻思此人是否值得他们装成"中世纪僧侣"。

当德·法威日先生的马车停在他们的栅栏跟前时,他们多么激动呀!他只有一句话要说。事情是这样的:

[①] 朱阿夫团系法国轻步兵团,原由阿尔及利亚人组成,一八四一年起全由法国人组成。

他家的管事于雷尔告诉他说，两位先生到处搜寻文件，结果在奥布利农庄买到了一些废纸。

再确实不过。

他们曾否发现德·昂古莱姆公爵昔日的副官德·恭纳瓦尔男爵的信件？男爵曾在奥布利小住。有人为家族的利益希望得到这些信件。

信件不在他们那里，然而，如果来访者屈尊跟他们去一趟图书馆，他们手头有一样东西定会使他发生兴趣。

像伯爵穿的这种漆皮靴子可从来没有在他们的走廊里嚓嚓响过。靴子碰到石棺上了。伯爵甚至险些踩碎好几块瓦片，他绕过安乐椅，下了那两阶台阶。来到第二间展厅时，他们请他看华盖下面圣彼得雕像前的那只在诺荣制作的奶油罐。

布瓦尔和佩库歇认为日期有时会有济于事。

这位绅士出于礼貌仔细看了他们的博物馆。

他一再说"妙！很好！"同时用手杖的圆头轻轻敲打自己的嘴巴。就他本人而言，他感谢他们拯救了中世纪的这些断瓦残片，中世纪可是弘扬宗教信仰和骑士忠诚的时代。他喜爱进步，也想同他们一样从事这种有趣的研究；然而，政治、省议会、农业等等有如旋风一般把他从这些研究里拉开，卷走。

"不过，在你们之后，人们就只有落穗好拾喽，因为你们马上就会把本省的古玩一扫而光。"

"别怪我大言不惭，我们还真有这个想法。"佩库歇说。

不过，在沙维尼奥尔还能发现一些，比如说，在紧靠墓地的小巷子里就有一个圣水缸自远古时期就埋在草下。

他俩听到这个消息好不高兴，随即交换一个眼色，意思是："值得花工夫吗？"但伯爵已经打开了房门。

待在后边的梅丽突然逃掉了。

伯爵经过院子时注意到高尔居正在无所事事地抽烟斗。

"你们用这个伙计？唔！哪天遇上骚动，我就信不过他。"

德·法威日先生又登上了他的双轮轻便马车。

他们的小保姆为什么显得那么怕他？

他们询问她，她说她曾经在他的庄园里干过活。原来她正是两年前他们去庄园参观那天见过的给割麦的农妇们送水喝的小姑娘。那里的人曾留她在城堡当下人的助手，后来又因"告密不实"而把她辞退了。

至于高尔居，有什么可责备他的？他非常灵巧，而且对他们无比尊重。

翌日拂晓，他们前去墓地。

布瓦尔用他的手杖试着敲敲伯爵提到过的地方。果然有一个硬邦邦的物体发出了声音。他们随即拔除长在地上的一些荨麻，发现了一个粗陶盆子，原来是一只洗礼盆，里面长满了青草。

然而人们从不习惯将洗礼圣器埋在教堂以外。

佩库歇画了一个草图，布瓦尔作了一番描述，他们随即把这一切都寄给了拉尔索内尔。

回信立即来到。

"胜利，亲爱的同行们！毋庸置疑，这是一只德落伊教祭司使用的盆子。"

不过，他们应当小心！斧头值得怀疑。他既为他自己，也为他们俩开出一系列需要参阅的图书名单。

拉尔索内尔在"又及"里坦白说，他很想亲自看看这个盆子，几天之后他去布列塔尼旅行时有望顺便成行。

布瓦尔和佩库歇随即投身于克尔特考古学研究。

根据这门学问，我们的祖先古高卢人崇拜喀耳刻、克洛诺斯[①]、

[①] 克洛诺斯，希腊神话传说中乌拉诺斯（天）和该亚（地）的儿子，宙斯的父亲。他曾推翻父亲的统治，把父亲打成残废。天地分劈、宇宙起源的神话就是克洛诺斯传说的基础。

塔拉尼斯·厄苏斯①、内塔伦尼亚、天、地、风、水尤其是异教徒的农神特塔台斯②，即异教徒的萨图恩③。因为农神萨图恩在统治菲尼西④时娶了山林水泽仙女阿诺布莱为妻，仙女有一子名居德，她本人的轮廓酷似撒拉⑤，居德便成了牺牲品（或几乎成了牺牲品），有如以撒；因此萨图恩就是亚伯拉罕，由此可以得出结论：高卢人的宗教原则同犹太人的宗教原则如出一辙。

他们的社会组织得井然有序。一等人包括百姓、贵族和国王；二等人是法学界人士，第三等最高，根据塔依匹叶的划分，其中包括"各式各样的哲人"，即是说德落伊教祭司或古高卢行吟诗人，他们本身又划分为通晓天文学、自然科学及占卜的高卢僧侣、克尔特族歌颂英雄及其勋绩的行吟诗人、预言家。

一些人预卜吉凶，另一些人唱诗，还有一些人教授植物学、医学、历史和文学，总之，"那一时代所有的技艺"。毕达哥拉斯⑥和柏拉图就是他们的学生。他们教希腊人学玄学，教波斯人学巫术，教意大利伊特鲁立亚人学肠卜术⑦，教罗马人学铜镀锡以及火腿交易。

然而，这个统治古代社会的人群只留下了一些石头，或单个

---

① 塔拉尼斯·厄苏斯，高卢人的战神。下文内塔伦尼亚亦为高卢神祇，职司不详。
② 特塔台斯，古高卢人崇敬的诸神中最主要的一位。
③ 萨图恩，罗马神话中的农神，罗马人视他为希腊神话中的克洛诺斯。
④ 菲尼西，位于叙利亚西海岸的狭长地带。萨图恩系古代罗马的播种之神，早已同克洛诺斯混为一体。传说他是意大利最古老的国王，曾将农业和葡萄种植业引进意大利。所谓"黄金时代"——平等、普遍富裕与永久和平的时代——的观念就和他的名字连在一起。
⑤ 撒拉，《圣经》故事中犹太人的始祖，亚伯拉罕之妻。亚伯拉罕原名亚伯拉兰，出生于迦勒底，是挪亚的长子闪的后代。犹太民族的形成始于亚伯拉罕带领部族自迦勒底迁居迦南（今巴勒斯坦）。其妻撒拉得子以撒。上帝预允其子孙众多，并命他和子孙都受割礼，作为与上帝立约的标记。
⑥ 毕达哥拉斯（约前580—前500），希腊哲学家、数学家和神秘主义者。
⑦ 肠卜术指古代根据牺牲品的内脏占卜之术。

的，或三个一组的，或排列成游廊的，或组合成围墙的。

布瓦尔和佩库歇干劲十足，接二连三研究了于西的波斯特石，勒盖斯的夫妻石，莱格勒附近的勒达利叶石，还有别的石头！

那一堆堆毫无价值的石头转瞬便使他们感到厌倦。一天，他们刚看完勒巴塞地方一根史前时期的糙石巨柱，正准备往回走时，他们的导游却将他们带到一片山毛榉树林里，那里堆满了大块的花岗石，有的像雕像底座，有的像大得出奇的乌龟。

最大的一块石头上凿有大盆一般的凹处。其中有一个边卷了起来，在底部还凿了两个槽口，下垂到地上。那是流血的出口，不可能不如此推断！这类东西不会是偶然形成的。

树木的根都缠绕在这些粗糙的石座上；天下着毛毛雨，远处，一团团白雾升腾起来，犹如一个个巨大的幽灵。很容易想象出这样的图景：在浓密的树叶形成的树荫下，头戴三重金冠，身穿白道袍的教士们同他们的人类牺牲品站在一起，牺牲品背剪着双手；就在这石槽边上，德落伊教女祭司注视着红色的溪流，与此同时，她身边的人群在铙钹和原牛①牛角大号的嘈杂声中哭叫着。

他们的计划立即确定下来。

一天夜里，他们踏着月光走在去墓地的路上，途中，一幢幢房舍的阴影笼罩着他们，使他们走起路来活像小偷。户户百叶窗紧闭，寂无声息；听不见一声狗吠。

在高尔居的陪伴之下，他们开始干活。于是，只听得挖草皮的铁锹碰撞石子的声音。

靠近死人使他们感到不愉快；教堂的钟发出持续不断的喘息般的嘶哑声音，教堂三角楣上的蔷薇花饰看上去像一只眼睛正在

---

① 原牛，古代的一种牛，现已绝种。

窥视他们亵渎圣物的罪行。他们终于把那只陶盆搬走了。

翌日,他俩回到墓地去看昨夜挖土留下的痕迹。

神甫正在教堂门前纳凉,他邀请他们赏光进堂参观。在把他俩带到他的小厅里时,他用异样的眼光注视着他们。

摆放在餐具架中央的几个盘子当中有一个大汤碗带着盖子,碗上的图案是黄色的花束。

佩库歇将这只碗夸奖一番之后,却不知道还该说些什么。

"那是鲁昂产的古旧物件,"本堂神甫接着说,"是家传的用具。"

爱好古旧家具的人很看重它,尤其是马雷斯科先生。

至于他本人,谢天谢地,他并不爱好古玩;见他俩似乎并不明白他所说的话,便声称他亲眼看见他们偷走了那只洗礼盆。

两位考古学家十分尴尬,说话嗫嗫嚅嚅:那东西已然没有实用价值了嘛。

那也无妨!他们仍应物归原地。

毫无疑问!不过,至少得容他们请一位画家将古盆画个草图。

"好吧,先生们。"

"就在我们之间说定,是吧?"布瓦尔说,"得严格遵守忏悔的形式!"

神职人员微笑着一摆手请他们放心。

他们害怕的不是这位教士,而是拉尔索内尔。他即将路过沙维尼奥尔,很可能希望得到这个盆子,而且他的饶舌有可能将此事传到政府耳里。出于谨慎,他们把盆藏在面包房里,后来又换到紫藤架里,再后来又放进小破房,最后放入立柜。高尔居懒得跟他们这样倒来倒去。

拥有如此珍贵的一件古物遂使他们与诺曼底的克尔特研究难解难分。克尔特人的始祖在埃及。奥恩省的塞兹有时就写成

217

萨伊斯，与三角洲的城市同名。高卢人以公牛起誓，这是阿庇斯神牛①的舶来品。巴耶有些居民的姓氏叫贝罗卡斯特，它的拉丁文来自贝利·卡萨，那是柏罗斯②居住的地方和他的圣殿所在地。柏罗斯和俄西里斯③是同一个神祇。"没有什么东西可以否定巴耶附近曾有德落伊纪念性建筑这一事实。"芒古·德·拉隆德说。"这个地区，"卢赛尔先生补充说，"很像埃及人修筑朱庇特-阿蒙④神庙的地方。"如此看来，存在一座神庙，神庙里面有丰富的宝藏。所有的克尔特纪念性建筑都在其中。

根据董·马丁的叙述，一七一五年，一位名叫厄立贝尔的先生曾在巴耶的近郊出土好几只盛满骨头的黏土钵，他（根据传统和已故权威的观点）得出结论说，那里原是一个古代的大墓地，即佛努斯山，金牛犊就埋在那里。

然而金牛犊是遭到火烧之后被吞没的，除非《圣经》搞错了！

首先，佛努斯山在哪里？作者并没有指明地点。当地居民也一无所知。恐怕应当进行发掘。为此目的，他们给省长发去一封请愿信，却杳无回音。

佛努斯山可能已经消失，也许那不是一座小山而仅仅是一个坟头？坟头意味着什么？

好些坟头里的骨架都取母亲怀抱胎儿的姿势，这意味着坟墓于死者仿佛是第二次妊娠，让他们准备进入来世。因此，坟头象

---

① 阿庇斯神牛指古埃及神牛，希腊人称为厄帕福斯。其供奉中心在孟斐斯，神牛为黑色，前额有白色斑点。
② 柏罗斯系神话中的埃及国王，波塞冬和利庇亚的儿子。
③ 俄西里斯为古埃及自然界死而复生之神，复生之后成为冥国国王。
④ 朱庇特罗马神话中的主神。阿蒙系古埃及的神，起初是地方神，后被尊为太阳神。形状为人身羊首，希腊罗马人称哈蒙，常与宙斯-朱庇特混为一体。

征女人的生殖器官,正如竖起来的石头是雄性器官。

的确,哪里有史前时代遗留的糙石巨柱,海淫崇拜就在哪里存在。在盖朗德、希士布什、在勒克罗瓦西和利瓦罗见到的现象就是明证。从前,城楼、金字塔、蜡烛、路程碑甚至树木都有男性生殖器形象的意味;在布瓦尔和佩库歇眼里,一切都变成了男性生殖器形象。他们收集马车的驾马横挡、安乐椅腿、地窖门闩、药剂师的捣槌。有人前来观看时,他们就问:

"你们觉得这都像什么?"

然后把秘密告诉参观者,见有人大惊小怪地嚷嚷,他们便耸耸肩表示可怜那些人。一天晚上,他们正为德落伊教的教义浮想联翩时,本堂神甫不声不响地前来拜访。他们立即带他参观博物馆,从彩画玻璃窗开始;但他推迟了到达新展台,即男性生殖器形象展台的时间。神甫阻止了他们,认为这个展台有猥亵之嫌。他来此是为了要回他的洗礼盆。

布瓦尔和佩库歇恳请他再宽容半个月,以便他们按照原件铸模。

"越快越好。"神甫说。

他接着谈一些无关紧要的事。

佩库歇离开一小会儿,回来时把一个拿破仑金币塞到他手里。

教士往后一退。

"噢!周济您那些穷人!"

热弗罗依先生红着脸把金币放进他的道袍里。

退还盆子,盛牺牲品的盆子!一辈子休想!他们为此甚至想学希伯来文呢,因为那是克尔特语的母语,要不就是克尔特语派生了希伯来语。他们还准备去布列塔尼旅行,从雷恩开始,因为他们在雷恩要和拉尔索内尔聚会,研究克尔特科学院的备忘录提到过的那只骨灰盒，骨灰盒里似乎存放着阿蒂密丝王后①的骨灰。这时，镇长竟戴着礼帽随随便便闯了进来，他原本是个粗人嘛。

"这还不算完，两位老兄！必须还回去！"

"您说些什么呀？"

"真是滑稽演员！我很清楚你们把'它'藏起来了！"

原来他们被出卖了。

他们反驳说，是本堂神甫先生允许他们保存的。

"咱们走着瞧。"

福罗走开了。

过一个钟头他又返回。

"本堂神甫说没那回事！你们过来解释清楚。"

他们还在坚持。

首先，大家并不需要这只圣水缸，而且它还不是圣水缸。他们可以提供一大堆科学论据加以证明。其次，他们将在他们的遗嘱里主动确认这只盆子归乡镇所有。

他们甚至提议购买这只盆子。

"再说，这是我的财产！"佩库歇一再说。

热弗罗依先生接受的二十法郎就是契约的标志；如果有必要诉诸治安法庭，那就算了，因为他会作虚假宣誓！

在进行这场辩论的前前后后，他多次把眼光移到教士的那只有盖大汤碗上；拥有这个彩釉陶器精品的渴望在他的灵魂深处不断膨胀。如果教士愿意把盖碗送给他，他可以退回洗礼盆。否则，休想。

因为疲劳或出于害怕丑闻，热弗罗依先生终于让步，把大汤

---

① 阿蒂密丝，加里亚国王摩索拉斯的王后。其夫死后，于公元前四世纪命人在小亚细亚的哈利卡纳苏建造雄伟坟墓，墓上有国王及王后像。此建筑成为世界七大奇观之一。

碗给了他。

于是，大汤碗放进了他们收藏室里科西女人便帽的旁边，洗礼盆成了教堂门厅的装饰；他们为曾得到此物格外欣慰，因为这已不再是出于沙维尼奥尔人不知此物的价值而获得的。

有盖大花碗引起了他们对彩釉陶器的兴趣：这又是他们研究工作和野外探险的新课题。

他们正处在风雅人士对鲁昂古盘趋之若鹜的时代。公证人拥有几样，并因此获得艺术家之类的名声，此名声有损于他的职业，但他从工作严谨方面入手加以弥补。

当他得知布瓦尔和佩库歇已得到大花盖碗时，他前来建议做一笔交易。

佩库歇拒不接受建议。

"我们别再谈此事了！"

马雷斯科遂仔细观看他们的陶器。

所有挂在墙上的陶器都是带污迹的白底加蓝花，其中有几件露出大量的角质，角质呈绿色和淡红色调；有刮胡盘、碟、茶碟，都是长期以来人们追逐的东西，有的人将它们插在胸前，有的人则挂在礼服的褶裥上。

马雷斯科对这些陶器赞不绝口，同时谈到别的彩釉陶器，如西班牙-伊斯兰陶器、荷兰陶器、英国陶器、意大利陶器；他以他的博学让那两位听得着迷。

"我是否能再看看你们那只有盖汤碗？"

他用指头弹弹汤碗，使它发出声响，随后出神地端详画在碗盖上的两个S。

"那是鲁昂的标识！"佩库歇说。

"噢！噢！确切地说，鲁昂过去没有标识。当时人们还不知道有个穆提叶，所有的彩釉陶器都是纳韦尔的出品。与今天的鲁昂情况相同！再说，如今在埃尔伯夫也有人仿造，而且更为完美！"

"这不可能！"

"有人仿制的马约里卡陶器就精美绝伦！你们那一件毫无价值，而我呢，我差点干一件蠢而又蠢的事！"

公证人一走，佩库歇便跌坐在安乐椅里，十分沮丧。

"当时并没有必要答应归还洗礼盆，"布瓦尔说，"但你太狂热了，你老发火！"

"不错，我爱发火！"

他抓住那只有盖汤碗扔出去老远，汤碗正碰在石棺上。

布瓦尔比他平静，他一个一个拾起碎片；不一会儿，他有了这个想法：

"马雷斯科出于嫉妒，完全可能愚弄了我们！"

"怎么？"

"并没有什么证据能让我相信这只盖碗不是真货！而他假装赞赏的其他陶器说不定正是假的呢。"

那天剩下的时间就在毫无把握和悔恨交加的心情中度过。

这一切并不能成为放弃布列塔尼之行的理由。他们甚至打算把高尔居也带去，此人可以在他们的考古发掘中帮些忙。

为了更快修复立柜，这段时间高尔居一直住在他们家。出行的前景使他气恼，他听见他们谈论准备观看糙石巨柱和坟头，便对他们说：

"我比你们更了解；在阿尔及利亚南方，靠近布-穆尔苏水泉的地方有好些糙石柱和坟头。"

他甚至描绘他偶然见到的一座打开的坟墓，有一架死人骨骼像猴一样蹲在里面，两臂抱着两腿。

他们把这一情况告诉拉尔索内尔，但他不愿相信此说。

布瓦尔在深入研究有关材料之后，再一次去纠缠他。

高卢人的纪念性建筑物怎么会不成形？而就是这些高卢人在

尤利乌斯·恺撒时代已经相当文明了。他们无疑起源于一个更古老的民族。

在拉尔索内尔看来，此种假设缺乏爱国主义精神。

"那又何妨！没有什么能说明那些纪念性建筑物就是高卢人的作品。要不就给我们看看有关的文章！"

院士生气了，再也不回答他们。他们反而感到高兴，德落伊教祭司太让他们腻烦了。

如果说他们在陶器和克尔特问题上无所适从，那是因为他们对历史一无所知，尤其是法国历史。

他们的图书馆里有昂克蒂尔的作品，但是那一个接一个的游手好闲的国王全然引不起他们的兴趣；宫相①们的毒辣也未能使他们感到愤怒。他们于是放弃了昂克蒂尔，这位作者思考问题的荒谬性让他们扫兴。

于是，他们去信问迪姆舍尔："哪一本《法国历史》最优秀？"

迪姆舍尔以他俩的名义去阅读事务所预订了一套，给他们寄来了德·热努德先生的两卷本，以及奥古斯坦·提也瑞的书简。

根据这位作家的意见，王权、宗教和国民议会乃是法国的三"要素"，此三要素可以追溯到墨洛温王朝②时代。加洛林王朝③

---

① 宫相指法国七世纪墨洛温王朝内廷的高官。
② 墨洛温王朝，法兰克王国一王朝，相传因法兰克族酋长墨洛维得名。公元四八六年，国王克洛维消灭西罗马帝国在北高卢的残余势力，建立法兰克王国，正式开创墨洛温王朝。此王朝在六世纪以后逐渐封建化，七世纪中叶宫相开始专权，于公元七五一年被加洛林王朝取代。
③ 加洛林王朝，亦为法兰克王国一王朝，得名于查理曼大帝（查理的拉丁文是加洛卢斯），公元七五一年由矮子丕平建立。查理曼统治时期为此王朝鼎盛时期。公元八四三年分裂为三部分，九世纪末到十世纪初先后覆灭。

223

丢掉了三要素。卡佩王朝①与民融洽，曾尽力保持这三要素。在路易十三②治下，为了战胜新教，建立了极权，那是封建主义所作的最后努力，八九年又回到我们祖先的宪政上来。

佩库歇很欣赏这个见解。

布瓦尔却感到此见解实在可悲，因为他先读的是奥古斯坦·梯耶里的作品：

"你胡说什么法国呀！当时根本不存在法国，也不存在国民议会！加洛林王朝什么也没有篡改！国王们也没有免除各乡镇的捐税！你自己读读看！"

佩库歇不得不服从明显的事实，而且立即在科学精确性上做得有过之而无不及！他如果说查理曼大帝而不说卡尔大帝，说克洛维而不说克洛多维格便会自觉蒙受耻辱。

然而，吸引他的还是热努德，他认为将法国历史的头尾衔接起来的做法十分精明，这一来，中间那一段就成了又臭又长的多余的东西。为了彻底弄清这个问题，他们开始阅读他们收藏的比谢③和鲁的作品。

然而他们厌恶序言夸张的辞藻，那社会主义和天主教的大杂烩让他们感到恶心；而且过多的细节也妨碍综观全局。

他们求助于梯也尔先生的作品。

那是一八四五年夏天，在花园里的葡萄架下。佩库歇站在一张小长凳上，用他那低沉的声音不知疲倦地朗读着，只在手指伸进鼻烟壶时才稍停片刻。布瓦尔口含烟斗听他朗读，两腿分开，

---

① 卡佩王朝（987—1328）因其创建者休·卡佩而得名。初建时王权软弱，大封建主割据称雄。十二世纪到十三世纪，依靠市民、中小封建主和教会的支持，开始加强中央集权。

② 路易十三（1601—1643）是法王亨利四世的儿子。十岁登基到四十三岁驾崩，宰相黎塞留是他的得力助手。

③ 菲利普·比谢（1796—1865），法国哲学家和政治家。曾建立新天主教学校。

长裤上端的扣子也绷开了。

有些老人曾对他们谈起一七九三年发生的事；其中一些称得上是他们个人的亲身经历，这使他们平铺直叙的描述变得生动了。在那个年代，条条大路都挤满了高唱《马赛曲》的士兵。妇女们坐在大门的门槛上缝制帐篷。有时来一大群头戴红色无边软帽的男人，他们斜端着长矛，长矛尖上挑着褪了色的人头，人头的头发往下垂。国民公会高高的讲台下尘土飞扬，愤怒的人群尖声叫着"杀死他！"的口号。人们在中午经过杜伊勒利宫的水池时，可以听到碰撞断头台的声音，那声音听起来像夯锤夯地。

微风拂动着葡萄藤蔓，田间成熟的大麦一阵阵摇来晃去，一只乌鸦鸣叫着。他们环视周围，品味着如此的宁静。

从大革命一开始人们就未能相互理解，多么遗憾！倘若保王党人的思路能同爱国者一致，倘若朝廷最初行事更为坦率，而它的对手更少诉诸暴力，许多灾难就不至于发生。

他俩就这个问题越谈越激动。布瓦尔思想豁达，易动感情，所以持立宪党、吉伦特派①乃至热月党人②的观点；佩库歇属忧虑型，倾向专制，他声称自己是无套裤汉③，甚至属于罗伯斯庇尔④派。

他赞成处死国王，赞成最过火的政令和对至高无上的上帝的

------

① 吉伦特派，法国大革命时期代表大工商业资产阶级的政治集团。
② 一七九四年七月二十七日，即法兰西共和二年热月九日，罗伯斯庇尔被国民公会推翻，标志"恐怖时期"的结束。参加或拥护此政变的人称热月党人。
③ 无套裤汉系法国大革命时期对激进派革命者的称呼。
④ 罗伯斯庇尔（1758—1794），法国大革命的激进派领导人。曾以公安委员会的名义在国内实行恐怖主义。在清除丹东等政敌以后领导革命政府。在热月政变被推翻后上了断头台。他本人生活极为简朴自律，被巴黎人民称为"不能腐蚀的人"。

崇拜。布瓦尔却更愿意崇拜大自然。他宁愿向一位胖女人的形象顶礼膜拜，这女人从她的乳房里向崇拜她的人们挤出的不是水，而是尚拜旦葡萄酒。

为了掌握更多的事实以支持他们各自的论点，他们又买了别的著作，如蒙加亚尔、普吕道姆、加鲁瓦、拉克勒代尔等。这些书矛盾百出，却难不倒他们。他俩各取所需，以捍卫自己的"事业"。

这样一来，布瓦尔就不怀疑丹东①曾因提出足以毁掉共和国的动议而接受了十万埃居；而依佩库歇之见，是威尔尼奥②要求每月领取六千法郎。

"从没有听说过此事！你不如说说清楚，为什么罗伯斯庇尔的妹妹得到路易十八提供的年金？"

"根本没那回事！是波拿巴提供的。既然你这么看，那么你说，埃加利特死前不久有人同他秘密会谈，此人是谁？我希望重印康庞夫人③《回忆录》中被删掉的那些章节！我认为王储的死有些蹊跷。格雷奈尔火药库爆炸死了两千人哪！据说，原因不明，真是蠢到极点！"

因为佩库歇算得上了解内情，他把所有的罪过都一股脑儿推给贵族的阴谋和外国的金钱。

---

① 丹东（1759—1794），法国大革命时期国民公会议员，杰出的演说家和组织者。一七九一年以前一直是国王参政院的顾问律师，后任司法部长。因他认为暴力只是政府的临时措施，被罗伯斯庇尔指控犯温和主义错误，于一七九四年被送上断头台。
② 威尔尼奥（1753—1793），法国大革命时期的国民公会议员，后与吉伦特派一起被捕并上断头台。
③ 康庞夫人（1752—1822），法王路易十六的王后玛丽·安托瓦奈特的秘书，曾写回忆录。

在布瓦尔脑子里，"圣路易①的子孙们，升天吧!"、凡尔登童贞女们的遭遇以及人皮长裤都是毋庸置疑的事实。他同意普律多姆②提出的名单，整整一百万名受害者。

不过，他对卢瓦尔河自索米尔到南特共十八法里河段的河水被鲜血染红的说法倒进行了思索。佩库歇对此也表示怀疑，他们因而很不信任历史学家。

在一些人看来，大革命是穷凶极恶的人制造的事件；另一些人却宣称它是气势恢宏史无前例的事。每一方的战败者自然都是殉道者。

关于蛮族③人，梯耶里论证说，研究当时哪一位君王好哪一位君王坏真是蠢而又蠢。为什么不用这个办法考察更近的各个时期？然而历史一定会报复史书中的道德观念；人们感谢塔西佗④诋毁了提比略⑤。无论王后⑥是否有情夫；无论迪姆利叶⑦是否自瓦尔米战役就企图反叛；在牧月⑧，无论是山岳党⑨还是吉伦

---

① 圣路易即路易九世（1214—1270），法国卡佩王朝国王。在位期间改组中央机构，推行司法、货币、军事改革，加强了王权，扩大了疆土。他以政绩和闻名遐迩的公正、廉洁的德操赢得爱戴，被后世尊称为圣路易。
② 普律多姆，法国作家漫画家莫尼埃作品中的人物，小市民的典型，平庸而自负，好用教训人的口吻说蠢话。
③ 蛮族是古希腊罗马人对曾于三世纪到六世纪侵入罗马帝国推翻西方一些皇帝的外族的称呼。大部分蛮族属于日耳曼族、斯拉夫族等。后来指五世纪中叶侵入欧洲的起源于中亚的游牧民族匈奴人。
④ 塔西佗·科尔涅利乌斯（约55—118），罗马历史学家，曾著《编年史》《日耳曼人风俗》《演说家对录》等，本人曾任执法官。
⑤ 提比略，见本卷第73页注①。
⑥ 此处指路易十六的王后玛丽·安托瓦奈特，在大革命中被判上断头台。
⑦ 查理·弗朗索瓦·迪姆利叶（1739—1823），法国将军。曾在瓦尔米和热马普战役中获得大捷并征服了比利时。后来被国民公会撤职，遂转到敌人一边。
⑧ 牧月系法兰西共和历九月，相当于公历五月二十到六月十八日。
⑨ 山岳党指国民公会议员中坐在会场最高排座位的一部分激进分子。他们投票赞成实行最猛烈的暴力政策，后来其中大部分参加了雅各宾派。

特派首先发难；在热月①，无论是雅各宾派②还是平原派③带头挑起事端，这与大革命的发展有何关系？大革命的根源是深刻的，结果也难以估计。

因此，这场革命总会完成，总会成为它业已成为的那个样子；然而，试想想，国王当时如毫无阻碍地逃走了；罗伯斯比尔如逃逸成功，或波拿巴如被谋杀——这些偶然情况有可能取决于一个较少廉耻的旅店老板，一扇开启的大门，一个睡过去了的哨兵；那么世界的发展将会是另一个样子。

对那个时期的人和事，他俩再也没有丝毫明确而有把握的想法了。

要想对大革命进行不偏不倚的判断，就得阅读所有的史书和回忆录，所有的报纸和手稿，因为稍有遗漏就可能出错，一个错误会带来其他错误，以至无穷无尽的错误。他们遂放弃了大革命。

然而对历史的兴趣既已产生，就需要为历史本身寻求真实。

或许在古代历史中更容易发现真实情况？史书作者离当时的事件已经很远，他们谈史恐怕可以不带感情色彩。他们于是从好人罗兰④开始。

"好一大堆废话！"布瓦尔从第一章便嚷开了。

---

① 热月系法兰西共和历十一月，相当于公历七月十九—二十到八月十七—十八日。
② 雅各宾派系法国大革命中最大的政治组织，因会址设于巴黎雅各宾修道院而得名。后成为专政时期革命政府支柱，热月政变后被解散。
③ 平原派又叫沼泽派，系国民公会中中派集团的绰号，因坐在会议大厅最低处而得名。由自称为无党无派的代表组成，最初支持吉伦特派，后支持雅各宾派。一七九四年又与反动分子勾结，发动热月政变，推翻雅各宾派专政。
④ 查理·罗兰（1661—1741），法国人文主义者、历史学家、大学校长。曾著《论学习》《古代史》《罗马史》。

"等等。"佩库歇一边说，一边翻他们书架的下层，那里堆满了他们来到之前住在这里的老法学家留下的书，那是一位有怪癖的人，一位自命不凡的才子。

他搬开许多小说、戏剧，还有一本孟德斯鸠①的书和贺拉斯②的几本翻译版，这才找到他需要的书：波佛尔的罗马历史。

蒂特-李维③把罗马的建立归功于罗慕洛④。萨卢斯特⑤则将此殊荣归之于埃涅阿斯的特洛伊人⑥。按费边·皮克托⑦的观点，科里奥拉努斯⑧死于流放当中；若相信德尼⑨的说法，他死于阿提乌斯·图卢斯⑩的计谋。塞内加⑪断言，贺拉修斯·柯克

---

① 孟德斯鸠（1689—1755），法国启蒙思想家、法学家、作家、法兰西学院院士。著有《波斯人信札》《罗马盛衰原因考》及《法意》等，为奠定法国大革命的思想政治基础作出了贡献。
② 贺拉斯（前65—前8），拉丁诗人。曾著《颂歌》《长短句抒情诗》《书简诗》《讽刺诗》以及《诗艺》等。
③ 蒂特-李维（前59—前9），罗马历史学家。共撰写一百四十二部书，其中仅留下三十五部。他写史带爱国主义色彩，缺乏客观批判精神。
④ 罗慕洛，传说中的罗马缔造者和第一任国王。统治时间为公元前七五三年到前七一五年。
⑤ 萨卢斯特（前86—约前34），罗马历史学家。曾写《朱古达战争》和《喀提林阴谋集团》，写史中刻意模仿希腊史学家的不偏不倚。
⑥ 埃涅阿斯的特洛伊人指王子埃涅阿斯率领的特洛伊人。在希腊人围困特洛亚城时，他曾英勇奋战。特洛伊失陷后，他与父亲和儿子逃到意大利拉丁姆区，与洛兰图姆王的女儿拉维尼亚结婚，从此有了特洛伊血统的罗马人。
⑦ 费边·皮克托（约前254—前200），最早的罗马历史学家之一。蒂特-李维曾利用他的编年史。
⑧ 科里奥拉努斯系活跃于公元前五世纪的罗马将军。尽管他战功卓著，仍被判流放。后来转而反对祖国，但在母亲和妻子的压力下终于对罗马手下留情。
⑨ 德尼，生辰不明，约死于公元前八年。作为历史学家，曾留给后世珍贵的史书《罗马古代文物》。
⑩ 阿提乌斯·图卢斯，沃尔齐人的首领。
⑪ 塞内加（2—65），罗马哲学家，生于西班牙科尔多瓦，系罗马皇帝尼禄的老师。其伦理学论文大都受斯多葛派思想影响。后世认为著名悲剧《美狄亚》《特洛亚女人》《阿伽门侬》《费德尔》是他的作品。

莱斯①是凯旋；狄翁②却说他腿部受了伤。拉摩特·勒瓦叶对别的民族也散布了同样的怀疑。

有人还对迦勒底人③的古代文化，对荷马④的时代，对琐罗亚斯德⑤其人和亚述两帝国的存在持异议。坎特·库尔斯⑥编了些神话故事。普鲁塔克⑦揭露了希罗多德⑧许多不实之处。倘若弗辛杰托里克斯⑨曾撰写恺撒的评论，我们对恺撒也许会持别种看法。

古代历史因缺乏文献资料而使人感到模糊不清，而现代历史的资料却十分丰富；布瓦尔和佩库歇便转而重操法国史，从西斯蒙第⑩的著作开始。

一个接一个的历史人物使他俩产生了深入了解那些人的愿望，甚至想管管他们的闲事。他们希望浏览一些人的原著，如图

---

① 独眼贺拉修斯·柯克莱斯，传说是只身阻止敌人进入罗马台伯河大桥的罗马人。他命亲人在他身后毁掉大桥，然后游泳逃走，因此失去一只眼睛。
② 卡修斯·狄翁（约155—235），历史学家。曾以希腊文撰写《罗马历史》，至今还广为运用。
③ 迦勒底人系公元前十世纪左右在巴比伦南部定居的阿拉姆部族。
④ 荷马，公元前九世纪希腊史诗诗人，后世认为《伊利亚特》《奥德赛》是他的作品。
⑤ 琐罗亚斯德（约前660—前583），伊朗宗教改革家。经他改革后，发展成伊朗古代君主信奉的琐罗亚斯德教，又名拜火教或祆教。
⑥ 坎特·库尔斯，公元一世纪罗马历史学家，著有《亚历山大史》。
⑦ 普鲁塔克（约45—125），希腊历史学家。其作品分两部分，即著名人物生平和涉及政治、哲学、宗教的伦理学论文。
⑧ 希罗多德（约前484—前420），希腊著名历史学家，史称历史学之父。作为大旅行家，他在史书中对传说和真实事件都广为记述。
⑨ 弗辛杰托里克斯（约前72—前46），高卢人杰出的将军。曾于公元前五二年领导高卢人联军与恺撒作战。战争失利后投降，被带到罗马，六年后被判处死刑。
⑩ 利奥纳德·西斯蒙第（1773—1842），瑞士历史学家、经济学家。著有《中世纪意大利各共和国史》《政治经济新原理》。是世界首批社会主义理论家之一。

尔的格雷古瓦①、蒙斯特勒莱②、高明纳③，所有姓名古怪或姓名听起来悦耳的作者。

然而不清楚事件发生的日期，所以各种事件搅成一团乱麻。

幸亏他们手头有迪姆舍尔的记忆术，那是一本十二开硬壳封面的书，书上有这样的题词："寓教于乐"。

记忆术融合了阿勒维，巴里斯和冯奈格勒三家的方法。

阿勒维把数字转为形象，一座塔表示一，一只鸟表示二，一头骆驼表示三，以此类推。巴里斯以猜字谜的方式刺激想象力：一把有螺丝（vis维）钉（clous克洛）的安乐椅代表克洛维；因油炸食品发出"希希"声，牙鳕鱼放进油锅里就使人想起希尔佩里克④。冯奈格勒将宇宙分成许多房屋，每幢房屋包括许多房间，每个房间有四面由九个壁板组成的隔墙，每个壁板都有一个标记。那么，第一个朝代的首位国王就占据了第一个房间的第一块壁板。根据巴里斯体系，一座山（mont蒙）上的灯塔（phare法勒）可以叫作法拉蒙⑤。再按阿勒维的建议将代表二的鸟和意味零的木环放在表示四的镜子上，就得出了四二零这个数字，正是这位君王登基的年代。

为了看得更明白，他们把自己的房屋，自己的住宅当作记忆术的基础，给每一个部分安上一个清晰的事件；对他们来说，院子、花园、住宅周围乃至全镇，除了方便记忆便再没有别的意义。郊野的界石界定了某几个时代，苹果树乃是系谱树，每个荆棘丛都意味着一个战役；全世界都变成了象征。他们在墙上探寻

---

① 格雷古瓦（538—594），法国图尔地区的主教，历史学家。著有拉丁文《法兰克人史》，其中有关墨洛温朝代的史料甚丰。
② 蒙斯特勒莱（1390—1453），法国康布雷地区的修会会长，著有《编年史》（1400—1444）。
③ 高明纳，法国历史学家，生卒年代不详。
④ 希尔佩里克（539—584），法兰克国王，后被谋杀。
⑤ 法拉蒙，传说系公元五世纪的一位法兰克王。

为数众多的逝去的事物,最终倒是看到了,但再也记不住那些东西代表的日期。

再说,那些日期也并不一定名副其实。他们从一本中学教材里得知,耶稣的生辰应当比通常认为的提前五年;希腊人有三种方式计算历次奥林匹克竞技会之间的时间;而拉丁人有八种方式计算新的一年;除了黄道十二宫、纪元和历法之差别产生的讹谬,还有同样多的原因造成谬误。

他们从对日期漫不经心发展成轻蔑史实。

重要的是历史的哲理!

布瓦尔未能读完博叙哀①那闻名遐迩的演讲集。

"莫城之鹰②简直是闹剧演员!他竟忘了中国、印度和美洲!可他倒有心告诉我们说狄奥多西③是'天下的慰藉',说亚伯拉罕'平等对待诸王',说希腊人的哲学起源于希伯来人。他对希伯来人的关心让我不快。"

佩库歇赞同这个意见,他想让布瓦尔读读维柯④的著作。

"怎能接受神话传说比历史真实性更真实的说法呢?"布瓦尔提出异议。

佩库歇竭力说明神话的含义,自己却在《新科学》里晕头转向了。

"你想否认上帝的意旨?"

---

① 雅克·贝尼涅·博叙哀主教(1627—1704),法王路易十四的宫廷讲道师、法兰西学院院士、散文大师和宗教界领袖。曾为王储撰写《世界历史讲稿》。
② 莫城,塞纳—马恩省一个区的首府,博叙哀曾任莫城主教。故获绰号莫城之鹰。
③ 狄奥多西大帝于公元三七九年到三九五年统治罗马帝国,是他加速了基督教对异教的胜利。
④ 乔瓦尼-巴蒂斯塔·维柯(1668—1744),意大利哲学家、律师。他著有《新科学》和《历史哲学原理》。在后一本书里,他将每个民族的历史划分为神的时期、英雄时期、人的时期。

"我不了解他的意旨！"布瓦尔说。

他们便决定托迪姆舍尔弄清诸如此类的问题。

教授承认他自己也正被有关的历史问题难住了。

"历史每天都在变。有人正在对罗马诸王和毕达哥拉斯的多次旅行提出异议。也有人攻击贝利萨里乌斯①、威廉·退尔②直至熙德③，由于最近的发现，熙德变成了一个普通的强盗。但愿大家别再发现什么；研究院也该建立某种法规，规定必须相信的是些什么！"他在"又及"里还寄来了从多努④的讲义里抄来的批评规则：

"援引民众的证词作证，那是有害的证据；援引了也不可能奏效。

"拒绝不可能之事。有人曾让保萨尼亚斯⑤看萨图恩吞过的石头。

"建筑可能撒谎，例子：古罗马城集会广场拱门，在那里提图斯⑥被称为耶路撒冷的首位得胜者，而在他之前庞培⑦已征服了耶路撒冷。

"纪念章有时也骗人。在查理九世⑧治下，造币用的是亨利

---

① 贝利萨里乌斯（约494—565），拜占庭历史上最有才干的将领之一，曾多次失宠。
② 威廉·退尔系德国作家席勒的著名悲剧《威廉·退尔》（1804）的主角。
③ 熙德系法国戏剧家高乃依的悲剧《熙德》的主角。
④ 多努（1761—1840），法国大革命时期国民公会议员、历史学家。曾组建帝国档案研究院，并与人合作撰写《法国文学史》。
⑤ 保萨尼亚斯，活跃于公元二世纪的地理历史学家。曾著《希腊旅程》，至今仍为考古学家提供参考。
⑥ 提图斯（39—81），罗马皇帝，七八年至八一年在位。史传他曾攻取并毁坏耶路撒冷。
⑦ 庞培（马格努斯，前107—前48），罗马军人、政治家、执政官。曾与恺撒合作并发生冲突，于公元前四八年在法萨卢斯战役中被恺撒战败。去埃及避难时，在埃及国王托勒密命令下被谋杀。
⑧ 查理九世（1550—1574），法国国王，一五六〇年至一五七四年在位。

二世①时期的造币模子。

"别忘了伪造者的利益，以及卫道士和恶意中伤者的利益。"

按照此规则写史的历史学家很少，而所有的史学家都有捍卫某项特殊事业的动机，如捍卫某个宗教、某个民族、某个党派、某个制度，或为控制国王，规劝人民，树立道德典范。

另有一些硬称自己只平铺直叙历史的史学家，他们的身价也未必更高；因为谁都不能把一切说尽，必须有所选择。然而，在选择文献资料时，作者必然受到某种思想主宰，而思想又随作者本身的情况有所变化，所以历史永远不可能一成不变。

他们想："这太悲哀了。"

不过，总可以确定一个主题，再追根溯源，从而作出很好的分析，然后在叙述时作些精简和浓缩，这种叙述就会成为对事物的概括，可以反映全部真实情况。佩库歇认为这样一件事似乎可行。

"你愿意我们尝试写一本历史书吗？"

"那再好不过！但是写什么？"

"的确，写什么？"

布瓦尔早已坐下。佩库歇在博物馆里前后左右走来走去，无意间瞧见了那只奶油钵，他突然停步：

"我们写昂古莱姆公爵的生平，怎么样？"

"但他是个笨蛋！"布瓦尔反驳说。

"那又何妨！处于次要地位的人物有时倒有巨大的影响力，这个人也许是事情的关键呢。"

书籍可能给他们提供有关的资料，德·法威日先生本人或他那些老贵胄朋友无疑也掌握着不少资料。

他们酝酿这个计划，并为此计划争论不休，最后终于决定去

---

① 亨利二世（1519—1559），法国国王，一五四七年至一五五九年在位。

康城市立图书馆待半个月，作些研究。

图书管理员借给他们一些通史、小册子，还有一本四成有三成介绍德·昂古莱姆公爵殿下的彩色石印本。

他身上的蓝色呢制服完全被肩章、等级极高的荣誉勋章、荣誉勋位勋章的红色大绶带遮住了。高高的打褶领圈围住了他长长的脖子。他那梨形的脸周围被他的发卷和不算浓的拳曲颊髯框住，厚沉沉的眼皮，肥大的鼻子和厚嘴唇使他的脸部显出一种说明不了什么的仁慈表情。

他们做完一些摘录之后，写出了提纲：

引不起好奇心的出生和童年。其太傅之一是盖内神甫——伏尔泰①的敌人。在都灵曾被迫熔化一尊大炮，并曾研究查理八世②的历次战役。因此，尽管年少，仍被任命为未成年贵族财产享有者军团上校。

一七九七年，完婚。

一八一四年，英国人夺取波尔多。他追随其后，在居民面前亮相。对公爵本人的描写。

一八一五年，波拿巴对他发动突然袭击。他立即招来西班牙国王，于是，土伦在没有马塞纳③的情况下出卖给英国人。

在南方的作战行动。他战败了，但他应允归还国王——即他的伯父——疾驰带走的王冠上的钻石，因而获释。

"百日"④之后，他同家人一道回去，生活平静。又过了多年。

---

① 伏尔泰（1694—1778），法国启蒙思想家、哲学家、作家。因抨击宗教迫害及封建制度曾被囚禁并被逐出法国。
② 查理八世（1476—1498），法国国王。一四八三年至一四九八年在位。
③ 安德烈·马塞纳（1758—1817），法国元帅。曾在战争中屡次获胜，拿破仑称他为"胜利的爱子"。
④ "百日"指从一八一五年三月二十日拿破仑从流放地回到巴黎那天，至当年六月二十二日拿破仑第二次退位的近百天。

西班牙战争。——这位亨利四世的子孙一跨过比利牛斯山，胜利之神便到处尾随其后。他夺取特罗卡德罗，到达赫拉克勒斯擎天柱①，消灭了叛党，拥抱了斐迪南②，然后回国。

一个个凯旋门，姑娘献上的鲜花，各省省会的晚宴，各天主教教堂的感恩赞美诗。巴黎人快乐得如醉如痴。城市为他设宴。剧院里唱着讽喻英雄的歌。

兴奋逐渐减弱。因为一八二七年在瑟堡通过赞助而组织的舞会并不成功。

作为法国海军大元帅，他视察了即将开赴阿尔及尔的舰队。

一八三〇年七月，马尔蒙元帅③将国内发生的大事告诉他。他狂怒已极，竟用元帅的长剑刺伤了自己的手。

国王委托他指挥所有的军队。

他在布洛涅森林遇见一支前线撤回的分队，竟找不出一句话鼓励他们。

他从圣克鲁飞驰到塞夫勒桥。军队的冷淡。他却并未因此而动摇。王族离开特里亚侬宫。他坐在橡树下，展开一张地图，思考片刻，重新上马，经过圣西尔学院，命人给学生们带去寄予希望的话。

在朗布叶，卫队官兵互相道别。

他上船，从开始渡海到渡海结束一直病魔缠身。他军人生涯的终结。

还应提高桥梁的重要性。起初，他毫无意义地暴露在伊恩桥上；后来抢夺过圣灵桥和罗里奥尔桥；里昂有两座给他招致重大

---

① 赫拉克勒斯擎天柱指直布罗陀海峡两岸的两座山。
② 指斐迪南七世（1784—1833），西班牙国王。曾被拿破仑流放，路易十八复辟后，于一八一八年恢复其王位，直至一八三三年。
③ 奥古斯特·马尔蒙（1774—1852）曾在联军夺取巴黎时与联军进行秘密商谈，后写回忆录为此行为辩护。

损失的桥；他的运气则在塞夫勒桥彻底结束。

对其德操的描绘。吹嘘他的勇气毫无意义，因为他的勇气掺杂了浓厚的政治色彩。他曾给每一个士兵六十法郎让他们抛弃皇帝；在西班牙，他曾竭力用钱腐蚀立宪党人。

他具有极大的克制力，所以同意了他父亲和埃特鲁利的王后共同给他安排的婚姻；在发出敕令之后他同意组建新内阁；还曾同意让位，以利于尚博尔①公爵，总之，他同意大家寄希望于他的一切。

不过，他并不缺乏威严和决断。在昂热，他撤销了国民自卫军的步兵，因为这支队伍嫉妒炮兵，而且通过耍手段成为他这位王子殿下的卫队，以致他陷入步兵的包围，时时受他们挟制。不过他也谴责炮兵，因为他们是这场混乱的根源，而且原谅了步兵的过错。真可谓所罗门②式的裁判。

他的虔诚以他参加层出不穷的祈祷活动而著称于世；他的宽厚使他争取并获准赦免德贝尔将军，而这位将军曾拿起武器反对过他。

私生活的细节，王子的容貌：

在波尔加尔城堡，王子幼年时曾有兴致同他的兄弟挖了一个水池，时至今日还能看到这个水池。有一次，他去参观猎人的营地，向猎人要了一杯酒，而且为国王的健康干杯。

他在散步时喜欢自个儿数步子："一，二，一，二，一，二！"

有人还记下并保留了他的一些话语：

他对波尔多人的一个使团说："我没有去成波尔多，但使我欣慰的是，我能身处你们当中！"

---

① 尚博尔公爵（1820—1883），即亨利五世，系贝里公爵的遗腹子。作为拥护波旁王朝长房继承权的正统派心中的继承人，于一八四三年自称亨利五世。
② 所罗门，大卫的儿子和继承人，其统治期自公元前九七三年到前九三〇年。曾修建耶路撒冷庙，其公正及聪明曾享誉整个中东地区。

对尼姆的新教徒说:"我是虔诚的天主教徒,但我永远不会忘记,我的祖先中最显赫的一位①曾是新教徒。"

在大势已去时对圣西尔学院②的学生说:"很好,我的朋友们!是好消息!有进展!好极了!"

在查理十世退位时说:"他们既然不要我,我愿他们好自为之!"

在一八一四年,他在最小的一个村庄经常说:"再也不要战争,不要征兵,不要集权。"

他的作风同他的言辞一致。他的声明尤其突出。

作为阿图瓦伯爵,他的第一个声明这样开始:"法国人,你们国王的兄弟到了!"

作为王子的声明:"我来了。我是你们历代国王的子孙!你们是法国人!"

在巴荣讷时期的议事日程上:"士兵们,我来了!"

在到处都出现背叛时,还有一个声明:"以不愧为法国士兵称号的气势继续支撑你们已经开始的战斗吧。法兰西正等待着你们这种气势!"

最后的声明,在朗布叶:"国王正同巴黎建立的政府协商,一切都令人相信,磋商即将达成协议。"

好一个高超的"一切都令人相信"!

"有一件事让我放心不下,"布瓦尔说,"那就是没有人提过有关他情感的事。"他们便在书页周围的边白上标出:"探寻王子的爱情!"

在他们要离开图书馆的当儿,管理员回心转意,让他们看了昂古莱姆公爵的另一幅肖像画。

---

① 指法王亨利四世。
② 圣西尔学院,法国于一八〇八年创建的军事专科学校。

在这幅侧面画像上,公爵还是胸甲骑兵团的上校。他的眼睛显得更小,张着嘴,平直的头发仿佛飘来飘去。

如何协调这两幅画?公爵到底是直发还是天生短而鬈曲的头发?除非他爱俏爱到烫卷发的程度!

在佩库歇看来,问题相当严重,因为头发决定气质,气质决定人的个性。

布瓦尔则认为,不清楚一个人的感情其实就是对此人一无所知。为了弄清这两点,他们去法威日的城堡访问他。伯爵不在,这会延误作品的编撰。他们回家时十分恼火。

家门大开着,厨房里寥无一人。他们上楼梯;来到布瓦尔房里时他们看见什么啦?波尔丹太太站在房中间东张西望!

"原谅我,"她强笑着说,"我找你们的厨娘找了一个钟头,我为果酱的事需要她帮忙。"

他们在柴房里找到了厨娘,她正在一张椅子上熟睡。摇了她一阵,她这才睁开眼睛。

"又怎么啦?您老拿问题妨碍我!"

显然,他们不在时,波尔丹太太曾问过她一些问题。

日耳曼女人从迷糊中清醒过来,宣称她胃里不消化。

"我留下来照顾你们。"寡妇说。

这时,他们瞥见院子里有好大一顶布制的女帽,帽上的穗子动来动去。原来是旁边的农庄女主人卡斯提雍太太。她在喊:

"高尔居!高尔居!"

只听他们的小保姆从谷仓里高声回答:

"他不在!"

过了五分钟她才从那上边下来,两颧通红,情绪激动不安。布瓦尔和佩库歇责备她行动迟缓;她解开他们的护腿套,默默无语。

他们随即走过去看那只大立柜。

239

立柜的木片胡乱撒在面包房的地上；柜上的雕刻已经被损坏，柜门也断了。

看见这番情景，面对这新的受骗上当，布瓦尔强忍住眼泪，佩库歇打了一个寒噤。高尔居几乎立即露面，他陈述事实：他刚把立柜抬出去涂清漆，哪知一头乱跑的母牛闯进来把柜子撞翻在地。

"母牛是谁家的？"佩库歇问。

"我不知道。"

"嘿！是您把门大打开，像刚才一样！是您的错！"

再说，他们也不想为立柜跟此人打交道了：好长时间以来，他一拖再拖，老用空话哄骗他们。他们再也不需要他，也不需要他的工作。

这两位先生错了。损坏并不算严重。三星期以内就可以完全修复。高尔居一直把他们陪到厨房，日耳曼女人正好到那里为他们拖拖拉拉地做晚饭。

他们注意到，桌上一瓶卡尔瓦多斯酒四成喝掉了三成。

"显然是您喝的！"佩库歇对高尔居说。

"我！从没有！"

布瓦尔反驳：

"您是这屋里唯一的男人。"

"好吧！那么女人呢？"木工说着把眼睛斜了斜。

日耳曼女人抓住了他那一瞥：

"您不如说是我喝的！"

"没错，就是您！"

"毁了立柜的人兴许也是我！"

高尔居用一只脚跟转了一圈。

"你们难道没瞧见她醉了！"

两人大吵起来。男的脸色发白，满嘴挖苦嘲弄；女的满脸通红，用手扯着棉布软帽下的一绺绺灰白头发。波尔丹太太替日耳曼女人说话，梅丽站在高尔居一边。

老太太气炸了：

"那要不是让人恶心的丑事儿才怪呢！你们俩成天待在小树丛里干什么，还不算夜里！你这个巴黎佬，吃有钱人老婆的色狼！你来我们主人家就是为了让他们相信你的骗人把戏！"

布瓦尔睁大了眼睛。

"什么骗人把戏？"

"我是说人家根本不把你们放在眼里！"

"没人不把我放在眼里！"佩库歇嚷道。

他被老太太的放肆激怒了，失望又给他的愤怒火上加油，他立即赶走老厨娘：她得走人！布瓦尔当然不反对这个决定，于是，两人退了出去，留下日耳曼女人抽抽噎噎抱怨自己不走运，波尔丹太太则竭力安慰她。

晚上，他们平静下来之后，又把日间发生的事议论一番。他们寻思，究竟是谁喝了卡尔瓦多斯酒？那件家具是怎么毁坏的？卡斯提雍太太来叫高尔居究竟想要什么？高尔居是否糟蹋了梅丽？

"我们连自己家里发生的事都不清楚，"布瓦尔说，"而我们却想发现德·昂古莱姆公爵的头发和爱情如何如何！"

佩库歇加一句：

"还有多少更重大更难以解决的问题呀！"

他们由此得出结论，表面现象远远不够，还必须用心理分析加以补充。缺乏想象的历史是不够完善的。

"咱们还是弄几本历史小说来读吧！"

五

他们首先阅读瓦尔特·司各特①的书。

这使他们像发现新大陆一般惊异。

昔日在他们印象里不过是些幽灵或姓名的人一下子变成了活生生的人，变成了国王、王子、巫师、仆役、猎场看守人、教士、波希米亚人、商人和士兵；那些人在城堡的练剑厅里，在小客栈黑乎乎的板凳上，在城市里曲里拐弯的街道上，在摊店的挡雨披檐下，在寺庙的内院里磋商问题、打斗、旅行、弄虚作假、吃、喝、唱歌、祈祷。经过艺术描写的风景围绕着故事的场面，有如戏剧舞台的布景。人们的眼睛紧随一位骑马的勇士沿着沙岸迅跑。他们在染料木树丛里吸着风儿带来的清新空气；月亮使湖泊波光粼粼，一只船滑行在湖面上；阳光照得护胸甲胄熠熠生辉；雨点落在树叶搭成的小屋上。他俩不熟悉被描写事物的原型，总觉得那些画面千篇一律，全是彻头彻尾的假象。整个冬天就在那些假象里度过了。

一吃完午饭他们就去小厅里安安稳稳坐在壁炉的两端，两人各捧一本书面对面静静地读着。日暮时，他们去大路上散散步，匆匆用过晚餐之后，又接着夜读。为了免受灯光之害，布瓦尔戴了蓝色护目镜，佩库歇把他那大盖帽的帽檐拉到他的额头上。日耳曼女人并没有离开他们，高尔居也不时来园子里挖点东西；这两位出于无所谓和超然物外的心理而让了步。

瓦尔特·司各特之后，大仲马又以魔灯的方式让他俩眼花缭

---

① 瓦尔特·司各特（1771—1832），英国诗人和历史小说家。代表作有《艾凡赫》《皇家猎宫》等。对欧洲历史小说的发展影响巨大。

乱，十分开心。他书里那些人物像猴子一般机灵，像牛一般强壮，像燕雀一般快活；他们总倏忽进门，突然说话，从屋顶跳到地面；重伤之后又得以痊愈，被认为已经死去却又重新出现。有天花板下的翻板活门，也有解毒药和乔装打扮，一切都纠缠在一起，一切都在奔跑，在互相对付，没有一分钟留给人们思考。爱情保持分寸，狂热透着快活，屠杀逗人微笑。

这两位大师使他们的口味变得挑剔，他们再也不能容忍贝利塞尔的杂乱无章，也难以容忍努马·蓬皮利尤斯、马尔尚吉和阿兰古尔子爵的愚蠢。

他们认为弗雷德里克·苏利叶（有如珍本收藏家雅各布）的作品缺乏特色，维尔曼①先生在他的《拉斯卡里》的八十五页里，描写一个西班牙姑娘在十五世纪中叶竟吸烟斗，"一只阿拉伯长烟斗"，这使他们格外反感。

佩库歇在查阅了《传略博览》之后，着手从科学的角度订正大仲马的作品。

大仲马在他的《两位狄安娜》里把日子搞错了。法国王储是在一五四八年十月十五日结婚，而不是一五四九年三月二十二日。作者如何知道（见《萨瓦公爵的年轻侍从》）卡特琳娜·德·梅迪契在她丈夫驾崩之后希望重新开战？《蒙索罗夫人》里有一段插曲，说有一天夜里，在一座教堂为安茹公爵举行国王加冕礼，这种可能性很小。《玛尔戈王后》更是错误百出。讷韦尔公爵并非不在场。圣巴托罗缪日②前夕，他在枢密院曾表过态；

---

① 弗朗索瓦·维尔曼（1790—1870），曾任法国国民教育部部长，大学教授，也是思想开放的历史小说家。
② 指圣巴托罗缪惨案，公元一五七二年八月二十四日前夜，法国国王查理九世在太后卡特琳娜·德·梅迪契逼迫下，下令屠杀新教胡格诺派教徒，屠杀蔓延到各省，死人无数，从此两派内战日趋激烈。

而四天后亨利·德·纳瓦尔①也没有跟随仪仗队伍前进。亨利三世②从波兰返回法国也不像书中说的那么快。此外，书里有多少陈词滥调呀！山楂树的奇迹、查理九世的阳台、冉娜·德·阿尔勃莱有毒的手套；佩库歇再也不信任大仲马了。

他甚至不再尊敬瓦尔特·司各特，因为他出于无知或出于疏忽，在《昆丁·杜沃德》③里留下一些错处。列日的主教被谋杀提前了十五年。罗贝尔·拉马克④的妻子是冉娜·德·阿尔歇尔而不是阿梅琳娜·德·克罗依。大胆查理根本不是被士兵所杀，而是马克西米连处死了他⑤；人们找到他的尸体时，他的面孔没有任何咄咄逼人的表情，因为狼群已把他吞噬了一半。

布瓦尔并未因此而少看瓦尔特·司各特的小说，然而他最后还是厌倦了那些书里千篇一律的故事结局。女主人公一般都和她父亲生活在乡间，钟情于她的男子从小被人偷走，最后恢复了自己的权利，战胜了情敌。总有一个达观的乞丐，一个性情粗暴的城堡主人，一些纯洁的少女，一些诙谐的仆人和没完没了的对话；假正经蠢而又蠢，深刻性全面缺乏。

布瓦尔憎恶陈旧的写作手法，所以捧起了乔治·桑⑥的小说。

美丽的奸妇和高贵的情夫使他振奋，他真想成为雅克、西

---

① 亨利·德·纳瓦尔，即后来的法国国王亨利四世（1562—1610）。
② 亨利三世（1551—1589），法国国王，亨利四世的前任。
③ 《昆丁·杜沃德》，瓦尔特·司各特的小说，描写法国国王路易十一的狡诈、残忍。
④ 罗贝尔·拉马克（1491—1537），法王弗朗索瓦一世时代的法国元帅。
⑤ 马克西米连一世（1459—1519），日耳曼皇帝，曾和路易十一作战，后娶大胆查理的女儿为妻。大胆查理即德·勃艮第公爵，性格暴躁，曾多次与法国国王作战。
⑥ 乔治·桑（1804—1876），法国女作家。受十九世纪空想社会主义的影响，曾写小说揭露资产阶级，鼓吹社会平等，如《木工小史》《安吉堡的磨工》等。后隐居乡间，开始描写田园生活，如《魔沼》《小法岱特》等。

蒙、贝内狄克、雷里奥,真愿意住在威尼斯!他长吁短叹,不知道自己出了什么事,总觉得自己起了变化。

佩库歇攻读历史文学,研究戏剧。

他贪婪地阅读了两本法拉蒙的故事,三本克洛维①的,四本查理曼大帝②的,还有好几本腓力大帝③的;他同时看了一大堆描写圣女贞德④的书,还有关于蓬巴杜尔侯爵夫人⑤和塞拉马尔⑥阴谋的书。

他认为几乎所有这些历史文学和戏剧都比小说更为拙劣,因为戏剧具有约定俗成的故事,而这些故事在任何情况下又都不能被推翻。路易十一少不了在他礼帽上的小雕像面前下跪;亨利四世一定得性情永远开朗;玛丽·斯图亚特⑦爱哭,黎塞留⑧残酷;总之,所有的性格都囫囵表现出来,因为作者喜欢思想单纯并尊重愚昧无知。这一来,戏剧家根本不是提高人,而是降低人;不是教育人,而是蠢化人。

布瓦尔曾向佩库歇吹嘘过乔治·桑,所以佩库歇开始阅读

---

① 克洛维一世(465—511),法兰克国王。
② 查理曼大帝(742—814),矮子丕平之子,于公元七七一年至八一四年为法国国王,八〇〇年至八一四年为西方皇帝。
③ 腓力大帝,即法国国王腓力二世(1165—1223),一一八〇年至一二二三年在位。
④ 圣女贞德(1412—1431),英法百年战争时期抗击英国侵略军的法国女英雄。
⑤ 蓬巴杜尔夫人(1721—1764),法王路易十五的宠姬,对国王和王国政府影响很大。
⑥ 塞拉马尔(1657—1733),西班牙驻法国的外交使节。他与迈讷公爵和公爵夫人合谋,企图让菲力浦五世当摄政王。
⑦ 玛丽·斯图亚特(1542—1587),苏格兰女王,法王弗朗索瓦二世之妻,吉斯公爵的侄女,一五六〇年居孀后,先后与达恩利勋爵及博思韦尔勋爵结婚,一五六七年放弃王位,最后被英国女王伊丽莎白一世囚禁并处死。
⑧ 黎塞留(1585—1642),法国政治家,红衣主教,法王路易十三的铁腕宰相。

245

《康素爱萝》《贺拉斯》《莫普拉》。那些作品捍卫被压迫者的倾向，它们的社会意义和共和思想，以及其中的论断都使他为之倾倒。

在布瓦尔看来，那些论断全都损害了故事情节，所以他向借书处要了一些爱情小说。

他俩轮流大声念完了《新爱洛伊丝》《苔尔芬》《阿道尔夫》《乌丽卡》。① 然而，听的人打哈欠感染了朗读的人，书本随即从后者的手里掉到地上。

他俩一致责备那些作者从不描写社会环境、时代和人物的衣着。他们只顾探讨人物的心理，只顾写感情！仿佛世界上不存在别的东西似的！

后来，他们又试探着阅读一些幽默小说，如格扎维埃·德·迈斯特②的《绕寝室旅行》；阿尔封斯·卡尔③的《在椴树下》。这类书倒应该中断叙事而着重描写主人公的狗，他的拖鞋或他的情妇。某个不拘礼节的人最初使他们着迷，后来让他们感到很愚蠢，因为作者淡化他的作品，却着意炫耀他自己。

他们需要看一些富于戏剧性的东西，因而全神贯注地阅读惊险小说。曲折的情节之所以使他们格外感兴趣，是因为那些情节盘根错节，非同寻常而且荒谬怪诞。他们竭力预测故事的结局，而且成了这方面的行家里手，后来又对这类雕虫小技感到厌倦，认为不值得严肃的才智之士费脑筋。

巴尔扎克的作品使他们惊叹不已，既像宏伟的巴比伦王国，

---

① 以上提到的均系浪漫主义小说：《新爱洛伊丝》的作者是卢梭；《苔尔芬》的作者是斯塔尔夫人；《阿道尔夫》的作者是邦雅曼·贡斯当；《乌丽卡》的作者不详。

② 格扎维埃·德·迈斯特（1763—1852），法国作家，除所提作品，还写过《西伯利亚姑娘》。

③ 阿尔封斯·卡尔（1808—1890），法国幽默作家，讽刺刊物《胡蜂》的主编。

又像显微镜下的一粒粒尘埃。在最平凡的事物中会突然出现崭新的方面。他们从没有想到描写现代生活会具有如此的厚度。

"那是怎样一位观察家呀!"布瓦尔大声说。

"我呢,我认为他富于空想,"佩库歇终于说出来,"他相信神秘的占星术,信任君主政体和贵族;他赞赏无赖,写几百万或写几分钱都一样激动人心;他笔下的市民不是市民,倒是些巨人。为什么夸大本来很平凡的事,为什么描写那么多的蠢事!他就化学写了一本小说,就银行写了另一本小说,还就印刷机写了一本,如某个里卡尔冒充'出租马车车夫',冒充'挑水夫'和'椰子商贩'。在所有的职业里,在每个省,每个城市,每家住宅的每一层楼,每个人都有这类故事,那已经不是文学,而是统计学或人种志。"

写作手法于布瓦尔无关紧要。他愿意获得知识,进一步熟悉风土人情。他重新阅读了保尔·德·柯克①的小说,还翻阅了昂丹大道上的老隐士们写的书。

"怎么能把时间浪费在那样一些蠢话上!"佩库歇老说。

"可是今后,这些东西会像文献那么稀罕。"

"带上你的文献一边去吧!我要的是能让我振奋的东西,还能让我摆脱这世上的烦恼!"

佩库歇偏于理想,他在不知不觉间使布瓦尔的兴趣转向了悲剧。

悲剧故事发生时间的久远,剧中人为之搏斗利益,以及人物的身份都使他们不自觉地产生一种崇高的感情。

有一天,布瓦尔取出《阿塔莉》②,对其中梦境那一部分朗诵得声情并茂,竟使佩库歇也跃跃欲试。可是从第一句开始,他

---

① 保尔·德·柯克(1793—1871),法国通俗小说家。
② 《阿塔莉》,法国悲剧大师拉辛(1639—1699)于一六九一年写的悲剧。

的嗓音便淹没在一种嗡嗡声里。他的朗诵尽管声音洪亮，却单调而模糊。

布瓦尔经验丰富，他为朋友出主意，让他先压低声音，再从最低音放开嗓子，提到最高音，在发出两个音阶——一个往上升，另一个往下降——时，再把声音叠合起来。他自己也进行这种练习，每天早晨躺在床上，按照古希腊人的箴言行事。佩库歇在这段时间也以同样的方式工作：他们关上各自的房门，分别怪声高叫。

悲剧里最让他们喜欢的是夸张、政论性的演讲和反常的格言。

他们记住了拉辛和伏尔泰的悲剧里最有名的对话，而且在走廊里朗诵。布瓦尔像在法兰西剧院一样走步，一只手放在佩库歇肩上，还不时停下脚步，左顾右盼，伸出双臂控诉命运。他在拉阿普①的《菲洛克忒忒斯》②里有出色的痛苦叫喊，在《加布利埃尔·德·威尔吉》里打嗝时表现也不俗。他扮演叙拉古暴君德尼，在叫儿子"不愧于我的魔鬼！"时，那端详儿子的神气着实可怕。佩库歇却老忘记自己的角色。他缺少的不是演好戏的诚意，而是办法。

有一次，在演马蒙代尔③的《克雷奥帕特》时，他想象自己在发出眼镜蛇的嘘嘘声，发出来的声音却像沃康松④发明的自动木偶的叫声。这失败的效果让他们一直笑到晚上。悲剧又失去了他们的尊重。

---

① 拉阿普（1739—1803），法兰西学院院士，曾写《文学课本》等。
② 菲洛克忒忒斯，荷马史诗中攻打特洛伊城的希腊将领之一，著名的神箭手，因被蛇咬伤，被同伴弃于荒岛，伤愈后重返特洛亚，用箭射死帕里斯。他的故事曾由希腊三大悲剧大师之一的索福克勒斯写成悲剧。
③ 马蒙代尔（1723—1799），法兰西学院院士、小说家及戏剧家。
④ 沃康松（1709—1782），法国著名机械师。他制造的自动木偶"吹笛者"和"鸭子"曾驰名于世。

布瓦尔首先对悲剧感到厌倦，他以他的坦率证实悲剧多么虚假，多么像患了脚痛风，他还指出悲剧手法的愚蠢，剧中亲信们的荒谬。

他们开始接触喜剧，因为喜剧可以磨炼区分感情层次的能力。必须拆开每一个句子，突出重点字词，斟酌每个音节。佩库歇未能坚持到底，他扮演色丽曼纳①彻底失败了。

再说，他认为谈情说爱的人显得冷淡，好争辩的人又让人心烦，仆役令人受不了，克利当德和斯卡纳赖尔与埃癸斯托斯和阿伽门农同样虚假。

剩下了严肃戏剧，或曰市民悲剧，在这类戏剧里一家之主愁眉苦脸，仆役救了主人，暴发户献出财产，女裁缝无辜，拐骗姑娘者无耻，类似的作品从狄德罗②一直延续到比克谢雷古尔③。所有这些宣扬德操的剧本都以它们的平淡无奇激起他俩的反感。

一八三〇年的戏剧以其曲折起伏的情节、浓艳的色彩和朝气使他们着迷。他们并不区分维克托·雨果、大仲马或布沙迪，而且认为朗诵的语调不应该夸张或雕琢，而应当抒情，不讲规则。

有一天，布瓦尔正竭力帮助佩库歇理解弗雷德里克·勒迈特④的演技，波尔丹太太突然光临，披着她那条绿披肩，捧着她准备还回来的比戈·勒布仑⑤的一本书，原来这两位先生出于好意，有时借给她一些小说。

---

① 色丽曼纳，莫里哀的喜剧《愤世者》中的女主人公。
② 德尼·狄德罗（1713—1784），法国哲学家，曾组织并领导完成法国大百科全书。也写过小说和剧本，提倡戏剧改革，创立新戏剧规则以及市民戏剧，如他的《私生子》《家长》等。
③ 比克谢雷古尔（1773—1844），法国戏剧家，情节剧之父。著有《流放者之女》《小村庄的孤儿们》等。
④ 弗雷德里克·勒迈特（1800—1876），法国著名演员。
⑤ 比戈·勒布伦（1753—1835），法国风俗小说家。

"继续演下去吧!"

因为她已经到了一会儿,而且挺高兴听他们朗诵。

他们借故要停下来,她却坚持要他们继续演。

"我的上帝!"布瓦尔说,"并没有什么妨碍我们!……"

出于害羞,佩库歇有根有据地说,他们不应该不穿戏装,即兴演出。

"的确,我们有必要化装!"

于是,布瓦尔过去随便找点什么,找来找去,只找到一顶希腊帽子,便拿了过来。

走廊不够宽,他们便下到客厅里去。

蜘蛛沿着几道墙壁爬来爬去,堆在地上的地质标本满是尘土,把安乐椅的天鹅绒都弄得发白了。他们在脏得最不厉害的一张椅子上铺一块抹布让波尔丹太太就座。

必须给她演点好东西。布瓦尔赞成演《奈斯勒塔》,但佩库歇害怕这出戏的角色要求表达感情的动作过多。

"她更喜欢古典戏!比如《费德尔》①,如何?"

"就这么定了!"

布瓦尔讲述主题。

"费德尔是一位王后,她的丈夫和另一个女人有一个儿子。她爱这个年轻人爱得发狂。我们到这里了吗?演吧!"

> 是的,王子,我忧伤,我为忒修斯而发狂,我爱他!

他对着佩库歇的侧面朗诵,对朋友的姿势和面庞——"这迷人的脸"十分欣赏,并因未能在希腊人的船队与他邂逅而感到痛心,真愿意同他一道在迷宫里消失!

他头上那顶红帽子的布条多情地斜垂着,他声音颤抖,他那

---

① 《费德尔》,拉辛的著名悲剧。

善良的面容正在祈求冷酷的青年可怜她狂热的爱情。佩库歇一边转过身去，一边喘粗气表示激动。

波尔丹太太一动不动，瞪大了眼睛，仿佛面对的是些装神弄鬼的人；梅丽在门后听他们朗诵。只穿了一件衬衣的高尔居透过窗户注视着他们。

布瓦尔开始念第二大段台词。他的表演显示出狂热的肉欲、悔恨、绝望；他冲到佩库歇假想的利刃剑上时用力太猛，在石子上跟跟跄跄，险些跌到地上。

"您别在意！随后是忒赛上场，费德尔自杀！"

"可怜的女人！"波尔丹太太说道。

他们随即请她点一段戏。

她感到难于选择。她过去只看过三出戏：在首都看的是《魔鬼罗贝尔》，在鲁昂看过《年轻的丈夫》，在悬崖还看过一次，那是一出挺有趣的戏，名叫《酸醋酿造者的独轮车》。

最后还是布瓦尔向她建议演大型喜剧《伪君子》的第三幕。

佩库歇认为有必要对剧情作一些解释：

"必须知道，伪君子……"

波尔丹太太打断他的话：

"谁都知道伪君子是什么人！"

布瓦尔希望演某些段落时穿一件裙袍。

"我只见过修道士的袍子。"佩库歇说。

"没关系！可以穿！"

他带着那件袍子和一本莫里哀的书返回来。

一开始，戏演得平平淡淡。可是演到伪君子过来摸艾耳密尔的膝盖时，佩库歇竟用宪兵的腔调说：

"您的手在干什么？"

布瓦尔连忙用甜蜜蜜的声音回答：

"我在摸您的衣服，料子很柔软。"

251

接着，他定定地瞧着佩库歇，伸出嘴唇，以极其淫荡的神态呼哧呼哧吸气，末了，竟转身对着波尔丹太太。

这个男人的眼神让她感到不自在，见他停下来，显得又谦恭又激动，她几乎想从中找出答案。

佩库歇即刻求助于书本。

"'这爱情的表示十分别致。'"

"噢！不错！"她大声说道，"这哄骗人的家伙还挺傲慢！"

"是吧？"布瓦尔接过她的话茬儿自豪地说，"可是还有另一个爱情表示呢，它的别致却更现代！"

他脱掉礼服，蹲在砾石上，仰着头朗诵：

> 我的眼充满你眼里的火焰。
> 为我唱支歌，像有些夜晚，
> 你为我唱歌时黑眼泪涟涟。

"这就像我。"她想。

> 快活吧！饮酒吧！酒杯既已斟满。
> 这一刻属于我俩，别的皆精神错乱！

"您真逗！"

她嫣然一笑，这一笑使她乳房高耸，牙齿也露了出来。

> 爱，而且知道别人跪着爱你
> ……这岂不甜蜜？

他跪下来。

"结束吧！"

> 啊！让我在你怀里做梦，酣睡，
> 索尔，我的美人，我的宝贝！

"到这里，他们听见钟声，一个山里人来打扰了他们。"

"幸好！否则……"

波尔丹太太没有说完，只微微一笑。

天渐渐暗下来，她站起身。

刚才下了雨，山毛榉林那边的路不好走，最好转回来走田坎。布瓦尔把她送到园子里，以便替她开门。

他们先沿着纺锤形果树丛走，一路无话。他还在为自己的朗诵激动不已；她则从灵魂深处感到一种使她惊异的东西，一种来自文学的魅力。在有些场合，艺术可以震撼思想平庸的人；连最笨拙的表演者都可以揭示新的天地。

雨后又出了太阳，阳光使树叶闪闪发光，还在这里那里的矮树丛上洒下一个个光点。三只麻雀叽叽喳喳叫着在一根倒下的椴树树干上跳来跳去。一棵开花的带刺小树展示着它粉红的花束，丁香树被花儿压弯了腰肢。

"噢！这真舒服！"布瓦尔深深地吸着空气，说道。

"这么说，您做了些努力！"

"倒不是因为我有天才，而是出于热烈的感情，我有这种热情。"

"看得出来……"她接着一字一字地慢慢说，"您……过去曾经……爱过。"

"过去，您难道认为只是过去？"

她停下来。

"我不知道！"

布瓦尔琢磨：她这是什么意思？

他感到自己的心怦怦跳起来。

细沙路中间有一个水洼，必须绕过去，他们只好往上走进千金榆林荫小道。

他们谈起刚才的表演。

"你们演的最后那一段叫什么？"

"那是一出叫《艾那尼》①的悲剧中的一段。"

"噢!"

接着,她像自言自语般慢慢说:

"一位先生认真地对你谈这类事,应当说是很愉快的。"

"我听您差遣。"布瓦尔回答说。

"您?"

"是的,我!"

"真是笑话!"

"一点不是!"

他往周围扫一眼,从身后抱住她的腰,在她的后颈上用力地吻了一下。

她的脸色变得惨白,仿佛就要晕过去。她用一只手扶着树,随后睁开眼睛,摇摇头。

"这次就算了。"

他吃惊地注视着她。

栅栏门打开后,她跨过那道小门。一条小沟从另一边流过来,她揽起裙子的全部褶裥,站在沟边犹豫不决。

"要我帮忙吗?"

"用不着。"

"为什么?"

"哦!您太危险!"

她在跳过小沟时露出了白色袜子。

布瓦尔骂自己错过了机会。唔!她还会来的,再说,女人也不是一个样。对有些女人需要唐突,对另一些女人,大胆会坏你的事。总而言之,他对自己很满意,他之所以没有把自己的希望

---

① 《艾那尼》,维克托·雨果的剧作。一八三〇年二月在法兰西剧院首演,引起古典主义者和浪漫主义者之间的一场大论战。

告诉佩库歇,是因为害怕他批评,全不是出于对朋友的体贴。

从这一天起,他俩在梅丽和高尔居面前朗诵,同时为没有一座面向社会的剧院而惋惜。

小保姆感到好玩,却什么也不懂,剧中的语言使她极为惊讶,诗剧中嗡嗡的声音又让她着迷。高尔居为悲剧里大段大段充满哲理的台词鼓掌,也欢迎情节剧中一切站在人民一边的东西;因此,两位主人为他的鉴赏力而陶醉,甚至考虑给他上一些课,以便将来把他培养成一个演员。这样的前景简直冲昏了木匠的头脑。

他们这个工程已经传扬开去。沃考贝依对他们谈起此事用的是挖苦的口吻。一般说,人们对这个工程都嗤之以鼻。

他们为此却更加自尊自重:他们已自诩为艺术家。佩库歇蓄起了小胡子;布瓦尔考虑到自己的圆脸和秃顶,认为没有什么比"贝朗瑞①式扮相"更适合于他了!

他们终于决定写一出戏。

困难在于主题。

他们在午餐时寻找主题,而且喝咖啡,因为那是动脑筋必不可少的饮料,咖啡之后再喝两三小杯酒。他们躺上床睡觉,之后又下楼去果园,在果园散一阵步,最后还是出门去外面寻找灵感。他们并排走啊走,回家时已筋疲力尽。

要么就上两道锁把自己关在房间里。布瓦尔擦完桌子,在面前摆上纸,把羽毛笔蘸上墨水,坐在那里,两眼望着天花板;与此同时,佩库歇坐在安乐椅里冥思苦想,两腿伸得直直的,埋着头。

有时他们感到一阵战栗,仿佛刮来了一股构思的风;正要抓住它时,它又无影无踪了。

---

① 贝朗瑞(1780—1857),法国著名人民诗人,民间歌谣作家。

然而毕竟存在发现主题的方法。随便抓一个题目，事件就会从题目里产生出来；要么就发挥一条谚语，有时还可以将好些偶发事件组合成一个。但这些方法没有一个能达到目的。他们又翻阅一些趣闻汇编，多部著名诉讼案件汇编和一大堆故事，仍然徒劳！

他们却幻想自己的剧作已在奥德翁剧院演出，想着演出的场景，怀念巴黎。

"我这人就是当作家的料，我可不是生来为了埋没在乡下！"布瓦尔老这么说。

"我跟你一样。"佩库歇就这么回答他。

他忽然受到启迪：他们之所以困难重重，是因为他们不知道戏剧写作的规则。

于是开始在奥毕涅克①的《戏剧实践》和其他几本不太过时的著作里学起规则来。他们就一些重大的问题进行辩论：喜剧是否能写成诗剧；悲剧从当代故事里吸取奇闻逸事是否超过了界限；男主角是否都应当德操高尚；悲剧只能容纳什么样的无赖；丑恶的东西可以表现到什么程度；但愿细节都能归于唯一的目的，但愿趣味越来越浓，当然，愿结局和开端一致！

　　创造一些能牢牢吸引住我的手段吧，

布瓦洛②说。

通过什么办法创造这种手段？

　　愿你所有讲话中激越的感情
　　去寻找，温暖，并震动心灵。

---

① 阿贝-弗朗索瓦·德·奥毕涅克（1604—1676），法国戏剧批评家。他在《戏剧实践》中确定了古典戏剧的"三一律"。
② 布瓦洛（1636—1711），法国诗人和古典主义理论家。《讽刺诗》《诗体书简》和《诗艺》的作者。

如何温暖心灵？

足见规则是不够的；还需要才华。

才华也还不够。根据法兰西学院的说法，高乃依对戏剧一窍不通。若夫华①诋毁伏尔泰。叙布里尼②嘲笑拉辛。拉阿普一听见莎士比亚的名字就暴跳如雷。

老式的文艺批评使他们倒胃口，他们想了解新式的，于是弄来一些报纸上的戏剧分析文章。

多么放肆！多么顽固！多么不诚实！对杰作进行凌辱，对平庸之作却顶礼膜拜；被误当成学者的人无知无识，被捧为才智超群的人愚蠢之至！

有必要依靠的或许是公众？

然而受欢迎的作品有时并不讨他们喜欢，而公众喝倒彩的作品里却有些东西被他们认可。

这样看来，风雅之士的意见有欺骗性，而群众的判断又不可思议。

布瓦尔把这进退两难的问题交给巴尔勃鲁；佩库歇则写信给迪姆舍尔求教。

那位前旅行推销员为外省引起的智力衰退而感到吃惊，他的老布瓦尔变得幼稚了，总之，"再也没有丝毫理解力"。

戏剧像别的东西一样是消费品，属于巴黎高级化妆品。人们去剧院是为了消遣，能逗乐人的就是好的。

"可是这太蠢了！"佩库歇嚷道，"能逗你乐的并不一定逗我乐，而且别人和你自己到时候都会厌倦那些东西。如果剧本毫无例外都为了演出，怎么最优秀的剧本写出来往往被人阅读呢？"

他等待迪姆舍尔的回信。

---

① 不知此处是否指博物学家和动物教授若夫华-圣依莱尔（1772—1844）。
② 叙布里尼（1636—1696），法国作家。曾写喜剧《疯狂的争吵》以批评拉辛的《安德洛马克》。

在这位教授看来，一出戏现时现刻的遭遇说明不了什么。《愤世者》和《阿塔莉》已经不走红了。再也没有人理解《扎伊尔》①。今天还有谁谈论杜康日和皮卡尔？他随即提醒他们注意当代戏剧的所有成功之作，从《弦琴女艺人芳顺》到《渔夫加斯帕尔多》，并为当今舞台的衰落感到悲痛。衰落的根由在于藐视文学，或者不如说藐视文笔。

于是，他们开始考虑文笔确切表现在哪些方面。幸亏迪姆舍尔给他们指点了一些作者，他们便开始学习各种文笔的窍门。

如何描写庄重、温和、天真的性格，高贵的外表，低贱的粗话。"狗"同"凶残"联用就提高了层次。"作呕"只用在引申意义上。"发烧"和情欲配搭。"英勇"用在诗句里很美。

"我们写诗怎么样？"佩库歇说。

"以后再说！咱们先搞散文。"

有人明确叮嘱选一篇古文作为范文进行效法，但所有的古典作品都有其弊病，不仅在文笔上而且在语言上都有错误。

这样的论断使布瓦尔和佩库歇张皇失措，他们便开始学习语法。

我们的民族语言是否像拉丁语一样有定冠词和不定冠词？一些人认为有，另一些人认为没有。他们不敢赞成谁。

主语总得和动词搭配，但有些情况下主语可以不搭配。

过去，动词性形容词和现在分词没有区别；然而法兰西学院却规定了一个不便于掌握的区别。

他们很高兴得知作为代词的 leur（他们、它们）用于人，也用于物，而代词的 en（有些）用于物，偶尔用于人。

"这个女人态度好"，"好"字应当随女人用阴性（bonne）还是随态度用阳性（bon）？"干木柴"的"干"字应当随木字用

---

① 《扎伊尔》，伏尔泰于一七三二年写的悲剧。

阳性（sec）还是随柴字用阴性（seche）？"不留"两字中间是否要加缀词 que？"突然来了一群窃贼"中的动词"突然来了"应当随一字用单数（survint）还是随群字用复数（survinrent）？

还有些困难：autour（附近）和 àl'entour，拉辛和布瓦洛认为没有区别；imposer（迫使）和 en imposer（使敬畏）在玛西永①和伏尔泰看来是同义词；拉封丹②把 croasser（乌鸦叫）同 coasser（青蛙叫）混同起来了，而拉封丹本来是善于区分乌鸦和青蛙的。

的确，语法学家的意见并不一致。这些语法学家认为是适宜的地方，那些语法学家却看出了错误。他们接受一些原则，却拒绝原则产生的结果；他们宣布结果，却不承认原则。他们依靠传统，却摒弃大师，而且讲究到了奇特的程度。梅那日③不写 lentilles（小扁豆）和 cassonade（粗红糖），而倡导写（不正确的——译者）nentilles 和 castonade。布乌④则写 jerarchie 而不写（正确的——译者）hierarchie（等级）；沙斯帕尔先生写 oeilsdelasoupe（油汤面上的油花）（oeil 的复数应是 yeux——译者）。

勒南使佩库歇尤为吃惊。怎么！最好写（因不能联诵而不正确的——译者）z'hannetons 而不写 hannetons（鳃角金龟子）？写（同样原因而不正确的——译者）z'haricots 而不写 haricots（四季豆）？在路易十四治下，人们说"罗马"发音为"卢马"，说"德·利奥纳"先生发音为"德·利伍纳"先生！

利特雷⑤断言，从不存在而且将来也不可能存在明确的正字法，从而给布瓦尔和佩库歇致命而慈悲的当头一棒。

---

① 玛西永（1663—1742），法国传道士，以口才著称于世。
② 拉封丹（1621—1695），法国诗人。擅长写以动物为主人公的寓言诗。
③ 梅那日（1613—1692），法国语法学家。
④ 布乌神甫（1628—1702），法国传教士、语法学家、文艺批评家。
⑤ 利特雷（1801—1881），法国著名词典编纂家，《法兰西语言词典》的编者。

他们因此而作出结论：句法不过是异想天开；语法也只是幻想。

此外，在这段时期有一门新的修辞学宣称，写作应当跟说话一样，只要真正感受到观察到，写什么都堪称优秀。

他们曾感受过，也自认为观察过，所以互相作出的评价是：能胜任写作。写戏剧因空间太小而碍手碍脚，写小说自由度大得多。为了写一本小说，他俩开始搜索枯肠。

佩库歇忆起他昔日的一位上司，那是个极卑鄙的家伙。他们遂野心勃勃，准备写书报仇。

布瓦尔在酒馆认识一位文体教师，是个醉鬼和无赖。谁都比不上这家伙滑稽。

一周过后，他们设想把这两个主题融为一体，而且到此为止，接着便转到另一些主题：一个女人引起家庭的不幸；一个女人，她的丈夫和情夫；一个女人因体态缺陷而可能成为贞洁的淑女；一个野心家，一个坏教士。

他们竭力把他们记忆所及的事物同这些没有把握的构思连接起来，再砍掉一些，增加一些。

佩库歇主张着重描写感情和思想，布瓦尔则强调形象和特色。他俩为此而变得互不理解，两人都为对方的短见和迟钝而感到吃惊。

人们称之为美学的学科也许能解决他们的分歧。迪姆舍尔有一位朋友是哲学教授，他给他俩寄来了一张有关著作的清单。他们各自在一边学习，然后互相交流自己的思考。

首先，什么是美？

在谢林①看来，美是以有限表达无限；瑞德②则认为美是一

---

① 谢林（1775—1854），德国哲学家，客观唯心主义的创立者。
② 托马斯·瑞德（1710—1796），苏格兰哲学家。

种玄奥的品质；按茹伏罗依①的看法，美是不可分解的现象；照德·迈斯特的说法，使德操中意的东西就是美；安德烈神甫②则主张合乎理性的东西为美。

存在多种多样的美：自然科学里有美，几何学就很美；品行里存在美，谁都不能否认苏格拉底③死得美；动物界存在美：狗的美在于它的嗅觉。猪不可能美，因为它习性肮脏；蛇也不美，因为它激起人身上的卑劣思想。

花、蝴蝶、鸟儿可以很美。总之，美的第一要素是多样性中的统一性，这就是原则。

"可是，"布瓦尔说，"两只斜眼比两只正眼更多样化，可斜眼通常都没有正眼受看。"

他们于是涉猎"壮丽"问题。

有些东西自身就很壮丽：激流的轰鸣、深邃的黑暗、风暴刮倒的树。性格刚强的人胜利了显得美，他的奋斗看上去就很壮丽。

"我明白了，"布瓦尔说，"美就是美，而壮丽是非常美。那么如何辨别这两种美？"

"得靠分寸感。"佩库歇回答。

"这分寸感从哪里来？"

"来自鉴赏力！"

"鉴赏力又是什么？"

于是给鉴赏力下个定义：特有的辨别力、快速的判断力、识别某些共同之处的优势。

"总之，鉴赏力，就是鉴赏力，而这些都没有说明怎样获得

---

① 提奥多尔·茹伏罗依（1796—1842），法国哲学家。
② 安德烈神甫（1675—1764），法国教士及哲学家。曾写《美的随笔》。
③ 苏格拉底（前470—前399），希腊著名的哲学家，柏拉图和色诺芬的老师。晚年无辜被判服毒，拒绝营救而英勇赴死。

鉴赏力。"

必须遵守礼节,然而礼节却千变万化;而且,再完美的作品都不可能永远无懈可击。不过,还是有一种不可摧毁的美,只是我们不了解它的规律,因为它的产生神秘莫测。

既然一种思想不可能被所有的艺术形式表达,我们就应当承认各种艺术形式之间的界限;而且每一种艺术都具有许多类型。然而,在一种艺术风格进入另一种艺术风格的地方会出现组合,否则就会偏离目标,就会不真实。

过分准确实行"真"有损于"美",而全神贯注于美又妨碍真。同时,没有理想就没有真;所以,比之客观描绘,典型具有更持续更普遍的真实性。此外,艺术只探讨真实性,然而真实性取决于谁观察它,所以真实性是相对的、昙花一现的东西。

他们就如此这般在推理中迷失了方向。布瓦尔越来越不相信美学了。

"如果美学不是骗人的东西,它就应该举出些例子证明它的精确性。可是,听听这个!"

他念一段他费了很大工夫进行研究的笔记:

"布乌指责塔西佗没有历史所要求的淳朴。

"一位名叫德罗兹的教授谴责莎士比亚将严肃和滑稽混为一体。另一位叫尼萨尔的教授认为安德烈·舍尼叶①作为诗人在十七世纪的诗人之下。英国人布莱尔为维吉尔②描写哈耳皮厄斯③的图景而惋惜。马蒙代尔抱怨荷马的放荡。拉莫特④根本不能容

---

① 安德烈·舍尼叶(1762—1794),法国抒情诗人。代表作有《年轻女俘》《盲人》等。
② 维吉尔(前71—前19),拉丁诗人。《牧歌集》《农事诗》和《埃涅阿斯记》的作者。
③ 哈耳皮厄斯,希腊神话中的鹰身女妖,亦称美人鸟,传说有三姊妹。
④ 此处似指拉莫特-福盖(1777—1843),德国作家和浪漫派诗人。或指拉莫特-乌达尔(1672—1731),法国作家,主张厚今薄古。

忍他诗中英雄们的不朽美名。维达①为他的比喻感到愤怒。总而言之,我觉得所有修辞学家、诗学家和美学家似乎都是些蠢而又蠢的人!"

"你太夸大了!"佩库歇说。

他自己也为一些怀疑而苦恼:如果思想平庸之士不能犯错误(正如隆金②注意到的),那么错误就属于大师们了,是否应该欣赏那些错误呢?这太过分了!而大师仍然是大师!恐怕有必要让学说与作品互相协调,让批评家与诗人意见一致;有必要抓住美的本质。这些问题老纠缠他不放,结果使他动了肝火,得了黄疸病。

在他的病发展到最严重的阶段时,波尔丹太太的厨娘玛丽亚娜忽然前来敦请布瓦尔约会她的女主人。

这位寡妇自那天观看演出以后一直没有再露过面。也许事情有了进展?但为什么派玛丽亚娜来当中间人?布瓦尔一整夜都在胡思乱想。

次日下午,约摸两点钟,他在走廊里走来走去,不时望望窗外,终于听见了门铃声。原来是公证人!

客人穿过院子,上了楼梯,坐进安乐椅。寒暄过后,他说他等波尔丹太太等得不耐烦了,便先来一步。这位太太想购买厄卡尔那块地。

布瓦尔仿佛头上浇了一盆冷水,连忙去佩库歇的房间。

佩库歇不知该怎么回答他。他正忧心忡忡,沃考贝依大夫一会儿就该到了。

波尔丹太太终于来了。她的眼神可以由她庄重的打扮作出解

---

① 维达(1480—1556),意大利主教和人文主义者。曾撰写《诗艺》。
② 隆金(约213—273),希腊修辞学家。人们误将布瓦洛译成法文的《论壮丽》当成了他的作品。

释：她围一条开司米大围巾，戴一顶礼帽，一副轧光手套，整个装束都适于郑重场合。

她转弯抹角绕来绕去，最后问，付一千埃居够不够。

"一英亩地！一千埃居？决不！"

她眯缝着眼睛，说：

"哎！这是为我！……"

主客三人都不言语了。这时，德·法威日先生走了进来。

他像诉讼代理人一般腋下夹了一个摩洛哥皮的公事包，把包放在桌上时，他说："这是些小册子！有关改革的，问题很棘手。不过这样东西显然属于你们！"

他把《魔鬼回忆录》第二卷递给布瓦尔。

梅丽刚才在厨房里阅读这本书；考虑到应该监督这类人的品行，所以他认为没收这本书是上策。

是布瓦尔借给那小丫头读的书。于是大家谈起了小说。

波尔丹太太只喜欢没有凄惨之嫌的小说。

"作家描写生活，"德·法威日说，"总爱美化生活！"

"有必要像画画一样描绘。"布瓦尔驳他。

"要那样，就依样画葫芦得了！……"

"问题不在'样'！"

"您至少得承认，那些书可能落到姑娘手里。我就有个姑娘……"

"一个迷人的姑娘！"公证人说，瞧他那模样仿佛在签订一份婚姻契约。

"是的！就为了她，或者不如说为了她周围的女人们，我在家里禁止读那些书，因为百姓，亲爱的先生！……"

"百姓怎么啦？"突然出现在门前的沃考贝依接过话茬。

佩库歇听见他的声音便也过来加入这聊天的圈子。

"我主张，"伯爵又说，"禁止百姓接触某些读物。"

沃考贝依反驳说：

"这么说您不赞成教育？"

"绝对不是！对不起！"

"还说这些，"马雷斯科说，"大家不是每天都在攻击政府吗！"

"那有什么不好？"

于是，那位贵胄和医生开始一道诋毁路易-菲力浦①，并提到普里查事件②和反对出版自由的"九月法"。

"还有戏剧法！"佩库歇说。

马雷斯科再也忍不住了。

"您那些戏剧走得太远了！"

"这一点我倒同意您！"伯爵说，"有些戏竟鼓励自杀！"

"自杀是高贵之举，加图③就是明证。"佩库歇反驳说。

德·法威日先生不回答他的论据，却痛斥有些作品嘲弄最神圣的事物：家庭、财产所有制和婚姻。

"那么，莫里哀呢？"布瓦尔问。

风雅人士马雷斯科反击说，莫里哀也许再也不会被人接受了，而且对他的吹捧原本太过分。

"其实，"伯爵说，"维克托·雨果也很无情，是的，对玛丽·安托瓦奈特④无情，他通过玛丽·都铎这个人物侮辱了王后类型的人。"

"怎么！"布瓦尔嚷道，"我，一个作者，我没有权利……"

---

① 路易-菲力浦（1773—1850），一八三〇年七月革命后上台的法国国王。
② 普里查事件，指英国传教士乔治·普里查（1796—1883）的财产在塔西提被毁而引起的一八四三年英法冲突。
③ 小加图（前95—前46），罗马政治家和将军。他在反对恺撒的战斗中失败后，用剑自刎而亡。
④ 指法王路易十六的王后玛丽·安托瓦奈特（1755—1793），跟丈夫一起上了断头台。

"是的，先生，您没有权利表现罪恶而不同时纠正罪恶，而不同时给我们提出忠告。"

沃考贝依也认为艺术应当有目的：着眼于改善群众。

"为我们歌颂科学，歌颂我们的发明和爱国主义吧！"

他欣赏卡西米尔·德拉维涅①。

波尔丹太太吹捧德·福德拉侯爵。公证人说：

"可是语言，您想到过语言吗？"

"语言？怎么？"

"人家对您说的是文笔！"佩库歇叫道，"您认为他的作品写得漂亮吗？"

"那当然，很有趣！"

他耸耸肩，这样的失礼弄得她面红耳赤。

有好多次她都竭力想把话题引回她的买卖上来，但时间已经太晚，无法达成协议了。她便挽起马雷斯科的胳膊走了出去。

伯爵散发他的小册子，还嘱咐大家广为宣传。

沃考贝依正要往外走，却被佩库歇一把拉住。

"您把我给忘了，大夫。"

他发黄的面容，配上他的小胡子和用薄绸巾乱拢起来的黑头发看上去显得很可怜。"泻泻肚子吧！"医生说。

随即拍拍他，像对孩子一样：

"太爱激动，太像艺术家！"

这种亲切的表示让佩库歇感到快活，也使他放了心。等只剩下他们俩时：

"你也认为这病不严重？"

"不严重，当然不严重！"

---

① 卡西米尔·德拉维涅（1793—1843），法国诗人和诗剧作家。其诗剧《西西里的晚祷》和《路易十六》十分忠实于古典戏剧原则。

他们把刚听到的议论加以概括。对每个人来说，艺术的道德价值都在于符合他们的个人私利。他们再也不喜欢文学了。

他们接着翻阅伯爵的印刷品。全都要求普选！

"我觉得，"佩库歇说，"我们马上有一场好戏看了。"

他悲观地看待一切，也许是他的黄疸病作祟。

六

一八四八年二月二十五日上午，沙维尼奥尔的居民从悬崖来的一个人口中得知巴黎城到处修筑了街垒，翌日，镇公所门前贴出了宣布成立共和国的布告。

这件大事使镇上的有钱人惊得目瞪口呆。

然而，大家随即打听到，最高法院、上诉法院、审计法院、商事法庭、公证人公会、律师同业公会、行政法院、大学、将军们和德·拉罗什雅克兰先生①本人都赞同临时政府，这时，他们收紧的心才算宽松下来。听说巴黎人种了"自由树"，乡镇议会遂决定沙维尼奥尔也种一棵。

布瓦尔为人民的胜利而欢欣鼓舞，爱国心大振，捐了一棵树；至于佩库歇，王权的垮台极准确地证实了他的预见，他不能不高兴。

高尔居诚心诚意听他俩指挥，去小山岗下沿牧场种植的杨树林挖了一棵杨树，并把树运到指定的地方，乡镇进口处的"瓦克要道"。

在举行仪式之前，他们三人站在那里等待队伍到来。

---

① 应指奥古斯特·德·拉罗什雅克兰（1783—1868），法国元帅，曾参加西班牙远征军。

鼓声响处，出现了银十字架；随后是唱诗班成员举着的两只大蜡烛；跟在后面的是本堂神甫，他戴着举行宗教仪式的襟带，穿着宽袖白法衣和无袖长袍，头上戴了一顶四角黑帽。四个唱诗班的儿童簇拥着他，第五个提了一个装圣水的水桶；跟在他们后面的是教堂圣器室管理员。

本堂神甫站到树坑的边缘上，饰有三色彩带的杨树就立在那里。神甫对面站着镇长和他的两名助手：贝尔冉勃和马雷斯科，还有镇里的头面人物：德·法威日先生、沃考贝依、古隆——他是当地的治安法官，是一个面容显得懒洋洋的家伙；额尔托戴了一顶警察的无边软帽，新来的小学教师亚历山大·珀蒂穿上了他的礼服，一件可怜巴巴的绿色上衣，他的节日盛装。吉尔巴尔指挥的消防队员们挎着大刀排成一行；他们的对面有几顶拉法夷特①时代的匈牙利骑兵式旧筒状军帽的白色帽徽闪闪发光，只有五六顶，不会再多了，因为沙维尼奥尔的国民自卫军已经被解散。一些农人和他们的妻子，附近工厂的工人和几个流浪儿挤在后面；身高五尺八寸的乡警布拉克旺把双臂交叉在胸前走来走去，用眼光控制着后边那一群人。

神甫的简短演说与别的神甫在同样情况下作的演说别无二致。

在愤怒申斥所有的国王之后，他颂扬共和国。大家不是常说文学的共和国、基督教的共和国吗？有什么比文学共和国更纯洁，比基督教共和国更美好？耶稣-基督为我们提出了最卓越的座右铭：人民之树乃是十字架之树。宗教要结出硕果就需要仁慈，教士以仁慈的名义恳求他的教友们别制造混乱，恳求他们平平静静地回到自己家里。

---

① 拉法夷特（1757—1834），法国政治家和将军，曾参加美洲独立战争，并以自由党的身份参加法国大革命及七月革命。

他接着给小树洒圣水,求上帝保佑它。

"愿这棵树快快长大,愿它常提醒我们摆脱一切奴役,让这种博爱精神比它枝丫的绿荫更有益于人!阿门!"

大家跟着他说"阿门!"在一阵鼓声之后,教士高唱感恩赞美诗,接着便走上回教堂的路。

他的演讲产生了很好的效果。头脑简单的人在其中瞥见了幸福的承诺;爱国人士从中体验到对他们的尊重,对他们所持原则的敬意。

布瓦尔和佩库歇认为大家应当感谢他们捐了那棵树,起码该作些暗示。他们对德·法威日和医生推心置腹讲了自己的感觉。

这些小烦恼算什么!沃考贝依为革命着迷,伯爵也如此。他憎恨德·奥尔良家族①。从今以后再也不会看见他们了,别了,一路平安吧!今后,一切都为了人民!于是,他在管家跟随下,连忙去追赶本堂神甫。

福罗埋着头走路,左右是公证人和旅店老板。老板对这个纪念仪式很恼火,因为他害怕发生骚乱;他下意识地转身朝乡警走去,乡警正同上尉一道惋惜吉尔巴尔的无能和他那些手下人糟糕的穿着。

一些工人高唱《马赛曲》在大路上走过。高尔居在他们行列里挥舞着手杖;珀蒂陪着他们走,眼睛炯炯有神,充满生气。

"我不喜欢这一套!谁都在大喊大叫,激昂慷慨!"马雷斯科说。

"哎!上帝!"古隆接过话茬,"年轻人就得消遣嘛!"

福罗叹口气:

"可笑的消遣!到头来又是断头台。"

---

① 德·奥尔良家族,波旁王族的幼支,即此次革命推翻的路易-菲力浦国王的家族。

269

他在幻觉里看到了断头台，他料想会出现暴行。

沙维尼奥尔受到了巴黎动乱的反冲力的冲击。有钱人都订了各种报纸。每天清晨他们都在邮局里挤来挤去，如没有上尉不时前来帮帮忙，那位女局长真无法脱身。接着，大家便聚在广场上闲聊。

讨论最激烈的首推波兰问题①。

额尔托和布瓦尔要求解放波兰。

德·法威日先生却另有想法：

"我们凭什么权利去那里？那是在激怒全欧洲反对我们！太不谨慎了！"

在场的人都同意他，两位波兰人只好闭嘴。

还有一次，沃考贝依维护勒德吕·罗兰②的通报。

福罗举出附加税问题反驳他。

"但政府废除了奴役。"佩库歇说。

"奴役，奴役惹我什么啦？"

"就算这样，那么，政治方面废除死刑呢？"

"那当然！"福罗接着说，"他们什么都想废除。可是，谁知道怎么样？反正租户已经显出苛求的势头了。"

"这更好！"佩库歇说，"房主们过去一直受优待。有一幢房子的人……"

福罗和马雷斯科打断他的话，嚷嚷说他是共产主义者。

"我！共产主义者！"

所有的人都同时说起话来。当佩库歇建议创办一个俱乐部时，福罗竟果断地说，沙维尼奥尔永远别想看见俱乐部。

---

① 波兰在十八世纪曾三次被奥地利、俄罗斯、普鲁士等国瓜分。一八三〇年，波兰曾起义反对奴役，但随即被残酷镇压。
② 勒德吕·罗兰（1807—1874），法国律师，政治家，一八四八年临时政府成员，普选的倡导者。

高尔居接着要求发枪装备国民自卫军,因为舆论已经认定他是教官了。

仅有的几支枪属于消防队,由吉尔巴尔把持着。福罗不考虑发给别人。

高尔居注视着他:

"可是大家都认为我会使枪。"

因为他所有的本事里还包括违禁打猎,镇长和旅店老板都经常去他那里买野兔或家兔。

"这话倒不假!那就去取吧!"

当晚,他们开始训练。

训练场地就是教堂门前的草坪。高尔居穿上他的蓝色短工作服,腰上缠着勋章绶带,做动作驾轻就熟。他在发号施令时,声音很粗暴。

"收腹!"

布瓦尔连忙屏住呼吸,把肚子缩成凹形,因而把臀部撅得高高的。

"没叫您作成弓形,见鬼!"

佩库歇老把直行、横行、向右转、向左转搞错;不过最可怜的还是小学教师:他身体虚弱,个子矮小,脸上长一圈金黄色胡须;步枪压得他走步踉踉跄跄,枪上的刺刀老妨碍他周围的人,使他们心烦。

受训的人穿着五颜六色的裤子,挂武器的肩带积满了污垢,旧军装上衣太短,胁部露出了衬衫;而且人人都声称"没有办法,只能如此"。于是开展募捐,为最穷的队员置备服装。福罗锱铢必较,而妇女们却引人注目。波尔丹太太尽管仇恨共和国,仍然捐献了五法郎。德·法威日先生给十二个人置办了衣服,他本人也参加训练,从不缺席。后来他又在杂货铺老板家暂住,而且见到谁都请他们喝两杯。

271

看来有权势的人在拍下层人民的马屁。现在是工人至上，大家都设法获得属于工人阶级一分子的好处。工人正在变成贵族。

当地的工人大多是织布工；还有一部分在印度印花棉布作坊或在新建立的造纸厂干活。高尔居以他的油嘴滑舌让工人们着迷，他又教他们拳脚，还把同他亲近的工人带到卡斯提雍太太家喝酒。

然而农人的数量更大，每逢赶集的日子，德·法威日先生总要到广场散步，打听农人有什么要求，并竭力说服他们赞同自己的观点。农人们听他说话却并不回答，比如古依大爹，他准备欢迎任何政府，只要他们减轻税收。

高尔居靠拼命与人聊天，总算有了些名气。说不定他还会被推举进议会呢。

德·法威日先生也与他所见略同，但却尽量避免使自己的名誉受到影响。保守派们则在福罗和马雷斯科之间犹豫不决。由于马雷斯科珍惜他的公证人事务所，福罗因而得以被他们看中。一个乡巴佬，一个患小儿痴呆症的家伙！医生为此怒不可遏。

在竞争中他可算得上是一事无成的倒霉蛋，他怀念巴黎了；正因为他意识到自己一生不得志，所以看上去总是闷闷不乐。可是有一种前途更为广阔的职业即将发展起来；那时，他将怎样在竞赛中扳回比分呀！他草拟了一份关于宗教和政治主张的声明，并且拿去念给布瓦尔和佩库歇听。

两个朋友同声祝贺他这份声明，因为他们的观点一致。不过，他们自己写作起来会更得心应手，而且又了解历史，所以他们也会跟他一样顺利进入议会。为什么不？然而他俩究竟该谁去自我推荐呢？于是，一场互相谦让的战争打响了。

佩库歇不赞成自己而赞成他的朋友去：

"不，该你去！你的仪表比我好！"

"这有可能，"布瓦尔回答道，"可是你的胆子比我大！"

这个困难还没有克服时，他们已经开始草拟行动计划了。

当议员的诱惑力还扩大到了别的人身上。戴着无檐警帽的上尉边吸他的短管大烟斗边梦想进议会；小学教师也一样，不过是在他的学校里；本堂神甫也不例外，不过是在两次祷告之间，他想望得如此之执着，有时竟突然发现自己两眼朝天，默念着：

"啊，我的上帝！让我当上议员吧！"

医生得到那两位的鼓励之后去找额尔托，向他阐述了他当议员的可能性。

上尉听完后倒没有玩客套。谁都认识沃考贝依大夫，这毫无疑问，但他的同行里珍爱他的人很少，药剂师们对他尤难恭维。谁都在乱叫乱嚷攻击他，百姓也不愿意选一位先生，连他最好的病人都会抛弃他。大夫掂量这些论据之后只好为他的劣势抱憾了。

等他一走，额尔托就去见布拉克旺。在老军人之间总是要互相承担义务的，然而乡警对福罗忠心耿耿，所以断然拒绝为额尔托效力。

本堂神甫向德·法威日先生证实说，现在还不是时候，必须让共和国有足够的时间慢慢失去威力和影响。

布瓦尔和佩库歇向高尔居绘声绘色地说，他永远没有足够的力量战胜农人和有钱人的联盟，他们还给他灌输天有不测风云的思想，使他完全丧失了信心。

珀蒂出于傲气，有意让人看出他的愿望。贝尔冉勃却告诉他，一旦他失败了，他的去职是铁板钉钉的。

末了，主教大人命令本堂神甫少安毋躁，切勿轻举妄动。

这一来就只剩下了福罗。

布瓦尔和佩库歇便同他进行战斗，他们提到他在枪支问题上缺乏诚意，说他反对俱乐部，而且思想落后，一毛不拔；他们甚至让古依相信福罗想恢复旧制度。

273

制度之类东西对农人来说无论多么不着边际，古依仍然十分厌恶旧制度，这种厌恶之情乃是长达十个世纪在他祖先的心灵里逐渐积累起来的。所以他让他的亲属、他老婆的亲属，还有姐夫、妹夫、堂兄弟、表兄弟、侄孙子等一大帮人倒戈反对福罗。

高尔居、沃考贝依和珀蒂也继续拆镇长先生的台；如此这般扫清道路之后，出乎大家的预料，布瓦尔和佩库歇还真可能取胜。

他俩抽签看谁出面竞选。但抽签并未能痛快解决问题，于是，两人一道去征求医生的意见。

医生告诉他们一个新闻：《卡尔瓦多斯》报的编辑弗拉卡尔杜已宣布要参加竞选。两位朋友大失所望：不仅分别为自己感到失望，而且还为朋友感到失望。不过他们仍然热衷于政治。选举那天，他们还去监视票箱。结果是弗拉卡尔杜取胜。

伯爵别无选择，只好竞争国民自卫军的职位，结果仍旧没有得到指挥官的肩章。沙维尼奥尔人考虑任命贝尔冉勃。

公众对旅店老板这种奇特的始料未及的宠爱让额尔托手足无措，十分懊丧。他过去确曾玩忽职守，只偶尔去视察视察演练，而且还爱提意见。但这又何妨！反正他认为要一个旅店老板而不要一名帝国时期的老上尉实在太反常。在五月十五日人们拥入参议院那天，他说：

"如果说在首都就这么给军阶，我对这里发生的事也就不感到奇怪了！"

各种反映随即开始。

有人相信路易·布朗①的凤梨泥，有人相信弗洛孔②的金

---

① 路易·布朗（1811—1882），法国历史学家，政治活动家，空想社会主义者，一八四八年二月革命后成为临时政府成员及国民议会左派议员。
② 弗洛孔（1800—1866），法国报人和政治活动家，一八四八年革命后任临时政府农业和贸易部长。

床，还有人相信勒德吕-罗兰的狂欢酒席。省里硬说自己了解巴黎发生的一切，所以沙维尼奥尔的有产者们便不怀疑省里的意图，而且欣然接受最荒谬的谣传。

一天晚上，德·法威日先生来找本堂神甫，告诉他德·尚博尔伯爵已到了诺曼底。

据福罗说，茹安维尔①准备带着他的海军士兵为大家降服社会主义者。额尔托则断言，路易·波拿巴②不久会当上执政官。

工厂停工了。大群大群的穷人在原野游荡。

一个星期天（那是在六月上旬），一个宪兵突然启程去了悬崖。阿克维尔、利法尔、皮埃尔-蓬和圣雷米的工人们一起朝沙维尼奥尔的方向走过来。

家家都关上了门窗上的挡雨披檐；乡镇议会开会决定，为了预防不幸事件，谁也不准有丝毫抵抗。议会甚至给宪兵队下了禁令，不准他们当中的任何人露面。

人们立即听见类似风暴一般的轰隆声。《吉伦特之歌》随即震得玻璃窗咔咔直响。大群的男人手挽手沿着通往康城的大路走来。他们满身尘土，汗流浃背，衣衫褴褛。广场上人头攒动，响起一阵阵鼓掌、喝彩声。

高尔居和他的两个同伴进入大厅。一位是瘦子，面貌显得狡猾，穿一件毛线背心，背心上吊一个玫瑰花结。另一位黑黑的脸沾着煤灰，无疑是机械工，平头，粗眉，穿一双踩倒了后跟的粗布条编织的旧鞋。高尔居看上去像轻骑兵，外衣搭在肩上。

---

① 弗朗索瓦·茹安维尔（1818—1900），法国海军元帅，七月王朝国王路易-菲力浦的第三子。

② 路易·波拿巴，即后来的拿破仑三世皇帝（1808—1873）。曾因两次企图推翻七月王朝而被关押，后逃往伦敦。一八四八年二月革命后回巴黎，当年十二月当上共和国总统。一八五一年底宣布解散国民议会，逮捕著名的共和人士和保王派，并镇压巴黎人民起义。政变成功后建立第二帝国，直至一八七〇年色当战役失败，被国民议会废黜。

他们三人站在大厅里不动,议员们坐在铺了蓝桌布的桌子周围望着他们,忧虑得脸色发白。

"公民们!"高尔居说,"我们需要干活!"

镇长在发抖;他已经吓得说不出话来。

马雷斯科替他回答说,议会马上考虑他们的要求;三个同伴出去之后,他们讨论了好几个主意。

首先是采石。

为了利用石头,吉尔巴尔建议修一条昂格勒镇至图尔讷布的公路。

但巴耶公路绝对可以派同样的用场。

他们可以清除污泥!这点工作当然不够;要么再挖一个沼泽!可是在什么地方挖?

朗格洛瓦同意沿莫尔丹河填土以防水灾;在贝尔冉勃看来,倒不如去欧石南丛生地开荒。总不能不作决定呀!……为了让人群安静,古隆来到柱廊下宣布,他们正在准备建立一些慈善作坊。

"慈善?谢谢吧!"高尔居叫道,"打倒贵族政治!我们要的是工作的权利!"

这正是当时大家关心的问题,高尔居利用来为自己赢得了荣誉,人群鼓掌。

他转身时手肘碰到了被佩库歇刚拽到这里来的布瓦尔。于是几个人便议论开了。不用着急,镇公所已经被包围,乡议会跑不了。

"到哪儿去弄钱?"布瓦尔说。

"去富人家弄!再说,政府就要命人搞工程了。"

"如果目前不需要工程呢?"

"那就提前搞一些!"

"要那样,工资就会降低!"佩库歇反驳他说,"缺活儿干,是因为产品过剩！而你们还要求增加产品！"

高尔居咬着自己的小胡子。

"可是……通过组织劳动……"

"要那样，政府就会成为主人！"

他们周围有几个人喃喃说：

"不！不！再也不要主人！"

高尔居生气了。

"那有什么要紧！他们应该给劳动者提供资金，或者建立信贷！"

"用什么方式？"

"噢！我哪儿知道！反正应该建立信贷！"

"够了！"机械工说，"他们让我们厌烦，这两个闹剧演员！"

他走上台阶，宣布他要破门冲进去。

布拉克旺在门前迎着他，右腿弯下来，捏紧拳头说：

"你敢往前走一步！"

机械工后退了。

人群发出一片嘘声，传到了大厅里。厅里的人全都站起来，想溜。悬崖那边派来的救援人员还没有到！大家都为伯爵缺席而长吁短叹。马雷斯科把一支羽毛笔弯来弯去，古隆大爷吓得直哼哼。额尔托发火了，他要求派宪兵。

"那您去指挥吧！"福罗说。

"我没有接到命令！"可是外面闹得更厉害了。广场上站满了人；大家正注视着镇公所的二楼时，却突然看见佩库歇出现在中间那扇窗户的挂钟下面。

原来他巧妙地从便梯上了楼。他想效法拉马丁，所以开始对百姓训话：

"公民们！"

然而，他的大盖帽、他的鼻子和他的礼服，整个的他都缺乏

277

魅力。

穿毛衣的男人质问他：

"您是工人吗？"

"不是。"

"那么，您是老板？"

"更不是。"

"那好，您退下去吧！"

"为什么？"佩库歇带着自豪说。

他当即被机械工人拽住，消失在窗洞里。高尔居前来相助。

"放开他！他是好人！"

他们两人互相扭打起来。

门开了，马雷斯科站在门槛上宣布镇公所的决定。是于雷尔提议的。

图尔讷布公路将修一条支线通到昂格勒镇，直达德·法威日的城堡。

这是镇当局为劳动者的利益而作出的牺牲。

大伙儿随即散开了。

回到家里，布瓦尔和佩库歇忽然听见几个女人的声音。原来是女仆们和波尔丹太太正在呼天喊地。寡妇叫得最凶，一见他们便说：

"哦！真福气！我等了你们三个钟头！我那可怜的花园再也没有一朵郁金香了！草坪上到处是脏东西！根本没法赶走他！"

"谁干的？"

"古依老头！"

他运了一车粪肥来，乱七八糟撒得草上到处都是。"他这会儿正耕地呢！你们赶快去叫他停下！"

"我陪您一道去！"布瓦尔说。

门外，一匹套在带活动拦板的两轮载重车上的马正在台阶下面啃一簇欧洲夹竹桃。车轮碰了花坛，碾碎了黄杨木，折断了杜鹃花，撞倒了大丽花。一堆堆黑色的粪肥像鼹鼠打洞形成的土堆，弄得草坪凸凹不平。古依正干劲十足地用锹翻地。

有一天，波尔丹太太曾随便说说她想翻草坪的地。古依一听便干了起来，而且不顾她的禁令继续干下去。高尔居的演讲冲昏了他的头脑，他就如此这般理解劳动的权利。

他只是在布瓦尔凶狠狠的威胁之下才罢手走开。

波尔丹太太不但不付他工钱，而且留下了他的粪肥作为赔偿。她很精明：医生的夫人，甚至公证人的夫人，尽管社会地位比她高，都对她另眼相看。

慈善作坊运行了一星期。没有出现任何混乱。高尔居早已远走高飞了。

然而国民自卫军一直还存在：每个星期天都要搞一次检阅，有时进行军事越野操练，每天夜里还要巡逻。这些活动让村民感到不安。

自卫军士兵要么开玩笑拉你的门铃；要么溜进谁的房间，房间里夫妻正睡在同一个长枕头上，他们便说一些粗俗下流的玩笑话，丈夫还得起床给他们找几盅烧酒。他们随即回到队里玩百来局多米诺骨牌，喝苹果酒，吃奶酪；站岗的哨兵在门口感到无聊，就不停地将门微微推开。贝尔冉勃的怠惰使无纪律状态到处蔓延。

"六月革命"① 爆发那几天，所有的人都赞成"紧急支援巴黎"；然而福罗离不开镇公所；马雷斯科不能丢下他的事务所；医生不能扔下病人不管；吉尔巴尔不能离开他的消防队员；德·法威日先生正在瑟堡；贝尔冉勃卧床不起；上尉发牢骚：

---

① "六月革命"，指一八四八年巴黎发生的工人起义。起义延续了四天，起因是国营作坊十二万名工人被解雇。后被卡韦尼亚克镇压。

"他们不要我，算了！"

布瓦尔也很明智，他拦住佩库歇，不让他去。

巡逻扩展到更偏远的乡野。

巡逻队员有如惊弓之鸟，一个麦垛或几根树枝的黑影都会把他们吓得魂不附体：有一次，全体国民自卫军官兵都逃跑了。因为在月光下，他们瞥见苹果树林里有一个人端着步枪，而且瞄准了他们。

还有一次，夜黑漆漆的，巡逻队在山毛榉林里歇脚，队员们听见前面有一个人的脚步声。

"谁？"

没有回答。

他们便让这个家伙继续走他的路，只在一定的距离之外跟着他，因为他可能带着手枪或铅头短棍。十二名队员一来到村里援军够得着的地方，便同时向那人冲过去，喊道：

"出示证件！"

他们对那家伙又推又搡，还不住地辱骂他。留守的官兵也出来了。大伙把他拖进门，借助炉子上燃着的蜡烛烛光，公然认出了高尔居。

他穿一件蹩脚的厚斜纹布料短外套，外套已经从双肩上裂开了。他的脚趾也从靴子的窟窿里露了出来。他的脸在流血，有擦伤和挫伤的痕迹。他瘦得出奇，眼珠转来转去，活像一只狼。

福罗急忙跑过来，问他怎么会待在山毛榉林里，他回沙维尼奥尔来干什么，这半年他是怎样消磨时间的。

这一切与他们毫无关系。他是自由的。

布拉克旺对他进行搜查，发现了好些子弹。他们准备把他暂时关进监牢。

布瓦尔进行干预。

"无济于事！大家都了解您的观点。"福罗说。

"可是?"

"噢!您小心点,我提醒您!小心点!"

布瓦尔不再坚持了。

于是,高尔居转向佩库歇:

"那么您呢,老板,您什么也不说?"

佩库歇低下了头,仿佛对他的无辜持怀疑态度。

那可怜虫苦涩地笑了笑。

"我可是保护过您!"

天微明,两个宪兵把他带往悬崖。

没有让他上军事法庭,而是由轻罪法庭判他三个月监禁,罪名是讲话煽动社会骚乱。

他从悬崖寄信给他昔日的主人,请他们近期为他写一份生活作风良好的证明,他们的签字还需镇长或他的助手认定。他俩宁愿找马雷斯科帮这份小忙。

马雷斯科家的人把他们带进一间饭厅,厅里摆放着古老的彩釉陶盘;一只挂钟——布勒的作品——挂在最窄的一块护墙板上。桃花心木饭桌没有铺桌布,上面放了两套餐具、一只茶壶、几个碗。马雷斯科夫人穿一件蓝色开司米晨衣从套房里走过去。那是一位厌倦了乡村生活的巴黎女人。马雷斯科随即走进饭厅,一只手拿着一顶直筒无边高帽,另一只手拿着一份报纸。他态度和蔼,立即盖上他的印章,尽管他俩保护的人是个危险分子。

"真是,就为说了几句话!……"布瓦尔说道。

"对不起,亲爱的先生,说话是会造成罪行的!"

"可是,"佩库歇说,"规定了什么界线可以划分无辜的话和有罪的话呢?一件事现在被禁止,要不了多久又会受欢迎。"

他谴责对待起义者的残暴方式。

马雷斯科自然举出社会防卫和公安这个至高无上的律法,作为借口。

"请原谅,"佩库歇接着说,"一个人的权利和所有人的权利同样值得尊重。如果说他用公认的原则反对你们,你们用来反对他的却只是暴力。"

马雷斯科并不回答,只不屑地扬了扬眉。只要他能继续写公证书,能在他的菜盘当中生活,能在他舒适的小家庭里过日子,世上无论出现什么样的不公正都不会触动他。现在他有公事要办,只好告退。

他的"公安"学说让两位朋友十分气愤。如今保守派说话活像罗伯斯庇尔。

另一个让人吃惊的问题:卡韦尼亚克①的地位在下降。国民别动队变得令人怀疑。勒德吕-罗兰即使在沃考贝依的心里也完蛋了。关于宪法的辩论引不起任何人的兴趣,十二月十日,全体沙维尼奥尔人都投票拥护波拿巴。

六百万选票使佩库歇对人民心灰意冷。布瓦尔和他便一道研究普选问题。

普选既属于每个人,就谈不上什么精深的知识。总有野心家操纵普选,其他的人就像被赶来赶去的家畜对他百依百顺,选民甚至没有被迫学会阅读。所以,在佩库歇看来,总统选举的舞弊现象太多了。

"一丁点儿高深知识都谈不上,"布瓦尔说,"我宁可认为老百姓很愚蠢。你想想那些人如何购买迪皮特伦②软膏,买城堡女主人饮用水等等。就是这些笨蛋组成了选民群,而我们还得听他们左右。为什么人们不能靠兔子获得定期赢利三千利勿尔?因为太庞大的群体会造成死亡。同样,凭群和众这个事实本身,里面包含的愚蠢病菌就会繁殖起来,造成的后果是难以估量的。"

---

① 卡韦尼亚克(1802—1857),法国将军,曾任驻阿尔及利亚总督,一八四八年临时政府执委会领袖。曾镇压六月起义,后反对路易·波拿巴未成功。
② 迪皮特伦(1777—1835),法国著名外科医生。

"你的悲观主义让我害怕！"佩库歇说。

后来，他们在春天遇到德·法威日先生，得知当局已向罗马派出了远征军。并不是去打意大利人，而是去索取我们所需要的保证。否则，我们的影响会毁于一旦。没有什么比这次干涉更合法了。

布瓦尔睁大了眼睛。

"上次谈到波兰，您的意见却恰恰相反！"

"这已经不是一回事了！"

如今的问题是教皇。

德·法威日先生说"我们愿意，我们要干，我们指望"时，他是在代表一群人。

布瓦尔和佩库歇既憎恶少数也憎恶多数。总而言之，贵族和庶民是半斤八两。

他们认为干涉权似乎可疑，便去卡尔沃、马尔滕斯和瓦代尔①的书里寻找干涉的原则。布瓦尔得出结论说：

"干涉别国是为了恢复某个人的王位，为了解放某个民族，或者是预感到某种危险而采取的预防措施。这几种情况都是侵犯别人的权利，是滥用武力，是一种伪装起来的暴力！"

"不过，"佩库歇说，"各个民族，就像人与人一样，是团结的。"

"也许吧。"

布瓦尔开始浮想联翩。

马上就要去征服罗马了。

在国内，巴黎资产阶级的精英们出于对颠覆思想的仇恨，捣毁了两家印刷厂。维持秩序大队组建起来了。

大队地区分队的头头是德·法威日伯爵、福罗、马雷斯科、

---

① 瓦代尔（1714—1767），德国政论家，曾写《论人权》。

本堂神甫。每天四点钟左右，这几个人在广场上从这头踱到那头，聊一些当前发生的事件。他们干的头等大事是散发小册子。小册子的题目倒不乏趣味：《上帝希望如此》《主张均分财产的人》《让我们摆脱混乱！》《我们走向何处？》。其中最引人入胜的是用乡下人的语言风格写的对话，当中夹杂了一些咒骂和法语的错误，对话是为了提高农人的士气。根据新出台的一部法律，思想传播掌握在省长手里，因此蒲鲁东①刚在圣佩拉吉被囚禁：一次大捷。

各地的自由树普遍被砍倒。沙维尼奥尔得遵守命令。布瓦尔亲眼看见有人把他那株杨树砍成碎片装上一辆大车。木片用来给宪兵们取暖，树桩则送给了本堂神甫，他毕竟为这棵树祝福过！怎样的嘲弄呀！

小学教师并不隐瞒他的思维方式。

有一天，布瓦尔和佩库歇经过他门前时，为此而祝贺他。

翌日，"小小"便登门拜访他们。到了周末，他俩又去回拜。

天渐渐黑下来，孩子们刚离开学校，小学老师正挽着袖子在扫院子。他的妻子围了一方马德拉斯布头巾，正在给孩子喂奶。一个小姑娘躲在她的裙子后边，一个极丑的男孩爬在她脚下的地上玩。她在厨房用过的肥皂水直流到房屋的墙根。

"你们瞧见了，"小学老师说道，"政府在怎样对待我们。"

他紧接着指责无耻的资产阶级。必须使资本民主化，让物质得到解放！

"这再好不过！"佩库歇说。

至少应当承认人民获得援助的权利。

---

① 蒲鲁东（1809—1865），法国哲学家，经济学家，十九世纪主要社会主义理论家之一。

"又是一个权利！"布瓦尔说。

这无关紧要！临时政府不下令实行博爱，说明这个政府很软弱。

"那您设法建立博爱机构呀！"

已经没有一点儿光亮了，珀蒂粗鲁地吆喝他的妻子去他的书房点上一支蜡烛。

一些大头针在石灰墙上钉了几位左派演说家的石印肖像。一个放了书的高高的书架凌驾于冷杉木写字台之上。只有一把椅子、一个凳子和一个旧肥皂箱可以坐人，小学老师为此装出嘲笑的样子。穷困的窘境已经在他的双颊打上了烙印，他狭窄的鬓角却显示出公羊般的固执和毫不妥协的傲气。他永远不会让步。

"再说，就是这些东西支撑着我！"

那是堆在一块木板上的一大摞报纸。他用非常激动的话语介绍他所信仰的文章：应解除军队的武装，废除行政官员的职位，工资平等，应确定人人达到黄金时代的平均水准，在共和国体制下应有一位独裁者统治，独裁者应当是个朝气蓬勃的男子汉，只有这样的人能领导大家把这一切办得干脆利落！

随后，他拿一瓶茴香酒和三只酒杯准备为英雄，为不朽的牺牲者，为伟大的马克西米连①干杯。

本堂神甫的黑袍出现在门口。

他匆匆忙忙向布瓦尔他们问好之后，便过去同小学老师攀谈，他几乎用悄悄话对珀蒂说：

"圣约瑟的事办得怎么样啦？"

"他们什么也没给。"老师说。

"这是您的错！"

---

① 历史上有好几位马克西米连；此处多半指日耳曼和神圣罗马帝国皇帝马克西米连一世（1459—1519）。

285

"我已经尽力了!"

"噢!真的?"

出于谨慎,布瓦尔和佩库歇起身回避,珀蒂却让他们坐下,同时对神甫说:

"就这事儿?"

热弗罗依教士犹豫起来;随后,一抹微笑使他的训斥缓和了些:

"大家认为您对圣史有点漫不经心。"

"哦!圣史!"布瓦尔说。

"对圣史您有什么可指责的,先生?"

"我?没有什么。不过,也许还有比约拿①和以色列诸王的小故事更有用的东西。"

"那就听便了!"教士冷冷地驳道。

于是,再不考虑有外人,或正因为有外人,他接着说:

"教理讲授课时间太短!"

珀蒂耸耸肩。"当心!您会失去您的住宿生!"

住宿生每月交十法郎,这是珀蒂在他的岗位上能得到的最好的待遇,然而,穿道袍的人激怒了他:

"算了,您报复吧!"

"我这样性格的人是不会报复的,"教士平静地说,"只是我要提醒您,'三一五法令'曾授予教会监督小学教育的权力。"

"嘿!我明白!"小学老师叫道,"这监督权甚至属于宪兵队的上校们!为什么不把这权力交给乡村警察呢!要那样就全了!"

他跌坐在凳子上,用嘴咬着拳头,竭力控制着悲愤,为自己

---

① 约拿,《圣经·约拿书》中谈到的十二小先知之一。他不听上帝要他去尼尼微城宣教的召唤,登海船远行。风暴中被大鱼吞下,在鱼腹中过了三天,才被大鱼吐到岸上而得以活命,随后便去尼尼微讲道。

的无能为力感到窒息。本堂神甫轻轻触了触他的肩膀。

"我并没有想让您伤心,我的朋友。冷静点!理智些!……复活节快要到了:我希望您与别人一道领圣体以作出表率!"

"哦!这太过分了!我!我!屈服于这样的蠢行!"

听到他这亵渎神明的话,神甫的脸变得煞白。他忽闪着眼睛,下颌颤抖:

"闭嘴,疯子!闭嘴!……而他的妻子却负责洗教堂的衣物!"

"嘿!那又怎么样?她招惹谁啦?"

"她老赶不上望弥撒!这点就像您!"

"哼!总不能为这事儿开除老师吧!"

"可以调走他!"

教士不说话了。他站在这间房子尽里的阴影里;珀蒂沉思着,头埋在胸前。

他一家有可能被打发到法国的另一端,盘缠用尽。在那边,他们遇到的会是同样的本堂神甫,同样的校长,同样的省长,只不过名字不同罢了;所有的人,直至部长,都是国家机器令人难以忍受的链子上的环!他已经受到一次警告,别的警告还会接踵而来。随后呢?在一种幻觉般的景象里,他看见自己在大路上行走,背着口袋,他心爱的人们走在他的身旁,用双手招呼着一辆驿站快车。

这时,他的妻子在厨房里突然一阵呛咳;新生儿哇哇叫起来,男孩也在哭。

"可怜的孩子们!"教士柔声说。

父亲失声痛哭。

"对!对!要我干啥就干啥!"

"我指望的就是这个。"神甫说。

他屈屈膝:

"先生们,晚安!"

小学老师一直捧着脸。他推开布瓦尔:

"不!别管我!我想死!我是个可怜虫!"

两个朋友回到自己家里,为他们的独立地位感到庆幸。神职人员的权力让他们不寒而栗。人们正在利用这个神权巩固社会秩序。共和国即将消失了。

三百万人被排除在普选之外。各种报纸的保证金提高了,还恢复了书报审查制度。人们却对连载小说格外青睐。古典哲学被视为洪水猛兽。资产阶级宣扬物质利益的教条,而百姓似乎心满意足。

乡村的百姓则与昔日的主人重修旧好。

德·法威日先生在厄尔省有些产业,他因此而被捧进了立法议会;而他再次选进卡尔瓦多斯省议会乃是指日可待的事。

他认为设午宴款待乡里的头面人物十分有益。

前厅里有三个仆人等待宾客并接过他们的外套;弹子房和相通的两间客厅、中国式的盆景、壁炉上的青铜艺术品、护壁镶板上的金护条、厚实的门窗帘、宽大的安乐椅,如此的豪华连同礼貌的接待,立即给他们留下了深刻的印象。他们一走进饭厅便迎面看见了饭桌:一个个银菜盘里盛满了肉食,每个空盘前面都摆放了排成行的酒杯,无论这里或那里都够得着冷盘,中间是一大盘鲑鱼,这番景象使客人们禁不住笑逐颜开。

一共十七位客人,其中包括两位殷实的庄稼人、巴耶的专区区长和瑟堡来的某某人。德·法威日先生敦请诸位见谅,伯爵夫人因偏头疼而未能前来聊尽主妇之谊。客人们在对饭桌四角的果篮里摆放的梨和葡萄大加赞扬之后,开始谈论一条特大新闻:尚加尼耶[①]对英格兰的登陆计划。

---

① 尼古拉·尚加尼耶(1793—1877),法国将军和政治家,曾任阿尔及利亚总督。

额尔托希望如此，因为他是军人；本堂神甫但愿如此是出于对新教徒的仇恨；福罗赞同此举则出于商业上的考虑。

"你们表达的是中世纪的感情！"佩库歇说。

"中世纪也有好东西！"马雷斯科说。"还有教堂！……"

"可是，先生，流弊！……"

"那没关系，不会发生'革命'！……"

"噢！'革命'，那是灾难！"本堂神甫叹着气说。

"可是所有的人都对革命作出过贡献！而且（原谅我，伯爵先生）贵胄们自己也一样，不过是通过他们和哲学家们的联盟！"

"有什么办法！路易十八使抢劫合法化！自那时起，议会制度就在挖墙脚！……"

一大盘烤牛肉端上来了，在这几分钟里只听见刀叉的碰撞声、嚼东西的声音、仆人在地板上走路的嚓嚓声，以及不断重复的："马德拉葡萄酒！索泰尔纳葡萄酒！"

瑟堡来的那位先生重开话题：如何悬崖勒马？

"在雅典人，"马雷斯科说，"在与我们有关系的雅典人里，梭伦①提高取得选举权的纳税额，从而把民主派压了下去。"

"最好取消议院，"于雷尔说，"一切混乱都来自巴黎。"

"地方分权吧！"公证人说。

"充分分权！"伯爵说。

依福罗之见，市镇应当享有绝对主权，直至在它认为适当之时禁止外来旅客在其管辖范围内通行。

菜肴一个接一个，果汁鸡、淡水螯虾、蘑菇、生菜色拉、烤云雀，在此期间话题也层出不穷：最理想的税收制度、大面积耕

---

① 梭伦（前640—前558），雅典立法者，希腊七贤之一，改革家和诗人。据说于公元前五九四年执政，建立了雅典民主政治。

289

作的优越性、废除死刑；专区区长没有忘记援引一位风趣的人富于魅力的话："让谋杀犯先生们开始吧！"

布瓦尔为他周围的华贵物品与大家谈论的事物之间的反差感到吃惊，因为他一直认为言谈似乎应与环境相谐，高高的天花板是为伟大的思想而建造的。不过，在吃餐后点心时，他已经醉得满脸通红，只能像雾中观花似的隐约看见一个个高脚酒杯。

大家饮用的是波尔多、勃艮第、马拉加等地的葡萄酒。德·法威日先生了解他的客人，命人开了香槟酒。同桌的客人们为选举的成功碰杯，大家去吸烟室喝咖啡时，已是下午三点多钟了。

《喧哗》杂志的一幅漫画随便放在半边靠墙的一张蜗形脚桌子上，周边是几期《环球》。漫画表现一个公民身上穿一件礼服，礼服的燕尾下露出一条尾巴，尾巴末端有一只眼睛。马雷斯科为漫画作些说明，众人大笑。

大家酌饮利口酒；雪茄烟灰掉在椅子的软垫之间。本堂神甫为了说服吉尔巴尔而攻击伏尔泰。古隆睡着了。德·法威日先生宣称他忠于尚博尔。

"蜜蜂表示君主制。"

"蚂蚁却表示共和制！"

再说，医生已经不再坚持共和制了。

"您说得有道理！"专区区长说，"政府的形式并不很重要！"

"但得有自由！"佩库歇驳他。

"老实人不需要自由，"福罗再驳佩库歇，"我呀，我可不爱空谈！我又不是新闻记者！我赞同你们的看法，法国需要铁腕人物来统治！"

大家都祈求来一位救星。

出门时，布瓦尔和佩库歇听见德·法威日先生对热弗罗依神甫说：

"必须重新提倡顺从。如果对顺从提出异议，权威就会消亡！神权，只能有神权！"

"对极了，伯爵先生！"

树林背后，一缕缕十月的暗淡阳光显得很长，潮湿的风吹拂着。他俩走路时脚踩在干树叶上，像获得解放似的感到轻松。

他们方才难以畅谈的一切，现在都不由自主地脱口叫了出来。

"怎样的蠢人！多么卑鄙！那样的顽固真难以想象！首先，神权意味着什么？"

迪姆舍尔的朋友，那位在美学问题上启发过他们的教授，在一封学术性很强的书信里回答了他们的问题。

神权的理论是查理二世①在位时期由英国人菲尔默②提出的。内容如下：

> 造物主赋予第一个人③统治世界的权力。此权力传给了他的子孙，因此国王的权力来自上帝："他是上帝的写照。"博叙哀写道。父权帝国习惯于个人统治。国王是按父亲的模式造就的。
>
> 洛克④批驳这个理论。父权有别于王权，因为臣民对儿女的权利同国王对儿女的权利相同。王权的存在只能靠人民的选择，甚至在教会为国王举行的加冕礼上也会提到选举，

---

① 查理二世（1630—1685），英格兰和苏格兰国王。因其母系法国人，曾不顾国人反对与法国结盟。
② 菲尔默（1588—1653），英国理论家，他认为国家如同家族，国王即其族长。
③ 第一个人，指亚当。菲尔默在他的主要著作《族长》一书中，把亚当说成人类的第一位国王。
④ 约翰·洛克（1632—1704），英国哲学家，《人类知性随笔》的作者。主张自由和宽容。

在加冕礼上，两位主教指着国王问贵族和平民，他们是否接受此人作他们的国王。

因此，权力来自人民。人民有权"做他们所愿意做的事"，爱尔维修①作如是说；有权"改变他们的宪法"，瓦代尔说；有权"反抗不公正"，格拉菲、奥特芒②、马布里③等作如是说！圣托马斯·达甘④授权人民摆脱暴君。于里尤⑤说，人民"甚至可免于正确"。

以上公认的原则使他们吃惊，他们开始阅读卢梭⑥的《社会契约论》。

佩库歇一直读到结尾；随后闭上眼睛，仰着头，对这本书进行分析：

人们设定一个公约，个人便用公约束缚自己的自由。

同时，人民誓为保护自己而反对大自然的不平等，并使自己成为其占有东西的所有者。契约的检验手段何在？

在子虚乌有的地方！连夫妻共有财产制都没有提供保证。公民将会只顾搞政治。然而各种各样的职业都是必要的，所以卢梭建议大家都受束缚。科学已经毁了人类。戏剧腐蚀人，金钱有致命的害处，因此，国家应强制信仰宗教，违者处死。

---

① 爱尔维修（1715—1771），法国启蒙哲学家，伏尔泰的朋友。曾写感觉主义的辩护词《论精神》。
② 弗朗索瓦·奥特芒（1524—1590），法国新教胡格诺派法学家，政论家。
③ 马布里（1709—1785），法国哲学家、历史学家。《欧洲公众权利》的作者。
④ 圣托马斯·达甘（1225—1274），天主教神学的奠基人。他的神学受亚里士多德主义的影响，称为托马斯主义。
⑤ 皮埃尔·于里尤（1637—1713），法国新教神学家，因与博叙哀论战而遐迩闻名。
⑥ 冉-雅克·卢梭（1712—1778），日内瓦出生的法语作家，启蒙运动的先驱。从一七五〇年确立他的"人之初，性本善"的学说，认为是社会腐蚀了人们天生的善良，所以人应回归原始的善，回归自然。主要著作有《社会契约论》《民约论》《新爱洛伊丝》《忏悔录》等。

"怎么!"他们寻思,"他俨然是民主的权威!"

所有的改革者都仿效他。他们又去买了莫朗写的《社会主义研究》。

第一章阐述了圣西门学说①。

处于最高层的是"父亲",即教皇兼皇帝。废除遗产,一切财产、动产和不动产构成社会基金,基金按等级经营。实业家管理公共财产。无须害怕:总有"爱得最深的人"当领袖。还缺一样东西:女人。拯救世界取决于女人的到来。

"我不明白。"

"我也不明白!"

他们便涉猎傅立叶主义②。

一切灾难都来自强制。吸引应是自由的,只有这样才会建立和谐。

我们的心灵包含十二种主要感情:五种利己主义的,四种泛灵论的,三种分发性的。第一种倾向于个人;第二种倾向于团体;第三种倾向于团体的团体,或曰系列团体,其总体就是法伦斯泰尔③——住在同一个宫殿里的一千八百人的团体。每天早晨,马车将劳动者运往乡村劳动,傍晚再把他们接回来。大伙儿高举队旗,互相宴请,享用点心。任何女人只要乐意,都可以拥有三个男人:丈夫、情人、传种的人。而且为单身汉建立了巴亚德④制。

---

① 圣西门学说指法国空想社会主义者圣西门(1760—1825)的主张。宣传建立一个人人都有劳动权利和义务、不受压迫、有计划组织起来的社会。主张由知识分子和实业家领导社会改造运动;改造手段主要靠教育。
② 指法国空想社会主义者查理·傅立叶(1772—1837)的学说。幻想建立一种以"法伦斯泰尔"为基层组织的社会主义社会。恩格斯说:"进行那样尖锐深刻批评的只有傅立叶一人。"
③ 法伦斯泰尔,指内部团结一致的团体,系傅立叶所设想的社会基层组织。
④ 巴亚德,对印度寺院里舞姬的称呼。此处似指与单身汉相伴的女子。

"这适合我!"布瓦尔说。

他随即沉浸在和谐世界的幻梦里。

恢复气候调节,土地会变得更加肥沃;杂交会使人们更加长寿。人可以指挥云彩,有如当前人工制造闪电;每天夜里都会下雨清洗城市。船只将穿过两极的海洋,因为北极光使结冰的海水解了冻。原来天地间的一切都由两种流体结合而产生,雄性流体和雌性流体分别从南北极涌出;北极光乃是地球发情期的一种症候,是一种射精状态。

"这简直超过我的理解力。"佩库歇说。

圣西门和傅立叶之后,问题便归结到薪金上。

路易·勃朗考虑工人的利益,要求废除对外贸易;拉法莱尔要求强迫使用机器;还有一个人要求给饮料减税,或重建行会管事会,或给穷人布施汤羹。蒲鲁东想出一种统一税率,并要求国家垄断食糖。

"这些社会主义者老要求专制。"布瓦尔说。

"并不是这样!"

"是这样!"

"你荒谬绝伦!"

"而你,你让我反感!"

于是,他们让人寄来过去只读过缩写本的著作。布瓦尔记下其中的好多处,并指给佩库歇看:

"你自己看!他们推荐给我们的样板是艾赛尼派①、摩拉维亚兄弟会②、巴拉圭耶稣会士直至牢狱的生活制度。伊卡里亚岛③居民吃午饭只用二十分钟,他们的女人在医院分娩;至于书籍,没有共和国的授权不准印书。"

---

① 艾赛尼派,见本卷第74页注①。
② 摩拉维亚兄弟会,捷克斯洛伐克中部摩拉维亚地区的一宗教派别。
③ 伊卡里亚岛,位于爱琴海中的希腊岛屿。

"加贝①是个白痴。"

"现在轮到圣西门了:政论家得把他们的著作交给实业家委员会审查;皮埃尔·勒鲁②则主张用法律强迫公民听别人演说;奥古斯特·孔德③希望由神职人员教育青年,指导一切精神产品并劝告当权者控制生育。"

这些资料使佩库歇感到伤心。吃晚饭时,他辩驳说:

"我承认,乌托邦分子有些东西很可笑,但是他们值得我们敬爱。这世界的丑恶使他们感到痛心,为了让世界变得更美好,他们吃尽了苦头。你回忆回忆,莫尔④被砍头,康帕内拉⑤七次受酷刑,彼奥那罗提⑥脖子上挂着锁链,圣西门穷困而死,还有别的许多人。他们完全可以安安静静过日子,但不!他们如英雄般昂着头走自己的路。"

"你难道相信,有了某位先生的理论,这世界就会改变?"布瓦尔说。

"改变与否倒无妨!"佩库歇说,"但现在已不是躺在利己主义里腐败下去的时候了!我们得寻找最好的制度!"

"这么说,你准备找到这样的制度?"

"当然!"

---

① 艾蒂安·加贝(1788—1856),法国政论家。曾写一篇著名的共产主义乌托邦文章《伊卡里亚岛纪行》。
② 皮埃尔·勒鲁(1797—1871),圣西门派哲学家和政治家。
③ 奥古斯特·孔德(1798—1857),法国哲学家,实证主义哲学的创始人。后创立人道教作为其哲学观点的补充。
④ 托马斯·莫尔(1478—1535),英国国王亨利八世在位时的大臣,"乌托邦"的创始人。后因不愿承认国王为英国国教的最高领袖而被斩首。一九三五年被列为圣人。
⑤ 托马索·康帕内拉(1568—1639),意大利哲学家,空想共产主义者。他反对经院哲学,号召研究自然,注意感觉和经验。因参加多次人民起义而被囚禁于狱中凡二十七年,在狱中写《太阳城》一书阐述共产主义理想。
⑥ 彼奥那罗提(1761—1837),意大利裔法国革命家。

"你？"

布瓦尔大笑起来，他一边笑，肩膀和肚子一边协调地颠动着。他的脸比桌上的果酱还红，他把餐巾夹在腋下，不停地笑："哈！哈！哈！"笑态使人生气。

佩库歇从房间走出去时，"砰"的一声拉上了门。

日耳曼女人在住宅里到处叫他，结果发现他坐在他寝室尽里的一张软座圈椅里。他不生火，也不点蜡烛，只用大盖帽盖住他的眉毛。他并没有生病，他是在思考问题。

两人的不和过去之后，他们认识到他们的研究还缺少一个基础课题：政治经济学。

他们调查供和求，资本和租金，进口和禁止进口令。

一天夜里，佩库歇被走廊里谁的靴子发出的咔咔声惊醒。但昨天晚上，他出于习惯曾亲自插上了所有的门闩，所以他去叫醒正在熟睡的布瓦尔。

他俩留在各自的被窝里一动不动。但再没有听到那声音。

他们询问了女仆，但她们说什么也没有听见。

然而他们在园子里散步时，却发现离栅栏不远的花圃中间有一个鞋印，栅栏的两根木棍也断了。显然有人爬过栅栏。

必须通知乡警。

乡警不在镇公所，佩库歇便来到食品杂货铺。

在后店堂里好些喝酒的人当中，他看见什么啦？高尔居！高尔居站在布拉克旺身边，穿得像个有钱人，正在招待他那一伙呢。

他倒并不在意这次邂逅。

他和布瓦尔随即谈到"进步"问题。

布瓦尔并不怀疑科学领域取得了进步，然而在文学方面进步却并不明显。如果说生活舒适的程度提高了，生活的光彩却消失了。

佩库歇为了说服他，拿起一张纸：

"我斜着画一条起伏的路线。凡能走完这条路线的人，只要线降下去，就看不见尽头。但线还会再升起来，所以，尽管道路迂回，他们还是可以到达高峰。这条路线就是进步的形象。"

波尔丹太太走了进来。

那天正是一八五一年十二月三日。她带来一份报纸。

他们肩并肩看得很快：号召人民，解散议会，监禁议员。

佩库歇脸色变得惨白。布瓦尔愣愣地注视着寡妇。

"怎么！你们什么也不说！"

"说有什么用？"

他们忘了请她坐。

"而我来这里原以为能让你们高兴呢！哦！今天你们俩可不讨人喜欢！"

她出去了，对他们的不礼貌很反感。

这次突然袭击使他们无话可说。他们随即去村子里发泄他们的愤怒。

马雷斯科在忙于写契约的当儿接待了他们，但和他们的想法却大相径庭。议会中的闲侃总算结束了，谢天谢地。从今以后也许会搞务实政治。

贝尔冉勃不知道发生的事，再说，他对那一切本来就嗤之以鼻。

他们在菜市场的敞棚下堵住沃考贝依。

医生早已万念俱灰。

"你们根本用不着如此苦恼！"

福罗在他们身边走过，他带着嘲弄的神情说：

"被打下去喽，那些民主派！"

上尉挽着吉尔巴尔的胳膊，远远地冲这边叫：

"皇帝万岁！"

不过珀蒂总该理解他们，于是，布瓦尔去敲他的窗户，老师从教室里走出来。

他认为梯也尔坐牢简直滑天下之大稽。不过这也算替人民报了仇。

"哈哈！议员先生，轮到你们了！"

在巴黎林荫大道上进行的枪杀得到沙维尼奥尔人的赞许。对失败的人不该心慈手软！不必可怜伤亡的人！人一造反，就是恶棍！

"让我们感谢上帝！"本堂神甫说，"除了上帝就该感谢路易·波拿巴。他身边都是些最杰出的人物！德·法威日伯爵一定会成为参议员。"

翌日，布拉克旺前来探访他们俩。

这两位先生说的话太多。他劝告他们闭嘴。

"你想知道我的看法吗？"佩库歇对布瓦尔说，"既然有产者凶狠，工人爱猜忌，教士奴颜婢膝，而人民最后总会接受一切暴君，只要不让他们的嘴巴离开他们的饭锅，那么拿破仑就干得对！让他堵住百姓的嘴，把百姓踩在脚下，把他们消灭掉！就为他们仇恨法律，就为他们卑怯、愚蠢、盲目，这样做怎么也不过火！"

布瓦尔沉思着说：

"哼！进步，瞎扯！"

他补充说：

"还有政治，多么肮脏！"

"政治不是一门科学，"佩库歇说，"军事艺术更有意思，搞军事的可以预见即将发生的事，也许我们应当干干这个？"

"哦！饶了我吧！"布瓦尔反对说，"一切都让我倒胃口。还不如卖掉我们的破房子，去找个'鬼地方，去野人那里待着！'"

"随你的便！"

梅丽正在院子里提水。

木水泵的手柄很长。为了压手柄，她猫着腰，露出了她的蓝色长袜，直到腿肚。随后，她麻利地抬起右臂，同时把头微微偏过来。佩库歇注视着她，感受到一种全新的东西，一种陶醉，一种无边无际的快乐。

七

凄凉的日子开始了。

他们再也不进行学习研究，因为害怕受骗；沙维尼奥尔的居民背离了他们，当局能容忍的报纸什么消息也提供不了，他们感到极度的寂寞、彻底的无聊。

有时他们翻开一本书，随即合上；何苦呢？还有些天，他们想起去打扫花园，但干了一刻钟便感到疲劳；或者想起去农庄看看，但回来时却灰心丧气；想料理家务时，日耳曼女人却唉声叹气，只好放弃。

布瓦尔想给博物馆造个一览表，他宣称馆里的小玩意冒傻气。

佩库歇借来朗格洛瓦打野鸭的猎枪，想打云雀；猎枪响第一声就炸开了，险些要了他的命。

这一来，他们只好生活在乡村特有的那种烦闷里，烦闷是那样沉重，而发白的天空还用它那乏味的单调抚摩绝望的心。他们听听哪个男人穿着木鞋顺墙根走路的脚步声，或听听雨水打在房顶又流到地上的滴答声。树上的枯叶时不时掠过窗玻璃，再旋转着飘走。模糊的丧钟声随风传到这里，一头母牛在牲畜棚深处哞哞叫着。

他俩面对面坐着打哈欠，看看日历，再看看挂钟，等着开饭；视野里的东西永远千篇一律：正面的田野，右边的教堂，左边的一排白杨树；白杨树的树梢在轻雾中摇动，老是那副可怜巴巴的模样。

他们过去还可以互相容忍的习惯如今已使他们感到苦不堪言。佩库歇好把他的手巾放在桌布上，这使他变得让人厌恶；布瓦尔再也不离开他的烟斗，聊天时还老左摇右晃。他们之间常发生争执，为菜肴，或为奶酪的质量。他俩单独在一起时，心里却各想各的。

有一件事使佩库歇乱了方寸。

沙维尼奥尔骚乱之后两天，他出门散步，以宣泄政治上的挫折带来的不快。他来到一条覆盖着茂密榆树的小路上，忽然听见背后一个声音在叫：

"站住！"

原来是卡斯提雍太太。她在道路的另一边跑，没有瞧见他。在她前边大步走着的男人转过身来。是高尔居！他俩在离佩库歇两米左右的地方走到一起，一排榆树把他们和佩库歇隔开了。

"是真的吗？"她说，"你要去打仗？"

佩库歇悄悄溜到排水沟里听他们说话：

"哼！没错，我要去打仗！"高尔居回答，"这关你什么事？"

"他竟然问这个！"她拧着两只胳臂大声说道，"可你要是被杀死怎么办，我心爱的人！啊！留下来吧！"

她那双蓝眼睛比她的话语更热切地恳求着他。

"让我安静！我该走了！"

她突然愤怒地冷笑一声：

"那一位也允许你走，是吗？"

"不谈这个！"

他举起握紧的拳头。

"别！我的朋友，别这样！我不吭声，我什么也不说。"

大滴的眼泪沿着她的双颊扑簌簌落到她绉领的蜂窝形褶裥里。

正是中午时分。太阳在覆盖着金黄麦穗的原野上闪闪发光。远处，一辆马车的防雨篷缓慢地滑行着。空气沉闷，令人昏昏欲睡；没有一声鸟啼，没有一声虫鸣。高尔居折断一根细枝，用它来刮树皮。卡斯提雍太太没有抬起头来。

她在思索，可怜的女人，她想到自己的牺牲是竹篮打水一场空；她还想到为他付清的债，为他抵押出去的自己的前程，为他而失去的名誉。可是她并没有抱怨，她只想唤起他对他们恋爱初期那些日子的回忆。那时，她每天夜里都要去谷仓里同他幽会；结果有一次，她丈夫以为出了贼，从窗口放了一枪。子弹到现在还留在墙上。

"我最初见到你那一刻，就觉得你像王子一般英俊。我爱你的眼睛，你的声音，你的步态，你的气味！"

她低声补充一句：

"我为你整个身子发狂！"

他微笑了，为傲气得到满足而得意扬扬。

她用双手从腰部抱住他，头往后仰，仿佛在出神地欣赏他：

"我的心肝！我的宝贝！我的灵魂！我的生命！瞧你，说话呀，你想要什么？要钱吗？会找到钱的。过去我有错！我让你感到厌烦！原谅我！去裁缝店里定做几件衣服吧，去喝香槟酒，去花天酒地，我什么都允许你干，什么都允许！"

她用尽最后的力气喃喃说：

"甚至容忍'她'！……只要你再回到我身边。"

他朝她的嘴唇俯下身去，一只胳膊搂着她的腰，以免她倒下去，她结结巴巴地说：

"小心肝！我的亲亲！你多美呀！上帝，你真英俊！"

佩库歇一动不动站在排水沟里，沟边的泥土齐他的下巴，他注视着他们，喘着粗气。

"别软弱！"高尔居说道，"要不我可能赶不上驿车！人们正在准备一场了不起的暴动；我是他们中的一员！给我十个苏，好请车夫喝一杯掺烧酒的咖啡。"

她从钱袋里抽出五个法郎。

"你得赶快还我。耐心点！从他瘫痪以后到现在，想想吧！要是你愿意，我们可以去克罗瓦-让瓦尔教堂，我的亲亲，我会在教堂里的圣母像前起誓，他一死，我就嫁给你！"

"嘿！你的丈夫，他死不了！"

高尔居一转身走了。她赶上他，紧紧抱住他的双肩：

"让我跟你一道走！我要做你的仆人！你需要一个人。不过还是别走吧！别离开我！我宁可死掉！杀了我吧！"

她爬到他的膝盖跟前，竭力去抓他的双手，想吻他的手；她的便帽掉在地上，接着掉下去的是她的压发梳，她的短发随即披散开来，耳根的头发已经发白。因为她自下而上瞧着他，又抽抽噎噎，眼皮发红，嘴唇虚肿，高尔居突然感到恼怒，将她一推：

"往后站，老太婆！再见！"

她站起来，扯下挂在她脖子上的金十字架，顺势朝他扔过去：

"接住，无赖！"

高尔居一边往远处走，一边用小棍子敲打道旁的树叶。

卡斯提雍太太没有哭泣。她张着嘴，两眼黯淡无光，愣愣地站在那里一动不动，仿佛在绝望中变成了石头人。她已经不是一个活人，而是一件彻底毁坏了的东西。

佩库歇适才在无意中发现的事对他来说仿佛发现了一个世界，整个世界！在这个世界里有炫目的光，有一个个无序的开花期，有海洋，风暴，有宝库，也有不可测知的深渊；这个世界显示出令人畏惧的东西，那又何妨？他梦想爱情，他渴望像这个女人一样感觉爱情,像这个男人一样引起别人的爱。

不过他仍然极端憎恶高尔居,在自卫军队伍里,他费了好大的劲才没有揭发他。卡斯提雍太太的情人以他高挑的身材,均匀而拳曲的鬈发,絮状的胡须和征服者的神气使佩库歇相形见绌;而他佩库歇的头发……紧紧贴在他的头顶,活像戴了一副浸湿的假发;他那装在宽袖长外套里的上身活像一个长枕头;他的两颗大牙已经松动,而他的面貌看上去又十分严厉。他认为上天太不公平,感到自己条件太差,连他的朋友都不喜欢他了。

布瓦尔每天晚上把他扔在家里。自布瓦尔的妻子过世以后,本来就没有什么妨碍他续弦,他如果那么做了,后娶的妻子此刻就会溺爱他,为他管理家务。现在想这事已经太老了。但他仍然在镜子里仔细端详自己。他的两颧还保持了红扑扑的颜色,他的头发仍和往昔一样拳曲,没有一个牙齿松动。一想到他还能招人喜欢,他就感到青春焕发。波尔丹太太突然出现在他的记忆里。她从前曾主动接近过他:第一次是在麦垛被烧的当儿;第二次是在邀请她晚餐时;接着是她参观博物馆那天他朗诵诗剧的时刻;最后是她接连在三个星期天前来走访,没有记仇的迹象。这样一想,他便去到她家;回来时,遂下定决心勾引她。

自佩库歇观看小保姆在井坎上汲水那天起,他同她谈话更经常了。无论她打扫走廊,还是晾晒衣物,还是转动有柄平底锅,他都高兴地看个没完,从不腻烦,连他自己都为这种激情感到吃惊,好像又回到了青春期。他为此而兴奋、焦躁,而情思昏昏。卡斯提雍太太紧紧抱住高尔居的情景常出现在他的记忆里,使他备受折磨。

他询问布瓦尔,放荡的男人如何行事才能得到女人。

"他们给女人送礼,请她们去饭馆里享受美味。"

"很好!那以后呢?"

"有些人假装晕倒,好让人把她们抬到长沙发上;还有些人

303

故意把手绢掉在地上。最棒的女人会直截了当同你约会。"

布瓦尔便滔滔不绝地描绘起来,他的描述有如淫秽版画,激起了佩库歇的想象。

"需要遵守的第一个准则,是别听信她们说的话。我认识几个女人,她们表面看上去像圣女,实际上是些地道的淫妇!最重要的是必须大胆!"

然而大胆得靠自觉。佩库歇一天一天推迟他的决定,再说,他也害怕日耳曼女人在场。

他希望这老女仆自动要求结账走人,便一味额外增加她的苦活儿,记下她多少次喝得酩酊大醉,大声呵斥她邋遢,懒惰;他干得巧妙,终于辞退了她。

这一来佩库歇自由了!

他怎样急不可耐地巴望布瓦尔出门呀!布瓦尔在身后拉上大门时,他的心怎样跳个不停!

梅丽坐在窗旁一张独脚小圆桌边借着烛光做针线活;她时不时用牙齿咬断手上的线,然后眯缝着眼对准针眼穿线。

他首先想知道什么样的男人招她喜欢。比如,是布瓦尔类型的男人吗?根本不是!她更喜欢瘦男人。他竟壮着胆问她过去有没有情人!

"从没有!"

他随即挪到她身边,出神地注视着她那清秀的鼻子,小小的嘴唇,脸的轮廓。他对她说些恭维话,还劝她文静些。

他冲她俯下身去,透过她的胸衣瞥见她白白的胸脯,从那里发出温热的气味,使他的脸发烧。有一天晚上,他用嘴唇轻轻吻了她颈背上的乱发,他感到浑身震颤,直到骨髓。还有一次,他吻了她的下巴,并竭力控制自己别咬了她的肉,因为她的肉实在太有味道了。她还了他一吻。他感到天旋地转,什么也看不见了。

他送她一双靴子，还经常请她喝茴香酒……

为使她别太劳累，他一大早起来替她劈柴，生火，甚至体贴到代她为布瓦尔擦鞋。梅丽并没有晕倒，也没有让手绢掉在地上，佩库歇便不知如何是好；他越害怕满足情欲，他的情欲就越旺盛。

布瓦尔追逐波尔丹太太毫不懈怠。

她接待他，身子紧紧裹在一件闪色的丝绸连衣裙里，裙袍咔咔作响，有如马的鞍辔；为了不致失态，她老把玩着自己的金表链。

他们的对话不是谈沙维尼奥尔人，就是谈"她的亡夫"，昔日利瓦罗的法庭执达员。

她随后又打听布瓦尔的过去，留心了解"他年轻时的恶作剧"，还顺便问问他的财产状况，他和佩库歇的关系出于什么样的利益考虑。

他则欣赏她家务管得好，在她家晚餐时，就恭维她家的餐具干净，菜肴与众不同。一系列浓味的菜，在同等的时间间隔中上勃艮第产的名贵红葡萄陈酒，他俩就这样一直吃到餐后点心，享用餐后点心时他们又花了很长时间喝咖啡。波尔丹太太张开鼻孔，把她那厚厚的嘴唇浸到带茶托的咖啡杯里，嘴上的黑色汗毛形成淡淡的阴影。

有一天，她出现在布瓦尔面前时袒胸露肩。她的肩膀使他着迷。他当时坐在她面前的一张矮椅子上，禁不住用双手沿着她的两只胳膊摸上去。那位寡妇发火了。他再也不敢造次，但仍然想象着那对又坚实又肥大的妙不可言的丰满圆形物。

一天晚上，梅丽烹调的东西让布瓦尔倒胃口，他走进波尔丹太太的客厅时感到格外快活。这里才应当是他过日子的地方。

蒙了一张粉红色纸的灯泡射出柔和的光，令人感到安详。波尔丹太太坐在壁炉旁，把她的脚伸出她的裙袍。他俩只说了几句话，聊天就冷场了。

这时，她注视着他，睫毛半开半合，显得伤感，引人爱怜，而且又执着又顽强。布瓦尔再也不能自持了！他跪到地上，嘟嘟哝哝地说：

"我爱您！我们结婚吧！"

波尔丹太太呼吸急促，随后装出天真的神气说他这是在开玩笑；显然，大家会嘲笑他们，这太不理智。他的爱情表示让她茫然不知所措。

布瓦尔反驳她说，他们的事用不着任何人的同意。

"谁阻碍您啦？难道是嫁妆？我俩的内衣有相同的记号条，都是B！我们是在结合我们姓氏的大写字母。"

他的论据使她高兴，但还有一件重要的事妨碍她在本月底前作出决定。布瓦尔只好唉声叹气。

她送他出门时显得温情脉脉，身旁还跟着手执风灯的玛丽亚娜。

两个朋友一直在互相隐瞒自己的情欲。

佩库歇准备永远掩盖他和小保姆私通的事。一旦布瓦尔反对他们这样做，他就把梅丽带到别处去过日子，哪怕去阿尔及利亚呢，那里的生活倒不昂贵！然而他很少作这样的设想，因为他心里充满爱，并不考虑这份爱情的后果。

布瓦尔计划把博物馆改成他们的新房，除非佩库歇拒绝这样做；要那样他就搬到他的配偶家里住。

第二个星期的一天下午，她正在她家的花园里，含苞的花已开始怒放，一朵朵白云间出现了大片的蓝色晴空；她弯腰采了几朵堇菜花，一面让他看花，一面说：

"给布瓦尔太太问好呀！"

"怎么！这是真的？"

"千真万确。"

他想拥抱她,她把他推开了。

"什么样的男人!"

接着,她态度变得严肃,提醒他说,她即将向他要求某种照顾。

"我一定给您!"

他们得在下个礼拜四签订婚姻契约。

直到签订契约那一刻,他们俩谁都不应该知道契约的内容。

"就这么说定了!"

他出门时眼睛望着天空,一身轻得像麂子。

同一天的上午,佩库歇下了决心,如得不到小保姆的欢心,他宁可死去。他陪伴她到地窖,希望那里的黑暗能赋予他勇气。

她好几次想走,但他老留下她,或数瓶子,或选一些板条,或察看一个个酒桶的底;时间已经拖得很长了。

她站在他对面,从通风窗射进来的阳光照在她身上,她站得很直,垂着眼皮,嘴角微微往上翘。

"你爱我吗?"佩库歇生硬地说。

"是的,我爱您。"

"哦,那好,给我证实你的爱!"

于是,他用左手抱着她,右手开始解她的胸罩搭扣。

"您会搞痛我吗?"

"不会!我的小天使!别怕!"

"如果布瓦尔先生……"

"我什么也不告诉他!放心吧!"

他们身后有一大堆柴捆。她顺势倒在柴捆上,让两个乳房从衬衫里露出来,头往后仰,然后用一只胳膊遮住脸;换一个人一定会明白,这姑娘已经是老手了。

过不多久,布瓦尔回家吃饭。

用餐时两人都默不作声,生怕露了马脚。梅丽给他们上菜,与平常一样镇定自若;佩库歇把眼睛转到一边去,以避开她的眼睛;布瓦尔却端详着墙壁,心里考虑着如何进行修缮。

一星期以后的周四,他回到家里时怒不可遏。

"该死的婊子!"

"你说谁呀?"

"波尔丹太太。"

于是,他讲述自己如何荒唐到想让她做妻子;但一切都结束了,是一刻钟以前在马雷斯科那里结束的。她硬说自己接受了厄卡尔作为嫁妆,而厄卡尔跟农场一样,有一部分是他和另一个人一道付钱买下的,他个人不能随便支配。

"的确是这样!"佩库歇说。

"而我竟蠢到答应她随便选择一种照顾!她就是这样一个人!我当时很固执,因为如果她爱我,她就应该让步!"

恰恰相反,那寡妇竟发了火,而且破口大骂,诋毁他的外貌,他的大肚子。"我的大肚子!你说说,这是怎么回事!"

在这期间,佩库歇出去了好几次,走路时两腿叉开。

"你很难受?"

"噢,是的!我难受!"

佩库歇关上门,经过好一阵犹豫,这才承认他刚发现自己得了一种见不得人的病。

"你?"

"正是我!"

"哦!我可怜的单身汉!谁传给你的?"

佩库歇的脸更红了,他把声音压得更低,说:

"只能是梅丽。"

布瓦尔惊呆了。

要做的第一件事是辞掉那姑娘。

她表示抗议,装出天真的神态。

佩库歇的病情却非常严重；但他为自己干的丑事感到羞愧，不敢去看医生。

布瓦尔想到求助于巴尔勃鲁。

他们给他写信谈了病情的细节，让他转给一位医生，请医生以通信的方式进行治疗。巴尔勃鲁很积极，因为他相信此病与布瓦尔有关，他一边祝贺他，一边叫他"故作年轻的可笑老头"。

"在我这样的年纪！"佩库歇老说，"这太令人伤心了！可她为什么要对我这样？"

"她喜欢你呗。"

"她事前应该告诉我。"

"难道情欲能受理性控制！"

布瓦尔又抱怨波尔丹太太了。

他经常在无意中发现她在厄卡尔前面逗留，还有马雷斯科作陪，她同日耳曼女人还谈着什么。为一点点土地搞那么些鬼！

"她很贪财！原因就在这里！"

在小客厅里，他俩就这样围着炉火反复思考着他们的失算，佩库歇边说边吞药，布瓦尔吸着烟斗。他们就女人问题高谈阔论。

"奇怪的需要！这难道是需要？她们逼人犯罪，促人当英雄，也使人变得糊涂。衬裙下有地狱，亲吻里有天堂；那是斑鸠的鸣啭，蛇的扭动，猫的魔爪，大海的阴险，月亮的无常。"

他们谈到女人流露出来的所有共同之处。

正是他们想得到女人的欲望使他俩暂时中断了友谊。他们感到好不后悔。

"再也不要女人了，是吧？让我们过没有女人的生活！"

他俩动情地拥抱在一起。

必须振作起来。在佩库歇康复之后，布瓦尔认为水疗对他们有益。

309

那个姑娘走了之后，日耳曼女人又回来干活了。她每天早上把浴缸搬到走廊上。这两位老先生像野人一般光着身子，一桶一桶地互相浇水，然后跑回自己的房间。有人在栅栏那边瞧见了他们；有些人还为此感到气愤。

八

他们对自己的饮食制度感到满意，于是想通过体操锻炼改善体质。

他们取来阿莫罗的锻炼手册，浏览了里面的图册。

图册里的年轻小伙子，有的蹲着，有的向后仰，还有些人站立着，或弯腿，或伸开双臂，或扬着拳头；有的在举重，有的骑在杠子上，或在梯子上攀登，或在高秋千上翻筋斗；如此显示力量和灵活性的运动刺激了他们锻炼的欲望。

然而，手册前言里描绘的健身房的富丽堂皇使他们感到沮丧，因为他们永远不可能有一间前厅来摆放那些装备，也没有跑马场供他们跑步，也没有水池供他们游泳，更没有"荣耀山"，即高三十二米的假山。

马上杂技需要的木马加上垫料，这恐怕费用浩大，他们不敢问津；于是他们把花园里那棵倒了的椴树用作横爬杆；当他们学会灵活地从这端走到那端时，又在贴墙果树之间栽了一个工字小梁作为竖爬杆。佩库歇一直爬到最高处。布瓦尔滑了下来，再爬，再掉下，终于放弃了。

他更喜欢"体正测量仪"，即用两根绳子捆紧两个扫帚柄，第一根绳子经过胳肢窝，第二根绳子绕在两个手腕上；他坚持使用这个仪器长达几个小时，抬起下巴，挺着胸脯，两肘顺着身体下垂。

没有杠铃,大车制造工人为他们车了四个白蜡树块,形状像圆锥形糖块,顶上像瓶颈。应当举着这几个大头体操棒往右,往左,往前,往后;然而物件太重,老从指间往下滑,险些砸坏他们的腿。不要紧,他们转而发奋舞弄波斯大头体操棒;因为害怕棒子开裂,他俩竟用一块棉布每天晚上给它们打蜡。

接着,他们出去寻找沟渠。当他们找到一条合适的地沟时,便在沟中间插一根长杆,靠着长杆用左脚从沟这边跳到沟那边,然后再跳回来。原野很平坦,人们在远处就能看见他们;村民们互相询问:在天边跳来跳去的是什么怪物呀?

秋季来临,他俩开始作室内体操;但这种活动让他们感到腻烦。他们怎么就没有路易十四时代圣皮埃尔神甫发明的那种摇动装置,或曰邮车椅!如何制造这玩意?去哪儿打听?迪姆舍尔甚至不屑于回答他们。

于是,他们在面包房里设置了一个手摇摇板。两个滑轮固定在天花板上,一根绳子穿过滑轮,绳子两端各有一个横挡。他俩抓住各自的横挡之后,一个用脚趾往地上压,另一个将两臂压到齐地的水平;第一个人以他的重量吸引第二个人,第二个人稍稍放松绳子便往上升;不到五分钟,他俩的四肢都流汗了。

为了遵守锻炼手册的规定,他们竭力训练自己成为左右手同样灵巧的人,直至暂时丧失右手的功能。他们走得更远:阿莫罗指定了一些锻炼时必须唱的歌,他俩在平时走路时也反复唱赞歌九:

国王,公正的国王是世间的福祉。

在拍打胸肌时,唱:

朋友,王冠和荣光,等等。

跑步时:

来我们这里，胆小的动物！
让我们赶上迅跑的鹿！
对！我们会战胜他们！
奔！奔！奔！

他们虽然比狗喘得还厉害，却越听自己的歌声越来劲。

体操还有一个方面使他们兴奋：可以利用体操作为救护的手段。

但得有孩子才能学会如何将孩子放在口袋里背着走，他们便去求小学老师给他们提供几个娃娃。珀蒂反对说，孩子们的家庭会感到恼火。他们不得已而转向伤员的救护。他俩一个假装晕倒，另一个小心翼翼地将他放进一辆两轮车。

至于军事攀登，手册作者倡议使用玫瑰红木梯，这名字是从前一位上尉爬悬崖突然袭击费康时给这种云梯取的名字。

根据书中的版画插图，他们在一根粗绳上捆了好些小棍子，然后把粗绳固定在库房棚顶下边。

一跨上第一根小棍，并抓住第三根，他们连忙将双腿往前伸，好让方才齐胸的第二根小棍正好处在自己的臀部下面。于是再站起来，再抓第四根，并这样继续下去。他们虽然拼命扭动腰部，仍然跨不上第二梯阶。

也许，像波拿巴的士兵攻取尚勃雷要塞那样用手抓住石头费劲小些？为了大家能进行这样的活动，阿莫罗的健身机构拥有一个塔形堆积物。

断墙可以代替塔形堆积物，他们便试着冲锋。

然而布瓦尔从一个窟窿里抽脚时动作太快，他一害怕就感到头晕眼花。

佩库歇则怪罪他们的方法不对：他们忽略了指（趾）骨节一类的锻炼，所以他们应该回头按原则进行健身。

佩库歇的劝告是白费心机，于是，在他的傲气和自以为是的心态驱使下，他踩起了高跷。他似乎天生适于踩高跷，因为他立即用上了大型高跷，踏脚板离地有四尺。他站上去让身子平衡之后，便开始在花园里大步走来走去，活像一只正在散步的巨大的鹳。

布瓦尔在窗前瞧见他摇摇晃晃，随即倒在四季豆上，豆架砸得稀里哗啦往下坍塌，倒缓冲了他的坠落。扶他起来时，他满身泥土，鼻孔出血，脸色灰白，而且认为自己发了小肠气。很明显，体操并不适合他们这样年纪的人；他们抛弃了体操，而且再也不敢走动，生怕出事；于是，他们从早到晚待在博物馆里冥思苦想，希望找点别的事干。

改变习惯的举措影响了布瓦尔的健康。他变得身子笨重，用餐之后像抹香鲸一般喘粗气。他想减肥，吃得比过去少，身体却虚弱了。

佩库歇也感到自己在逐渐衰弱；他浑身发痒，喉咙里仿佛有些硬东西。

"这样不行，"他老说，"这样不行。"

布瓦尔想去旅馆选几瓶西班牙酒，以恢复肌体各器官的活力。

他从旅馆出来时，马雷斯科的文书和另外三个人正给贝尔冉勃抬来一张胡桃木大桌子；"先生"为此十分感谢他。这桌子"转"得很好。

布瓦尔从而得知旋转桌的新时尚。他为此同文书开玩笑。

然而，在整个欧洲，在美洲、澳洲和印度，几百万人一辈子都在转桌子，有人还因此找到办法变傻子为先知，举办音乐会不需要乐器，靠蜗牛通信。报界认真地把这些谎言奉献给公众，更加深了他们相信的程度。

敲击东西表示来临的鬼魂突然来到德·法威日的城堡，又从城堡分散到村子里，主要由公证人马雷斯科向鬼魂提问。

313

布瓦尔的怀疑态度使马雷斯科十分反感，他邀请两位朋友参加一次旋转桌晚会。

是陷阱吗？波尔丹太太很可能出席晚会。于是，佩库歇一个人去了一趟。

参加的人有镇长，税务官，上尉，还有别的有钱人和他们的妻子，如沃考贝依太太，果然有波尔丹太太；此外，还有马雷斯科太太昔日的女学监拉维利埃尔小姐，一个形迹可疑的女人，一头灰色头发螺旋式地披在她的双肩上，那是一八三〇年的样式。安乐椅里坐着来自巴黎的堂兄，穿一件蓝色上衣，一副飞扬跋扈的模样。

那两盏青铜灯，那古玩架，还有放在钢琴上的带花饰的抒情歌谱，以及那几幅框大而画小的水彩画永远让沙维尼奥尔人大惊小怪。不过今天晚上大家的眼光都转向了桃花心木桌子。它一会儿就要受到考验，它的重要性不下于一些蕴含奥秘的东西。

十二位客人围着桌子就座，摊开双手，小指靠拢。客厅里只能听到挂钟的嘀嗒声。人人的脸上都透出极度的专注。

过了十分钟，好几个人抱怨两臂发麻。佩库歇也感到不适。

"您在推！"上尉对福罗说。

"根本没那回事儿！"

"您是推了！"

"哦！先生！"

公证人让他们冷静下来。

大家侧耳细听，以为听见了木头的噼啪声。纯属幻觉！什么也没动。

前不久的一天，沃贝尔和劳尔默两家人从利兹厄来到这里，他们特意借了贝尔冉勃的桌子，一切进行得那么顺利！然而今天这桌子却表现得如此顽固……为什么？

一定是桌布妨碍了它，于是大家来到饭厅。

选定的家具是一张很大的独脚圆桌，佩库歇，吉尔巴尔，马雷斯科夫人和她的堂兄阿尔弗莱先生在周围坐下。

腿下装有几个小轮的圆桌往右边滑，试验者的指头动也没动就顺着桌子的运动方向转，后来桌子又自动转了两圈。大家都惊呆了。

阿尔弗莱先生一板一眼地大声说：

"鬼魂，你觉得我的堂妹怎么样？"

圆桌慢慢抖动起来，敲了九下。

根据签上对敲击数字的解释，九下意味着"迷人"。于是叫好声四起。

马雷斯科想逗波尔丹太太，催鬼魂说出她的准确年龄。

圆桌脚动了五下。

"怎么？五岁！"吉尔巴尔叫道。

"十字不算在内。"福罗说。

那位寡妇笑了笑，心里却很恼怒。

对别的问题却回答得文不对题，因为字母都太复杂。最好用小金属板，拉维利埃尔小姐曾用这种简便的方法在她的记事簿上记下了与路易十二①，克雷芒斯·伊索尔②，富兰克林③，冉-雅克·卢梭等人直接联系的情况。沃玛尔大街正在卖这种器械。阿尔弗莱答应买来一套，他接着对女学监说：

"还有一刻钟，弹点钢琴怎么样？来一首玛祖卡舞曲吧！"

两个和弦响过，他抱着他堂妹的腰，同她一起消失了一会儿再回到饭厅。他堂妹的长裙一路上带着风轻轻擦过几道门，使在

---

① 路易十二（1462—1515），又名"人民之父"。一四九八年登基成为法国国王，在位期间颇有建树。
② 克雷芒斯·伊索尔系十四世纪法国图卢兹地方的一个女人。传说她曾建立"百花诗赛"，属图卢兹科学院，每年颁发诗歌奖。但今人对此予以否认。
③ 本杰明·富兰克林（1706—1790），美国科学家、作家、国务活动家。

座的人感到凉爽。她仰着头，他将一只手臂弯成弧形。大家欣赏她优雅的姿势，赞赏他潇洒的风度；佩库歇没等到吃花式糕点便退了出来，他对晚会感到惊讶不已。

他一再重复说：

"可我看见了！我看见了！"

但白费唇舌。布瓦尔否定那里发生的事，不过同意自己亲自作些试验。

在半个月当中，他们每天下午都面对面坐在一张桌旁，双手先放在桌子上，后来放在一顶帽子上，再后来又放在一个篮子和一些碟子上。这些东西全都一动不动。

虽然如此，旋转桌现象却照样被人肯定。普通人将其归之于鬼魂的作用，法拉代①则认为是人的紧张精神活动的延续，谢夫勒尔②却肯定其为无意识地用劲；或者，正如色古安假定的，人聚在一起时也许会产生一种冲动，一种磁流？

这种假设使佩库歇浮想联翩。他从书架上取下蒙塔卡贝尔著的《动物磁气疗法施行指南》，专心致志地一读再读，然后将这个理论传授给布瓦尔。

所有有生命的肉体都接受多个天体的影响并传输它们的感应。这种属性类似磁石的功效，可以引导这样的力量用来治病，这就是根源说。从梅斯麦③到现在，科学已经发展了，然而发气和催眠者的诱导作用一直在显示其重要性。

"那好，你就给我催眠吧！"布瓦尔说。

"这不可能，"佩库歇驳他道，"要想接受磁气的作用并传输自己的感应，信念是必不可少的。"

---

① 法拉代（1791—1867），英国物理学家。
② 谢夫勒尔（1786—1889），法国化学家，同时致力于心理学研究。
③ 法兰茨·梅斯麦（1734—1815），德国籍医生，动物磁气学说的创始人，并以此学说解释他所施行的一种类似催眠术的医疗方法。

说罢,他仔细端详布瓦尔:

"哦!多么遗憾!"

"怎么啦?"

"没错,只要你愿意,稍微实践一番,就再找不到比你更好的动物磁疗家了!"

因为他具有进行磁疗所需的一切:待人接物殷勤体贴,身体壮实,精神坚强。

布瓦尔身上刚被发现的这些特性使他十分得意。他开始暗暗钻研蒙塔卡贝尔的著作。

后来,得知日耳曼女人耳鸣得厉害,一天晚上,他用随随便便的口气说道:

"试试磁气疗法如何?"

她倒没有反对。他便坐到她面前,把她的两个拇指放在自己手里,目不斜视地看着她,仿佛他这一辈子没有干过别的事。

那善良的女人把脚放在脚炉上,脖子开始往下垂;她的双眼慢慢闭上,而且打起鼾来。他们俩凝视着她,一个小时过去之后,佩库歇低声问她:

"您感觉怎么样?"

她醒了。

过一会儿她肯定会头脑清醒。

这次成功使他们更胆大了,他们毫无顾忌地重操医疗旧业,治疗的第一个病人是教堂执事尚拜朗,此人患肋间神经痛;接着是泥瓦匠米格莱讷,他患的是胃神经官能症;瓦兰大妈在锁骨部位患脑软化,一吃饭就要求吃令人饱胀的肉;勒莫安讷大爹老在几家小酒馆外边一瘸一拐地走路;还有一个肺痨病患者,一个半身不遂的病人等等,不一而足。他们还治过一些人的鼻炎和冻疮。

在问清楚病情之后,他们便用眼神互相询问该采用什么样的催眠诱导术,发气时气流该大还是小,是上行还是下行,是纵的还是横的,是双指还是三指乃至双五指发气。他俩谁干腻了,另一位便接着干。回到家里,他们把观察到的情况记在治疗日记里。

他们热忱的态度吸引了许多人。不过大伙儿更愿意求布瓦尔治病;当他治好了远洋轮船船长巴尔贝老爹的闺女小巴尔贝时,他的美名直传到悬崖。

小巴尔贝老感到枕骨里仿佛有个疖子,她说话声音嘶哑,经常好几天不吃东西,然后就吞食些生石膏或煤。在神经性发作时,她先抽抽噎噎地哭,到最后便泪如泉涌。什么治疗方法都用尽了,从药草熬的汤剂到艾灸。末了,她出于厌倦,便接受了布瓦尔的建议。

他把丫鬟打发走,锁上门,然后开始按摩她的腹部,同时紧压卵巢部位。一种舒适的感觉通过病人的呻吟和呵欠表现出来。他遂将一个指头放到她鼻子上方的两眉之间;她突然失去了活动能力。他把她的两臂抬起来,但两臂随即落下;她的头保持着他希望她保持的姿势;她双眼半闭,眼皮痉挛似的抖动,使布瓦尔得以看见她慢慢转动的眼球;后来,痉挛的眼球固定在眼角。

布瓦尔问她是否痛苦,她回答说不痛苦;她现在的感觉是,她能看清自己体内的东西。

"您看见里面有什么?"

"一条虫子。"

"怎样才能杀死虫子?"

她皱皱眉头:

"我想想……不,我杀不了,我没办法。"

第二场,她给自己开了药方:荨麻汤;第三场,她又开了猫儿草。神经性发作减轻了,消失了。这真像个奇迹。

手指点鼻法用在别人身上却全不奏效,为了施行催眠术,他们打算修建梅斯麦式的斗形座。佩库歇甚至收集了一些锉屑,清洗了二十来个玻璃瓶,但他突然有所顾忌,停下了。来就诊的病人当中很可能有卖淫的人。

"假如那些人色情变态大发作,我们怎么办?"

这一点本来不会使布瓦尔罢手;但考虑到闲言碎语和可能发生的讹诈,还是不干为好。因此他们只吹口琴,而且到各家治病时都把口琴带上,这使孩子们格外快活。

有一天,米格莱讷病情恶化,他们便用上了口琴。清脆的琴声使病人十分恼火,但德勒兹曾吩咐施行催眠术的人别害怕病人抱怨;音乐便继续下去。

"够了!够了!"米格莱讷叫道。

"耐心点!"布瓦尔一再说。

佩库歇敲玻璃片敲得更欢了,口琴也发出了颤音,弄得可怜的病人大声号叫;这时,被喧闹声引来的医生露了面。

"怎么!又是你们?"他嚷道,为老看见他俩在他的病人家里而怒不可遏。

他们向他介绍他们的磁气疗法。医生一听便大叫大嚷骂磁疗是一堆杂耍!磁疗的疗效纯属想象。

然而,有人却能使动物接受磁气疗法。蒙塔卡贝尔对此也作了肯定;封登先生还磁疗过一头母狮。他俩没有狮子,但他们碰巧得到了一头别的牲畜。

原来在第二天早上六点,掌犁的伙计跑来告诉他们说,农庄的人恳求他们去一趟,一头母牛活不长了。

他俩赶快往农庄跑。

一排排苹果树花团锦簇,院子里,绿草在朝阳下散发着轻烟般的蒸气。水潭边,一头半身盖了被单的母牛哞哞叫着,有人给它一桶桶浇水,它却抖个不停,而且浑身鼓胀得吓人,活像一头河马。

319

显然，它是在苜蓿地里吃草时中了毒。古依大爹和古依大妈又懊恼又伤心，因为兽医来不了，而会念抗肿胀咒语的大车修理工又不愿意撂下手边的活儿。这两位先生以藏书闻名，想必知道什么诀窍。

他俩挽起衣袖，一个站到牛角前边，另一个站到牛臀后面。他们用强大的内力和狂乱的手势通过分开的手指朝母牛发出一股股气流，站在旁边的农夫和他的妻子、伙计以及邻居注视着他们，险些被吓倒。

大家听见母牛肚子里的咕噜声在它的内脏深处引起一阵肠鸣。母牛放了一个屁。佩库歇说：

"这就给希望开了门，也许已打通了出路。"

出路果然打通，希望以一发大炮的威力在黄黄的粪便里爆发般地冒将出来。牛皮放松了，母牛消了肿；一小时之后，痊愈了。

这当然并非想象产生的疗效。足见气流里蕴含着一种特殊的效能。这种效能任人把它自己深藏在一些物体内，谁摄取它它都不会衰竭。这种方式可以省去许多奔波。他们俩便采纳了这种方式，给受试验的顾客送去一些磁气化了的硬币、手绢、水和面包。

后来，他们在继续深入研究时，放弃了催眠术而采用了庇色居尔①体系，这个体系以一株绕了绳子的老树代替动物磁气疗法施行者。

他们的破房子那边有一株梨树似乎专为此而存在。他俩多次使劲抱住它发气。梨树下安放了一张长凳，来就诊的常客在凳子上坐成一排，他们得到的疗效是那样神奇，使这两位无照医生决定拉沃考贝依大夫下水。他们邀请他和地方上的头面人物前来亲

---

① 庇色居尔（1751—1825），梅斯麦的门生，曾写书介绍磁气疗法。

自观看一场。

没有一人缺席。

日耳曼女人把来客迎到小厅里,请客人们"原谅",她的主人马上就到。

不时响起门铃声。是就诊的病人,日耳曼女人便把他们引到另外的地方。应邀的客人们用臂肘指指积满尘土的窗户、护壁镶板上的污点、带着划痕的油漆涂层;前面的花园也显得可怜巴巴。到处都是枯树!两根木棍堵住了墙上的缺口,挡住了果园。

佩库歇露面了。

"先生们,我听从你们吩咐!"

大家看见花园深处那株厄都印梨树下坐了好些人。

没有留胡须的尚拜朗是教士,所以穿了一身全毛厚斜纹长袍,戴了一顶神职人员的皮圆帽,肋间神经痛使他一个劲哆嗦;一直胃疼不止的米格莱讷坐在他旁边皱着眉头;瓦兰大妈的披风在她身上绕了又绕,她想借披风遮住她的肿瘤;勒莫安讷大爹赤脚趿了一双踩倒了后跟的旧鞋,腿弯下放着双拐;盛装的巴尔贝姑娘脸色异常苍白。

梨树的另一边坐了些别的人:一个患了白化病的女人擦着脖子上化脓的淋巴结肿;一个小姑娘的脸有一半被蓝色的眼镜遮住了;一位脊背因挛缩而变形的老人无法控制地动来动去,无意识地老碰他旁边的马赛尔,马赛尔是一个类似白痴的小伙子,穿一件褴褛的罩衫,一条打补丁的裤子。他那缝合得很糟的兔唇下露出了门牙,几块布裹住了他被大肿块鼓胀起来的双颊。

人人手上都握着一根从树上垂下的细绳子,鸟儿歌唱,不冷不热的草皮散发的清香在空气中流动。阳光洒满枝头。大家仿佛在苔藓上行走。

然而,那些实验对象不但没有睡过去,反而睁大了眼睛。

"直到此刻也没见什么有趣的事,"福罗说道,"开始吧,我离开一会儿。"

他回来时嘴上含了一个烟斗,那是从烟斗门上取下的最后一支阿布德-埃尔-卡德尔烟斗。

佩库歇想起一种很不错的发气办法。他在想象中将所有病人的鼻子放在自己嘴里,然后吸进他们呼出的气息,从而把电流吸引到自己身上。与此同时,布瓦尔紧抱梨树以增强气流。泥瓦匠停止了打嗝,教堂执事也不那么烦躁不安,痉挛不止的老人也不再乱动了。现在,大家可以走近他们,让他们接受所有的试验。

医生用他的柳叶刀刺尚拜朗的耳根,尚拜朗微微颤了一下。其他人的感觉是很明显的;痛风病人尖叫了一声。至于巴尔贝姑娘,她像在梦中一样微笑着,下巴上流着细细的一股鲜血。为了亲自试验她,福罗想抓过柳叶刀,但医生拒绝把刀给他,他便在病人身上狠狠掐了一下。上尉用一根羽毛挠姑娘的鼻孔,税务官正要把一根针刺进姑娘的肉里,沃考贝依大夫说:

"别刺她!不管怎么说,这没有什么可奇怪的!她是歇斯底里患者嘛!对这样的病人,魔鬼也会变得糊涂!"

"那一位,"佩库歇指着瘰疬女病人维克特瓦尔说,"她是个医生!她能识病,而且会指出该用的药物。"

朗格洛瓦很想找她看看自己的重伤风,但他不敢;古隆比他勇敢,他就自己的风湿性关节炎咨询她。

佩库歇将古隆的右手放在维克特瓦尔的左手里,女人的双眼一直紧闭着,她两颧微微发红,双唇颤动;她在睡梦中胡言乱语一番之后,开出处方:valumbecum。

她曾在巴耶的一位药剂师手下工作过,因此沃考贝依推论说,她想说的是 albumgroecum,她也许在药店里隐约看见过这个字。

他随即靠近勒莫安讷大爹,据布瓦尔说,此人能够通过不透明的物体看见里面的东西。

他过去是一位沉湎于放荡生活的教师。一头白发散乱地披在他脸颊的周围，他背靠梨树，两手摊开，在艳阳下睡觉，睡姿颇为庄重。

医生把两条领带重起来捆在他的眼皮上，布瓦尔把一份报纸放在他眼前，急切地说：

"读吧！"

受试者垂垂额头，动动脸上的肌肉，然后仰起头，末了，费力地读出：

"符合——宪法——的。"

"可是灵巧的人可以让所有的蒙眼布条往下滑！"

医生的否定引起佩库歇反感。他竟冒险宣称巴尔贝姑娘能够描绘此刻医生自己家里发生的事。

"那好！"医生说。

他把表抽出来：

"我妻子现在在干什么？"

巴尔贝姑娘犹豫了好长时间，然后面色阴沉地说：

"唔！什么？噢！我看出来了！她正把饰带往草帽上缝。"

沃考贝依从他的记事本上撕一张纸，写了一个条子，马雷斯科的文书连忙把条子送去了。

组场结束。病人都走了。

总的说，布瓦尔和佩库歇不算成功。这应归咎于气温呢，还是烟草味？还是热弗罗依教士的雨伞？因为雨伞上的铜装饰品是金属，而金属是抗气流发送的。

沃考贝依耸耸肩。

不过，他不能对德勒兹、贝尔特朗、莫兰和于勒·克罗盖几位先生的真诚提出异议。这几位老师的确说过，有些梦游人曾预言过一些事件，而且忍受残酷的手术毫无痛苦。

教士给大家讲了几个更令人吃惊的故事。一位传教士曾看见

323

几个婆罗门僧侣头朝地走完一条路；西藏的大喇嘛通过开膛破肚传授神谕。

"您在开玩笑吧？"医生说。

"绝不是开玩笑！"

"哪会这样！纯粹是戏弄人！"

话题一改变，大家都编自己的小故事。

"我呢，"杂货店老板说，"我过去养了一只狗，只要哪一个月以星期五开始，它准生病。"

"我们家有十四个兄弟姐妹，"治安法官接着说，"我的生日是十四号，我在十四号结婚，我的圣名瞻礼日是十四号！你们给我解释解释！"

贝尔冉勃好多次梦见他的旅馆第二天接客的人数；珀蒂讲述了卡佐特①吃夜宵的故事。

于是，教士作如下的思考：

"为什么不干脆瞧瞧那里边的……"

"鬼，是吗？"沃考贝依说。

教士没有回答，只点了点头。

马雷斯科谈起得尔福神庙的女祭司皮蒂亚②。

"毫无疑问，是疫气。"

"哦！现如今还谈疫气！"

"我呢，我同意那是精气。"布瓦尔说。

"是天体精气！"佩库歇补充说。

"可是您应该证实这点！指指看，您那精气在哪儿？再说，精气的说法已经过时了，听我的没错。"

---

① 雅克·卡佐特（1719—1792），法国神怪故事作家，在法国大革命中被判上断头台。
② 传说阿波罗在希腊的得尔福杀死皮同后，选定此处建造自己的神庙，并通过女祭师皮蒂亚转达他的神谕。

沃考贝依走到离这里远些的阴凉地方,其余的人也跟了过来。

"假如您对一个孩子说:'我是一只狼,我马上要吃你!'这孩子就想象您确是一只狼,而且会害怕;这就是受话语支配的幻想。同样,梦游人也接受别人要他接受的幻想。这种人能回忆,但不能想象,所以他总服从别人;他以为自己在思考时,他实际上只有感觉。有些罪行就如此这般受启发而被联想出来,有些德高望重的人就可能发现自己是猛兽,而且会不由自主地变成吃人肉者。"

大家看看布瓦尔和佩库歇。他们的雕虫小技有危害社会的潜在危险呢。

马雷斯科的文书又出现在花园里,手里挥动着沃考贝依太太写的信。

医生拆开信封,脸色突然发白,好不容易念出这几个字:

"我在给草帽缝饰带。"

无比的惊愕使大家笑也笑不出来。

"一次巧合,那当然!什么也证实不了。"

两位磁气师正扬扬得意时,医生走到门边,转过身子对他们说:

"别再干下去了!这种消遣太危险!"

教士把教堂执士带走,绷着脸训他说:

"您疯了吗!而且没得到我准许!这类勾当是教会禁止的!"

客人刚散,布瓦尔和佩库歇就在葡萄棚上同小学教师聊天,这时,马赛尔突然从果园跑出来,下颏的绷带全拆散了。他嘟嘟哝哝地说:

"没事儿了!全治好了!真是好先生!"

"很好!行了!让我们安静!"

325

"哦！两位好先生，我爱你们！我是你们的仆人！"

珀蒂是一位进步人士，他认为医生适才的解释纯属低级趣味，是资产阶级观点。科学是富人手中的垄断物，它排斥人民：是时候了，应当以广泛的不假思索的概括代替中世纪的老一套的分析。真理应该通过内心直接获取；他宣称自己是通灵论者，并给他们指定几本著作，那些著作无疑有缺陷，但却是新曙光的朕兆。

他们便请人将这几本书寄来。

通灵论把人类必然的改进确认为它的教义。人间总有一天会变成天堂，这说明为什么小学老师为这个学说着迷。这个学说并不是天主教教义，但它倚仗圣奥古斯丁①和圣路易。阿朗-卡尔代克甚至发表了由两位圣人口述而记下来的讲话片段，这些片段正好适应当今舆论的水准。这个教义实用，有益健康，而且像望远镜一般给我们展现了更高级的世界。

人死后，他们的灵魂在恍惚间被运送到那里。但有时那些灵魂会降到我们的地球上，让我们的家具咔咔作响，参与我们的娱乐，领略大自然的美妙，品尝欣赏艺术的欢乐。

不过，我们当中好多人都拥有一个空筒，就是说在头顶后部有一根长管，它可以从头发一直通到各星球，使我们得以同土星的精灵谈话；捉摸不到的东西未必就不真实，从地球到星球，再从星球到地球，这是往返过程，是移转，是持续的交换。

于是，佩库歇的心充满杂乱无章的渴望。夜幕降临时，布瓦尔无意中撞见他正在窗前凝视那居住了众多精灵的闪光的太空。

---

① 圣奥古斯丁（354—430），希波的大主教，神学家、哲学家、伦理学家、辩证论学者，著有《上帝之都》《忏悔录》《论宽恕》等。他的政治思想、哲学思想及神学理论影响基督教世界达千年之久。

斯威登堡①曾多次去那里旅行。因为在不到一年的时间里，他勘察了金星、火星、土星和二十三倍的木星。此外，他在伦敦还看见了耶稣-基督，看见了圣保罗②，他还看见了圣约翰③，看见了摩西；在一七三六年，他甚至观看了最后的审判。

因此，他给我们描绘了天上的情况。

那里有花，有宫殿、市场和教堂，与我们这里完全一样。

天使们昔日也是人，他们把自己的思想写进练习簿里，闲聊中他们谈家务，或者谈心灵方面的问题，那里的教士职位属于那些在人间生活时致力于《圣经》研究的人们。

至于地狱，那里充溢着令人作呕的恶臭，还有些小窝棚，一堆堆的垃圾，一些泥坑和破衣烂衫的人。

为了弄明白这些意想不到的新发现里有什么美妙之处，佩库歇费尽了心血。而在布瓦尔看来，那些新发现跟白痴的梦呓别无二致。那一切都超出了自然的限度！可谁又了解那些事呢？于是，他们开始作下面这些思考：

几个街头杂耍艺人可以让一大群人产生幻觉；有强烈情欲的人可以激起别人的情欲；然而，为什么单凭意志就能影响毫无活动能力的物质？听说，一个巴伐利亚人曾让葡萄变得成熟；日尔威先生曾让鸡血石活动起来；在图卢兹，一个更了不起的强人搬开了天上的云朵。

是否需要承认在宇宙和我们之间存在一种中介的物质？——Od，一种新的不可估量之物，一种类似电的东西，也许正是此

---

① 埃曼努埃尔·斯威登堡（1688—1772），瑞典通灵论者和有幻象者，曾写过多部有关著作，并在英、美等国拥有不少门生。
② 圣保罗，《圣经·新约》中的人物，原名扫罗，原为虔诚的犹太教徒，后皈依基督教，成为信徒，于公元六七年被罗马皇帝尼禄处死。
③ 圣约翰，可能是指《新约》中耶稣十二使徒之一的圣约翰，传说《约翰福音》及《启示录》均系他的作品。

327

种物质而非别的？此物的传播作用对接受气疗的人自以为看见了微光的现象作出了解释，也说明了坟场上为什么有鬼火，幽灵为什么有形。

这么说来，显形并非幻觉，鬼怪附身的人拥有梦游人那种特异功能，这些现象都可能有某种物质的原因？

无论其根源如何，肯定存在一种本质的东西，一种神秘而又普遍的因素。如果人能把握住这东西，人就不需要自身的能力，也不必考虑时间的限制。必须用几个世纪才能展现的事，在一分钟内就可能展现出来。一切奇迹都有可行性，宇宙有可能由我们来支配。

巫术正是来自人类头脑中这种永恒的向往。人们无疑夸大了这种向往的重要性，但它却不是谎言。有些了解这种重要性的东方人实现了一些不可思议的事。所有去那里旅行过的人都公开这么说，在王宫，迪波岱先生可以用他的手指扰乱磁针。

怎样变成魔术师？他俩一开始认为这个想法是发疯，但这个想法却一再返回来折磨他们，他们让步了，却对之假装进行嘲笑。

一种预备性的饮食制度是必不可少的。

为了充分兴奋起来，他俩夜里不睡觉，白天不吃饭。他们想把日耳曼女人造就成更灵敏的通灵人，便限制她的饮食。那女人则以饮料加以补偿；她喝了那么多烧酒，不一会儿便酒精中毒了。他们去走廊里散步，这才把她惊醒。她把他们的脚步声同她的耳鸣以及她在想象中听见从墙壁发出来的声音混淆起来。有一天，她在上午放了一把小方锉在地窖里，她看见锉刀着了火，从此以后病情恶化，末了，她认为主人们对她施了魔法。

他们希望得到幻象，便互相紧压后脖颈，还请人做了颠茄香袋，最后终于接受了魔盒：一个小盒子，从里面冒出一个满身钉子的蘑菇；他们用饰带把盒子固定在胸前贴心脏的地方。这一切都没有成功。但他们可以运用迪波岱的圆圈法。

佩库歇用煤块在地上乱画了一个黑圆圈，为的是圈住动物精灵，因为周边精灵即将帮助动物精灵。他高兴地看到自己已经控制了布瓦尔，他用权威的口吻对他说：

"我看你跳不出来！"

布瓦尔端详着那圆圈。他的心即刻跳起来，他的眼睛变得模糊。

"哦！拉倒吧！"

为了逃避难以言状的不适，他从圆圈里跳了出来。

佩库歇却越来越激奋，他想调出一个死人来。

在督政府时期，棋盘街有一个男人曾向人们指出在"恐怖"时期受害致死的人。鬼魂显形的例子不胜枚举。哪怕只是一种迹象呢，那也无妨！问题在于造成这种迹象。

死者与我们越亲近，他应召前来显形越快。然而他自己手头没有一件家庭的珍贵纪念物，既没有戒指，也没有小巧精致的艺术品，甚至没有一缕头发；布瓦尔却有条件招他父亲的魂。见布瓦尔表现出反感，他问他：

"你怕什么？"

"我？噢！什么也不怕！你想怎么搞就怎么搞吧！"

他们收买了尚拜朗，要他悄悄提供了一个骷髅头。裁缝给他俩各缝了一件黑色宽袖长外套，外套像道袍一样带着风帽。去悬崖的车还给他们带回来一个装在信封里的长发鬈。一切齐备之后，他们开始行动。一个急着干起来，另一个生怕自己真的相信了。

博物馆布置成灵柩台的样子。桌子被推到靠墙的地方，桌子上方挂着老布瓦尔的遗像，遗像上面是骷髅，桌边燃着三支大蜡烛。他们甚至塞了一支蜡烛到骷髅头骨里，烛光通过眼眶射了出来。

329

馆中央放了一个脚炉,香烟从炉膛里袅袅升腾起来。布瓦尔站在后边,佩库歇背朝着他,往炉膛里一把一把放硫黄。

在招魂之前必须得到魔鬼们的同意。今天是星期五,这个日子属于贝歇;应当首先同贝歇打交道。布瓦尔往左右鞠躬之后,埋下头,抬起双臂,开始叫:

"通过厄塔尼埃尔、阿纳赞、依西罗斯……"

他忘了其余的名字。

佩库歇连忙提词,那些名字写在一个纸板上。

"依西罗斯、阿塔那罗斯、阿多那依、萨达依、厄罗依、梅西亚索斯(一长串名字),我恳求你,我在观察你,我命令你,啊,贝歇!"

随即压低声音:

"你在哪里,贝歇?贝歇!贝歇!贝歇!"

布瓦尔跌坐在安乐椅里,他为没有看见贝歇而倍感喜悦,因为他的直觉责备他这种企图是犯了渎圣罪。他父亲的灵魂在哪里?能听见他的召唤吗?如果父亲的灵魂马上来到怎么办?

从裂口的窗玻璃吹进来的风缓慢地拂动着窗帘,烛光摇曳,把黑影洒在死人的头盖骨和涂了颜色的脸上,泥土的颜色又使头盖和脸发黑。霉点侵蚀了骷髅的双颧,两眼已没有亮光,但头上部的窟窿里还有闪光。骷髅有时仿佛取代了遗像上的头,安放在礼服高领上,而且长出了原有的颊髯;画布有一半没了钉子,所以摇摇晃晃,不停地颤动。

他俩渐渐感到似乎有什么气息轻轻拂过,仿佛有一个捉摸不到的人正在走近他们。大滴的汗珠濡湿了佩库歇的额头,布瓦尔的牙齿竟咔咔响起来,他的上腹部也抽筋了;地板像波浪一般在他脚下向后倾斜;在壁炉里燃烧的硫黄突然转成大片螺旋形的烟;与此同时,蝙蝠也在头上盘旋;忽然传来一声叫喊;是谁?

在风帽下,他们看见眼前有一些面孔,面孔是那样腐烂变形,他们因而越发恐惧了,既不敢动弹,更不敢说话;这时,他们听见从门背后传来的呻吟声,仿佛是地狱里灵魂受苦的人发出的。

他们终于大着胆子走过去。

原来是他们的老女仆。她方才通过隔墙板的缝隙偷看他们,她认定自己看见了鬼,便跪在走廊里一个劲画十字。

跟她讲什么理都没用,她当天晚上就离开了他们,再也不愿服侍这样的人了。

日耳曼女人很饶舌。尚拜朗因他们而丢了职位,这样一来便在他们周围暗暗结成了反对他们的联盟,热弗罗依神甫、波尔丹太太和福罗是联盟的后台。

他俩与众不同的生活方式令人不快。他们变得可疑,甚至引起了隐隐约约的恐惧。

最让他们在公众观感里名誉扫地的,是他们对仆人的选择:找不到别的人,他们雇了马赛尔。

马赛尔的兔唇,他的丑陋,他那谁也听不懂的法语,让人一见便退避三舍。他是弃儿,在田野上胡乱长大,长期的穷苦使他一直保持着无法餍足的胃口。病死的牲畜、发霉的油脂、压死的狗,什么都合他的口味,只要那是一大块。他温驯得像只绵羊,但完全是个白痴。

他的感激之情促使他毛遂自荐当布瓦尔和佩库歇两位先生的仆人。后来,他认为他们是巫师,就希望从中得到不寻常的好处。

干活的头几天,他就向他俩透露了一个秘密。在波利尼的欧石南丛生地,往日有一个人曾找到过一锭金子。悬崖的历史学家们曾引证过这个小故事,但那些人并不知道后来发生的事情:有十二个兄弟在启程去旅行之前,曾沿着沙维尼奥尔到布雷特维尔的大路分别藏了一个完全相同的金锭,马赛尔便恳求他的两位主

331

人去重新寻找这些金锭。他们琢磨，这些金锭也许是大革命中一些贵族在流亡期间埋下的。

这正是利用占卜棍的好时机。但因占卜棍的功效并不可靠，他们便在这期间研究这方面的问题，而且得知某个名叫彼埃尔·加尼叶的人为了保护这些金子，曾对此作过科学解释：泉水和金属有可能喷发一些与树木有亲和力的微粒。

这不大可能。不过谁知道呢？试试看吧！

他们削了一个榛木长柄叉，在一天早上启程去寻宝。

"应当把寻到的宝贝还回去！"布瓦尔说。

"哦！不！哼！"

走了三个小时，一个想法使他们停下脚步。沙维尼奥尔到布雷特维尔的公路！那是指老公路还是新公路？应该是老公路！

他们退回来，胡乱走遍了周围的原野，因为老公路已经很难辨认。

马赛尔在他俩的左右跑来跑去，像一只西班牙种长毛猎犬。布瓦尔不得不每五分钟叫他一次；佩库歇一步一步往前走，手上拿着木叉的两个枝丫，叉头朝上。他老感到有一种力量像铁钩一样把叉头往地下拉；一路上，马赛尔飞快地在邻近的树干上切口，以便以后能找到原地。

佩库歇却放慢了步子。他大张着嘴，眼珠也在痉挛。布瓦尔大声喊他，摇他的双肩；他却一动不动，呆呆地站在那里，完全失去了活动能力，像巴尔贝姑娘一样。

他后来回忆说，他当时感到心脏周围有撕裂般的疼痛，那奇特的状态无疑由木叉造成；他再也不愿接触木叉了。

次日，他们又回到在树上作了记号的地方，马赛尔用铁锹在地上挖了些洞；可是发掘毫无收获，他们每次都感到极为懊丧。佩库歇坐在一条沟边，他昂着头冥思苦想，努力用他脑后的空筒聆听，想听见精灵的声音，自己竟也问自己是否真拥有一根空筒；后来，他又把视线固定在他那顶大盖帽的帽檐上；昨天出现过的神志恍惚的状态再一次出现。而这一次却持续了很久，变得令人胆寒。

一顶毡帽在燕麦地那边的一条小路上隐约出现：原来是沃考贝依先生正骑着他的母马一路小跑。布瓦尔和马赛尔连忙用双手作成喇叭冲他叫喊。

医生来到时，佩库歇的发作已经快过去了。为了更仔细地检查病人，沃考贝依揭开他的大盖帽，看见他满额头都是赤褐色的脱皮片。

"哦！噢！fructusbelli①！这是梅毒疹，我的好先生！多多保重吧！见鬼！可别拿性关系开玩笑！"

佩库歇羞惭万分，重新戴上他的帽子，那是一顶带半月形遮阳板的鼓起来的类似贝雷帽的帽子，是他自己照阿莫罗的图样制作的。

大夫的话使他惊得目瞪口呆，他两眼望着空处沉思着，一下子又发愣了。

沃考贝依一直在观察他，见状，再用手指一弹，弹掉了他的帽子。

佩库歇这才恢复了他的官能。

"我早想到了，"医生说，"涂了清漆的遮阳板像镜子一样催您睡眠，有些人集中注意力观看一件发亮的东西时，往往发生这样的现象。"

他指示他们如何在母鸡身上作试验之后，骑上他的矮马慢慢走远了。

又走了半里尔路，他们发现地平线上一座农庄的院子里耸立了一个金字塔形的物件。看上去像是一串奇大无比的黑色葡萄，

---

① 拉丁文：好结果。

葡萄串上到处是红点。按诺曼底的风俗,那是一根装有数根横梁的长杆,一群火鸡正在上面昂首挺胸地晒太阳。

"咱们进去吧!"

佩库歇去跟庄主攀谈,庄主同意了他们的请求。

他们用白色颜料在葡萄压榨机附近画了一根线,把一只火鸡的爪子捆起来,然后把火鸡肚朝下摁在地上,鸡嘴放在白线上。火鸡闭上眼睛,很快就像死了一样。其余几只鸡也如此。布瓦尔连忙把鸡交给佩库歇,一见鸡们僵死过去,佩库歇就把它们按顺序放在一边。农庄里的人都显出忧虑的神态。女主人大叫,一个小姑娘哭起来。

布瓦尔给火鸡们松了绑。火鸡一个个逐渐恢复了活力,但谁也不知道会有什么后果。佩库歇在对农庄主人的话提出异议时态度有些粗暴,庄主一把抓住他的长柄木叉。

"快走开,见鬼!要不我就杀死你们!"

他们连忙逃走。

没关系!反正问题解决了:心醉神迷取决于物质原因。

究竟什么是物质?什么是精神?物质怎么会影响精神而两者又互相影响?

为了弄清这些问题,他们去伏尔泰、博叙哀、费讷隆的著作里进行探索;他们甚至又向某个阅览室订购了一些书。

古代的大师们或因作品太长,或因方言难懂,于他们皆不可企及,但茹弗罗依和达米隆却使他们进入了现代哲学的殿堂;而且他们还拥有谈及上世纪哲学的一些作者的作品。

布瓦尔的论据来自拉梅特里[①]、洛克、爱尔维修;佩库歇则依靠库赞先生[②]、托马斯·瑞德和热朗多。布瓦尔注重经验,佩

[①] 拉梅特里(1709—1751),法国唯物主义哲学家。
[②] 维克托·库赞(1792—1867),法国哲学家、政治活动家、折中主义的唯灵论者。

库歇认为理想就是一切。一个有亚里士多德,另一个有柏拉图,他们便为此进行争论。

"心灵是非物质的!"一个说。

"不对!"另一个说,"神经错乱,用氯仿、放血都能震动心灵;心灵既然并非每时每刻都在思考,它就绝不仅仅是光思考的实体。"

"可是,"佩库歇反驳说,"我身上就有某种东西高于我的肉体,而且这东西有时同身体背道而驰。"

"存在中的存在?l'homoduplex①!哪有这样的事!不同的意向揭示相反的动机,就那么回事。"

"但无论外界如何变化,这某种东西,这心灵,永远保持同一性!所以它是单一的,不可分的,因此也是纯精神的!"

"假如心灵是单一的,"布瓦尔驳他说,"新生儿就能像成人一样回忆、想象。但恰恰相反,思维是随大脑的发育而取得进展的。至于说不可分的本质,无论玫瑰的香味或狼的胃口,无论意志力或肯定性,全都不可一分为二。"

"这什么也说明不了!"佩库歇说,"心灵并不具备物质的品质!"

"你承认地心吸力学说吧?"布瓦尔又说,"那么,如果说物质可以落下,它同样也可以有思维。我们的心灵有开始,就必然有结束,这都取决于器官,而且随器官的消亡而消亡。"

"而我,我却认定灵魂不朽!上帝不可能希望……"

"但如果上帝不存在呢?"

"怎么?"

于是,佩库歇开始滔滔不绝地谈论笛卡儿②的三点论证:

---

① 拉丁文:双重人格。
② 笛卡儿(1596—1650),法国哲学家、物理学家、数学家、生理学家,解析几何的创始人。"我思故我在"是他的名句。

335

"第一，我们想上帝，上帝就在我们思想里；第二，上帝的存在是可能的；第三，存在有终结，我怎么还有'无限'的想法呢？既然我们有这个想法，这想法就来自上帝，因此上帝是存在的！"

他接着谈到意识的证据，谈到各民族的传统，谈到创始人的需要。

"当我看见一个挂钟……"

"对！对！谁都知道！可是钟表匠的创始人在哪里？"

"但总得有个起因嘛！"

布瓦尔却对起因抱怀疑态度。

"一个现象接替另一个现象，根据这个事实，有人得出结论说，此现象由彼现象产生。你来证明这点！"

"宇宙间的景象都表明一种意图，一个蓝图！"

"为什么？坏事安排得和好事一样完美。羊死于在它脑袋里生长的寄生虫，从解剖学的角度看，这寄生虫就相当于羊。畸形超过正常的功能。人的身材在过去可能长得更好。地球上四分之三的土地都是贫瘠的。月亮，这个路灯，并不能老出现！你认为海洋为轮船所专用，树木专供我们的家庭取暖吗？"

佩库歇答道：

"但胃天生为了消化，腿天生为了走路，眼睛天生为了看东西，尽管人会消化不良，会骨折，会有白内障。没有无目的的安排！即使现在不能马上看出结果，晚些时候也会看得出来。一切取决于规律。因此存在目的因。"

布瓦尔想，斯宾诺莎[①]也许能给他提供一些论据，于是写信

[①] 巴吕赫·斯宾诺莎（1632—1677），葡萄牙犹太血统的荷兰唯物主义哲学家，泛神论者。认为"实体"即自然界是一切事物的统一基础，否定超自然的神的存在，但又把"实体"叫作神。他反对唯心主义的目的论和笛卡儿的自由意志说。

给迪姆舍尔，想得到赛塞的译本。

迪姆舍尔给他寄来一本，这本书属于他的朋友瓦勒罗教授，教授已在十二月二日被流放。

《伦理学》中的公理和推理吓坏了他们。他们只读了铅笔标出的地方，从中懂得了这些：

实体是出于自身，依靠自身的东西，没有起因，没有根源。这实体就是神。

只有神是广延，广延没有界限。用什么限定它？

然而，尽管广延是无限的，它却并非绝对无限，因为它只包含一种完美性，而神包含各种类型的完美。

为了更好地思考，他们常常停下来。佩库歇吸几撮鼻烟，布瓦尔因注意力集中而脸色发红。

"你觉得这有趣吗？"

"有趣！当然！继续读！"

神扩展成无限多的属性，这些属性以各自的方式表现神存在的无限性。我们只能认识其中的两种：广延和思维。

从思维和广延引出无数的模式，这些模式又包含别种模式。

能同时一览无余地看到全部广延和全部思维的人却看不到其中任何的偶然性，任何意外的东西，而只能看见一系列几何图形的，由必然规律互相联系的人与人之间的关系。

"哦！这该多美！"佩库歇说。

因此，人不拥有自由，神也不拥有。

"你听见了吧！"布瓦尔嚷道。

倘若神具有意志、目的，倘若神为某种动机而行动，这说明他可能有某种需要，说明他可能缺乏某种完美性，那他就不会是神。

　　因此，我们的世界只是一切事物总体中的一个点，而我们的认识难以识透的宇宙只是向我们世界附近传播无穷多变化的无限宇宙的一小部分。广延包容我们的宇宙，但广延又被神包容，神在他的思维里包含一切可能存在的宇宙，而他的思维本身又包容在他的实体之内。

　　他们仿佛在一个严寒的夜晚被热气球带着不停地跑呀跑，跑向一个无底的深渊，周围什么也没有，只有捉摸不到的，静止的，永恒的什么。没法！他们只好放弃。

　　为了学点不那么艰深的东西，他们买了盖斯尼叶先生撰写的《哲学教科书》。

　　作者考虑采取什么方法好，本体论方法还是心理学方法？

　　本体论方法适合社会发展的初期，那时人的注意力集中在外部世界。然而当今，人的注意力已转向自己，"我们认为心理学方法更科学"，于是，布瓦尔和佩库歇决定采用第二种方法。

　　心理学的目的是研究在"自我内部"进行的活动；只有通过观察能发现这些活动。"我们就观察吧！"

　　半个月里，每当用完午餐，他们都要盲目探索一番自己的良心，希望能有伟大的发现；但他们一无所获，这使他们异常吃惊。

　　一种现象占据了"我"，比如思想。这种思想是什么性质？有人假设说，客体进入了我们的大脑，大脑便将客体的形象输入我们的智力里，智力便会给我们有关的知识。

　　然而，如果说思想是纯精神的东西，那么它怎样表现物质？从这里引出了外部感知方面的怀疑论。如果说思想是物质的，那么精神客体是否就不可能被表现？从这里又引出了内在概念方面的怀疑论。

　　此外，愿大家警惕！这样的假设很可能将我们引入无神论。

　　因为形象既然是有限的东西，它就不可能表现无限。

"可是，"布瓦尔不以为然地说，"当我想到一片森林，一个人，一条狗时，我就看见了这片森林，这个人，这条狗。所以思想是表现它们的。"

于是，他们着手研究思想的来源。

据洛克说，有两个来源：感觉和思考；孔狄亚克①则把一切归结为感觉。

要那样，思考就缺乏基础。感觉需要一个主体，一个在感觉的人，感觉没有能力给我们提供重要的基本事实：神、功过、正确、美等等被称为"天赋"的概念，即是说先于事实，先于经验的普遍概念。

"如果那些概念是普遍的，我们一出生就应该具有那些概念。"

"用普遍这个字是想说人的秉性具有的，笛卡儿……"

"真不知你的笛卡儿在说些什么！他主张人在娘胎里就具有那些概念，但在另外一处他又承认具有的方式是不能明说的。"

佩库歇感到吃惊。

"这些话在什么地方？"

"在热朗多的著作里。"

布瓦尔轻轻拍拍他的肚子。

"到此为止吧！"佩库歇说。

随后，谈到孔狄亚克：

"我们的思维并不是感觉的变形！感觉引起思维，启动思维。为了启动思维，就需要原动力。因为物质是不可能自动产生运动的……"佩库歇说着给他深深鞠了一躬，又补充说："这些话，我是在你的伏尔泰那里找到的。"

---

① 孔狄亚克（1715—1780），法国启蒙思想家，感觉论者。他继承并修改了洛克的感觉论，否认有"反省"的体验，并批判了笛卡儿的唯理论和天赋观念说。

他们就这样反反复复讲着同样的论据,而且互相都瞧不起对方的意见,但谁也说服不了谁。

但哲学使他们自视更高了。他们带着蔑视的心情提到他们昔日从事的农业和政治活动。

如今,他们对博物馆已完全失去了兴趣。他们巴不得卖掉那些小摆设。他们已经进入第二个主题:心灵的官能。

只有三个官能,不能再多!感觉官能、认识官能、愿望官能。

在感觉官能里,让我们区别肉体的感觉和心理的感觉。

肉体的感觉既然由感觉器官引起,这种感觉就自然而然划分成五种。

心理感觉活动却相反,它们完全不依靠肉体。"阿基米德①发现地心吸引力规律时的欢乐,同阿皮修斯狼吞虎咽吃野猪头时的快感有什么共同之处?"

有四种心理感觉活动,其中的第二种,"心理欲求",分为五类;第四种现象,"情感",再分为另外两类,这两类中的自爱"无疑是一种合理的爱,但爱得过分就叫利己主义了"。

认识官能里有理性认识,理性认识有两种主要的活动和四个级别。

抽象可能给不正常的智力造成障碍。

记忆可以使人同过去相通,有如远见可以使人与未来相通。

更确切地说,想象力是一种特殊的官能,suigeneris②。

为了证实一些平庸乏味的东西,竟有那么多的装腔作势,还有作者的学究腔调,表达方式的单调:"我们准备加以确认;这

---

① 阿基米德(前287—前212),西西里数学家、发明家,叙拉古僭主希埃罗的廷臣。
② 拉丁文:与众不同的。

思想与我们相去甚远；质问我们的良心。"加上迪高·斯提瓦特①那没完没了的恭维，总之，所有这些废话让他们大倒胃口，所以他们跳过愿望官能，进入了逻辑学。

逻辑学教他们懂得了什么是分析、综合，什么是归纳、演绎，以及我们犯错误的主要原因。

几乎所有的错误都来自用词不当。

"太阳躺下去；天阴沉起来；冬天来临"，都是些有语病的短语，让人以为那是些有人称的实体，其实都是非常简单的客观事物！"我回忆某物，某条公认的原则，某个真理"，纯属错觉！那都是思想而并非事物，它们都在我个人的脑子里，要想用语精当就要求这么说："我回忆我的思想的某个行动，通过这个行动我看到了某物，通过此物我演绎出某条公认的原则，通过这条原则我承认这个真理。"

由于表示一个事件的词语不能运用动词的全部语式，他俩便只用抽象的词，所以他们不说"我们出去转一圈；该吃饭了；我腹泻"，而说出这样的句子："散步可能有利于健康；吸取食物的时间到了；我感到有一种解脱的需要。"

一旦成了逻辑大师，他们便把各种不同的标准回顾一番，首先是常识的标准。

如果单个的人什么都不可能知道，为什么所有的人就能知道得更多？一个错误哪怕已过了十万年，为此它已是老错误，但还是不能成为真理！多数人总照老一套办事。相反，正是少数人推动进步。

是否最好相信感官提供的证据？这样的证据有时也骗人，它们向来只能告诉你一些表面现象。它们抓不住实质。

---

① 迪高·斯提瓦特（1753—1828），出生于爱丁堡的苏格兰心理学家。

理性提供的东西更有保证，因为理性是永恒不变的，客观的；然而理性要表现出来还必须具体化。那样，理性就变成了我的道理，一个准则如果不符合实际，那准则就不具备重要性。因为没有东西证明那条准则是正确的。

有人建议用感觉来检验理性；然而感觉可能加深蒙昧。从模糊的感觉可能归纳出某一条不完善的规律，到后来，这规律就会妨碍人们看清事物。

剩下道德问题。那是让神下降到实用的水平，仿佛我们的需要就是神的尺度似的！

至于明显事实，有人否定它，有人肯定它，而它本身就是自己的标准。库赞先生就曾论证这个标准。

"我只看得见显露出的情况。"布瓦尔说。

然而要相信已显露的情况，就需要两种预先的认识：认识已进行过感觉的身体，认识已进行过理解的智力；还需要承认感觉和理性，而感觉和理性都是人的表现，因此是靠不住的。

佩库歇抄着手在思考。

"我们马上要跌入怀疑主义的可怕深渊了。"

布瓦尔认为这深渊只能吓唬才智贫乏的笨人。

"谢谢你的恭维，"佩库歇顶他说，"不过有些事实是不容置辩的。人在某种限度内可以认识真理。"

"什么真理？二加二永远等于四吗？是否可以说容器内盛的东西比容器小？差不多正确的一部分，上帝的一部分，不可分事物的一部分意味着什么？"

"噢！你只是个诡辩家！"

感到恼火的佩库歇赌了三天气。

他俩利用这三天各自浏览了许多卷著作的目录。布瓦尔不时微微一笑，又和朋友恢复了谈话：

"那是因为很难不怀疑。比如，对上帝，笛卡儿、康德①、莱布尼茨②提出的论证都不同，而且还互相推翻对方的论证。世界到底是由原子还是由精神创造的，这问题一直想象不出来。

"我感觉自己既是物质也是思想，却不明白物质和思想究竟是什么。

"不可穿透性、固体性、重力，对我来说，都像我的灵魂一样显得是个谜，更别说灵与肉的结合了。

"为了弄清楚这些问题，莱布尼茨想出他的和谐说，马勒伯朗什③想出他的先兆说，库德沃尔斯想出中介说，博叙哀却在其中看出了永恒的奇迹，他这看法太蠢：永恒的奇迹就不再是奇迹了。"

"的确如此！"佩库歇说。

他俩都承认，他们对哲学家们已感到厌倦。那么多的体系把他们搞得糊里糊涂。形而上学毫无用处。没有它谁都可以生活。

此外，他们经济上的拮据也与日俱增。他们欠贝尔冉勒三桶酒，欠朗格洛瓦十二公斤白糖，欠裁缝一百二十法郎，欠鞋匠六十法郎。一直在开支，但古依师傅却不交钱。

他们去马雷斯科那里，请他替他们找钱，或者卖掉厄卡尔，或者抵押他们的农庄，或者出让他们的住宅，买主以终身年金的方式付钱，他们还得保留使用收益权。马雷斯科说，这些办法都没有可行性，但可以策划一笔更有利的买卖，他们事先会得到通

---

① 康德（1724—1804），德国哲学家，德国古典唯心主义的创始人。主张"自在之物"不依赖于人的意志而存在，是感觉的源泉，但又是不能认识的。他在《判断力批判》中声称必须假定上帝存在，上帝创造世界的目的在于调和必然和自由，使人得以完成其道德的本性。

② 莱布尼茨（1646—1716），德国自然科学家、数学家、唯心主义哲学家。同牛顿并称为微积分的创始人，也是数理逻辑的先驱。

③ 尼古拉·马勒伯朗什（1638—1715），法国唯心主义哲学家。从唯心主义与形而上学方面继承和发扬了笛卡儿哲学思想，认为具有广延性的肉体和具有思维的灵魂不能直接发生联系，随时随地联系二者的只能是神。

知的。

后来,他们想到自己那座可怜的花园。布瓦尔着手修剪千金榆绿篱的枝条,佩库歇则修剪贴墙的果树。马赛尔必须松花圃的土。

一刻钟以后,他俩都停了下来,一个合上小截枝刀,另一个放下剪刀,两人都不知不觉散起步来:布瓦尔在椴树荫下挺着胸膛走,没有穿背心,光着胳膊;佩库歇沿着山墙走,埋着头,背着手,出于谨慎,他把大盖帽的帽檐转到脖子上。他俩就这样平行着往前走,谁也没有看见马赛尔在小茅屋边休息,嘴里啃着一块劣等面包。

在漫步中沉思,脑子里必然冒出一些想法;他们攀谈起来,生怕丢掉那些想法;于是,又重新提到形而上学。

谈到雨和太阳时提到它,谈鞋里的沙砾,草坪的花时也提到它,谈什么都少不了它!

观看蜡烛燃烧时,他们琢磨光是在物体内,还是在我们眼睛里。既然星光到达我们这里时,星星可能已经消失,那么我们观赏的也许是并不存在的东西。他们在背心里找到一支拉斯帕依牌香烟,把它捏碎以后扔在水里,樟脑在水上打转。看,这就是物质内部的运动!高级运动可以带来生命。

然而,如果仅仅是运动着的物质创造生命,生命就不可能如此丰富多彩。因为世界上最初并没有土,没有水,没有人,没有草木。那么最初的物质,没有人见过的物质,与世上的东西毫无共同之处而又创造了世上一切东西的物质究竟是什么?

有时,他们需要某一本书。迪姆舍尔对为他们效劳已感到厌倦,再也不回答他们了。但他们仍然热衷于解决问题,尤其是佩库歇。

他对真理的需要正在变成热烈的渴求。

布瓦尔的长篇大论感动了他,他放弃了唯灵论,但一放弃马上又拾起来，拾起来后再抛弃，于是他捧着头大声嚷嚷：

"啊！怀疑！怀疑！我宁可一无所知！"

布瓦尔意识到了唯物主义的不足之处，但他仍竭力抓住不放，而且宣称他正为唯物主义而失去理智。

他们开始在坚实的基础上进行推理，但这基础却在坍塌；突然间什么思想也没有了，有如正要抓住苍蝇，苍蝇却飞走了。

冬天的夜晚，他们在博物馆的壁炉前眼望着煤火闲聊。走廊上，呼啸的风刮得窗玻璃抖个不停，黑乎乎的树木摇晃着，夜间的哀愁提高了他们思维的严肃性。

布瓦尔不时走到房子的那头，然后再转回来。烛光和靠墙的几个大盆在地上形成斜斜的阴影；圣彼得雕塑的侧面在天花板上映出他鼻子的剪影，活像一只奇大无比的猎号。

在摆放的东西间来回走动十分困难，布瓦尔往往一不留神便碰到那尊雕塑。塑像的眼睛又大又圆，嘴唇厚而突出，看上去像个醉汉，它也让佩库歇感到别扭。好久以来他们就想摆脱这个雕塑，但由于疏忽，老是把这事一天天往后推。

有一天晚上，在他们争论单子问题时，布瓦尔的耳朵撞到圣彼得的拇指上，他便把他的怒气出在雕塑上：

"这家伙让我厌烦！咱把他扔出去！"

从楼梯上抬出去很困难。他们便打开窗户，把雕塑轻轻斜到窗口上。佩库歇跪在地上，拼命把塑像的脚后跟往上举，布瓦尔则使劲压它的肩膀。那石人却纹丝不动；他们不得不动用那只戟当杠杆，这才把它直直地推了上去。圣彼得摇晃一阵便三角帽朝地直往下栽，只听得一声闷响。翌日，他们发现塑像在过去的堆肥洞里碎成了十二块。

一小时以后，公证人走进来，给他们带来一个好消息。当地一位女士有可能以抵押他们农庄的方式预付给他们一千埃居；他们正在高兴时，公证人又说：

"对不起！她还加了一个条款；那就是你们得以一千五百法郎的价把厄卡尔卖给她。借给你们的钱今天就可以付。钱已经在我手里，在我的事务所。"

他们两人都有意让步。最后，布瓦尔说道：

"我的上帝……就这么办！"

"就这么定了！"马雷斯科说。

于是，他把这位女士的名字告诉他们：就是波尔丹太太。

"我早猜到了！"佩库歇大声说。

布瓦尔感到羞辱，不吭声了。

是她或是另一个人，这都无妨！关键是可以走出困境。

得到钱之后（厄卡尔的钱得晚些时候付），他们立即把所有的账付清了。正要回家时，古依大爷在菜场的转弯处拦住他们。

他已去过他们家，想通知他们发生了一场灾难。昨夜，大风把几个院子里的二十株苹果树掀倒，砸坏了烧酒房，卷走了谷仓的顶篷。他们便利用这天下午剩下的时间去验证农庄所受的损坏，次日，他们又和木匠、泥瓦匠、盖屋顶工人一道查看。修复的费用至少要一千八百法郎。

这天晚上，古依前来拜访。玛丽亚娜刚才亲自对他讲述了她的女主人买厄卡尔的事。那块地收益相当可观，很中他的意，几乎不需要耕作，那是农庄里最好的一块土地！他要求减价。

两位先生拒绝了减价的要求。于是将争执提交治安法官仲裁，此人的结论对农夫有利。厄卡尔一英亩估价为二千法郎，丢掉这块地，农夫每年要损失七十法郎，要去法院告状，他一定能胜诉。

他俩的财产正在减少。怎么办？要不了多久，怎么生活？

他们坐到饭桌旁，垂头丧气。马赛尔对烹调一窍不通；这次，他的晚餐竟糟得异乎寻常。浓菜汤像洗碗水，兔肉臭烘烘的，四季豆没有煮熟，盘子积满污垢，吃到餐后点心时，布瓦尔气炸了，他威胁说要把一切砸到小伙子脑袋上。

"咱们还是旷达点吧，"佩库歇说，"少了几个钱，一个女人搞了点小阴谋，仆人笨手笨脚，这一切算得了什么？你在物质里陷得太深了！"

"陷得深它照样折磨我！"布瓦尔说。

"我根本就不接受它！"佩库歇又说。

他最近读了贝克莱①的一篇分析文章，又补充说道：

"我否定广延性，否定时间、空间，甚至否定实体！因为真正的实体乃是对各种本质的感知。"

"说得好极了，"布瓦尔说，"但世界被取消之后，上帝存在的证据也就消失了。"佩库歇又嚷嚷了好一阵，尽管他得了碘化钾引起的鼻炎；而且连续不断的发烧也使他更加狂热。布瓦尔为此感到忧虑，叫来了医生。

沃考贝依开了加碘橙汁的处方，过些日子还得洗一硫化汞浴。

"有什么用？"佩库歇说，"总有一天形体会消失。本质却永远不灭！"

"当然，"医生说，"物质不灭嘛！然而……"

"不！不！不灭的是存在。我面前的身体，也就是您的身体，大夫，它妨碍我了解您自身，可以说它只是一件衣服，或者不如说只是一个面具。"

沃考贝依认为他发疯了。

"晚安！好好照顾您的面具吧！"

---

① 乔治·贝克莱（1684—1753），爱尔兰主教、唯心主义哲学家。曾提出"存在即被感知"的主张；宣称外界事物只是"感觉的组合"。认为万物都存在于上帝的心中。

347

佩库歇没有制止他走。他找来黑格尔①哲学入门，想给布瓦尔讲解。

"一切合理的都是真实的。甚至只有思想是真实的。思想的规律就是宇宙的规律，人的理性与神的理性相同。"

布瓦尔假装听懂了。

"因此，绝对存在同时是主体也是客体，是各种差异会聚的统一体。这样，矛盾就解决了。阴影使光得以存在，冷热混合产生气温，有机体只能靠有机体的毁灭才能维持，到处都存在分的要素，合的要素。"

本堂神甫手捧日课经沿着他们家的栅栏走过去时，他俩正在葡萄棚上。

佩库歇请他进来，想在他面前阐述完黑格尔的基本思想，同时看看神甫会说些什么。

穿道袍的人坐到他们身边，佩库歇开始讨论基督教。

"没有哪个宗教曾这样精彩地确认过这个事实：'自然乃是思想的一瞬！'"

"思想的一瞬！"教士喃喃说，惊得目瞪口呆。

"对呀！上帝一旦有了看得见的躯壳，就表明了他与自然同质的结合。"

"与自然？哦！哦！"

"他一死，就为死的本质作了证明。因此，死亡也在上帝身上存在，死亡过去和现在都是上帝的一部分。"

教士皱眉头。

"别说亵渎神明的话！上帝忍受痛苦是为了拯救人类。"

---

① 黑格尔（1770—1831），德国哲学家，古典唯心主义哲学的集大成者。他把思维过程看作是"现实事物的创造主，而现实事物只是思维过程的外部表现"。黑格尔哲学的精华主要在他的逻辑学中。他把质量互变、对立统一、否定之否定当作思维的规律而加以阐明。

"错了！在某个人身上看死亡，死亡当然是坏事，但关系到事物，情况就不同了。请别把思想和物质分开！"

"可是，先生，在创世之前……"

"创世没有过去。创世一直存在。否则就是一个全新的人在补充神的思想，这太荒谬了。"神甫站起来，别处还有事等着他去做呢。

"我认为我训了他一顿！"佩库歇说，"再听我说几句！既然世界的存在仅仅是从生到死、从死到生的持续不断的过渡，那就没有一样东西真正存在。但一切都在变，懂吗？"

"懂了！我懂了，或者不如说没懂！"

唯心主义终于激怒了布瓦尔。

"我不想听了，这了不起的 cogito① 让我厌烦。那些人把考虑事情当成事情本身。他们用大家从没有听过的话来解释大家很少听见的事。实体、广延性、力量、物质和精神，都是些抽象的东西，想象的东西。至于上帝，根本不可能知道他怎么样，甚至不知道他是否存在！过去，他造成风，造成雷，他引起革命。现在，他的作用缩小了。再说，我也看不出他有什么用。"

"那么，在这一切里头，道德呢？"

"噢！算了吧！"

"道德缺乏基础，'的确如此'。"佩库歇想。

他被逼得走投无路，默不作声了，这是他自己提出的前提造成的后果。真是令人吃惊，是一次大溃败。

布瓦尔连物质也不相信了。

肯定什么都不存在（尽管这种肯定很可悲）仍不失为一种肯定。很少人能有这样的肯定。这种超群的品质使他们感到骄傲，他们真想炫耀一番；机会不请自来。

---

① 即拉丁文 Cogito, ergosum（我思故我在）的简略说法。

一天早上，他们去买烟草，看见朗格洛瓦的店门前站了一群人。大家正围在从悬崖开来的平底方船跟前，原来大家谈论的是一个名叫图阿什的苦役犯，前一阵他一直在这一带流浪。驾驶平底船的人在"绿十字"一带碰见两个宪兵押着他。沙维尼奥尔人为得到解脱而出了一口大气。

吉尔巴尔和上尉留在广场，后来治安法官也来打听消息，马雷斯科先生则戴着他那法兰绒直筒无边高帽，穿着软羊皮拖鞋。

朗格洛瓦敦请大家光临他的小店，这样，他们会更自在些。尽管有那么多平底驳船和铃声的吵闹，这些先生仍在继续讨论图阿什的罪行。

"上帝！"布瓦尔说，"他生性不好，就这么回事！"

"德操可以战胜本性。"公证人驳他说。

"如果没有德操呢？"

布瓦尔明确否定自由意志。

"但是，"上尉说，"我就能做到我想做的事！比如，我能自由活动我的腿。"

"不对，先生，因为您有活动腿的动机！"

上尉寻思该如何回答，但找不出合适的话。不料吉尔巴尔又投了一枪：

"一个共和分子竟然反对自由！这真滑稽！"

"为了笑笑嘛！"朗格洛瓦说。

布瓦尔质问他：

"那您为什么不把您的财产分给穷人呢？"

杂货店老板不安地把店堂看一遍。

"啊！我可没那么笨！我得为我自己留着它！"

"如果您是圣樊尚·德·保尔，您就会有他那样的性格，您就不会这样行事。您现在是服从您自己的性格，所以您其实并不自由！"

"您这是在讲歪理!"在场的人异口同声地说。

布瓦尔毫不示弱,他指着柜台上的天平说:

"只要有一个秤盘是空的,这天平就不会动。意志也是这么回事。天平在两个似乎相等的重量之间的摆动象征着我们头脑的思维活动,头脑考虑众多的动机,直到最有说服力的动机占上风而且使人作出决定。"

"这一切都触动不了图阿什,"吉尔巴尔说,"也不能阻止他做一个极端恶劣的坏家伙。"

佩库歇发言:

"罪恶是自然的属性,有如水灾和风暴。"

公证人打断他的话,然后一板一眼地说,说出每个字都要跺一次脚:

"我认为您那体系是彻头彻尾的伤风败俗。这体系放任一切淫荡行为,原谅所有的罪恶,而且为罪犯开脱。"

"说得好。"布瓦尔说,"因为纵欲的可怜虫有权这么干,这和老实人有权讲理一样。"

"你们就别维护恶魔了!"

"为什么是恶魔?当盲人、白痴、杀人凶手来到世上时,我们觉得那是混乱,仿佛我们了解什么是秩序似的,仿佛大自然的活动都有目的似的!"

"这么说您怀疑上帝?"

"是的,我怀疑上帝!"

"你们不如看看历史!"佩库歇嚷道,"你们回忆回忆有多少国王被谋杀,多少民族的人民被屠杀,家庭里出现过多少纠纷,还有个人的伤心事。"

"与此同时,"布瓦尔补充说,他俩都已非常激动,"上帝却在照顾小鸟,在让螯虾长爪子。哦!假如你们嘴上的上帝意味着有一种律法可以解决一切问题,我很愿意接受你们的观点,恐怕还不到这个程度吧!"

"但是,先生,"公证人说,"有各种原则!"

"您瞎扯些什么呀!照孔狄亚克的说法,知识越不需要知识就越好!那些人只不过对已经获得的知识作了些概述,然后再把我们引向那些概念,而恰恰是那些概念靠不住。""你们是否像我们一样,"佩库歇接着说,"探索并深入研究过形而上学的奥秘?"

"真的,先生们,真的!"

大家一哄而散。

但古隆把他俩拉到一边,用和蔼可亲的口气对他们说,当然,他不是虔诚的基督教徒,他甚至恨耶稣会会士。然而,他却不像他们走得那么远!啊,不像!当然不像!在广场拐角处,他俩在上尉面前走过,上尉一边点燃他的烟斗,一边嘟嘟囔囔抱怨:

"我就能想什么就做什么,见鬼!"

布瓦尔和佩库歇在别的场合还大声谈论过他们那些可恶的悖论。他们怀疑男人的诚实,怀疑女人的贞洁,怀疑政府的精明,也怀疑人民的通情达理。总之,他们在挖国家的墙脚。福罗为此感到不安,他威胁他们说,假如再作类似的议论,他们得坐牢。

他们明显的优越感让人不快。他们既然支持那些伤风败俗的论点,他们就变成了不道德的人;于是,有人编造了些恶意中伤的话。

这样一来,一种值得怜悯的官能便在他们头脑里发展起来,凭这个官能他们看见什么都觉得愚蠢,而且无法忍受。

连一些无关紧要的事也使他们伤感:报纸上的广告、某个有钱人的外形、偶然听见的某个愚蠢的想法。

一想到村里的人说了些什么,一想到直至地球那一端都有另外一些古隆,另外一些马雷斯科,另外一些福罗,他们便感到心里沉重得好像承受了全世界的压力。

他们再也不出门了,也不接待任何人。

一天下午,院子里响起了对话的声音,原来是马赛尔在和一个戴宽边帽和黑眼镜的先生说话。那是科学院院士拉尔索内尔。他并不是没有看见拉上一半的窗帘、有意关上的一道道房门。他这次奔走本来是试图同那两位先生和解,所以在吃了闭门羹而离开的时候便怒不可遏,要求仆人对他的主人们说,他认为他们是不懂人情世故的人。布瓦尔和佩库歇对此毫不在意。世界正在变小,他们好像是在一朵从他们大脑掉到他们眼珠上的云里看这个世界。

再说,这一切岂非幻觉,岂非噩梦?也许,说来说去,幸运和不幸都在互相平衡。但人类的福利并不能安慰个别的人。

"别人与我有什么关系!"佩库歇老这么说。

他的绝望使布瓦尔感到难过。是他布瓦尔把朋友推到这一步的,而他们住宅的破败又天天都在触怒他们,使他们旧愁添新愁。

为了恢复勇气,他们进行说理、辩论,给自己规定一些体力活儿,但不久重又陷进更严重的懒散,更深沉的气馁之中。

每次饭后,他们都把双肘放在饭桌上,唉声叹气,如丧考妣。马赛尔见此情景便睁大眼睛,然后回到自己的厨房,在那里独自暴饮暴食。

盛夏的一天,他们收到迪姆舍尔寄来的结婚喜帖,这位朋友即将和寡妇奥林珀-祖尔玛·普莱太太成亲。

"愿上帝保佑他!"

这使他们想起了他们曾经度过的幸福时光。

他们为什么不再去田里跟着收割麦子的人走?他们去各农庄收集古物的那些日子到哪儿去啦?如今,没有什么东西能使他们再有机会度过搞蒸馏、谈文学那样的美好时刻了。有道深渊把他们同那样的日子隔开。某种无法挽回的事物已经降临。

他们想跟过去一样在田间散步,但一走远就迷路。天空布满小朵的卷毛云,风把燕麦的钟形花吹得摇摇晃晃,一条小溪沿着牧场汩汩流去。突然,一股臭味使他们停住脚步,他们看见石子地上的荆棘丛中躺着一条腐烂的死狗。

四肢已经干了。死狗龇牙咧嘴,在发蓝的下唇里露出了乳白色的獠牙;已看不见肚子,因为肚子上蒙了一层土灰色的东西,似乎在微微颤动,原来那里爬满了乱蹽乱动的寄生虫。在太阳的刺激下,在苍蝇的嗡嗡声里,虫子躁动不安,它们周围极度难闻的臭味仿佛在折磨人,实在令人难以忍受。

这时,布瓦尔皱起眉头,眼睛也被眼泪润湿了。

佩库歇却泰然自若地说:

"我们有一天也会这样!"

死亡的想法突然攫住了他们。在回家的路上,他们便聊死亡。

说到底,死亡并不存在。那是去露水里,去微风里,去天上的星星里。人变成类似树木汁液的东西,变成宝石的光芒,鸟儿的羽毛。人把大自然借给他的东西又归还给大自然;我们面临的虚无并不比我们身后的虚无更可怕。

他们竭力把死亡想象成漆黑的夜,想象成无底的洞、持续的昏迷;什么东西都比现在这种单调、荒谬、毫无希望的生活有价值。

他们回顾一生中不曾得到满足的需要。布瓦尔一直希望得到几匹马,几辆华丽的马车,希望拥有名闻遐迩的勃艮第葡萄酒,和几个生活在豪华住宅里的百依百顺的美丽女人。佩库歇的宏愿是拥有哲学知识。那时,最广泛的,涵盖其他一切问题的问题都可以在一分钟里得到解决。那么死亡究竟什么时候到来呢?

"马上了结也好。"

"随你的便。"布瓦尔说。

于是,他们研究自杀问题。

扔掉压扁你的包袱有什么不好?干一件于人无害的事有什么不好?如果自杀行为会冒犯上帝,我们是否还能拥有这样的权利?无论人们说什么,自杀可不是怯懦的表现;嘲笑,甚至不惜损害自己而去嘲笑人们最重视的东西,那才是异乎寻常的放肆呢。

他们接着就死亡的类型进行辩论。

服毒很痛苦。割断喉咙需要太大的勇气。窒息的死法往往失败。

末了,佩库歇去谷仓里挂上两根体操绳。随后将两根绳子连在屋顶的同一根横梁上,两个活结垂下来之后,他抬两把椅子放在下面,以便够得着绳子。

决定用此办法。

他们开始琢磨,此举会在本地留下什么样的印象;他们死后,他们的图书馆、大堆的文件和他们的收藏会流落何方。一想到死,他们对自己倒怜惜起来了。不过他们绝不会放弃这个计划,而且由于谈了又谈,他们对此已经习以为常了。

十二月二十四日晚上,在十点到十一点之间,穿着迥异的他俩在博物馆里思前想后。布瓦尔在毛线背心上穿了罩衣;佩库歇为了节约,三个月以来一直没有离开过他那件道袍。

他们饥肠辘辘(因为马赛尔在黎明时分便出了门,到现在也没有再露面),布瓦尔认为喝一大肚玻璃瓶的烧酒有益健康;佩库歇却愿意喝茶。

他提起开水壶,把开水洒了一地。

"笨手笨脚!"布瓦尔嚷道。

后来,他觉得泡的茶不够浓,想加两勺茶叶进去。

"要那样就糟透了!"佩库歇说。

355

"一点儿不糟！"

于是，两人都把茶叶盒往自己那边拽，托盘一下子掉到地上；其中一只茶杯摔碎了，那是漂亮瓷餐具中的最后一只茶杯。

布瓦尔的脸立即变得刷白。

"接着干！破坏下去吧！别不好意思！"

"是大不幸，真的！"

"是的，是不幸！这杯子是父亲给我的。"

"非婚父亲。"佩库歇冷笑着补了一句。

"哦！你骂我！"

"没有，不过我让你厌烦！我看得很清楚！你就承认吧！"

佩库歇突然愤怒了，或者不如说突然发狂了。布瓦尔也一样。他们俩同时大叫大嚷，一个受到饥饿的刺激，另一个酒性发作。佩库歇喉咙里只能发出嘶哑的喘气声。

"过这样的生活，这太可怕了！我宁愿死。永别了！"

他抓起蜡烛，转身就走，"砰"的一声把门拉上。

布瓦尔在黑暗中好不容易开了门，在佩库歇后面跟着跑，最后来到谷仓里。

蜡烛扔在地上，佩库歇站在其中的一把椅子上，手里拿着那根上吊的绳子。

布瓦尔一心想仿效他：

"等等我！"

他爬上另一把椅子，但突然停下：

"可是……我们还没有写遗嘱。"

"呀！正是。"

他们悲从中来，呜咽一发而不可收。为了呼吸空气，他们爬到天窗那里。

天气寒冷，无数的星星在墨一般黑的天空闪烁。

覆盖大地的皑皑白雪在原野上的轻雾笼罩下仿佛消失了。

他们远远看见一缕缕微弱的光齐地闪烁着,后来亮光越来越大,而且互相越来越靠近,都朝着教堂的方向移动。

好奇心驱使他们也往那边走去。

原来是午夜弥撒。那是牧羊人手头的灯笼发出的亮光。有几个牧羊人还在教堂门廊下抖大氅上的雪。

蛇形风管吹出嘹亮的乐音,香烟缭绕。长长的大殿到处挂着玻璃灯,勾画出三圈色彩斑斓的灯火;大殿深处,在圣体龛的两端,一支支巨大的蜡烛射出火红的光焰。从众多的人头以及妇女的阔边软帽上方望过去,可以看到站在唱经班那边的穿金色祭披的神甫;站满祭廊的男人响亮的声音回应着教士那尖细的声音,由石窗拱支撑的大殿木拱顶仿佛被声音震得微微颤动起来。墙上的画再现了耶稣背负十字架行路的情景。在合唱声中,一只羊羔躺在祭坛前面,爪子放在肚子下,耳朵竖得直直的。

这里的温暖使他俩产生一种异样的舒适感。他们方才还像狂风暴雨一般的思绪逐渐和缓下来,犹如浪涛渐趋平静。

他们聆听着《福音》和《信经》,观察着神甫的动作。与此同时,无论老人、青年、衣衫褴褛的穷苦妇女、戴高筒帽的农妇,还是留金色颊髯的壮汉都在祷告,人人都沉浸在同样无边的欢乐里;这些人仿佛看见在马厩的草堆上,上帝之子的身体像太阳一般光芒四射。尽管布瓦尔理智,佩库歇心肠硬,别人的这种信仰仍然触动了他们。

全场静默;所有的人都弯下腰去,在当当的钟声里,小羊羔咩咩叫起来。

神甫尽量高举双臂,把手上的圣餐面饼显示给大家看。于是响起一支欢乐的歌,这支歌鼓励着俯伏在众天使之王脚下的人们。布瓦尔和佩库歇不由自主地加入了他们的行列,感到自己心里仿佛升起了一线曙光。

九

马赛尔在第二天三点钟又露面了,他脸色发青,双眼通红,额上紫了一块,裤子撕破了,满嘴喷烧酒味,浑身肮脏不堪。

他每年都习惯于去六法里外的伊克镇附近一位朋友家吃圣诞节子夜后的年夜饭;此刻他比任何时候都结巴,一边哭着,一边想打自己,还哀求着宽恕,仿佛犯了什么罪过似的。他的两位主人饶恕了他。一种奇特的宁静促使他们宽容。

雪突然融化了,他们去花园里散步,呼吸温暖的空气,感受到活下去的幸福。

难道只是偶然性使他们避开了死亡?布瓦尔怜悯起自己来。佩库舍回忆起他初领圣体时的情景;他们对支配他们的"力量"和"动因"充满感激之情,忽然想到阅读圣书。

《福音书》使他俩心花怒放,像阳光一般照得他们目眩。他们仿佛看见耶稣站在山头,伸出一只臂膀,山下的人群正在听他讲话;或看见耶稣站在湖边他的使徒们当中,使徒正在收网;后来又看见他骑在一头母驴背上,周围响起了"哈利路亚"① 的声音,风经过微微颤动的棕榈树吹拂着他的头发;最后,他在高高的十字架上,头偏在一边,从头上朝人间流下一滴永恒的露珠。征服他们的,使他们无比欣喜的,是书里对卑贱者的体贴,对穷人的保护,对被压迫者的激励。书里的天空开阔,在众多的箴言里看不到任何神学的内容;没有教条,除了心的纯洁没有任何别的要求。

至于奇迹,其中的道理并不使他们感到奇怪;他们在童年已经熟悉那些奇迹了。圣约翰的崇高使佩库歇心醉神迷,促使他更

---

① 指以"哈利路亚"开始的颂歌。

深入地理解《仿效基督》①。

　　这里没有道德说教的寓言，没有花，没有鸟；却有呜咽，有揪心的痛苦。布瓦尔在翻阅这些书页时感到悲伤，一页一页都仿佛是在雾蒙蒙的天气里，在一座隐修院深处的岩石和坟墓之间写成的。我们有限的生命在书里显得如此悲惨，所以必须忘记生命，回归上帝。这两个天真的汉子，在经历了那么多失望之后，感到很有必要变得单纯，有必要爱点什么，并让思想得到休息。

　　他们开始阅读《圣经·旧约》中的《传道书》②《以赛亚书》③和《耶利米书》④。

　　然而《圣经》中那些声如狮吼的先知，那云端隆隆的雷鸣，那火焚谷⑤里的呜咽声，以及上帝像狂风驱散乌云一般赶散各帝国的情景吓坏了他们。

　　他们是在星期天阅读那些东西，那时人们正在晚祷钟声里做晚祷。

　　有一天，他们去听了弥撒，后来又去听过。一个星期下来，望弥撒成了一种消遣。德·法威日伯爵和伯爵夫人远远地向他们打招呼，这事已经被人注意到了。治安法官眨眨眼对他们说：

　　"好样的！我赞赏你们。"

　　如今，老板娘们都爱给他们送去祝过圣的面包。

---

① 《仿效基督》，一本以明快有力的拉丁文撰写的圣书，作者佚名。
② 《传道书》，《圣经·旧约》中的一卷，系犹太教的哲理书，作者佚名。
③ 《以赛亚书》，《圣经·旧约》中的一卷，共六十六章，约写成于公元前八世纪到前七世纪初。犹太教和基督教认为前三十九章由先知以赛亚讲述，由其弟子所写。四十章以后，文体与思想都与前面不同，为希伯来文学代表作之一。
④ 《耶利米书》，《圣经·旧约》中的一卷，共五十二章。除部分片段外，传为先知耶利米（约前650—前580）讲述，由其助手记录，后广为流传（约前626—前586）。
⑤ 火焚谷原指"希伦谷"，在耶路撒冷城外。古希伯来人在此虐杀儿童以祭摩洛神，故又名"凶杀谷"，被视为不祥的"地狱之门"。

热弗罗依神甫访问过他们一次,他们也作了回访,就这样频繁交往起来;神甫却闭口不谈宗教。

他们对他这种克制态度感到吃惊,所以佩库歇装作无所谓的神气问他,要想信仰宗教该怎么办。"还是先参加宗教仪式吧。"

他们开始去教堂参加活动,一个满怀希望,另一个出于挑战,因为布瓦尔相信自己绝不会成为一个虔诚的基督教徒。整整一个月里他都按时去望弥撒,但与佩库歇相反,他不愿意强制自己吃素。

难道那是一种保健措施?谁都知道"保健"值几个子儿!难道事关礼仪?打倒礼仪!是向教会表示俯首帖耳?他同样嗤之以鼻!简而言之,他宣称吃素是荒谬的规矩,是伪善的,是与"福音"的精神背道而驰的。

过去的年代,每逢圣星期五,日耳曼女人给他们上什么,他们就吃什么。

然而这次,布瓦尔给自己要了一份牛排。他坐到桌边,开始切肉,马赛尔盯着他,好不愤慨;与此同时,佩库歇认真地剥他那块鳕鱼的皮。

布瓦尔一只手拿着叉子,一只手拿着刀,愣了一会儿。最后还是下了决心,把一口肉举到嘴边。突然,他的手抖起来,他那胖乎乎的脸变得苍白,他的头也往后仰过去。

"你不舒服啦?"

"没有!不过……"

他坦白了。由于他受过的教育(这教育可比他厉害),他在这一天不能吃荤,因为他怕死。

佩库歇倒并不滥用他的胜利,他只利用来为自己随心所欲地生活服务。

一天晚上,他回家时脸上洋溢着愉悦和庄重,他不自觉地透露说,他刚才做了忏悔。

于是，他俩开始讨论忏悔的重要性。

布瓦尔承认第一批基督教徒的忏悔影响很大，因为那是在公众面前进行的；现代的忏悔实在太容易了。不过他也不否认，这种自我调查形式不失为一种进步的因素，一种引起道德激情的根源。

佩库歇希望自己完美无缺，便开始寻找自己的毛病；他那一阵一阵的傲气早就一去不复返了。他对劳动的爱好使他摆脱了懒散；至于贪恋美食，谁也不如他那样节制饮食。不过他有时被狂怒所主宰。

他发誓不再怒气冲天了。

接下去就应该具有德操，首先是谦虚；也就是说不认为自己劳苦功高，因而不该得到哪怕最微小的奖赏；必须牺牲自己的才智，使自己甘居低位，而且低到任人践踏，有如践踏道路上的污泥。他离这种心理状态还远着呢。

他还缺乏另一种德操：贞洁。因为他在内心深处很想念梅丽，水粉画上那个穿路易十五式长袍的袒胸露肩的女士也让他局促不安。

他把水粉画藏进五斗橱，而且廉耻之心倍增，甚至到了害怕把目光放到自己身上的地步，他睡觉也穿一条衬裤。

围绕一个"淫"字花那么多心血反而助长了"淫"。尤其在早上，他得忍受激烈的内心冲突，有如圣保罗、圣伯诺依[①]和圣吉罗姆[②]在晚年的经历；于是，他持续不断地求助于狂热的自愿受苦的活动。痛苦是一种赎罪，一种补救，一种方法，是对耶稣基督致敬。一切爱都需要牺牲，有什么比牺牲我们的肉体更

---

① 与基督教有关的圣伯诺依有三位，两位曾任主教，一位曾任教皇，不知此处指哪位。
② 圣吉罗姆（约347—420），基督教拉丁教派创始人及教会圣师，护教猛士。《圣经》的拉丁文译者。

痛苦的牺牲呢!

　　为了禁欲修行，佩库歇取消了饭后的一小杯酒，鼻烟也缩减到一天四次，连最冷的天气也不戴大盖帽。

　　有一天，布瓦尔想把掉下的葡萄藤重新系上，便贴着住宅平台的墙放上一个梯子，在无意中，他正好把身子探进了佩库歇的房间。

　　他的朋友一直裸到腹部，正用掸衣鞭轻轻拍打自己的肩膀；他越打越起劲，干脆脱掉短裤，使劲抽打臀部，然后气喘吁吁，一头倒在椅子上。

　　布瓦尔慌乱不堪，仿佛发现了不应该突然发现的秘密。

　　一些日子以来，他注意到窗户比从前干净，餐巾没有过去那么多窟窿，饮食也可口多了；这个变化应归功于本堂神甫的女仆雷娜的干预。

　　雷娜把教会的事务同她的厨房活计混在一起，她强壮得像个扶犁的伙计，尽管对人并不恭顺，却忠心耿耿。她毛遂自荐，前来管理他们的家务，提出各种建议，变成了那里的女主人。佩库歇绝对信赖她的经验。

　　有一次，她给他带来一个胖乎乎的家伙，此人有一双中国人一样的小眼睛，鹰钩鼻子。她管他叫古特曼先生，是卖宗教用品的批发商；他在库房下边打开箱子，取出几件装在盒子里的东西：十字架、纪念章、各种型号的念珠、小礼拜堂用的枝形大烛台、手提式祭台、假宝石串、蓝色纸板做的小圣心、红胡子的圣约瑟[①]和一些耶稣受难瓷像。佩库歇垂涎三尺，仅仅因为价钱而未敢问津。

　　古特曼并不要钱。他宁愿作些交换，所以上楼来到博物馆。他准备贡献一大堆他的小商品，换取他们的古铁器和所有的

[①] 圣约瑟，圣母马利亚的丈夫，耶稣基督的养父。

铅印。

布瓦尔觉得那些小商品非常难看，但佩库歇的眼力、雷娜的坚持和那旧货商的油嘴滑舌终于说服了他。古特曼见他如此好对付，便得寸进尺，还想要那把古戟。布瓦尔刚给他表演了戟的用法，感到疲倦，便让给了他。一算账，这两位先生还欠他一百法郎。事情总算得到解决：一百法郎分成四张三个月到期的票据。他俩竟为买卖便宜而庆幸！他们把得到的物品分放到每套房间里。博物馆里陈列的是耶稣诞生的马槽模型和天主教堂的软木模型。

佩库歇房里的壁炉上放了一个圣约翰·巴蒂斯特的蜡像；一些著名主教的肖像则顺着走廊摆放；楼梯下面，圣母像挂在一盏带小链的灯下，圣母披一件天蓝色的披风，戴一顶星光闪烁的头冠。马赛尔一再擦拭那些光彩夺目的圣物，想象天堂里也不会有什么比这些东西更美丽了。

那尊圣彼得的雕塑被砸碎了，多么遗憾！否则放在走廊里该多么神气！佩库歇有时站在过去的堆肥坑前，还认得出雕像的三角冠，一只便鞋和一段耳朵；他唉声叹气，然后继续修剪园子里的花木，因为他如今已把体力劳动同宗教修炼结合起来；他穿着道袍锄地，把自己比作圣布鲁诺①。不过这种乔装改扮可能是一种渎圣罪行，于是他放弃了。

但他仍然模仿教士的做派，无疑是因为本堂神甫经常到他们家走动。他像神甫那样微笑，用他那样的声音说话，还装出怕冷的神气，像他那样把双手交叉缩到袖筒里，直到手腕。终于到了这一天：鸡鸣惹他讨厌，玫瑰花让他感到恶心；他再也不出门了，或者一出门便向原野投去恶狠狠的目光。

布瓦尔听任他把自己带到马利亚月的集会上。高唱圣歌的儿

---

① 圣布鲁诺（1035—1101），法国查尔特勒修会创立人。

童、丁香花束、绿色的弓形花枝给他一种青春不朽的感觉。在他的心里,上帝表现为鸟窝的形态、泉水的清澈、阳光的仁慈,而他朋友的虔诚却似乎太怪诞,太乏味。

"你吃饭时干吗唉声叹气呀?"

"我们吃饭时应当叹气,"佩库歇回答说,"因为人如此这般生活已经失去了清白。"

这句话是他在热弗罗依先生借给他的十二开两卷本的《修道院修士手册》里读到的。他喝拉萨莱特①的水,紧闭房门做短时间但很虔诚的祈祷,希望参加圣弗朗索瓦②善会。

为了成为坚韧不拔之才,他决心去朝拜圣母马利亚。

选择地点让他感到为难。是去富尔维叶尔的圣母院,还是去沙尔特勒、昂布伦、马赛或奥莱的圣母院?德利沃朗德的圣母院更近,也同样合适。

"你陪我去吗?"

"我也许会显得像个笨蛋!"布瓦尔说。

从那里回来时,他毕竟可能成为一名信徒,他既然不拒绝当信徒,便讨个好同意陪他去。朝圣应当步行。然而四十三公里行程也许太艰苦,而威尼斯轻舟式的平底长船又不适合默祷,他们便租了一辆旧式有篷双轮轻便马车,马车跑了十二小时后将他们拉到旅馆门前。他们住进一个拥有两个铺位的房间,房间里有两个五斗橱,橱上分别放了一个装在椭圆形小盆里的水壶。旅馆老板告诉他们,在"恐怖"时期,这间房属于嘉布遣会修士。当时这里藏着德利沃朗德的圣母雕像,藏得那么谨慎,神甫们竟在这里秘密布道讲弥撒。

---

① 拉萨莱特,位于法国格勒诺布尔,传说一八四八年圣母曾在此向两个儿童显灵,因此人们常到那里的大教堂朝拜。
② 圣弗朗索瓦(1182—1226),天主教方济各修会的创立者;另一位圣弗朗索瓦(1416—1507)系天主教最小兄弟会的创立人。

佩库歇对此感到高兴,他大声念着从下面厨房取来的小教堂简介。

最初,这个小教堂由利兹厄的第一位神甫圣热尼奥贝尔创建于二世纪,或由圣拉涅贝尔创建于七世纪,或由慷慨罗贝尔创建于十一世纪中叶。

丹麦人、诺曼底人,尤其是新教徒曾在不同时期对这个教堂进行过焚烧和破坏。

将近公元一一一二年,一只羊发现了圣母的原始雕像,当时,那只羊在牧场用脚拍打土地,指出圣母像所在的地方,博杜安伯爵便在那里修筑了教堂。

这个教堂的奇迹数不胜数。巴耶的一位商人成了撒拉逊人①的俘虏,他乞求圣母显灵:他的铁镣便掉在地上,他随即逃走了。一个悭吝人发现他的谷仓里有一大群老鼠,他一请求圣母帮助,老鼠便离开了。马赛的一个唯物主义者在摸纪念章时擦坏了圣母像,这使他在临死时悔恨不已。阿德利纳先生因说了亵渎神明的话而变成了哑巴,圣母又使他恢复了说话能力。由于她的保护,德·贝克维尔先生和夫人在结婚状态下仍有能力独自贞洁地生活。

简介上还列举了那些被圣母治愈了不治之症的人名,其中有帕尔弗莱斯讷小姐、安娜·利瑞厄、玛丽·迪什曼、弗朗索瓦·迪费、奥斯镇出生的德·朱米亚克太太。

一些大人物曾来教堂参观:有路易十一、路易十三、加斯通·德·奥尔良的两个闺女、魏斯曼②红衣主教、萨米利红衣主教、安提奥克的主教;还有满洲里的宗座代牧主教威罗尔大人;

---

① 撒拉逊人,见本卷第39页注③。
② 艾蒂安·魏斯曼(1802—1865),英国神学家,大主教。

克朗的总主教也曾前来对圣母表示感谢，因为塔莱朗①亲王皈依了天主教。

"圣母也可能让你皈依宗教！"佩库歇说。

布瓦尔已经躺在床上，他咕噜几句便完全睡着了。

次日早上六点，他们进了教堂。

那里正在修建另一座教堂，一些围布和木板阻塞了大殿，布瓦尔不喜欢那里洛可可风格的纪念建筑，尤其是红色大理石祭坛和考林辛式的壁柱。

那神奇的圣母雕像立在唱诗班左侧的壁龛里，圣母身上披了一件镶嵌着闪光片的长袍。教堂执事突然来到，给他俩分别递上一支蜡烛，然后把两人的蜡烛都插在栏杆上方的一个三角大烛台上，他要了三个法郎，行个礼便走开了。

他们随即去看还愿牌。

一些金属小牌上的题词表明信徒们的感激之情。还可以欣赏两把交叉放在一起的剑，是一位昔日在巴黎综合理工学院就读的学生献的，还有一束束新娘的花、一些军功章、银质的心形饰品；角落里，齐地面放了数不清的丁字拐。

一位教士手捧圣体盒从圣器室走出来。

他在祭坛下面停了几分钟，往上走三级台阶，说"请众同祷"，"入祭祷"，以及"主啊，矜怜我们！"唱诗班的儿童跪在地上，一口气背诵完毕。

参加祷告的人很少，只有十二或十五位老太太。听得见她们手上的念珠发出的沙沙声和斧头敲击石子的声音。佩库歇在跪凳上弯着身子，回应着"阿门"。在举扬圣体时，他恳求圣母送给他恒久不衰的信仰。

---

① 塔莱朗（1754—1838），法国著名外交家，大革命前曾是教士，革命后曾放弃宗教信仰，并在历届政府中任高官。

布瓦尔坐在他旁边的一把安乐椅里,从他手上拿来瞻礼祈祷书,眼光停留在圣母连祷文那一段。

"(你是)最纯洁的,最清白的,可敬的,可爱的,强有力的,仁慈的,是象牙之塔,是金宅,是天门,是晨星……"

这些崇敬之词,这些夸张之词把他带到千百万人尊敬、纪念的圣母身边。

他按照教堂绘画上的形象想象着她的模样,她坐在层层的白云间,几个长着双翅的小天使伏在她的脚边,她怀里抱着救世主儿子;她是世上所有不幸之人祈求的温存体贴的母亲;是升天妇女的典范;因为从她的腹部出来之后,人们无不颂扬她的爱,而且只渴求在她的心上得到休息。

弥撒结束后,他俩沿着广场那边贴墙摆开的一排小铺走。小店里卖的是些小雕像、圣水缸、金丝骨灰盒、椰子雕的耶稣基督像、象牙念珠;阳光射在画框的玻璃上,使人目眩,更加突出了那些画的粗糙和素描的难看。布瓦尔在家里认为这类东西可憎之至,在此地对它们倒很宽容。他买了一个上了蓝色颜料的圣母像。佩库歇只买了一大串念珠作为纪念。

小商贩们大叫:

"来呀!来呀!五法郎,三法郎,六十生丁,两个苏,别拒绝圣母!"

这两个朝圣的人闲逛着,什么也不买。于是,传来了令人不快的评论。

"这两只鸟想要什么?"

"他们兴许是土耳其人!"

"更像新教徒!"

一个高个子的姑娘过来扯佩库歇的礼服;一个戴眼镜的老头把手放到他肩上;所有的人都在同时怪声叫嚷;接着,那些人离开自己的临时木棚,跑过来围住他们,越发放肆地怂恿他们买东

367

西而且辱骂他们。

布瓦尔沉不住气了。

"让我们安静,见鬼!"

那伙人散开了。

但还有一个胖女人一直跟着他们在广场上走了一阵,嘴里嚷着说他们会后悔。

回到旅馆,他们在咖啡间里遇见了古特曼。他为一笔批发交易来到附近地区,正在对面那张桌子上同一个审核购货清单的家伙聊天。

此人戴一顶皮鸭舌帽,穿一条宽大的裤子,尽管满头白发,却脸色红润,身材细挑;瞧他那神气,又像退伍军人,又像蹩脚的老喜剧演员。

他不时脱口说出一句渎神的粗话,然后,一听见古特曼低声说出什么话便安静下来,又接着看下面的单据。

布瓦尔一直在观察他,一刻钟之后,走到他身边。

"我想,您是巴尔勃鲁吧?"

"布瓦尔!"戴鸭舌帽的人嚷道。

两人互相拥抱。

二十年来,巴尔勃鲁历尽了人生的酸甜苦辣。

报纸的发行人,保险公司的伙计,养蚝池的经理。

"我要告诉你这一切。"

他最后又回到原来的行当,为波尔多一家商号当旅行推销员。古特曼"包了这一带的买卖",为他代销了一些酒给神职人员。

"对不起,等一会儿我再来找你。"

他又拾起那些账目,随即从凳子上跳起来。

"怎么!两千?"

"当然!"

"哦！这太过分了，这一张！"

"您是说？"

"我是说我见过厄朗贝尔，我亲自见过！"巴尔勃鲁驳他时怒不可遏，"发票上明明写着四千。别骗人！"

那旧货商面不改色。

"那么，这一张算清账了！这之后呢？"

巴尔勃鲁站起来，瞧他那白一阵紫一阵的脸，布瓦尔和佩库歇相信他会马上掐死古特曼。他却重新坐了下来，把双臂交叉在胸前。

"您是个可怕的无赖，承认吧！"

"别骂人，巴尔勃鲁先生，有证人，您可小心！"

"我要告您的状！"

"得！得！得！"

古特曼扣上他的公文包，提提帽檐：

"祝您愉快！"

他出去了。

巴尔勃鲁向他们陈述了事实：原来是一千法郎的债，经过接二连三的高利贷勾当，他交给古特曼三千法郎的酒，这样，不但还了债，还应该有一千法郎的赢利；然而，他现在竟然还欠那家伙三千法郎。老板们一定会辞掉他，他还会受到追捕。

"恶棍！强盗！肮脏的犹太人！而他还在神甫们的宅子里参加宴会！再说，这一切都和教士们有瓜葛！……"

他痛骂所有的教士，捶桌子捶得那么凶，连桌上的圣母像都险些掉到地上。

"轻点！"布瓦尔说。

"瞧！这是什么？"

巴尔勃鲁拆开圣母像的包装：

"朝圣的小玩意！是你的？"

布瓦尔没有回答，只模棱两可地笑笑。

"这是我的！"佩库歇说。

"你让我伤心，"巴尔勃鲁又说，"不过，在这方面我会教育你的，别怕！"然而，人总应该豁达，而且悲哀也无济于事，所以他要请他俩吃午饭。

三个人入席。

巴尔勃鲁显得很亲切，他提起过去那些日子，又抱抱女招待的腰，还想量量布瓦尔的肚子。他说他不久就去他们家，还要给他们带去一本很好玩儿的书。

他来拜访的想法并没有让他们多么高兴。在回家的路上，拉车的马一溜小跑，他们在车里为此事聊了一个钟头。佩库歇随即闭上眼睛，布瓦尔也不吭声了。他在内心里已倾向宗教。

马雷斯科先生昨晚曾来到他们家通知一件重要的事，马赛尔不清楚更多的细节。

公证人在三天以后才得以接见他们，他随即陈述了事情的原委。波尔丹太太向布瓦尔建议以七千五百法郎的年金买下他们的农庄。

她在青年时代已对农庄垂涎三尺，她很了解这块地产和它四周的邻接地，了解那些土地的缺点和优点；而且这种想望就像癌症一样使她的身体日渐衰弱。因为这位好太太是地道的诺曼底人，她所珍爱的压倒一切的东西是房地产，这种珍爱与其说为了资产的安全性，不如说为了踩在属于自己的土地上那种幸福感。为了对这种幸福的希求，她作过很多调查，而且每天都要去那里监视一番，还为此攒了好长时间的钱，现在她急切地等待着布瓦尔的答复。

布瓦尔进退两难，他既不愿意看见佩库歇某一天成为无财无产的人，又必须抓住这次机会，这机会可是他们朝圣的硕果：上帝第二次对他们表示了厚爱。

他们提出了下边这些条件：年金不需要七千五百法郎，只需要六千法郎，但必须付到两人当中最后一个人去世时为止。马雷斯科提请波尔丹太太注意，这两人一个身体欠佳，另一个的气质注定他会中风；强烈的癖好驱使波尔丹太太在契约上签了字。

布瓦尔为此而感到惆怅。有人希望他死！这个想法引起他一系列严肃的思考，对上帝，对永恒的思考。

三天以后，热弗罗依先生邀请他俩去参加一次礼仪式聚餐，他每年为他的同事们举行一次这样的宴会。

晚宴从下午二时左右开始，夜里十一点结束。

客人们喝了梨酒，作了同音异义词游戏。普吕诺长老当场作了一首藏头诗，布贡先生玩了纸牌戏法，年轻的副本堂神甫塞尔佩唱了一首近乎风流的歌。这样的环境氛围让布瓦尔感到开心。次日，他的心情便不那么忧郁了。

此后，本堂神甫经常来看望他。他在介绍宗教时给人以亲切感。再说，有什么危险呢？于是，布瓦尔很快就同意去接近圣餐台。与此同时，佩库歇也决定去领圣体。

重要的日子到了。

这天，教堂因初领圣体事宜而挤得满满的。有钱人和他们的妻子挤坐在长凳上，下层百姓站在大殿的后边，或站在祭廊上，或拥在门外。

布瓦尔寻思，即将发生的事很难得到解释，但有些事情光靠理性来理解是不够的。一些极伟大的人物也曾接受这样的事。照他们那样做也很好，于是，在一种近乎麻木的状态下，他出神地观看祭坛、香炉、蜡烛，脑子有点空，因为什么也没有吃，他感到一种奇特的虚弱。

佩库歇在冥想耶稣受难的情景，他感到一种爱的冲动。他真想向耶稣献出自己的心灵和别人的心灵，献出所有的陶醉、激奋、圣人的启迪、所有的生灵、整个宇宙。尽管他带着热忱祈祷，他仍然觉得弥撒的不同部分似乎有些冗长。

男孩们终于跪在祭坛的第一级阶梯上了，他们的衣服形成一条黑色的带子，带子上参差不齐地露出金色或褐色的头发。接着是女孩子们，她们戴着头冠，头冠压着垂下的面纱；远远看去，唱诗班后边仿佛有一排白色的云朵。

轮到大人了。

"福音"那边的第一位是佩库歇，但他显然太激动，脑袋左右摇晃着。本堂神甫费好大的劲才把圣餐面饼放到他嘴里，他在接受面饼时眼珠转来转去。

布瓦尔则相反，他把嘴张得那么大，舌头垂下来有如一面旗帜。他站起来时，手肘还碰了波尔丹太太。他俩的眼光不期而遇，她微微一笑，不知为什么，他脸红了。

在波尔丹太太之后，是德·法威日小姐、伯爵夫人、她们的女伴和一位沙维尼奥尔人谁也不认识的先生一同领圣体。

最后领圣体的是布拉克旺和小学教师珀蒂，这时，大家突然看见高尔居出现在教堂里。

他已经不蓄山羊胡子了；他坐到自己的座位上，双臂交叉在胸前，那做派真使人获益匪浅。

本堂神甫向男孩们训话。愿他们当心，将来千万别效仿出卖上帝的犹大，一定要永远保存他们童贞的长袍。佩库歇为他失去的童贞长袍而惋惜，但人们已经在挪动椅子，母亲们正急急忙忙去拥抱她们的孩子。

本教区的信徒们出门时互相祝贺。有几个人还在哭泣。德·法威日夫人在等她的马车时，向布瓦尔和佩库歇转过身来，给他们介绍她的女婿：

"这是德·马伍罗男爵先生，是位工程师。"

伯爵怪罪自己没有看见他们。他说他在下个礼拜回来。

"我请你们记住：下个礼拜！"

敞篷四轮马车到了，庄园里的女士们启程回家，人群也散了。

他们发现院子的草丛里放了一个包。因为大门关着，邮差把包从墙头扔了过来。原来是巴尔勃鲁答应寄给他们的一本著作：路易·埃尔维厄的《基督教透视》，作者曾经是巴黎高等师范学院的学生。佩库歇拒不接受此书；布瓦尔也不愿了解它。

人们曾多次对他说，参与圣事会改变他：好几天以来，他一直在守候他心灵的花季。但他始终是原来的他，于是，一种令他痛苦的吃惊感攫住了他。

怎么！上帝的肉身和我们的肉身已经混成一体了，却没有引起任何变化！那主宰全世界的思想却不能启发我们的心灵！至高无上的权威抛弃了我们，使我们无能为力！

热弗罗依先生在让他安心的同时，命他阅读戈姆长老著的《教理问答课本》。

佩库歇却相反，他越发虔诚了。他真想领面酒形内的两种圣体，他在走廊里边散步边唱圣诗，还拦住沙维尼奥尔人讨论宗教，劝他们皈依宗教。沃考贝依当面耻笑他，吉尔巴尔耸耸肩膀，上尉管他叫伪君子。如今谁都认为他们走得太远了。

有一种良好的习惯，那就是考虑一切事物都从事物的象征意义出发。听到雷鸣，你就想象那是最后的审判；看见天空万里无云，你就考虑那是受真福品者居住的地方；散步时，你应该想，每一步都使你更接近死亡。佩库歇就采用了这个方法。当他穿衣服时，他想到"三位一体"中的第二位裹在身上的躯壳；挂钟的嘀嗒声让他想到自己的心跳；针扎了手使他想起十字架上的钉子。他一跪几个小时，吃斋日益频繁，他绞尽脑汁调动想象力，然而这一切都是徒劳，他并没有达到自我超脱的境地；而且根本做不到完全的入静。

373

他求助于一些神秘主义的作家：圣泰莱丝①、圣约翰·德·拉克罗瓦②、路易·德·格雷那德③、森波利，还有现代的夏约大人。然而他看到的不仅不是他向往的崇高思想行为，反而尽是些庸俗乏味的人和事；拖沓无力的文笔、冷冰冰的形象、一大堆从碑铭里引进的比喻。

不过他仍然记住了，有积极的涤罪、消极的涤罪；有内部的显圣、外部的显圣；有四种祷告形式；爱有九种卓越之处；谦恭包括六个层次；灵魂的创伤与精神的飞越相差无几。

有几点让他感到困惑：

既然肉欲受到诅咒，怎么大家还应当感谢上帝赐予生活的恩惠呢？在灵魂得救所必不可少的畏惧和同样必不可少的希望之间应当保持什么样的分寸？圣宠的征兆在哪里？等等。

热弗罗依先生的答复十分简单：

"别折腾自己了。要想什么都深入研究，人就好比在危险的斜坡上跑。"戈姆长老的《恒心教理问答课本》让布瓦尔那么倒胃口，他又捧起了路易·埃尔维厄的书。那是一本政府禁止出版的书，是《圣经》现代注释的摘要。巴尔勃鲁是共和主义者，所以买了一本。

这本书使布瓦尔脑子里生出一些疑团，首先是关于原罪的。

"上帝既然创造了容易犯罪的人，他就不应该惩罚人，而且恶是先于原罪而存在的，因为早就有了火山、猛兽。总之，那些教条搞乱了我关于惩罚的概念。"

"有什么办法呢？"本堂神甫说，"这是大家都公认的真理之

---

① 阿维拉的圣泰莱丝（1515—1582），西班牙的女宗教改革家，以其幻象和神秘主义著称于世。
② 圣约翰·德·拉克罗瓦（1542—1591），赤脚穿云鞋的加尔默罗修会创始人。曾写过不少神秘主义作品。
③ 路易·德·格雷那德（1505—1588），西班牙作家和讲道者。曾著《罪人指南》。

一，公认了，但拿不出证据。而我们自己呢，我们却让父辈的罪行波及儿孙。因此，习俗和律法使上帝的教谕合法化，而大家又在天性里重见上帝的教谕。"

布瓦尔摇摇头。他还怀疑地狱。

"因为一切惩罚都应以改善罪人为目的，而永久性的刑罚却使这种改善达不到目的。有多少人忍受这样的刑罚呀！想想看！所有的古人、犹太人、穆斯林、偶像崇拜者、异端分子还有死了都没有教名的孩子们，而这些孩子都是上帝的子孙，上帝创造他们目的何在？为他们并没有犯过的罪而惩罚他们！"

"这是圣奥古斯丁的看法，"本堂神甫补充说，"而圣福尔冉斯①甚至把胎儿都归入应下地狱的罪孽里。的确，教会在这方面没有作出任何决定。不过我要提醒一点：不是上帝，而是罪人自己罚自己入地狱；犯规无止境，既然上帝的力量无止境，所以惩罚也应当无止境。就这些吗，先生？"

"给我解释解释'三位一体'！"布瓦尔说。

"乐意从命。让我们作个比较：一个三角形的三边，或者不如说我们的灵魂，包括生存、认识和愿望；这就是人们所谓的人的官能，它在上帝身上就是三位一体中的一位。奥秘就在于此。"

"然而三角形的三边并非每一边都是三角形；灵魂的这三种官能并不能造成三个灵魂，您那三位一体中的三位就是三个上帝。"

"您这是亵渎神明！"

"那么，只有一位，一个上帝，一个有三种表现形式的实体！"

"我们还是崇爱而不必理解吧！"本堂神甫说。

---

① 圣福尔冉斯（468—533），非洲的罗马主教。

375

"那好吧。"布瓦尔说。

他害怕被当成不信教的人，害怕庄园里的人对他看法不佳。

如今他们一礼拜去庄园三次，正值冬季，下午五点左右去那里喝一杯热茶，心里暖乎乎的。伯爵先生的言谈举止"让人想起昔日王宫里的潇洒"；胖胖的伯爵夫人总是心平气和，并在所有事情上都表现出判断力。他们的女儿育朗德小姐是"年轻姑娘的楷模"，是流行纪念册上的天使；她们的女伴德·诺阿尔太太鼻子尖尖的，像佩库歇。

他俩第一次走进客厅时，这位太太正在为某某人辩护：
"我向你们保证，他变了！他送的礼就可以证明。"

这某某人正是高尔居。他刚送给那一对未来的夫妇一只哥特式的祈祷凳。这凳子已经送来了。那上面有双方家庭的彩色纹章，很显眼。德·马伍罗先生对此似乎颇感满意，诺阿尔太太对他说：
"您还记得我保护的那个人吗？"

她接着叫来两个孩子，男孩约摸十二岁，他的妹妹也许有十岁。从他们破衣烂衫的窟窿里可以看到他们的手脚冻得发红。一个穿了一双旧拖鞋，另一个只穿了一只木鞋。头发已遮住了他们的脸，他们用闪亮的眼睛东看西看，酷似吓坏了的小狼。

德·诺阿尔太太说，她是上午在大路上碰见他们的。布拉克旺提供不出任何细节。

大家问他们的名字。
"维克托，维克托琳娜。"
"他们的父亲在哪儿？"
"在监狱里。"
"进监狱之前，他是干什么的？"
"什么也不干。"
"他们的家乡呢？"
"圣皮埃尔。"

"哪个圣皮埃尔？"

作为回答，两个小家伙用鼻子吸着气说：

"不知道，不知道。"

他们的母亲死了，他们以乞讨为生。

德·诺阿尔太太陈述说，对两个孩子弃而不管该多么危险；她感动了伯爵夫人，刺激了伯爵的荣誉感，受到小姐的支持，再一坚持，便成功了。决定由猎场看守人的妻子照管他们。以后会给他们找些活干，考虑到他们既不会读书，也不会写字，诺阿太太准备给他们上课，以便将来可以阅读基督教入门。

热弗罗依神甫来到庄园时，有人去把两个孩子叫来；他先询问他们，然后作报告，由于听众不凡，他在演讲中有些装模作样。

有一次他谈到《圣经》中的族长，布瓦尔在与他和佩库歇一道回家时，猛烈诋毁那些族长。

雅各①以作弊著称，大卫②以凶杀闻名，所罗门③的腐化堕落人所共知。

本堂神甫回答说，应当看得更高些。亚伯拉罕④的牺牲乃是耶稣受难的象征；雅各是弥赛亚⑤的另一种象征，有如约瑟、青铜蛇、摩西。

"您是否认为，"布瓦尔说，"是摩西撰写了《圣经》的头五

---

① 雅各，《圣经》故事中以撒的次子，犹太人的第三代祖宗。据《创世记》载，他出生时抓住其孪生兄弟的脚跟而出。青年时代曾以一杯红豆羹从以扫换得长子的名分，后又骗得其父的祝福。为此，其兄恨他人骨。
② 大卫，见本卷第76页注②。
③ 所罗门，见本卷第237页注②。所罗门以智慧著称，但晚年穷奢极侈，沉湎于女色，并横征暴敛，以致民不聊生，埋下国家分裂的祸根。
④ 亚伯拉罕，《圣经》中犹太人的始祖。生于迦勒底，是挪亚长子闪的后代。据传犹太民族的形成始于他带领部族自迦勒底迁居迦南（今巴勒斯坦），并定居希伯仑附近。据传上帝预见他子孙繁多，但命他和子孙都受割礼，作为与上帝立约的标记。
⑤ 弥赛亚，见本卷第96页注①。

卷'摩西五书'?"

"当然是的。"

"然而书里叙述了他的死;对约书亚①,有人也持同样的异议;至于犹太诸王之前的士师们,书的作者告诉我们,在他为之撰写历史的那个时代,以色列还没有国王。因此,作品是在诸王时期撰写的。我对先知们的事迹也不大相信。"

"他现在要否定先知了!"

"没那回事!但他们头脑发热,看见的耶和华具有各种不同的面貌,他们看他像火,像荆棘,像老人,像鸽子;而且他们对神的启示也没有把握,因为他们老要求出现朕兆。"

"哦!您竟发现了这么些了不起的东西?!……"

"是在斯宾诺莎的作品里发现的。"

一听见这句话,本堂神甫就跳起来。

"您读过他的书吗?"

"上帝让我警惕那些书。"

"不过,先生,科学……"

"先生,不是基督徒就不是学者。"

科学两字激起他一连串挖苦话:

"您那科学,它能让麦子长出一个麦穗吗?我们知道什么?"

但他知道世界是为我们创造的;他知道大天使在天使之上;他知道尸体能复活,还原到三十岁左右的样子。

他那僧侣特有的坚定性使布瓦尔感到恼火,布瓦尔对路易·埃尔维厄也产生了不信任感,便写信给瓦尔洛。佩库歇比他掌握更多的情况,他要求热弗罗依先生解释《圣经》。

《旧约》里《创世记》中的六天意味着六个伟大时代。犹太人劫持埃及人珍贵的缸钵,此事应理解为他们窃取了埃

---

① 约书亚,摩西之后的一位希伯来人首领,曾征服迦南,打败耶路撒冷国王。

及人智慧的宝库和各种技艺的诀窍。以赛亚[1]并没有脱光衣服，nudus，在拉丁文里的意思是赤裸到髋骨部；因此维吉尔劝人光身子耕地，这位作家的告诫总不会有伤风化吧！厄则克尔[2]吞掉一本书毫不足奇，人们不是常说吞掉小册子，吞掉报纸吗？

但如果到处都看到隐喻，里面的事件又将如何？不过，本堂神甫确信那些事件是真实的。

佩库歇感到这样来理解那些事件似乎不够忠实。他便进行更加深入的研究，从而提出一份关于《圣经》中出现矛盾的按语。

《出埃及记》[3]告诉我们，在四十年中，那些人在沙漠里作出了很多牺牲，但根据《阿摩司书》[4]和《耶利米书》，不存在任何牺牲。《历代志》[5]和《以斯拉记》[6]并不同意那种人口调查。《申命记》[7]里说，摩西曾面对面看见上帝；根据《出埃及记》，他从来不可能看见上帝。那么神灵的启示又在哪里？

"这就是接受《圣经》的另一层理由，"热弗罗依先生微微

---

[1] 以赛亚生于耶路撒冷，在犹太王乌西雅末年开始任先知之职，历经四位国王。是《圣经》里四大先知中最著名的一位。据《罗马殉难志》载，他因直谏国王而被国王处死。相传他是《以赛亚书》的作者。

[2] 厄则克尔，《圣经·旧约》中希伯来四大先知之一，本人为祭司，于公元前五九七年被掳往巴比伦，凡二十载。他声称上帝命他警诫以色列人，遂进行讲道，并将其预言、演讲、哀歌等汇编成书，后收入《圣经·旧约》。

[3] 《出埃及记》，《圣经·旧约》中的第二卷。

[4] 阿摩司（约公元前八世纪），《圣经·旧约》中十二小先知之一，《阿摩司书》为阿摩司宣讲，由其弟子收集并编订成书。

[5] 《历代志》，属《圣经·旧约》，分上、下两卷，共六十五章。是《圣经》中涉及年代最长的书，从亚当起，直至波斯居鲁士大帝占领巴比伦，下诏（约公元前五三八年）释放犹太囚房回国止。

[6] 《以斯拉记》系《圣经·旧约》中的一卷，记述波斯帝国统治时代（约前538—前398）的情况。

[7] 《申命记》为《圣经·旧约》的第五卷，以摩西所传律法的形式汇编而成。

一笑,回答说,"招摇撞骗的人需要互相勾结,诚实的人却并不在意这些!在困惑时,让我们求助于教会。教会永远错不了。"究竟谁错不了?

巴勒和康斯坦茨的主教评议会认为主教评议会错不了,但各个主教评议会却往往大相径庭,亚大纳西①和阿里乌②之间发生的事就是明证。佛罗伦萨和拉特兰的主教评议会认为教皇错不了,但教皇阿德利安六世③却宣布,教皇和别人一样可能出错。

无理取闹!这一切都无损于教义的永恒性。

路易·埃尔维厄的著作指出了教义的变化:在从前,洗礼专为成人而设;临终涂油礼只是在九世纪才成为圣事;在八世纪才发出通谕肯定圣体存在说;炼狱④是在十五世纪得到承认的;圣母无玷始胎瞻礼仅仅是近期的事。

佩库歇竟到了不知该如何看待耶稣的地步。三本《福音书》都把他看成一个人。在圣约翰所写的书中的一个段落里,耶稣似乎等于上帝,在同一本书的另一段里却承认他低于上帝。

热弗罗依教士援引阿布加尔⑤国王的信反驳他,说彼拉多的行为和古代女预言家的证词"实质上是真实的"。他在高卢地区看见过圣母像,在中国看见过关于救世主耶稣的公告,到处都有"三位一体",大喇嘛的便帽上戴着十字架,埃及诸神的手里也有十字架;教士甚至让他看一幅版画,画的是一个尼罗尺,佩库歇说,那是男性生殖器像。

---

① 亚大纳西(约293—373),基督教希腊神父。于公元三二五年出席"尼西亚主教会议",在会上曾反对阿里乌。
② 阿里乌(约250—336),基督教神学家,生于利比亚。公元三一三年在亚历山大里亚任教职,曾因反对三位一体教义于公元三二五年在"尼西亚主教会议"上被定为异端而遭流放。
③ 阿德利安六世系一五二二年至一五二三年在位的罗马教皇。
④ 炼狱指天主教教义中,人死后升天堂前必须在炼狱中受罚至罪愆炼尽为止。
⑤ 阿布加尔系古代美索不达米亚埃德萨王国八位国王的姓氏(前132—216)。

热弗罗依悄悄咨询他的朋友普吕诺,普吕诺便替他找书中的证据。于是展开了比赛博学的战斗;自尊心鞭策着佩库歇,他成了出类拔萃的人,成了神话学家。

他比较圣母和伊希斯①、赛利斯②和波斯人的 homa,巴克科斯和摩西,挪亚方舟和克苏托斯③的船;对他来说,这些相似之处证明宗教的同一性。

然而,既然只有一个上帝,就不可能有许多宗教;穿道袍的人一旦理屈词穷,便大声说:

"这是奥秘!"

这句话是什么意思?知识不足,很好。但如果他指出一件事情,而一说明此事就矛盾百出,这就是在说蠢话;于是,他再也不离开热弗罗依了。他常常在教士的花园里出其不意地拦住他,在忏悔室等他,在圣器室同他纠缠不清。

本堂神甫为逃避他而想出种种诡计。

有一天,他去萨斯托为某个人举行圣事,佩库歇便去大路上迎着他走过来,用这个办法,谈话就不可避免了。

那是八月末的一个傍晚。被晚霞染红的天空暗了下来,天上形成了大片的云层,下层很整齐,云峰呈螺旋状。

佩库歇一开始只谈一些无关紧要的事,然后无意间漏出"殉道者"几个字。

"您认为曾有过多少殉道者?"

"至少有两千万左右。"

"奥利金④说,数目没那么大。"

---

① 伊希斯系古埃及最重要的女神,是丰产和母性的庇护神,司生命和健康。
② 赛利斯,希腊女神,主管丰产、婚姻和家庭。
③ 克苏托斯,从忒萨利亚迁到雅典的希腊神祇。
④ 奥利金(约185—254),古代希腊神父的主要代表之一,生于埃及亚历山大城。曾深入研究希腊哲学,并用哲学术语解释神学,而且运用于基督教神学命题。著有《论原理》《驳塞尔索》等。

"奥利金很可疑,这您知道。"

一大股风吹过去,刮弯了道沟边的草和伸展到天际的两排小榆树。

佩库歇又说:

"有人把一些因抵抗蛮族人而被杀害的高卢主教也算在殉道者里,不能这么算。"

"您准备为那些皇帝辩护?"

依佩库歇之见,是有人诬蔑那些皇帝。

"底比斯军团①的故事纯属无稽之谈。辛佛利安②和他的七个儿子,费利西泰③和他的七个女儿,安西尔④的七个已七十多岁的童贞女被强奸,圣于絮尔⑤的一万一千个童贞女,其中一个叫安德瑟米亚——其实是个数字,我对这些都持怀疑态度;还有,亚历山大的十烈士也值得怀疑。"

"但是……但是,写这些殉道者的作家都是值得信任的。"

落雨点了。本堂神甫撑开雨伞;佩库歇一钻到雨伞底下就公然声称,天主教徒在犹太人、穆斯林、新教徒,以及不受宗教束缚的自由思想家当中造成的殉道者比古罗马人造成的殉道者多。

教士吃惊得大叫起来:

"可是从尼禄⑥到恺撒·加尔巴⑦,一共有十次大迫害!"

---

① 底比斯军团由圣莫里斯指挥,在罗马皇帝戴克里先(284—305年在位)治下,由于它拒绝祭偶像而遭屠杀。
② 圣辛佛利安,公元一七九年的殉道者,八月二十二日是他的纪念节日。
③ 费利西泰据传是一位罗马女人,于公元一五〇至一六四年间同他的七个女儿一道殉难。十一月十三日是她的纪念节日。
④ 安西尔即今小亚细亚的安卡拉。
⑤ 圣于絮尔系布列塔尼国王狄俄那图斯之女,在公元三世纪或四世纪在哥罗涅殉难,十月二十一日是她的纪念节日。
⑥ 尼禄(37—68),罗马皇帝,公元五四年至六八年在位。
⑦ 恺撒·加尔巴(约前5—公元69),接替尼禄任职的罗马皇帝,由于过分严厉而遭谋杀,任职仅七个月。

"好吧！那么，对阿尔比教派①的多次大屠杀呢？圣巴托罗缪惨案呢？撤销南特敕令②呢？"

"那无疑是可悲的过激行动，但您总不至于把那些死者同圣艾蒂安③、圣洛朗④、圣奚普里安⑤、圣波利卡普⑥，以及大批的传教士相提并论吧！"

"对不起！我要提醒您注意，还有希巴提⑦、布拉格的吉罗姆⑧、詹·胡斯⑨、布鲁诺⑩、瓦尼尼⑪、安讷·迪·布尔⑫！"

雨越下越大，雨丝洒得很猛，在地上溅起水花，有如白色的纺锤。佩库歇和热弗罗依先生身子贴着身子慢慢往前走，神甫说道：

---

① 阿尔比教派，公元十二世纪流行于法国南部阿尔比地区的教派。教皇英诺森三世为清除此教派而派十字军征讨。一二一三年该教派在穆莱战败；一二一八年在图卢兹战败，死伤无数。
② 即撤销一五九八年法国国王亨利四世在南特城颁布的宗教宽容法。
③ 圣艾蒂安，基督教历史上第一位在耶路撒冷被判以石击毙的殉道者，十二月二十六日为其纪念节日。
④ 圣洛朗，天主教六品修士，于公元二五八年被烧死，成为殉道者，八月十日为其纪念节日。
⑤ 圣奚普里安（约200—258），基督教拉丁神父，迦太基主教，因与罗马教皇不和而殉难。九月十六日为其纪念节日。
⑥ 圣波利卡普，土耳其士麦那（今伊兹密尔）地方的主教，约公元一五六年殉道。六月二十六日为其纪念节日。
⑦ 希巴提（约370—415），希腊哲学家、数学家。
⑧ 布拉格的吉罗姆（1380—1416），捷克宗教改革家，詹·胡斯的门徒，在康斯坦茨被活活烧死时表现英勇。
⑨ 詹·胡斯（1369—1415），宗教改革家，被康斯坦茨主教评议会判处火刑，并活活烧死。死后其门徒与人民一起曾展开反对德国封建主和教会的武装斗争达五十余年。
⑩ 吉奥尔达诺·布鲁诺（1548—1600），意大利哲学家，曾在巴黎教书。因反对经院哲学和亚里士多德学说在罗马被判为异端分子而被烧死。
⑪ 卢西利奥·瓦尼尼（1585—1619），意大利哲学家，因被判无神论罪和巫术罪而在法国图卢兹被烧死。
⑫ 安讷·迪·布尔（1521—1559），法国法官，为新教徒请求宽大而被判为异端，从而被活活烧死。

383

"可怕的酷刑之后,有人把他们扔进了大蒸锅!"

"天主教宗教裁判所也用酷刑,那些酷刑也曾狠狠地刺激过您。"

"他们把闻名遐迩的女士们送到妓院出丑!"

"您难道认为路易十四的那些泼妇很规矩?"

"请注意,基督教徒没有做过一件反对国家的事!"

"胡格诺派①信徒同样没干过!"

风追逐雨,在空中把雨驱散。雨点打在树叶上,雨水在路边流淌,污泥色的天空同光秃秃的田野融为一体,因为麦子已经收割完了。见不到一间房舍。不过远处有一个牧人的窝棚。

佩库歇瘦小的外套已没有一根线是干的。雨水沿着他的背脊往下流,流进他的靴子、他的耳朵,尽管阿莫罗帽上有大帽檐,还是流进了他的眼睛。本堂神甫用一只手撩起道袍的下摆,露出了双腿,他那三角帽的三个尖顶往他的肩膀上直喷水,活像主教座堂带小动物像的檐槽喷口。

不得不停住脚了,他们转身,背朝着暴风雨,面对面,肚子靠肚子站在那里,四只手硬撑着左右摇晃的雨伞。

热弗罗依先生并没有停止为天主教徒辩护。

"天主教徒像有人折磨圣西梅翁②那样折磨过新教徒吗?他们是否曾像别人整圣依纳爵③那样让两只老虎吞掉一个人?"

"您算过没有,多少人为一点小事被弄得妻离子散,骨肉分离!还有那些可怜的穷人,他们被流放,被赶到冰雪绝壁间!有

---

① 胡格诺派是十六世纪到十八世纪间法国天主教徒对加尔文新教派的称呼。
② 有三位圣西梅翁都曾在一根柱子上受折磨,最后一位(六世纪,在西西里)被雷击死。
③ 指安提阿的圣依纳爵(约35—约107),传说是圣彼得或圣保罗的门生,于公元六九年任叙利亚安提阿城主教,一〇七年被捕,押赴罗马,年底死于斗兽场。

人把他们堆在监狱里，刚死过去就当众侮辱他们。"

长老冷笑一声：

"对不起，我根本不相信！而我们的殉道者却可靠得多。圣女布朗丁娜①被浑身脱光放在网里扔给一头狂怒的母牛。圣女朱丽叶②被活活打死。有人用斧头砸碎圣塔拉克、圣普罗布斯、圣安德罗尼克的牙齿，用铁梳刀撕碎他们的肋骨，用烧红的铁钉穿过他们的手，还揭下了他们的头皮。"

"您夸大其词！"佩库歇说，"在那个时期，殉道者正是修辞上夸张描写的对象。"

"怎么！修辞？"

"正是！而我，先生，我给您讲的都是历史。在爱尔兰，天主教徒剖开孕妇的肚子取她们的孩子！"

"从没有过！"

"还把孕妇扔给公猪！"

"没那回事！"

"在比利时，天主教徒还把孕妇活埋了。"

"开什么玩笑！"

"有她们的名字！"

"就算有吧！"教士边反驳边恼怒地摇动自己的伞，"也不能叫她们烈士。教会以外不存在烈士。"

"再说一句！如果烈士的价值取决于教义，那么，烈士怎样显示他们行为的优秀之处？"雨渐渐平息下来；直到村里他们都不再说话。

但走到本堂神甫住宅门前时，神甫说：

"我为您惋惜！真的，我为您惋惜！"

---

① 圣女布朗丁娜于公元一七七年在里昂被人扔给猛兽撕咬而殉道。
② 圣女朱丽叶于公元四三九年殉道。

佩库歇对布瓦尔一口气讲完了他和神甫的争吵。这次争吵引起了他反宗教的敌意,一个钟头之后,他坐在正烧着荆棘的壁炉前阅读《梅斯利叶神甫》。其中分量很重的否定之词又让他不快;他随即责备自己也许低估了有些英雄,于是开始翻阅《书目提要》中最著名的殉道者的故事。

当那些人进入古罗马的圆形剧场时,百姓发出了怎样的叫喊声呀!倘若狮子和美洲豹过分温和,他们就用手势和声音刺激猛兽往前走。大家看见那些人浑身是血,但仍微笑着站在那里,望着天空;为了不显得悲伤,圣女贝尔蓓蒂①还把披散的头发再拢起来。佩库歇开始思考。窗户是敞开的,夜很宁静,满天星斗闪烁着。当时烈士们的心灵一定经历过我们想象不出来的东西,一种欢乐,一种神圣的痉挛似的冲动!佩库歇经过冥思苦想,说他终于理解那些殉道者了,说他自己也会像他们那样献身。

"你?"

"当然。"

"别开玩笑!你信神?信不信?"

"我不知道。"

他点燃一根蜡烛;他的眼神随即不期然停在放床凹室里的带耶稣像的十字架上:

"多少穷苦的人曾经向他求助!"

沉默片刻之后:

"是有人把他歪曲了!这是罗马的错误:梵蒂冈的政治!"

布瓦尔欣赏教会却只是欣赏教堂的宏伟壮丽,如果生在中世纪,他真愿意当一名红衣主教。

"我穿上红道袍一定神采奕奕,你该同意我的看法!"

佩库歇湿透了的大盖帽放在炭火前面还没有干。他拽平帽上

---

① 圣女贝尔蓓蒂(181—206),非洲的殉道者,三月七日为其纪念节日。

的褶皱时，摸到夹层里似乎有什么东西：一个圣约瑟的纪念章掉在地上。他俩感到局促不安，因为这件事显得太难以解释！

德·诺阿尔太太希望知道佩库歇是否有一种类似变化，类似幸福的感受，她在向他提问时竟流露了真情。有一次，佩库歇正在玩台球，她把一枚像章缝在了他的大盖帽里。

很明显，她爱他；他们本来就可以结婚：她是寡妇，而他也从不怀疑这份可能给他的生活带来幸福的爱情。

尽管他比布瓦尔先生显得更笃信宗教，她还是把他奉献给了圣约瑟，因为这位神的援助对他皈依宗教更有好处。

谁也不如她了解所有的念珠，不如她清楚念珠怎样赦罪，圣物有什么效果，圣水提供什么样的运气。她戴的表上有一条链子，这条小链接触过圣彼得的锁链。

她表链上的饰物里有一颗闪闪发光的金珠，那是模仿阿路阿涅大教堂里的一颗珠子制作的，那颗珠子里有一滴上帝的眼泪。她小指头上的戒指里藏着阿尔斯的本堂神甫的头发；因为她常为病人采草药，她的房间就像圣器室和药剂师的配药室。

她的时间都花在写信、访问穷人、拆散姘居者和散发"圣心"照片上。一位先生可能给她送来"烈士膏"——一种由复活节蜡和从骨骸墓穴里取来的骨灰混合制成的药丸或药片，遇到不治之症时可以使用。她答应给佩库歇一些。

这样的唯物主义似乎让他不快。

晚上，庄园里的一个随身男仆给佩库歇送来一背篓小册子，里面谈的全是大拿破仑说过的一些虔诚的话，一些神甫在各旅店里说过的风趣话，以及不信教的人遭到暴死的情况。德·诺阿尔太太将那些话背诵得滚瓜烂熟，还能讲述数不清的奇迹。

她讲了很多蠢而又蠢的奇迹，毫无目的的奇迹，仿佛上帝创造那些奇迹只为了使大家惊得目瞪口呆。她自己的祖母曾经把十二枚李子干放在五斗橱里，上面盖了一块桌布，一年之后，再打开五斗橱时,却发现十三枚李子干在桌布上摆成十字架形状。

"你们给我解释解释!"

她每次讲完故事都要说这句话,她确信那些故事时固执得像头驴。应当承认,那是个挺不错的女人,而且她还十分诙谐活泼。不过有一次她却"一反常态"了。布瓦尔对伯兹亚的奇迹表示怀疑:大革命时期,一个高脚盘里藏了一些圣餐面饼,后来那高脚盘竟自动镀了金。

"也许盘底有少许由潮湿造成的黄颜色?"

"不对!我再一次对你们说:不对!镀金是因为盘子接触了圣体。"

她随即提供了主教们的证词加以证实。

"那东西像,"大家说,"像个盾牌,就像……佩尔比尼昂教区附近的一个护城圣物。最好问问热弗罗依先生!"

布瓦尔沉不住气了,他又看了看路易·埃尔维厄的著作,便带上佩库歇去造访热弗罗依。

教士快用完晚餐了。雷娜请他们坐下,见主人招呼,便去取来两只小酒杯,往杯里盛上"玫瑰红"。

接着,布瓦尔陈述他来访的理由。

神甫没有明确回答。

"就上帝而言,什么都有可能性,奇迹乃是宗教的标志之一。"

"但还有律法。"

"那也无济于事。奇迹可以搞乱律法以达到教育和纠正的目的。"

"您怎么知道奇迹是否搞乱律法呢?"布瓦尔反驳他,"只要大自然按常规办事,大家就想不到这些;但出现不寻常的现象时,我们就看到上帝起作用了。"

"上帝可能起作用,"教士说,"当发生的事已经有证人肯定时……"

"证人对任何东西都盲目轻信,因为有些奇迹是假的!"

教士脸红了。

"当然……有时是如此。"

"那么怎样区分真假?如果作为证据的'真'本身就需要证据,为什么还拿它当证据?"

雷娜也参加进来,她像她的主人那样说教,声称必须服从。

"生是瞬息即逝的,但死是永恒的!"

"总之,"布瓦尔边说边大口喝玫瑰红,"过去的奇迹不见得比今天的奇迹显示得好;类似的理由既为基督教徒的奇迹也为异教徒的奇迹辩护。"

神甫把叉子往桌上一扔。

"异教徒的奇迹是伪奇迹!再来一杯!教会以外无奇迹!"

"瞧!"佩库歇自言自语,"同谈殉道者的论据如出一辙:教理依据事实,事实依据教理。"

热弗罗依先生喝了一小杯水之后又说:

"您否定奇迹的时候,正在相信奇迹。十二使徒让全世界皈依宗教,这,照我看,就是了不起的奇迹!"

"根本不是!"

佩库歇用另外的方式进行阐述。

"一神教源于希伯来人,'三位一体'源于印度人,圣子学说归功于柏拉图,圣母属于亚洲。"

那又何妨!热弗罗依先生坚持的是超自然现象,他并不希望基督教能人为地具有哪怕最小的存在理由,尽管他看见各国人民都显出这方面的先兆或曲解。十八世纪那种嘲笑式的亵渎宗教,他可以容忍;但当代的客客气气的批评却激怒了他。

"我宁愿无神论者辱骂宗教,却不愿怀疑论者吹毛求疵!"

他随即用一种对抗的神情看着他们,仿佛是在撵他们走。

佩库歇回家时感到惆怅。他原本希望协调信仰和理性。

布瓦尔让他读一读路易·埃尔维厄的这段话：

> 为了解隔离它们的鸿沟，请将它们的公认原则加以对比：
>
> 理性告诉你：整体包含部分，而信仰却回答你：根据实体论，耶稣同他的使徒们感情相通，耶稣的肉身在他的手上，他的头在他的口中。
>
> 理性告诉你：人不能替别人的罪行负责，而信仰却回答你：应从原罪说出发。
>
> 理性告诉你：三就是三，而信仰却宣称：三就是一。

他们再也不去拜访本堂神甫了。

正值意大利战争之秋。

老实的人们都为教皇的安全心惊胆战。大家愤怒申斥埃马纽埃尔·德·诺阿尔太太恨他竟恨到巴不得他死。

布瓦尔和佩库歇只畏畏缩缩抗议一番。客厅的门又朝他们打开了，他们经过一溜高大的镜子面前时照照自己，与此同时，他们从窗户看出去，可以看到花园里的条条小径，小径间，仆人的红色号衣在万绿丛中煞是显眼；他们感到快活；环境的豪华使他们对周围那些滔滔不绝的话语也宽容多了。

伯爵把德·迈斯特①先生的著作全都借给了他们。他还在亲近的小圈子里发挥那些原则；小圈子的成员有于雷尔、本堂神甫、治安法官、公证人和男爵，男爵是他未来的女婿，他不时来庄园度过二十四小时。

"最可憎的东西是'八九'精神②！"伯爵说，"首先，人们

---

① 约瑟夫·德·迈斯特（1753—1821），法国哲学家、作家。在其作品《论教皇》和《圣彼得堡之夜》里，他谴责法国大革命，支持国王和教皇的权威。
② 指一七八九年法国大革命的革命精神。

对上帝提出怀疑;其次,有人对政府提出异议;接着就来了自由。自由骂人、自由造反、自由享受,或者不如说自由抢劫,这一来,教会和政权就不得不放逐那些不受束缚的人,那些异端分子。他们肯定要大叫受迫害,好像刽子手是在迫害罪犯似的。简而言之:没有上帝就没有国家!法律只有来自上帝才能受到尊重;当前,问题不在意大利人,而在于看谁战胜谁,是'革命'胜利还是教皇胜利,是撒旦胜利还是耶稣-基督胜利。"

热弗罗依先生发出一些单音节的词表示赞同,于雷尔微微一笑,治安法官则摇摇头。布瓦尔和佩库歇看着天花板;德·诺阿尔太太、伯爵夫人和育朗德为穷人做着女活;德·马伍罗先生坐在他的未婚妻身边翻阅期刊。

接着是一阵沉默,人人都仿佛在全神贯注地探索问题。拿破仑三世再也不是救星了,他让泥瓦匠礼拜天在杜伊勒利宫干活,作了一个可悲的坏榜样。

"不该容许"是伯爵的口头禅。

社会经济、美术、文学、历史、科学学说,一切都得他说了算,因为他的身份是基督教徒和父亲、家长;但愿在这方面政府能和他在家里一样一丝不苟!唯有政权能够判断科学的危险性,科学传播得太广泛,就会引起人民极其有害的野心。可怜的人民,只有在领主和主教们抑制国王的专制主义时,他们才会更幸福。如今,实业家们只知不择手段地剥削他们。他们快要陷进奴隶制了。

大家都在怀念旧制度:于雷尔出于卑劣,古隆出于无知,马雷斯科也怀念,因为他是艺术家。

一回到家,布瓦尔便重新投入拉梅特利、霍尔巴赫[①]等人的

[①] 德·霍尔巴赫(1723—1789),法国启蒙思想家、唯物主义哲学家、无神论者。原为德国贵族,后定居巴黎。

怀抱；佩库歇则远远躲开了已变成统治手段的宗教。德·马伍罗先生领圣体是为了更好地引诱"这些女士"，他之所以参加宗教仪式，原因在仆人们身上。

他是数学家和文艺爱好者，又会弹华尔兹钢琴曲，还是托普费尔①的崇拜者，所以他以一种情趣高超的怀疑主义而与众不同。大家谈到的有关封建制度的流弊、有关宗教裁判所或耶稣会士的事，都是他早已预见到的；他吹嘘进步，尽管他对一切非贵族的或非出自巴黎综合理工学院的东西都嗤之以鼻。

他们也不喜欢热弗罗依教士。此人相信巫术，拿偶像开玩笑，硬说所有的民族语言都出自希伯来语；他那浮夸华丽的辞藻缺乏出乎意料的东西；千篇一律：被猎犬围住的鹿、蜜糖和苦艾、金子和铅、香味、骨灰盒以及被他比作战士的基督徒的心灵，在面对罪人时，战士会说："不准你通过！"

为了避开他的演讲，他们去庄园的时间能多晚就多晚。

不过有一天他们仍然在那里碰上了他。

他在等他的两个学生，已经等了一个钟头。突然，德·诺阿尔太太走了进来。

"小女孩失踪了。我带来了维克托。啊！这无赖！"

她从他的衣兜里找出了三天前丢失的银骰子，接着，她哭得透不过气来：

"还不光这些！不光这些！我责备他时，他竟把屁股亮给我看！"

没等伯爵和伯爵夫人说一句话，她又说：

"再说，这也是我的错；请原谅我！"

她过去对他们隐瞒了：这两个孤儿是还在服刑的图阿什的

---

① 茹道夫·托普费尔（1799—1846），瑞士作家和漫画家，其作品充满幽默和感情。

孩子。

怎么办？

倘若伯爵赶他们走，他们就会堕落，他的慈善行为就会被看作心血来潮。

热弗罗依教士并不感到吃惊。人是自然而然堕落的，只有惩罚才能使人得到改善。

布瓦尔大不以为然。温和更有效。

然而，伯爵再一次就铁腕问题大肆发挥，他认为儿童和人民一样，都得靠铁腕治理。这两个小家伙浑身都是毛病：小女孩撒谎，男孩粗暴。这次偷窃还可以原谅；蛮横无理却永远不能原谅，教育应当教人尊重人。

因此，得让猎场看守人索莱尔立即给男孩的屁股一顿好打。

德·马伍罗先生有话对索莱尔说，他愿意承担这个使命。他去候见厅取来一支枪，叫埋着头站在院子里的维克托：

"跟我走！"他说。

去猎场看守家的路离沙维尼奥尔不远，热弗罗依先生、布瓦尔和佩库歇便同男爵做伴。

在离庄园一百步的地方，男爵要他们在他沿着树林走动的时候别作声。

地势一直倾斜到河边，河边立着大片大片的岩石。夕阳下，金色的河水波光粼粼。河对面，阴影笼罩着冈峦间葱茏的绿色。吹过来一股强劲的风。

几只兔子从兔穴里出来啃草。

一声枪响，第二声，又是一声；兔子们蹦跳着，突然窜了出来。维克托冲上去抓它们，他喘着气，浑身是汗。

"你好好理理你那身破衣服！"男爵说。

他褴褛的外衣上有血。

一看见血，布瓦尔就感到厌恶。人可以流血这一点，他接受

393

不了。

热弗罗依先生说道：

"有时情况要求流血！倘若不是罪犯流血，就得有另外的人流血，这是赎罪学说教导我们的真理。"

照布瓦尔看来，赎罪学说不起什么作用，因为，尽管上帝作出了牺牲，几乎所有的人仍然被打入地狱受苦。

"但是上帝每天都在圣体里重新作出牺牲。"

"奇迹是靠教士的警句创造的，"佩库歇说，"无论教士多么不够格儿。"

"奥秘正在这里，先生。"

与此同时，维克托正用眼睛盯着猎枪，甚至竭力想碰碰它。

"别动手！"

德·马伍罗先生走上一条林中小道。

教士的这一边走着佩库歇，那一边是布瓦尔。他对布瓦尔说：

"当心，您知道：Debeturpueris……"

布瓦尔请他放心，说他在造物主面前十分谦卑，只是他为大家把上帝当成人感到愤怒。大家害怕他报复，为他的光荣而工作，他拥有全部的德操，他有手臂、有眼睛、有策略、有住宅。"主啊，您在天上"，这是什么意思？

佩库歇补充道：

"宇宙已经扩大了，地球再也不是宇宙的中心。地球在无穷多的其他星球当中滚动。有许多星球的体积都超过地球，我们的星球见小，这表明上帝是一个更崇高的理想。"

因此，宗教应当有所改变。天堂乃是小儿科的东西：那里面享受真福品的人老在静修，老在唱，而且从天上注视着那些被打入地狱的人如何受折磨。想想基督教的基础竟是一只苹果，那该是什么心情！

本堂神甫生气了。

"您干脆否定神的启示,这更简单。"

"上帝怎么可能说话呢?"布瓦尔说道。

"那您就证明他没有说过话!"热弗罗依说。

"再说一遍,谁又向您肯定他说过话了?"

"教会!"

"了不起的见证!"

德·马伍罗先生对他们的争论感到厌倦,他边走边说:

"你们还是听神甫的吧,在这方面他比你们知道得多!"

布瓦尔和佩库歇互相打手势,准备走上另一条路,后来,到"绿十字"时,说:

"晚安!"

"愿为你们效劳!"男爵说。

这一切都可能讲给德·法威日先生听,也许接下来就是交往中断。那就算了。他们本来就感到那些贵族老爷瞧不起他们。人家从不邀请他们吃晚饭,他们对德·诺阿尔太太和她那没完没了的训诫也感到厌烦。

但总不能老把德·迈斯特的全集留在他们家里呀,于是,半个月以后,他们重返庄园,还以为不会受到接待呢。

他们受到了接待。

伯爵全家人都待在小客厅里,于雷尔也在内,不寻常的是,福罗也在那里。

对维克托的体罚丝毫没有使他改正错误。他拒绝学习基督教入门;维克托琳娜还说了许多脏话。总之,男孩得去少管所,女孩得进一所女修道院。

福罗负责为此事奔走,他正站起来要走时,伯爵夫人叫住了他。

大家正等待热弗罗依先生来一道商量她女儿的婚期,婚礼先

395

去镇公所举行,然后再去教堂,这样可以表明他们蔑视世俗婚礼。

福罗竭力为世俗婚礼辩护,伯爵和于雷尔却齐声加以攻击。在圣职面前,行政职务算得了什么!如果只去三色绸巾面前举行婚礼,男爵不会相信自己结了婚。

"说得好!"正走进客厅的热弗罗依先生说,"因为婚姻是耶稣确定的……"

佩库歇拦住他。

"那是在什么福音书上说的?在使徒时代,人们很不重视婚姻,所以德尔图良①把婚姻比作通奸。"

"哦!竟这样说!"

"正是这样!而且婚姻并不是圣事!凡圣事都应该有某种征象。请把婚姻的象征指给我看!"

神甫回答说婚姻象征上帝和教会的联姻,但白费唇舌。

"您再也不理解基督教了!而法律……"

"法律还保持着基督教的痕迹,"德·法威日先生说,"没有基督教,法律会批准多配偶制!"

一个声音反驳他:

"多配偶制有什么坏处?"

是布瓦尔,窗帘半遮住了他的身体。

"人可以有好几个妻子,就像《圣经》中的族长,就像摩门教②徒、穆斯林,他们仍可以是老实人!"

---

① 德尔图良(约160—225),古罗马帝国的基督教神学家,第一位基督教拉丁教父。许多新的拉丁文神学术语由他开始使用,并被后世沿用。其著作《护教篇》《论灵魂》等闻名遐迩。
② 摩门教亦称"后期圣徒教会",系美国基督教新教的一个教派,创立人为美国公民约瑟夫·史密斯(1805—1844)。在他遭暗杀后,教徒曾一度实行多妻制,后遭反对而停止。

"永远不可能!"神甫大叫,"老实在于还回所欠的东西。我们欠上帝的是尊敬。现在,谁不是基督徒,谁就不是老实人!"

"又老调重弹了!"布瓦尔驳他。

伯爵认为他的巧妙答辩有攻击宗教的意思,便竭力赞扬宗教。是宗教解放了奴隶。布瓦尔援引一些人的话证明情况恰恰相反。

"圣保罗嘱咐奴隶像服从耶稣一样服从他们的主人。圣安布洛瓦兹①管奴役叫上帝的馈赠。"

"《利未记》②《出埃及记》和历次主教会议都认可奴役。博叙哀认为奴役是人们的权利。布维叶大人也同意奴役。"

伯爵反驳说,基督教没少使文明得到发展。

"也发展了懒惰,因为它把贫穷视为德操。"

"可是,先生,《福音书》里的道德教训呢?"

"嘿!嘿!并不那么道德!干到最后一个钟头的工人同只干了第一个钟头的工人拿钱一样多。馈赠已占有的人,却剥夺一无所有的人。至于挨耳光不还手,任人偷窃之类的格言,那是在鼓励厚颜无耻的人、怯懦的人和无赖。"

佩库歇刚一宣称他同样喜欢佛教,愤怒的议论便格外带劲了。

教士响亮地笑起来:

"哈!哈!哈!佛教!"

德·诺阿尔太太抬起双臂:

"佛教!"

"怎么!……佛教!"伯爵跟着说。

"您了解佛教吗?"佩库歇问热弗罗依,因为这位先生已经

---

① 圣安布洛瓦兹(340—397),意大利米兰的主教,十二月七日是其纪念节日。
② 《利未记》,《圣经·旧约》的第三卷。

给弄糊涂了。他接下去说:"好吧,去学学佛教!佛教比基督教强,它在基督教之前已经认识到人间的万事万物都是空。佛教的修行是很严肃刻苦的,佛教徒比所有的基督教徒加起来还多,至于化为肉身的事,毗湿奴①不是化了一次,而是化了九次!这么着,你们评判评判!"

"那是旅行家们制造的谎言。"德·诺阿尔太太说。

"由共济会会员支持的谎言!"神甫补充说。

在场的人都齐声嚷嚷开了:

"说下去,接着说!"

"真妙呀!"

"我呢,我觉得很滑稽!"

"这不可能。"

这一下把佩库歇惹恼了,他宣布他要当和尚!

"您在侮辱基督教徒!"男爵说。

德·诺阿尔太太跌坐在安乐椅里。伯爵夫人和育朗德沉默下来。伯爵不住地转动眼睛。于雷尔在等候命令。教士为控制自己而念着日课经。

这情景使德·法威日先生平静下来,他端详着那两个天真的人,说:

"在谴责《福音书》之前,一生中有什么污点,都有某种补救办法……"

"补救?"

"污点?"

"够了,两位先生!你们该理解我!"

接着,他转身对福罗说:

---

① 毗湿奴,意为"遍入天""遍净",系印度教和婆罗门教三大神之一。据传曾化作鱼、龟、野猪、人狮、侏儒、持斧罗摩、罗摩、黑天、佛陀、白马等,十次下凡救世。

"索莱尔已接到通知，去吧！"

布瓦尔和佩库歇没有告辞便抽身了。

走完林荫道，他们三人开始发泄各自的怨愤：

"他们把我当成了他们的仆役！"福罗抱怨道。

见那两位同意他，尽管他还没有忘却痔疮事故，他仍然对他们产生了某种好感。

一些养路工人正在原野干活。指挥工人的人走近他们。是高尔居。大家开始聊天。他在监督给大路铺碎石的工程，这工程是一八四八年投票决定的，指挥工程的位置应该属于工程师德·马伍罗先生。

"就是即将娶德·法威日小姐的那位。你们显然是从那边出来的？"

"是最后一次从那边出来！"佩库歇突然说。

高尔居装出头脑简单的样子。

"闹翻啦？哦！瞧你们！"

如果他们转身时能看见他的神气，他们会明白，他已经觉察到了闹翻的原因。

再走不远，他们停在用栅栏围起来的一个场地面前，里面有好些狗窝，还有一间红瓦小房子。

维克托琳娜正在围栏门边。一阵狗吠。猎场看守的妻子走了出来。

她明白镇长为什么来到此地，便大声呼唤维克托。

一切都在事先准备就绪，两个孩子的行装分别包在两张包袱皮里，包袱都别上了别针。

"一路平安吧！"她对他们说，"从此没了害人虫，真是福气。"

他俩生来便有一个苦役犯的父亲，这难道是他们的错？恰恰相反，他们看上去十分温和，甚至并不担心人们会把他们送到什

399

么地方。

布瓦尔和佩库歇看着他俩在前面走。

维克托琳娜哼着一支听不清歌词的歌，胳膊上挽着她的薄绸巾，仿佛捧了一个纸盒的制帽女工。她不时转过来，佩库歇眼见她金色的小鬈发和她美丽的身段，真为自己没有这样一个闺女而感到惋惜。倘若她在别样的生活环境里成长，她今后会是一个迷人的姑娘。能亲眼看着她长大，每天都能听到她小鸟啾啾一般的话语，而且想拥抱她就拥抱她，那该是怎样的幸福呀！一种怜爱之情从心底涌上他的嘴唇，他的眼睛湿润了，他感到心情有些沉重。

维克托把包袱背在背上，活像一个士兵。他吹口哨，朝田畦那边的小嘴鸦扔石头，去树下掰小树枝当手杖。福罗叫他回来；布瓦尔拉着他的手，感受到孩子强壮有力的手指在自己的手里，十分开心。这可怜的小鬼无非希望像露天的花朵一般自由自在地成长！在一堵堵墙壁里面，面对功课、惩罚和一大堆蠢行，他会被拖垮。想到这里，一种激愤和怜悯的感情突然攫住了布瓦尔，那是反抗命运的愤懑，是一种想推倒政府的狂怒。

"跑吧！"他说，"玩儿吧！趁最后机会享受享受！"

小家伙跑开了。

他的妹妹和他要在旅馆住一夜，明天黎明时分，悬崖派来的人会把他送到波堡的感化院；格朗康孤儿院的修女也会领走维克托琳娜。

福罗介绍了这些细节之后，重又沉浸在他的默想里。但布瓦尔却希望知道养活这两个小孩需要多少钱。

"唔……这事儿，也许得要三百法郎！伯爵为第一批垫款只给了我二十五法郎！好一个守财奴！"

他对伯爵蔑视他那镇长三色肩带的事还耿耿于怀，便一声不吭地加快了脚步。

布瓦尔喃喃说道：

"他们让我感到难受。我完全可以负担他们！"

"我也可以。"佩库歇说，与他不谋而合。

也许存在障碍？

"什么障碍也没有！"福罗反驳。

再说，作为镇长，他有权将弃儿们托付给他想托付的任何人。在好一阵犹豫之后，他说：

"对，没错，把他们带走吧！这会让那一位火冒三丈。"

布瓦尔和佩库歇把孩子带走了。

回到家里，他们发现马赛尔正跪在楼梯下的圣母像面前虔诚地做祷告。他仰着头，双眼半闭，张大了豁嘴，看上去活像心醉神迷的伊斯兰教苦行僧。

"好一个没理性的人！"布瓦尔说。

"为什么？他也许在观看什么东西呢，你要是能看见那些东西也会嫉妒他的。不是有两个泾渭分明的世界吗？推理的目的往往不如推理的方式有价值。有什么样的信仰并不重要！关键在于有信仰。"

布瓦尔注意到，这就是佩库歇所持的异议。

十

他们弄来好几本谈及教育的著作，于是，教育体系确定了。必须排除一切形而上学的思想，而且根据实验教育方法，有必要随着天性的发展进行。不必匆忙从事，这两个学生应当先忘记他们所学过的东西。

尽管孩子体格强壮，佩库歇仍愿意用斯巴达人的模式增强他们的抵抗力，让他们耐饥、耐渴，能忍受恶劣天气，甚至要他们

401

穿有窟窿的鞋,以便预防感冒。布瓦尔却反对这么干。

走廊尽头的小黑房间成了他们的卧室。房间里的家具有两张行军床、两张小床、一个大水罐;牛眼窗开在他们的头顶,几个蜘蛛沿着白石灰墙乱爬。

两个孩子经常想起一间小破房,破房里边有人吵架。

有一天夜里,他们的父亲回家了,双手沾着血。过了一阵,来了宪兵。后来他们俩就住在林子里。几个制木鞋的工人拥抱了他们的母亲。她死了,一辆大车前来把他俩带走。他们挨了许多打,完全迷失了方向。后来又遇见了乡村警察、德·诺阿尔太太、索莱尔,最后,尽管他们并没有去考虑为什么,却到了这另一个家,而且生活得很幸福。因此,八个月之后,眼见又要开始上课,他们感到又吃惊又难受。布瓦尔负责教小姑娘;佩库歇教调皮的男孩。

维克托认识字母,但拼不成音节。他念得含混不清,又突然停下,看上去像个傻瓜。维克托琳娜提一些问题。为什么 ch 在 orchestre 里的发音是 q,而在 archeologique 里的发音是 k?有时应当将两个元音连起来读,有时又得分开读。这一切不一定都正确。她感到气愤。

两位教师同时在他们各自的房间里上课,房间的隔板很薄,他们的四种嗓音——一个像笛声,另一个很深沉,还有两个声音又高又尖——形成极讨厌的一片喧闹。为了结束这种吵闹,并激励孩子们搞竞赛,他们决定让两兄妹去博物馆一道做功课。现在已经到书写阶段了。

两个学生在桌子的两端抄写字帖,但坐相很糟糕。必须纠正他们,一纠正,他们的课本便一页一页掉在地上,他们的羽毛笔也裂开了,墨水也打翻在地。

有几天,维克托琳娜总算有三分钟专心写字,这之后便开始乱写乱画,一泄气,干脆一个劲望天花板。维克托四仰八叉躺在书桌中央,很快就睡着了。

他们也许感到不舒服?过分紧张对年轻的脑袋有害。

"咱们停止吧!"布瓦尔说。

世上再没有比让学生靠心记学习更愚蠢的事了;然而,如果不练习记忆,记忆力就会萎缩,于是,他们反反复复教两个学生学习拉封丹最早的寓言。想不到孩子们却赞同蚂蚁攒钱,狼吃小羊,赞同狮子享用全部的份额。

孩子们变得更放肆了,他们竟去毁坏花园。但能给他们什么样的娱乐呢?

冉-雅克·卢梭在他的《爱弥儿》里,劝家庭教师让学生们自制玩具;可以对他们稍加帮助,但别让他们觉察到。布瓦尔制造木环却没有成功,佩库歇也没能缝好一个皮球。他们便转而进行更有教育意义的活动,如剪贴等;佩库歇还通过示范教他们使用显微镜。在点灯之后,布瓦尔用手指在墙上作手影,画出野兔或猪的轮廓。大家观看时却感到厌倦。

有的作者赞扬乡间野餐、划船,说那是娱乐;坦率说,这真有可行性吗?费讷隆建议人们不时作些"无害的交谈"。很难想象能作一次这样的交谈!

他们又回头开始上课,而判分、勾除、排字,全都不奏效,于是,他们想出一个计策。

维克托对美食情有独钟,便给他介绍菜名;他很快就能流利地阅读《法国厨师》了。维克托琳娜爱俏,她如果想得到一件裙衫而给女裁缝写一封信,她就可以获得这件裙衫。过了不到三个星期,她竟完成了这个奇迹。那是在迁就孩子们的缺点,是非常有害的方法,但这方法却成功了。

如今他们既然已会书写和阅读,还应该教他们些什么呢?再一次为难!

姑娘们没有必要像小伙子那样成为学者。那倒也无所谓,但她们通常都被培养成地道的粗人,她们的文化知识只限于一些神秘的蠢行。

教他们语言是否合适?可那位康布雷的天鹅①却硬说:"西班牙语和意大利语只有助于阅读有害的作品。"他们认为这样的理由似乎很愚蠢。不过维克托琳娜并不需要学习那两种民族语言,而英语的用途却更广泛。佩库歇学了英语的规则便煞有介事地示范讲解 th 的发音。

"听好,像这么发音:the,the,the!"

然而在教育儿童之前必须了解他们的天分如何。可以通过颅相学作些猜测。他们便进而投身颅相学;之后又想在他们自己身上验证那些论断。看得出来,布瓦尔具有表示慈爱,想象力和崇敬心的隆凸颅骨,还有意味着性爱能量,"说粗俗点",就是表示色情的隆凸部分。

佩库歇的颞骨使人感到他的旷达、热情肯干与他的狡猾头脑结合得天衣无缝。

果然,那正是他们的性格。更使他们吃惊的是,他们在两人身上都辨认出了对友谊的天生爱好。这个发现使他们欣喜若狂,感动得互相拥抱。

他们随即在马赛尔身上进行研究。就他们所知,此人最大的缺点是胃口太大。但布瓦尔和佩库歇在他的耳郭以上齐眼睛高的地方观察到一个进食器官时,又禁不住感到害怕。随着年龄的增长,他们的仆人也许会变得像巴黎养老院那个饕餮女人一样一天吃八斤面包,一次狼吞虎咽十四碗汤,一次喝下六十杯咖啡。要那样他们可没法满足他。

那两个学生的头颅没有什么稀奇之处;他们初试身手显然干得并不理想。一种极简单的方法使他们的实验得到了发展。

---

① 康布雷系费讷隆的总主教府所在地,此处康布雷的天鹅指费讷隆。

每逢赶集之日他们都溜到广场上，挤在农人的燕麦口袋、奶酪篮子、小牛犊和马匹当中，而且对周围的拥挤毫无感觉。当他们发现一个男孩和他的父亲在一起时，他们便借口科学目的去请求摸孩子的头颅。

大多数的人根本不搭理他们；还有些人以为他们是在兜售治发癣的发蜡，遂气冲冲地拒绝了。有几个人随遇而安，听任他俩把他们带到教堂的门廊下，也许到了那里他们会安静些。

一天早上，布瓦尔和佩库歇正开始他们的操作时，本堂神甫突然出现了。一见他们的所作所为，他便指责骨相学给唯物论和宿命论推波助澜。

小偷、谋杀犯、奸夫淫妇都可以把他们的罪行归咎于他们脑袋上的凸块。

布瓦尔反驳他说，器官使人倾向于某种行为，但并不强迫人做什么。说人有邪恶的根苗，并不证明他一定会邪恶。

"而且，我真佩服那些持正统观念的人：他们主张思想是先天的，却又否认天生习性。多么矛盾！"

然而照热弗罗依先生的说法，骨相学否定神的万能；此外，在神殿的附近，甚至面对着祭坛搞这种活动是很不妥当的。

"不行，你们走开吧！走开吧！"

他们去理发师咖诺的店里安营扎寨。为了说服所有犹豫不决的人，他们竟答应给孩子的父母付钱剃一次胡须或烫一次头发。

一天下午，沃考贝依大夫去理发店剪头发。他一坐上安乐椅便从镜子里瞥见两位骨相学家用手指在几个孩子的脑袋上摸来摸去。

"你们干蠢事竟到了这种程度？"他说。

"为什么是蠢事？"

沃考贝依轻蔑地笑了笑，然后肯定说，脑子里根本不存在多个器官。

因此，某某人能消化某种食物，别的人就消化不了！是否有必要设想，人有多少味觉就有多少个胃？——不过，干一种工作可以通过另一种工作解除疲劳，用脑子并不能同时调动所有的官能，每一种官能都有它不同的部位。

"解剖学家可没有遇到过这种情况。"沃考贝依说。

"那是因为他们解剖得很糟！"佩库歇接过话茬。

"怎么说？"

"是这样！他们只顾切薄片，根本不考虑各部位之间的衔接。"

他这是想起了某本书上的一句话。

"真是一派胡言！"大夫叫道，"头骨又不是根据大脑来塑造的，外部并不取决于内部。加尔①搞错了，我看您靠从店里随便找来的三个人未必能为他的学说作辩护。"

这三人中的第一人是个蓝眼睛又大又圆的农妇。

佩库歇一面观察她一面说：

"她记性很好。"

农妇的丈夫证实了这个事实，并自告奋勇要他们研究自己。

"哦！您呀，我的朋友，您这人太难引导。"

据在场的另几个人说，世界上再也找不出比他更顽固的人。

第三个试验对象是一个由祖母陪伴的男孩。

佩库歇宣称这孩子一定很喜欢音乐。

"正是！"老太太说，"快表演给这几位先生看！"

男童从他的罩衫里抽出一支甘巴德②，开始吹起来。

咔嚓一声，原来是医生猛地拉上了门：他走了。

这两位再也不怀疑自己了，他们叫来自己的两个学生，开始

---

① 弗朗茨·约瑟夫·加尔（1758—1828），德国医生，颅相学创立人。
② 甘巴德，一种用口咬住以手指拨弹的儿童乐器。

对他俩的骨头匣子进行分析。

维克托琳娜的颅骨一般较平,那是沉着的标志;她哥哥的头颅却太蹩脚太可悲了:顶骨的乳突角处有一个大凸块,那是破坏和凶杀的器官;往下还有一个鼓突处,意味着贪婪和偷窃。布瓦尔和佩库歇为此整整伤心了一个礼拜。

但必须理解每个字的确切意义:人们称之为好斗性的东西,其实含有藐视死亡的意思。如果说他杀人,他同样也能救助人。获取性涵盖扒手的触觉和商人的干劲。大不恭类似批判精神;诡诈类似谨慎。本能永远具有两重性:坏的和好的。只要摧毁坏的,培养好的,一个胆大包天的儿童不但不会变成强盗,还会成为将军;胆怯的人只会小心谨慎,悭吝的人只会节约,挥霍钱财的人却很慷慨。

一个辉煌的梦想深深吸引了他们:倘若两个学生的教育进行顺利,他们有望在今后建立一所以重新开发智力、驯化个性、培养高尚情操为目的的学校。他们已经在谈募捐和建房之类的事了。

他们在咖诺理发店的胜利使他们闻名遐迩,有些人前来咨询,希望他们谈谈发财的可能性。

各式各样的颅骨在他们面前络绎不绝:球形的、梨形的、圆锥状糖块形的、方的、高凸的、狭窄的、扁平的;有牛一般的下巴、鸟一般的面孔、猪一般的眼睛。但理发店里挤那么多人,使理发师感到碍事。一个个胳膊肘在盛化妆品的玻璃柜上碰来碰去;成行的梳子被弄得乱七八糟;盥洗盆也打碎了。于是,理发师把那些爱好此道的人们都赶了出去,而且请布瓦尔和佩库歇也跟那些人一道走。两位先生欣然接受这份最后通牒,因为他们对颅相术感到有些厌倦了。

翌日,他们路过上尉的小花园门前,瞧见上尉正和几个人闲聊,有吉尔巴尔、古隆、乡村警察和他的小儿子泽菲兰,小青年穿一件童声唱诗班的制服。袍子是崭新的,他在退回教堂圣器室之前穿着它东逛西逛,大家都对他说些恭维话。

布拉克旺很希望知道两位先生对他的孩子有什么看法，便请他们摸摸儿子的颅骨。泽菲兰额上的皮肤看上去有些发紧；鼻子细长，鼻头很软，整个鼻子斜斜地插在他那紧闭的嘴唇之上；尖下巴，难以捉摸的眼神，右肩过高。

"把你的圆帽摘下来！"父亲对儿子说。

布瓦尔把手伸进年轻人淡黄色的头发里，佩库歇接着也把手伸进去。他俩低声交谈着各自的观察结果：

"明显的'爱命哲学'。哈！哈！轻信！缺乏责任心！毫无亲切感！"

"怎么样？"乡村警察问。

佩库歇打开自己的鼻烟壶，用鼻子吸了一撮。

"的确，"布瓦尔回答，"不怎么样。"

布拉克旺觉得丢人，脸红了。

"不管怎么说，我儿子听我的话。"

"噢！噢！"

"我可是他的老爸，见鬼！我有权……"

"在一定的程度上有权。"佩库歇接过去说。

吉尔巴尔掺和进来：

"父亲的权威是不容置疑的！"

"但如果父亲是个白痴呢？"

"那也无妨，"上尉说，"他照样可以专制。"

"这是为了孩子们的利益。"古隆补上一句。

依布瓦尔和佩库歇之见，孩子并不欠生身父母任何东西，相反，父母倒该养活孩子，教育他们，体贴他们，总之，为他们做一切。

一听这伤风败俗的言论，有产者们禁不住大叫大嚷。布拉克旺仿佛受到了辱骂一般的伤害。

"要这样，你俩在大路上捡来的那两个就够呛，他们会闹得天翻地覆！你们得小心点！"

"小心什么？"佩库歇尖刻地说。

"噢！我可不怕您！"

"我也不怕您！"

古隆过来调解，他先缓和乡村警察的情绪，然后让他离开那里。

大家沉默了几分钟，随即谈到上尉的大丽花，上尉不一朵一朵炫耀他的大丽花是不会放客人走的。

布瓦尔和佩库歇走在回家的路上时，突然看见布拉克旺在他们前面一百步远的地方，他儿子泽菲兰站在他旁边，正用胳膊肘当盾牌躲避他父亲扇来的耳光。

他们刚才听到的话正好以不同的方式表达了伯爵先生的思想观点，然而，他们的学生提供的例子却证明，自由比强迫具有大得多的优越性。不过，少许的纪律还是必要的。

佩库歇在博物馆的墙上钉了一个表格作为示范，每天都要记下孩子们的行为，晚上加以评论，第二天再重看一遍。一切都按钟声完成。他们要像杜邦·德·讷穆尔那样，先运用慈父的指令，然后再运用军人的指令，严禁称"你"。

布瓦尔尽力教维克托琳娜学会计算。有时，他们俩都算错了，便都笑起来，小姑娘吻他的脖子，吻没有胡须的地方，随即要求走开，他也放她走。

上课时间一到，佩库歇便去拉铃，并去窗口吼叫着下军令，但白费劲，那顽童照样不到课。他的长袜子总是掉在脚踝上；上桌吃饭时，他老把手指头戳进鼻孔，而且从不忍住放屁。在这方面布鲁塞反倒禁止训斥，因为"必须服从固有本能的要求"。

维克托琳娜和他都使用一种听起来极不舒服的语言，把"我也一样"说成"挖头"，把"喝"说成"哈"，把"她"说成"特"，

409

不一而足。但儿童难以理解语法,而且只要他们听到的话语法正确,他们对语言就会无师自通,因此,这两位好人格外留意孩子们的谈吐,留意到一听他们说话就感到不舒服的程度。

两位老师在地理教学方面却各持己见。布瓦尔认为从基层公社教起更符合逻辑;佩库歇却愿意从整个世界开始。

他想用一个喷水壶和一些河沙演示什么叫河流、岛屿、海湾;他甚至牺牲三个花圃,将它们当作三大洲,但方位基点的概念怎么也进不了维克托的头脑。

一月份的一天夜里,佩库歇把他带到光秃秃的田野上。他一边走,一边向学生竭力灌输天文学:水手们行船时利用它;克利斯托夫·哥伦布[1]没有它就发现不了新大陆。我们应当感谢哥白尼[2]、伽利略[3]、牛顿[4]。

天寒地冻,无边无际的亮光在蓝黑色的天空闪烁。佩库歇抬眼观看:

"怎么,没有大熊星!"

他最后一次看见大熊星时,它正在朝另一边转过去。他终于认出大熊星了!随即把北极星指给孩子看,这颗星永远在北边,人们就靠它辨别方向。

翌日,他在客厅中央放一把安乐椅,自己便围着椅子转起来。

"你想象这把安乐椅就是太阳,我就是地球;地球就这样移动。"

维克托注视着他,满脸惊奇。

---

[1] 克利斯托夫·哥伦布(约1451—1506),意大利热那亚出生的航海家、天文学家、实验科学家。
[2] 尼古拉斯·哥白尼(1473—1543),波兰天文学家。他第一个提出日心说。
[3] 伽利略(1564—1642),意大利哲学家、天文学家、实验科学家。
[4] 伊萨克·牛顿(1642—1727),英国数学家、天文学家、哲学家。

佩库歇随后又拿来一个橙子，用一根小棍从中穿过去，小棍两头便意味着地球的两极；他又用黑炭在橙子中间横画一个圈，表示赤道。接着，他拿着橙子绕着一根蜡烛转，让学生注意观看：地球表面各方位的点并没有同时被照亮，这就造成了气候的差异；为了说明季节，他把橙子斜下去，因为地球并非直线运行，这就形成了春分、秋分、夏至、冬至。

维克托对他的讲解一窍不通。他以为地球绕着一根长轴旋转，以为赤道是一个紧箍着地球圆周的环。

佩库歇借助地图册向他展示欧洲，但那样多的线条和色彩使学生目眩，他再也记不起那些地名了。盆地和山脉与各个王国的名称并不一致，政治范畴又搅乱了自然范畴。这一切也许可以通过学历史得到澄清。

从村史开始，再谈及行政区、专区、省，这本来更为实用；然而沙维尼奥尔从没有过编年史，那就只能教世界史了。教材那样丰富，令人目不暇接，难以选择，只好光谈美丽动人的故事。

关于希腊：有"我们将在暗中战斗"；有嫉贤妒能的人放逐亚里斯提德斯①；还有亚历山大②相信他的医生。关于罗马：有卡皮托利山丘的鹅③；色沃拉的三脚鼎；雷古卢斯④的坟墓。就

---

① 亚里斯提德斯（约前540—约前468），雅典政治家，提洛同盟的创始人。为政清廉，被誉为"正直的人"。其政敌曾策划放逐他，后在雅典危急时又被召回。
② 亚历山大大帝（前356—前323），原为马其顿国王，后平息希腊内乱，成为希腊反波斯的首领。他东征直到印度，后在巴比伦建立帝国，并继续组织东征，可惜壮志未酬身先亡，三十三岁死于热病。
③ 卡皮托利山丘的鹅，指高卢人包围罗马郊外卡皮托利山丘的要塞时，附近的鹅叫醒了毫无防范的要塞将士，使他们击退了夜袭。
④ 雷古卢斯，活跃于公元前三世纪以忠心耿耿著称于世的罗马将军，曾两次任执政官。在第一次布匿战争中成为迦太基人的俘虏，被派往罗马说服元老院同意罗马与迦太基人交换俘虏，但他到罗马后反而劝元老院拒绝，并不顾家人劝阻，返回迦太基受酷刑折磨。

美洲而言，瓜提莫赞的玫瑰床值得注意。至于法国，有苏瓦松建筑柱顶的盆饰、圣路易的橡树、贞德之死、贝恩人的炖鸡，真是不胜枚举，还不算《轮到奥弗涅的我了!》和《复仇者》的遇险。

维克托将人名、世纪和国名搅作一团。不过佩库歇也不准备把孩子扔进牛角尖里，何况那一大堆史实的确错综复杂，纠结不清。

他不得已而转向法国国王的分类名字。但维克托不了解国王们的生卒年月日，仍然忘得一干二净。然而，如果说迪姆舍尔的记忆术连他们俩都感到不够用，对维克托又意味着什么呢！结论是：必须多读书才能学历史。孩子也许得读书。

在许多情况下绘画都十分有用，现在，佩库歇竟大胆到亲自教绘画了，而且从静物画立即转为风景画。

巴耶的一位书商给他寄来了纸、橡皮、两个画夹、一些铅笔和木炭画固定剂；他们的作品装进玻璃画框里可以装点博物馆。

他俩黎明即起，衣兜里揣一块面包便上路；但寻找风景如画的地方却白白花了很多时间。佩库歇想同时画出脚下的东西、极远的天际和云朵；但远景总遮住近景；江河从天上冲下来，牧童在羊群身上走路，一条酣睡的狗看上去像在迅跑。他自己倒是放弃画画了，因为他想起曾经读到过这样的定义："绘画由如下三者组成：线条、颗粒和纹理，以及有气魄的轮廓。然而，唯大师画出的轮廓方有气魄。"但他仍然校正维克托画的线条，对线条和颗粒进行协调，尤其留意纹理，等有机会再实现有气魄的轮廓。但机会始终没有到来，因为学生的风景画让谁也看不懂。

他的妹妹同他一样懒惰，她在毕达哥拉斯的乘法表面前打哈欠。雷娜小姐教她针线活，当她在一块布头上画线时，她翘起手指显得那么可爱，布瓦尔再也不忍心接着用计算课去折磨她。过几天再重起炉灶吧。当然，在年轻伉俪的小家庭里算术和缝纫都很必要,但佩库歇反对说,只为了姑娘们将来能找到丈夫而教育她们,这未免太残酷。并非每个女孩子都注定要结婚,如果愿意看见她们将来不依靠男人,就应该教会她们许多东西。

可以就最通俗的话题灌输科学知识:比如,讲解酒是什么东西;在给维克托兄妹作了大量的解释之后,学生应当重述那些解释。关于辛香作料、家具、照明,也应如法炮制。然而,两兄妹认为光就是灯,光与石头发出的火花,与蜡烛的火焰、与月光毫无共同之处。

一天,维克托琳娜问:

"木头为什么会燃烧?"

她的两位老师你看着我,我看着你,显得很狼狈:燃烧的理论使他们不知所措。

还有一次,布瓦尔从上汤菜到上奶酪一直在谈食物的组成部分。他那些有关纤维蛋白、酪蛋白、脂肪、谷蛋白的话让两个小家伙惊得目瞪口呆。

后来,佩库歇想对他们解释血液如何更新,但陷在血液循环的泥泞里走不出来了。进退维谷是很难受的:你想从事实出发,最简单的事实都要求你讲出极复杂的道理;你如首先谈原则,就得从绝对存在开始,从信仰上帝开始。

如何解决?让理性教学和经验教学相结合;然而双重方法达到单一目的恰巧与有条理的教学方法背道而驰。噢!算了吧!

为了向学生传授自然史,他们尝试作几次科学散步。"你瞧,"他们指着一头驴、一匹马、一头牛说,"这些有四只脚的牲畜名叫四足动物。一般说,鸟类长有羽毛,爬行动物有鳞甲,蝴蝶属于昆虫纲。"

他们带了网抓蝴蝶。佩库歇轻轻地抓住蝴蝶,要学生们观察它的四个翅膀,六个脚爪,两个触角和它多刺的吸花蜜的吻管。

他在道旁排水沟边采摘一些草药,说出草药的药名,不知道药名时，就进行编造，以保持自己的威信。再说，分类目录本来就是植物学里最不重要的。

他在黑板上写下这些公认的原则：一切植物都具有叶、萼和花冠，花冠包含子房或盛种子的果皮。他随即命令两个学生去田野里采集植物标本，先看见什么就采什么。

维克托给他带回一些黄花毛茛，维克托琳娜采的是一簇草莓；他在这两种植物里白找一阵，根本没有发现盛种子的果皮。

布瓦尔不相信他的知识，去图书馆翻了个遍，最后在一本叫《女士之惧》的书里发现一幅蓝蝴蝶花的插图，花里的子房并非位于花冠之内，而在花瓣之下，在茎内。

他们的花园里长有猪殃殃和正在开花的铃兰，这两种茜草科的植物并没有萼；由此可见黑板上写的公认原则是不符合实际的。

"那是个例外！"佩库歇说。

但他们在偶然间发现一种草里也长有花萼。

"好哇！如果例外本身都不能名副其实，那该相信谁呀？"

有一天，他们在进行这样的散步时，突然听见孔雀的叫声，他们抬眼朝一面墙上望过去，乍一看，并没有看出那是他们从前的农庄。谷仓已盖上了石板瓦房顶，栅栏也修葺一新，周围的小路都铺上了石子。古依大爹露面了：

"这不可能！真是你们吗？"

三年来发生了多少事情呀，其中就有他老伴的去世！说到他自己，他一直壮得像棵橡树。

"那就请进来坐会儿吧！"

正是四月初，花团锦簇的苹果树成行地把白色和粉红色的花簇伸进那三间破房；蓝缎一般的天空万里无云，院子里拉上了一根根晾衣绳，上面晾着用木夹子竖夹着的桌布、床单和餐巾。古依大爹正撩起晾晒的东西走过去时，他们突然遇上了波尔丹太太。她光着头,穿一件短上衣,玛丽亚娜正把抱着的几捆内衣裤递给她。

"先生们,愿为你们效劳!这里就像你们家里,不必客气!我自个儿可要坐坐,我累坏了。"

老农建议所有在场的人喝一杯。

"这会儿不行,"波尔丹太太说,"我太热了。"

佩库歇接受了建议,同古依大爹、玛丽亚娜和维克托一道消失在去食物储藏室的路上。

布瓦尔坐到地上,挨着波尔丹太太。

他按时收到她付的年金,没有什么可抱怨的,也不再怪罪她了。

强烈的阳光照亮了她的侧影;她的几根黑头带中有一根垂得很低,她后颈上的小发卷贴在她那汗湿的琥珀色皮肤上。她一呼吸,那一对乳房便高耸起来。草的馨香与她结实的肉体发出的好闻的味道融在一起,布瓦尔业已复苏的旺盛性欲使他心花怒放,于是他开始恭维她的农庄。

她欣喜若狂,谈起自己的计划。

她准备拆掉多层板以扩大那几个院子。

正在这时,维克琳娜爬上陡坡采摘报春花、风信子和三色堇,一点儿不怕正在坡下啃草的一匹老马。

"她很可爱,是吗?"

"是的,很可爱,一个小姑娘!"

寡妇长长地叹了一口气,这一声长叹仿佛表达了她一生中积下的悲伤。

"您本来可以有一个的。"

她低下头。

"当时只取决于您。"

"怎么?"

他那异样的眼神使她顿时脸色绯红，仿佛感到一阵突如其来的爱抚；然而紧接着便用手巾扇起风来。

"您当时错过了机会，我亲爱的。"

"我不明白。"

他不站起来，却往她身边挪。

她从头到脚注视他好一阵，微微一笑，眼睛潮湿了：

"这都是您的错。"

他们周围的床单像床帐一样把他们关在里面。

他俯身将头靠在手肘上，他的脸轻轻触到她的膝盖。

"为什么？嗯？为什么？"

因为她默默不语，而他又处在不惜万千海誓山盟的状态，他便竭力为自己辩护，怪自己当时冒傻气，自高自大：

"原谅我！咱们还跟过去一样！愿意吗？"

他早已捧住她的手，她也让自己的手留在他手里。

猛然刮来一股风，掀开了床单，他们看见两只孔雀，一只公的，一只母的。母孔雀站在那里一动不动，弯着腿，臀部翘得老高。公孔雀在母孔雀周围转悠，开屏，昂首挺胸，咯咯乱叫，然后跳到母孔雀身上，一边压下自己扇形的羽毛，像摇篮一样把那一个的身子盖住，于是，两只巨鸟同时抖动起来。

布瓦尔感到波尔丹太太的手心也在微微颤动。她连忙将手抽了回来。原来小维克托正站在他们前边，张着嘴，像傻了一样愣愣地张望着；维克托琳娜躺在稍远一点的地方晒太阳，一边闻着她采来的一大把花的香味。

那匹老马被孔雀吓得尥蹶子，弄断了一根晾绳，腿被绳子绊住，猛地拖住晾晒的衣服在三个院子里奔跑。

一听见波尔丹太太怒冲冲的叫声，玛丽亚娜忙不迭地跑过来。古依大爹咒骂他的马："又蠢又坏的老马！不中用的东西！老贼！"还朝马的肚子踢几脚，又用鞭把打马的两只耳朵。

见有人揍动物，布瓦尔义愤填膺。

老农回嘴说：

"我有权这么干，马是我的！"

这不成其为理由。

佩库歇突然赶来，他补充说，动物也有它们的权利，因为，只要我们有灵魂，它们同我们一样也有灵魂！

"您是个亵渎宗教的人！"波尔丹太太大声说。

三件事情激怒了她：洗过的东西还得重洗；有人侮辱她的信仰；害怕刚才她那容易引起怀疑的姿势已被人瞧见。

"我原以为您更坚强！"布瓦尔说。

她专横地驳道：

"我不喜欢顽童！"

古依也怪罪他们伤害了他的马，因为马的鼻孔在流血。他压低声音发牢骚：

"这些该死的倒霉蛋！他们来时我正要去遛马呢。"

那两个天真的好人耸耸肩，离开了。

维克托问他们为什么跟古依闹翻了。

"他滥用自己的权力，这很不好。"

"为什么不好？"

难道儿童就没有丝毫正义的概念？也许吧！

就在当天晚上，佩库歇坐在布瓦尔的左边，手里拿着几本笔记，开始向坐在他对面的两个学生上伦理道德课。

这门学问教我们规范自己的行为。

我们的行为有两个动机：为快乐，为利益；但还有第三个更重要的、不可推卸的动机，那就是义务、责任。

义务和责任可分为两类：

第一，对我们自己的责任，即保养自己的身体，防止身体受到任何损伤。

这一点孩子们完全理解。

第二，对别人的义务，即对人永远忠实、温厚，甚至亲如手足，因为人类是一个大家庭。有些事往往使我们自己满意，但却损害我们的同胞。利益不同于益处，因为益处是不会自动减少的。

孩子们对此却无法理解，佩库歇便把对义务的认可放到下一次再讲。

布瓦尔认为，他讲的这一切都没有把益处的定义说清楚。

"你要我怎么给它下定义？那只能靠感觉。"

这么说，伦理道德课只适合有道德的人，于是，佩库歇的课程再也进行不下去了。

他们让两个学生阅读一些能引起人们热爱德操的历史小故事。那些故事却把维克托吓坏了。

为了刺激他的想象力，佩库歇在他房间的几面墙上挂了展示好人和坏人生活的图画。

首先是阿道夫，他正在拥抱他的母亲，学习德文，援助一位盲人，他被巴黎综合理工学院录取了。

坏典型是欧仁，他以不服从父亲开始，随后在咖啡馆与人吵架，殴打自己的妻子，烂醉如泥时，还砸碎了衣橱；最后一幅画表现他在苦役犯监狱里，那里有一位先生把他指给旁边的一个小伙子说：

"你瞧，我的儿子，行为不端的危险性就在这里。"

然而对孩子们来说，未来并不存在。你把这条箴言塞满他们的耳朵也枉然："劳动光荣，而富豪有时很不幸。"他们认识的一些劳动者从未受到过敬重，而他们回想起庄园里的人过的那种生活却似乎有滋有味。

对他们描写悔恨的折磨是那样夸张，使他们觉察到其中有假，于是连其余的也不相信了。

他俩尝试用面子观、舆论概念和荣誉感引导孩子,向他们夸奖伟大人物,尤其是对社会有用的人物,如贝尔森斯①、富兰克林、雅卡尔②!维克托却没有表现出丝毫想模仿那些伟人的愿望。

一天,他做加法没有出错,布瓦尔在他的褂子上缝了一条饰带当作勋章绶带。他穿起来神气活现;然而当他忘了亨利四世之死时,佩库歇就给他戴一顶惩罚小学生的驴耳纸帽。维克托喊叫起来,叫得那么凶,那么长,不得不把驴耳纸帽从他头上取下来。

他的妹妹同他一样,一受恭维就显得神气十足,对责难却毫不在乎。

为了使他们更富于同情心,给他们一只黑猫让他们照顾;还给他们两三个苏,让他们拿去施舍给穷人。他们却认为对他们的要求不公正,这钱应该属于他们。

为了适应师范教育的要求,孩子们叫布瓦尔"叔叔",叫佩库歇"好朋友";但他们对大人说"你",平常有一半的课程都是在争吵中进行的。

维克托琳娜老愚弄马赛尔,爬到他背上,扯他的头发;为了嘲笑他的豁嘴,自己也学他用鼻音说话。可怜的青年从不敢抱怨,因为他太喜欢这小姑娘了。有天晚上,他用他那沙哑的声音喊叫得非同寻常。布瓦尔和佩库歇连忙下楼来到厨房。两个孩子正在观察壁炉,马赛尔双手合掌,大叫:

"把它拖出来!这太过分了!太过分了!"

铁锅的盖子像炮弹爆炸一般弹起来。一团灰白色的东西一下

---

① 贝尔森斯(1671—1755),法国马赛的主教,在一七二〇至一七二一年间的瘟疫中,他在救助病人的慈善活动里表现英勇。
② 雅卡尔(1752—1834),法国里昂著名的机械师,是以他的名字命名的织布机的发明人。

子蹦到天花板上,然后掉下来发疯似的就地转着圈子,并声嘶力竭地叫得吓人。

原来是那只黑猫,现在已经皮包骨头,没有毛,尾巴像根绳子;大得异乎寻常的眼睛从脸上突出来,成了乳白色,仿佛已被掏空,但还在看着什么。

那难看得吓人的畜生一直嘶叫着,它跳进炉膛,没了踪影,随后又掉到炉灰里,再也不动了。

如此惨不忍睹的事是维克托干下的。这两位好人又惊又恨,脸色发白,直往后退。见大人责怪他,维克托回答的腔调同乡村警察谈他儿子,古依谈他的马如出一辙:

"怎么!它不是属于我吗!……"

说得毫无顾忌,说得天真自然,显示出某种本能满足之后的心平气和。

锅里的开水洒了满地;地面石板上到处是大小平底锅、火钳、蜡烛。

马赛尔打扫厨房花了些时间,然后同他的主人们一道把可怜的黑猫葬在花园里的宝塔下。

布瓦尔和佩库歇随后长时间谈论着维克托。父亲的血统已然显示出来。怎么办?把他还给德·法威日先生或托付给另外的什么人都会是承认自己无能。也许他会自动好起来。

管他的!反正希望渺茫,亲热的感情已不复存在。然而,倘若自己身边有一个少年,他留心你在想些什么,你也注意观察他的进步,后来他成了你的兄弟,这该是怎样快慰人心的事呀!可维克托没有头脑,更没有心肝!佩库歇唉声叹气,双手捧着膝头。

"他妹妹也不比他好!"布瓦尔说。

他幻想有一个十五岁左右的女儿,温存体贴、性格活泼,以她的优雅给她青春时期的家庭增光添彩。他仿佛是这个女孩的父亲，而她却在前不久离开了人世，这天真的好人哭了。

他接着又千方百计原谅维克托，并援引卢梭的话："孩子没有责任，孩子无所谓有道德或无道德。"

佩库歇认为，这两个孩子已到了能判断好坏的年龄，所以他俩着手研究改正他们的方法。本汤姆①说，欲使惩罚有效，惩罚必须与错误相称，那才是错误的自然结果。孩子打碎了窗玻璃，别再重新安装：让他受寒冷之苦；倘若他已不饿了，却还要一份菜，可以让步：不消化会使他很快感到后悔。他如懒惰，就听任他无所事事：他自己感到厌倦会使他重新投入工作。

然而维克托不会感到寒冷是苦，因为他的体质可以忍受一切过度的事；无所事事也正中他的下怀。

他们便反其道而行之，实行医疗处罚制；给他大量惩罚性的作业，他却变得更懒；不给他吃果酱，他的馋劲却变本加厉。也许说反话能有些成效？有一次，维克托来吃午饭时手很脏，布瓦尔嘲笑他，叫他漂亮的骑士，花花公子，戴黄手套的人。维克托先低着头听他说，后来突然脸色发白，把自己的盘子朝布瓦尔头上扔过去，见没有打中，便暴跳如雷，朝布瓦尔身上冲。三个大男人拉他也不算多。他又在地上打滚，一个劲想咬人。佩库歇用玻璃冷水瓶远远地朝他浇水，他这才安静下来，但嗓子嘶哑了整整两天。看来这办法并不好。

他们又用了另一种办法：见他的怒气稍一发作，便把他当作病人对待，让他躺到床上去；可维克托躺在那里自得其乐，还唱歌。有一天，他从书架上取下一只椰子，正着手砍破椰子时，佩库歇突然来到：

"我的椰子！"

那是迪姆舍尔送给他的纪念品！他是从巴黎带到沙维尼奥尔

---

① 本汤姆（1748—1832），英国哲学家、法学家。

来的，他为此愤怒得举起了双臂。维克托却笑起来！"好朋友"再也控制不住自己，一巴掌打到他头上，打得他滚到套房的尽里头。接着，气得哆哆嗦嗦的佩库歇去找布瓦尔诉苦。布瓦尔责备他说：

"你为你那椰子真够蠢的！打人使人变得粗野，恐吓使人神经紧张。你这是在自己糟践自己！"

佩库歇反驳他说，体罚有时是必不可少的。伯斯塔洛兹①就用过体罚，名声在外的梅朗士通②承认，没有体罚他什么也学不会。然而，残酷的惩罚曾逼使学生自杀，他俩都读到过这样的例子。维克托在他的房间里关门设防，布瓦尔只好在门外同他谈判，为了让他开门，答应给他一份奶油李子馅儿饼。

自那以后，他的表现每况愈下。

只剩下杜邦卢③主教大人倡导的办法了：那就是"严厉的眼神"。他们竭力装出一副吓人的面孔，但毫无效果。

"别无他法，只好试用宗教了。"布瓦尔说。

佩库歇惊得大叫。他们早已把宗教排除在他们的教学大纲之外了。

然而说理并不能满足所有的需要。人的心灵和想象力要求别的东西。超自然现象对于许多心灵都是必不可少的。他们遂决定送孩子们去听教理入门课。

雷娜自告奋勇带他们去。她每次送他们回到家里都善于用温柔体贴的方式得到孩子们的喜爱。

---

① 冉·亨利·伯斯塔洛兹（1746—1827），瑞士教育家，卢梭的门生。他曾以主要精力改善贫穷儿童的教育。
② 梅朗士通（1497—1560），德国神学家、宗教改革家、路德的朋友。曾撰写《奥格斯堡忏悔》。
③ 杜邦卢（1802—1878），法国奥尔良地区主教、善于论战的演说家、法兰西科学院院士。主张禁止教育自由。

维克托琳娜突然起了变化，她现在显得矜持，假情假意。她在圣母像前跪下来，她赞赏亚伯拉罕的牺牲，一听见新教就轻蔑地冷笑。

她宣称有人叫她吃素，他们去打听之后才知道没那回事。上帝的节日那天，一个花圃里的香花草不翼而飞，原来是拿去装点了迎圣体的临时祭坛；她却厚颜无耻地否认是她摘的。还有一次，她拿了布瓦尔二十个苏，晚祷时把钱放进了圣器管理人的盘子里。

他们由此而得出结论：道德有别于宗教；宗教在没有别的基础时，它的重要性就变成次要的了。

一天晚上，他们正在吃晚饭，马雷斯科先生走了进来。维克托一见他便立即逃之夭夭。

公证人谢绝了请坐的邀请之后便说明了来意：这个姓图阿什的小子殴打了，几乎杀死了他的儿子。

由于谁都知道维克托的出身，而他又是个令人厌恶的家伙，别的少年便管他叫苦役犯。为此，他刚才把阿尔诺·马雷斯科痛打了一顿。亲爱的阿尔诺浑身伤痕累累：

"他母亲痛心疾首，我儿子的衣服被撕成了碎片，他的健康也受到了损害！我们该怎么办？"

公证人要求严厉惩罚维克托，惩罚之一就是不准他再去听天主教教理入门课，以避免发生新的冲突。

布瓦尔和佩库歇尽管对他那目空一切的腔调感到不快，仍旧让了步，答应了他要求的一切。

维克托是听命于他的荣誉感还是复仇的愿望而打人？无论如何，他不是个孬种。

但他的粗暴让他们害怕；音乐可以使人的习性变得柔和，佩库歇考虑教他作视唱练习。

维克托费了好大的劲才学会流利地念出各个音符，才不至于把"柔板"、"急板"、"加强"等等术语混淆起来。

他的老师努力对他解释什么是音阶,什么是和音、自然音阶、半音音阶和两种音程,即大音程和小音程。

老师让他站得直直的,挺胸,缩肩,张大嘴;然后他自己示范,用假嗓发出音准;但维克多很难发出喉音,因为他的喉管太紧张了。当一个小节以四分休止符开始时,他不是唱得太快就是唱得太慢。

不过佩库歇仍然涉足有双声部的歌。他拿一根小棍当琴弓,一只手臂煞有介事地挥来挥去,仿佛他背后有一个乐队。然而一心两用,结果是弄错了节拍;他的错误又引来学生的错误,于是,他俩皱着眉头,绷紧脖子上的肌肉,继续胡乱唱下去,一直唱到乐谱的最后一行。

佩库歇终于对维克托说道:

"你想在合唱团出人头地还早着呢。"

他放弃了音乐教学。

而且洛克这么说也许有他的道理:"音乐促使人们进入极为放荡的圈子,所以宁可从事别的事业。"

他们倒不想让维克托成为作家,但让他学会潦潦草草写封信总该容易些。然而有一种考虑使他们裹足不前:书信体是学不来的,这样的体裁只属于女人。

他们随后想到把一些文学段落硬塞进孩子的记忆里,但苦于难以选择优秀篇章,他们开始查阅康庞夫人的著作。这位夫人推荐艾利亚森那场戏,艾斯黛尔合唱那一段①,以及冉-巴蒂斯特·卢梭②的全集。

作品有些陈旧。至于小说,康庞夫人主张全面禁止,因为小

---

① 此处指拉辛的三幕诗体悲剧中的合唱。
② 冉-巴蒂斯特·卢梭(1671—1741),法国抒情诗人,著有《颂歌》《大合唱》《诗篇》等。

说的笔触过分乐观。

不过她允许大家阅读《克拉丽丝·哈洛》和奥佩小姐写的《一家之主》，奥佩小姐是谁？

他们在《米朔传记》里没有发现这个名字。剩下的就是神话故事了。

"孩子们读了神话故事就会梦想住钻石宫殿，"佩库歇说，"文学开发智力，但也激发强烈欲望。"

维克托琳娜就因为自己的强烈欲望而被教理入门课的老师打发回来了。有人在无意中发现她拥抱公证人的儿子，雷娜可从不开玩笑：她那大筒帽下的面孔永远是很正经的。这样的丑事之后，怎能再留下如此堕落的姑娘听课呢？

布瓦尔和佩库歇把本堂神甫称作老笨蛋。神甫的女仆却咕哝着为她的主人辩护：

"谁都了解你们！谁都了解你们！"

他俩一反击，她便扬长而去，眼睛转动得吓人。

维克托琳娜的确满怀柔情地爱恋着阿尔诺，因为她认为这个少年戴上绣花领，穿上天鹅绒的上衣很漂亮，他的头发有香味；她老给他带去花束，直到泽菲兰揭发她为止。

这所谓的爱情艳史多么愚蠢，那两个孩子完全是清白无辜的！

是否需要把生殖的奥秘教给他们？

"我看不出这有什么不好，"布瓦尔说，"哲学家巴斯道夫就曾向学生阐述生殖的奥秘，不过只详细论述了妊娠和生育。"

佩库歇却有不同的想法，维克托已开始让他感到忧虑。

他怀疑这孩子有坏习惯。为什么不可能？一些严肃的男人终身都保持这种坏习惯，还有人硬说德·昂古莱姆公爵也干这事。

他用一种特别的方式询问他的徒弟，很快便打开了徒弟的心扉，不久以后他就肯定了自己的怀疑。

于是，他叫维克托罪犯，想叫他阅读提索的书以医治他的毛病。布瓦尔却认为这个杰作的害处比用处大。激发他诗一般的感情恐怕更为有益；埃梅·马尔丹曾报道，一位母亲遇到这种情况，给她的儿子借了一本《新爱洛伊丝》①。为了无愧于爱情，那青年很快走上了追求德操的道路。

然而，维克托没有能力幻想出一位索菲。

"要不我们把他带到女人那里去？"

佩库歇表示他极其厌恶妓女。

布瓦尔认为他这种厌恶情绪很蠢，他甚至谈到要为此专门去一趟勒阿弗尔。

"你这么想？会有人看见我们走进那些地方！"

"那好吧！你去给他买一个工具吧！"

"但卖绷带的人会以为那是为我自己！"佩库歇说。

也许孩子需要一种激动人心的玩乐，比如打猎；但打猎要求花钱买猎枪和猎狗。他们宁愿让他劳累，于是，带他到田野上跑步。

尽管他俩轮班跑，那调皮鬼也把他们甩在后头。他们受不了了，到晚上，连报纸都拿不住。

他们在等维克托时，常同过路的人攀谈。从教育学的需要出发，他们竭力教那些人讲卫生；还为水的流失，为粪肥的浪费而惋惜；他们愤怒谴责各种迷信，如把乌鸦的骨架放在谷仓里，把祝圣的圣枝放在马厩的尽里，把一袋虫子放在发烧病人的脚趾间。

他们最后竟去视察乳母的状况，并对婴儿的特定食谱表示愤怒；一些母亲给孩子吃精白面粉，这会使他们孱弱致死；另一些

---

① 《新爱洛伊丝》，冉-雅克·卢梭于一七六一年发表的一部影响深远的小说。描写女主人公朱丽叶以妻子和母亲的责任心战胜了情欲的故事。

母亲在婴儿半岁之前就给他们硬塞肉食,使他们消化不良而毙命;许多人还用自己的唾沫给婴儿洗脸;所有的乳母抚摩孩子的动作都很粗暴。

当他们看见一道门上挂了一个钉死在十字架上的猫头鹰时,他们闯进农庄,说:"你们错了,这种动物靠老鼠和别的鼠类生活;有人在猫头鹰的胃里发现了好多毛虫的幼虫。"

村民们见过他们,最初把他们看作医生,后来认为他们在寻觅旧家具,再后来以为他们在寻找宝石,所以这样回答他们:

"干你们的去吧,两个滑稽演员!别想来教训我们!"

他们的信心动摇了,因为麻雀虽然清除菜园的害虫,它们也吃樱桃。猫头鹰吞食虫子,但同时又吃有益的蝙蝠;如果说鼹鼠吃鼻涕虫,它们却把土地翻得乱七八糟。有一件事他们深信不疑,那就是必须摧毁所有的野兽野禽,因为它们对农业极为有害。

有天晚上,他们经过德·法威日公爵的一片树林,来到索莱尔的家门前。索莱尔正在路边向三个家伙指手画脚。

打头的是一个名叫多凡的补鞋匠,他个子小,人很瘦削,面孔透着阴险。第二个是沃班大爷,一直在村里替人送货,他穿一件黄色的旧礼服,一条蓝十字斜纹布的裤子。第三个叫欧仁,在马雷斯科家当差,他的与众不同之处是他那剪得像法官胡子一般的大胡子。

索莱尔指着一个铜丝活结,活结拴在一条丝绳上,一个砖头压着丝绳,这就是所谓的套索,他当时发现补鞋匠正在安置套索。

"你俩是证人,对吗?"

欧仁低一下头表示同意,沃班大爷回嘴说:

"您说我是我就是。"

让索莱尔怒不可遏的是,那家伙竟厚着脸皮把陷阱设在靠近他这位护林人的住宅的地方,这无赖以为别人想不到怀疑这里。

多凡装出一副悲悲戚戚的模样,说:

"我当时踩在上面,我甚至想方设法把它踩碎。"

别人仍旧指控他,怨恨他,他太倒霉了!

索莱尔不回答,他从衣兜里取出一个小本子,一支笔和墨水,准备写起诉书。

"哦!别这样!"佩库歇说。

布瓦尔补充说:

"放了他吧,这是个诚实的人!"

"放他,一个偷猎者!"

"那么,即使如此又怎么样呢?"

他们开始为偷猎辩护:首先,谁都知道,家兔啃食秧苗,野兔糟践粮食,也许只有山鹬……

"你们就让我安静吧!"

护林警咬着牙写控告。

"多么固执!"布瓦尔喃喃说。

"再多说一句话,我就叫宪兵来!"

"您是个粗野的家伙!"佩库歇说。

"你们,是无赖!"索莱尔回嘴。

布瓦尔顾不得许多了,骂他是蠢蛋,是打手!欧仁在旁边一个劲说:

"安静!安静!尊重法律吧!"

沃班大爷站在离他们三步远的一方石子上伤心地叹着气。

索莱尔的一群猎犬被这么多声音惊扰,都从窝棚里跑了出来。透过栅栏,可以看见它们那着了火似的眼珠,发黑的鼻尖;它们四处乱跑,汪汪声令人胆寒。

"你们别再烦我!"狗的主人大叫,"要不我就放它们朝你们短裤上冲!"

两个朋友离开了，但仍然为他们支持了进步和文明而满心欢喜。

第二天一大早，有人给他们送来一张去违警罪法庭应审的传票，他们可能以辱骂林警罪被判一百法郎损害赔偿，"除了检察署的诉愿，鉴于他们业已违章，还必须负担费用共六法郎七十五生丁。执达员梯也瑟兰"。

为什么是检察署？他们感到头晕，等安静下来便着手准备为自己辩护。

布瓦尔和佩库歇在指定的日子提前一个钟头去到镇公所。没有人。几把椅子和三把安乐椅围着一张椭圆形的桌子，桌上铺了台毯，墙上挖的壁龛里有一个炉子，小台座上的皇帝半身雕像在厅里占据突出地位。

他们信步来到顶楼，那里有一个火灾用的水泵，还有好几面国旗，在一个角落里就地堆放着别的石膏半身雕像：其中有没戴皇冠的大拿破仑、燕尾服上缀有肩章的路易十八、从下垂的下嘴唇一望便知的查理十世、弯眉毛，头发成金字塔形的路易-菲力浦；屋顶的斜面已触到菲力浦的后颈。所有的雕像都被苍蝇和灰尘弄得很脏。这情景挫伤了布瓦尔和佩库歇的士气。他们回到大厅时，感到各级政府实在可怜。

他们在那里见到了索莱尔和乡警，一个手臂上戴着徽章，另一个戴着军帽。大约有十二个人在闲聊，他们被指控疏于打扫，或放养野狗，或小推车上缺车灯，或弥撒期间酒馆照常营业。

古隆终于出场，穿一身卡其黑长袍，戴一顶直筒无边法官圆帽，长袜上缀有天鹅绒。书记官坐在他左边，戴三色肩带的镇长坐在右边。不一会儿，有人传讯索莱尔控告布瓦尔和佩库歇的案件当事人。

沙维尼奥尔（卡尔瓦多斯）的随身男仆路易-马提亚尔-欧仁·勒讷普弗尔利用他证人的身份说了一大堆与法庭辩论毫不相

干的事。

熟练的船舶驾驶员尼哥拉-茹斯特·沃班害怕得罪索莱尔，也怕对两位先生不利；他当时似乎听见了骂人的脏话，但不能肯定，因为他耳聋。

治安法官让他坐下，然后对林警说：

"您是否坚持您已表明的态度？"

"当然。"

古隆接着问两位被告是否想说点什么。

布瓦尔坚持说他并没有辱骂索莱尔，但他站在偷猎者一边，从而维护了我们乡村的利益；他提请大家注意封建的恶习，大领主们毁灭性的狩猎。

"那有什么相干！你们本人的违警……"

"我要你们住嘴！"佩库歇大声说道，"什么违警、犯罪、不法行为，这些字眼毫无价值。想如此这般给该罚的事实归类，那是在靠随意性打基础。这等于向公民们说：'别担心你们行为的价值，行为价值取决于当权者对你们如何惩罚！'此外，我认为刑法似乎是荒谬的作品，毫无原则。"

"这倒可能！"古隆说。

他准备宣布判决，但代表检察署的福罗站了起来。这两位是在林警执行公务时侮辱了他，如果谁都不尊重私有财产，那一切都完蛋了。

"总之，希望治安法官实行最高一级的惩罚。"

这最高处罚是付给索莱尔赔偿费十法郎。

"太好了！"布瓦尔大声说。

古隆还没有说完呢：

"此外，再判被告罚款五法郎，因检察署状告他们违章。"

佩库歇转身对听众说：

"这个罚款对富人说算不了什么，但对穷人却是灾难。至于我,无所谓。"

他看上去像在嘲弄法庭。

"的确,"古隆说,"我很吃惊,一些风趣的人……"

"法律剥夺了您的风趣!"佩库歇驳他,"治安法官可以无限期坐堂审判案件,最高法院的法官有资格干到七十五岁,一审法官则只能干到七十岁。"

见福罗打手势,布拉克旺连忙朝他们走过去。他们俩抗议:

"哦!你们如果被任命为会考官又该怎样呢!"

"或者被省议会任命!"

"或者根据一张慎重的名单被劳资调解委员会任命!"

布拉克旺推他们出门,于是,他们在其他被告的一片嘘声中走出了大厅,还自以为用这种粗俗办法被人看好呢。

为了发泄他们的愤怒,他们晚上去到贝尔冉勃的店里。咖啡间已经空无一人,当地的头面人物习惯在十点以前离开那里。带油罐的油灯已经开始暗下去,周围的墙壁和柜台隐隐显现在一片雾气中。一个女人不期而至。是梅丽!

她并不显得发窘,还一面微笑一面给他们各斟一杯啤酒。佩库歇感到很不自在,连忙离开了酒店。

布瓦尔后来只好单独去那里,他用抨击镇长的挖苦话逗乐几个老板;自那以后,他经常去小酒店。

由于控告多凡缺少证据,他在六星期以后宣告无罪释放。多么可耻!同样的证人,他们认为对他俩不利就不怀疑,否则就怀疑!

当登记处的人通知他们付清罚款时,他们的怒气简直无边无际了。布瓦尔攻击登记处损害财产所有权。

"你们搞错了!"税务官说。

"没那回事!税收使第三等级负担沉重!我希望征税的操作别那么让人生气,希望对土地的测定和估价更准确,抵押制度最

431

好有所变化，法兰西银行应当被取缔，因为它有放高利贷的特权。"

在这方面吉尔巴尔可不能和布瓦尔匹敌，他在舆论界迅速衰落，便再也不去小酒店了。

而布瓦尔却得到了店主人的好感，因为他吸引了不少顾客；他在等那些常客时，同小保姆谈得很亲热。

他对小学教育散布一些怪诞的见解。小学毕业的人应当能够治疗病人，理解所有的科学发现，并对各门艺术兴趣盎然。他对教学大纲的严格要求使他和珀蒂闹翻了；他还得罪了上尉，因为他硬说士兵不该把时间浪费在操练上，他们最好去种菜。

轮到谈自由贸易问题时，他拉来了佩库歇。于是，整个冬季，在咖啡店里都能看到怒不可遏的眼神、互相轻蔑的姿势；能听到怒骂和大喊大叫；捶桌子时，小啤酒瓶在桌上跳来跳去。

朗格洛瓦和其他商人捍卫民族商业；纱厂厂主乌多和金银器商赞成保护民族工业；地主和农人为民族农业说话；人人都不惜损害大多数人而为自己要求特权。布瓦尔和佩库歇的发言使那些人感到不安。

见大家指责他们无视"习惯做法"，倡导平均主义和伤风败俗，他们便详细阐述了这三个观点：以花名册的号数代替姓氏；所有法国人应分成等级，为了保留各自的级别，人们必须时不时接受考察；取消奖惩，但各村的村民都应有个人的编年史留传后代。

人们对他们的制度嗤之以鼻。他们为此给巴耶的报纸写了一篇文章，并给省长寄去一份照会，给议会两院送去请愿书，给皇帝呈上备忘录。

报纸并未刊登他们的文章。

省长不屑于回答。

议会两院保持沉默;他们长时间等待着杜伊勒里宫发来信函。

皇帝究竟在忙活什么?无疑在忙活女人!

福罗给他们捎来专区区长的话,劝他们克制些。

他们对专区区长,对省长,对省参议员,乃至对国家行政法院都不屑一顾。行政司法权乃是极端残酷的畸形儿,因为行政部门恩威并施,管理它的官员并不公正。总之,他们变得令人不舒服,镇里的头面人物嘱咐贝尔冉勃再别接待这两个家伙。

于是布瓦尔和佩库歇迫切希望干一番能得到乡亲们赞赏的事业以引人注目,除了草拟美化沙维尼奥尔的方案,他们想不出别的办法。

四分之三的房屋必须拆迁,在镇中央修建雄伟的纪念性广场,在靠悬崖那边修建老、弱、病、残、孤收留所,屠宰场修在沙镇去康城的公路两边,在瓦克通道上修一座有彩色装饰的罗马式教堂。

佩库歇画了一幅中国水墨画,没有忘记把树林染成黄色,把建筑染成红色,草地是绿色。沙维尼奥尔理想的图景使他梦绕魂牵,所以他在床上辗转反侧,难以入睡。一天晚上,布瓦尔被他吵醒了。

"你不舒服吗?"

佩库歇嗫嚅着说:

"沃斯曼①让我睡不着觉。"

在这段时间前后,他收到迪姆舍尔一封信,打听在诺曼底海岸洗海水浴的价钱。"让他带着他的海水浴滚开吧!我们难道有时间写信?"

---

① 乔治·沃斯曼(1809—1891),法国第二帝国时期塞纳河大区区长。曾领导彻底改造巴黎的工程,并以此而闻名于世。

他们搞到土地测链、测角器、水准仪和指南针后,便开始了其他方面的研究。

他们侵入别人的地产,一些有钱人看见这两个人在地上插标杆往往大吃一惊。

布瓦尔和佩库歇神态安详地宣布他们的计划,和由此而可能发生的一切。

居民们忧虑了,当局兴许会站在这两人的意见一边?

有时,也有人粗暴地赶走他们。

为了悬挂信号,维克托爬墙一直爬到屋顶,他显得诚恳,甚至表现出某种热情。他们对维克托琳娜也较以前满意。

她熨烫衣物时,一面把熨斗在木板上推来推去,一面用甜甜的嗓音哼着歌;她有兴趣搞家务,给布瓦尔做了一顶无边圆帽,她的钩针受到罗米什的恭维。

罗米什是在各农庄之间走街串巷的补衣裁缝。他们让他在家里待过半个月。

他驼背,两眼发红,但他以他那丑角式的幽默弥补了身体的缺陷。两位主人不在家时,他很会逗乐马赛尔和维克托琳娜:给他们讲些滑稽故事,把舌头拉到下巴上,模仿杜鹃叫,装作会腹语的人;晚上,为了节省旅店费,他去面包作坊睡觉。

这期间的一天早上,感到寒冷的布瓦尔一大早去面包作坊取碎木片生火。

一个场面使他惊得呆若木鸡。

在大衣柜碎片堆后面,罗米什和维克托琳娜一道睡在一张草褥上。

罗米什一个胳膊搂着小姑娘的腰身,另一只像猴爪子一般长的手则摸着她的膝盖;他两眼微闭,他的脸在快活的痉挛中还在抽搐。她平躺着,脸上露出微笑。她穿的短上衣半开着,使她露出幼女的胸脯,胸脯上留下了驼背人抚摸她时捏出来的红色印记。她金色的头发散开了，黎明的灰白色曙光洒在他俩的身体上。

在一开始的刹那间，布瓦尔觉得当胸受到狠狠一击。接着，羞愧感使他动弹不得，许多痛苦的思绪涌进他的脑海。

"如此年幼！完了！完了！"

他随即转身回去叫醒佩库歇，一句话便把一切告诉了他。

"哦！这流氓！"

"对此我们毫无办法！冷静点吧！"

好一阵，他俩一直面对面叹着气：布瓦尔没有穿外衣，抄着双手；佩库歇坐在床边，赤着脚，戴着棉布便帽。

罗米什的活儿已经结束，他应当在今天离开这里。他们付钱给他时态度显得居高临下，而且一直默不作声。

然而上帝专跟他们过不去。

不一会儿，马赛尔前来带他们到维克托的房里，把藏在五斗橱深处的一枚二十法郎的钱币指给他们看。那调皮鬼托他给换成零钱。

钱从哪儿来的？当然，是偷来的！而且是趁他们作工程巡回旅行时干的。然而要还钱还得认识丢钱的人，如果寻找并要求丢钱的人收回钱币，他们会显得是维克托的同谋。

最后，他们叫来维克托，命令他打开抽屉，但拿破仑头像的金币已不翼而飞！维克托还装出什么都不明白的模样。

可是他们刚才还看见这枚钱币，马赛尔是不会撒谎的。发生的一连串事故使男仆如此震惊，他竟忘了从早上就揣在口袋里的布瓦尔的一封信：

"先生，由于担心佩库歇先生在患病，特在此求助于您……"

"信究竟是谁签的名？"

"是出生于沙尔波的奥林珀·迪姆舍尔。"

435

迪姆舍尔的妻子和他本人向他打听哪个海水浴场的公司管理最好，最安静，是库尔瑟尔，朗格吕讷，还是吕克的公司？还想了解所有的交通方式和浆洗衣服的价格等等，不一而足。

这种纠缠不休让他俩对迪姆舍尔好不生气；而且这一天经历的劳累已使他们陷入更为沉重的气馁之中。

他们回顾自己找来的所有烦恼；上了如此多的课，采取了如此多的预防措施，品尝了如此多的痛苦！

"想想看，"他们说，"以前我们还有意把她培养成女学监呢！前不久还准备培养他当监工！"

"啊！多么失望！"

"如果说她堕落了，那可不是她念书的过错。"

"而我，为了让他变得诚实，还给他讲过卡尔图什[①]的传记。"

"也许因为他们过去缺乏家庭的温暖和母亲的关怀。"

"我从前也一样！"布瓦尔反驳说。

"唉！"佩库歇接着说，"有些人天生就没有道德感，教育也无能为力。"

"噢！是的，教育，真了不起！"

这两个孤儿什么手艺也不会，只好设法给他们找两个仆役的差事；找到之后，就听天由命吧，他们再也不管了。

自那以后，"叔叔"和"好朋友"打发他们去厨房吃饭。

但不久两位先生便感到百无聊赖，他们的头脑需要工作，他们的生存需要目的。

再说，不成功能说明什么？在儿童身上失败了，在成人身上可能会容易些。于是，他们幻想办一所成人学校。

---

① 路易·多米尼克·卡尔图什（1693—1721），法国一个强盗集团的头目，最后被判受车轮刑而死。

恐怕必须举行一次演讲会以阐述他们的想法。旅馆的大厅是再好不过的会议场所。

作为副手，贝尔冉勃一开始害怕受到牵连，拒绝了，但后来一想，这里面可能有赚头，就改变了主意，让他的女仆把他的决定通报他们。

布瓦尔高兴得忘乎所以，竟在女仆的双颊上亲了两下。

镇长缺席；另一位副手马雷斯科先生全身心扑在他的事务所工作上，几乎无暇顾及演讲会的事；这一来，镇上宣读公告的鼓手只好宣布会议将在下个星期天的三点举行。

到了开会的前夕，他俩才想到自己的服装。

谢天谢地，佩库歇还保留了一件有天鹅绒打褟颈圈的旧礼服，两条白色的领带和黑手套。布瓦尔穿他的蓝色礼服，米黄色南京布背心和海狸毛皮靴子。他们穿过村子时心潮澎湃，最后来到金十字旅馆……

（福楼拜的手稿到此为止。）

附 录

福楼拜文学书简

致路易·科姆南[①]
一八四四年六月七日

我一定在你们[②]眼里显得有罪，亲爱的路易！您对一个一半时间在生病，另一半时间烦闷到既没有体力也没有智力写出哪怕是温和而又浅显的东西的人又能怎样呢？我想寄给您的正是这种温和浅显的东西！您体验过烦闷吗？不是一般的、平常的烦闷——此种烦闷来自游手好闲或疾病，而是那种现代的、腐蚀人内心的烦闷——此种烦闷能把一个聪明人变成能走动的影子、能思想的幽灵。啊！假如您也体验过这种极易蔓延的恶劣心情，我真会同情您。有时我们自认已经治愈了这个毛病，但某一天一觉醒来却感到比任何时候都更痛苦……

您是否知道，我们并没有理由心情愉快！马克西姆走了[③]，他不在您身边一定使您心情沉重。而我，我的神经毛病使我很难得到休息。我们大伙不知什么时候才能在巴黎聚会而且聚会时身体健康心情愉快？一小群搞艺术的好小伙生活在一起，一星期聚

[①] 路易·科姆南（1821—1866），法国自由党人，诗人，记者。他和福楼拜的朋友马克西姆·迪康一起长大，因此也是福楼拜的朋友。
[②] 指巴黎法学院的老师们。
[③] 指马克西姆·迪康（1822—1894），法国作家，法兰西学院院士，《文学回忆录》的作者，于一八四四年五月四日去东方旅行。

会两三次，一边随便吃些浇上美酒的佳肴，一边品味某个诗人饶有风味的作品，那是怎样令人开心的事呀！我经常做这样的梦，这种梦想远不如别的梦想雄心勃勃，但就是这一点梦想也未必更容易实现！我刚看过大海①，现在已回到我这反应迟钝的城市，所以我比任何时候都更烦闷。在某些时候，出神观看美妙的东西往往使人感到悲伤。可以说，我们生来就只能承受一定分量的美，稍多一些便会使我们感到疲劳。这说明为什么一些平庸之辈宁愿观看大河而不愿观看大洋，为什么有那么多的人宣称贝朗瑞是法国诗坛第一人。再说，市侩站在荷马面前打哈欠，而诗人在巨人面前打量巨人时不觉陷入深深的冥想和紧张的、几乎痛苦的沉思，这时他伤心地自言自语："啊，多么伟岸！"我们可别把这两种情况混淆起来！因此我欣赏尼禄：这是一位达到世界顶峰的古人！阅读苏埃托尼乌斯②的作品而不浑身战栗的人是不走运的！我最近阅读了普鲁塔克撰写的埃拉伽巴卢斯③生平。此人的卓越之处有别于尼禄的卓越之处。埃拉伽巴卢斯更亚洲化、更狂热、更浪漫、更无节制：那是一天中的傍晚，是燃烧着的狂躁；而尼禄却更安静、更优秀、更有古风、更庄重，总之，更高一筹。自基督教诞生以来，群众就失去了他们的诗意。要说雄伟壮丽，您就别对我谈现代。没有任何东西能满足最差劲的连载小说作者的想象力。

　　看见您在厌恶圣伯夫④和他的全套作品方面和我站在一起，我真是受宠若惊。我最喜欢的是刚劲有力的句子，是内涵丰富、

---

① 福楼拜曾去海边小住了几日。
② 苏埃托尼乌斯（约75—约160），拉丁历史学家。十二位恺撒传记的作者，其作品中有许多罕为人知的珍贵史料和信息。
③ 埃拉伽巴卢斯（204—222），公元218—222年的罗马皇帝，曾任叙利亚太阳神庙祭司，故将叙利亚的祭礼引进罗马，并加大其荒谬成分，后被谋杀。此处福楼拜有误，因普鲁塔克比这位罗马皇帝年长。
④ 圣伯夫（1804—1869），法国作家、文艺批评家。

明白易懂的句子,这种句子仿佛肌肉突出,有着茶褐色的皮肤。我喜爱雄性句子,而不喜爱雌性句子,比如常见的拉马丁①的诗句,和更低级些的,维尔曼的句子。我惯常阅读的作品,我的床头书是蒙田②的、拉伯雷③的、热尼叶④的,拉布吕埃尔⑤的、勒萨日⑥的著作。我承认,我热爱伏尔泰的散文,他的短篇小说是我的精美调味品。我读过二十遍《老实人》⑦,我把此书译成了英文,而且还不时重读。目前我正在阅读塔西佗的书。过些时候,我身体好些,我要再读荷马和莎士比亚。荷马和莎士比亚,什么都在其中了!其余的诗人,哪怕最伟大的诗人,在他们旁边都似乎显得矮小。

致阿尔弗雷·勒普瓦特万⑧

一八四五年五月十三日

…………

我真想看到你在我们分别之后都写了些什么。四星期或五星期之后我们可以一道阅读那些东西,就我们俩,在我们家,远离社交界和市侩们,像熊一般关在屋里,在我们的三重毛皮下低声嗥叫。我一直在反复思考我的东方故事⑨,我要在今年冬天着手

---

① 拉马丁(1790—1869),法国著名诗人和政治家。
② 蒙田(1533—1592),法国著名随笔作家。
③ 拉伯雷(约1494—1553),文艺复兴时期法国人文主义代表作家。
④ 马图兰·热尼叶(1573—1613),法国讽刺诗人。
⑤ 拉布吕埃尔(1645—1696),法国作家和伦理学家。
⑥ 勒萨日(1668—1747),法国作家。
⑦ 《老实人》,伏尔泰的小说。
⑧ 阿尔弗雷·勒普瓦特万,福楼拜青少年时的挚友,作家莫泊桑的舅舅。
⑨ 福楼拜的《东方故事》描写一位伊斯兰苦行僧的七个儿子的故事,七人分别代表追求幸福的方式:思想、爱情、声色犬马、暴力、诡计、有产者的见识、愚蠢。

写作这个故事。几天来，我突然有了一个写一出相当枯燥的正剧的想法，内容涉及科西嘉战争中的一段插曲，我是在热那亚历史①中看到这个故事的。我曾看到布吕盖尔的一幅表现《圣安东尼的诱惑》②的画，这幅画促使我考虑把《圣安东尼的诱惑》改编成剧本。不过，在我之外还需要另一位朝气蓬勃的男子汉。为了买这幅画，我会心甘情愿交出我所收藏的全部《箴言报》（假如我拥有这个收藏的话），外加一千法郎，而大人物们的多数在仔细观看这幅画时，肯定会认为那是个坏作品。

致路易丝·科莱③

一八四六年八月六日或七日

…………

……我应当向你坦白剖析我自己，以回应你的来信，来信中的一页使我看到你对我产生的错觉。对我来说，让这种错觉延续更久会是卑鄙（卑鄙是一种道德败坏，无论它以什么面目出现，我对之皆深恶痛绝）之举。

无论别人怎么说，从我天性的实质看，我仍属街头卖艺人一类。在我童年和青年时代，我曾狂热酷爱戏剧。倘若上天让我出生在更穷苦的人家，我或许会成为一名伟大的演员。即使在目前，我压倒一切的爱好仍是形式，但必须是美丽的形式，此外，再没有别的。女人的情感太炽热，思想的排他性太强，所以她们不能理解这种对美的宗教式的虔诚，这种由感觉铸成的抽象概念。起因和目的于她们是必不可少的。而我，我欣赏金子，同样

---

① 指爱弥尔·万桑所著《热那亚共和国历史》。
② 布吕盖尔父子三人都是十六世纪佛兰德著名画家。此画极可能是皮埃尔·布吕盖尔（约1564—1638）的作品。
③ 路易丝·科莱（1810—1876），法国女诗人、作家，福楼拜的女友。

欣赏金箔。金箔看上去可怜巴巴，但它为此甚至比金子更富于诗意。在我眼里，世上只有美好的诗句，只有组织得极精彩又和谐、又富于歌唱性的句子，绚丽的日落，月光，色彩丰富的画卷，古代的大理石雕像，雄浑有力的头像。此外，再没有别的。我宁愿当塔尔玛①而不愿做米拉波②，因为塔尔玛曾经生活的领域更纯更美。笼中的鸟儿和被奴役的人民同样引起我怜悯。对全部的政治，我只理解一件事，那就是骚乱。我像土耳其人一样是个宿命论者，我认为，我们能为人类进步做一切或什么也不做，这绝对是一回事。说到进步，对凡是不明确的概念，我的理解力都是迟钝的。凡属这一类的论调都让我极为厌倦。我多么仇恨现代的专制，因为，我认为它既愚蠢、又虚弱、又自我胆怯，但我深深崇拜古代的专制，我把这种专制视为做人的最卓越的表现。我首先是一个古怪的人、一个任性的人、一个缺乏条理的人……

致路易丝·科莱

一八四六年八月八日

…………

你对我谈及工作，是的，工作吧，热爱艺术吧。在所有的谎言里，艺术还是最少骗人的。你就尽力爱它吧，以一种专一的、热烈的、忠诚的爱去爱它。这样做是不会有失误的。唯有思想是永恒而且必要的。如今已不存在昔日那样的艺术家，那类艺术家的生命和精神都只是服从自己求美欲望的盲目工具，他们是上帝的喉舌，通过这样的喉舌，上帝向自己证明自己。在这样的艺术家眼里，外部世界是不存在的。谁对他们的痛苦都一无所知。每

---

① 塔尔玛（1763—1826），法国著名悲剧演员。
② 米拉波（1749—1791），法国大革命时期最杰出的演说家。

天晚上，他们上床睡觉时心情忧郁，他们以惊异的目光看待人类生活，有如我们今日出神地观看蚁穴。

你是以女人的身份在评判我，我是否该为此而抱怨？你太爱我，所以你对我有所误解。你认为我有天才、有思想、有独特的风格，我，我。可你马上要让我变得虚荣了，而我却一向因没有虚荣心而自豪！瞧瞧，你认识我吃了多大的亏。这不，你已失去了批判精神。你是在把一位爱你的先生当作伟人。我多愿成为伟人中的一员呀！好让你为我感到自豪（因为现在是我在为你而自豪。我对自己说：是她在爱你！这可能吗！正是她！）。不错，我很想写一些精彩的东西、伟大的东西，让你赞赏得流泪。我多想让人演一出戏，那时你将会坐在一间包厢里。你听我写的台词，你还能听见别人为我鼓掌。然而，恰恰相反，是你老把我抬高到你的水平，难道你不会为此而感觉疲劳！……童年时，我曾梦想光荣，和所有的人一模一样。理性在我身上萌发较晚，但却牢固地生了根。因此，未来的某一天，假如公众竟能享受我一行字的快乐，那就很成问题了。即使发生这种情况，那至少也会在十年以后。我不明白我怎么会被引诱到向你朗诵一些东西，你就原谅我这个弱点吧！我当时未能顶住让你器重我这种诱惑，那岂不说明我自信可以马到成功？那是我怎样的幼稚之举呀！你是想让我俩在一本书里结合，你这想法是极有情意的，它使我激动，然而我什么也不想发表。这主意已定。这也是我在我生命中的一个庄严时期对自己发的誓言。我写作是绝对无私的，没有任何不可告人的盘算，也从不为今后操心。我不是夜莺，而是鸣声尖厉的莺，这种莺藏在树林深处，只愿唱给自己听。有朝一日我若出头露面，那一定是全副武装，不过我永远不会很有把握。我的想象力已经在渐渐衰弱，我的激情正在下降，我写的句子连我自己都感到厌恶。如果说我还保留着我写的东西，那是因为我喜欢处在往事的包围之中，正如我从不卖掉我的旧衣服。我不时去放旧衣物的顶楼看看，同时想想它们还是新衣时的情景，以及当时我穿着它们所做的一切……

致路易丝·科莱

一八四六年八月十四日夜至十五日

你寄给我的诗句多么优美！诗歌的节律甜美，有如你在小鸟般温柔鸣啭时呼唤我的名字那么悦耳。原谅我把它们归入你最美妙的那部分诗句。一想到这些诗是为我而写作，我感受到的并非自爱，不，那是爱，是感动……

你问我此前寄给你的那几行字是否为你而写，你愿意知道是为谁而写的呢，爱嫉妒的人？——不为任何人，正如我所写的全部东西一样。我一向禁止自己在作品里写自己，然而我却在其中写了许多。我向来竭力避免为满足某个孤立的个人而贬低艺术。我曾写过极为温情而又毫无爱情的篇章，写过热血沸腾而血中又毫无情欲的章节。我想象过，我一再回忆过，而且将它们组合起来。不过你所看到的却并没有任何回忆的痕迹。你对我预言，说我有朝一日会写出非常成功的东西。谁知道呢（我这是在说大话）？我对此仍表示怀疑，因为我的想象力正在泯灭，我在文艺鉴赏方面正变得太挑剔。我的唯一要求是能继续带着内心的狂喜欣赏大师们的作品，为有这样的狂喜我愿意付出一切，一切。至于最终是否成为大师中的一员，永远不会，这一点我可以肯定。我缺少的东西太多了，首先是天赋，其次是工作的韧性。只有艰苦卓绝的笔耕，只有狂热而又始终不渝的不屈不挠精神才能造就个人的风格。布丰①的话有严重的亵渎之嫌："天才并非持久的坚韧不拔"，然而这句话也有它一定的真实性，尤其在当今人人

---

① 布丰（1707—1788），见本卷第 183 页注①。

都相信此话时更是如此。

今天早晨我同一个朋友①一道读了你书中的一些诗句,当时这位朋友正好前来看望我。那是个可怜的小伙子,一位真正的诗人,他曾写过一些绝妙的吸引人的东西,但他将来一定会默默无闻,因为他缺少两样东西:面包和时间。是的,我们一起阅读了你的作品,欣赏了那些作品。你相信吗,我当时对自己说"她属于我"时心里感觉甜滋滋的。……

致路易丝·科莱

一八四六年八月二十七日或二十八日

…………

昨夜,我读了你研究夏特莱夫人②的著作,非常感兴趣。其中有些信件的片段十分精彩。又一位恋爱过但并不幸福的女人!过错不在德·伏尔泰先生那里,不在圣朗贝尔和夏特莱夫人自己那里,也不能怪任何别的人。过错在生活本身,而生活也只因命运不佳而变得不圆满。其中我最喜欢伏尔泰这个角色。那是怎样一位大智大慧的人!而且是个好人。这一点会让你生气。然而像他那样行事的人,像他那样宁愿牺牲自己的虚荣心把爱奉献给情妇,而情妇又爱着别人的人为数很多吗?也许有人会说,那是因为他已不爱自己的情妇了?谁知道这一点?谁也不知道,也许连他本人也不清楚。而且,有人自认为已不再爱某些人了,其实他正在爱着他们呢。世上没有东西会完全泯灭。火熄了之后还有烟,烟比火更持久。——我坚信伏尔泰比任何别的人都更怀念夏

---

① 指路易·布耶(1822—1869),法国诗人,剧作家,福楼拜的同窗和好友,他当时在一所寄宿学校任辅导教师。
② 夏特莱侯爵夫人(1706—1749),伏尔泰的女友和启发他灵感的人。《夏特莱夫人》可能于一八四六年出版,并于一八五六年重版。

特莱夫人，如果他死在她前面，也许她的怀念还不如他的怀念深刻呢。当时，这位不同凡响的男人的心灵一定经历过异乎寻常而又复杂的事。我倒愿意看见你在这方面加以发挥和分析，何况我认为这方面业已有了清晰的迹象，一切都是明明白白的。夏特莱夫人的形象，他们在西莱的共同生活，他们之间热烈的爱情交替的各个阶段，所有这些都写得相当突出，有力度，而且有分寸。这点很好。至于你写的伦理小故事①，我哥哥的孩子不会去读的，因为家人对她的养育方式糟透了，尽管已经六岁，她还不会念书。我的另一个侄女还太小，晚些时候我一定读给她听。不过，要阅读这本书的是我，我要使自己重新变得幼小和单纯。我一直想望具有给儿童讲故事逗乐的才能，然而我丝毫没有这种才能，尽管我非常喜爱孩子。……

致路易丝·科莱

一八四六年九月十七日

…………

今后的某一天（你对我谈及我个人的烦恼，正是这个使我想到那些烦心事），我会向你展示我青年时代长长的故事；也许某某人会为此写一本好书，如果存在这样一位工于笔墨足以写此书的某某人的话。不过那绝不会是我。我已经失去很多了，在我十五岁时，我肯定比现在更有想象力。我越往前走，越在激情和独创性上失去也许在文艺批评和审美情趣方面我可以得到补偿的东西。我会（我很害怕这点）落得不敢写一行字。对完美的迷恋甚至会使一个人憎恨接近完美的东西。

…………

---

① 《伦理小故事》于一八四五年在巴黎初版，是一本散文和诗歌的合集。

致路易丝·科莱

一八四六年九月十八日

你是一个有诱惑力的女人,我最终会爱你"爱得发狂"!谢谢你写芒特①的诗,我非常喜爱这首诗,相信这点吧。其中有些诗句非常精彩,比如这几句:

> 一切都仿佛洋溢着我俩心灵的幸福,
> 大自然和天空的光彩交相辉映。
> ……
> 在那里,一次长吻连接无数次的吻,
> 我俩开始欢度爱情的节日。
> 接着还有这极富动感的:
> 我俩从苍穹降到大地……
> 读到你对旅店的描写,我大笑不止:
> 看见我俩走进来,店老板心里明白,
> 我们定会大方慷慨,从我俩的言表
> 他看出我俩的爱预示着他财运即来。

我很喜欢"味道鲜美的罗斯尼小山鹑"和"塞纳河里捕捞的口感细腻的螯虾",这里有个烹调地理学上的错误。我想,在芒特,人们不会去塞纳河捕捞螯虾。这倒无关紧要,其中最引人入胜的是这点:"我俩一道吃着"等等,直到"怎样的美餐!怎样的诱惑!"我急切等待着读下面空白处的东西②,那里才是最微妙而又难于处理的地方,我对此十分好奇。结尾很有色彩,不

---

① 芒特是福楼拜和路易丝·科莱第一次见面的地方。此处所指的诗是该诗的第九节。
② 指描写他们爱情的第九节。

过你应当在开头就尽量为那位聪明的铁路职员加进去点什么。吸住两个情人的磁力必须更强大更真实，那磁力一定是以一种不可抗拒的方式从他们身上发出来的，因为这种磁力甚至能得到素不相识的人们的理解。

　　……为什么你不断说我喜爱华而不实、五光十色，喜爱金光闪闪！形式的诗人！这是有人用来侮辱真正艺术家的话。对我来说，在一定的句子里，只要没有给我把形式和实质分离开来，我都会坚持认为这两个词是毫无意义的。没有美的形式就没有美的思想，反之亦然。在艺术世界，美从形式渗出，有如我们自己的世界，从形式生出诱惑和爱。你不将某个物体化为空的抽象，不将它化解成一句话，你就不能从这个物体里萃取组成此物体的性质，即它的颜色、程度、牢固性；同样，你也不能从观念里剔除形式，因为观念仅仅依赖形式而存在。你去设想一种没有形式的观念吧，这根本不可能；正如一种形式不可能不表达某种观念。文艺批评正是靠一大堆蠢话而生存。有人责备写作风格有独到之处的人们忽视思想，忽视道德目标，仿佛医生的目标不是治好病人，画家的目标不是画出画来，夜莺的目标不是唱好歌，仿佛艺术的首要目标不是美似的！

　　人们接二连三地指控雕塑家塑造了带胸脯（可以储存乳汁）和带髋部（可以怀孕）的真实女人的雕像，然而，如果雕塑家们反而塑出一些满是褶裥塞满棉花的衣服和平得像招牌一般的面孔，有人又会管他们叫唯心主义者，唯灵论者。哦，对，是这么回事：他忽视形式，有人会这么说；但这是位思想家！于是，那些市侩又叫将起来，又强迫自己去欣赏他们厌烦的东西。用某种约定俗成的不规范语言，用两三种流行的概念，很容易自许为社会主义作家、人道主义作家、革新者，或为穷人、疯子梦寐以求的美好前途而奋斗的先驱者。这就是当今的癖好。有人在为自己的职业脸红。老老实实写诗、写小说、雕刻大理石，噢，呸！这

451

在过去还不错,当时诗人还没有社会主义大任嘛。如今,每件作品都必须具有伦理道德意义,都必须有循序渐进的教育作用。应当赋予十四行诗以某种哲学意义,戏剧必须打帝王们的板子,水彩画得起教育作用。律师式的狡猾无孔不入,还有演讲的狂热、高谈阔论的狂热、辩护的狂热;诗神已变成千百种贪婪的垫脚石。啊,可怜的奥林匹斯!他们有可能在你的山巅上种一株土豆!倘若仅是些平庸之辈参与其事,那倒也罢了。如今虚荣已赶走了骄傲,并在勃勃野心主宰一切的地方认可了万千种卑鄙的贪欲。强者亦如是,大人物们也轮到自己问自己:为什么我的好日子还没有到来?为什么不每时每刻都去鼓动群众,却让他们到后来才去梦想?于是他们上了讲台,上了某张报纸;这不,他们正以自己不朽的名字支撑着一些昙花一现的理论。

致路易丝·科莱

一八四六年九月二十七日

……你想让我认识贝朗瑞,我也有此愿望。这个人的气质使我感动,但他的——我说的是他的作品——不幸大得无边无际。那就是欣赏他的人所属的阶级。有些伟大的天才只有一个不足,一种缺陷,那就是他特别受到平凡大众的欣赏,对肤浅诗歌容易动心的人尤其赞赏他。三十年来,贝朗瑞一直在为学生式的爱情和旅行推销员的色情春梦提供材料。我很明白,他不是为那些人而写作,但正是这些人最领会他的作品。此外,说也枉然,"深得民心"看上去似乎可以发展天才,其实是使天才庸俗化,因为真正的美并非为群众所有,尤其在法国。《哈姆雷特》永远不如《贝尔·伊斯勒小姐》① 逗乐。至于我,贝朗瑞既不能对我谈

---

① 《贝尔·伊斯勒小姐》,大仲马的五幕散文话剧。

及我的激情,也不能谈及我的梦想和我的诗歌。我是从历史的角度阅读他的作品,因为他是另一辈人。他在他那个年代是真实的,在我们的时代就不再真实了。他在屋顶阁楼的窗前非常愉快地歌唱他幸福的爱情,这对当前我们这些年轻人来说,完全是一种难以理解的事。人们把这当成一种消失了的宗教赞歌来欣赏,但并不能领会它们。——我见过那么多蠢人,那么多狭隘的市侩唱他的《乞丐》和《好人的上帝》,所以他的确必定是一位伟大的诗人,才可能在我脑海里抵挡住所有这些不可思议的震惊感。

就我个人消磨时间而言,我喜爱的是给人的感觉不那么愉快的天才,这种天才对人民显得更倨傲,更与世隔绝,他们的举止更加豪迈,趣味更加高尚,或者说唯一的一个可以替代其他所有人的人,我的老莎士比亚。我即将开始从头到尾重读他的作品,这次只会在我能随意找出所有我要找的书页时才肯罢休。——我一读莎士比亚的书就会感到自己变得更高尚、更聪明、更纯洁。每当我攀登上他作品的高峰时,我仿佛登上了一座高山。一切都消失了,一切都出现了。人已经不再是人,他成了眼睛。全新的地平线突然冒了出来,远景伸展开去,无边无际;人再也想不出自己曾在那些几乎辨认不出的简陋小屋里生活过,想不出自己曾喝过那些看上去比小溪更小的河流里的水,曾在那密密麻麻、熙熙攘攘的人群里辗转、焦虑,而且是他们中的一员。

昔日,我曾在一次难得的自豪之情(我真愿意再重温这种激情)的冲击下写出一个句子,你一定会理解这个句子。那是在谈到阅读伟大诗人的作品引起的欢乐时写下的:"有时,我觉得那些诗句激起我的热情仿佛使我成了与诗人同等的人,使我升华到了他们的水平。"[①] 好了,我的信纸已经写满,可我还没有把我想对你说的话写上一个字……

---

① 见福楼拜青年时代的习作《十一月》。

致路易丝·科莱

一八四六年十月二十三日

不，我并不蔑视光荣：人不会鄙视自己够不着的东西。一听到这个字，我的心比任何人的心都跳得厉害。往日，我曾长时间梦想获得惊人的胜利，那时欢呼声使我浑身战栗，仿佛我真听到了似的。然而，一天早上，不知为什么，我一觉醒来突然摆脱了这个愿望，摆脱之彻底，比愿望已经实现有过之而无不及。我清醒意识到自己的貌小，于是我运用全部的理智来观察我的天性，我天性的实质，尤其是我天性的局限。因此我欣赏的那些诗人于我只显得更高大，离我更遥远，而我，由于我心地善良诚实，我把这种谦卑看作一种享受，换了另一个人准会把肺气炸。一个人具有某种价值时，寻求成功就是恣意糟践自己，而寻求光荣也许就是自我毁灭。

有两类诗人。最伟大、最出众的诗人，真正的大师概括人类，却不为自己操心，也不把自己的激情挂在心上；他们把个人的品格束之高阁，却自我淹没在别人的品格里，从而再现整个宇宙，这宇宙便反映在他们的作品里。这宇宙熠熠生辉，五光十色，千变万化，犹如整个苍穹投影在大海里，带着它全部的星星和完整的湛蓝。也有另一类诗人，他们只需喊叫便能显出和谐，只需哭泣便可使人感动，只需操心自己便可流芳百世。倘若做别的事，他们也许不可能有更大的进展。然而，他们缺乏雄浑的笔力，他们具有的只是活力和热情，所以，他们如果生来就是别种气质的人，他们也许不会才华横溢。拜伦就属此类。莎士比亚却属另一类。其实，莎士比亚爱过什么、恨过什么、感受过什么，对我来说，这有什么意义？这是一位令人胆寒的巨人，很难相信他曾是一个普通的人。

是呀，光荣，人们总希望它纯洁、真实、牢固，如同那些由神和人结合所生的半神半人式的英雄的光荣。有人抬高自己，摆出架势，以图达到人神的高度；有人从自己的才华中抽出心血来潮式的幼稚和本能的忽发奇想，以使它们进入某个约定俗成的类型、某个现成的模子。或者，在别种情况之下，有些人可以自负到相信，只要像蒙田和拜伦那样说出自己之所思和自己之所感便可创造出优秀的东西。后边这个主意对具有独特性的人来说也许是最明智的，因为往往在人不去着意追求什么优点时，他可能有更多的优点。而且，随便哪个人，只要他会正确写作，都会在写自己的回忆录时完成一本极好的书，只要他写得诚实、全面。

好吧，再回头说我自己。我从不认为自己高明到可以创造真正的艺术品，也不认为自己怪癖到可以让作品只充塞着我个人。我不具有使我获得成功的灵巧，也不具有足以获取光荣的才能，我便迫使自己只为自己而写作，为我个人的消遣，有如人们吸烟、骑马。几乎可以肯定，我不会付印一行字，我的侄儿们（我是指本义上的侄儿，因为我既不想家里有后代，也不想依靠别的人）将来可能会用我荒诞的小说为他们的儿孙制作三角帽；他们还会用我的东方神话故事、我的戏剧、神秘剧等等，以及别的一些废话围遮他们厨房里的蜡烛，我可是极认真地把那些东西排列在漂亮的白纸上的。亲爱的路易丝，以上便是我一劳永逸地向你讲述的我思想深处对此话题和对我自己的看法。

致路易丝·科莱

一八四六年十二月十一日

你不觉得就 D 夫人的故事可以写出一部美妙的小说吗？你能够就近观察那一切，因此你应当参与进去。在激情未使你失去理智时，你思想敏锐，思路清晰、准确；你的思想实质是既热情又遇事持怀疑态度。好好研究那些人物吧，具体的真实性往往被断章取义，你就在你脑子里把那些被删节的东西填补起来吧。给我们把那一切突出再现于一本材料翔实、丰满，经过深思熟虑，笔调多变、观点多样、浑然一体、色彩统一的书里吧！你提供给我的有关那位丈夫的技术细节引人好奇，我要去搜集这方面的材料，而且会告诉你科学对此有何看法。你觉得那个女人的激情听起来不够强烈，哪怕在思想上你也不应当为此而责备她。因为感情温而不热就否认存在温而不热的感情，那无异于否认还没有到中午的太阳。中间色调的真实性不下于鲜明色调。我青少年时代有一个真正的朋友①，他对我忠诚到可以为我而舍去他的性命和金钱。然而他不会为讨我喜欢而比平常的习惯早半个钟头起床，也不会加快自己任何一个动作。你在稍微仔细些观察生活时，你会看到雪松不那么高，而芦苇倒更高大。然而我并不喜欢有些人习惯于贬低高尚的激情并削弱超常的崇高行为。因此，一开始阅读德·维尼的书《军人的屈辱和伟大》②我就有些反感，因为我在书中看到他对愚忠（比如对皇帝的崇敬）、对人的狂热崇拜进行了偏执的诋毁，从而有利于"职责"的抽象而生硬的概念。我从来就领会不了这个概念，我认为这个概念似乎并非人的内心所固有。在帝国时期之所以存在崇高的东西，源于对皇帝的崇敬。那是一种极专一、荒谬、高尚、真正合乎人情的爱。这说明为什么我很少理会祖国于今天的我们意味着什么。我很理解祖国对只拥有自己城市的希腊人，对只拥有罗马的罗马人意味着什么；对在自己的森林里被人追捕的野人，对被人追捕到自己帐篷里的阿拉伯人意味着什么。然而，我们这些人在内心深处不是感到当中国人、英国人和当法国人别无二致吗？我们所有的梦想不

---

① 指阿尔弗雷·勒普瓦特万。
② 阿尔弗雷·德·维尼（1797—1863），法国小说家，戏剧家。由三部中篇小说组成的《军人的屈辱和伟大》于一八三五年问世。

都在国外吗？在童年我们就希望去鹦鹉之国，去糖渍椰枣之国生活；我们是伴随拜伦和维吉尔成长起来的；在雨天，我们对东方垂涎三尺，或者巴不得去印度发财，去南美洲开发甘蔗园。祖国就是土地、是宇宙、是星星、是空气。祖国是思想本身，即我们胸中的无限。然而人民与人民之间的争端、此县和彼区的冲突、人和人的争吵都引不起我注意，这些事只有造出一幅幅红底色的宏伟画卷时才会提起我的兴趣。

....

致路易丝·科莱

一八四七年一月十一日

....

  我不认为爱玛·玛格丽特家事的细节多么引人入胜。那故事很平常。其中有市侩的心满意足，使人倒胃口；还有极寻常的幸福，其庸俗之气让我反感。正是为此我才老对贝朗瑞和他那些谷仓里的爱情，对他把平庸理想化抱有偏见。我从不理解二十岁的人在谷仓里怎么会感到舒服①。在宫殿里就不舒服吗？再说，诗人之所以成为诗人，不就为使我们心荡神驰吗？我本来就想忘掉那些轻佻的年轻女裁缝的爱情，忘掉门房的小屋和我磨损了的衣服，我当然不喜欢在书里重新看到这一切。在那里面感到快乐的人可以坚持快乐下去，但写这些东西而且还认为很美，不，不行。我宁愿梦想天鹅皮的长沙发和蜂鸟羽毛的吊床，哪怕为此会遭受痛苦呢。

  你希望有人续写《老实人》，这主意多么奇特！难道有这种可能？谁去写？谁能写？有些作品大而重到极点（《老实人》就

---

① 指贝朗瑞歌词《谷仓》中的一句："二十岁在谷仓里真舒服。"

属此类），所以谁想扛它们都会被压得粉身碎骨。一副巨人的甲胄，如有哪位矮人将它背在背上，他在走出去一步之前就会被压死。你欣赏得还欠火候，所以崇敬得还欠力度。你的确热爱艺术，但你的爱缺少宗教式的虔诚。你在出神凝视那些杰作时如果品尝到一种深切而又纯洁的盎然兴味，你就不会在有些时候产生对那些杰作如此奇怪的保留看法……

致路易丝·科莱

一八四七年九月十七日

我翻了翻托雷①的书，多么饶舌！我为能远离这些家伙生活而自认幸运！那是怎样虚假的指导呀！什么样的生搬硬凑！怎样的言之无物！他们议论艺术、美、概念、形式时所说的话全都让我感到厌倦。永远是老调重弹，而且是什么样的老调呀！我越看下去，越可怜那些人和他们目前干的那些事。不错，如今我每天都同阿里斯托芬②共同度过清晨，那才叫精彩，而且才思横溢，热血沸腾。但他没有分寸，不合乎道德，甚至不合乎礼仪，却实实在在超凡脱俗。

从凯旋门的高处往下看，巴黎人，甚至骑马的巴黎人都不显得高大。当人们站在古代文化的高度来看当代的东西时，这些东西也不会显得高大。在这方面我试探了自己，我认为我并没有因为人们对我欣赏的东西逐渐持保留态度而对之冷淡、反感。我越摆脱艺术家，我对艺术越热心。就我而言，我最终会走到不敢写一行字的地步，因为我一天比一天更体会到自己渺小、微不足

---

① 指泰奥菲勒·托雷所写《一八四七年的沙龙，附致费明·巴利翁的一封信》，信的题目是《论对大自然和美的感受》。
② 阿里斯托芬（约前445—前386），雅典最著名的喜剧作家，其喜剧大多讽喻时政，抨击他政治上和文学上的敌人。

道、知识贫乏。缪斯是一位具有青铜般坚固童贞的处女,得胆大包天才可能……①

不,如果说可怜的艺术家在美面前的恐惧是无能为力,这种恐惧却并不是冷酷无情,也不是怀疑主义。从岸上看,大海显得那么浩瀚……你爬上高山之巅,大海会显得更加浩渺。你坐上船驶入大海,一切都消失了:只有万顷波涛,波涛……在我的小艇上我算什么,我!"保护我吧,上帝,海是那样大,而我的船却如此之小!"布列塔尼的一首歌这么说,我在想到别的深渊时也这么说。

…………

致路易丝·科莱

一八四七年十月

你打听我和马克西姆的工作情况②,你该知道,写作已使我筋疲力尽。我时刻挂在心上的文笔问题使我心神极度不安,我对自己十分气恼,而且忧心如焚。有几天我为此而生病,夜里还发过烧。我越写下去,越感到自己没有能力表达思想。——耗尽毕生的精力斟酌字词,整日价辛辛苦苦修饰各个分句以求形成完美和谐的复合句,这是怎样滑稽的怪癖!——不错,有时候可以从中享受到狂喜的滋味,但要获得这样的快乐必须经历多少气馁和苦涩呀!比如今天,我花八个小时修改了五页,而我还自认为干得很出色!其余的事你就可想而知了,真够可怜的。——不管怎样,我一定要完成这件工作,因为这工作本身就是一次极艰苦的锻炼。这之后,到明年夏天,我要考虑尝试写《圣安东尼的诱

---

① 虚点系福楼拜所写。
② 当时福楼拜和他的朋友马克西姆·迪康正在合写《穿过田野和沙滩》,记述他俩在布列塔尼地区的旅行。

惑》。倘若写作伊始就不顺利，我便扔掉笔，直至多年之后。那时我要研习希腊文、历史、考古学，无论什么东西，总之是更容易些的一切。因为我老感到我自讨徒劳实在太蠢。

致路易·布耶

一八五〇年十一月十四日

……在城市里，我不时翻开一张报纸。我觉得我们似乎活得还轻快。我们并非在火山上而是在茅坑的木板上跳舞，而茅坑的木板看上去已腐烂得够可以的。社会不久会淹没在十九个世纪都无法摆脱的泥潭里，人们也会动不动大声叫骂起来。"研究问题"的想法一直在吸引着我，我有意（原谅我的自负）把那一切都紧紧捏在我的手里，像一个柠檬，好让我的玻璃杯略呈酸性。回来之后我很想专心研究社会主义者，而且以戏剧的形式写点非常冒犯人、非常滑稽、当然也非常公正的东西①。我的话已到了嘴边，色彩也已到了指头上。许多更为明确的写作主题都未曾像这个提纲那么迫不及待地来到我的脑海。

谈及主题，我已有了三个，也许这三个主题是一回事，这让我感到十分烦恼：（1）《堂璜的一夜》②，我是在罗得岛的海港检疫站想到这个主题的；（2）《阿奴庇》的故事③，这个女人希望自己能让上帝亲吻。——这故事最为杰出，但有最难以承受的困难；（3）是我那描写少女的弗朗德勒小说，这位少女在处女时期就在父母身边神秘地死去了，她死在一个省的小城市里，她的家坐落在河边，园子里种着白菜和剪成纺锤形的果树。让我感到烦恼的是这三个提纲之间立意的近似性。

---

① 指他为写《情感教育》作准备。
② 此作品在福楼拜去世后曾发表过，后收入其全集。
③ 《阿奴庇》的故事，指作者后来写的《萨朗波》。

在第一个提纲里，难以餍足的爱情具有两种形式，即尘世的爱情和神秘的爱情；在第二个提纲里，同样的故事，只是这个故事里的人们互相亲吻，正因为尘世的爱更明确，所以就不那么高雅；在第三个提纲里，几种爱都集中在一个人身上了，而且一种爱导致另一种爱，只是我的女主人公在用手干了手淫之后，因宗教的手淫而送了命。

唉！我觉得无论多么仔细剖析即将出生的婴儿，要生出他们来似乎还绷得不够紧。我要求自己的形而上学式的明确性简直让我害怕，但我还必须一再坚持。我很有必要对我自己大显身手。为了过一种心安理得的生活，我愿意对我个人作一个评价，一个明确的、能让我在利用我的才干方面得到调节的评价。——我在动手耕作之前需要了解我的耕地的质量和它的界线。就我的内在文学状况而言，我所感受的，正是我们所有的同龄人在社会生活方面的一点感受：我体会到有必要自立。

在斯米尔纳，有一天，阴雨连绵的天气使我们无法出门，我便去阅览室借了一本欧仁·苏写的《阿尔蒂尔》。那里面有些东西真让人作呕，简直无可名状。——必须阅读了这类东西才能去怜悯金钱、成功和读者大众。——文学得了肺病。它在吐痰，它用涂了香脂的塔夫绸把它用的发疱药遮了起来；它梳头梳得那么厉害，把所有的头发都梳掉了。必须有艺术的基督才能治愈这麻风病患者。……

....

将来必须把《阿热诺尔》[①]重新拾起来，这的确很棒。有一天我在骑马时大声朗读了其中的几句诗，当时我笑弯了腰。待我返家后，这个工作将是一种消遣，它会消除我重睹故国的烦恼。

[①] 阿热诺尔系《牛痘的发现》中的人物。作品的手稿未标明日期，有时是福楼拜的手迹，有时出于布耶之手。

我也考虑过《词典》①。医学有可能提供材料写出好文章，还有自然史，等等。我认为动物学中有一条令人难以置信：龙虾。何谓龙虾？——龙虾就是雌螯虾。

为什么说巴尔扎克之死②使我非常难过？当我们所热爱的人物去世时，总会感到伤心。——我本来希望晚些时候去拜望他并让他喜欢自己。是的，这是一位杰出的人，他胆识过人，对他所处的时代极为了解。他对女人的研究细致入微，却在刚结婚之后便与世长辞，而且是在他十分熟悉的社会已经开始有了结局的时候。路易-菲力浦一辞世，仿佛有什么东西一去不复返了。如今必须演奏别种舞曲了。——

…………

致马克西姆·迪康

一八五一年十月二十一日

…………

我迫切需要你在我这里，迫切希望我们聊天的时间更长些，而且聊得更紧凑，好让我作出某个决定。上个礼拜天，我们读了《圣安东尼的诱惑》中的一些片段：阿波罗纽斯、几位神祇，还有第二部分的下一半，即那个妓女、塔玛尔、尼布甲尼撒、斯芬克司和喀迈拉，以及所有的动物。发表一些片段是非常困难的，你等着瞧吧。有极精彩的东西，但是，但是，但是，不可以自满。

我认为有趣一词会是最宽容的人得出的结论，甚至是最聪明

---

① 指《固有概念词典》，此书稿后来成为《布瓦尔和佩库歇》第二卷的一部分，可惜此部分尚未完成福氏已仙逝。
② 巴尔扎克于一八五〇年八月十八日去世。

的人得出的结论。的确,我会遇到许多好人,他们对此书一窍不通但却赞赏备至,因为他们怕邻居比他们更理解。布耶反对发表是因为我把我所有的缺点和我的某些优点都写进了书里。依他之见,这本书会像人一样恶意中伤我。下周我们要读所有的神祇;也许这些篇幅最能形成一个整体。——至于我,我在这方面和在主要问题上都一样:并无个人定见。我不知道该如何思考,我完全站在不偏不倚的中间立场。

——到目前为止,还没有人指责我缺少个人的东西,或指责我未能感受到小我。好吧!瞧,也许在艺术家一生中最重大的问题上我正是全面缺少这两样东西,我在废弃自己,我在消失,而且并不费力,唉!我竭尽所能,想拥有自己的某种意见,但却要多无主见就多无主见。支持意见和反对意见于我都同样可取,我决定掷硬币看正反面以决定取舍,那样,无论我的选择如何,我都不会感到遗憾。

我如果发表这部著作,那才是世界上最愚蠢之举呢,因为是别人要我这么做;做,是出于模仿,出于服从,我自己并没有任何积极性。——我既未感到有此必要,也未感到有此愿望。你不认为只应当干自己心向往之的事吗?一个笨蛋由朋友们推着去决斗,朋友们对他说:"必须如此!"而他本人却毫无决斗的愿望,且认为决斗很愚蠢,云云,这个笨蛋实际上比一个不折不扣的蠢人还蠢得多,因为后者忍受别人的侮辱却毫不觉察,他安安稳稳待在自己的家里。

是的,又是一次,之所以引起我的反感,是因为那并非出于我的本意,那主意是别人出的,是另外一些人出的——也许这正是我有错的明证。

再说,我们可以看得更远些。如果我要发表,我就真发表,而且不是发表一半。干一桩事情就得干好……

致路易丝·科莱

一八五二年一月十六日

…………

亲爱的朋友，你对《情感教育》①中某些部分表现出的过度热情使我感到吃惊。在我看来，那些部分是不错，但与其他部分的距离并不像你说的那么大。无论如何我都不同意你的主意，即把所有描写儒尔的部分抽出来另写一个完整的篇章。我们总得参照这本书构思的方式吧。儒尔的性格之所以光彩照人，是因为它和亨利的性格形成了对比。这两个人物中任何一个孤立出来都会缺乏说服力。我脑子里首先想到的只有亨利这个角色，考虑到需要一个陪衬，我才构思了儒尔。

使你深深被打动的那几页（论及艺术等等）对我来说似乎并不难写。我不会重写那几页，但我若重写，我相信会写得更好。那一定很热烈，但可能会更概括。后来我在美学方面有所进步，或者说，至少我在及早进入的正常状态下更坚定了。我明白我该如何行动。啊，上帝！假如我能写出我心里向往的风格，我该是怎样一位作家！在这本小说里有一章我认为很不错，你却什么也没有说，就是写他们去美洲旅行的那一章②，里面还写了他们那逐渐而又持续发展的厌倦情绪。关于《意大利旅行》，你的考虑和我的一样③。我承认，这是高价买来的虚荣心大捷，而我为此胜利却沾沾自喜。我早就猜到了，就这么回事。我还不像人

---

① 指《情感教育》的第一稿。
② 该章写亨利和他的情妇勒诺夫人去纽约旅行。在那里，亨利并不情愿地感到他对情妇的感情正在减弱。
③ 《情感教育》的结尾部分写了亨利和儒尔一道游意大利。在四个月的旅游中，他们之间的深刻分歧暴露了出来。

们想象的那么爱梦想，我善于仔细观看，有如近视眼观察事物，直看到事物的极点，因为近视眼总把自己的鼻子伸进去。

从文学的角度谈，在我身上存在两个截然不同的人：一个酷爱大叫大嚷，酷爱激情，酷爱鹰的展翅翱翔，句子的铿锵和臻于巅峰的思想；另一个竭尽全力挖掘搜索真实，既喜爱准确揭示细微的事实，也喜爱准确揭示重大事件；他愿意大家几乎在"实质上"感受到他再现的东西；后者喜欢嘲笑，并在人的兽性里找到乐趣。《情感教育》不知不觉成了我思想上这两种倾向努力融合的结果（在一本书里写一些富于人情味的东西，在另一本书里写一些富于激情的东西，这也许更容易）。我失败了。无论谁对这本书作怎样的修改（也许我自己会修改），这个作品仍然是不完善的。书里缺少的东西太多，而一本书之所以差劲，往往是因为它"缺少"某些东西。优点永远不是缺点，优点是不会过剩的。然而，如果此优点淹没了彼优点，此优点是否仍然是优点呢？概而言之，必须重写《情感教育》，或至少作总体的整修，并重写两章或三章，而我认为这正是难中之难事。要写出书里缺少的一章，作者就得在这章里指明这同一树干怎样必然分枝，或曰为什么在同一个人物身上彼一行动比此一行动更能导致这个结果①。原因是显现出来了，结果也如此，然而从原因到结果之间的联系却并未显现出来。书的缺陷就在于此，这也说明此书如何违背了书名的含义。

我曾对你说过，《情感教育》是一次尝试。《圣安东尼的诱惑》是另一次尝试。我只要确定一个使我完全不受约束的主题，如激情、运动、骚乱，我就会感到如鱼得水，只管往下写就行了。那样，我永远也不会再遭遇我写这本书整整十八个月所经历

---

① 缺的这一章也许应该放在亨利回法国之后，因为那时他虽然在爱情和友谊上都遭到失败，他成为艺术家还没有什么障碍。然而，在下一章，他在路上遇到勒诺先生时却不知所措了。作品的弱点正在于此。

的文笔狂。那段时间我在怎样热忱地雕琢我项链上的珍珠呀！我唯一抛在脑后的东西是文笔的连贯性。第二次尝试比第一次更糟。目前我正在作第三次尝试。是时候了，要么成功，要么从窗口跳下去。

我认为精彩的，我愿意写的，是一本不谈任何问题的书，一本无任何外在捆缚物的书，这书只靠文笔的内在力量支撑，犹如没有支撑物的地球悬在空中。这本书几乎没有主题，或者说，如果可能，至少它的主题几乎看不出来。最成功的作品是素材最少的作品；表达愈接近思想，文字愈胶合其上并隐没其间，作品愈精彩。我相信艺术的前途系于此道。艺术越成长，越尽其所能地飘逸化——从古埃及神庙的塔门到哥特式的尖拱，从印度人的两万行诗到拜伦的一气呵成的诗——我越能看出这一点。形式在变得巧妙的同时也在削弱自己；形式正在远离一切礼仪，一切规章，一切标准；形式正在抛弃史诗而趋从小说，抛弃诗歌而趋从散文；形式再也不承认正统性，它自由自在，有如同产生它的每一种意志。这种对具体性的摆脱随处可见，各式各样的政府也紧随其后，从东方的专制主义到将来的社会主义。

正因为如此，便不存在高尚的或低下的主题；正因为如此，几乎可以从纯艺术观点的角度确定这个公认的原则：没有任何低下或高尚的主题，因为风格只是艺术家个人独有的看待事物的方式。

我必须用一整本书来发挥我想说的。在我暮年，我要写文章阐述这一切，因为到那时已不会有更好的东西供我在纸上乱涂乱抹了。在那之前我还是尽心尽力地写我的小说。《圣安东尼的诱惑》还能重现辉煌吗？但愿有别样的结果，老天爷！我写作进度很慢：四天写了五页，然而到目前为止，我仍在消遣。我在这里又重新获得了宁静。天气坏极了，河流看上去像大洋，没有一只猫经过我的窗下。我已生了旺火。

致路易丝·科莱

一八五二年二月八日

看来你的确成了《圣安东尼的诱惑》迷,你。终于如此!我将一直拥有这么一个迷!这就算不错了。尽管我并不同意你所说的一切,我想,朋友们的确不愿意看到那里面的一切:已经受到轻率的评价了,我不说不公正,而说轻率。——至于你给我指出的修改意见,我们今后再谈;工作量巨大。我以极厌恶的心情回到我曾抛弃过的思想范畴,而为了改得和邻近的其他部分的笔调一致又只能这样做。要重塑我的"圣人",我会遇到很多困难。——我得全神贯注很长时间才能虚构出一些东西。我没有说我不去试试,但不会马上干①。目前我正处在截然不同的另一个天地,我得在这里细心观察那些最庸俗乏味的细节。——我的眼光得歪到从心灵的霉变部分冒出的气泡上。从这里到《圣安东尼的诱惑》中的神话和神学的火焰般的光芒距离太大了。主题各异,同样,我的写作手法也大相径庭。我愿意在我这本书里没有一次感情的冲动,也没有一点作者的思考。——我认为这本书在思想方面(我并不重视这方面)一定不如《圣安东尼的诱惑》高,但它也许会更直截了当,更难能可贵,却并不显示出来。再说,我们就别再谈《圣安东尼的诱惑》了。——这会扰乱我的思想,会让我一再去想它,从而白白浪费时间。——如果这件事情做得不错,那再好不过,如很糟,那就算了。如果是前一种情况,发表的时间有何相干?如果是后一种情况,既然它该完蛋,

---

① 福楼拜得在完成他的《包法利夫人》之后再开始重塑他的《圣安东尼》,下文提到的"这本书"即《包法利夫人》。

那又何必费神？

....

致路易丝·科莱

一八五二年二月十六日

....

你知道吗，那精明的圣伯夫劝布耶"别拾阿尔弗雷·德·缪塞①的烟头"。他在一篇长文章里恭维了一大堆平庸之辈，还有许多引语，却只提了提布耶的名字，没有引一句他的诗。相反，他竟极力奉承那名声在外的乌塞先生、德·吉拉尔丹夫人，等等。——从仇恨的观点看，他谈得十分巧妙，因为他一语带过，仿佛是在议论什么毫无意义的事。——我一向对这个迟钝的家伙（指圣伯夫）没有多大好感，这件事倒肯定了我对他的成见。——不过，他往常一直很宽厚，所以事情未必全由他引起。那里面一定有点什么令人不愉快的名堂，因为约摸三星期前，在《鲁昂备忘录》上发表了一篇文章，这篇文章同他那篇如出一辙：恭维了《巴黎杂志》所有的人（马克西姆除外），但布耶被排除在外，布耶始终被他附近的乌塞先生压倒。你认识圣伯夫，你应该比我们更了解这桩公案的底细。我无非希望你花点时间同他聊聊《梅拉尼》②，做得仿佛你不曾看过他的文章似的。这文章发表在上周一的《立宪党人》上。

....

我终于得到了一套龙沙③全集，两卷，对开本。星期天我们

---

① 阿尔弗雷·德·缪塞（1810—1857），法国作家、诗人。
② 《梅拉尼》，路易·布耶的故事诗。
③ 皮埃尔·德·龙沙（1524—1585），法国诗人，著有《颂歌》《爱》《赞歌》等。

读了一些，读得如痴如醉。当今一些小出版社出了他的节选本，正如所有的节选本和翻译本一样，只展示了作品的一个大概，即是说，其中最精彩的部分都不知去向了。——你真想象不出龙沙是怎样一位诗人！怎样一位诗人！他有怎样的翅膀！他比维吉尔更伟大，与歌德不分轩轾，起码有时如此，有如激情的突然爆发。——今天清晨一点半，我高声朗诵了其中的一首，几乎让我激动得心里发痛，这首诗读起来太令人心旷神怡了。仿佛有人在我的脚心挠痒痒。真该看看我们那时的样子：我们激动得唾沫四溅，我们蔑视世上所有不读龙沙的人。可怜的伟人，如果他的亡灵能看见我们，他该怎样高兴呀！

致路易丝·科莱
一八五二年三月二十七日

…………

半个月前，我俩去晚餐时走在王家桥上，你对我说过一句让我高兴的话，你说，你发现，没有比在艺术里放进自己的个人感情更差劲的事情。你就稳步而严格地遵循这条至理名言行事吧。但愿这个公认之理在你的信念里毫不动摇，无论在你剖析人的每一根情感纤维时，或在你寻找每一个同义词时，你会看见，你会看见你的视野怎样开阔起来，你的乐器变得怎样响亮，是什么样的恬静心情在主宰你！你的心灵退到天之涯，便会让你的视野从根本上开朗起来，而不是在近处使你目眩。你把你个人分散给所有的人之后，你笔下的人物就活了，那时，人们看到的便不是某个个人的永远夸张的性格——这种性格被各式各样的打扮伪装起来，甚至会因为老缺乏准确的细节而无法明确形成——他们在你的作品里看到的将是一群群的人。

你要是知道我有多少次为你的这个毛病而痛苦就好了。有多少次我为那些理想化了的事物颇感不快，因为我宁愿看见它们处在天然的状态！当我看见你听罗歇夫人朗读《情书》①而哭泣时，我害臊得满脸通红。我和他本来都更有价值，而在剧中我们却被干巴巴地理想化了。——这有什么趣味呢？此人究竟像谁？为什么总有那么一个乏味的诗人形象，这形象越与原型相似越接近抽象，即是说接近某种反艺术、反造型美、反人情味的东西，其结果就是反诗情画意，无论作者用词造句多么有天才。——关于有说服力的文学，可以写一部很精彩的书。——你们开始表明什么之日，便是你们说谎之时。上帝知道什么时候开始，什么时候结束；人只知道中间。——艺术，正因为它处在天地之间，它应当悬在无限之中，它本身很完整，独立于创造它的人。这样看来，人们是在生活和艺术中给自己安排一些可怕的失误。想晒太阳暖自己的脚，就是想摔到地上。我们还是尊重诗兴吧，诗兴并非为某个人而存在，它为人而存在。

今晚，我看起来很人道主义，我，被你指责太重视个人人格的人。我想说的是，如果你沿着这条新的道路走下去，你会很快发现，你已经突然获得了几个世纪才能得到的成熟，你会可怜那种自我歌颂的俗套。这样的自我歌颂可以在一次吼叫中获得成功，然而，拿拜伦来说，他无论有多大的激情，旁边的莎士比亚却以他超人的非个性化使他大为逊色②。——难道会有人知道他当时是在悲伤或者快乐？艺术家应当尽量设法让后人相信他不曾活在世上。我对作家越没有印象，他在我眼里越伟大。对荷马③和拉伯雷本人，我什么也想象不出，我一想到米开朗琪罗，我就

---

① 《情书》是路易丝·科莱未发表过的剧作，里面写了她本人和她的两个情人，维克托·库赞和福楼拜。
② 福楼拜认为，个性化文学和非个性化文学，以及拜伦和莎士比亚之间的对立是根本性的对立。
③ 荷马系公元前九世纪希腊史诗诗人，《奥德修纪》和《伊利亚特》的作者。

会看见（不过是从背后）一个身材高大的老人，在夜里秉烛雕塑。

············

致路易丝·科莱

一八五二年四月八日

我对你的剧本①的文笔并没有提出什么具体的批评意见，但我认为那是个平庸的剧本。我很清楚，要确切叙述生活中的平凡琐事并不容易。我此刻经受的厌倦狂也并无其他原因，甚至给你写信我都得费很大的劲。我已筋疲力尽，身心都毁掉了，仿佛经过了一次狂饮。昨天，我在长沙发上躺了五个钟头，一直处在一种愚蠢的昏沉状态，无意动一动，也无心想任何事情。——那又何妨，我们还是继续谈吧。

我认为，总的来说，文笔松散拖沓，缺乏表现力，里面都是些现成的句子。那是没有揉到家的面团。——表达不简洁，这一点，尤其在剧院，会使戏剧构思显出迂缓，并引起观众厌倦。

首先，整个第一幕都在陈述。情节是在第二幕开展起来的②，而从第三幕第一场，观众就能猜出结局。第二幕最后一场倒很生动，如全剧都能如此，那会妙不可言。

第一场（女佣的独白）是对所有人说的。——谁不熟悉那羽毛掸子？还有她照的镜子？——第二场出现了餐馆侍者，这一场本身倒还有趣，但滑稽得太过分了！而且敲诈勒索的玩笑格调不高。

至于雷奥妮和马修这两个角色，我真不明白是怎么回事。他

---

① 指路易丝·科莱的剧本《小学教师》。
② 第一幕在小学教师雷奥妮的房间里，她请男爵吃饭；第二、三幕的地点移到一座城堡里。福楼拜的批评很有根据。

们有时非常无耻，有时又非常正直，而这些又都没有什么依据。——大家对他们的那些品行一定会产生反感，因为这有马凯的味道（除了夸张，而夸张倒挽救了这个人物）。再说，再说，里面有多少疏忽之处！我可怜的、亲爱的路易丝，我向你保证，我阅读这个剧本时感到很痛苦。可能我对戏剧一窍不通吧。但说到法文本身，我觉得在这个剧本里你似乎奇怪地脱离了你的文学经验。

兄妹之间那一场戏长得离谱。就凭这两人计划中的骗局、他们那些琐碎卑贱的事以及雷奥妮的自豪感（尽管她承认这自豪感起过作用），谁也不会对他俩中的任何一个感兴趣。

第四场也同样太长；在接近尾声时，剧中的对话较先前生动了些。发现某些有趣的东西总是使人高兴的。

第六场和第七场看上去令人难以忍受，我在其中看到了近乎集缺点之大成的东西。至于第二幕，那始终待在舞台上装聋作哑的女人①是怎么回事？她在骗所有的人，就是骗不了观众，观众真禁不住要对演员大叫："她在骗你们！"（干吗要这个人物？她对情节在哪方面是必不可少的？而这低级可笑的一幕竟有十三场！）再说，听他们讲书面语言，大家该怎样心烦！必须避免为舞台写书面语言，看这样的戏永远让人厌倦。——那位罗利老夫人，谁看见她都得重新拾掇自己的枕头，她真让我讨厌，我对她反感透了。她无耻地愚弄自己的儿女，这一来儿女的爱心便让人感到好笑。于是我们陷进了一场闹剧。

第三场。独白没完没了！在山穷水尽时不是不可以写一些独白，也可以把独白当成陈述感情的手段（当这份感情无法实际表现出来时）。然而此处的独白是在谈我们已经看到的东西，即那座城堡内部的生活。毫无用处。

---

① 指罗利老侯爵夫人。

至于你构思的鸟,即演员不得不拿在手上的那只填满稻草的鹦鹉标本,它会使全场扑哧大笑,仅这只鸟就足以使一部杰作砸锅。——你怎么就没有看出这一点呢?

　　在第五场,雷奥妮发火超过了限度。总之,整个剧给我一个损害了细腻风格的印象,与你读了大半部《情感教育》之后非常合理地得出的印象相似。

　　我的分析到此为止,因为,依我之见,这部作品要么重新构思,要么拉倒。在这一刻我如使你不快,请原谅我。你可以让你信任的罗歇夫人读读这个剧本,你会看到,假如她坦率,结果绝不会令人愉快。

....

　　我读了《格拉齐埃拉》①。那疯子! 多好的故事被他糟蹋了。无论别人怎么说,此人天生没有文笔感。这至少是我的看法。

致路易丝·科莱

一八五二年四月十五日

....

　　如果罗歇夫人认为你那出戏②精彩,那她活该(指罗歇夫人)。要么是她缺乏鉴赏力,要么是她出于礼貌而骗你,除非是我的眼睛完全瞎了。至于我,我认为那些东西令人厌倦,太过分,尤其是祖母这个角色,即使撇开文学因素不谈,那也是写得最笨拙的人物之一。——接连两个冬天,即一八四七年和一八四八年,在鲁昂,我和布耶每个晚上,一周三次吧(原文如此),都在一起写剧本,那工作很苦,但我们仍然发誓要完

---

① 《格拉齐埃拉》,法国诗人和作家拉马丁(1790—1869)的作品,被广泛认为不如他的诗作。
② 指路易丝·科莱写的《小学教师》。

成写作。就这样写出了十二个以上的正剧、喜剧、喜歌剧等等①，而且是一幕一幕，一场一场写的。尽管我一点不认为自己适合写剧本，我仍然感到你那出戏的结构很不灵巧。那个老祖母一动不动站在那里偷听别人讲话，简直是个老奸巨猾厚颜无耻的家伙。我认为我是正确的，我可怜的宝贝。——倘若我这一下一下的鞭打刺激了你，那是好事，如果鞭打得不合时宜，那就是我活该了。

我的工作又重新启动了一点。我终于摆脱了我的巴黎之行引起的混乱和不适。——我的生活是那么呆板，一颗沙砾都能把它搅乱。——我必须在完完全全的静态中生活才能写作。我平躺起来，双目紧闭，可以更好地思考。哪怕最小的声音在我身上也要反复回响，回声拖得老长，然后才会消失。而且这种虚症大有愈演愈烈之势。有什么东西在我身上越积越厚，很难消退。——一年之后，我的小说一结束，我就把手稿带给你，出于留心，一页不少。你可以从中看出，我是通过怎样复杂的机械动作才写出一个句子的。

....

致路易丝·科莱

一八五二年四月二十四日

啊！我真满意，一醒来就心情愉快，亲爱的路易丝。今天是我完成作品的日子，而且现在还很早，我要按你的要求去同你聊天，聊得尽可能长些。不过我首先要从拥抱你开始，拥抱你的心，表示我为你得奖②而快乐。可怜的宝贝，我为你那里

---

① 其中有几个剧本现存于法国国家图书馆。
② 指路易丝·科莱的诗《梅特雷群落》获法兰西科学院奖。

突然出现这件大喜事感到多么幸福！——刚要念你的名字时，哲学家①发的球便避开了，那真是品位极高的喜剧性场面。

　　如果说我没有早些回你那封悲悲戚戚的、泄气的信，那是因为我近期的工作实在太忙。前天，我到凌晨五时才睡觉，昨天是凌晨三时上床。从上周一，我已把所有别的事情搁置一边，整整一个星期都在专门苦干我的《包法利夫人》，并为不见进展而深感头疼。我目前已写到"舞会"②，这一段是从周一开始的。我希望写得更顺利些。自你见到我那天，我一下子写了整整二十五页（六个星期写二十五页）。这二十五页写得真艰苦呀。明天，我要念给布耶听。——至于我自己，因为我写得太精细，抄了又抄，变了又变，东改西改，眼睛都发花了，所以暂时看不出问题。不过我相信这些页都能站住脚。——你还跟我谈你的气馁呢！你要是看看我怎样气馁就好了！有时我真不明白我的双臂怎么没有疲劳得从我身上脱落下来，我的脑袋怎么不像开锅的粥一般跑掉。我活得很艰难，与外界的一切快乐隔绝；在生活里，我没有别的，只有一种持久的狂热支撑自己，这种狂热有时会因无能为力而哭泣，但它仍持续不断。我爱我的工作爱到迷恋的、邪乎的程度，犹如苦行僧穿的粗毛衬衣老搔他的肚子。

　　有时，我的脑子空空的，什么词也想不起来；我潦潦草草写了满满几页，却发现我并没有写成一个句子，每到这时，我便躺到长沙发上，就这样一直在我内心厌倦的沼泽里像蠢人一般待着。——我恨我自己，我指控自己的骄傲狂，这种愚狂使我在异想天开之后气喘吁吁。过一刻钟，一切都变了，我快活得心跳。上星期三，我不得不站起来寻找我的手帕，因为我泪流满面。我

---

①　指法兰西学院院士维克托·库赞。
②　指《包法利夫人》中的渥毕萨尔舞会。

在写作时曾自个儿感动不已，我曾尽情享受我文思躁动的妙趣，并享受能表现这种躁动的句子和找到这句子的满意心情。——至少我认为在那种文思躁动里有这一切，因为在那里毕竟是心劲儿占了主导地位。——在这个范畴里还有更高级的激情，那就是感性成分已不起作用的激情。这类激情超越了精神美的功效，因为它们独立于任何人格、任何人际关系。有时（在我阳光灿烂的日子），借助使我从脚跟到发根的皮肤都微微战栗的激情之光，我隐约看见一种心态，这种心态高于生活，对它来说，光荣算不了什么，甚至幸福也成了无用的东西。倘若大家周围的东西不去以它的性质构成常年的咒语，从而把大家困在污泥里窒息而死，却反而让大家处在一种健康的状态，那么，也许有办法为美学再找到如斯多葛主义为道德而发明的那种东西？——希腊艺术并非一种艺术，它是整个民族、整个种族、甚至整个国家的基本大法。在那里，高山的轮廓也与众不同，山上的大理石是为雕塑家而存在的，等等。

时代已离美而去。哪怕人类能回到美，在这段难受的时刻，谁也不需要它。时代越前进，艺术越具有科学性，同样，科学也会变得富有艺术性。两者在底部分开之后，又会在顶峰汇合。目前，没有任何人类思想能够预言，未来的作品会迎着怎样耀眼的精神阳光问世。——在那之前，我们处在一条充满阴影的走廊里，我们在黑暗中摸索。我们没有杠杆，大地在我们脚下直往下滑。我们这些文学家和写作家全都缺少支撑点。说这些有什么用处？这样喋喋不休的长篇大论有什么必要？从群众到我们自己，什么联系也没有。——群众活该，我们更活该。——凡事都有它的缘由，而且我认为个人的想象与千百万人的胃口同样合理，这种想象在世上能够占有同样大的位置，所以，撇开现实不谈，也别受否定我们的人类的束缚，我们必须为想象的使命而活着，我们必须登上想象的象牙之塔，在那里独自停留在我们的梦幻里，有如印度寺庙中的舞姬停留在她们的馨香里。——我有时感到极为厌倦,极为空虚,还感到我的疑惑之情在我最幼稚的心满意足中冲着我的脸冷笑。好吧!我可不会用这一切交换任何东西,因为我在良心上感到我在履行我的职责,我在服从最高的天命,我在做好事,我有道理。

我们谈谈《格拉齐埃拉》吧。那是一本平庸的著作,尽管拉马丁用散文文笔写过很精彩的东西。书中有一些有趣的细节:老渔夫平躺着,燕子掠过他的鬓角;格拉齐埃拉把她的护身符挂在床上,一边加工珊瑚。对大自然作了两三处漂亮的比喻,如,间歇出现的闪光宛若闪烁的月光,差不多就这些了。——首先,应该明确说,他吻了她,还是没有吻她?那不是些活生生的人,而是些人体模型。那些爱情故事写得真糟,其中的主要情节充满神秘色彩,让人摸不着头脑。性结合被排斥到不屑一顾的位置,有如喝酒、吃饭、撒尿等等!这样的偏见让我不快。那样一个血气方刚的男子汉一直同一个爱他的、他也爱的女人生活在一起,而他们却没有性欲!没有一丝不洁的云朵来使这近于青色的湖水变黑!啊,伪君子!他如讲真实的故事,那该多么精彩!但真实性要求比德·拉马丁先生的汗毛更密的男性。——的确,描写天使比描写女人容易。(天使的)翅膀掩盖了隆起的部分。还有别的:他在绝望中去参观庞培伊①、维苏威以及其他地方。那是学习的聪明(打括弧的)方式,他在那里竟没有一句激动的话,而我们去那里一开始就赞美罗马的圣保罗教堂,那是个冷冰冰的夸张的作品,但"必须欣赏"它,这很正常,这是约定俗成的概念。这本书里没有任何东西使你内心受到震动。也许有办法让

---

① 庞培伊是古代位于那不勒斯附近维苏威火山下的一个小城。公元七九年火山爆发将其掩埋,后经发掘,已成古迹。

477

人同那位受蔑视的表兄赛克科①一道哭泣,但并没有。而且到末尾也没有使人心碎的场面!又比如,作者故意赞扬(穷苦阶级等等的)单纯,却损害富裕阶级的辉煌,还有大城市的烦恼……但问题是那不勒斯一点也不让人烦恼。那里有一些迷人的女性,还不贵。德·拉马丁先生是第一个得益的人,那些女人在托莱多大街上和在玛日琳娜河上一样有诗意。可是,不行,行为必须得当,必须作伪。得让女士们读你的书,啊,谎言!谎言!你有多笨!

用这个故事本来可以有办法写一本精彩的书,这书无疑必须向我们讲明白所发生的事:在那不勒斯,一个青年在许多别的消遣过程中偶然和一个渔夫的女儿睡了觉,之后又把她甩了。这女孩没有去死,她能自我安慰。这样写就显得更寻常,也更苦涩。(我认为,《老实人》的结尾因此而非常明显地证明那是一流天才的作品。狮的爪子在这样平静的、像生活一般简单的结论中显得很突出。)这样的写法要求有独立的人格,而拉马丁却没有;还要求对生活具有医生治病一样的眼力;最后还要求有基于真实的视野,景物的真实是达到激动人心的巨大效果的唯一途径。谈到激动,我最后说一句:在最后一篇诗作之前,他留意对我们说,他是"哭着""一气呵成"这个诗篇的。那是怎样漂亮的写诗方法!

是的,我重复一遍,那里面本可以有东西写成一本精彩的书。

…………

我再谈谈《格拉齐埃拉》。当中有一段占了整整一页,全是不定式动词:"清晨、起床、等等"采用这种表达方式的人耳朵一定听不真切。——那不是个作家。永远不能用这种肌肉突出、

---

① 赛克科是格拉齐埃拉的表兄,是一个二十岁的好青年。

挺胸凸肚、后跟发出响声的陈词滥调。我倒设计了一种，我，一种笔法，这种笔法可能很漂亮，也许在几天之后，在十年之后，或十个世纪之后的某一天，有人会用这种笔法；它会像诗一般押韵，像科学语言一般准确，像大提琴声一般高低起伏，响亮夸张，它还有火花般闪光的枝形装饰；这种文笔会像尖刀一样刺进你的脑海；用这样的笔法，你的思想最终会在平滑的水面上航行，有如人们顺风疾驶着小船。散文刚诞生不久，对此必须思量再三。诗是旧文学的卓越形式。所有的韵律学组合都已形成，而散文的组合却差得远。

致路易丝·科莱

一八五二年五月八日

…………

你谈到我内心正直，我认为，那无非是跟我在艺术问题上思想的准确性相同的东西。至于我，我并不赞成区分内心、思想、形式、实质、灵魂或肉体。那一切都和人密不可分。——有一段时间，你曾把我看成一个从反复、持续考虑自己的个性中享受乐趣的好嫉妒的个人主义者。那正是只看表面的人们的想法。我那让许多人反感的、给我带来如许苦难的骄傲也遇到同样的情况。——其实恰恰相反，没有一个人比我更能吸纳别人的东西。我曾去闻从未闻过的肥料堆，我曾对连感情丰富的人都不曾动情的许多事物产生同情。——倘若《包法利夫人》还有点价值，这本书可不缺乏情感。我觉得，反讽似乎在左右生活。——每当我哭泣时，我怎么往往去照镜子看自己？——这种想俯瞰自己的心情也许正是所有德操的来源。它使你脱离个性，根本不让你在那里停留。

臻于极顶的喜剧、令人不发笑的喜剧、玩笑中的抒情性，这些正是作为作家的我最羡慕的东西。人类的两种要素都在其中了。《心病者》①比所有的《阿伽门农》②都更深入人的内心世界。这句："谈论所有这些病症是否有危险？"顶得上这句："让他死！"③不过千万别想让学究们理解这点！——再说，这是很滑稽的事，正如作为人的我很欣赏喜剧，而我的笔却拒绝写喜剧！——我越不快活，越趋同于这一点，因为那是最深度的悲哀。

一段时间以来，我构思了几个戏剧，还有一本纯属想象的、神怪的、大叫大嚷式的巨型小说，半个月前突然在我脑子里出现④。假如五六年之后我着手写它们，从我给你写信这一分钟起，到墨水在最后一个涂改杠子上干掉那一分钟为止，这期间会发生什么事呢？——照我现在的进度，一年以后我也未必能写完《包法利夫人》。多半年少半年于我倒没有什么了不起！——但生命是短暂的！有时，我一想到我希望在我咽气之前做的事，一想到我已艰苦不懈地持续工作了十五年，一想到我永远没有时间大略想一想我究竟愿意干什么，我便感到不堪重负。

....

我刚读了四卷《墓外回忆录》⑤。——这超过了他的声誉。对夏多布里昂来说，谁都不曾公正过。所有的党派都怨恨他——就他的作品可以写一篇精彩的批评文章。——要没有他的诗论，他会是怎样一个人！他的诗论使他变得多么褊狭！多少谎言，多

---

① 《心病者》，莫里哀的喜剧。
② 《阿伽门农》，希腊悲剧作家埃斯库罗斯（约前525—前456）的三联剧《俄瑞斯忒斯》中的一出戏。
③ 头一句是引《心病者》中的台词，但不准确；第二句引法国悲剧作家高乃依所著《贺拉斯》中的一句台词。
④ 指他没有发表的《螺旋》写作提纲。他构思的戏剧可能指幻想剧。他曾写过两个此类长剧，题为《梦想与生活》。
⑤ 《墓外回忆录》，法国作家夏多布里昂（1768—1848）的杰作，共十二卷。

么小气！他在歌德身上只看到《维特》，而《维特》只是歌德巨大才华的无数顶楼中之一间。夏多布里昂像伏尔泰。他们都（艺术地）竭尽所能去糟蹋好心的上帝赋予他们的最令人赞叹的才能。——假如没有拉辛①，伏尔泰或许是伟大的诗人；假如没有费讷隆②，写过《维勒达》和《勒内》③的人做出的该是什么样的事！拿破仑和他们一样。假如没有路易十四，假如没有君主政体的幽灵萦绕在拿破仑的心头，我们就不会为一个已成僵尸的社会激发出热情。——古代那些运动的领导人之所以卓尔不群，是因为他们十分独特。万事都如此，只能靠自己。如今，必须经过多少学研才能摆脱书本呀！需要读多少书！得喝尽大洋的水，再把水尿出去。

致路易丝·科莱

一八五二年五月十五日至十六日

…………

这个礼拜我读了《罗道君》和《泰奥多尔》。伏尔泰先生的评论④是什么样的肮脏货色呀！多么愚蠢！不过，他的确是一位风趣的人。然而风趣对艺术帮不了什么忙。只会妨碍创作激情并拒不承认天才，如此而已。连他那样好素质的人都带了这个头，可见文艺批评是怎样差劲的行当！但当教师爷，指责别人，教人们如何干他们的本行，这又的确很愉快！贬低别人的癖好是我们

---

① 拉辛（1639—1699），法国诗人，悲剧大师。
② 费讷隆（1651—1715），见本卷第 115 页注①。
③ 《维勒达》《勒内》，均为夏多布里昂的作品。
④ 《罗道君》和《泰奥多尔》是高乃依的作品。伏尔泰曾编辑出版了高乃依的十二卷集和他的评论。直到十九世纪，出版高乃依的戏剧集时，大都全部或部分重版了伏尔泰的评论。这些评论对研究伏尔泰和古典文学极有价值。

这个时代的精神麻风病,这癖好还特别照顾那帮写作的人。在这种貌似严肃实则空虚的道德低下的日常养料里,平庸之辈感到心满意足。讨论比理解容易得多,侈谈艺术、美的概念、理想等,比写一首最短的十四行诗或造一个最短的句子容易得多。——我也不止一次想望涉足文艺批评,并想一举写成一本囊括那一切的书。这事得在我晚年,在我的墨水瓶干枯了的时候写。以《演绎古代》为题会写出怎样一本大胆而独特的著作!这将是毕生之作,但那又何苦呢?还不如搞点诗的音乐性,搞点音乐性!还是转到节律上去吧,让我们去和谐复合句里荡秋千,让我们更深入心灵的地窖吧。

....

无论共和制抑或君主制,我们都不会及早从那种局面摆脱出来。那是从德·迈斯特[①]到昂方丹老爹[②]参加在内的所有人长期工作的结果。共和派人士比别的人出力更多。平等若不是否定一切自由、一切优势和大自然本身,那又是什么呢?平等就是奴役。这说明为什么我热爱艺术。因为在艺术里,起码一切都可以不顾这充斥着谎言的世界而自由自在。——大家都可以在艺术里满足一切,创造一切,既是自己的国王,又是自己的臣民,既积极又消极,既是殉道者又是教士。没有界限;对大家来说,人类是一个带铃铛的牵线木偶,你可以让它在你的句子末尾鸣响,就像船夫让它在自己脚尖鸣响一样(我经常用这个办法报生活的仇。我用笔回味无边的温馨。我让自己得到女人,得到钱,我让自己旅行)。有如弯曲的灵魂在湛蓝的天空伸展开去,只在真实这个边界停下来。在这样的境界,实际上形式已经消失,构思也不复存在。寻找这个,就是寻找另一

---

① 德·迈斯特(1753—1821),见本卷第390页注①。
② 昂方丹(1796—1864),法国工程师,圣西门主义的创始人之一。

个。它们是不可分的，犹如物质和颜色不可分，正因为如此，艺术才是真实性本身。这一切，如在法兰西学院啰嗦地讲上二十课，半个月里，我会在许多年轻人、能干的先生和高贵的妇女身边被看成伟人而出名。

照我看，有一件事情可以证明艺术已被完全遗忘了，那就是艺术家多如牛毛。一个教堂的唱诗班成员越多，越应该推定这个教区的教徒不虔诚。大家担心的，不是祷告上帝，也不是如老实人所说的，老老实实干自己的活，而是拥有漂亮的祭披。人们不牵着公众的鼻子走，却自己牵着自己的鼻子走。——文学家当中的纯市侩主义多于食品杂货商当中的纯市侩主义。除了竭尽所能、不择手段遮掩自己的功利主义，还自以为正派（即还是艺术家）之外，他们实际上在干什么?!此乃市侩之极致也。为了取悦功利主义，贝朗瑞歌唱他的浅薄爱情，拉马丁唱他妻子感伤的偏头痛，连雨果也在他的大型戏剧里对自己说出大段的台词，谈人类、谈进步、谈思想的发展历程和其他一些他自己都不相信的废话。还有一些人（如欧仁·苏）克制着自己的野心，为赛马俱乐部写一些上流社会小说。或为圣安东尼近郊写一些阿飞小说，如《巴黎的秘密》。小仲马以他的《茶花女》短时间便赢得了终身的头彩。

我看没有一个戏剧家有胆量在大街上上演工人小偷。——不，要上演，工人必须是老实人，而先生永远是坏蛋。有如在法国人眼里，年轻姑娘总是纯洁的，因为妈妈们一直在引导她们的千金。我因此相信这句千真万确的至理名言，即，人都爱谎言；白天说谎，晚上做梦，人就是这样。

致路易丝·科莱

一八五二年五月二十三日

我可怜的、亲爱的朋友,你今晨寄给我的信中谈到的坏消息①只让我稍感惊异。昨天一整天我都处在一种奇怪的颓丧状态,仿佛我经受了你在那一刻感受的苦恼的反冲击。别灰心,振作起来。我知道这说起来容易做起来难,但自豪感可以使人弥补一切。应当从每一次不幸中吸取教训,跌倒之后再跳起来。

对你正在构思的剧本,你必须反复思考提纲,而且永远别忘了情节和效果。他们认为(对他们的惯例来说)在第二幕换布景不好。你还记得吗,我也对你提出过同样的异议。一切超出公共界限的东西都让人害怕。快,冲向独特!这是所有有良心的人内心的呐喊。让你的剧本保持原状吧;修改会破坏它的趣味。如果人们不保护艺术,除法兰西大剧院,还可能有十个别的剧院上演你的作品。但现在该做什么?待在自己的帐篷里,回炉铸自己的剑。某一天你获得成功时,你再推出你的剧本。从今天到那天,你就把它留着吧;现在发表它等于将来毁掉它。等待是个夸大的字眼,又是一件重要的事。

我这会儿和你一样气馁。我的小说让我感到厌倦;我的才思像石子儿一般贫瘠。书的第一部分本来应该在二月末结束,后来拖到四月份,再后来又拖到五月,看来得拖到七月末。我每走一步都会发现十个障碍。我非常担心第二部分的开头。我为一些不值一提的东西自找麻烦;连最简单的句子都在折磨我。我在了结第一部分之前不想去巴黎……

---

① 路易丝·科莱写了一部名为《情书》的剧本,但法兰西大剧院要求修改了再上演。作者认为是坏消息。

致路易丝·科莱

一八五二年五月二十九日

必须当心他最美好的情感,这就是我从你的信里得出的道德教训。如果你感到缪塞那让我起鸡皮疙瘩的演讲①很吸引人,如果你认为我做得到的,或我将做的,也同样吸引人,那又该得出什么结论?

———

可是,能去哪里避难呀,上帝!哪里能找到一个男人?个人的自豪感、对自己作品的信心、对美的欣赏,这一切难道都完了?那众人都在其中浸泡直到嘴边的万能的泥水难道淹没了所有的胸脯?——我求你,将来别再跟我谈社会上谁谁在干什么,别寄给我任何新闻;所有的文章,报纸等等都免了吧。我完全不需要巴黎,不需要知道在那里搅和的一切。——这类事情让我感到不舒服;它们有可能促使我变得刻薄,同时增强我阴郁的排他主义,而这种排他主义会把我引到大加图②式的狭隘里去。——我多么感谢自己曾有过不发表作品的好主意!我还没有在任何东西里浸泡过呢!我的缪斯(无论她怎样扭动腰部)毕竟没有去卖淫;眼见梅毒传遍世界,我真愿意让她以处女身咽气。我不属于那种有能耐给自己造就读者群的人,而且这类读者群也并非为我而存在,所以我准备放弃。"倘若你千方百计讨人喜欢,你已丧失了地位",埃皮克泰图斯③如是说。我不会丧失地位的。在我

---

① 指缪塞于一八五二年五月二十七日在法兰西学院接纳他的会上所作的演讲。
② 大加图(前234—前149),罗马监察官,将军,历史学家。以其政策的狭隘性著称。
③ 埃皮克泰图斯(约50—130),斯多葛派哲学家,伦理教师,他的讲话被后人搜集成册发表。

看来，缪塞老兄似乎很少考虑埃皮克泰图斯的话，不过，在他的演讲里热爱德操的内容倒不少。他告诉我们，迪帕提①先生是个正派人，当正派人是非常令人满意的。——这样一来，他夺得了满堂彩（见爱弥尔·沃吉耶著《加布利埃尔》）。把恭维道德素质和恭维智力素质愉快地缠在一起，并把它们一道放在同一个水平上，那是演讲术的极端卑躬屈膝之一种。人人都自认为拥有道德素质，所以人人都同时把智力素质也归于自己！我原来的仆人习惯吸鼻烟。我经常听见他在吸鼻烟时（为自己的习惯表示道歉）说："拿破仑也吸鼻烟。"的确，鼻烟壶肯定在这两人之间建立了某种亲族关系，这种关系既不贬低那位伟人，又大大提高了那粗人的自尊心。

....

致路易丝·科莱

一八五二年六月十三日

我读了拉马丁的《荷马》。作为拉马丁写的东西，我还算喜欢，但我仍然要坚持说，他在这方面不是个作家，你愿意时，我可以用半个钟头就说服你，我手头有证据。里面的叙事部分全都写得很精彩。然而，关于荷马，有多少更有趣的话好说呀！哲学家②的《隆格维尔》前几页非常晦涩难懂。他过分追求十七世纪的风格，却往往在因关系代词太多而变得累赘的句子结构里自己都弄糊涂了。我喜欢清晰的句子，这种句子站得直直的，连跑的时候都直立着。这几乎不可能做到。散文的理想已达到闻所未闻

---

① 迪帕提（1775—1851），法兰西学院院士，缪塞因被选中接替他而发表演讲。
② 指维克托·库赞。他的《隆格维尔夫人的青年时代》在次年以《隆格维尔夫人，著名妇女与十七世纪社会新论》的全名出版。

的困难程度；必须摆脱古体，摆脱普通词汇，必须具有当代的思想却不应有当代的错误用语，还必须像伏尔泰的东西一样明快，像蒙田的东西一样芜杂，像德·拉布吕埃尔的东西一样刚劲有力，而且永远色彩纷呈。

致马克西姆·迪康

一八五二年六月二十六日

……出名不是我主要的事。这只能让最平庸的虚荣心得到充分满足。再说，就这个问题本身来说，难道有人知道该遵循什么？名满天下也未必能使人满足，人几乎总是在对自己的声誉毫无把握的状态下死去，除非死者是个白痴。因此，在人们自己眼里，闻名遐迩并不比默默无闻更能抬高人。

我力求做得更好，力求取悦自己。

我认为成功似乎是结果而不是目的。不过，长期以来，我一直在朝这个目的走，我觉得我并没有失足一步，也没有在路边停下来向女士们献殷勤，或躺在小草上睡大觉。同样是幽灵，我无论如何也喜欢个子更高的幽灵。

宁愿美国灭亡，也不愿原则丧失。我宁肯像狗一样死去，也不肯提前一秒钟写完还没有成熟的句子。

我脑子里酝酿着我希冀的写作方式和优美语言。当我认为已经摘下杏子时，我不会拒绝卖掉杏子，杏子若鲜美，我也不会拒绝别人鼓掌。——在此之前，我不愿欺骗读者。就这么回事。

即使在此之前时机不复存在，或谁都渴望当院士，那就算了。相信我，我也希望自己有多得多的机会，少得多的工作和更多的好处。但我看不出有什么补救办法。

在商业领域可以创造良机，某种食品的采购运气呀，老主顾的一时兴趣使橡胶提价或再抬高印度印花棉布的卖价呀。希望生产这些产品的制造商们为此而赶快办工厂，这一点我理解。然而，一个人的艺术作品如果很优秀，很地道，它总会得到反响，总会有它的位置，六个月以后，六年以后——或在他身后。那又何妨！

致路易丝·科莱

一八五二年六月二十六日

············

我已筋疲力尽了。从今天早上起我的枕骨部位就刺痛难忍，头重得像里面装了一担铅。《包法利夫人》让我受不了。这一整个礼拜我就写了三页，而且我并不为这三页心花怒放。最令人难以忍受的困难是思想的连贯性，以及怎样从这种想法自然而然引出那种想法。

我觉得你似乎心情颇佳，你；不过你还得多多思考。你过分相信灵感，而且写得太快。我呢，我之所以写得那么慢，是因为我只能在拿着笔时才考虑风格；我在一片没完没了的烂泥地里行走，烂泥不断增加，我得不断清扫。然而写诗就清爽多了，诗的形式是规定好了的。不过，优秀散文也应该和诗一样简洁，像诗那样铿锵有致。

我此刻正在读一本引人入胜的非常成功的书，即西拉诺·德·贝日拉克的《月亮国》①。里面有丰富的怪异想象，也时常可见好的文笔。

---

① 西拉诺·德·贝日拉克（1619—1655），法国军人，作家，戏剧家。此书全名为《月亮国的滑稽故事》，写一次想象的星际旅行。

致路易丝·科莱

一八五二年六月二十七日

…………

　　我仍然坚持我关于《金驴》①的说法，尽管哲学家和缪塞有不同的意见。如果这两位先生不理解这部作品，他们活该；如果是我弄错了，那再好不过。但如果说世界上存在艺术真实性，那是因为这本书乃是个杰作。——这部小说令我赞叹，令我眼花缭乱。大自然本身、风景、事物的真正别致的一面，这一切都处理得很现代，而字里行间又充满古代的灵感和基督教气息。这本书同时散发着乳香和尿味，在那里，人的兽性和神秘主义紧密结合。我们这些人想做到储存精神野味又使它微微变臭还差得远呢。这促使我相信，法国文学还很幼稚！缪塞喜爱粗俗下流。由他去吧！我可不这么干。他的粗俗下流让人感到风趣（在艺术上我多么憎恨这种风趣！）。杰作却显得傻。——它们看上去安安静静，有如大自然的产品本身，有如巨兽和大山。我喜欢脏话，是的，在脏话充满激情的时候，拉伯雷的作品就是如此，拉伯雷可绝对不是开粗俗下流玩笑的人。……

致路易丝·科莱

一八五二年七月六日

　　我自个儿又不慌不忙地重读了你最近那封长信，即月下散步的故事。我更喜欢头一封长信，无论在形式上还是在内容

---

① 《金驴》又名《变形记》，系公元二世纪拉丁作家阿普列尤斯的神怪小说。读者可以在书里看到希腊神话中以少女形象出现的人类灵魂的化身普赛克的一些情节。

上。——你心里发生过什么说不清道不明的事,对不?你小看那种一阵一阵的感觉也白搭,它照样让你激动了好些时候。可怜的亲亲路易丝,你如果认为我是在责备你,那你就太不了解我了。——人可以控制自己之所为,但永远控制不了自己之所感。我只不过感到你再次去同他一道散步是做错了。你这么做是出于天真,好,我同意,但我要是他,我仍然会记你的仇。他可能把你看成一个卖弄风情的女人。——从固有的观念考虑,女人不会只为赏月而去同男人月下散步。缪塞先生是极坚持固有观念的。——他的虚荣心从骨子里非常守旧。

我和你一样,不认为他最欣赏的东西是艺术品。——他最欣赏的东西是他自己的激情。与其说缪塞是艺术家,不如说他是诗人;而如今,他男人的成分比诗人的成分多得多,——而且是个可怜的男人。

缪塞从不把诗本身和靠诗意完成的感觉分开。依他之见,音乐是为小夜曲而作,绘画是为肖像而作,诗是为心灵得到安慰而作。当有人因此想把太阳放进他的短裤里,那就是在烧他的短裤,便往太阳上撒尿。就是这样的情况发生在他身上。神经、吸引力,这就是诗。不,诗的基础更客观。如果仅仅有敏感的神经就可以成为诗人,那我的期望应该比莎士比亚和荷马更高,我想象荷马并不是一个神经质的人。这种混淆是大逆不道的。对此我可以说点什么,因为我可以透过一道道关上的门听见有些人在离我三十步远的地方说话,因为别人透过我肚腹的皮肤可以看见所有的脏腑都在蹦跳,而且我有时在一秒钟内能感到百万种思想、形象、各式各样的组合同时在我脑子里发出噼啪声,如同点燃的烟花爆竹。——这可是极好的谈话主题,能让人激动。

诗并非神经的衰弱,而神经性的敏感乃是神经衰弱之一种。——超常感受能力是一个弱点。我可以说明理由。

倘若我的大脑更健全，我就不会因尽我的本分和感到厌倦而生病。我会从中得到好处而不是苦恼。悲伤没有停留在我头上，却流入我的四肢，使我四肢肌肉收缩痉挛。那是一种"偏离"现象。往往有这种情况：孩子一听音乐就浑身难受。他们秉性极好，一听音乐就能记住曲调，他们一弹钢琴就兴奋；他们心跳、消瘦、苍白、病倒。他们一听见琴键上的音调，可怜的神经就像狗的神经一样痛得蜷起来。这些孩子绝不是未来的莫扎特。"爱好"已经移位了。思想进入了肉里并在肉里变得贫瘠，肉也衰亡了。因此既出不了人才，也得不到健康。

艺术也是一回事。激情成不了诗。——你越突出个人，你越没有说服力。我老在这方面出错，我；原因是我总把自己摆进我做的事情当中。——比如，是我代替圣安东尼在他的位置上出现。诱惑并非对读者，而是对我而言。——你对某一事物感受越少，你越有能力把它照原样（照它一贯的样子，本身的样子，它的一般状态，即摆脱了一切昙花一现的偶然成分的状态）表达出来。但必须具有使自己能感受它的才能。这种才能不是别的，就是天才。亲眼看到。——要有模特儿在眼前，模特儿在摆姿势。

因此我憎恨口头诗，憎恨空话连篇的诗。——对没有说话的事物，眼神就够了。心灵的流露、激情、描绘，我愿意把这一切都融入文笔里。融入任何别的地方都是作践艺术，作践感情本身。

正是这种羞耻心老妨碍我向女人献殷勤。——在说出已到嘴边的"诗意"的话时，我很害怕她心里想："什么样的江湖骗子！"而且生怕自己真是个骗子，于是，住嘴了……

致路易丝·科莱

一八五二年九月十三日

…………

可怜的亲亲路易丝,一段时间以来你给我写了些多么悲伤的信呀!至于我这方面,我并不是一个很喜欢开玩笑的人。无论外部还是内部,一切都相当不顺利。《包法利夫人》像乌龟爬行一般缓慢;我不时为此而绝望。从此刻到再写完六十页,即三到四个月的时间,我恐怕只好这样写下去了。一本书是怎样一部沉重而又特别复杂的建筑机器!我现在写的东西如果不采用深刻的文学形式,真有成为保尔·德·柯克[1]作品的危险。但如何安排必须写得精彩的粗俗对话?这可是必要的,很有必要。还有,等我摆脱了旅店这个场面,我就得陷进一场人人都挂在嘴上的柏拉图式的精神恋爱,而且,如果我取消粗俗的东西,我等于取消作品的丰富性。在这样一本书里,一行的偏差都会使我完全背离写书的宗旨,都会使我这本书砸锅。写到这个地步,一个最简单的句子对余下的部分都举足轻重。从此以后,我花在这上面的时时刻刻,只有思考再思考,厌倦再厌倦,只能缓慢!我就不对你诉说家庭的烦恼、我的姐夫以及别的事了。

…………

那都是些什么样的故事[2]?用诗来叙述是很困难的。剧本停下来啦?那更好。就我所知,要在过去,你已经完成两幕了。在下笔之前,你应思考再思考。一切取决于构思。伟大的歌德这句至理名言是最简单,最令人叹服的概括,也是一切可以接受的艺

---

[1] 保尔·德·柯克(1793—1871),见本卷第247页注①。
[2] 指路易丝·科莱计划出版的叙事诗集《女人的诗》。

术作品的箴言。

直到目前,你缺的只是耐心。我并不认为耐心就是天才,然而它有时是天才的迹象,而且可以代替天才。那老顽固布瓦洛的著作会与世长存,因为他善于做他所做的事。你在写作时最好越来越摆脱不属于纯艺术的东西。眼里永远要有模特儿,此外别无他物。你已相当擅长于此,完全可以往前走得更远,相信我吧。要有诚心,要有诚心。我愿意(我一定做得到)看见你为诗中的一处停顿、为一个和谐复合句、为诗中紧接上行的某个句首字、为形式本身(总之,除了主题)而狂喜,就像你过去为感情、为心灵、为激情而狂喜一样。艺术是一种描述,我们只应当想到描述。艺术家的思想必须像大海一般宽广,宽广到看不见海岸,像大海一样清纯,清纯到天上的星星可以一直映入海底。

致路易丝·科莱

一八五二年九月二十五日

…………

我觉得你对戈蒂耶①很严厉。他不是一个生来就像缪塞那么"诗人"的人,但将来他会更有成就,因为留下来的不是诗人,而是作家。我对缪塞是否有《埃西亚的圣克利斯朵夫》② 那么高的艺术一无所知。没有人能写出缪塞那么美的片段,但仅仅是片段而已!没有作品!他的灵感总是那么突出个人,带着乡土味、巴黎人味、士绅味。他的裤脚扎得紧紧的,上身却袒胸露臂。——有诱惑力的诗人,同意。但说伟大,不行。在这个世

---

① 泰奥菲勒·戈蒂耶(1811—1872),法国诗人、小说家和文艺评论家,原属浪漫派,后转向唯美主义。
② 《埃西亚的圣克利斯朵夫》,戈蒂耶的诗作。

纪,只有过一位伟大诗人,那就是雨果老爹。戈蒂耶的诗境很狭窄,可是一旦进入诗境,他的开拓能力令人赞赏。——你读读他的《蛇洞》,那才真实而且忧郁之至呢。——至于他的《堂璜》,我并不认为它出自《纳慕娜》。因为戈蒂耶的堂璜很外在(戒指从瘦了的指头掉到地上等等),而缪塞的却道德超群。总而言之,我觉得戈蒂耶胡乱弹了一些更新颖(拜伦味更少)的弦乐,至于韵文,他更厚重。《纳慕娜》中新奇的想象使我们(首先是我)着迷,这本身难道是件好事?时代会一去不复返,到那时,这类显得狂乱的、媚一时之俗的空想还剩下什么内在价值?要想长久不衰,我认为奇想必须是极端畸形的,犹如拉伯雷的作品。不修帕特农神庙①,也得积累一些角锥形堆积物。——然而,两个相似的人掉进他们现在的处境该多么遗憾!不过,如果说他们掉进去了,那是因为他们该掉进去;船帆撕碎了,那是因为它的纬纱不结实。无论我如何欣赏这两位(昔日我曾狂热崇拜缪塞,他迎合了我的思想恶癖:激情、飘忽不定、思想和表达方式的大胆),对之作总的评价,他们仍然只属二流,不会让人害怕。伟大天才之所以不同凡响,在于他们的概括能力和创造性。他们在一个典型身上概括了许多分散的性格,给人类的意识带来一些新的人物。大家难道不像相信恺撒的存在一样相信堂吉诃德的存在?在这方面莎士比亚也是一种绝妙的现象。他不是简单的人,而是一个大陆。他身上有一些伟人,有整批整批的群众,有多种风景。写这些都不需要刻意追求文笔,哪怕有不少错误,或正因为有这些错误,才显出写作者的能耐。——而我们这些小人物,我们只能在演奏完毕时方能显出价值。在这个世纪,雨果将胜过所有的人,尽管他作品里不好的东西很多。但他有怎样的灵感呀!怎样的灵感!——我在这里冒险提出一个我在任何别的地方

---

① 帕特农神庙,希腊雅典卫城中祭祀雅典娜女神的著名庙宇。

都不敢说的主张,那就是伟人们的东西往往写得很糟糕。——对他们来说,这更好。不应该从他们那里,而必须从二流作家(贺拉斯①,拉布吕埃尔等等)那里寻找形式的艺术。必须背熟大师们的东西,狂热崇拜他们,尽量像他们那样思想,然后永远同他们分开。作为技巧方面的训练,从博学而能干的天才那里可以得到更多的好处。——

……

致路易丝·科莱

一八五二年十一月二十二日

……

我焦急地等待着《农妇》,不过你也别急,慢慢来。这会有益处的。所有的理发匠都众口一词说,头发越梳越亮。文笔也如此,修改可以使其有声有色。因为你,我昨天重读了《沉思的山坡》②。嗨,我可不同意你的意见。诗写得非常有气派,但表现力有点儿弱,也许是诗句脱离了主题的缘故?不是所有的东西都可以用言辞表达的;如果说思想没有限制,艺术可是有限制的。尤其在纯精神领域,笔不可能走得很远,因为造型能力永远无法表现脑子里没有想清楚的东西。我马上要读英文版的《汤姆叔叔的小屋》③。我承认,我对这本书抱有对它不利的偏见。单靠文学价值根本得不到它那样的成功。当导演的某些才能和语言的大众化与面向当今情绪和现时问题的技巧结合起来时,成功可以走得很远。你是否知道如今什么东西的年销售量最高?《福

---

① 贺拉斯(前65—前8),见本卷第229页注②。
② 《沉思的山坡》,雨果的《秋叶集》中的第二十九首诗。
③ 《汤姆叔叔的小屋》,一八五二年出版的哈里埃特·比彻-斯托夫人的小说。

勃拉斯》和《夫妇之爱》①，两部愚蠢的作品。倘若塔西佗复活，他的作品也许还不如梯也尔的作品卖得多。公众尊敬有半身雕像的人，但并不大热爱他们。大家对他们有一种约定俗成的钦佩，如此而已。有产者（即是说今日的整个人类，包括人民）对待古典的东西有如他们对待宗教：他们知道那些东西存在，如不存在，他们会生气；他们明白那些东西在遥远的过去有过用处，但如今全不利用它们了，而且觉得它们很碍事，就这样。

我让人去阅览室借了《帕玛修道院》②，我要仔细读一读。我熟悉《红与黑》，我认为这本书写得不好，而且人物性格和意向都令人费解。我完全知道，风雅之士不同意我的意见，但风雅之士的等级集团毕竟是一个怪集团：他们有自己的圣人，但谁也不认识那些人。是那位仁慈的圣伯夫让这事时髦起来的。在一些社会精英面前，人们钦佩得五体投地，在一些只被劝告默默无闻待着的天才面前亦复如是。至于贝尔③，在我阅读了《红与黑》之后，真不明白巴尔扎克怎么会对那样一个作家有如此的热情。说到阅读，星期天，我和布耶不会不读拉伯雷的书和《堂吉诃德》。那是怎样难以抗拒的书呀！你越出神地欣赏，它们变得越高大，犹如看埃及的金字塔，你最后几乎会感到害怕。《堂吉诃德》里最神奇的地方是没有技巧，是幻想和现实持续不断的融合，这种融合使书变得非常诙谐，非常有诗意。在他们旁边，其余的人显得多么矮小！大家感到自己多渺小，上帝！大家感到自己多渺小！

---

① 《福勃拉斯骑士的爱情》，路威·德·库弗雷（1764—1797）的作品，于一七八七年出版。《夫妇之爱》，尼古拉·伏乃特（1632—1698）的作品，于一六八六年出版。
② 《帕玛修道院》，法国作家司汤达的小说。
③ 贝尔，即司汤达，福楼拜提到的事指巴尔扎克在《贝尔先生研究》中对司汤达及其《帕玛修道院》的热情赞扬。

我工作得不错，也就是说有足够的毅力，但表达自己从未体会过的东西是很困难的：必须作长时间的准备，并绞尽脑汁，以求达到目的，同时又不越过界限。情感的衔接使我痛苦万分，而这本书中的一切都取决于此；因为我主张既可以同各种思想玩游戏，也可以同各种事实玩游戏，但要做到这点，必须是一种思想引出另一种思想，如同从一个瀑布流到另一个瀑布，还必须让那些思想如此这般把读者引到句子的震颤当中，引到隐喻的激奋情调里。当我们再相见时，我可能已进了一大步，那时，我的心会充满爱，我会自如地把握主题，这本书的命运也就铁板钉钉了。但目前，我认为我正在经过险关隘道。每当我暂停工作时，我都会想到你那美丽善良的脸庞在我作品完成时的表情，就好像在休息时间一样。由此看来，我们的爱情乃是一种书签，我预先把它插进书页之间，梦想着无论如何也要达到那里。

我对这本书缘何比对别的书更忧心忡忡？是否因为这偏离了我一贯的写作手法，而且对我来说，反而到处是巧计，是诡计。写这本书将一直是我的一次激烈而又长期的智力锻炼。这之后，总有一天我会拥有我自己的主题，拥有出自我内心的提纲，你等着瞧吧，等着瞧吧！今天我已读完佩尔西乌斯①，我准备马上重读并作笔记。你现在一定在读《金驴》，我等着听你的印象。

…………

致路易丝·科莱

一八五二年十二月二十七日

在这一刻，我好像惊骇万分，我之所以给你写信，也许是为

---

① 佩尔西乌斯（34—62），古罗马讽刺诗人，其作品内容大胆，严厉，文笔不够自然，有时晦涩难懂。

了避免形影相吊，犹如人们在夜里感到害怕时点上灯。我不知道你是否会理解我，但这的确很滑稽。你看过巴尔扎克的一本名叫《路易·朗贝尔》的书吗？我在五分钟之前刚看完；这书像炸雷一般让我惊骇。故事写一个人因苦苦思索无法捉摸的事而变成了狂人。这故事用千百个钓鱼钩把我紧紧缠住了。这个朗贝尔几乎就是我可怜的阿尔弗雷①。我在里面找到了几乎是我们当时说过的原话：两个中学同学的几次闲聊正是我们聊过的，或类似我们聊过的。其中一个故事谈到手稿被同学窃去，还有学监的思考（我也遇到过这样的事）等等。你还记得我曾对你谈到过一本空想小说（提纲）吗？那里面有一个男人由于思索过度最后产生了幻觉，幻觉终了时，他朋友的幽灵出现了，那是为了对前提（世俗的、明确的）作出结论（理想的、十全十美的）。好，这个构思在那里都显示出来了，而这本小说《路易·朗贝尔》正是它的序言。小说结尾，男主人公想通过某种神秘的狂癖阉割自己。我十九岁时，在巴黎十分烦闷，我当时就曾有过他这种强烈愿望（我将来会指给你看，在巴黎维维安讷街有一家小店铺，有一天晚上，我就抱着这个强烈而急切的愿望在那家店铺门前停下），我那时有整整两年没有见过女人（去年，我对你谈到我进修道院的想法时，就是这个老根源在对我起作用）。人会遇到这样的时刻，这时他"需要让自己痛苦"，他需要恨他的肉体，他需要往自己脸上抹污泥，因为谁都觉得污泥令人厌恶。若没有对形式美的酷爱，我也许会成为一个神秘主义者。除了这些，你再想想我多次发作的神经紊乱，而神经紊乱只不过是思想和意象不由自主的倾斜而已。那时，心理因素从我身上跳出来，意识和生活中的感觉一道消失了。我可以肯定，我知道什么叫死。我经常清楚感到我的灵魂出窍，犹如人们感觉到血从伤口流出来。这部

---

① 指福楼拜的好友阿尔弗雷·勒普瓦特万。

怪书让我想阿尔弗雷想了一整夜。我在九点钟醒来，然后又睡着了。于是我梦见了拉罗什-居庸城堡①，城堡恰巧坐落在克鲁瓦塞②背后，真奇怪，我还是第一次发现这点。家人叫醒我，送来了你的信。莫非是你那装在邮差盒子里的信走在路上时，从远处把拉罗什-居庸的念头送给了我？你附在念头上来到了我身边。莫非是路易·朗贝尔在夜里呼唤过阿尔弗雷？（八个月前，我梦见狮子，我正在做梦时，一艘船载着一些供展览的动物在我窗下经过。）啊！有时人会怎样感觉自己接近疯狂，尤其是我！你知道，我对疯人是有影响力的，他们多么喜欢我！我向你担保，我现在很害怕，不过，坐到桌边给你写信时，一看见白纸我就平静下来了。此外，一个月以来，即自从登陆③以来，我处于一种奇特的亢奋状态，或者不如说震颤状态。一个最小的想法快闪过我的脑子时，我都会有人们走近竖琴时手指头产生奇怪效应的那种感觉。

怎样妙不可言的书呀！它让我感到痛；我太能领会它了！

另外一个对照：我母亲在巴尔扎克的《乡村医生》里指给我看（她昨天才发现）一个和我的《包法利夫人》相同的场面：对奶妈作的一次探访。（我从没有看过这本书，当时也还没有看过《路易·朗贝尔》。）同样的细节，同样的效果，同样的意图；我倒不是自我吹嘘，倘若我那一页不是比他写得好得多，别人一定认为是我在抄袭。如果迪康知道这一切，他会说我自比巴尔扎克，就像我自比歌德一样④。从前，我挺厌烦一些人，他们认为

---

① 位于塞纳河上的这个城堡是福楼拜和路易丝再次会面的地方。
② 克鲁瓦塞是福楼拜的故乡，他在那里一直住到去世。
③ 即"英国人登陆"，暗示路易丝的月经。
④ 迪康在《文学回忆录》里说："他（福楼拜）经常给我们念《情感教育》的片段……一天，我打断他，对他说：'当心，你刚才念的恰好能在歌德的《威廉·迈斯特》里找到几乎完全相同的字句。'他抬起头，反驳说：'这证明"美"只有一种形式。'"

499

我长得像某某人，某某人等等；现在，情况更糟，是我的心灵像了。我能在各处再见到我的心灵，什么都能把它给我反射回来。为什么会这样？

《路易·朗贝尔》跟《包法利夫人》一样，从进中学开始写起，其中还有一句话"完全相同"：正是在那里讲述了中学的烦闷，超过《遗书》谈到的烦闷！

……

致路易丝·科莱

一八五二年十二月二十九日

哦！终于来了！你的《农妇》，很不错，相信我说的吧。我当时对你严格是有道理的。我确信你做得到。现在，构思无懈可击，文笔雄浑刚劲。……我这里只剩下几个细节方面的批评。而且我恳求你，修改它们。别放过任何东西。修改本身就是件作品。你还记得沃维纳格①那句名言吗："修改是大师们的釉彩。"② 不过在进一步谈论之前，让我紧紧拥抱你。我非常满意。

作品的开头极好，西北风里的几条狗，十分精彩，还有提灯、人，等等。但制作食用油写得太长，说教太多；等我们谈到细节时，我再对你说该在哪里打住。

磨坑祈祷写得引人入胜；对冉的描写，很好，但被一段不合时宜的抒情体给糟蹋了，而且这一段还割断了情节，或者不如说中断了叙述。在这段激情的结尾还有几处稍嫌冗长。——流行病和机会使他成了掘墓人，除了几个词组，写得都很好。——结

---

① 沃维纳格（1715—1747），法国伦理学家，曾著《箴言录》。
② 原文为"清晰是大师们的釉彩"。见沃维纳格的《思考与箴言》。

尾，完美，或近于完美。现在，我们来谈论用词。按我的习惯，我会毫不留情的。这对我的成功作用太大，所以我不能改变我的工作方式。我可怜的甜心，知道吗，看见你采纳我的意见而写出这么优秀的东西，我感到多么骄傲……

致路易丝·科莱

一八五三年三月二十七日

我的《旅行笔记》给你留下的印象使我陷入奇异的思考，思考男人的心灵，也思考女人的心灵。无论怎么说，这两者是绝对不同的。

在我们方面是坦率，即使谈不上敏感；不过我们仍有错，因为这种坦率就是生硬。假如我没有对你谈起我对女人的印象，那就没有什么使你不快！女人把一切都藏在心里，她们。谁也听不到她们毫无保留的知心话。她们干得最多的事是让人猜想；她们对你叙述什么事情一定会加酱加醋，直到把肉淹没。而我们，只要有两三次发火，甚至不是存心的，她们的心就会呻吟起来。奇怪！奇怪！我为理解这一切而绞尽脑汁，我；不过我在生活中也对此作了很好的思考。说到底（我在这里是对你的头脑说话，亲爱的好女人），为什么要垄断感情呢？你对我脚下的沙子都嫉妒，哪怕没有一粒沙子进入我的皮肤，而我却承受着你在我心上开的一个大口子。你可能想让你的名字更经常出现在我的笔下。但你应该注意到，我并没有写过一篇思考性文章。我只以最简短的形式写下不可或缺的东西，也就是感觉，不是梦想，也不是思想。好，放心吧，我曾经常想你，经常，很经常。如果说我当时没有向你告别[1]，那是因为我那时已经有了超过耳朵的感情！你

---

[1] 福楼拜在一八四九年十月去东方旅行时没有向路易丝·科莱告别。

的尖刻一直留在我的记忆里；你长时间激怒我，我当时宁愿不去见你，尽管我多次想去。我的肉体呼唤我去，但我的神经留住了我。而且从这个做法生出来的亲切感靠回忆维持，不需要倾吐。我答应自己摆脱你，因为我感到我对你的多种感情太强烈，而这些感情之间又互不相容。争吵实在太闹，我开了小差，即是说我把那一切都锁起来，以便再也听不见谈起这事。我只不时地通过我敞开的心扉看看你亲爱的形象，看看你美丽而善良的面容。……

关于库秋克-哈侬，嗨！你放心吧，同时你也应当纠正你对东方的想法。你该确信，她什么也没有经受过，在精神方面，我可以为她担保；但在她的肉体方面，我倒心存很大的疑虑。她当时认为我们是善心的老爷，因为我们在那里留下不少皮阿斯特，就那么回事。布耶的诗写得非常漂亮，但那只是诗，不是别的什么[①]。东方女人是个机器，如此而已；她并不区别这个男人和那个男人。抽烟、洗澡、给眼皮染色、喝咖啡，那就是她的生活圈子。至于肉体享乐，她自己恐怕也非常轻浮，因为这些女人的花蕾早已被摘掉了。从某个角度看，这个女人很有诗意，使她有诗意的原因是她完全回归了自然。

我见过一些舞女，她们的身子摇来摆去，像棕榈树那样狂热而有规律。她们的眼睛那么深邃，颜色像大海那么浓，但眼里表达的只是安静，安静和空虚，有如沙漠。男人也一样。他们的头长得多棒，那里面仿佛转动着世界上最伟大的思想！但你敲敲他的头，从里面出来的东西不会比从一只没有啤酒的啤酒罐，或从一座空坟墓出来的东西多。

他们形体的庄重系于何物？那种庄重产生的缘由是什么？也

[①] 此诗名《库秋克-哈侬》，诗中的库秋克-哈侬是福楼拜在东方旅行时遇到过的女人。

许是因为他们与一切激情完全无缘。他们的美令人想到正在反刍的公牛，正在迅跑的猎兔狗，正在翱翔的雄鹰。他们那满脑子的宿命感以及人无价值的信念赋予他们的行为、他们的姿态、他们的眼神以伟岸而又顺从的特征。宽松的、适合于所有动作的袍子，永远与辨别个人的职位靠外形，辨别天靠颜色等等概念相适应，然后是阳光！阳光！无边无际的无聊吞噬着一切！将来我写东方诗（我也要写这种诗，因为这是时尚，而且所有的人都写）时，我要竭力突出的正是这些。到目前为止，人们把东方理解为闪烁的、吼叫的、狂热的、对比强烈的某种东西。大家只看到那里的寺院舞女、顶端弯曲的大刀、盲目的信仰、感官的享乐等等。总之，在这方面，大家还停留在拜伦的水平上。而我，我对东方却有不同的体会。与众人相反，我喜欢那里被忽略了的庄严，还有不协调事物之间的和谐。记得我当时曾见过一位浴室老板，他左手戴一只银手镯，右手搽着发疱药。那才是真实的，因而也是诗意的东方：一些身穿镶饰带的破衣烂衫、满身虱子的穷人。你别管那是虱子，它在太阳下可以组成阿拉伯式的金色图案。你说库秋克-哈侬的臭虫在你眼里降低了她的身份；而我，正是这点使我着迷。她们身上让人作呕的气味和她们的皮肤大量散发出来的檀香味混在一起。我总愿意一切都带点苦味，愿意在我们的凯旋声中永远有一声倒彩，甚至在狂喜中品味忧伤。这使我想起雅法①，我一走进雅法就同时闻到柠檬树和尸体的味道；被捅破的墓地上能见到半腐烂的尸骨，而绿色的灌木却在我们头上摇动着金色的果子。你难道不觉得那多么诗意十足，而且那是一种伟大的综合？一切对想象和思考的渴望都能在那里同时得到满足；那个城市不会把任何东西抛在后面。然而，雅士们、擅长修饰的人们、擅长涤除心灵罪恶的人们、爱好幻想的人们、为女

---

① 雅法，今以色列的一个城市。

士们编写生理解剖教材、编写大众科学教材、调情教材、讨好艺术教材的人们却在变化，在揩油，在剥夺，他们还自诩为典范，这些无赖！哦！我多么想成为学者！多么想写一本题名《评注古代文化》的书！因为我肯定不会背离传统，我要加进去的只是现代感。然而，古人又一次对此类所谓的雅趣一无所知；对他们来说，世上没有不能讲述的东西。在阿里斯多芬的作品里，人可以在舞台上拉屎。在索福克勒斯①的《埃阿斯》中，被宰杀的牲畜血可以在哭泣着的英雄埃阿斯周围乱淌。我一想到有人因为拉辛把狗引进台词便说他大胆妄为就好笑！的确，他用贪馋形容狗，把狗提高了！……因此，让我们尽量看到事物的本来面目，就别企图比上帝更聪明了。从前大家都以为只有甘蔗产糖，如今几乎从所有的东西里都能提取糖；诗也一样。我们可以从任何东西里挖掘诗意，因为任何东西里都存在诗，到处都有诗：没有一个物质原子不包含思想。我们应当习惯于把世界看成一个艺术品，必须把这个艺术品的各种行为再现在我们的作品里。

…………

我们正在重读龙沙的作品，越读越起劲。总有一天我们要将它编辑出版成书。这是布耶出的主意，非常合我的心意。在龙沙的诗全集里有成百、上千，乃至十万精彩的东西需要推荐给人们，而且我感到有必要在更合适的版本里一读再读。我准备为它写一个序。加上我将要为《梅拉尼》和中国童话故事作的序，可以编成一本单卷的书，再加上我那本《固有概念词典》的序言，我几乎可以就我老挂在心上的我的文艺批评观点说一大通话。这对我有好处，还可以阻止我自己抓住任何借口去参加论战。在龙沙诗集的序言里我要谈《法国诗歌感》的历史，还要

---

① 索福克勒斯（约前496—前406），雅典三大悲剧作家中的第二位，政治活动家。《埃阿斯》是他写的悲剧。

介绍在我国人们如何理解诗歌感,诗歌感必要的分寸,它需要的小钞。在法国,人们全无想象力。谁想让诗歌被接受,谁就得精明到把诗歌伪装起来。在为布耶的书写序时,我还要谈这个想法,或者说要继续谈这个想法,我要指出,如果有人愿意摆脱任何想写史诗的意图,他怎样还有可能写出史诗。这一切都以对未来文学的某些思考作结束。

《包法利夫人》进展不快:一个星期写了两页!!!如果可以这么说,有时真有理由气馁得死去活来!啊,我一定能写完,一定能写完,不过那会很艰苦。这本书会成什么样子,我一概不知,但我可以保证写出来,除非我完全错了,有这种可能。

我写某些部分所受的折磨来自内心深处(向来如此)。有时,这是那样难以捉摸,连我自己都很难理解自己。然而正因为如此,才应该把这些印象描绘得更清晰。还有,要把一些俗事说得又恰当又朴实,这简直是受罪!

…………

至于我,我越感到写作困难,我越胆大(正是这点使我避免我很可能染上的学究气)。我草拟了可以写到我生命终结的创作计划,如果说我有时会遇上几乎让我狂怒得大叫的苦涩时刻(因为我深深感到我的无能和软弱),我也有很难抑制快乐的时刻。那时,某种由衷的、极富快感的东西从我身上突然喷发出来,有如灵魂出窍。我感到心荡神驰,完全陶醉在自己的思绪里,仿佛一股温热的馨香经过室内的通风窗扑面而来。我从来不会走得很远,我了解我缺少的一切。但是我着手的工作会有另外一个人继续进行。我会让某个更有天赋、禀性更好的人继续走我的路。要想使散文具有诗歌的节律(让它继续是散文,地道的散文),要想写日常生活像写历史或史诗(而不歪曲主题)一样,这也许是荒诞的。我有时问自己的正是这个问题。但这也可能是一个非常独特的伟大企图。我清楚感到我缺的是什么。

（啊！我要是十五岁就好了！）那也无妨，靠我的执拗我总会赢得点什么。再说，谁知道呢？也许有一天我会找到一个好的绘画主题，会在纯属我自己的声音里找到一个曲调，不高，也不低。总之，我要永远以高尚的方式，而且经常是有滋有味地度过我的一生。

我始终遵循拉布吕埃尔的一句话："好的作者认为自己写得恰如其分。"① 这一点正是我要求自己的，写得恰如其分，这已经是野心勃勃了。然而，有一件事是可悲的，那就是看见伟人们怎样轻松地在艺术之外影响强烈。还有什么比拉伯雷、塞万提斯②、莫里哀、雨果的许多作品架构得更差劲的东西？然而，那是怎样骤然打来的拳头！单单一个词就有怎样强大的力量！我们，必须把许多小石头一个重一个垒成自己的金字塔，这些金字塔也顶不了他们的百分之一，而他们的金字塔却是用整块的石头建造的。但想模仿这些人的创作方法，那会使自己迷失方向。他们之所以伟大，反而是因为他们没有方法。雨果的方法很多，正是这些降低了他。他缺少变化，他高而不博。

致路易丝·科莱

一八五三年三月三十一日

…………

在艺术上也如此，对艺术的狂热才是艺术感，写诗只是理解外部对象的一种方式，是筛滤物质的特殊器官，这种器官不改变物质，只使物质改观。好吧，如果大家用这个望远镜只观看世界，世界会染上望远镜的颜色，因此，大家用来表达自己感情的

---

① 原话是："才智平庸的人认为自己写得完美神妙；才智超群的人认为自己写得恰如其分。"
② 塞万提斯（1547—1616），西班牙作家，《堂吉诃德》的作者。

字词就必然同引起这种感情的事实息息相关。你想做好一件事，这件事必须进入你的体内组织。植物学家不必拥有天文学家那样的手、眼、头脑，他观看天体也会把天体同草联系起来。分寸感、特征、情趣、喷涌，总的说，灵感，是从先天性和教育的结合产生的。有多少次我听见有人称赞我父亲，说他还不知道是怎么回事，也不说什么理由就能猜出病人的病！因此，使他本能地得出结论开出处方的那种感觉，一定能促使我们不期而然地遇到词。只有天生热爱他的事业，并顽强而长期地训练业务能力的人才能达到这个程度。

我们为路易十四时代那些老人感到惊奇，但他们并不是了不起的天才。在阅读他们的作品时，你并没有那种惊叹不已的感觉，没有！他们只让你相信在他们身上有一种超人的气质，就像你阅读荷马、拉伯雷尤其是莎士比亚一样。但他们有怎样的良心！他们当时在怎样努力寻找表达他们思想的准确词组！他们在怎样工作！作了什么样的涂改！他们相互间作过多少咨询。他们多么擅长拉丁文！他们阅读多么慢！因此，他们的全部思想都在他们的文章里，这个载体之充实和丰满，真到了要炸开的程度。但，那里没有程度之分：好的就等于好的。拉封丹与但丁①，布瓦洛与博叙哀，甚至和雨果同样流芳百世。

致路易丝·科莱

一八五三年六月二十五日

我总算把（下卷的）第一部分结束了。我竟然把我们最后那次相会定在芒特。你瞧见了，推迟了多少时间！我还得把下周用来重读写好的那一切并重抄一遍，而且，从明天起到一星

---

① 但丁（1265—1321），意大利诗人，《神曲》的作者。

期以后，我要把一切扔给布耶老兄。如果这行得通，我会大大减少忧虑，这是好事，我保证，因为这部分的底子很薄。不过，我想这本书会有一个很大的缺陷，即具体的比例失调。我已写了二百六十页，而这么多页还只包含了情节的准备、多少有点被掩盖了的性格、景色和地点的叙述（的确，这种叙述是循序渐进的）。我的结论将是那个女人死亡的故事和随之而来的葬礼以及她丈夫的悲哀，这起码要写六十页。这一来，情节的主要部分最多只剩下了一百二十到一百六十页。这不是一个很大的缺陷吗？让我放心（不过是稍微）的是，与其说这本书是情节跌宕起伏的小说，不如说是传记。戏剧性情节在里面占的分量很少，如果戏剧性成分真正淹没在书的总笔调里，也许人们不会发现在剧情发展的不同阶段之间不够协调的毛病。再说，我觉得生活本身就有点儿如此。一个举动只有一分钟，它却被想望了几个月！我们的情欲就像火山：它老在隆隆作响，但喷发却是间歇的。

…………

……你呢，好缪斯，亲爱的诸方面的同事（同事一字的来源是连在一起），本周你工作顺利吗？我对你那第二个故事很好奇。我只嘱咐你两点：（1）注意理解隐喻；（2）主题之外不要写细节，要单刀直入。当然，我们只要愿意，完全可以搞一些阿拉伯式的装饰，而且比谁都搞得好。必须向古典主义者表明，我们比他们更古典主义，我们还要超过浪漫主义者的意向，从而使他们气得脸色发白。我认为这些都有可行性，因为那是一码事。诗很精彩时，它就不属于哪个流派了。布瓦洛的好诗，就是雨果的好诗。在任何地方完美都有同样的品格，那就是简洁，准确。

假如我那么费劲写的书有好的结果，单凭写作这本书的事实我就可以证实两条真理，这也是我的座右铭，即：首先，诗是纯主观的；在文学上并不存在美丽的艺术主题，因此伊弗托①和君士坦丁堡②有相同的价值；结论是，想写什么就写什么，什么都可以写得精彩。艺术家应当提高一切，他像一个水泵，他身上有一个巨大的管子，管子深入事物的核心，深入到它的最深层。他把埋在地下的、平淡无奇的、人们看不见的东西吸进去，再让它们大束大束地迎着太阳喷涌出来。

致路易丝·科莱

一八五三年七月八日

…………

我不知道布耶是否给你写过信。他可能对你说了，他对我念给他听的东西感到满意；坦率说，我也满意。困难克服了，我觉得这一点就很了不起；不过，也仅此而已。这个主题本身（至少到目前为止）就排除了在其他作品里使我陶醉的石破天惊的文采，我认为那种文采是我的一绝。《包法利夫人》的好处在于，它必将成为我的一次艰苦的智力锻炼。我该进行真正的创作，这是很罕见的。但我会扳回分数。但愿我能按我内心的愿望找到一个主题，那时我会走得很远。你谈到的儿童故事是怎么回事？难道你准备写童话？写童话，那才是我的抱负之一呢。

萨尔佩特利埃尔③在色彩上没有更强烈，我对此感到不快。慈善家们扼杀一切。多么卑鄙的恶棍！如今，苦役犯监狱、牢狱和医院，这一切都蠢得像神学院。我第一次看见疯人就是在那里，在总收容所，和可怜的帕兰老爹④一道。在一间间小房里，

---

① 伊弗托是福楼拜的家乡鲁昂的一个区。
② 即今土耳其的伊斯坦布尔。
③ 萨尔佩特利埃尔，坐落在巴黎的一所养老院兼精神病院。
④ 帕兰老爹，福楼拜的叔叔。

约摸十二个披头散发的女人或坐着，或拦腰捆起来，或半身裸体；她们怪叫着，用指甲抓自己的脸。那时我大约六七岁。小小年纪留下这样的印象很好，它使人变得刚强。在这方面我的记忆多么奇特！主宫医院的梯形解剖室正对着我家的花园。有多少次我和我姐姐攀上栅栏，在葡萄藤间好奇地注视着摆列起来的尸体！太阳照在上面；在我们身上和花间飞来飞去的那几只苍蝇落在那上面，又飞回来，嗡嗡叫着！我在熬夜守护她的两个夜晚怎样地回想着那一切呀，亲爱的、可怜而又美丽的姑娘！我此刻仿佛还看见我父亲从他解剖的尸体上抬起头来，叫我们走开。他对其他的尸体也一样，他。

我并不赞许德·利尔①不进入那里②，但我对他的做法并不感到吃惊。从未进过妓院的男人大约很害怕医院。这是同一范畴的诗。这个好利尔，他缺乏浪漫主义要素。他或许不大会品味莎士比亚。他看不见某些丑恶里还有精神浓度。因此，他的作品缺乏生气，甚至不够鲜明生动，尽管有一些特色。鲜明生动来自深刻的见解、敏锐的洞察力和客观；因为必须让外部的现实进入我们内心，我们几乎要为它呐喊才能很好地再现它。作者眼前有一个清晰的模特时，他往往写得不错，那么，真实的东西在哪里才能让人比在精彩地陈列人类悲苦的地方看得更清楚真切呢？精彩的陈列里有某种东西非常露骨，可能在人的思想上引起残忍的胃口。人们会冲上去狼吞虎咽并把陈列的东西消化掉。我经常带着什么样的幻想停留在妓女的床上，注视着她床上磨损的地方！

我过去热衷于前去医院的太平间，我在那里架构了多少残酷的悲剧呀，等等！而且我相信在那个地方我有一种特殊的感知能力；在不健康的事物方面，我很在行。你了解，我在疯人群里，

---

① 勒孔特·德·利尔（1818—1894），法国诗人，巴那斯派诗歌的奠基人。
② 德·利尔曾陪同路易丝去萨尔佩特利埃尔。

在处理我遇到的特别奇特的意外事件时有怎样的威望。我很想知道我是否保持了这种潜能。

噢！你不会变成疯子！他说得有道理！你的头脑能保持镇静，你，但我认为他，那可怜的小伙子①，他比我们更易于受外界影响。疯狂和淫荡是我悉心探索的两件事，我靠我的意志力那么得心应手地周旋于这个领域，所以我永远不会（我希望如此）变成疯子，也不会变成萨德②的某个人物。……

致维克托·雨果

一八五三年七月十五日

先生，我怎样感谢您馈赠的如此漂亮的礼物③呢？除了塔莱朗临死前对来访的路易-菲力浦说的那句话："这是我家接受的最大荣誉！"我还有什么可说的？不过，出于各种原因，对比到此为止。

好吧，先生，我不会向您隐瞒，您有力地

  使我内心引以自豪的弱点感到舒服④。

正如那位善良的拉辛所写。那诚实的诗人！要在今天，他该找到多少"魔鬼"供他描绘，和他的"龙牛"⑤ 大不一样，而且坏一百倍！

流放至少免去了您目睹之苦。啊！倘若您知道我们陷进了怎样的污秽里！个人的卑劣来源于政治的卑劣，人们不踩在污秽之物上就不能走出一步。周围充满重浊的令人作呕的烟雾。要空

---

① 指德·利尔。
② 萨德（1740—1814），法国作家，其作品大都描写性虐待狂。
③ 雨果在一八五三年六月二十八日把他儿子给他拍的照片赠给了福楼拜。
④ 诗句出自拉辛的诗剧《伊菲革涅亚》第一幕第一场。
⑤ 龙牛，典出拉辛的悲剧《费德尔》："难以制服的公牛，狂躁的龙……"

气！空气！因此我打开窗户，朝您转过身来。我谛听着您的缪斯扇动翅膀发出的振响，我吸着从您的深邃笔调里散发出来的森林的芳香。

此外，先生，在我生命里，您曾使我陷入令我喜悦的困扰，您曾是我长时间热爱的人；而且这种爱经久不衰。在守灵时昏暗的灯光下、在海边、在河滩上、在夏日的艳阳下，我都读过您的书。我曾将您的书带到巴勒斯坦，而且十年前，当我在拉丁区烦闷到极点时，又是您安慰了我。您的诗像我乳母的乳汁已经进入了我的体内。您的某一首诗带着爱情奇遇的全部分量，永远留在我的记忆里。

我到此搁笔。如果有什么是真诚的，那就是我表达的这些。从今以后我个人再也不会打扰您，您却可以利用通信人而无须惧怕通信交往。

不过，既然您越过大洋向我伸出了您的手，我就抓住它，紧紧握住它。我带着自豪紧紧握住这只写过《巴黎圣母院》和《小拿破仑》的手，这只琢磨过许多巨人并为叛徒们雕镂过苦酒杯的手，这只在知识的高峰攀摘过最辉煌的乐趣的手，如今这只手像《圣经》里赫拉克勒斯的手一般正在艺术和自由双双被摧毁的废墟上独自伸向天空！

致路易丝·科莱

一八五三年七月十五日

如果我们的身体相隔在天涯，我们的心却相毗邻。我的心经常和你的心在一起，相信我吧。只有多年的感情才会出现这样的相互穿透性。两人紧紧贴在一起之后，一人便进入另一人体内了。你注意到了吗，连外貌都可能互相受到影响？一对老夫妻到头来会体貌相似。同一职业的人们不是有同样的神态吗？常有人把我和布耶看成兄弟。我可以肯定，十年前绝不会有这样的事。人的思想就像一种内在的黏土，它从内部排斥外来的形式，而愿意按自己的意愿塑造它。你在写作时，如果你有时在文思勃发的当儿站起身来，到镜子面前一看，你难道不曾突然为你的美丽感到惊讶？你的头上仿佛有一个光环，你变大了的眼睛射出激情的光芒。那就是灵魂出窍。电流乃是最接近思想的东西。直到目前，它仍然是一种相当神奇的力量。在严寒的季节，人的头发在夜里发出的闪光，也许比纯粹的象征更与传说中的神像头上的光环、光轮和耶稣的变容关系密切。我说的究竟是什么？是说智力活动习惯的影响力。我们就把这一点用到我们的业务上吧！假如艺术家只阅读美的东西，只看见美，只爱美，那他算什么艺术家？倘若守护我们笔端纯洁的某个天使从一开始就把我们和一切低劣知识隔离开来，但愿我们从来没有同蠢人打过交道，从来没有阅读过报纸！古希腊人兼收并蓄。他们，好比造型，处在任何东西都不可能再造的状态。但意欲穿他们的靴子，那是荒唐之举。北方需要的不是古希腊人穿的短披风，而是毛皮大衣。古代的形式对我们来说已经不够用了，我们的嗓音也并非造就来唱那些简单的曲调。如果我们做得到，让我们当他们一样的艺术家，但又不同于他们。从荷马到现在，人类的意识领域已经拓宽了。桑丘·潘沙①的肚子会抻断维纳斯的裤带。我们不能热衷于复制古老的精品，而应当努力创造新的精品。我认为德·利尔并不赞同这种观点。他没有体察现代生活的本能，他缺少心；我的意思不是指个人的敏感性，甚至不是指人道主义的敏感性，不，我指的是近乎医学意义的心。他的墨水很淡。那是一位没有吸够空气的诗神。纯种马和纯种文笔都有血有肉有力量，仿佛可以看见充沛的血液在马的皮下，在字词之下跳动，从耳朵直到马蹄。栩栩

---

① 桑丘·潘沙，《堂吉诃德》中的人物。

如生！栩栩如生！绷紧，一切都在其中了！正因为如此，我才那么喜欢抒情诗式的表达方式。我认为抒情诗是最自然的诗歌形式。诗意赤裸裸地、自由自在地体现在里面。一个作品的全部力量都存在于这个奥秘之中，正是这个首要的品格，这个 motus animi continuus① （按西塞罗②雄辩术的定义是，灵魂持续不断的震颤、冲动）使诗文简洁、鲜明、有性格、有激情、有节奏、有多样性。搞文艺批评并不需要多大的鬼聪明！你可以看这本书使你的拳头有多大的力量，再看你恢复过来需要的时间长短，并依此来评判一本书的好处。由此可见，大师们多么爱走极端！他们总走到思想的最后界限。在《普索涅克》③里，谈的是让一个男人灌肠。剧情显示的却不是灌肠，不是！而是灌肠器将拥入全场！米开朗琪罗那些粗糙绘成的人像身上的筋骨比肌肉还多。鲁本斯④的酒神节画里，有人在地上撒尿。再看看莎士比亚的全部作品，等等，还有那位最恋家的雨果老爹。《巴黎圣母院》是多么优秀的小说！最近我又看了三章，其中就写了乞丐群的口袋。正是这部分写得最有力度！我认为，无论如何，天才的最大特点是力量。因此，在艺术上我最憎恨、最恼火的是灵巧、机智。机智同没情趣完全不同，没情趣是走上歧途的优良品质。因为要想具有所谓的没情趣，脑子里必须有诗。然而机智却相反，它和真正的诗是水火不相容的。谁能比伏尔泰更机智，谁又比他更不像诗人？然而，在法兰西这个迷人的国家，读者大众只接受乔装打扮的诗。你要让他读鲜活的，他会表示不乐意。因此必须把他们当作阿巴斯帕夏的马来对待，为了使马匹肥壮，让它们吃裹了面

---

① 拉丁文：持续不断的内心冲动。
② 西塞罗（前106—前43），罗马帝国后期最伟大的演说家和政治家。
③ 《普索涅克》，莫里哀的三幕散文芭蕾喜剧。
④ 鲁本斯（1577—1640），出生于弗朗德勒地区的巴洛克派画家、建筑师、外交家。

粉的小肉团。这，就是艺术！得善于包装！不过也别怕，你们去用这种面团喂狮子，喂凶猛的动物，它们准会在二十步开外就扑上来，因为他们熟悉面团的味道。

....

致路易丝·科莱

一八五三年八月二十六日

这可能是我从特鲁维尔给你写的最后一封信。一星期以后我们就在勒阿弗尔了，礼拜六回到克鲁瓦塞。下星期我要寄给你一封短信。下周六晚上，在克鲁瓦塞，如果布耶不去我家，我就给你写信。尽量让我星期六一回到家就见到你的信，或者不如说星期天早上。那会让我返家愉快。一旦回家，我该有多大一堆工作要干呀！这次休假不会对我没有益处；我感到清爽多了。我有两年没有出去呼吸新鲜空气了；我需要新鲜空气。此外，在出神观赏波涛、绿草、叶丛时，我又得到了一些锻炼。我们是作家，而且一直顺从艺术，我们和大自然只有富于想象力的交流。有时必须正面观看月亮和太阳。树木的汁液顺着你盯着它们的惊愕的视线进入你的心田。正如在牧场吃了百里香的羊肉质更鲜美，大自然风味中的某种东西如果在大自然里运转正常就可能渗透我们的思想。才一个星期（最多一星期），我已开始感到宁静，已开始毫不做作地品尝我看到的景象。起初，我十分惊愕，随后我感到悲伤，感到厌倦。差点儿就想打道回府了。我走了很多路，我筋疲力尽但其乐融融。我本是个淋不得雨的人，但前不久我淋得像落汤鸡却几乎没有发觉。等我要离开这里时，我一定会黯然神伤。事情永远如此！是的，我开始摆脱我自己，摆脱能引起我回忆的一切。晚间，我经过沙丘时，灯心草拍打着我的皮鞋，使我比遐想时更感快乐（我离《包法利夫人》很远了，远到仿佛我这一生只写过其中的一行字）。

　　我在这里把自己大大概括了一番，对这四个无所事事的星期作出的结论是：别了，即是说与个人的、私人的、和我有关的东西永别了。我已不再考虑过去准备写回忆录的计划。没有任何与我个人有关的东西可以引诱我。我已不再感觉对青年时代的留恋（这种留恋是那样美丽，仅从回忆的角度就可以再现出来，甚至可以透过有强烈想象力的文笔事先瞥见其端倪）有多么令我神往。但愿那一切完全消失而且不再复活！何苦呢？人并不比跳蚤重要。我们的欢乐和我们的痛苦都应当被我们的作品吸收。太阳一出，朝露变成云雾升腾，谁也认不出朝露了！蒸发吧，尘世的雨，昔日的泪，你们应当浸透阳光，形成缭绕的烟雾往天上升腾。

　　现在，我正为变化的需要而寝食难安。我想把我见到的东西全部写下来，不按原来的，而按变形的样子写。我认为准确叙述最壮丽的现实是不可能的。我还必须将现实加以渲染。

　　我感觉最深切的事物在我面前出现时已变换了地点，而且已不是我而是别的人们在感受它们。因此，我变了房舍、习惯、天空等等。啊！我多么急于摆脱《包法利夫人》《阿奴庇》和我的三个序（即是说只有三次，而且是三次合一次，我要写文艺批评）！我在怎样急迫地完成这一切以便奋不顾身地投入一个宏伟的、更适合我的主题呀！我有写史诗的急切愿望。我想写顺时间笔直而下的重大历史事件，而且是从上到下加以描绘。我的东方故事不时在我记忆里重新出现；我常常隐约闻到它们的气味，这气味使我心花怒放。

　　什么也不写，却梦想写杰作（正如我目前的做法），这是件令人乐在其中的事。然而，以后要为这种享乐的野心付出多大的代价呀！那是怎样"隐蔽的凹处"！我本应当更聪明些（但没有什么能纠正我）。《包法利夫人》本应是我的一次很好的锻炼，今后却很可能逆反成灾难性的，因为我将会极端厌恶（这显示出我的意志薄弱和愚蠢）写庸俗环境的主题。正因为如此，这本书写起来才这么困难。为了想象我的人物并让他们说话，我需要作出巨大的努力，因为我对他们深恶痛绝。但我在写出自我肺腑的东西时，我写得很快。不过危险又来了。人在写关于自己的东西时，一气呵成的句子可以是精彩的句子（抒情性顺着天然的倾向很容易产生效果），然而却缺乏总体的协调。重复比比皆是，还有大量的重述、陈词滥调、平庸的词组。相反，人们在写想象的事物时，一切都必须来自构思，哪怕一个小逗点都取决于总的提纲，作者的注意力便自动转向。既不能失去广阔的视野，同时又要关照自己的脚下。写细节最是酷刑，尤其在大家像我一样喜欢写细节的时候。珍珠组成项链，但串成项链的是线。然而，用线穿珍珠而又不丢一颗珠子，另一只手还要一直拿稳线，那可得使出全部的解数。人们为伏尔泰的书信而倾倒，但他从来就只熟悉这方面，即只善于陈述他个人的意见，这位伟人！他的一切也就在其中了。因此他在戏剧、在纯粹的诗歌方面是没有什么价值的。小说，他倒写了一本，那是对他全部著作的概括，《老实人》中最优秀的是"探访波谷居朗泰老爷"那一章，就是在这一章里，伏尔泰仍然在几乎所有的问题上发表自己的意见。那四页是最杰出的散文之一。它们凝聚了他的六十卷著作和他半个世纪的努力。然而，我看他未必能就他所蔑视的拉斐尔的画中的某一幅作一番描写。

依我之见，艺术的最高境界（也是最困难之处）既非令人发笑或哭泣，也非让人动情或发怒，而是像大自然那样行事，即引起思索。因此一切杰作都具有这个品质。它们看上去很客观，但却颇费琢磨。在写作手法上，它们像峭壁一般巍然屹立，像海洋一般波涛汹涌；它们像树木一样叶满枝头、苍翠欲滴、喃喃细语，像沙漠一样苍凉，像天空一样湛蓝。我感觉荷马、拉伯雷、米开朗琪罗、莎士比亚、歌德似乎显得冷酷无情。那是无底的、无边的、多重的。从小孔可以窥见悬崖，崖底漆黑，令人晕眩。与此同时，却有某种异常清淡柔和的东西超然笼罩着总体！那是辉煌的光彩，是太阳的微笑，那是宁静！是宁静！却非常刺激，那里有颈下垂皮，好似勒孔特的《牛》①。

比如，费加罗②与桑丘相比是怎样蹩脚的创作！读者可以怎样对桑丘进行遐想呀：他骑在毛驴上，吃着生葱，一边纠缠警察，一边同他的主人闲聊。大家还可以看见西班牙的公路，别的作品可没有描写过那些公路。但费加罗，他在哪里？在法兰西歌剧院里。所谓社会文学。

而我却认为应当憎恨社会文学。我就恨它，我，此时此刻。我喜欢有汗味的作品，在这样的作品里可以透过内衣看见肌肉，这种作品赤脚走路，赤脚走路比穿靴子走路困难，靴子是为脚痛风病人所用的模子：病人穿这种靴子可以掩藏他们畸形的脚趾和各种各样的变形。在上尉③或维尔曼的脚和那不勒斯渔夫的脚之间存在着两种文学的根本差异。一种文学的脉管里已没有了血液，在这种文学里葱头似乎已代替了骨头。这种文学乃是年龄、疲惫和退化造成的结果。它躲藏在某种打过蜡的、习惯性的、打了补丁的、沾了水的形式之下。而这种形式又被绳子捆得紧紧的，浆得硬硬的。那真是单调、不舒服、讨人嫌。用这样的文学形式既不能攀登高处，也不能降到深层，也不能穿越困难（事实上人们不是把它拒之于科学的门外了吗？因为进去需要穿木鞋）。这种文学只适合在人行道上走，在行人多的道路上走，在客厅的地板上走；在客厅里它可以发出柔和而又卖弄风情的噼啪声，以刺激神经过敏的人们。痛风患者给这样的文学涂上清漆也

---

① 指勒孔特·德·利尔写的诗：《牛》。
② 费加罗，博马舍的剧本《费加罗的婚礼》中的主人公。
③ 上尉，指福楼拜和路易丝·科莱的朋友，作家阿尔庞提尼。

白搭，它永远只是鞣过的牛犊皮。

然而另一种文学！另一种，领圣体的文学，海水使它变成了茶褐色，它的手指甲白得像象牙。在悬崖上走路使它倔强；在沙地里走路使它美丽。其实，软软地伸进沙地里的习惯使脚的轮廓渐渐按它的类型形成了。这脚按自己的形式生活，在最有利的环境中成长。因此，它就这样紧靠着土地，就这样分开趾头，就这样跑，多棒！

我不是法兰西学院的教授，这该多么遗憾！否则我会在那里就靴子比作文学这个重大问题上一课。我会说，"是的，靴子乃是一个世界"，云云。就古希腊演员穿的厚底靴和便鞋等可以作多么有趣的对照呀！

便鞋，那是多么漂亮的词！它给人何等深刻的印象！是不是？有一种便鞋脚尖翘得高高的，像月牙儿，上面缀满光芒四射的闪光片和臃肿的豪华饰物，看上去很像印度的诗。这种鞋来自恒河。人们穿上它在塔里，在被香炉烟熏得漆黑的芦荟地板上走路；在后宫和闺房里，这种有麝香味的便鞋在绣着不规则的阿拉伯装饰图案的地毯上闲逛。这让人想到没完没了的颂歌，想到餍足的爱……埃及、北非等地的农夫穿的马库勃鞋圆得像骆驼的脚，黄得像金子，缝线很粗，将脚踝裹得紧紧的，那是家长和牧人穿的鞋，很能抵挡灰尘。整个中国不都穿着中国式的衬粉红锦缎的鞋，鞋面绣有猫的图案？

希腊人以他们的造型天才在亭阁里的阿波罗塑像脚上交错的带子间淋漓尽致地展现了他们的雅趣。那是装饰和裸体怎样美妙地结合呀！实质和形式多么和谐！脚与鞋，或曰鞋与脚何等珠联璧合！

中世纪的硬派诗（往往是单韵诗）与当年武士们穿的整块材料制作的铁鞋（鞋上有六寸长的马刺，马刺上配有令人生畏的星形小轮，那简直是令人尴尬和不快的复合体）之间岂非有明显的关系?

卡冈都亚①的鞋用四百零六古尺紫红色天鹅绒制作,鞋边巧妙地撕成对称的一溜均匀的圆柱体。我从中看到了文艺复兴时期的建筑艺术。路易十三式的靴子口大,缀满饰带和绒球,酷似花盆,它让我想起朗布绮夫人的公馆②,和她的客人斯居戴利、马利尼。但旁边还有一把罗马式剑柄的西班牙式长剑——高乃依。

在路易十四时期,文学的长袜拉得很挺!褐色的长袜。看得见腿肚。皮鞋的鞋头是方的(拉布吕埃尔,布瓦洛),也还有几双结实的马靴,外形庄丽而且耐用(博叙哀,莫里哀)。后来,大家穿尖头鞋,那是摄政时期的文学(《吉尔·布拉斯》③)。后来,人们节约皮革,于是形式(又一个文字游戏!)推展到如此反自然主义的夸张程度,几乎和中国并驾齐驱(至少想象力得除外)了。那时的文学矫揉造作、轻浮、不自然。鞋跟高得失去了平衡,没有了根基。另方面,人们又将腿肚填上垫料,真乃是具有哲理的松软填充(雷那尔④,马蒙代尔,等等)。学院式的赶走了诗意的;带扣占了上风(德·拉阿普主教大人)。如今我等已沉湎于蹩脚鞋匠的无政府主义。我们穿过护腿铠甲、鹿皮鞋、尖长的翘头鞋。我在布列塔尼人彼特-施瓦利叶和爱弥尔·苏威斯特先生⑤累赘的句子里听到了克尔特人的木底皮面套鞋发出的讨厌的声音。贝朗瑞写女工的高帮皮鞋连鞋带都磨破了;欧

---

① 卡冈都亚,指拉伯雷的小说《巨人传》中的主人公之一。
② 朗布绮侯爵夫人(1588—1655),十七世纪著名贵妇,常在其公馆举办政治家和文学家聚会。
③ 《吉尔·布拉斯》,法国作家勒萨日(1668—1747)的小说。
④ 雷那尔神甫(1713—1796),法国历史家和哲学家。曾著《东西印度殖民地商行的政治哲学史》。此书算得上是哲学十字军东征的战争机器之一。
⑤ 彼特-施瓦利叶(1812—1863),法国记者和多题材作家。爱弥尔·苏威斯特(1806—1854)曾写过六十部小说、历史、戏剧及伦理、哲学著作。

仁·苏把持刀杀人者①没有后跟的难看的脏鞋表现得太过分。一个有残羹剩菜味；另一个有阴沟味。一位的句子上有油脂污点；另一位的文笔自始至终都有大粪的痕迹。有人曾去外国寻找新东西，但这新东西也已陈旧（我们照老一套工作）。嫁接俄罗斯文学、拉普兰文学、瓦拉几亚文学②和挪威文学都失败了（小昂培尔、马尔弥叶③以及《两世界杂志》的其他珍品）。圣伯夫拾起最没有价值的破衣烂衫，将它们缝补起来；他蔑视大家所熟悉的，加一些线和糨糊，继续干他的小买卖（红色后跟死灰复燃，蓬巴杜尔式和阿尔塞讷·乌塞式等）。因此，必须把这些垃圾抛进水里，重新穿上牢固的靴子或赤脚，尤其要把我这皮匠的离题话就此打住。这些离题话从什么鬼地方来的？无疑来自我今晚喝的一杯让人毛骨悚然的朗姆酒。晚安。

致路易丝·科莱

一八五三年八月二十七日

…………

我前一封信使你那么快活，我为此感到高兴！你终于明白甚至赞同了起初让你不快的东西。嘿，大自然真是错把你造就成妇女了。你是男性这边的。你在遇到什么不顺心的事时，都必须永远记住这点，而且看看你身上的女性因素是否占了上风。诗有诗的样子④。诗迫使人们永远把我们看成高高在上的人，永远不考虑我们是大众的一员，这样我们才能被理解。——倘若有人说法

---

① 指《巴黎的秘密》中的人物。
② 拉普兰是斯堪的那维亚北部地区；瓦拉几亚是罗马尼亚南部地区。
③ 小昂培尔（1800—1864），法国著名旅行家、教授，曾写《论诗歌历史》；马尔弥叶（1809—1892）也是著名旅行家，曾翻译过歌德和席勒的剧作。
④ 这句话根据路易丝写的一个故事的题目《富有富的样子》而言。

国人的坏话,说基督教徒或普罗旺斯人的坏话,你是否会愤怒?还是别管你的性别吧,就像你不管你的祖国、你的宗教、你的故乡一样。我们应尽量成为精神,只有这种超脱能使我们得到人和事的更丰富更广泛的认同。法兰西是在各省消亡之后建国的。而人道主义感情也会在各国消亡的废墟上开始产生。将来还会有某种更宽广更高超的东西代替这种感情。——到那时,人会喜欢虚无本身,因为他感到自己是虚无的参与者:"我对坟墓里的虫子说,你们是我的兄弟"等等。

在中世纪人们为公驴和母牛祝福,真棒。卑贱将变成智慧。在这方面,科学已走在前头。为什么诗不走得更快些?——应当永远让诗超过我们自己。

致路易丝·科莱

一八五三年九月二日

…………

前天,我躺在床上几乎看完了整整一卷拉马丁的《复辟王朝史》(滑铁卢战役)。这个拉马丁是怎样平庸的一个人!他没有理解走下坡路的拿破仑的卓越之处,也不理解巨人对打败他的侏儒的狂怒。——里面没有激动人心的东西,没有崇高的、生动的东西。与这本书相比,连大仲马的作品都算得上雄浑、高超了。在描写滑铁卢方面,夏多布里昂尽管更欠公正,或者不如说更带侮辱性,却比他高明多了。——多么可悲的语言!

为什么拉伯雷的这句话老在我脑子里转来转去:"非洲总带来某些新东西"[①]?我觉得非洲到处是鸵鸟、长颈鹿、河马、黑人和金粉。

---

① 这是《巨人传》的主人公庞大固埃说的一句话。

致路易丝·科莱

一八五三年九月十六日

我不可能再找到蒙田关于比科德拉米兰多拉①的引语（这证明我对我的蒙田还不够熟悉）。为此我得重读而不是翻阅（因为我已经翻阅过了）《蒙田全集》。

萨芙②从爱琴海中的岛屿或曰群岛的勒卡德岬角顶上跳进水里。勒卡德是莱斯波斯岛和小亚细亚陆地之间的一个小岛（在士麦那海湾的岸边）。如今，勒卡特位于一个叫阿德拉米特的海湾里（我不知道此处的古名）。至于萨芙，有两个，一个是女诗人，另一个是妓女。头一位出生于莱斯波斯岛的米蒂利尼，生活在公元前七世纪。她把同性恋推进到完美的高度，被判与阿尔瑟③一道从米蒂利尼流放出去。第二位出生在同一个岛屿，但出生地是埃莱索斯。这一位似乎热爱法昂。这个意见（而且是当代的，因为一般都把她们俩混为一谈）是根据史学家宁菲斯的一句话："埃莱索斯的萨芙热恋法昂。"人们还注意到，曾写过米蒂利尼的萨芙生平的希罗多德从没有谈到过这份恋情，也没有谈过自杀的事。

我总算又干起来了！进展顺利！身体各器官又复原了！别责备我绷得太紧，亲爱的好缪斯，经验告诉我，硬顶住有好处。任何东西只有努力才能得到；做什么事都有牺牲。珍珠是牡蛎的疾病；文笔也许出自更巨大的痛苦。艺术家的生活，或者不如说一个待完成的艺术品，岂非酷似待攀登的大山？那是艰苦的旅行，

---

① 比科德拉米兰多拉（1463—1494），意大利人文主义哲学家和神学家。
② 萨芙，公元前六世纪的一位希腊女诗人。她的九卷诗作只剩下一些片段。此处的萨芙似指都德的同名小说中的女主人公。
③ 阿尔瑟系公元前七世纪的希腊抒情诗人，萨芙的同乡。

要求顽强的意志！首先，你在下面看见高高的山峰。在云端，它闪着纯洁的光，它高得令人胆寒，而正因为如此，它才激励你攀登。你起程了。然而，每走到一个平顶，山峰都在升高，天边也在往后退，你遇到一个个悬崖峭壁，你头晕眼花；你感到气馁。天寒地冻，一路上，高原无休止的暴风雨将你的衣服撕去最后一块布片。你永远迷路了，显然达不到目的了。此时此刻，你会考虑你经历了多少疲惫，你看看你皮肤上的裂口会感到恐怖。但你只有一个难以抑制的欲求，那就是继续往上攀登，攀登到顶，死了拉倒。不过，有时从天空刮来一阵风，在你头晕目眩之际为你展现出数不清的远景，无垠的、美妙的远景！在你下面两万尺的地方，你看见了人，一股从奥林匹斯山吹来的微风充盈着你宽广的胸膛，于是，你会把自己看作巨人，整个世界都是你的底座。接着，又起雾了，你继续摸索着，摸索着前进，在攀登悬崖时擦伤了指甲，在寂寞中你哭了。那又何妨！让我们死在雪地里，让我们在欲望的白色痛苦里，在思想急流的汩汩声里死去，脸朝向太阳！

今晚，我工作时很激动，我又开始流汗了，我又像往日那样大声唱歌了。

的确，《老实人》非常成功！太精彩了！多么准确！是否有办法既保持那样的明确性又能更雄浑？也许不能。此书绝妙的效果无疑来自书中表达的思想的天然状态。……

你有好多东西需要重读，干吗还白花时间去重读《格拉齐埃拉》？哎呀，那真是毫无理由的消遣！从这样的作品里什么也得不到。必须坚持饮源头的水，拉马丁却是个水龙头。《曼侬·莱斯戈》①最强有力的地方是它感伤的灵气，是它描写情欲的逼真，这种逼真使两个主人公那么真实，给人以那样的好感，显得

---

① 《曼侬·莱斯戈》，法国作家普雷沃神甫（1697—1763）的小说。

那么可敬,尽管他们俩都是骗子。这本书,是心灵的大声呐喊;书的结构也非常巧妙。多么文质彬彬的笔调呀!而我,我喜欢更刺激的、更生动的东西,我发现所有第一流的作品都彻头彻尾属于此类。它们的真实性是极明显的,情节得到非常充分的开展,具有更丰富的与主题有内在联系的细节。《曼侬·莱斯戈》也许在二流作品中首屈一指。与你今晨的意见恰恰相反,我认为写任何题材的东西都可以引起大家的兴趣。至于用这些题材是否能创造美,我想,起码在理论上是可以的,但我对此把握不大。维吉妮①之死写得非常精彩,但还有多少人的死也很激动人心(因为维吉妮的死亡是异乎寻常的)呀!让人赞叹的,是她从巴黎写给保尔的信。每次读这封信,我都感到心碎。我可以预先肯定,读者哭我的包法利大妈之死准没有哭维吉妮之死伤心。然而,与后者的情人相比,大家更会为前者的丈夫而哭泣,我毫不怀疑,那是由尸体引起的。它必定会老跟着你。艺术的首要品质,它的目的,是幻觉。感动(要使人感动往往需要牺牲一些诗意的细节)完全是另一种东西,而且层次较低。我在看一些一文不值的情节剧时曾哭过鼻子,而歌德却从没有让我的眼睛湿润过,除非为了赞叹。

致路易丝·科莱

一八五三年九月三十日

…………

怪事,人在生物进化系统往上升,他的神经官能,即受痛苦的能力,也随着提高。那么受痛苦和思考是否一回事?无论如

---

① 维吉妮,指贝尔那丹·德·圣皮埃尔的小说《保尔和维吉妮》中的女主人公。

何,天才也许只是对痛苦的提纯,即通过我们的心灵对客观事物极全面极敏锐的洞察。无疑,莫里哀的悲哀来自人类的全部荒唐行为,而且他感到自己也未能幸免于荒唐。他为迪亚法吕斯们和答尔丢夫们①而痛苦,因为他们通过他的眼睛进入了他的大脑。我设想,那维罗纳人②是否连续不断地浸透了各种颜色,如同一块布料不停地被投入染坊沸腾的染缸里?一切东西出现在他面前时色调都夸大了,所以会引起他下意识的注目。米开朗琪罗说,大理石见他走近它们会发抖。可以肯定的是,是他自己走近大理石时会战栗起来。对这个人来说,所有的大山都有灵魂。群山天然互相对应,好比两个相似的因素互相感应。但这种现象应当在山与山之间造成(不知在哪里,以什么方式造成)一条条的难以想象出类型的火山带,使可怜的人类作坊噼噼啪啪爆炸开来。

我现在几乎写到选民会③一半的地方了(这个月我写了十五页,但还没有写完)。是好还是坏?我不知道。对话多困难呀,尤其在你想把对话写得有个性时!通过对话来描写,而且要求对话始终同样生动、准确、高雅而又平常,这太残酷了!我不知道有任何一个人能在同一本书里做到这些。必须用写戏剧的笔法写对话;用写史诗的笔法叙事。

今晚,我又根据一个新提纲写我那该死的一页——折纸彩色灯笼了④,为这一页我已经写了四遍。真够让人撞墙撞个头破血流!是描写(用一页的篇幅)一群人对一位仁兄的狂热崇拜越来越升温,这位仁兄在市政厅门前接连摆放了许多只折纸彩色灯笼。必须让大家看到群众又惊又喜,大叫大嚷;而这一切都不得

---

① 迪亚法吕斯父子是莫里哀的剧作《心病者》中的人物,都是无知而又自负的医生;答尔丢夫是他的剧作《伪君子》中的伪君子。
② 此处指意大利画家保罗·卡利亚里(1528—1588)。
③ 指《包法利夫人》第二部第八章。
④ 在《包法利夫人》印刷成书时,此页并不存在。

"漫画化",也不应有作者的思考。你说,你有时为我的书信感到惊异。你认为那些信写得很好。好漂亮的玩笑!我写信,是写我之所思。然而,想别人之所思,让别人说话,两者有多大的区别!比如,此时此刻,我刚让人看到在一次闲聊中出现的一个家伙,此人应当是个老好人,同时又很平常,有点流氓气,也有点自命不凡!而透过这一切,必须让人看见他在步步紧逼。此外,在写作中体验到的所有困难都来自缺乏条理。我现在就认定这一点。假如你拼命寻求某个句子结构或某个表达方式而不得,那是因为你没有构思。形象,或者脑子里非常明确的观念,必定会把字词带到你的纸上。后者产生于前者。构思周全的东西,等等①。

我此刻正在重温他这一段,这个布瓦洛老爹,或者不如说,我已重读了他所有的东西(我目前正在看他的散文作品)。那是一位大师,他是一位诗人,但更是一位伟大作家。然而,有些人把他搞得多么蠢!他有过一些多么蹩脚的诠释人,多么平庸的吹嘘者呀!那些大学教授,喝淡墨水的学究族,他们靠他而生活,却把他弄瘦了、撕碎了,恰如一帮寄生在树上的鳃角金龟子。树已经不那么茂密了!那倒无妨,它仍然根子牢,活得顽强、挺拔、健美。

文学批评于我似乎是一种全新的、需要做的事(我已经趋同于它,这让我感到害怕)。到目前为止,参与文学批评的人们都不是专业的。他们也许能熟悉句子的解剖学,但他们肯定对文笔生理学一窍不通。啊!文学!那是怎样一种长久不衰的渴求!就像我心中用了发疱药。这药不停地弄得我发痒,我也其乐无穷地挠痒痒。

---

① 语出布瓦洛的《诗艺》:"构思周全的东西陈述也明确。"

那么《女仆》①呢?为什么我会怕它太长?这很荒唐,原因无疑在于写作的时间使我对它的长度产生了错觉。再说,与其太短,不如太长。然而,诗人的通病在冗长,正如散文作者的毛病在老一套,这些毛病会造成诗人让人厌倦,散文作者让人厌恶:如拉马丁,欧仁·苏。雨果老爹有多少个剧作长了一半呀!而诗剧中的诗本身已经非常适合掩盖思想的贫乏了。你分析分析大段的诗和大段的散文,你会发现是诗还是散文更使人发腻。散文是一种非物质的艺术(它对感官影响不大,它缺少引起快感的一切因素),它需要塞满东西而别人还发现不了。然而,诗中塞进最少的东西也会显露出来。因此,一句散文里的最没有被察觉的比喻都可以产生一首十四行诗。散文具有许多中景和远景。诗是否应该具有这些?

此刻,我在带着狂喜阅读尤维纳利斯②的作品。什么样的文笔呀!什么样的文笔!拉丁语是怎样一种语言!我也开始稍稍理解索福克勒斯了,我为此非常得意。说到尤维纳利斯,读得相当顺利,只是这里那里常产生曲解,但我很快就发现了……

致路易丝·科莱

一八五三年十一月二十五日

…………

有必要对你谈艺术吗?你会不会在心里责备我那么快就跳过了情感的话题?但一切事物都互为因果,折磨你生活的东西也折磨你的文笔。因为你总把你的构思和你的感情混在一起,而这种混淆既削弱了你的构思,也妨碍你享受你的感情。啊!假如我能

---

① 《女仆》,路易丝·科莱的《妇女的诗》中第二个故事,于一八五四年出版。
② 尤维纳利斯(约60—140),古罗马讽刺诗人。

够把你造就成我梦想的人,你会是怎样的女人,怎样的人!首先,那是怎样幸福的人呀!

对我来说,阅读《女仆》乃是一堂伦理和美学课。毫无疑问,在你眼里我马上要显学究气了,我可以说得简短些,但我请你,我求你认真审视你自己和你的作品,看看外部因素如何使你心绪不宁!——扼要言之:(1)这是你的一出戏,而我却身在其中。正因为我身在其中,正因为那是事实,所以戏中缺乏情节,而且这出戏也被拒绝了①。有两个不足之处,一个是艺术上的,另一个是商业上的。里面无疑有好诗,而且几乎所有的诗都很不错,但必须采用纯粹的抒情诗体裁,任何内在的东西都不可能出自正剧。(2)你回顾回顾戴尔班和诺兰的剧本,同样的不足之处,同样的错误:你雪了恨。你照原始状态描绘人物,总的说来,这并不合适。(3)你是否认为,你的政治剧如果写得不够富于激情,观点不够共和味,就不会成功?(4)《女仆》。缪塞对你掩盖了所有的市侩,他的女仆则掩盖了所有的女仆。你讨一个人喜欢却看不见所有的人,这一切,由于大事施舍而几乎变得不公正了。细节:"不知羞耻的老妇"写作手法雷同。——不应该听你的女仆怎么说,而应虚构次要情节。

你再看看你那卷夏庞蒂埃版本里你个人所有的剧本:《题献给母亲》、《给女儿》等。全都是最平庸的。如果说你最近那本戏剧集里最成功的是《服丧》,那是因为描写对象离你很远。你是一位受女人束缚的诗人,正如雨果是一位受演说家束缚的诗人。你别以为(对此我有经验)在艺术里出了生活中受的气,你就可以摆脱气闷,不。心中的狂怒是不会散发在纸上的。洒在纸上的只是墨水,悲哀一从嘴里叫出来,它就从耳朵返回我们心

---

① 路易丝写的这个剧本叫《情书》。其中写了维克托·库赞和福楼拜。一剧院经理在拒绝上演这出戏时写信给路易丝说:"我读了你的剧本《情书》。那是一出引人入胜的格言剧,诗韵也雅致,但那不是一出戏。"

灵里，而且更响亮、更深广。——从中什么也得不到。瞧你在写作和出版《农妇》前后心情多么愉快。比较一下吧。——人只有在纯而又纯时才感觉良好。我们应当坚持这一点。让我们朝它攀登吧！

…………

致爱丽莎·施莱辛格

一八五七年一月十四日

亲爱的夫人，您的来函使我感动至深。您问及该书作者与该书之事业已直接转到，请放心：此事说来话长。发表我的小说的《巴黎杂志》（从10月1日至12月15日）以它敌视政府报刊的身份已两次被警告。而有人却认为，以伤风败俗及无宗教信仰的有意犯罪行为为由一次性加以取缔更为精明；因此，他们已经胡乱抽掉了我书中一些淫秽及亵渎宗教的章节。我不得不去预审法庭出庭听审，诉讼程序业已开始。然而，我已让朋友们为此事大力奔走，而他们为我在首都的烂泥潭里却有些步履维艰。总之，有人肯定说，一切都已决定，尽管我尚未得到任何官方的答复。我并不怀疑会获得胜诉，因为那些举措实在太愚蠢。因此我即将有权出版我的单行本小说。我想，您大约在六星期以后可以收到此书，届时我一定为您标明受到谴责之处。其中一处描写了敷圣油圣事，那无非是《巴黎礼仪书》中一页的法文翻版；看来，那些一心维持宗教礼仪的勇士们并不精通基督教教理。

无论如何我都可能被判刑，总会判刑的，——判一年监禁，还不算一千法郎的罚金。此外，您的朋友每出一个新版都会受到警察局先生们毫不留情的严格审查和挑剔，而且如有重犯罪，我将再次被领到"监狱里湿漉漉的草垫上"生活五年：总之，我将毫无可能付印一行字。我这才明白：（1）搅进政治事件里是极不愉快的；（2）社会的虚伪极其严重。但此次，这种虚伪本身已感到羞愧，因此它决定罢休，回到洞里去了。

至于书本身，那是合乎道德的，极端合乎道德的，倘若此书的笔触不那么大胆直率，它有可能获得蒙蒂翁文学奖（我并不稀罕这份荣誉），它已经获得了一本小说在杂志上发表所能得到的成功。

我得到了同行们非常亲切的恭维，是真是假，我不知道。有人还对我肯定说，德·拉马丁先生对我赞扬备至——这让我非常吃惊，因为我这本书里的一切都有可能触怒他！——《快报》和《箴言报》给我提出的建议非常诚恳。——有人请求我写一个喜歌剧（喜！喜！），而且还有各种大小报纸议论我的《包法利夫人》。亲爱的夫人，我毫不谦虚，以上就是对我荣誉的总结。文学批评问题，您尽管放心，他们会掌握分寸的，因为他们很清楚，我绝不会踩着他们的影子走路以期取而代之；相反，他们会对我十分亲切；用新壶砸旧罐是令人愉快的！

我即将重新开始我可怜的生活，这生活既平淡，也宁静，在这样的生活里，句子乃是一个个奇遇，我采集的不是别的花，而是隐喻。我会像往日那样写作，为写作乐趣而写作，为我自己而写作，毫无金钱或引起轰动的私下盘算。阿波罗无疑会重视我，也许某一天我能创作出优秀的东西！因为一切都要为强烈感情的连续性让路，对吧。每个梦想最后都能找到它的表现形式；什么样的干渴都能找到解渴的水，所有的心都能找到爱情。什么东西都不像连续不断的念头，不像理想那样能促使人更好地生活，这是穿灰粗布衣服的妇女们说的话……

致兄长阿希尔

一八五七年一月十六日

亲爱的阿希尔,我当时没有再给你写信,因为我以为案件已经全部结束了;拿破仑亲王①曾三次肯定这点,而且是对三个不同的人说的;路朗②先生曾亲自去向内政部长谈及此事,云云,埃杜阿尔·德莱塞尔曾受皇后之托(他礼拜二在皇后家吃晚饭)去告诉他母亲,说此案已经了结。

我昨天早上才从瑟那尔大爷那里得知,我已被退回轻罪警局,是特莱拉尔③昨晚在法院告诉他的。

我立即派人将此事通知亲王,亲王回答说那不是真的;但这是他自己弄错了。

这便是我知道的情况,那是一阵谎言和卑鄙无耻的旋风,而我却在这阵旋风里迷失了方向。在这一切的下面一定有点什么,有某个看不见的、极为激烈的人;一开始,我只不过是个借口,而且我现在认为,连《巴黎杂志》本身也只是个借口。也许有人记恨某一个保护我的人?与数量相比,质量更使保护我的人们显得重要。

所有的人都在互相推诿,人人都说:"不是我,不是我。"

有一点可以肯定,那就是,追捕已经停止,随后又重新开始。为什么改变态度?一切都来自内政部,法官不过是服从而已;法官是自由的,完全自由,然而……我不等待公正,我要去坐牢,我当然不会企求任何赦免,干这种事才真会损害我的

---

① 拿破仑亲王,指拿破仑一世皇帝的长子吕西安,是当政的拿破仑三世的堂兄。
② 路朗,当时的国民教育与宗教信仰部部长。
③ 特莱拉尔,当时的预审法官,承办福楼拜的案件。

名誉。

你如果能知道点什么，能看清楚内幕，一定告诉我。

我向你保证，我一点都不心慌意乱，这太荒唐！太愚蠢！

谁也封不住我的嘴，绝对封不住！我要像过去一样工作，即是说，以同样的良知和独立性工作。噢！我还要给他们写……这类小说！而且是货真价实的！我已经做了卓有成效的学习、研究，也作了笔记；不过，为了发表，我还在等待更晴朗的天气使巴那斯山峰①更亮丽。

尽管出了这些事，《包法利夫人》仍成绩喜人；这本书已变得更有味道了，人人都读过，或正在读，或想阅读。

我受的迫害给我引来了千万种同情。假如我这本书很坏，迫害我倒使它显得更好了，相反，假如它应当存在下去，迫害我倒抬高了它的身价。

就这些！

我时时刻刻在等待印花公文指出我应当去坐牢（因犯了用法文写作罪）的日子，在班房里我得坐上扒手和鸡奸者坐的凳子。

致弗雷德里克·博德雷

一八五七年二月十一日

…………

我目前心情烦闷。《包法利夫人》使我极端痛苦！我现在真后悔把它发表在《巴黎杂志》上！所有的人都劝我作一些轻微的改动，出于谨慎、出于格调，等等。然而，我认为，这种行动简直卑鄙得出奇，因为，凭我的良心，我看不出我书里有什么可

---

① 巴那斯山，古希腊的山峰，传说是阿波罗和缪斯诸神居住的地方。

遭谴责的地方（从最严格的道德观出发）。

这说明为什么我告诉莱维停止一切活动。我还没有拿定主意①。

噢！我明白您会怎样回答我！不过您仍应当承认，您内心深处的想法和我一样。

这之后呢？前景！还能写出什么东西能比这本小说更无害？如此不偏不倚的描写都激怒了某些人。还能干什么？转弯抹角？胡诌？不！不！一千个不！

因此我非常想回家，永远回到我的乡村，回到我的沉默里，并在沉默中继续写作，为我，为我一个人写作。我要写几本真实的、味道浓郁的书，我向您保证。不为名誉而忧虑，这会使我过上一种有益于健康的呆板生活。这个冬天我失去的东西太多，一年前我比现在强。我自己看上去仿佛是个妓女。

总而言之，围绕我的第一本书吵吵嚷嚷，我认为这与艺术太格格不入，所以我对自己都厌倦了。此外，由于我无比珍惜别人对自己的尊重，我渴望保持这样的尊重，而现在我正在失去它。您知道，我从没有见诸铅字的急迫愿望。什么都不付印我也生活得很好。原因是，我认为根本不可能在想作品之外的事情时写出一行字。我的同代人可以不理我写的句子，我也可以不理他们的掌声，——和他们的法院。

社会虚伪已登峰造极，我因而果断地逃避战争，从今以后，我心甘情愿过一种最谦卑的有产者的生活。

老朋友，我就处在这种状态。我很有必要赌咒发誓，决心不出版了②。我认为我应当这样。

---

① 《包法利夫人》仍于一八五七年四月十八日公布在《法兰西书目》里。
② 实际上福楼拜在一八五六年十二月二十四日已授权莱维出版《包法利夫人》。

致莫里斯·施莱辛格

一八五七年二月十一日

谢谢您写来的信。我只能简短回答您,因为那一切使我身心疲惫到再也无力走一步,也无力拿稳一支笔。摆脱这桩案子曾非常艰难,但我终于胜利了。

我收到所有同行们十分讨人喜欢的恭维话,我的书也将以罕见的方式出售,一开始就如此。但我仍对这个官司感到恼火;总之,这一切使书的成功偏了向,而我又不喜欢在艺术周围存在一些与它格格不入的东西。此事闹到如此程度,使我对那些吵吵嚷嚷感到无比厌恶,而且对是否出版这部小说的单行本感到犹豫。我渴望回家,而且永远待在家里,待在我早已脱离的孤独和沉默中,什么也不发表,不让任何人谈到我。我觉得在这个年头根本不可能谈论什么。社会虚伪是那样猖獗!!!

连对我最有好感的人们都认为我不道德!亵渎宗教!我将来最好别谈论这个,谈论那个,最好小心谨慎,等等,不一而足!啊!亲爱的朋友,我多么烦闷呀!

有人甚至再也不想看人物描写了!达格雷照相是侮辱!故事是讽刺!我现在已到了这个地步!而我搜遍我倒霉的脑子也没有发现什么东西应当被指责。在这部小说之后我准备发表的东西,比如一本要求我从事多年枯燥无味的学习研究的书①,可能会让我受苦役!而且我所有别的计划都有类似的麻烦。您现在该了解我所处的滑稽状态了吧?

四天来我一直躺在沙发上反复思考我的处境,并不愉快的处境,尽管人们已开始为我编织花环,不错,是混杂着带刺蓟的

---

① 指《圣安东尼的诱惑》。

花环。

我现在回答您所有的问题:如果不出书,我就给您寄去发表这部小说的各期《巴黎杂志》。几天以后便可作出决定。德·拉马丁先生没有给《巴黎杂志》写信,他过分夸奖我的小说的文学成就,同时宣称此书恬不知耻。他把我比作拜伦爵士,云云!这很棒;但我更喜欢少点夸张,同时少点保留意见。他无缘无故向我道喜,然后在决定性时刻弃我而去。总之,他对我的所作所为完全不像一位儒雅的人,他甚至曾失信于我①。不过我们仍然关系不错。

致埃德蒙·帕尼埃尔

一八五七年二月十一日

如果说我没有早些回答你的道喜,那是因为我在受到政治打击之后,几天以来深感疲惫,无力动脚,也无力动笔。我被压扁了,我惊得目瞪口呆,——而且我对我今后写的书怀着深深的恐惧。还能写什么书比我那可怜的小说更无害呢?

我甚至犹豫是否出这本小说的单行本,因为我有意恢复被《巴黎杂志》删去的那些片段,我认为那些片段无害。那些删节实在荒唐,删节出现的淫猥效应在原作品中根本就不存在。

公众事务部还有两个月可以再传讯。你是否能通过阿巴图克西确切打听到会不会再传讯?是否还需要等两个月?他们怎样看我?是谁在记恨我?我最终会像卢梭一样相信有阴谋。因为所有的人面对我时都满怀诚意,而在背后却难以理解地对我穷追猛打。

---

① 一八五七年一月二十五日福楼拜拜望拉马丁时,拉马丁曾答应给《巴黎杂志》写一封信,让塞纳尔在辩护时当众引用。

另一方面，莱维又纠缠我，让我出书。我真不知道如何是好。

有人劝我删去几处曾被指控的地方。但这不可能。我不会为讨好当局而干荒唐的事，——更何况，如果可以这么说，这种行为本身就是真正的蠢行。

你倒霉的朋友就处于这样可悲的境况。你知道，我在等最近的某一天同你一道去罪犯大道吃晚饭。在这之前，紧紧握你的手。

致昂日·佩梅嘉

一八六一年一月十六日

原谅我，先生，两年来我很少待在巴黎，而且我上个月才在桌上发现您那本很吸引人的书。为您想到我并为我有幸读到这本书而向您表示深切的谢忱。

开始，我一口气读到末尾。然后又重读一遍。依我之见，这是一本精致的作品，写得既朴实无华，又富于刺激性；故事很动人，有如《曼侬·莱斯戈》，不过没有那可憎的提贝日，那当然。

最引我入胜的地方是书里对生活的深切感受。读者会意识到那是真实的。在小说的框架下透出自传的味道；但又没有任何夸张和对个人的炫耀。

文笔雄健有力、明确清晰，而且法国化得出奇。正如老实人说的，它捏你，自己却不笑。小说一开头便吸引了我。里面正好写的是省里的有产者们。我们也正是在那种狭窄的生活圈子里感到窒息。你在其中作了杰出的本质的概述，语句颇有古风……

也许，到后来，提纲有些松懈？读者似乎看不见罗莎丽了——而当时冉-弗朗索瓦应当非常有力地表明自己。

从布鲁塞尔起,情节(我指的是由感情开展的情节)便风风火火地牵着你的鼻子走,没有一分钟的停顿。在看到一百五十到一百五十三页①时,您让我背上发冷。我也经历过那些情景。我为久别离人的眼泪而哭泣。

感受到的事情本身就如此强有力,所以您已经让我(却无须描写)亲眼看见了君士坦丁堡。我看见冉-弗朗索瓦在培拉街上走。我同他一起在伊斯坦布尔泥泞的道路上艰难地步行,一路上闻着水烟筒发出的烟味……

罗莎丽的长信、她的旅行、她在保加利亚小城度过的苦涩的日子;罗莎丽临终的情景、她的死和她死后发生的事,那一切都让我着迷,使我深深感动、痛心!皮货商想抢出连衣裙时很有特点的行动非常高超;长信的最后一行辛酸至极。

我们是否能在某一天见见面?我是否能当面对您说,您的书、您的天才引起我多么大的好感?是的,我不止一次想到冉-弗朗索瓦,和叫他我可怜的朋友的那个姑娘。

在等待这次愉快见面的期间,我诚挚地握您的双手,并请您相信我是您亲朋中的一员。

致埃奈斯特·费多②

一八六一年一月二十五日

如果说我没有给你写信,好朋友,那是因为我没有任何东西可以告诉你。我的心情越来越忧郁,——而首都发生的一切都注定不能让我愉快起来。在那里,人们捧场和出版的所有卑鄙无耻的东西使我如此憎恶,一想到它们我就感到恶心。(人们围绕拉

---

① 那几页描写一对情人在冉起程赴土耳其之前在比利时最后一天的情景。
② 埃奈斯特·费多(1821—1873),法国作家,曾写过一本富于激情的小说《芳妮》。

考代尔①和基佐②先生的两次荒谬的故技重演议论纷纷,真是妙极了!哈!哈!)——在这些愉快和不愉快的日子里(当然,不愉快的居多),我继续缓缓地写我的《迦太基》③。

六个星期写了一章,这对像我这样的三趾树懒已经不错了。我希望在三月中旬以前能在另一章,即第九章,有大的进展;这之后,还有四章要写,够长的!每天下午我都阅读维吉尔的作品,他的文笔和用字之精确真使我佩服得五体投地。我的生活就是如此。——还是谈谈你的生活吧,你的生活马上要起变化了④。但愿上天保佑她,亲爱的朋友。请接受我的祝愿,你一定知道我的祝愿有多么诚挚,多么深切。

我们俩走的不是一条道。你注意到这点了吗?你信任而且热爱生活,我却对生活抱怀疑态度。生活使我腻烦透了,我尽量少信任它。这更怯懦,但更谨慎……

致儒尔·米什莱⑤

一八六一年一月二十六日

先生和亲爱的大师,怎么感谢您给我寄来的书⑥呢?怎么对您说我阅读这本书时经历的狂喜之情?

还是让我先谈谈您吧。我早就感到有此必要了。现在既然有了机会,我便利用起来。有些天才受到人们赞赏,但无人喜爱。另一类讨人喜欢,但不受尊重。然而人们珍爱那些在各方面都征

---

① 拉考代尔(1802—1861),法国多明我会修士,科学院院士。
② 基佐(1787—1874),法国国务活动家、历史学家。
③ 指一八六二年出版的《萨朗波》,描写迦太基雇佣军起义的战争。
④ 费多于一八六一年一月三十日再婚。
⑤ 儒尔·米什莱(1798—1874),法国历史学家、散文作家。
⑥ 指米什莱所著《大海》,于一八六一年一月十九日列入《法兰西书目》。

服了我们，而又特别合我们脾气的人。我们欣赏他们，那些人！我们从他们身上汲取养料。他们有助于我们生活。

在中学，我如饥似渴地阅读您的《古罗马史》、《法国史》的前几卷、《路德回忆录》、《入门》，以及所有出自您笔下的东西。阅读它们时几乎享受着声色之乐，因为它们太生动太深邃了。那些书页（我不自觉地倒背如流）向我倾注大量我在别处徒然寻求的东西：诗意和真实性，色调和生动性，事实和幻想。对我来说，那不是书，那是整个世界。

此后，我有多少次在不同的地方自个儿背诵（独自一人，为了欣赏文笔之乐）：

"我渴求一睹恺撒苍白的面容"①……

…………

"那里，河边的雄狮窥视着河马"，等等。

有些表达方式甚至一直萦绕在我心上，如"在罪孽的安然无恙中发福"等等。

成人后，我的欣赏趣味固定了。我紧跟着您的作品，一部接一部，一卷接一卷，《人民》、《革命》、《无耻之徒》、《爱》、《女人》等等。您书中愈益扩展的巨大同情心，您用一句话启迪一个时代的出奇的技巧，您那使您深入了解人和事并鞭辟入里的绝妙的对真实的辨别力，使我越来越感到惊异、叹服。

在您所有的天赋中，先生，正是这一种使您成为一位大师，一位有名望的大师。谁没有热爱过您这位大师，谁就不可能写出任何东西。您在文艺批评领域里开了体贴之先河，那可是富于成果的事物。

我出生在一间医院里，并在那里生活了四分之一个世纪。也许正是这点有助于我不仅在文学领域，更在许多方面领会您的作

---

① 见米什莱著《古罗马史》。

品。我用一句老百姓的话（您肯定会理解这句话）：我喜欢您还因为"您是好样儿的"。您具有善心（圣宠的第四位），同时比谁都更具有强者特有的不可战胜的诱惑力，这种无名的魅力乃是力量的极致。

然后，您从高处走下来，走进大自然本身，您的心跳一直振动到自然的诸要素里。《大海》是怎样一本奇妙的书！我先一口气看完，然后再重读两遍，我要长期把它放在我的桌子上。这本书从头到尾都光彩照人，它外表朴实无华，实则雄伟壮丽。《一八五九年十月风暴》① 中的描写多么生动！《乳海》那一章多么吸引人！末尾有这么精致的一句："它殷勤的抚爱……好似女人的乳房可感知的温存……"书中这些词："原子、血花、造世者们"引起我们无边无际的遐想。里面所有的东西都必须提到！您让人喜欢海豹。读此书的人都会激动并感谢您……您仿佛乘大兀鹰的翅膀周游了世界，仿佛从海底森林旅行回来。我们听见沙滩的低语。咸咸的海水似乎在扑打您的脸。处处都让人感到自己被托在长长的涌浪之上。

不以壮丽取胜的地方则颇具娱乐性，如那位洗海水浴的女士的故事，写得多么细腻、多么真实！大客轮上那些蠢人的画面使我想起过去的一些感受。因为，这些人也曾使我痛苦过。他们当时把我从特鲁维尔赶了出去，而我连续十年每年都去那里度过秋天。我在那边生活，赤脚在沙地上走，像个野人。在您书里的某个角落我还重见了我少年时代的阳光。

无论如何，即使在倍感衰弱的日子，在筋疲力尽的凄凉时刻，自己感觉无能为力、忧伤、精力衰竭、像雾一样阴郁、像咔咔响的冰块一样冷漠，此时，如果得到您的好感，读到《大海》那样的书，仍然会赞美生活。那时，一切都忘掉了。——从这种

---

① 《一八五九年十月风暴》是该书第一部分第七章的标题。

崇高的快乐里也许还能留下一种全新的力量,一种更长久的精力。

致儒尔·米什莱

一八六一年六月六日

亲爱的大师,我一到这里便急忙冲过去取您的书①。我现在在首次阅读的激动和叹服中匆忙给您写信。

我认为这本书写得极其严肃、冷静而且真实!这才是十足的历史真实性,而且是最高层次的。

别害怕形式的庄重和不够辛辣会成为作结论的障碍并对意图有害;谁都可以感觉到科学无处不在,这本身就能引起人们极大的尊重。

您同时谈到了过去、现在(也许,唉!还有将来很长一段时间)是什么情况;您塑造了一位永恒的教士。

此外,在我的记忆里,那些吸引人的、极丰满的书页写得非常生动。每一行都让人深思。谁读了您的书都渴望自己也能写书。

我看不出什么地方能比第一部分更有趣、更深刻:十七世纪神修指导的历史。仿佛我们在其间看到了、得知了,在其间触摸到了虚伪的耶稣会会士!您在结尾写了一段概述,这概述涵盖了整个美学:比如,他们的手段一文不值。是的,亲爱的大师,您说得有理!缪斯憎恶卑鄙和虚伪,正因为如此,她才爱您。

至于下面的各部分,您在其中显示了现代生活的最隐秘最玄妙的区域;读者只能一再说:是的,正是如此!同时赞赏您透彻的眼力和感情激烈的描绘。我认为,那年轻的忏悔者比所有的

---

① 书名《教士、女人和家庭》。

《若斯兰》① 更有价值。

占有中的绝望，爱情中的不可能相爱，这是多么精彩的结尾！

还有，在对女人的孤立、对那虔诚的青年、对母亲等等的研究中，您的分析和文笔简直是奇迹。最后一页使我感动得流下了眼泪。

如今，谁也不可能没有您，谁也不可能摆脱您的天才的影响，也不可能不按您的思想观点生活。谈到您时，也可以这么说："fons omnium②"。

…………

致埃奈斯特·费多

一八六一年六月十九日

我觉得你似乎并不很开心，我的老费多？我想象得出！因为生活只有在文学狂热中才可以忍受。但狂热有间歇；人正是在这种间歇中感到烦闷。

我非常赞成你在写完关于阿尔及尔的书之后再写一个剧本的主意。为什么你写剧本要笔调柔和？恰恰相反，我们要凶猛！让我们往这个糖水世纪泼些烧酒吧！让我们把市侩们淹死在两千度的糖水酒里，让酒烧伤他们的嘴巴，让他们痛得嗷嗷叫！也许这个办法能使他们兴奋起来？让步、删节、淡化、总之，想讨好，这些都不能让你赢得任何东西。你这么做也是白费力气，我的好人，你仍然会激起人们愤慨。对你来说，这倒该谢天谢地！

---

① 《若斯兰》，拉马丁的长诗，描写一个可怜的本堂神甫忏悔他的情欲和牺牲。
② 拉丁文：全部的源泉。

致龚古尔兄弟①

一八六一年七月八日

我亲爱的两位老朋友,

我在今晨十一点收到你们的小说②,下午五点以前我就狼吞虎咽似的把它看完了。

开始读头几页时,由于里面有两三处重复,比如,"床"字的重复,我就找起碴儿来。接着,故事抓住了我,使我振奋。我一口气读完,有时还"眼泪汪汪",活像个小市民。

我发现你们在叙述、演绎事件和总体连贯性方面比《文学家》③有进步。既没有离题的话,也没有重复。这是件难得的好事。

菲洛曼娜的童年、她在修道院的生活,整个第二章都让我着迷。非常真实、非常细腻、非常深刻。我相信,许多女人都能从中认出自己。其中有几页精美卓绝(44、45、46),读者可以欣赏神秘主义下面的肉欲、圣牌下面开始成形的小小的乳房、同耶稣-基督的血混成一片的月经初潮的血。那一切都很美、很得体、很真实。

至于其余部分,如医院里的生活,我向你们担保,你们写在点子上了。书中有些地方以其朴实无华的叙述写得令人痛心,如第九章。

病人的闲聊、次要人物学生们的表情、主治外科大夫马利瓦尔的面部表情等等,"very well"。

---

① 龚古尔兄弟,爱德蒙·龚古尔(1822—1896)和儒勒·龚古尔(1830—1870),法国小说家,自然主义的创导者。
② 指《菲洛曼娜修女》,于一八六一年七月十三日列入《法兰西书目》。
③ 龚古尔兄弟的《文学家》于一八六〇年出版,删节后于一八六八年再版。

但我对菲洛曼娜情有独钟！！！见鬼，她让我兴奋！可惜她死了！我完全理解巴尔尼叶（医生）后来对修女发火。这样处理既审慎又精彩。

总之，我非常喜欢你们的书。我觉得它已经成功了。

对这本书我只有一点需要责备你们，那就是太短。读到最后，人们会想："怎么就完了！"这让人不快。

考虑到如今人们热衷于用自己的思想代替作者的思想，并力图以作者这本书为契机再写另一本书，我向你们恭敬地提出如下怀疑：

菲洛曼娜修女是个圣人（因而是个例外），为什么你们没有在她旁边再塑造几个一般意义上的修女，比如饲养家禽的姑娘们，她们极其愚蠢，有时还十分粗暴？因为，无论巴尔尼叶怎么说，最常见的情况是，修女没有什么正经的，她们总以可怕的方式烦扰病人。甚至有专门的文学作品供她们阅读。我手头就有一本这类教材，这教材荒唐得令人难以置信，是一个医科学生送我的。——不过我预先知道你们会怎样回答我。你们不曾有过描绘医院各个部门的奢望，要那样写，菲洛曼娜这个形象就会失去它的重要性，是吗？而且作品的总色调也许会因此受到损坏，是吗？

那又何妨！由于修女是个固有的概念，我没有在你们的书里看到（这是我个人提出的有点儿神经质的问题）一点儿与之背道而驰的抗议，我深感遗憾。这可能使读者感到不快。

（在鲁昂总收容所有一个傻子，大家管他叫米拉波，他为一杯咖啡去梯形解剖室刺穿躺在桌上的几具女尸。你们没有把这个插曲写进书里，我感到遗憾。——这插曲可能取悦女士们。——诚然，米拉波是个微不足道的人，他配不上这样的荣誉。因为有一天，他下贱地停在一个被绞死的女人面前不动了。）

我是在初次阅读的惊叹中给你们写信的。如果我的话太过分，请原谅我的蠢行。

给我谈谈别人怎样评价你们的书！他们从哪方面攻击这本书？你们明白我有多喜欢你们的文笔和你们的为人。把你们的消息告诉我，请你们俩都相信，我爱你们，亲切地拥抱你们。

…………

致埃德玛·罗歇·德·热奈特

一八六一年（？）

……好的主题，就是贯穿全局、一气呵成的主题。这是产生其他一切概念的主要概念。人不可能自由地想写什么就写什么。主题不可以随便选择。读者大众和批评家都不理解这一点。而杰作的秘密正在于此：即在于主题与作者的气质协调一致。

您说得对：必须带着崇敬谈论卢克莱修①。我看只有拜伦可以同他相比，而拜伦还没有他那样庄严，也没有他那样真挚的悲哀。我觉得古人的感伤比现代人的感伤更深沉，所有现代人都多少有些低估黑洞以外的不朽性。而对古人来说，这黑洞就是无限本身；他们的梦很清晰，并在漆黑的、永恒的深凹处经过。没有喊叫、没有痉挛，只有一张固定不变的沉思的脸。诸神已经不复存在，而基督还没有诞生，从西塞罗到马克·奥勒利安②，曾有过唯一的一段以人为本的时间。我在任何地方都没有再见到过那样伟大、庄严的东西；然而，使卢克莱修变得令人难以忍受的，是他作为肯定的东西献给人们的物理学。那是因为他对自己知识贫乏这点怀疑得很不够；他竟想解释，作结论！……倘若他只掌

---

① 卢克莱修（约前98—前55），拉丁诗人和哲学家，他的长诗《物性论》是古希腊罗马流传至今的唯一系统而完整的哲学长诗。
② 马克·奥勒利安（约215—275），很有建树的罗马皇帝，喜欢哲学和文学。

握了伊壁鸠鲁①的精神而不采纳他的体系，他著作的各个部分都可能成为不朽的、激进的篇章。那倒无关紧要，我们的现代诗人在这样的伟人旁边都是些浅薄的思想家。

致圣伯夫

一八六二年十二月二十三日至二十四日

亲爱的大师，

您关于《萨朗波》的第三篇文章使我"平静"下来（我也从没有暴跳如雷过）。您的前两篇文章有点触怒我最亲密的朋友们，但我，因为您曾坦率地对我谈到您对我那本有影响的小说的看法，我倒要感谢您在批评中对我的宽容。因此，对您充满友情的意见，我再一次向您表示诚挚的感谢。现在，我不讲客套，先以我的辩护词开始。

首先，在您对此书总的评价中，您是否能肯定您没有过分服从您神经质的印象？本书描写的对象，所有那些蛮族人、东方人都让您"个人"感到不快！您一开始便怀疑我作品的真实性，然后，您说："它毕竟可能是真实的？"接着，作为结论，您说："要是真实的就算了！"每时每刻您都在吃惊；而您又责怪我感到惊异。我可就毫无办法了！是否需要美化、减弱、"使之法国化"？而您，您自己却责备我写成了一首诗，责备我是古典主义（贬义的），您还用《殉道者》② 来敲打我！

然而，我认为夏多布里昂的写作形式和我的写作形式似乎是根本对立的。他从想象的观点出发，幻想一些典型的殉道者。而

---

① 伊壁鸠鲁（前341—前270），雅典哲学家，享乐主义派的创始人。
② 《殉道者》，夏多布里昂发表于一八〇九年的史诗性小说，描写罗马帝国时期基督教的胜利。

我，我却愿意把幻影固定下来，同时把现代小说的创作方法用于古代，而且我尽量写得简明。您爱怎么笑就怎么笑，是的！我说的是简明，而不是简单。蛮族人比什么都复杂。但我现在要谈您的几篇文章。我要步步为营替自己辩护（同您战斗）。

从一开始我就要打断您，您谈的是汉诺①的《沿海航行》，孟德斯鸠很欣赏，我却不欣赏。今天能让谁相信那是原始材料？很明显，那是被一个希腊人翻译、缩短、祛除毛病而且修改过的。从来没有一个东方人（不管他是谁）用那样的文笔写东西。我可以举埃施牟那扎尔的碑文作证，里面的文字是那样夸张、那样累赘！那些自称上帝之子、上帝之眼（您可以查看哈玛克尔②上校的那些碑文）的人们是很不简单的（正如您对简单一字的理解）！——而且您会同意我说的，古希腊人对蛮族社会一窍不通。倘若他们对蛮族有所了解，他们就不是希腊人了。古希腊文化对东方是很憎恶的。凡是由外国人经手到他们那里的东西，他们有什么没有歪曲过！谈论波吕比乌斯③我也要这么说。我认为，从史实来看，他是毋庸置疑的权威。但他没有见过的一切（或有意省略的，因为他有框框，有学派问题），我完全可以到处去探索。因此，汉诺的《沿海航行》并非"一本迦太基的不朽著作"，更非您所说的"独一无二"。真正的迦太基不朽之作乃是用地道的布匿语④写成的马赛的铭文。我承认，这个不朽作品很简单，因为那只是一份税则，它比那名声在外的《沿海航行》还要简单，《沿海航行》透过希腊文还显出了神奇的一角，尽管大猩猩的皮被当成了人皮，而且悬挂在摩洛庙里……我甚至可以私下告诉您，我非常讨厌汉诺的《沿海航行》，因为我一读

---

① 汉诺是活跃于公元前五世纪的迦太基航海家、商人和探险家。
② 哈玛克尔（1789—1835），荷兰的东方学者。
③ 波吕比乌斯（约前210—前120），希腊历史学家。
④ 布匿语，古迦太基人讲的腓尼基语。

再读，而且连同读了布甘维尔①的六篇论述（在《铭文研究院论文集》里），还不算许多篇博士论文——汉诺的《沿海航行》是那些论文的题目。

说到我的女主人公，我并不为她辩护。照您的看法，她像"一位多愁善感的埃尔维尔"，像维蕾塔②，像包法利夫人。不！维蕾塔活跃、聪明，是纯粹的欧洲女人；包法利夫人被多种感情搅得心神不安。萨朗波却相反，她一直固守着一种不变的思想。她是个有怪癖的女人，或许是圣特雷莎③一类的女人？这都无关紧要！我对她的真实性并没有把握。因为无论是我、是您、或别的任何人，没有一个古人和现代人能了解东方女人，理由是，谁都不可能经常和她交往。

您指责我缺乏逻辑性，您问我："为什么迦太基人要大量屠杀蛮族人？"理由很简单：他们仇恨外国雇佣军，而雇佣军又落到了他们手里，他们最强大，所以杀了那些人。然而，您说："消息有可能随时传到军营里。"通过什么途径？谁去传播消息？迦太基人？有什么目的？蛮族人？可是城里已经没有蛮族人了！外国人？与此事无关的人？可我已经留心表现当时在迦太基和军队之间没有交通线！

关于汉诺（顺便说说，"狗奶"根本不是当"玩笑"说的，过去有，现在还有治麻风的药：请查《医学科学词典》，"麻风"词条；词条写得不好，我根据我在大马士革和努比亚沙漠亲眼观察的结果对它的数据作了更正），我是说，汉诺逃掉了，因为是雇佣军自愿让他逃走的。他们当时还没有对他狂怒到失控的程度。后来经过思考，他们才感到愤怒。他们需要很多时间才

---

① 布甘维尔（1729—1811），法国航海家，曾写《环球旅行》。
② 埃尔维尔，拉马丁的《沉思录》中的人物；维蕾塔，夏多布里昂的《殉道者》中的人物。
③ 阿维拉的圣特雷莎（1815—1882），西班牙天主教会的女改革家。

明白古人的背信弃义（见我这本书第四章的开头）。

马托"像疯子一样"在迦太基城周围"游荡"。"疯子"这个词用得很准确。古罗马人想象中的爱情难道不是疯狂、诅咒，不是诸神降下的疾病吗？您说，波吕比乌斯要看见他的马托是这样子可能会"吃惊"。我不相信他会吃惊，德·伏尔泰先生也不会吃惊。您回忆回忆，他在《老实人》中讲述老妇人的故事时曾谈到非洲人感情的强烈："那是火，是劣质烧酒"，等等。

关于引水渠："这里，读者便完全进入不可信之事里了。"是的，亲爱的大师，您说得有理，甚至比您认为的更有理，但不像您认为的那么有理。我在下面会谈到我对这个次要情节的想法，引进这个情节并非为了描写引水渠（这引水渠让我很不舒服），而是为了让我的两个主人公适时地进入迦太基城……

"词汇令人遗憾。"我认为这个指责不公正到极点。我本来可以用一些技术词汇让读者厌倦。我当然不那么行事！我留心把一切都译成法文。我没有用一个专有词而不立即加以解释。只要句子的含义指明了，我就排除钱币、度量衡、月份的名称……

至于"塔妮特女神庙"，我可以肯定是照它的原样再现的，参考资料是有关叙利亚女神的论文、德·吕依讷公爵的多枚纪念章和耶路撒冷神庙的资料，还有塞尔登提到的圣哲罗姆的一个片段和郭佐神庙的平面图，这个神庙完全是迦太基风格。比这些更了不起的是：我还参照了我亲眼看到过的图噶神庙的废墟，就我所知，还没有哪位旅行家或考古学家谈到过这座神庙。您会说，那又何妨，反正挺滑稽！那就算了。——说到描写本身，从文学的角度，我认为那是非常容易理解的，而且情节的发展并没有因此受到阻碍，因为斯彭第乌斯和马托一直处在近景的位置。他们从没有在读者眼前消失过。在我的书里从不存在孤立的、无目的的描写；所有的描写都服务于我的人物，而且都或远或近地影响着情节。

我也不同意把"中国古玩"这个字用在萨朗波的房间,尽管精致这个修饰词把它衬托得更突出(就像在那著名的梦①里贪馋修饰了狗一样),因为我放在里面的细节没有一个不存在于圣经里,或者说没有一个在东方看不见。您一再对我说,《圣经》并不是迦太基城的旅行指南(这一点还需要讨论),但当时的希伯来人更接近的并非中国人,而是迦太基人,您应该承认这点。此外,还有一些气候方面的情况是永恒的……

至于"歌剧、排场、夸张"的趣味,既然当今的情况如此,您为什么硬说当时就不是如此?我想,送往迎来的礼仪、跪拜、乞灵,焚香以及其他一切都不是由穆罕默德发明的。

汉尼拔也如此。为什么您认为我把他的童年写得"难以置信"?难道是因为他杀了一只鹰?在一个鹰很丰富的国度,那算什么了不起的奇迹!如果故事发生在高卢人的国家,我可能会写成一只猫头鹰、一只狼或一只狐狸。但是,作为法国人,您无意中习惯于把鹰看成高贵的鸟,与其说它是活物,不如说它是象征。但它们确实存在。

您问我,"迦太基议会的想法"是从那里来的?是从大革命时期所有类似的社会环境中——从国民公会到美国国会——来的,而在那时,美洲人还在互相交换甘蔗和互射转轮手枪子弹。那些甘蔗和手枪,有如我的匕首,都是揣在外套袖子里带来的。我的迦太基人甚至比美洲人更体面,因为那里还不存在公众。作为我的对立面,您向我提起亚里士多德巨大的权威。然而,亚里士多德比我写的那个时代早八十年,因此在我书里毫无分量。再说,这位斯塔吉尔人②是大错特错了,他肯定说:"在迦太基从没有见过骚乱和暴君。"您想听听日子吗?下面便是:卡尔塔隆

---

① 指拉辛的悲剧《阿塔莉》中阿塔莉的梦。
② 亚里士多德的家乡是马其顿的斯塔吉尔(今斯塔夫洛斯)城。

于公元前五三〇年谋反；马哥尼德家族的侵犯发生在公元前四六〇年；汉诺的谋反在公元前三三七年；波米卡在公元前三〇七年谋反。我超过了亚里士多德！还超过了另外一个人。

　　…………

　　现在谈哈米尔卡尔的财富。无论您说什么，这部分描写都是次要的。哈米尔卡尔在其中占主导地位，我认为我很有理由那样写。迦太基最高执政官越发现自己家里大肆挥霍越愤怒。但他根本没有"随时暴跳如雷"，他只是在最后，当他遭到对他个人的不公正待遇时，才怒不可遏。"他这次拜访什么也没有得到"，我对此毫不在乎，因为谁也没有委托我吹捧他。但我不认为我"把他过分漫画化从而损害了他性格的其他方面"。再下面一些，有个人屠杀雇佣军的方式我已经表现过（这正是他的儿子汉尼拔在意大利显示的特征），此人就是贩卖假冒伪劣商品和拼命鞭打奴隶的那个人。

　　…………

　　在写蛇那一章既没有"恶行"也没有"琐事"。它不过是某种婉转的措辞，目的是缓和帐篷那一章，后者不会激起任何人的反感，但它虽没有蛇，却可能让人大叫起来。我更愿意用一条蛇而不愿用一个人引起猥亵（如果有猥亵一说）的效果。萨朗波在离开她的家时，同她家的守护神紧紧拥抱，那是符合她的故国那具有最古老象征意义的宗教的，就这么回事。说"这要在《伊利亚特》① 或《法萨卢斯》② 里是不恰当的"，这倒可能，我可没有妄想写《伊利亚特》和《法萨卢斯》。

　　如果突尼斯在夏末多暴风雨，这也不是我的过错。夏多布里

---

① 《伊利亚特》，希腊古代史诗，相传为荷马所作，主要叙述特洛伊战争最后一年的故事。
② 《法萨卢斯》，罗马诗人卢卡努斯（39—65）所作的史诗，描写恺撒在法萨卢斯城战胜庞培。

昂虚构的暴风骤雨不比他的夕阳西下多,而我认为,这两者似乎都属于所有的人。此外,请注意,这个故事的灵魂是摩洛,是火,是雷。在里面,上帝本身以他众多的外形之一出现,起作用:他征服了萨朗波。因此响雷很到位。那是留在外边的摩洛的声音。您还应该承认,我免去了您阅读"对暴风雨的古典式描写"。而且我那可怜的暴风雨总共只占了三行,还是在不同的地方!

接下去的火灾是受到马西尼萨写的故事中的一段插曲启发,还有阿伽托克莱斯和西尔提尤斯的故事片段,这三个片段所处的情况大抵相同。您瞧,我不会超越环境,甚至不会脱离我自己活动的领域。

…………

我们既然正在说真话,我要向您坦率承认,亲爱的大师,"有几分萨德式的想象力"这句话使我有点不快。您说的话都很严肃,然而这样一句话出自您的口,再印成文字,几乎就变成了一种凌辱。您难道忘了,我曾以伤风败俗罪坐过轻罪法庭的板凳,而那些笨蛋和不怀好意的人又将这一切作为他们的武器?假如您最近几天读到《费加罗》报上类似这样的东西,请别感到吃惊:"福楼拜先生是德·萨德的门徒。他的朋友和教父,一位大师,在写批评文章时曾亲口说了这句话,说得相当明确,尽管说得很策略,而且带着开玩笑似的善意",云云。我该怎样回答——该怎么办?

对接下去的批评我心悦诚服。您说得对,亲爱的大师。我有点歪曲事实,使历史变了样。您说得很好:我"想制造一次围城战"。但在以战争为主题的作品里,这有什么坏处?再说,那围城也不完全是我虚构的,我只不过写得稍微夸张了些。我的全部错误就在于此。但对有关宰杀儿童作祭品的所谓"孟德斯鸠的片段",我表示反对。在我思想里,我从未怀疑过有这种暴

553

行。(您想想，在公元前三七〇年进行的希腊底比斯城邦对斯巴达的琉克特拉战役里，人祭并没有完全废除。)尽管耶隆①曾硬性规定条件，在反对阿加佐克利斯②的战争（公元前309年）里，据狄奥多鲁斯③说，仍杀了二百个孩子。至于后来的各个时期，我只求助于西利尤斯·意大利库斯④，尤西比厄斯⑤，尤其是圣奥古斯丁⑥，这位主教肯定说，在他的时代，这类事件还时有发生。

您带着遗憾说我没有在希腊人中塑造一位哲学家，一位受托给我们上道德课的爱争辩的人，或者做好事的人，总之，一位"像我们那样感受的"先生。怎么行呢！这可能吗？您提到的阿拉图斯⑦正好是我渴望塑造斯彭狄尤斯的原型，那是个往上爬的诡计多端的人，他善于在夜里杀死哨兵，而在大白天，他却让人着迷。我拒绝对比，这是真的，但我拒绝的是肤浅的对比，是故意的、没有根据的对比。

我就此结束分析，再谈谈您的评价。您对写古代历史小说的考虑也许有道理，我这本书完全有可能是失败了。可是，根据各种可能和我个人的感受，我认为我写了一些很像迦太基的东西。但问题还不在这里，我根本不在乎考古学！如果我的小说色调不统一，细节不协调；如果人物的道德品行不从宗教产生，事件不从情感活动产生，而各种性格又没有连续性；如果服装不合乎习

---

① 耶隆（死于公元前478年），叙拉古僭主。
② 阿加佐克利斯（前317—前289），叙拉古的专制统治者。
③ 狄奥多鲁斯，活跃于公元前一世纪的希腊历史学家。
④ 西利尤斯·意大利库斯，公元一世纪的拉丁诗人，曾写关于第二次布匿战争的史诗。
⑤ 尤西比厄斯（260—339），巴勒斯坦恺撒城的主教，著有基督教史。
⑥ 圣奥古斯丁（354—430），希波的主教，其政治、哲学、神学思想影响西方达千年之久。
⑦ 阿拉图斯（前271—前213），希腊政治家、将军。

俗，建筑不适合气候；总之，如果没有和谐，我就有错。否则，就没有错。一切都站得住脚。

但社会环境在刺激您！我知道，或者不如说我感觉到了这点。为什么您不抛弃您的个人观点，您的书生观点、现代人观点、巴黎人观点而站到我这边来？"人类心灵并非到处一样"，尽管勒瓦鲁阿先生曾这样说过①。只要援引一点点对人类社会的看法就足以证明恰恰相反。——我甚至认为，我在《萨朗波》里还不如在《包法利夫人》里对人类严厉。我想，促使我接近已消失的宗教和民族的好奇心和爱的本身也有某些道德性质的、能引起好感的东西吧？

至于文笔，在这本书里，我迁就句子和复合句的和谐不如在《包法利夫人》里多。在这本书里，隐喻很少，修饰语都是正面的。如果说我在"宝石"后面加上"蓝色"，那是因为"蓝色"是一个很准确的词，请相信我，也请您相信，借着星光可以很好地辨别宝石的颜色。在这方面，请询问所有去过东方的旅行者，或者您自己去看看。

……………

致伊万·屠格涅夫

一八六三年五月十六日

亲爱的屠格涅夫先生，

非常感谢您送给我的礼物②。我刚读了您的两卷，而且禁不

---

① 勒瓦鲁阿于一八六二年十二月十四日在他的文章《全国的意见》中这么说过。
② 福楼拜与屠格涅夫于一八六三年二月二十八日第一次见面便一见如故，屠格涅夫随即寄给福楼拜一部《俄罗斯生活场景》的法译本（两卷）。

555

住对您说，我陶醉了。长久以来，在我眼里您就是一位大师①。但我越研读您的作品，您的天才越使我惊叹。我很欣赏您的写作方式，感情热烈同时又很克制，还有您的同情心，这种同情心深入最微不足道的小人物心里，又使景色勾起人们的遐想。他们一边看，一边沉思。

正如我阅读《堂吉诃德》时真想骑马行走在一条布满尘土的发白的大路上，在岩石下面的阴凉处吃着橄榄和生葱，您的《俄罗斯生活场景》使我真想坐在俄式四轮马车里，摇摇晃晃走在白雪皑皑的田野间，一边听着狼的嗥叫。从您的作品里散发出一种苦涩而馥郁的馨香，一种使人着迷的忧伤，这种忧伤一直渗透到我的灵魂深处。

您有什么样的艺术呀！温情、嘲讽、观察和色彩混合得多么巧妙！那一切联结起来何等精彩！您多么善于营造效果！您写作的手法何等准确！

您的作品既有独特性，也有普遍性。在您那里我重新找到了多少我曾经体会过、感受过的东西！如在《三次邂逅》、《雅克·帕森科夫》、《多余人日记》等等里，到处都如此。

然而，在您身上大家还没有夸奖到家的，是您的心灵，即您经久不衰的激情，一种说不清楚的深沉而又隐秘的同情心。

半个月前我非常荣幸地认识了您并紧握了您的手。亲爱的同行，我现在还要更有力地再紧握您的手，并请您相信我对您的全部友情。

---

① 福楼拜早先曾读过屠格涅夫的《猎人日记》。

致伊万·屠格涅夫

一八六三年五月二十四日

亲爱的同行,

您的来信非常亲切,但您太谦逊了。我刚读了您的新小说①,我在里面又认出了您,更强烈、更出众。

对您的天才,我最欣赏的是高雅——至高无上的东西。您找到了一种方法,使您写得真实而不平庸、伤感而不矫饰、诙谐而绝不粗俗。您并不着意追求剧情的突变,却只通过结构的完美达到悲剧的效果。您看上去像个好好先生,其实您非常厉害。正如蒙田所说的,是"狐狸皮与狮子皮的结合"。

《爱莲娜》的故事很美;我喜欢这个形象,还有楚宾和其他所有的人物形象!——在读您的作品时,谁都会想:"我经历过这些。"比如,我相信没有一个人会像我这样体会第五十一页。那是什么样的心理!——不过要想说清楚我的全部所思所想,需要很大的篇幅。

至于您的《初恋》,我理解得尤其深刻,因为那正是我的一个最亲密的朋友经历的故事。所有老的浪漫的人(我也是其中之一,我,我曾把头放在一把短刀上),所有那些人都会感谢您写了这个小故事,因为这个故事讲了许多他们青年时代的情况。日诺什卡是多么让人喜欢的姑娘!善于塑造女人,这是您的优点之一。她们既是理想的,又是现实的。她们既有吸引力,头上又戴着光环。但对这篇作品,甚至对整个集子起决定作用的,是这两行:"我对我的父亲并没有不好的看法,相反,他在我眼里更

---

① 指《俄罗斯生活新场景》。

高大了。"① 我认为这话深刻到了吓人的程度。这一点会有人注意到吗？我不知道。然而，在我看来，这就是崇高。

是的，亲爱的同行，我希望我们的关系别停留在这个层面上，希望我们的好感变成友谊。我指望这个，而且对此深信不疑。

致勒洛阿耶·德·尚特比小姐
一八六三年十月二十三日

这么久没有给您写信，我为此感到羞愧。我经常想到您，但两个半月以来，我一直全神贯注于一项工作，到昨天才算结束。是一出梦幻剧，我怕不会有人愿意公演。我准备为它写一个序，对我来说，这个序比作品本身还重要②。我只希望公众能注意一种壮观而前途广阔的戏剧形式，但到目前为止，这种形式还只被看成一些非常平庸的东西的背景。我这个作品还远没有达到它应该具有的严肃性，我们私下说吧，我为此还有点惭愧呢。

此外，我只把这个看成很次要的事。对我来说，那不是别的，只是个文学批评问题。我不相信会有哪位剧院经理愿意上演，也怀疑戏剧审查机构会同意演出。有人会发现里面有些场景对社会的讽刺太直率。亲爱的小姐，这只是件小事，但却让我从七月忙到现在。好，让我们谈谈更重要的事，比如，谈谈您，和您的忧虑。

我朋友勒南的书③并没有像它使读者大众狂喜那样使我兴

---

① 这是《初恋》中的男主人公发现女友为生计而成为他父亲的情妇之时说的话。
② 此剧题为《心灵的城堡》，于一八八〇年发表在《现代生活》上，但福楼拜没有作序。
③ 该书指《耶稣生平》，于一八六三年六月二十七日列入《法兰西书目》。

奋。我喜欢别人用更多的科学仪器来处理这类题材。然而，正因为此书通俗易懂，妇女和轻浮的读者群便趋之若鹜。能引导大众关心这类问题，这已经了不起了，而且我把它看成哲学的伟大胜利。

您见过斯特劳斯博士①的《耶稣生平》吗？那才是一本内容充实发人深省的书呢！我劝您读读，虽然枯燥，但有最高层次的趣味。至于《拉坎提妮小姐》②……坦率说，艺术不应该被任何学说用来作讲坛，否则便会衰退！人们想把现实引到某个结论时总是歪曲现实，而结论却只属于上帝。再说，难道只凭虚构的小说情节就可能发现真理？历史，历史和博物学！那才是现代的两位缪斯。凭借它们才可能进入新的天地。我们不能回到中世纪。让我们"观察"，一切都在其中了。也许经过几个世纪的学习研究，某个人可以作出概括。想作结论的狂热乃是人类最致命最无结果的怪癖之一。每一种宗教，每一种哲学都硬说自己拥有上帝，说自己可以测量无限，并了解获得幸福的秘方。多么傲慢，又多么微不足道！相反，我看见最卓越的天才和最伟大的作品都从不作结论。荷马、莎士比亚、歌德，所有上帝的长子都（如米什莱所说）提防自己做再现以外的别的事。我们想登天，那好吧，让我们首先拓宽我们的思想和我们的心灵！我们心比天高，却都陷在齐脖子的烂泥里。中世纪的野蛮还在以千百种偏见、千百种习俗束缚我们。巴黎最上流的社交界还在干"摇神袋"（如今叫"转桌子"）。这些之后，再谈进步吧！在我们的道德贫困之外，您还得加上对波兰的多次屠杀，美洲的战争等等……

---

① 大卫·斯特劳斯（1808—1874），德国神学家，在他的《耶稣生平》里，他认为《圣经》故事只是些神话传说。
② 《拉坎提妮小姐》，乔治·桑的作品。

致阿梅丽·波斯凯[①]

一八六四年八月九日

…………

下面是我想对您说的一切：我把那所谓的贝朗瑞看成令人沮丧的人。他曾让法国相信，诗歌就是用压韵的狂热表达他牵肠挂肚的事。我憎恨他甚至是出于对民主和人民的爱。他是办公室勤务员、商店小伙计、一个十足的市侩；他的快活让我厌恶。伏尔泰之后，认真而粗俗下流的玩笑话应当休矣。——对弗育[②]们来说，这样一个人是什么样的反哲学论据呀！还有一问，为什么不欣赏崇高的东西和真正伟大的诗人？也许法国还没有能力喝更烈性的酒？贝朗瑞和荷拉斯·魏尔奈[③]将是这个国家经久不衰的诗人和画家！您那篇文章使我最气愤的是，您把他与博叙哀和夏多布里昂相比，而在我眼里，这两位远不是神灵。我坚持认为，无论别人怎样说，博叙哀写得很糟。现在，也许已到了在"文笔"上互相理解的时候了。反正，我不会把这两位贵族和那个小商店伙计相比。

我并没有等到有了反响才决定自己的看法；在一八四〇年，即二十四年以前，我因为在他的一个朋友家里攻击他差点被轰出门外。那是在科西嘉省长家里，在全体省议员面前。现在，我倒要告诉您，我经常为这个贝朗瑞作辩护。因为那些人与他的理想相比更低下。此外，在圣伯夫最近的一本集子里有一页很精美，我理解的贝朗瑞在其中得到令人赞赏的描写。里面也不加缩写地

[①] 波斯凯曾写过一篇文章叫《贝朗瑞，他的朋友，他的敌人和他的批评者》，阿尔蒂尔·阿尔努著》。福楼拜因而以严厉的口吻给她写了这封信。
[②] 弗育（1813—1883），原系《宗教世界》的主编，此杂志后来被取缔。
[③] 荷拉斯·魏尔奈（1789—1863），法国军事题材画家。

提到了我的名字。这让我大笑不已，因为那很真实！

我同意您说的，他比当今的名人更有价值，——这点恭维不足挂齿，但我也只能到此为止了。

致伊波利特·丹纳[①]

一八六六年十一月五（？）日

谢谢您想到了我，亲爱的朋友！不过我要免去一切开场白，先谈您的书[②]。

我认为，您从来没有比书里的您更"您"过。谁想了解名叫丹纳的作者，只需读这本书。读者可以在书里找到他和他的全部特质——我觉得这些特质正在扩大——因为，（为您谢天谢地）您正在走极端，尽管您不乐意我这么说！

作为总体，作为艺术品，里面也有些啰嗦的话，但在第二版很容易删除，删除之后读起来更快。（我要给您指出重复多次的动词："与……对齐"。）

市民们也许会感到您的作品里描写太多了些？我却没有这个感觉！因为我喜欢您那与道德伦理及故事结合得十分巧妙的情景描写。不过我对里面的风景太少感到遗憾，因为您的风景描写都很完美，而且符合原样。

从第五页起我就被夜景效应控制了，如"在黄色月光里不停地跳来跳去的"驿车车夫，其他也没有减弱。

我早就料想您会描绘特利西迈纳湖了！但您没有看到阿西西，这让我感到很遗憾。至于佩鲁斯，您算是让我重见了它的容颜……

[①] 丹纳（1828—1893），法国文艺理论家、史学家、孔德实证论哲学的继承人。

[②] 即丹纳的《意大利游记》。

致乔治·桑

一八六六年十二月五日

…………

您全然不理解我在文学上的苦恼,我对此毫不感到惊异!连我自己也大惑不解。然而这苦恼确实存在并且很剧烈。——我再也不知道该怎么办才能写东西,而我经过无尽无休的摸索之后也只能表达我思想的百分之一。您的朋友不属于那种不假思索的冲动型。——不!一点也不!比如,我两天以前就在反复斟酌一个段落,到现在还没有结束。——有时我真想哭!我恐怕让您可怜了吧?我也可怜自己!

至于我们俩争论的主题(关于您那位年轻人),您在最近那封信里写的东西正好是我的看法,因此,我不仅付诸实践,而且加以"鼓吹"。不信您问问泰奥。不过我们应当互相理解。艺术家(都是传教士)保持贞洁是没有任何危险的。——恰恰相反!但一般市民,那又何必呢?某些人倒很需要有点人情味。——坚持这点的人是幸福的。

(与您相反)我不认为有了"理想艺术家"的个性就能干什么好事。那会是个魔鬼。——艺术并非专为描写例外。——再说,我对在纸上写下我心中的什么东西有一种难以克制的反感。——我甚至认为,小说家"没有权利(在任何书刊上)表达自己的意见"。上帝难道说过自己的意见?这说明为什么我心里有许多东西让我感到窒息,我想吐出去,却咽了下去。其实,有什么必要说出来!偶然遇到的任何人都比居斯塔夫·福楼拜先生更有趣,因为此人更一般,因而也更典型。

然而我有几天竟感到自己还不如患痴呆病的人。——如今我家里有一缸金鱼。这让我开心。我吃晚饭时金鱼们给我做伴。对这么傻的东西感兴趣该多愚蠢！别了。

致路易·布耶

一八六七年四月一日

……观众对《奥布莱太太的胡思乱想》①反应冷淡。每个晚上都有人喝倒彩。钱倒是赚了很多。我没有去展览会参观，而且今后很长时间都不会去。新消息就这些。

对《沙龙决斗》②，我要责备的是故事的内容。一个过去的苦役犯化装成大贵族而且赢得了一个有钱寡妇的心，我认为编造这么一个故事缺乏真实性，也无新意。文笔、心理状态、描写，一句话，该书的整个形式都大大优于胡编乱造的东西。在读到装腔作势的诀窍时，我完全失望了。除了这些保留意见，我认为这个作品有许多值得注意的优点。这是我真诚的看法。其中某些比喻的新颖和准确尤其使我叹服。如此才智超群的人怎么可能陷进"戴白手套的苦役犯"这类老生常谈里呢！不过这并不妨碍这本书很有趣，而且可以果断地介绍给某个杂志。雷尼叶夫人愿意我试试把校样给大《箴言报》还是给小《箴言报》？我听她吩咐。至于是否成功，我不能允诺什么。不过我会非常热烈非常诚恳地为其作宣传。

提到对此书细节的批评，我要责备它一开始对话就太多（再说，你也知道我最恨在小说里写对话，我认为对话应当很有特色）。我还要冒昧指责书中有一定数量的固定熟语，如在第一页："参与""获胜"。在这些之外，又有一些优美的东西："一只表情丰富的手，这种手是用指尖说话的。"这类非同凡响的东

---

① 《奥布莱太太的胡思乱想》，小仲马的剧本，于一八六七年三月上演。
② 《沙龙决斗》，雷尼叶夫人写的小说，曾请福楼拜看手稿。该书后来在《自由》杂志上连载。

西比比皆是。

....

致乔治·桑
一八六九年十二月

亲爱的大师，

您的行吟诗人正被人以闻所未闻的方式踩在脚下。看过我的小说①的人们不敢和我说话，出于怕受牵连，或出于对我的怜悯。最宽容的人也认为我只画了些图画，而且绝对谈不上构思和构图。

圣维克托吹嘘阿尔塞纳·乌塞所有的书，却认为我的小说太坏，不愿为我写一篇文章。就这么回事。泰奥不在，没有一个人，绝对没有一个人为我说话……

萨尔塞写了第二篇文章攻击我②。巴尔贝硬说我在小溪里洗脸弄脏了溪水。不过这一切都不可能让我不知所措。

致乔治·桑
一八七〇年三月十五日

亲爱的大师，

昨天晚上我收到考尔努夫人一份电报，上面有这几个字："来我这里，有急事。"我今天去到她家，原来是这么回事。

皇后硬说，您在最近一期《杂志》上对她个人作了令人生气的影射。"怎么？现在，所有的人都攻击我！我真无法相信！

---

① 指《情感教育》。
② 文章题为《又是福楼拜先生》。

而我还想让人任命她当法兰西学院院士呢！可我哪点对不起她啦？"云云。总之，她感到痛心，皇帝也一样。他倒没有发怒，只……

考尔努夫人提醒她，说她搞错了，您并没有对她作任何影射，但没有奏效。

这里，存在小说写作方式的理论问题。

"那好，让她在所有报纸上声明，她无意使我不快。

——我保证，她不会这样做。

——写信给她，让她对您这么说。

——我不能冒昧采取这个手段。

——但我想知道真实情况！您是否认识某某人，此人……（于是考尔努夫人提了我的名字。）

——噢！别说我对您谈到过这些！"

这就是考尔努夫人向我转述的她们的对话。

她希望您给我写一封信，在信里您告诉我，您没有把皇后当成写作原型。我把这封信寄给考尔努夫人，她再把信转给皇后看。

我认为这件麻烦事很荒唐，这些人也真难对付！有人还会对我们说些别的这类蠢事呢！现在，上帝保佑的、亲爱的大师，您绝对应该做适合您做的事。

皇后一直对我不薄，讨她喜欢也不会使我感到不快。

我读过了这出了名的一段。我看不出里面有任何刺伤人的东西。妇女们的头脑真古怪！

我的（头脑）也让我感到疲惫，或者不如说，在这一刻钟里它处于低谷！我工作也白费力气，脑子根本转不动！一切都让我生气，使我不快；我由于在众人面前克制自己，竟不时突然眼泪汪汪，好像马上就要咽气。我终于有了全新的体会：意识到老之将至矣。正如维克托·雨果所说，阴影已在我身上蔓延。

565

致考尔努夫人

一八七〇年三月三十日

…………

我向您再说一遍,社交界人士总是在没有影射的地方看到影射。我写完《包法利夫人》时,人们多次问我:"您想描写的人是某某夫人吗?"我还收到一些素昧平生的人写来的信,其中有一封是一位兰斯的先生写来的,他祝贺我替他报了仇(对一个不忠于他的女人)。

下塞纳河的所有药剂师都在郝麦身上认出了自己,他们都想到我家来扇我的耳光。最有趣的(我在五年后才发现)是当时有一位非洲的军医,他的妻子就叫包法利夫人,而且很像《包法利夫人》的女主人公,而这个名字是我虚构的,是从布瓦莱变音得到的。

我们的朋友莫瑞在谈到《情感教育》时,第一句话就是:"您是否认识某某先生,一个意大利人,数学教师?您的塞内卡尔在体貌和精神上都活脱脱是他的画像!什么都相像,包括头发的式样!"还有些人硬说我想通过阿尔努描写贝尔纳·拉特(昔日的出版商),可我从没有见过此人,等等,不一而足。

说这一切都为了告诉您,亲爱的夫人,公众把我们不曾有过的意图强加给我们是搞错了。

我深信桑夫人并不想描绘任何人:(1)缘于她思想的高度、她的审美趣味、她对艺术的尊重;(2)缘于她的品德、她的礼仪观念,也缘于她的公正。

我们私下说说,我甚至认为这个指控有点让她不快。报纸每天都在把我们往垃圾里面推,我们却从不回手,而我们的职业却是操纵笔杆;有人是否认为,为了产生"影响",为了获得掌声，我们就得指责某某男士或某某女士？噢！不！不会那么卑贱！我们的抱负更高尚，我们的诚实更重要。当一个人很重视自己的精神时，他不会选择需要取悦恶棍的途径。您理解我这些话，对吧？

致乔治·桑

一八七一年九月八日

……昨日，我和屠格涅夫度过了很有意义的一天，我给他念了写好了的一百一十五页《圣安东尼的诱惑》。后来又念了差不多一半《最后的歌》。他是怎样的听众呀！怎样的批评家！他见解的深刻和清晰简直使我着迷。啊！倘若所有参与书评的人能听到他的话，那会是怎样的教训！听完一百行诗之后，他都能想起其中有一个修饰词有缺陷！他为《圣安东尼的诱惑》提出了三点有精彩细节的建议……

致尚特比小姐

一八七二年六月五日

……我在悲痛中完成了我的《圣安东尼的诱惑》。这是我毕生的作品，因为最初的想法是一八四五年在热那亚看见布吕盖尔的一幅画产生的，自那时起，我从未停止想这件事，而且一直在阅读有关的书。

然而我是那样厌恶出版商和报纸，所以现在不准备发表。我在等更合适的日子；如果永远不会有这种日子，我便事先得到了安慰。必须为自己而不是为读者大众搞艺术。如果没有我的母亲和我可怜的布耶，我也许不会付印《包法利夫人》。在这方面，我尽量不当文学家。

致尚特比小姐

一八七二年七月十二日

……我刚读了狄更斯的《匹克威克外传》。您知道这本书吗?里面有些部分妙不可言;但结构多么不完善呀!所有英国作家毛病都出在那里;除了瓦尔特·司各特,他们都没有写作提纲。对我们这些拉丁语系的人来说,这简直难以忍受……

致居斯塔夫·莫泊桑夫人

一八七二年十月

在目前这样一个可憎的时代,为什么还要发表作品?难道为了赚钱?多么可笑!仿佛钱是对工作的酬劳而且可以成为工作酬劳似的!有可能这样,但得等到投机倒把被摧毁的时候:从现在到那时,不可能!再说,怎样衡量工作?如何估量人的努力?余下的就是作品的商业价值。为此就必须取消介于生产者和购买者之间的中间环节,但无论如何,这个问题本身是无法解决的。因为,我写作(我谈的是有自尊心的作家)并不是为今天的读者,而是为只要语言还存在就可能出现的读者。因此我的商品不可能在目前被消费,它并非专门为当代人制造。我的服务一直不明确,因而是无价的。

致乔治·桑

一八七二年十月

……别把我夸大了的愤怒太当真。别以为我会依靠后世报我同代人冷漠的仇。我只想说这些:当人们不面向群众时,群众不花钱酬劳他们是正确的。这就是政治经济学。然而,我坚决认为,一个艺术作品(与这个名字相称的、凭良心创作出来的)是无法定价的,它没有商业价值,不可能买卖。结论是:如果艺术家没有年金收入,他可能饿死!有人认为,作家不接受大人物的补助会更自由、更高尚。如今,作家们的全部社会尊严就在于他和食品杂货商平起平坐。多大的进步呀!至于我,您对我说:"您该有逻辑头脑";可困难正在于此……

致乔治·桑

一八七四年六月三日

亲爱的大师,

我刚像饮一杯美酒似的一口气读完了《我的冉娜妹妹》,真被这本书迷住了。又有趣又激动人心。多么清晰!写得多棒!

开篇乃是叙述的范文,接下去是心理描写,剧情(一开头就准备得很好)的展开也非常自然。

您的主人公是个真正的男子汉,而且大家都很喜欢他。

不过,我觉得他放弃马努拉似乎快了些,这个女人使我激动得出奇,我!而理查爵士似乎很通情达理?这是我唯一的两处批评;不过这批评不怎么样,因为我站在与作者不同的角度,要这样就"无权这么做"。

年轻人对一个尚未谋面的女人的爱,还有他为见到她而进行的热情奔走,这一切写得多么真实!

我一边给您写信,一边重读第111页和第112页,这两页简直就是"总谱"!

马努拉的故事很优美。而医生的嫉妒、他的粗暴和吹毛求疵也相当真实。他不时对自己作一些道德反省,这些反省表面简单,却非常深刻。

在第211页的下面，克吕沙尔老头感到有人在拥抱他！他多么震惊！多炽热的爱情！啊，我亲爱的大师！接下去的五、六页可以和您最卓越的作品媲美。在读到那里时，为了享受其中的美，我停了几分钟……

致罗歇·德·热奈特夫人

一八七六年

……我不赞同屠格涅夫对《雅克》如此严厉而对《卢贡》如此赞赏。一部有魅力，另一部充满力量。但其中没有一部首先操心我认为构成艺术目的的东西，比如：美。我还记得，我站在阿克洛波尔①墙下时曾怎样心跳过，那是一堵光秃秃的墙，经过普罗彼雷柱廊时这堵墙正好在左边。好！我在想，一本书在不受它的内容制约时是否能产生同样的效果？在组装的精确、各组成部分的稀罕、表面的光滑、和总体的和谐里，是否存在一种内在的力，一种神力，一种像本原一样的永恒的东西（我在以柏拉图派哲学家的口吻说话）？例如，为什么在正确的词和有音乐性的词之间有一种必然的关系？为什么人在过分压制自己的思想时会写出诗来？为什么文句匀称的规律可以主宰感情和形象，而看上去是外在的东西却真正是内在的？如果我继续以这种方式思考下去，我会完全搞错，因为从另方面看，艺术应当是天真纯朴的，或者说，艺术应当是有人可以干的，我们并非完全不受约束。各人走各人的路，但也由不得他个人的愿望……

互相理解是多么困难呀！这不，两个都是我非常喜欢的人，是我尊为真正艺术家的人，屠格涅夫和左拉。架不住他们一点都不赞赏夏多布里昂的散文，更不赞赏戈蒂耶的散文。有些句子使

---

① 指古代雅典建筑在岩石上的城堡。

我着迷,他们却认为内容贫乏。是谁错啦?连你最亲近的人都离你那么远,怎么去取悦读者大众?这一切让我感到非常悲哀。您别笑。

致罗歇·德·热奈特夫人

一八七六年六月十九日

…………

《淳朴的心》确实是一个卑微的人一生的故事,一个可怜的乡村姑娘,虔诚,但有点神秘;忠实,却并不狂热,而且像新鲜面包一般软。她接二连三地爱别人,先是她女主人的孩子,后来是侄子,再后来是她照顾的一个老头,最后是她的鹦鹉。她的鹦鹉死了,她让人把它制成标本。轮到她自己去世时,她混淆了鹦鹉和圣灵。这一点不(像您设想的那样)是讽刺性的,恰恰相反,非常严肃,非常凄惨。我想让富于同情心的人(我也是其中之一)可怜她,让他们为她哭泣。唉,是的!有一个礼拜六,在乔治·桑的葬礼上,我在拥抱小奥洛尔时,后来在看见我的老朋友的棺材时,都曾号啕大哭。

致埃德蒙·德·龚古尔

一八七七年一月十八日

亲爱的老友,

但愿您在一八七七年过得轻松!

……我刚看了巴尔扎克的书简。从中可以看出,他是一位非常正直的人,大家也应当喜欢他。但他多么操心金钱呀,对艺术的爱又多么少!您注意到了吗,他没有谈过"一次"艺术?他寻求荣誉,但不追求美。他是天主教徒、正统主义者、业主,他渴望当议员和学院院士。首先，他像傻子一样无知，直到骨子里都是个"外省人"；豪华使他震惊。他在文学上最欣赏的是瓦特·司各特。总之，我认为他是个大好人，但属于第二流。他的归西是凄惨的。命运怎样在嘲弄人呀！在幸福来到的前夕去世！

再说，读他的书简还是大有教益的，不过我更喜欢读伏尔泰的书简！在伏尔泰书简里，圆规的两脚开得更宽些！……

致伊波利特·丹纳

一八七八年六月二十日

亲爱的朋友，

我太尊重您，所以不必对您说安慰话。您清楚我对法兰西学院的看法。我可怜的是它，——您的失败倒增强了我对这个机构早就具有的罗曼蒂克式的蔑视。丹纳被亨利·马尔丹击败了——那是什么景象！——您看过一出关于投石党的历史剧吗？就是这位先生写的。我可看过，先生。——写得不怎么的，我向您起誓！

您还记得有一天，在谈到文艺批评的无知时，您对我说起居斯塔夫·勃朗什，说他认为雨果大爷的玛丽·都铎缺乏高尚的情操——在这方面，您还讲了一个大伊丽莎白的小故事，她竟朝她丫鬟们的脸上吐口水。

您能否说说：（1）勃朗什的意见登在什么地方；（2）还有伊丽莎白的小故事。

我那两个好人①还在继续走他们的路，——我希望七月末能结束这一章。到那时我就写了一半了。

---

① 指福楼拜有生之年最后一部小说《布瓦尔和佩库歇》中的主人公。

致屠格涅夫

一八七八年七月九日

…………

至于我,没什么新鲜事。我还一直在拼命写我那本可恶的书。我希望这个月末能结束第五章。这章之后,我还有五章要写!还不算大批注释。有些日子我感到被这个重负压碎了。我骨头里好像已没有骨髓,而我还像一匹拉破车的老马一样继续走着,筋疲力尽,但勇气百倍。什么样的活儿呀,我的好朋友!但愿它不过分荒诞!我担心的是这本书的构思本身。算了!听天由命吧!现在已不应该再考虑构思。没什么,不过我常自问,用那么多时间干别的事是否更好些。

…………

我收到我的门生莫泊桑一封很凄惨的信。他母亲的健康状况让他揪心,他自己也感到不舒服。他那位部(海军部)长让他恼火,弄得他头昏脑涨,他简直无法工作;而那些女士们也不能排解他的忧愁……

左拉有了一幢乡间房舍,地板已经腐烂,差点在他脚下垮掉。《公益》名存实亡,这您知道,但左拉仍准备在一个新的机关刊物《伏尔泰》上继续挥舞自然主义的大旗。

阿尔封斯·都德的夫人生了一个男孩。朋友们的情况我就知道这些。

…………

致 莫 泊 桑

一八七八年十二月十五至十六日

让我见鬼去吧，我相信我也正在经历您所有的忧虑！而我非常急迫地想知道结论。您十二日（正是我的生日，五十七岁！）写来的信给了我希望，对吗？

…………

佩库歇刚失去他的童贞，在他的地窖里！（再过一周，关于爱情这一章就写完了。）

现在，我要朝他身上扔去点糟糕的梅毒！这之后，我那两位仁兄将谈论妇女问题，到那时我就需要一些触及这类问题的论贪恋-道德的文章。我认为我前面谈到的那本书①（一本薄薄的书）正好收集了有关的片段。

…………

致 丹 纳

一八七九年一月十日

…………

您现在在做什么？工作进行如何？我在这个夏天写了三章②，正在准备最后三章：哲学、宗教、人道主义。现在，我正专心研究形而上学，您的《十九世纪的哲学家》就放在我的桌上。

写这本可恶的书困难越来越大。还得十二到十四个月才能完

---

① 福楼拜请莫泊桑替他借一本叫《来自妇女的一切好处和坏处》的书。
② 指《布瓦尔和佩库歇》的写作。

成。第二卷需要半年，不能再多了，因为此书已经慢慢完善起来。

…………

致阿那托尔·法朗士

一八七九年三月七日

亲爱的诗人，

诚挚地谢谢您，为您寄来的书和这本书给我带来的快乐。我已经很久没有读过这么纯的东西了。您的第一个故事很优秀，但我冒昧认定第二个故事是个杰作。

就《若卡斯特》而言，我唯一要责备的是女主人公情感里的些许难于理解之处。不知道她为什么会有那么多悔恨。我觉得，（除非有更好的意见）对她的悔恨应当作一些更有分量的解释，是吗？但里面有多少迷人的细节！而且总体非常有力。

至于《瘦猫》，从第一页到最后一页，读起来真是其乐无穷。您的所有好人都跃然纸上。特勒玛克，一个独特的新典型！但（无论他如何突出）他仍然没有使别的人物相形见绌。文笔多么出色！朴素、无拘无束、毫不装腔作势！真正的文学，不需要多讲了。

再一次感谢您，太妙了！

致屠格涅夫

一八七九年十一月十九日

我亲爱的老友，

无疑，您谈到的那一段①语不惊人。我甚至认为有点小儿

---

① 指《情感教育》第一部分第四章末尾那一段。

科。但次女低音的嗓子也可以唱出高音的效果,那位阿尔波尼①就是明证。实际上,我觉得您似乎很严厉。为了辩解,我请您注意,我的男主人公并不是音乐家,我的女主人公也只是个平庸的人。这些都不去管它,我们私下说吧,这一段一直让我感到烦恼。在写这一段时,我大约被一些互相矛盾的回忆弄得很为难。

知道《情感教育》给您的印象,我很高兴。我并非一个骄傲的魔鬼,但我认为对这本书的评价不公平,尤其是它的结尾。对此,我对读者大众还记着仇呢。

既然您宣布十二月来看我,我想,最好是在十二日我的生日那天来。我们俩可以一道庆祝,或者不如说一道悲叹这个(并不重要的)日子。

我的侄女星期天去了巴黎,这不,我的寂寞又开始了。现在,"宗教"那一章已写到一半。这本书②是我多么沉重的负担呀,亲爱的朋友!

我正贪婪地读着发表在《时代》上的您那虚无主义者的故事。怎么可能,啊,耶稣!让活生生的人受那么残酷的痛苦!

……………

致 莫 泊 桑

一八七九年十二月二十八日

……………

我受不了啦!我累坏了,已筋疲力尽!"宗教"那一章于我真是一次地道的惩罚作业。我很担心,怕它太枯燥。可是,半个月前,我觉得屠格涅夫对我写的东西很满意。管它会怎么样呢!

---

① 玛丽塔·阿尔波尼(1824—1894),意大利著名女歌唱家。
② 指《布瓦尔和佩库歇》。

我准备三星期以后一定写完,到那时,我会轻松地大叫一声:喔哟哟!

布莱纳夫人写信告诉我,您写鲁昂的中篇小说①很吸引人。我很想看看,也想看看他的作者。

我刚过了一个月的雪天生活,活得绝对像穴居的熊。再说,巴黎恐怕比克鲁瓦塞更糟。

您读了左拉发表在《伏尔泰》杂志上的赞扬《情感教育》的辩护词吗?夏庞蒂埃②没有把这篇文章寄给我看,您对此有何看法?我认为他这种疏忽简直是犯罪。

致屠格涅夫
一八八〇年一月二十一日

…………

谢谢您让我读了托尔斯泰的小说③。那是第一流的。他是怎样的画家、怎样的心理学家呀!头两卷太雄伟了,但第三卷却相形见绌,里面不断地重复和高谈阔论。总之,我们在书中看到了那位先生、作者和俄罗斯人,而此前我们只看到过俄罗斯的大自然和人文主义。我觉得,有时这位作者在某些方面像莎士比亚。我一边读,一边赞赏得欢呼……读的时间很长!给我谈谈作者。这是他的第一部书吗?无论如何,他很有"头脑"!是的,很了不起,很了不起!

我已完成"宗教",目前正在写最后一章:《教育》的提纲。

…………

---

① 指莫泊桑的《羊脂球》。
② 夏庞蒂埃,福楼拜的出版商。
③ 指《战争与和平》。

致洛尔·莫泊桑①

一八八〇年二月二十七日

亲爱的洛尔,

我感到有必要对你说,我的"门生"(是卡洛琳这样叫你的儿子)正在变成一个朝气蓬勃的男子汉!如今,他已,是,已才华横溢。他的散文小说《羊脂球》是个奇迹,而且他昨天还给我背了他的一个诗剧,我还很少见到比那更优秀的诗剧!难道是我对他的爱让我盲目了?不。这方面的事我很熟悉。多么善良的家伙!尽管苏珊·拉吉叶小姐(是个道德高尚的人)管他叫"这个小坏蛋莫泊桑"。

从他那里得知,你在阿雅克肖暂住对你大有裨益。那你就尽量在科西嘉多待些日子,亲爱的洛尔。还有,你知道有一个梦想吗?那就是今年夏天你和我们的年轻人一道来这里度过一周。我们会怎样地闲聊呀!会怎样谈过去的日子,谈这个小伙子。

十一月中旬以来,我一直一个人生活,有多少次,坐在壁炉旁反复回顾过去时,我都想到他(这个小伙子!)和与此有关的一切……

再见,亲爱的洛尔,像兄弟般拥抱你。

你最老的朋友。

---

① 洛尔·莫泊桑,闺名洛尔·勒普瓦特万,阿尔弗雷·勒普瓦特万的妹妹,莫泊桑的母亲。

致 卡 洛 琳①

一八八〇年五月六日

"我原本就有理!"我的有关资料是从植物园的植物学教授那里得到的,而且我之所以有理,还因为美学就是真实,因为在智力的某种程度上(只要有方法),我们是不会搞错的,现实不屈从于理想而进一步确认理想。为了写《布瓦尔和佩库歇》,我当时认为必须在不同的地区作三次旅行,才能找到小说的背景和适于人物活动的环境。哈!哈!我胜利了!这是个成绩!这成绩让我很得意!

刘方 选译

---

① 这是福楼拜去世(1880年5月8日上午11点)前的最后一封信。卡洛琳是他的侄女。

福楼拜生平创作年表

　　一七八〇　阿尔福高等学校的毕业生尼古拉·福楼拜定居于靠近安格鲁（马恩省）的巴尼厄，以兽医为业。与玛丽-阿波琳·米庸结婚。

　　一七八四　他的第三个，也是最后一个孩子出生，这就是居斯塔夫·福楼拜的父亲——阿希尔-克莱奥法斯。

　　一七九四　尼古拉·福楼拜以缺乏公民品质罪被判处流放。（福楼拜曾向埃德蒙·德·龚古尔述及此事，参看《日记》，1863年1月26日。）泰米多尔释放了他。

　　一八〇二　阿希尔-克莱奥法斯以优异成绩从桑斯中学毕业后，到巴黎学医，学业优秀。他后来成为杜布伊特朗的住院实习医生和泰纳尔男爵的助手。

　　一八一〇　阿希尔-克莱奥法斯在鲁昂市立医院的洛莫尼埃博士身边任解剖部主任，然后在巴黎通过了论文《外科手术前后病人的护理方式》的答辩。

　　一八一二　福楼拜博士与一位诺曼底姑娘，主教桥的一位医生的女儿结婚。这位姑娘在翁弗勒的一家寄宿学校长大（《淳朴的心》讲述了这一经历），后被洛莫尼埃夫妇收养，视为己出。福楼拜夫妇在珀蒂-萨吕街安家落户。

　　一八一三　二月九日，他们的第一个孩子阿希尔·福楼拜出生。

　　一八一四　博士的父亲尼古拉·福楼拜因受普鲁士人的虐待死于诺让。

一八一五　阿尔弗雷·勒普瓦特万出生。

一八一九　市立医院外科医生洛莫尼埃去世。阿希尔-克莱奥法斯·福楼拜接替了他的职位，也继承了他的房子——专供外科主任居住的市立医院附楼，位于勒卡街十七号。第二年他买下了戴维尔-列鲁昂的房产，以后的二十五年中，它一直是福楼拜一家夏日的住所。

一八二一　在洛尔·勒普瓦特万出生两个半月之后，居斯塔夫·福楼拜于一八二一年十二月十三日出生。

一八二四　外科医生的第六个、也是最后一个孩子（三个孩子早年夭折）卡洛琳·福楼拜出生。

一八二五　朱莉（《淳朴的心》中女仆的原型）到福楼拜家帮佣，直到居斯塔夫去世。

一八三〇　十二月三十一日是《书信集》中第一封信的写信日期（写给埃内斯特·谢瓦里埃）。

一八三二　二月，居斯塔夫·福楼拜进入鲁昂中学八年级。福楼拜家的邻居米尼奥读《堂吉诃德》给他年轻的朋友听，他让人复制了迄今所知的福楼拜的第一篇作品，这是一则评论高乃依的文字。居塔夫和谢瓦里埃把博士的外科手术室布置成剧场，大约在这一时期，这个剧场中出现了"小伙子"这一人物。

一八三三　去巴黎、枫丹白露、塞纳河畔诺让旅行。

一八三四　居斯塔夫在中学编辑手抄报纸《艺术和进步》，其中戏剧消息占重要地位。他去特鲁维尔度假，认识了一个英国家庭，即科利埃海军元帅一家。元帅的两个女儿（后来成为泰南特夫人和坎贝尔夫人）后来一直是他的朋友。开学后，他写了《勃艮第的玛格丽特之死》。十月，路易·布耶进入该中学。

一八三五　手抄报《艺术和进步》的续期问世。他在上面刊出了《地狱旅行》。

一八三六　习作颇丰，写有《一个王冠上的两只手》《谨慎的菲力浦的秘密》《有待感觉的芬芳》《交际花》《佛罗伦萨的鼠疫》《书癖》《狂怒和无能》《十世纪诺曼底纪事》。他在特鲁维尔度假期间，第一次遇到了施莱辛格一家。同年，他开始写作《一个疯子的回忆录》，施莱辛格夫人后来成为他的唯一所爱，她那时二十六岁，在书中被称作玛丽亚（后来成为《情感教育》中的玛丽·阿尔努）。

一八三七　写作《地狱之梦》和《铁手》。在鲁昂的小报《蜂鸟》上发表第一篇印刷作品：《一堂自然史课：职员的趣味》，模仿流行的《生理学》写法。

一八三八　完成五幕剧《路易十一》，写作《垂死》《怀疑论》《死者的舞蹈》《醉与死》，开始写《斯马尔》，完成《一个疯子的回忆录》，将它献给阿尔弗雷·勒普瓦特万。十月，进入修辞班。

一八三九　完成《斯马尔》《艺术与商业》《马杜兰医生的葬礼》《拉伯雷》《拉歇尔小姐》；《罗马和恺撒》也写于这一年。他的哥哥阿希尔·福楼拜在巴黎通过了医学论文的答辩，紧接着于六月结婚。十月，居斯塔夫进入哲学班。《小伙子》增加了一些新的、粗犷的场景。

一八四〇　八月，福楼拜获得中学毕业文凭，和于勒·克洛盖医生、医生的妹妹以及斯泰法尼神甫去比利牛斯和科西嘉旅行。在马赛，一次旅馆中的奇遇给他送来了一位情妇，这就是从南美洲来的厄拉丽·福柯。一八四一年她给福楼拜写了四封火辣辣的情书。回来后他写有旅行札记。

一八四一　福楼拜在鲁昂抽奖时抽得一个幸运号码：548。他在巴黎注册读法律，但这一年他几乎总是住在鲁昂和特鲁维尔。

一八四二　学医的大学生布耶进入福楼拜父亲的部门工作，学法律的大学生（福楼拜）去巴黎参加考试，先住在勒佩尔捷街五号的欧洲旅馆,后住在奥德翁街三十五号。十一月,他在东街的"家具中"安顿下来。通过同乡埃内斯特·勒马利埃认识了迪康和科姆南。正是在这一年写下了《十一月》。

一八四三 被中学时一位朋友的姐姐普拉迪埃夫人介绍给了普拉迪埃①,得以经常光顾他的工作室。在那里遇到了维克托·雨果。他经常见到莫里斯·施莱辛格一家(莫里斯是音乐出版商),并开始写《情感教育》第一稿。他在法律考试中被淘汰。同年,布耶因为在吃饭时要喝葡萄酒而不是苹果酒,并要求在外面住宿被赶出市立医院,无疑是被福楼拜博士赶出来的。直至博士去世后这个坏弟子才和居斯塔夫建立联系。

一八四四 在去主教桥的路上,居斯塔夫的神经官能症第一次发作,这次发作是某种疾病的后果和症状,至于这种疾病,人们众说纷纭。他的父亲不希望他继续学习下去,从此他终年住在父母家。正好博士刚刚卖掉戴维尔的房产,五月份花九万零五百法郎买下了克鲁瓦塞的房产。经过整修,福楼拜一家从这年夏天开始便在这里住了下来。马克西姆·迪康和勒普瓦特万成为福楼拜最好的朋友。五月,迪康第一次出发去东方和阿尔及利亚旅行。

一八四五 三月,卡洛琳·福楼拜和埃米尔·阿马尔结婚,福楼拜一点也不看好这桩婚姻,福楼拜一家陪伴年轻夫妇作新婚旅行。他们参观了巴黎、诺让、普罗旺斯、热那亚、米兰,然后经日内瓦回家。在热那亚,居斯塔夫看到了布吕盖尔的名画,激发了他写《圣安东尼的诱惑》(以下简称《诱惑》)的灵感。谢瓦里埃被任命为巴斯蒂亚的代理检察长,后来他结了婚,在法官的位子上青云直上,终于当上了总检察长,一八七一年在国民议会任曼恩-卢瓦尔省的议员。七月,马克西姆·迪康来克鲁瓦塞

---

① 普拉迪埃(1792—1852),法国雕刻家。

住了三个星期。福楼拜读书、写作、一幕一幕地分析伏尔泰的剧作；与布耶和迪康合作，在《热奈或牛痘的发现》中滑稽地模仿德利伊①，他重新学习希腊语，读到了《红与黑》，认为该书不可理解。他完成《情感教育》的第一稿。去特雷波尔度假。

  一八四六 这一年充满了丧葬、出生、结婚、恋爱等红白喜事。一月十五日，福楼拜的父亲死于大腿的蜂窝组织炎后遗症，七天后，老福楼拜的孙女卡洛琳出生。卡洛琳出生后一个月，产褥热夺去了年轻母亲的生命。福楼拜从此和母亲住在一起，只有几年在鲁昂城外克罗纳街二十五号保留着一处冬天的住宅。阿希尔接替了父亲的职位和在市立医院的住房。五月，福楼拜开始写《圣安东尼的诱惑》，也是在这时与布耶交好。

  六月，阿尔弗雷·勒普瓦特万与德·莫泊桑小姐结婚，阿尔弗雷的妹妹洛尔则嫁给了莫泊桑小姐的弟弟。这年夏天，福楼拜在普拉迪埃家遇到了路易丝·科莱。说得确切些，这位日内瓦人的雕刻室成了一种谈情约会的场所。七月二十九日，在东街他们幽会的一家旅馆中，她成了福楼拜的情人。八月四日，福楼拜在和她分手十二个小时后，从克鲁瓦塞给她写了无数书信中的第一封。但是从九日开始，即六天之后，福楼拜已经写出这样的话来："别大喊大叫，你的叫声让我心乱。你想怎么办呢？难道我能离开一切去巴黎生活吗？"十一日他又写道："你把我当成了伏尔泰式的人物和唯物主义者！"这决定了他们的爱情将充满风风雨雨。为了让福楼拜意识到她所付出的巨大牺牲，她给他寄去了她的正式情人维克托·库赞写给她的情书。从九月开始，他们在芒特约会；第一次约会时，缪斯（即路易丝·科莱，下同）写了一首诗，赞美他们饭菜中的小山鹑和螯虾。普拉迪埃制作了福楼拜的父亲和妹妹的半身塑像，今天保存于卡纳瓦莱博物馆。

---

  ① 德利伊（1738—1813），法国诗人，维吉尔和弥尔顿诗歌的法文译者。

十二月，迪康暂住在克罗纳街的房子里。

一八四七 五月一日，福楼拜和迪康出发去布列塔尼和诺曼底旅行，大部分时间步行，途经布洛瓦、卢瓦尔河畔的城堡、安茹，然后绕海岸回到鲁昂。三个月后，从八月到十一月，他们撰写了旅行札记，福楼拜写的是奇数章节，迪康写的是偶数章节（只有前几章在福楼拜死后出版，题目为《穿过田野和沙滩》）。十二月，福楼拜、迪康和布耶出席了改良主义者聚餐会，"面对冷火鸡、乳猪，在我的锁匠的陪伴下度过了九个小时"，出席的还有奥迪隆·巴罗[1]和克雷米奥[2]。

一八四八 在鲁昂聚餐会两个月后发生了二月革命。二月二十三日，福楼拜和布耶从鲁昂跑到巴黎看骚乱。第二天，福楼拜和迪康与起义者一道进入杜伊勒里宫。四月四日，阿尔弗雷·勒普瓦特万去世。四月十日，福楼拜第一次为国民自卫军站岗。他和路易丝·科莱的关系严重恶化，八月二十一日，给她寄去最后一封充满讽刺意味的短笺。

一八四九 福楼拜和迪康的东方之行决定下来，这是于勒·克洛盖和阿希尔·福楼拜为了医治居斯塔夫的神经官能症而提出的建议，他们打消了福楼拜夫人的担心。这期间，福楼拜完成了《诱惑》，他马上把迪康召至克鲁瓦塞，用三天时间把这部大部头手稿读给迪康和布耶听。他们一致认为此书写得很糟，无法出版，布耶建议福楼拜写"德拉马尔的故事"。由于在法国已不再有任何事情缠身，福楼拜和迪康决定出发。十月二十八日，他们和戈蒂耶、科姆南、布耶在"普罗旺斯兄弟"共进晚餐，这是福楼拜在巴黎逗留期间经常光顾的餐馆。第二天，普拉迪埃在驿站大院与之话别。他们先去里昂，在那里见到了格莱尔。十一月

---

[1] 奥迪隆·巴罗（1791—1873），法国政治活动家。
[2] 阿道尔夫·克雷米奥（1796—1880），法国名律师和政治活动家。

四日，他们肩负着农业部的使命（农业部后来为他们提供了官方的便利），在一个寸步不离的科西嘉仆人的陪伴下在马赛乘船，七日到达马耳他，十五日到达亚历山大城，十一月二十六日到达开罗。他们在开罗一直待到二月六日。

一八五〇　二月，他们乘一叶轻舟离开开罗前往上埃及。三月六日在埃斯内赫，福楼拜在一个出身亲王后宫的名妓库秋克-哈侬那里过了一夜。十一日，他们到达第一瀑布，十二日到达第二瀑布。他们在凯内赫的底比斯待了一个星期，在红海岸边的科塞尔玩了四天，在穿越沙漠时历经磨难，这在迪康的《回忆录》中有所记述。他们在亚历山大乘船去叙利亚，在贝鲁特遇到了时任驿站长的画家卡米耶·罗吉埃。在耶路撒冷，福楼拜读了孔德的《实证哲学》，从中发现了一些"无稽之谈"。在贝鲁特，他们决定放弃计划中的波斯之行。据迪康的说法，这是福楼拜夫人的请求；据福楼拜的说法，仅仅是因为缺钱。十月他们抵达罗得岛，十一月十二日抵达君士坦丁堡。正是在这次土耳其之行的过程中福楼拜得知了巴尔扎克的死讯，他"深受震动"。他们在君士坦丁堡待了一个月，福楼拜遇到了德·索克利和爱德华·德莱塞，曾在波德莱尔的继父、时任法国驻土耳其大使的欧比克将军家吃过饭，从他母亲那里得知谢瓦里埃的婚事，这使他陷入了沉思。十二月十八日在雅典，他比在耶路撒冷时更加激动，他拜访了卡纳里斯，据他称，他从卡纳里斯那里听说了维克托·雨果的近况和他的《东方集》。

一八五一　他们走马观花地游览了斯巴达和伯罗奔尼撒半岛。二月九日，在佩特雷乘船前往布伦迪西。三月到达那不勒斯，四月到达罗马，五月到达佛罗伦萨，六月返回克鲁瓦塞。这次旅行持续了将近两年。终因旅费不足而缩短，福楼拜为此几乎花光了父亲的遗产中属于自己的所有现钱。他与路易丝·科莱恢复来往。九月，与母亲参观了伦敦画展，开始写《包法利夫人》。政变那天他正在巴黎,"好几次都险些被打死、刺死、枪杀或炸死"。

一八五二 他写给缪斯的信越来越富于诗意、越来越充满激情、动人心魄。与这种激情相对应的是福楼拜和迪康的关系开始冷却,迪康被宣布为缪斯的敌人。福楼拜的信中充满了对昔日同伴的抱怨。自十一月开始,迪康接手《巴黎杂志》,开篇刊登的是布耶的《梅拉尼》。令福楼拜愤慨的是,圣伯夫"这个笨蛋"说他捡拾缪塞的烟蒂。六月五日,普拉迪埃去世。迪康渴望在自己周围组织一支文学新军,催促福楼拜加入这支队伍,到巴黎来奋斗。福楼拜于六月二十六日(几天后又再一次)做出了激烈的答复。他在给缪斯的信中说:"我想这一拳将让他在很长时间内感到晕头转向,他将意识到我已经做出了回答。"此时他在文学上钦佩的是龙沙和西哈诺·德·贝日拉克。拉马丁和缪塞成为他的眼中钉,尤其是缪塞曾引诱路易丝,试图在车中强奸她,更使福楼拜恨之入骨;福楼拜确实曾说过要与缪塞决斗。十一月,在芒特的一次约会后,路易丝说福楼拜是"一种自然的力量"。这期间,他如饥似渴地阅读拉伯雷,称之为"法国文学的巨大源泉"。《巴黎杂志》刊登了迪康所写的《遗著》,福楼拜认为自己在书中受到了侮辱。他计划编写《固有概念词典》,"整部书将是一件了不起的工程"。圣诞临近,他在阅读《路易·朗贝尔》[①] 时,吃惊地从中发现了勒普瓦特万和他自己。他的母亲向他指出,在《乡村医生》[②] 中有一场景和《包法利夫人》中的造访奶妈家很类似。迪康由于陆续出版了关于东方之行的画册而获得荣誉勋位勋章(竟是作为摄影师!福楼拜惊叹道)。

一八五三 布耶和福楼拜日夜为缪斯改诗,为写《卫城》

---

① 《路易·朗贝尔》,巴尔扎克的哲理小说,发表于一八三二年。
② 《乡村医生》,巴尔扎克的小说,发表于一八三三年。

而"殚精竭虑"("卫城"是法兰西文学院诗歌大奖的题目),但既没有令缪斯满意,也没有获奖,因为法兰西文学院把这一奖事推到了第二年。此外,福楼拜和路易丝为雨果充当巴黎-伦敦-泽西岛之间书信往来的中间人。福楼拜把东方之行的旅行札记拿给缪斯看,令她大为恼怒。她愤然说:"他的名字没有出现在旅行者的笔下,一个良家妇女的情人上了阿拉伯妓女的床居然不感到脸红。"

福楼拜一边写《包法利夫人》,一边计划以《法国诗歌感的历史》为题为龙沙诗集作序。他在构思《螺旋》,"一部形而上学和充满幻象的小说"。勒孔特·德·利尔与路易丝过从甚密但保持清白,福楼拜数次表达了他对德·利尔的作品和性格的敬佩。

相反,迪康却越来越堕落,他出版了东方之行过程中所拍摄整理的《图片集》,据福楼拜讲,所附的文字属于"剽窃",是从莱普修斯的作品翻译而来。有一幅福楼拜身穿努比亚人服装的照片被迪康删掉了,因为他希望福楼拜"并不存在"!《巴黎杂志》变得越来越龌龊,"如果皇帝明天取缔了印刷业,我将跑着去巴黎,去吻他的屁股以示感激!"八月,在一封发自特鲁维尔的信中,第一次出现了圣波利加尔普这个名字,他以其对所处世纪的哀诉后来成为福楼拜的主保圣人。福楼拜住在特鲁维尔的一个药剂师家里,曾提到"一八三六年的幽灵",他满怀激情地回到克鲁瓦塞写作《民会》。但是他的写作并非一帆风顺,《民会》"难写至极"。路易丝自以为会被介绍给福楼拜夫人,所以经常出入克鲁瓦塞,甚至会嫁给福楼拜(她此时是依波利特·科莱的遗孀)。十一月,布耶搬到巴黎去住,试图在新生代,即迪康所说的"法郎吉"中闯天下。他以后不再每星期六晚上光顾克鲁瓦塞了。十一月八日,这两位朋友在每年一度的圣罗曼交易会期间共进晚餐,这是他们最后一次共进晚餐。这一年结束时,福楼拜正写到《包法利夫人》的骑马散步一节。

一八五四 路易丝不断纠缠福楼拜，要和他的母亲见面，她总是强迫福楼拜过度劳作：这时是帮她为之撰稿的报纸写一些广告文章和时装小册子。她依旧声称"他对她没有丝毫爱"，说他自私、吝啬、不聪明。这时期的烦恼还来自他的妹夫阿马尔，阿马尔几乎变成了疯子，对他进行了家庭监护才使他没能毁掉他的女儿，而福楼拜当时负责他女儿的教育。

根据我们所掌握的信件，一八五四年四月二十二日，福楼拜给路易丝写了最后一封信。他们在春天彻底决裂。缪斯去克鲁瓦塞大吵大闹，但人们没让她进门。

布耶带着一部五幕剧《德·蒙塔希夫人》前往法兰西剧院，遭到拒绝。然而他在巴黎的居住为我们带来了好处。

福楼拜把《包法利夫人》的进展情况告诉布耶，催促他涉足戏剧和巴黎生活，就《包法利夫人》中所涉及的一些医学知识向他请教，并就勒鲁一案所涉及的司法知识向鲁昂的法学家请教。他更频繁地去巴黎旅行和居住，在巴黎遇到一位女演员奥尔加·佩尔松，她是布耶的女友杜蕾的朋友，福楼拜帮助她进入了奥德翁剧院。或许这一插曲与他和路易丝的分手不无关系。

一八五六 二月八日至十四日，路易丝在《箴言报》上发表《士兵的故事》，她在文中用莱昂斯这个名字诋毁福楼拜，大闹克鲁瓦塞一幕被她以自己的方式借受害者之口讲述出来。福楼拜在巴黎神庙街二十四号找到一个落脚处，度过了一年中的前几个月，与迪康言归于好，这是与缪斯决裂的结果。

回到克鲁瓦塞后，四月三十日他写完《包法利夫人》，修改手稿，删去了三十多页，五月三十一日把全书寄给迪康，迪康答应从四月一日起在《巴黎杂志》上陆续刊登。然后他又改写《诱惑》，准备写《圣朱利安传奇》。被法兰西剧院拒绝的《德·蒙塔希夫人》被奥德翁采用。布耶和杜蕾因为《一个恶毒女人》

中的六节诗而决裂,这是他最著名的诗行,八月他把诗寄给福楼拜,吩咐他把这些诗句反复朗读三遍。

九月,他应邀去巴黎参加施莱辛格夫人的女儿的婚礼,因为花钱太多,不能成行,福楼拜甚为伤心。

九月十六日,《德·蒙塔希夫人》开始排演。十月一日,在迪康和比夏的请求下经过多处修改和删节的《包法利夫人》开始在《巴黎杂志》上连载。从十月五日开始,《鲁昂日报》的主编请求福楼拜把书中郝麦为之撰稿的《鲁昂日报》的名字改为《鲁昂进步报》,"这将破坏我那些可怜句子的节奏"。最后,"烽火"这个字救了他。刚开始,读者对作品的反应使他甚为失望。但是《德·蒙塔希夫人》却获得了成功。到一八五六年底,尽管怒不可遏的当局删去了出租马车一段,但所有的人都在谈论《包法利夫人》。一八五六年十二月和一八五七年一月的《艺术家》刊登了《诱惑》的一些片段。

一八五七 为了避免对《巴黎杂志》的起诉和对自己伤风败俗、亵渎宗教的指控,福楼拜东奔西走,还请他哥哥和鲁昂的政要为他奔波。一月二十日,福楼拜对拉马丁进行了一个小时的拜访,拉马丁十分赞赏《包法利夫人》,甚至能背诵出来,他答应对起诉提出抗议。然而审判于一月三十一日进行,以前曾接手阿马尔事件的福楼拜家的律师、鲁昂人塞纳尔为他辩护,二月七日他被宣判无罪。出版商米歇尔·莱维买下了《包法利夫人》,该书于四月底出版。它使福楼拜博得了一些女作家尤其是勒鲁瓦耶·德·尚特比小姐的青睐。她从一八五七年一月开始与福楼拜通信,并持续了很长时间。当年只有二十岁的雅娜·德·图尔拜,即未来的卢瓦纳夫人,也向《包法利夫人》的作者表达过爱意。

《诱惑》的第二稿已经完成,但是福楼拜担心它的发表将再次引起议论和起诉,害怕法官们对惯犯所说的"又是你"。圣伯夫对《包法利夫人》的评论文章使福楼拜感到高兴，也使他在鲁昂赢得了人们的敬仰。他开始构思《迦太基》，当时还不叫《萨朗波》。七月，他收到了《恶之花》①，该书令他爱不释手，他也知道了波德莱尔所要发表的评论《包法利夫人》的文章。

一八五八　福楼拜在巴黎度过了一八五八年的前几个月，他经常出入萨巴蒂埃夫人（庭长夫人）的家，决定为写小说进行实地考察，这时他已把要写的小说定名为《萨朗波》。四月十六日，他乘船去菲力浦镇，参观了康斯坦丁，四月二十四日抵达突尼斯城，在迦太基停留四天，遍游了突尼斯，后经勒凯夫和康斯坦丁回国，六月六日回到巴黎。

与费多通信频繁，费多的《法妮》该年获得成功，福楼拜曾多次向他提出创作建议，但没有效果，也曾对他称赞备至。

一八五九　专心于《萨朗波》的写作，每字每句都反复推敲。

布耶和阿希尔·福楼拜均获得荣誉勋章。这时期，一个鲁昂人与未婚妻解除了婚姻，因为他在未婚妻的缝纫桌上发现了一本《法妮》。福楼拜对同乡的这种观点大感不解。

九月，正当他全力创作《萨朗波》时，《历代传说》②被送到克鲁瓦塞，这无异于火上浇油。他一口气读完了两卷，陶醉其中，"我都不认识自己了！快把我绑起来！"十月，路易丝·科莱的《他》出版，福楼拜被描写成一个迟钝、吝啬的人，总之是一个十足的笨蛋。福楼拜读后写道："我笑得岔了气。"

他发现一个随法国远征队前往中国的机会，然而这次诱人的旅行可能会给他生病的、神经衰弱的母亲致命一击。

一八六〇　冬天有一段时间他住在巴黎，见到许多作家，在

---

① 《恶之花》，法国作家波德莱尔（1821—1867）的诗集。
② 《历代传说》，维克托·雨果的史诗。

儒勒·雅南①家遇到弗耶②，与保尔·德·圣维克托③和龚古尔兄弟交上了朋友，与莫里和勒南④共进晚餐。此时，马克西姆·迪康正陪同加里巴尔迪进行千里远征。

布耶的《米利翁叔叔》在奥德翁的演出失败，令福楼拜十分沮丧。两年来，布耶一直住在芒特，只在必要时和"正好有饭吃"的情况下他才来巴黎。

一八六一　《萨朗波》的写作缓缓地进展，这一年写了三章（十二章至十四章）。布耶的《多洛雷斯》被法兰西剧院采用。《菲洛曼娜修女》出版，它是布耶向龚古尔兄弟讲述的发生在鲁昂医院的一则故事，福楼拜十分欣赏。他梦想写一部《康比斯的故事》，但是自感"太老而写不动了"。十月，于勒·德·龚古尔给他寄来了迦太基人的艺术品。

这期间曾在克鲁瓦塞见过福楼拜的苏珊·拉吉耶对龚古尔兄弟说："工作和孤独使他失去了理智。"

一八六二　四月二十四日，经过五年的写作，《萨朗波》完工，修改和抄写仍花了一个月时间。

莱维要求先看看稿子再商谈，令福楼拜很反感。他甚至还谈到了插图问题。"莱维坚持要有插图，这令我怒不可遏。"相反，雷耶想根据他的小说编写一部歌剧，他欣然接受。

《悲惨世界》出版。福楼拜读后，说自己很恼火。但他不敢说出来，害怕有告密者之嫌。八月，与莱维签订合同：莱维将为《萨朗波》支付一万法郎，福楼拜将按每卷一万法郎的价格将他即将推出的第一部现代小说卖给莱维，这部小说他已经心中有数，就是《情感教育》。

---

① 儒勒·雅南（1804—1874），法国批评家。
② 弗耶（1821—1890），法国小说家。
③ 圣维克托（1827—1881），法国文学批评家。
④ 勒南（1823—1892），法国作家，主要致力于语言史和宗教史研究。

同一个月，福楼拜陪母亲去了维希。九月，布耶的《多洛雷斯》在法兰西剧院上演，没有引起轰动。《萨朗波》于十一月出版。十二月一日，龚古尔兄弟去见圣伯夫，发现他对福楼拜的小说十分生气，认为小说无法卒读，是最差的古典作品，絮絮叨叨，哗众取宠。他在这个月关于该书的三篇文章则表现得较为礼貌。对此福楼拜表示：自己的作品受到如此关注，他既感到受宠若惊，又对那些猛烈的批评感到愤怒。

一八六三 福楼拜越来越频繁地出入玛蒂尔德公主的府邸，对公主多少萌发了爱意。他也出入拿破仑亲王的府邸。与考古学家弗勒内发生争论，维泰在学士院回答弗耶时攻击福楼拜（"不是这位诚实的作家……"）。在圣克洛蒂尔德和圣三会教堂，讲道者们指控福楼拜伤风败俗，尤其是萨朗波的穿着仿佛狂欢节假面舞会上的流行时装，两脚间被砸碎的锁链让人议论纷纷。

春天，福楼拜制定了《情感教育》的提纲，经常参加前一年成立的马尼晚餐会，每星期天下午接待客人。（他是格勒尼埃的创始人。）七月底，他在维希读朋友勒南的《耶稣的一生》。"这本书激不起我的兴趣。"他在写作《心灵的城堡》，该书在完工之前曾遭到圣马丁门剧院的拒绝。十月二十六日，《心灵的城堡》写完。

泰奥菲尔·戈蒂耶后来编写了《萨朗波》的歌剧脚本。这一年的戏剧舞台使福楼拜极度兴奋。万圣节时他在克鲁瓦塞，龚古尔兄弟去他家住了近一个星期。他给他们读《一个疯子的回忆录》。十二月，他经常在上流社会露面。十二月四日，与圣伯夫、吉拉尔丹、达里蒙（议员）和塔里安夫人的儿子卡巴鲁斯医生在雅娜·德·图尔拜家聚餐，政治人物有科西嘉的行政长官。第二天，与勒南在丹纳家吃午饭，几天后又与帕涅尔吃午饭。帕涅尔是鲁昂大街一些剧院的有限责任股东，也曾是《小伙子》的扮演者之一，他向《心灵的城堡》伸出援助之手并慷慨解囊。这时,木材商科芒维尔向卡洛琳求婚,科芒维尔的财富令福楼拜觉得这桩婚事十分合适。"我宁愿见到你嫁给一个腰缠万贯的杂货店老板,也不愿你嫁给一个穷困潦倒的伟人。"

　　一八六四　布耶的《福斯蒂纳》在圣马丁门剧院上演,在福楼拜的帮助下,该剧场面宏大,获得成功。皇帝看了首场演出。四月六日,卡洛琳·阿马尔成为科芒维尔夫人,新婚夫妇去意大利旅行。福楼拜一直停留在《情感教育》的提纲上。三月三日,他在米什莱家参加了一场舞会,所有的妇女都装扮成被压迫的民族,如波兰、匈牙利、威尼斯等。此外,曾被邀请去杜伊勒里宫,同年秋天被邀请至孔比埃涅森林,受到极大欢迎。夏天,他酝酿《情感教育》,阅读社会主义改良派的著作,去蒙特罗旅行,秋天动笔写小说。他用十个小时读了米什莱寄给他的《人类的圣经》,感到疲惫不堪。大约在这一时期,住在芒特的施莱辛格夫人来克鲁瓦塞看他。

　　一八六五　二月,福楼拜和布耶应邀参加拿破仑亲王的盛大舞会。五月七日,为庆祝圣伯夫被任命为参议员在马尼聚餐。九月,玛蒂尔德公主送给福楼拜一幅水彩画作为礼物,在乘火车时丢失。他在公主包厢看了《亨利埃特·马雷夏尔》的首场演出。演出六场以后,"为了满足'木烟斗'的心愿",该剧被取缔。十二月,令福楼拜感叹的是,水彩画失而复得。他把画挂在书桌前。年终,他在内塞纳省省长家吃饭,共祝公主身体健康。这一年与皇家关系甚密。

　　一八六六　写作《情感教育》。二月参观陶瓷厂,三月向圣伯夫请教有关一八四〇年新天主教运动的情况,四月作为证婚人参加朱迪特·戈蒂耶和卡杜尔·孟戴斯的婚礼,他不无远见地称这次婚姻是一个不幸的故事。

　　勒南的《使徒行传》出版,福楼拜认为此书写得很好。

　　七月,去伦敦和巴德旅行,在伦敦见到了杰特鲁德·泰南特和她的姐姐坎贝尔夫人。马克西姆·迪康每年都来巴德居住一段时间（如果他不来巴德，便去夏特勒，参见 M. 热拉尔-加依的《福楼拜的唯一所爱》，第 87 页）。

八月，在玛蒂尔德公主的支持下，获得骑士级荣誉勋章，同时获得勋章的还有蓬松·杜·特拉依。乔治·桑把《最后的爱》献给他，据他说，这使他招来一些玩笑。八月二十四日，乔治·桑去克鲁瓦塞的拜访还不足以成为这些玩笑的依据。十一月，她再次造访，停留一周。她刚走，福楼拜便"在一场火灾，即木材商的火灾中出了名"，他用消防泵奋战三个小时，回去睡觉时感到全身酸痛。他家中有一口金鱼缸。"它让我觉得很好玩。我吃饭时这些金鱼就陪伴着我。"十二月，他读了迪康刚刚出版的《失去的力量》，据他讲，该书很像他所写的书。同时，布耶的《昂布瓦兹的阴谋》在奥德翁获得成功，演出达百场以上。布耶甚至在鲁昂也成了名人，同乡们为他举行了八十人参加的盛大宴会。

一八六七　福楼拜向费多请教弗雷德里克·莫罗的交易所买卖的知识。屠格涅夫向他讲了处境不佳的圣伯夫的一些消息。二月，他来到巴黎，在马尼晚餐会上，人们只谈论政治、俾斯麦和卢森堡，令他十分气愤。因为《情感教育》中写到了陶瓷，他去克莱伊参观，但是一直在构思一部关于现代东方的小说《哈罗·贝》，他让在埃及旅行的朋友杜勃朗把他的印象写信寄给他。

六月，他应邀参加为欢迎沙皇举办的杜伊勒里宫的舞会，发现沙皇是个"粗鄙之人"。圣伯夫在参议院的自由主义的演讲使他很兴奋。（他虽是保王党人，但也有自由主义思想。）

为了他的书，他向巴贝斯[①]询问有关一八四八年的情况，巴

[①] 巴贝斯（1809—1870），法国政治活动家。

贝斯把有关资料寄给了他。此时深受同乡尊敬的布耶在鲁昂被任命为图书馆馆员,从此定居鲁昂,月薪四千法郎。福楼拜夜以继日写作《情感教育》,争取在一八六九年春天写完。

一八六八 继续写作《情感教育》。福楼拜参观圣欧仁医院,看望患假膜性喉炎的孩子们,他的小说中有一个患这种病的孩子。他很欣赏刚刚出版的《泰莱丝·拉甘》①,放弃了马尼晚餐会,因为"增添了一些令人厌恶的面孔"。冬天,每星期三与龚古尔兄弟和戈蒂耶在玛蒂尔德公主家用餐。夏天,为写《情感教育》去枫丹白露旅行。在第厄普,他住在科芒维尔家,见到了大仲马。十一月,屠格涅夫来克鲁瓦塞住了一天。"《费加罗报》不知道该用什么东西来填充它的栏目,于是向它的读者宣布:《情感教育》讲述的是掌玺大臣帕斯吉耶的生活",以致这位政治家的家人曾考虑与福楼拜打官司。

一八六九 圣伯夫和公主出现不和,福楼拜批评圣伯夫,但也努力使他们和好。一月,为了写当布勒兹下葬一幕,他去了拉雪兹神父公墓。五月十六日,《情感教育》写完。几天后他在公主家开始把该书读给人听,共读了四次,每次四小时,十分成功。

他重新写《诱惑》,离开神庙街,住进米里奥街四号的一套小房子中。布耶刚刚写完《埃塞小姐》,他于一月十八日去世,在一种幻觉状态中构思了一部关于宗教裁判所的剧情。这是福楼拜一生中的重大打击之一,他不辞辛劳地奔波:为修建布耶纪念碑组织签名,设法在奥德翁上演《埃塞小姐》,在莱维书局出版布耶尚未发表的作品。十月十三日,圣伯夫去世,五分钟之前福楼拜刚刚探望过他。

十一月十七日,《情感教育》出版。新闻界将它贬得一无是

---

① 《泰莱丝·拉甘》,龚古尔兄弟的小说。

处，莱维在五年时间里为该书的两卷已经支付了一万六千法郎，宣布不再支出费用。福楼拜在诺昂过圣诞节。

一八七〇 他忙于将他和布耶、奥斯莫瓦合写的幻梦剧《心灵的城堡》搬上舞台，始终未能成功。他发现了斯宾诺莎的《论神学政治》，令他欣喜若狂，赞叹不已。六月二十日，于勒·德·龚古尔去世。之后战争爆发……诺让的亲人来克鲁瓦塞避难，当时有十六人在此躲避。九月，福楼拜被任命为由他们一伙人所组织的国民自卫军的中尉，训练士兵，甚至还去鲁昂听过一些军事课。但是克鲁瓦塞民兵的无组织无纪律很快迫使军官们辞了职。十二月，芒特菲尔到达鲁昂。克鲁瓦塞的房子里住着十个德国人，三个军官和六匹马。

一八七一 福楼拜把仆人留在克鲁瓦塞，自己去鲁昂，住在勒阿弗尔码头的科芒维尔家，那里还住着四个普鲁士人。他不得不付伙食费，"每天晚上收拾饭桌。我生活在悲痛和耻辱中"。住在克鲁瓦塞的德国人表现得相当好。所有的手稿都留在工作室，只有《诱惑》和装信的盒子及银器埋在花园里。所有这些东西在占领期间未遭到破坏。而福楼拜则声称正经历着世界的末日，痛苦不堪。他在每封信中都说，他怨恨这个时代赋予了他十二世纪未开化人的感情。当德国人进入香榭丽舍大街时，他正在巴黎。三月十八日的事件使他吃惊，当时他为了看望公主正在布鲁塞尔。三月二十八日，他经伦敦和第厄普返回，四月初回到克鲁瓦塞，重新全力投入《诱惑》的写作。四月二十九日，他给乔治·桑写了一封长信，这是他的信仰和主张的最奇怪的声明。

五月，莫里斯·施莱辛格去世。公主回到圣格拉蒂安。六月，福楼拜在巴黎住了一个星期，发现只有两个人保持了理智。"一个也不多，只有两个人：一个是勒南，第二个是莫里。"他和乔治·桑认为资产阶级共和国可以建立起来。"它的缺乏上升势头也许正是稳固的一种保证。我们第一次生活在一个没有原则的政府统治之下。"七嘴八舌的时代即将开始。

在巴黎,他经常为《埃塞小姐》奔波,奥德翁已将该剧置诸脑后了。他在图书馆中忙于《诱惑》的写作。克鲁瓦塞并不总是他晚年的天堂。房产属于他忧郁的母亲所有,他小心翼翼不去冒犯母亲那些苛刻的怪癖。"我唯一的消遣就是散步,或更恰当地说,是推着母亲在花园里散步。战争使她十个月里老了一百岁,看到自己所爱的人正在垮下去是件伤心的事。"为数不多的财产全部掌握在科芒维尔手中,科芒维尔管理着这笔财产,福楼拜派人要钱时还要这样解释:"我请求埃内斯特给我们送来的不是五百法郎,而至少是一千法郎,因为昨天有人给我送来了税单,税收已经涨到了四百三十二法郎。我付完肉店老板和普特雷尔先生的钱后就所剩无几了。我在普特雷尔先生面前感到很惭愧,因为他从七月底开始就等着我还钱,我昨天晚上不得不为此事去找他!……钱的问题使我的脾气越来越坏。"要知道此时他在创作上没有任何收入,他的三本小说已经被莱维一次性买断。

十一月七日,施莱辛格夫人来到克鲁瓦塞。

他读了比夏和卡巴尼斯的作品:"这个时代的人会写书!"十二月一日,他在奥德翁读《埃塞小姐》。在巴黎,他星期天的会客继续在米里奥街进行,参加者经常只有一两个人。他十分关心莱维编订的《最后的歌》①的出版,福楼拜精心为本书写了序言。

一八七二 一月六日,《埃塞小姐》首演。朋友们热烈欢迎,但在批评界和公众面前却一败涂地。在鲁昂设立布耶纪念碑的计划也因人们没有诚意和态度淡漠而搁浅。鲁昂市议会借口布耶并非在鲁昂出生、文学成就不够大、也许还因为要花钱,终以十三票对十一票否决了纪念碑的选址。福楼拜在《时代》上发

---

① 《最后的歌》,路易·布耶的作品。

表《给鲁昂市议会的一封信》。《最后的歌》出版，福楼拜的前言招来了一封路易丝·科莱的诗体匿名信，信中充满了一种"品达式的愤怒"。福楼拜拜访维克托·雨果，发现他很可爱。三月，《塔塔兰》① 令他十分兴奋。《最后的歌》的出版使他和莱维彻底闹翻。

四月六日，母亲去世，把克鲁瓦塞留给了科芒维尔夫人，福楼拜保留有自己的住房。"半个月来我发现我那可怜的好妈妈是我最爱的人。这就好像有人把我的内脏夺去了一部分。"五月五日，他一个人在餐桌旁，吃了一次"没有眼泪的甜点"。他读了《凶年集》②："不要紧！他的下巴多么像你啊，这头老狮子！"

五月，施莱辛格夫人的儿子结婚，在做弥撒时，"我像个傻子一样哭了起来"。七月，在写完《诱惑》后，福楼拜和侄女去了吕雄。他专心地阅读布耶的一部老喜剧《女性》，对它进行整理和改写。回到克鲁瓦塞，他开始构思《布瓦尔和佩库歇》（以下简称《布瓦尔》）。朋友拉波特送给他一只猎兔犬：朱里奥。他准备和费多翻脸，因为费多的一本猥亵的小说令他十分反感，"我担心我的朋友是一个十足的流氓，好人都走了"。但他还是原谅了费多。九月，夏庞蒂埃自荐当福楼拜的出版商，从"雅各布的儿子"手里买回版权，因为"雅各布的儿子"在《最后的歌》事件中的态度玷辱了这位老人的名誉。秋天是美丽的，福楼拜经常领着朱里奥去冈特勒森林散步，脑中想着《布瓦尔》，该书的轮廓已渐渐形成。十月二十四日，戈蒂耶去世，"他是那伙人中最好的一位"。福楼拜感到自己变成了化石。十二月十一日又有人入土，这次是普谢的父亲。

一八七三　福楼拜对莱维十分反感。报纸、同伴、鲁昂人以

---

① 指都德的小说《达拉斯贡城的塔塔兰》。
② 《凶年集》，雨果的诗集，于一七七二年出版。

599

及生活都使他不能出版《诱惑》,"我只盼望一件事:死去",《布瓦尔》就是在这种思想状态下写作的。但他还是鼓励莫泊桑从事文学。四月,他和屠格涅夫在诺昂住了几天,在克鲁瓦塞,他把房子进行了粉刷和修理,这项工作从福楼拜夫人死后就开始了,勒迈尔因为发行《包法利夫人》(从一月一日起福楼拜重新拥有了该书的著作权)付给他的一千法郎全用在了房子上。六月二十日,夏庞蒂埃去克鲁瓦塞,向他购买《包法利夫人》和《萨朗波》。卡瓦罗同意把《女性》搬上滑稽歌舞剧院的舞台,此事激发福楼拜想再写一部剧作,完全由他自己编剧,他很快就制订好计划:《候选人》。九月,克鲁瓦塞流行霍乱。莱维被授予荣誉勋章。十月二十八日,费多去世。全法国都在热衷于政治。福楼拜希望保留共和国,认为君主立宪制是愚蠢之举。他欣慰地看到,由于尚博尔伯爵的拒绝①,法国"从君主制的噩梦"中,特别是从"教权主义的噩梦"中解救出来。十一月,《候选人》写完。十二月十一日,他把剧本读给演员们听,很受欢迎。二十日,该剧在滑稽歌舞剧院排练。

  一八七四 福楼拜把《诱惑》卖给夏庞蒂埃。屠格涅夫让《圣彼得堡杂志》将其译成俄语。但是沙皇的审查机关认为该书违背宗教原则,禁止在全俄国范围内出版译文和法文版。三月十一日,《候选人》在滑稽歌舞剧院首次演出,一败涂地,在第四次演出时,福楼拜撤回了剧本。所有的党派都对该剧提出了尖锐的批评,新闻界也极尽挖苦之能事:"鲁昂的资产者们,包括我的哥哥,都带着尴尬的神情低声跟我说起《候选人》的失败,好像我因诬告罪到重罪法庭走了一遭。"四月,《诱惑》的销售情况很好,却没有获得新闻界的好评。巴黎新闻界,尤其是社会新闻栏编辑们的敌视态度对福楼拜来说一直是个谜。卡瓦罗已经

---

① 尚博尔伯爵于一八七三年拒绝了三色旗,从而避免了王政复辟。

放弃了《女性》，它又被推荐给几家剧院，都未被采用。六月底，福楼拜为了写《布瓦尔》去诺曼底搜集资料，之后，在医生的建议下和拉波特去了勒里吉，在那里心平气和地待了半个月，"我将把所有的冰川都送给梵蒂冈博物馆"。由于在那里无事可做，他又产生写书的念头，他想写一部由三部分组成的，在拿破仑三世时期的故事。七月十九日，他离开此地，在日内瓦住了两天，光顾了鞋匠，原巴黎公社的将军，加亚尔老人的小酒馆。《女性》找到了一家剧院：克吕尼，它只能排在左拉的一部剧作之后上演。但福楼拜最终撤回了剧本，这部喜剧一直处于无人问津的状态。八月六日，福楼拜开始写《布瓦尔》。斯特拉斯堡出版了《诱惑》的德语译本。十月，邦维尔造访克鲁瓦塞。勒南曾顺口答应写一篇评论《诱惑》的文章，八月来福楼拜一直催他交稿，十二月十二日，勒南终于将稿子带给他，在《辩论报》上发表。

一八七五　福楼拜在身体状况很差的情况下（风湿病、湿疹、神经衰弱）一直致力于《布瓦尔》的创作。五月，瑞典的一次破产事件给科芒维尔一家带来经济上的灾难。福楼拜退掉了米里奥街的住房，在惶惶不安中过了四个月，害怕他的甥女在被逼无奈的时候卖掉克鲁瓦塞，他在那里只剩下他所居住的房间的使用权。他把他的多维尔农庄以二十万法郎卖给德拉昂特，这大约相当于克鲁瓦塞的价值，从而摆脱了困境，再加上拉波特的帮助，救了科芒维尔一家。然而这个农庄几乎是他个人的全部财产，此时科芒维尔一家和他再也没有任何可以支配的收入了。应在孔卡诺搞鱼类研究的乔治·普谢的邀请，他于九月去了孔卡诺，在塞尔让旅馆住了六个星期，在那里开始了《圣朱利安》的写作。十一月，他和科芒维尔一家住在巴黎的圣奥诺雷郊区二百四十号，星期日与屠格涅夫、左拉、都德、龚古尔在一起。

一八七六　三月八日，路易丝·科莱去世，福楼拜很悲痛。

《圣朱利安》已经写完，他又开始写《淳朴的心》，在写作期间于四月去了主教桥和翁弗勒。他还计划写《希罗迪娅》。五月，他在舍依索住在佩鲁兹夫人家，阅读并赞赏刚刚出版的《哲学对话》。六月七日，乔治·桑去世，福楼拜和大仲马、拿破仑亲王前往诺昂参加葬礼。六月十三日回到克鲁瓦塞，继续写《淳朴的心》。七月，《文学共和国》展开对勒南的批评，福楼拜让孟戴斯把自己的名字从撰稿人名单中划去，让孟戴斯不要再把稿子寄给他。八月十七日，他写完《淳朴的心》。这一年的其余时间，他除了九月在玛蒂尔德公主家住了半个月之外，其余时间都留在克鲁瓦塞。《小酒店》《富豪》出版，① 福楼拜对弟子们的这些作品缺乏热情。然而发表在《两世界杂志》上的《祈祷卫城》令他赞叹不已，他认为该书"浓缩了十九世纪知识分子的形象"。但是玛蒂尔德公主在给他的信中说她一点儿也看不出来。巴尔扎克的书信发表，福楼拜读得入了迷。十二月三十一日，在向龚古尔表达祝福时，他在结尾处写道："总之，我认为他是个大好人，但属于第二流"，并将他与伏尔泰相比。

　　一八七七　在写完《希罗迪娅》后，二月一日，福楼拜寓居巴黎。他与童年时的爱恋对象、现已为人母的杰特鲁德·泰南特过从甚密，经常回首往事。四月三日参加了夏尔·雨果夫人和洛克洛瓦的非宗教婚礼。雨果希望他像巴尔扎克一样申请进入法兰西学院，福楼拜写道："别那么蠢!"四月，《箴言报》发表《淳朴的心》《公众利益》《圣朱利安传奇》。二十四日，《三故事》在夏庞蒂埃出版社出版。与《诱惑》的情况相反，这一次赢得了新闻界的好评，而销售却不好。五月十六日事件的前奏事件恰逢新书的出版。"一切都被现代的巴雅尔②决定了。"五月，

---

① 《小酒店》，左拉的小说；《富豪》，阿尔封斯·都德的小说。
② 巴雅尔（1476—1524），法国历史上的勇士，此处泛指武夫。

在舍依索的佩鲁兹夫人家住了三日；在饭桌上吃甜点时，人们把龙沙的作品拿来读，福楼拜在那里读了《梅拉尼》。正好，拖了八年之久、使福楼拜在鲁昂的生活备受影响的布耶纪念碑一事告一段落，在新图书馆前面设立一座喷泉和布耶的半身雕像。福楼拜参加了"最伟大的资产者""圣贤中的伟人"的梯也尔的葬礼。九月，为了写《布瓦尔》，他和拉波特再次去下诺曼底进行了十五天的旅行。当时的政治气氛与构思中的作品的气氛完全一致，他的书信中充满对"巴雅尔"、右派和神甫的诅咒。这一年，福楼拜烧毁了他和迪康的书信，"我和迪康，我们刚刚烧完所有的信件，因为我们不希望在我们死后人们将这些书信拿去发表"。"所有的"一词并不确切。

  一八七八 福楼拜认识了甘必大①，很欣赏他，"他身上令我喜欢的是，他的话没有任何陈词滥调"。东方的战争使福楼拜对英国感到愤慨，"愤怒得变成了普鲁士人"。在巴黎，博览会令他厌恶。五月，在舍依索的五天中，他又重新构思关于第二帝国的小说。"这次将采用新的顺序，取名为《巴黎人家》。"同时，他毫无效果地为上演《心灵的城堡》奔波，但所有的剧院老板都对该剧毫无兴趣。他寄希望于巴尔杜的支持，巴尔杜是国民教育部长，也是一位老朋友，曾让他立即把剧本送来，保证将迫使剧院老板们上演此剧。但是在他的整个任期内，该剧一直放在他的抽屉中。此外巴尔杜还向卡洛琳订购了油画，并许诺给忠实的拉波特留一个职位，拉波特此时也破产了。这位老实人对福楼拜说："这至少使我像你一样了。"十月，又是为了写作《布瓦尔》，福楼拜和莫泊桑去埃特勒达出了一次远门。他在那里见到了洛尔·德·莫泊桑，她患了严重的神经衰弱，以至于不得不生活在黑暗中，仅靠一盏油灯的光亮生活。他想等书写完后，和

---

① 甘必大（1838—1882），法国律师和政治活动家，共和主义者。

普谢去泰莫比勒旅行，为的是写一部史诗型小说，其中的战斗故事他已开始构思，并一直构思到去世。

一八七九 科芒维尔家的事仍困扰着他。他的朋友们为了使他接替垂危的萨希担任马扎兰图书馆长一职，背着他积极奔走。《包法利夫人》一案的辩护律师塞纳尔曾经帮过国民教育部的忙，要求把这一职位留给他的女婿包得利，包得利果然获得任命。这一事件闹得沸沸扬扬，一切都是在福楼拜不知道的情况下由丹纳、屠格涅夫、亚当夫人一手操办的，福楼拜因屈辱和绝望流下了眼泪。此时，科芒维尔一家正为出售他们的锯木厂进行谈判。三月，锯木厂在非常不利的条件下被出售。一月二十七日，福楼拜在冰上滑倒，摔断了腓骨，并伴有扭伤。拉波特迅速跑到克鲁瓦塞照顾他，不离左右。福楼拜整个冬天和春天都待在克鲁瓦塞，足不出户。三月，于勒·费里接替巴尔杜，福楼拜接受了一份养老金，他询问养老金的奥秘，并想出一个办法，"可以在以后恢复其教育部的年金"。除了养老金之外，他还挂着一个并不存在的图书馆馆员的职位，也有一份薪金，这样在他生命的最后十个月里，他从国民教育部领到了二千法郎，他的已变得十分富有的哥哥还送给他三千法郎的年金，夏庞蒂埃和勒迈尔给他送来两三千法郎。一八七九年七月一日，即去世前十个月，他获得养老金享用权。十月七日，养老金正式发放。

四月二十七日，他伤后第一次出门，去的是鲁昂农庄街的朋友拉皮埃尔家，参加圣波利卡普节的聚餐。三十年来福楼拜因为对时代的抨击选择了圣波利卡普作自己的主保圣人，这一节日时朋友们通常设宴招待他，给他写幽默的信，送给他礼物或者吃甜点时朗诵的诗。这一次吃饭时人们谈论的是《小酒店》、左拉的关于《共和国中的自然主义》或《自然主义中的共和国》的宣言以及当时其他轰动一时的新闻，在这些具有时代意义的声音面前,克鲁瓦塞的圣波利卡普①厌恶地捂住了耳朵。他甚至在为《桑加诺兄弟》作的序言中说:"你们有什么必要直接向公众讲话?他们不配听我们的心里话。"五月,他同意亚当夫人把他列为她的新杂志的撰稿人,希望她的杂志挤垮"比洛兹的杂志"。但是亚当夫人拒绝了莫泊桑的一篇小说,建议他以特里埃为榜样,还郑重地告诉他德鲁莱德可以与勒孔特·德·利尔媲美。福楼拜悄悄地离开了克鲁瓦塞。六月一日到达巴黎,仍然毫无效果地为上演《心灵的城堡》而奔走。夏庞蒂埃出版了《情感教育》的一个版本,八月十日,福楼拜重新享有该书的著作权。九月,他和龚古尔在公主家暂住,把自己的创作计划和希腊之行的想法告诉龚古尔。他准备在写完《布瓦尔》后,为创作《泰莫比勒的战斗》于一八八一年去希腊旅行。但是为了他的《布瓦尔》的创作陪同他去诺曼底的旅行伙伴不会再陪他去希腊了。因为十月份有人挑拨他和拉波特的关系。拉波特终于在内维尔获得一个监工的职位。他以前曾为科芒维尔的票据做担保,从而把科芒维尔从破产中拯救出来,但此时他对这些票据表示出有理由的担心。为此,福楼拜的甥女卡洛琳大发雷霆。卡洛琳虽有一些优秀的品质,但她是个女商人,颐指气使,报复心强,当福楼拜去世时,她禁止拉波特踏进他的房间,甚至在五十年后,仍向福楼拜的这位最无私的朋友表示她的怨恨和忘恩负义。而克鲁瓦塞的狗米里奥就是拉波特送的,福楼拜把他称作仁慈的嬷嬷,"我经常想起我从前的朋友拉波特,这段不愉快的插曲我并非很容易地就相信了"。

这一年,福楼拜与勒阿弗尔中学的修辞老师于勒·勒麦特尔有了来往,勒麦特尔经常向他的学生读《包法利夫人》。屠格涅

---

① 克鲁瓦塞的圣波利卡普,指福楼拜。

605

夫给福楼拜寄来三卷本的《战争与和平》①，令他赞不绝口："多么伟大的画家！多么伟大的心理学家！前两卷雄伟壮丽，但第三卷相形见绌。"

一八八〇 冬季严寒，福楼拜把自己关在克鲁瓦塞。二月一日，他读到《羊脂球》②的清样，称它在"结构、喜剧性和观察方面堪称杰作"。在一封给埃尼克的文笔优美的信中，他极力捍卫浪漫主义，反对自然主义。二月九日和十日，莫泊桑来克鲁瓦塞逗留两日，第三天，于勒·勒麦特尔又来了。"因此，在三天时间内我都将谈文学，至高的幸福！"同时，在夏庞蒂埃出版社贝日拉所主办的《现代生活》杂志刊登了《心灵的城堡》，并附有图片。福楼拜对图片叹息道："噢，插图！这是一种玷污一切文学的现代发明！"《娜娜》③出版。福楼拜在给左拉的信中说："它像神话，但仍不失为真实。此项创作真伟大！"

莫泊桑将受到起诉、因为《墙》一诗违背了当时的道德。福楼拜给他列了一个可以利用的所有要人的名单，以避免坐到伤风败俗罪的被告席上，他自己在发表《包法利夫人》后曾坐到这一席位上。更糟的是，在福楼拜的最后一个冬天，"迪康进入法兰西学院使我陷入无边无际的遐思，更增添了我对首都的厌恶"。三月，玛蒂尔德公主参观科芒维尔夫人的画室，福楼拜无意中说了关于公主的冒失话："她的话不比一个六岁孩子的话更值得让人当真……波拿巴家的人都是这样，他们可以毫无理由地大发诗情！"三月二十八日复活节，福楼拜为这个重大节日准备了一个月，他邀请了龚古尔、左拉、都德、夏庞蒂埃及其医生福尔坦前来克鲁瓦塞聚餐，莫泊桑乘车去鲁昂车站迎接四位文人。

---

① 《战争与和平》，俄国作家列夫·托尔斯泰的长篇巨著。
② 《羊脂球》，莫泊桑的短篇小说。
③ 《娜娜》，左拉的长篇小说。

他们很欣赏塞纳河畔贴墙树木的公园，龚古尔说："中午时的这种长长的林荫道平台，这种逍遥自在的小径"，它们使这幢从前本笃会修士们住的房子成了"一个真正的文人寓所"。这顿诺曼底晚餐吃得很好，奶油沙司的大菱鲆鱼博得众人好评。他们喝了很多酒，然后回房间睡觉，房间里摆着福楼拜家族成员的半身雕像。四月，《梅塘夜话》①出版，在给老师寄去的书中有左拉、塞阿尔、于斯曼、埃尼克、阿莱克希和莫泊桑的集体献辞。老师很有见地地指出"《羊脂球》在这个集子中技高一筹，集子的题目很愚蠢"。四月二十四日，于勒·勒麦特尔来克鲁瓦塞辞行，他将被派往阿尔及尔任职。四月二十七日，福楼拜在拉皮埃尔家过最后一个圣波利卡普节，收到了电报、三十封信、礼物，其中有圣主教的一颗牙齿。由于《现代生活》对一直不走运的幻梦剧《心灵的城堡》敷衍塞责以及拖欠付款，福楼拜威胁要与夏庞蒂埃绝交。很可能"《布瓦尔》将另寻门户"。福楼拜离开巴黎已有六个月之久，五月八日十一点至十二点之间，在动身前往巴黎时，他突然病逝，终年五十八岁零四个月，留下了未写完的《布瓦尔》。五月十一日，他的也已生命垂危的哥哥（随着他的去世，福楼拜这个姓氏彻底消失）、他的侄女们和孙女们、左拉、龚古尔、都德、邦维尔、莫泊桑、塞阿尔、科贝、于斯曼、阿莱克希护送他从克鲁瓦塞堂区的冈特勒教堂前往具有纪念意义的墓地，与他的家人葬在一起。

  一八八一 《布瓦尔》首先在《新杂志》（1880年12月15日，1881年3月1日）上发表，略有删节。三月，勒迈尔出版了没有删节的文本。同年，克鲁瓦塞的房产以十八万法郎卖给了一个工业家，他把一切都夷为平地，在此建立了一家工厂。此处

---

① 《梅塘夜话》，莫泊桑、左拉等六位作家在左拉的梅塘别墅聚会后，每人写一篇短篇小说出版一部合集，题名《梅塘夜话》。

先后成为谷物酿酒厂、化工厂，今天是一家造纸厂。这仅仅是第一个灾难，随之而来的是一次背叛：十月，在《两世界杂志》上，迪康发表他的《文学回忆录》的一部分，他在文中披露福楼拜患有癫痫症，摆出一种功成名就的保护人和旁观者的口吻，也证实了福楼拜夫人的判断，她总是认为迪康嫉妒她儿子的才华。

一八八二　路易·布耶的纪念碑终于在鲁昂揭幕。

一八八四　福楼拜的《书信集》开始在夏庞蒂埃出版社出版。写给路易丝·科莱的信被印成写给某夫人的信。至于缪斯的三百封信，是否就在这一年科芒维尔夫人借口里面含有"不堪入目的话"将其付之一炬的呢？

一八八五　夏庞蒂埃出版了《穿过田野和沙滩》（布列塔尼之行）的福楼拜所写的部分。迪康所写的部分没有出版。同年，一个由莫泊桑作序的《全集》版本交付康坦出版社。

一八九〇　十一月二十三日，在鲁昂的博物馆花园，夏彼为福楼拜纪念碑揭幕。

一八九二　雷耶改编的歌剧《萨朗波》在巴黎歌剧院上演，两年前它已在布鲁塞尔上演。

一八九四　在巴黎，距离小说家生前居住的米里奥街不远的泰尔纳煤气厂的所在位置新开辟了一条街，以居斯塔夫·福楼拜命名。

一九〇六　在鲁昂的法兰西剧院上演了威廉·比斯纳克导演的《包法利夫人》，未获成功。前一年所发起的一次公开募捐筹集到约四万法郎，人们用这笔钱在克鲁瓦塞买下了水边的小楼和一部分花园，设立了福楼拜纪念馆，归鲁昂市政府所有。

一九〇七　贝恩斯塔姆在鲁昂为福楼拜塑像揭幕。

一九〇八　福楼拜《未发表的作品》出版，它是从路易·贝特朗提供的《圣安东尼的诱惑》的第二稿（1856—1857）开始的。

一九〇九　包括年轻时未发表的作品和《书信集》的十八卷本的福楼拜《全集》在科纳尔出版社出版。新版的《书信集》(1926—1933) 使《全集》达到二十二卷。

一九二一　庆祝福楼拜一百周年诞辰。克莱辛格为福楼拜胸像揭幕，胸像设立在巴黎的卢森堡公园中。

一九三一　富兰克林·格鲁特夫人贡献的福楼拜小说手稿进入鲁昂和巴黎的图书馆保存，然而仍有一部分手稿在三次拍卖中散失在外。

阿尔贝·蒂博代　编
杨国政　译